名校篇

学姐帮编辑部 主编

Senior take
you to go to college

学姐带你上大学

坐在小小的教室
仰望着大大的一片天
堆积如山的作业
挡不住你对未来大学蓝图的构建
可你的憧憬是否与真实的大学一致
本书携手名校学姐告诉你真实的大学生活

哈尔滨出版社
H.P.H
HARBIN PUBLISHING HOUSE

图书在版编目 (CIP) 数据

学姐带你上大学 / 学姐帮编辑部主编 . —哈尔滨：
哈尔滨出版社，2016.5
ISBN 978-7-5484-2630-1

Ⅰ . ①学… Ⅱ . ①学… Ⅲ . ①散文集 – 中国 – 当代
Ⅳ . ① I267

中国版本图书馆 CIP 数据核字 (2016) 第 060705 号

书　　　名：**学姐带你上大学**

作　　　者：学姐帮编辑部　主编
责任编辑：杨浥新　李维娜
责任审校：李　战
装帧设计：成晟设计

出版发行：哈尔滨出版社（Harbin Publishing House）
社　　　址：哈尔滨市松北区世坤路 738 号 9 号楼　　邮编：150028
经　　　销：全国新华书店
印　　　刷：哈尔滨报达人印务有限公司
网　　　址：www.hrbcbs.com　　www.mifengniao.com
E－m a i l：hrbcbs@yeah.net
编辑版权热线：（0451）87900271　87900272
销售热线：（0451）89700202　87900203
邮购热线：4006900345（0451）87900345　87900256

开　　　本：720mm×1000mm　　1/16　　印张：28　　字数：563 千字
版　　　次：2016 年 5 月第 1 版
印　　　次：2016 年 5 月第 1 次印刷
书　　　号：ISBN　978-7-5484-2630-1
定　　　价：58.00 元

凡购本社图书发现印装错误，请与本社印制部联系调换。　服务热线：（0451）87900278

予人玫瑰手有余香

一直以来，关于大学的介绍，始终缺少一本有温度的作品。中学生涯，每当想了解自己心仪的大学，常苦于渠道有限，只有潜伏在QQ群、贴吧，或者是去看那些高冷的官方介绍，又抑或是从老师、同学、亲戚的口中得知一些零星的信息，然后在心里默默拼凑它们的模样！大学这座象牙塔，恍若天际不可触及的瀚海星辰。

有缺憾、但不能留遗憾！所以，我们想搭建一个窗口，弥补一些空白，让中学生在选择大学时多一个了解的渠道。历时数月、集众人之力，她——《学姐带你上大学》终于来了！她携手百余名接地气的211大学学姐翩翩而来，带着时而幽默、时而逗比、时而无厘头的文风为你分享她们从高中到大学的所见所闻所感。

在这里，你将看到这些211名校最真实的面貌：老而不腻的教授、呆萌帅气的辅导员、高大上的优势专业、"百团大战"的奇葩争艳、深夜放"毒"的美食及食堂层出不穷的黑暗料理。当然，还有你最关心的住宿条件，以及学姐们高考那年踩过的坑，都埋藏于此，待你去揭开她那神秘的面纱。

在这里，你可以扫描每篇作品后面的二维码，零距离与名校学姐线上交流。听她们将大学的故事娓娓道来；听她们给你讲高三的坚持；听她们跟你说志愿填报如何选好大学与专业。除了这些，你还可做一名提问者，把你当前的迷茫、学业上的困难说给学姐，从她们那里获得帮助，让自己

前行的道路裁弯取直！

这里就是你获取名校信息的前沿阵地，就是你通往大学的一座桥梁，就是你敞开心扉与学姐交流的乐园。我们，期待你尽情地遨游！

为了方便你的阅读，我们把每所名校按拼音首字母排序，你只需在目录里对应的字母下查找相应大学，即可查阅到与之对应的文章。

予人玫瑰手有余香，愿这本书在你圆大学梦的征途上贡献一份绵薄之力，更愿你有一个美好的明天、灿烂的前程！

最后，本书能够快速结集付梓，离不开各位学姐及哈尔滨出版社工作人员的共同努力，墨香幽然，感谢有你！

学姐帮编辑部

CONTENTS

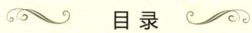

目 录

A

安徽大学 ………………………… 1

B

北京大学 ………………………… 5
北京工业大学 ………………………… 10
北京航空航天大学 ………………………… 14
北京化工大学 ………………………… 18
北京交通大学 ………………………… 22
北京科技大学 ………………………… 26
北京理工大学 ………………………… 30
北京林业大学 ………………………… 35
北京师范大学 ………………………… 39
北京体育大学 ………………………… 43
北京邮电大学 ………………………… 46
北京中医药大学 ………………………… 50

C

长安大学 54

重庆大学 58

D

大连海事大学 62

大连理工大学 65

电子科技大学 68

东北大学 72

东北林业大学 76

东北农业大学 80

东北师范大学 83

东华大学 86

东南大学 89

对外经济贸易大学 93

F

福州大学 97

复旦大学 101

G

广西大学 106

贵州大学 110

H

哈尔滨工程大学 ················· 114

哈尔滨工业大学 ················· 118

海南大学 ····················· 123

合肥工业大学 ················· 126

河北工业大学 ················· 131

河海大学 ····················· 135

湖南大学 ····················· 139

湖南师范大学 ················· 143

华北电力大学（保定）········· 147

华北电力大学（北京）········· 151

华东理工大学 ················· 155

华东师范大学 ················· 159

华南理工大学 ················· 163

华南师范大学 ················· 167

华中科技大学 ················· 171

华中农业大学 ················· 175

华中师范大学 ················· 179

J

吉林大学 ····················· 183

暨南大学 ····················· 187

江南大学 ····················· 191

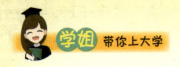
学姐 带你上大学

L

兰州大学 ················ 195

辽宁大学 ················ 199

N

南昌大学 ················ 203

南京大学 ················ 207

南京航空航天大学 ·········· 211

南京理工大学 ·············· 215

南京农业大学 ·············· 219

南京师范大学 ·············· 223

南开大学 ················ 227

内蒙古大学 ··············· 231

宁夏大学 ················ 235

Q

青海大学 ················ 238

清华大学 ················ 243

S

山东大学（威海）·········· 248

陕西师范大学 ·············· 252

上海财经大学 ·············· 256

上海大学 ················ 260

上海交通大学 …………………………… 264

石河子大学 …………………………… 269

四川大学 …………………………… 274

四川农业大学 …………………………… 278

苏州大学 …………………………… 282

太原理工大学 …………………………… 286

天津大学 …………………………… 290

天津医科大学 …………………………… 294

同济大学 …………………………… 298

武汉大学 …………………………… 305

武汉理工大学 …………………………… 312

西安电子科技大学 …………………………… 317

西安交通大学 …………………………… 321

西北大学 …………………………… 326

西北农林科技大学 …………………………… 330

西南大学 …………………………… 334

西南交通大学 …………………………… 338

西藏大学 …………………………… 342

厦门大学 …………………………… 346

新疆大学 ·· 350

Y

延边大学 ·· 355

云南大学 ·· 359

Z

浙江大学 ·· 363

郑州大学 ·· 367

中国传媒大学 ·································· 371

中国地质大学（北京） ·················· 375

中国海洋大学 ·································· 379

中国矿业大学（北京） ·················· 384

中国矿业大学（徐州） ·················· 388

中国农业大学 ·································· 393

中国人民大学 ·································· 397

中国石油大学（北京） ·················· 401

中国石油大学（华东） ·················· 404

中国药科大学 ·································· 408

中国政法大学 ·································· 414

中南财经政法大学 ························· 418

中南大学 ·· 421

中山大学 ·· 427

中央财经大学 ·································· 431

中央民族大学 ·································· 435

千秋雪，不及时光一缕尘
——安大随记

文 / 葛文惠

蓦里寻卿，欲千百度

说实话，沁儿填报安徽大学时心里微微有些失落。作为合肥本地人，沁儿本不愿意留在这里。如果说有一个说服沁儿来这里的理由的话，应该是——安徽大学是国家"211工程"重点建设高校，"庐地名校，徽州学府，接九龙于西地，揽碧湖于东门"，沁儿在入学体验中这样写道。

是的，坐落于合肥市九龙路上的安徽大学，倚靠翡翠湖，与合肥工业大学隔岸相望。

八月将尽，沁儿来到这所大学，走着类似高中的路线，却带着不一样的心情。大学啊，奋斗了12年方才到达的地方，我们梦想中的象牙塔。在公交车上，沁儿心里还是有些激动，带着关于未来与梦想的希冀，她将从这里扬帆远航。

嘉实之树，灼灼其华

沁儿被录取在法学院。法学是安大的优势专业，由于开设较早，名师较多，如今已形成了完备的教学体系，入选了国家"卓越法律人才教育培养计划"的教育方案中，在2015年又新增了知识产权这一热门专业。当然安大的领先专业不止这些，如外语学院的英语、俄语和西班牙语，都是安徽大学录取分数较高的专业，是作为安大对外宣传的王牌专业。

作为安徽唯一一所知名的综合性大学，安大的成就不止在文科领域，它的计算机

学院的计算机科学与技术专业不仅是国家的重点学科，而且位列全国前十，这对于一个地方高校来说，实属不易。另外安大的数学、化学、高分子材料与工程、生态学、电子电路、电磁场与微波技术专业都不容小觑。安徽大学有两个教育部重点实验室：计算智能与信号处理教育部重点实验室、光电信息获取与控制教育部重点实验室。还有一个国家与地方联合共建实验室，即高节能电机及控制技术国家地方联合工程实验室。可以说安大理科也足以独当一面。当今比较热门的财会专业，安大也拥有了较为雄厚的师资力量，其中会计学专业在历年录取分数线上多居榜首。

除了经济学院、化学化工学院、计算机科学与技术学院、数学科学学院、文学院和法学院等，安大还有一个独具特色的学院——文典学院。在不少同学的印象中，文典学院应该是"高大上"的代名词，以"文心哲思，大成于典"为办学宗旨，从安大的优秀录取生中再行选拔，门槛较高，录取人数也较少。文典学院坚持一贯的小班管理教学模式，通学文理，留学机会也较多，为得天下英才而育之，培养具有深厚人文底蕴、扎实专业知识、强烈创新意识、宽广国际视野、从事基础学科科学研究的拔尖人才。

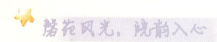

如果说还有一个让沁儿爱上这所大学的理由，那应该是安大的美景了吧。

安徽大学主要分为龙河校区和磬苑校区两个部分，另外还有国际商学院和江淮学院，在合肥高新区有一处安徽大学科技园。沁儿所在的是新建不久的磬苑校区。磬苑之名也有出处：大学整体轮廓如古代的打击乐器磬，此寓意一；以磬音和谐喻学校办学之和谐，此寓意二；以磬之乐喻学校之职责乃培育教化人才，此寓意三。

成半环形的西门处便是适之楼，以胡适的字为名，意在教导学子"物竞天择，适者生存"之道，那里也被称为大学生活动中心，是校园活动比赛的场所和各大社团的基地。

从西门而望，一方八角楼巍巍而立，那是安徽大学的图书馆——文典阁，以安大泰斗刘文典先生之名命名，文典阁后还雕有他的塑像，以彰其为建校做出的卓越贡献。另外图书馆称"阁"，复与古代的文渊阁、文昌阁、文澜阁等，相仿佛，以示学术流传，渊源有自。馆内藏书颇丰，是学习的好去处。与之相对应的龙河校区有一处逸夫馆供

人阅览。图书馆前有一圆形下沉式广场，拾阶而下是一大片活动广场，那里是爱在安大的见证，也是"百团大战"的阵地。

沿路东行，便到了流水广场，两侧清池如镜面，中间阶梯倾斜，晴时可供人行走，每至梅雨深深，水涨池溢，汩汩流过阶梯，因此称之为"流水广场"。

接着便是坐落于东门的磬苑广场了，门的两边，各立四根方形石柱，广场南北两侧，有八座以赵朴初先生手迹为主体的多字体校训卧石。近门南侧，又有一处花岗岩石，似是未曾切磋琢磨的巨型玉璞，浑然天成，质朴自然。广场中心，则有源头活水潺潺，从草体"理""徽""朴"三个大字间蜿蜒流过，与流水广场相连。

渐出东门，穿行绿地，移步拱桥，这里是与安大相接的翡翠湖。虽不及江南婉约水韵，留于安大，亦是别致。

磬苑校区的建筑模式是中轴线式的，东门正对文典阁，左右两边楼宇对称，分别是人文楼和理工楼，向前是行知楼，博学南北两楼，南北两处体育场，一直延伸到南门和北门。学校教学楼以及道路皆取自"至诚至坚，博学笃行"的校训，以此勉励莘莘学子奋发向上。

嘉树繁花，岁月相与

沁儿颇爱安徽大学几处寝室的名字，南边是桂园、枫园、槐园，紧邻西门的是桃园、李园、桔园，与之对称的是松园、竹园、梅园，靠近北体育场的有枣园、榴园、杏园。据说每个园里都栽种着对应的花树，沁儿曾戏言："到秋实之日，磬苑应当丰收吧！"每间寝室拥有四人四桌四排柜子，一个卫生间和一处阳台，安大的寝室条件足以让沁儿满意了。

安大还有一个独立的园区——蕙园，靠近理工楼和研究生院，龙河校区的研究生搬到新区后便住在这里。据说内部格局是硕士研究生四人一间，博士生两人一间，内有独立的卫生间，每层走廊还有公用洗手间和洗衣间，每层楼都有一个24小时自动热水机，这比本科生要好一些。

安大的宿舍园区附近有几处清池，养了几只小天鹅，在去年，天鹅家族里又增添了几位新成员。有时晨起在池边凉亭早读，磬苑钟声杳杳，柳条低岸，池中天鹅展翅鸣叫，

环境绝佳。

蕙园后亦有一方湖，周围繁树郁郁葱葱，映于湖上，水岸同为碧色，许是离活动区较远且位置偏僻，故而人迹罕至，空寂无音。

安大另一个有趣的现象就是，所有食堂的名字都与女生寝室的名字一致。说到食堂，就不得不提起大学的伙食啦，安大的美食不少，比如桔园三楼的红油水饺（据说那里是情侣餐厅改造的）、排骨套餐，或者是榴园二楼的烤肉饭，桂园的兰州拉面，最不济，出西门到九龙路上，各类吃食应有尽有。

晚来欲雪，可否停留

沁儿无事时，喜欢在林荫道上漫步。傍晚时分，安大广播台开播了，校园各处回荡的都是安徽大学的校歌：

> 潜岳苍苍，江淮汤汤。夏商肇启，雍容汉唐。
> 文化丕成，民族是昌。莘莘多士，跻兹上庠。
> 潜岳苍苍，江淮汤汤。缅怀先哲，管仲蒙庄。
> 高文显学，宋清孔彰。莘莘多士，跻兹上庠。

这首由安大前校长程演生作词，中国现代音乐奠基人萧友梅作曲的校歌，据说是在复旦大学图书馆发现的，这首带着古朴诗经韵味的曲子在安大传唱至今。除了每日必播的校歌，广播台每天都会推出学生点的曲目，或者播报一些时事新闻、英文诵读等等。如果把大学比作人的话，安徽大学应当是一个古典温婉的女子，她的声音，她的形象，她的一草一木，她的细碎角落无不体现着这一点。

注：本文由青铜诗社推荐

扫码问学姐

青春大概，来日方长

文／王冰璐

十年一梦，一念北大

当有一天我枕完十年的梦，不甘心酣然入睡，迈进未名湖这片海洋，叩开方李邦琴的大门，我有些窘迫。十年，真是段不短的时光。很多人曾经问过我，北大于我到底是怎样的存在。时光逆流，也许你曾和我一样在教室墙上、桌上密密麻麻写满"冲进北大，北大等我"的字样；也许你曾和我一样在焚膏继晷疲倦不堪的备考深夜看一眼"PKU"便立刻满血复活。那个时候的北大是一种信仰，是我们寻梦的地方，是我们用十年寒窗的清苦去缔造的年轻战场。十八年岁月，我们曾一次次夜里挑灯，梦回答卷，我们哭过，累过，懊恼焦急过，我们失落，失望，失掉所有方向；十八载芳华，我们曾无数次为自己鼓掌，咬着牙坚强，我们笑过，闹过，春风得意过，我们追思，追梦，追寻我们要去的远方。那是我们用十八年写下的故事，我们曾疑惑，曾惊叹，曾了然，最后只剩下一句话："北大，我们来了。"

忆惜长别，阳关千叠，狂歌曾竞夜，收拾山河待百年约。这是我们等了十八年的梦想，终于有一天，我们从五湖四海奔赴到这里；终于有一天，我们一起领略"眼底未名水，胸中黄河月"；终于有一天，我们有机会把青春铸熔在北大，在信管写新的篇章——信以通达，管则治世。我们曾度过有坚定信念的十年，开始疑惑且漫无目的的而今；我们曾度过刷题拿高分的十年，开始"DDL是第一生产力"的而今；我们曾度过荣耀清风自来的十年，开始努力自己突围寻找机会的而今。十年、而今，这真是个值得人感慨的转折。我们用十年做了一个梦，唯愿不只在北大大梦一场，这一念，是一霎，也是四年弹指间。

与书香有染，与风月无关

"城外有座山，山里有座庙，庙里有个老和尚，老和尚给小和尚讲了很多经验，只是小和尚从来没有听过，直到有一天，小和尚也成了老和尚，然后，把故事重复地写下去。"

在这个故事里，我是那个小和尚，也是那个老和尚。来北大前，四面八方的老师说得最多的是，多去图书馆；听学长学姐懊悔最多的是，遗憾没有多去几次图书馆；去年冬天，就连我爸都在微信聊天中一再叮嘱我，少出去玩，多去图书馆坐坐，我问他我去干啥，我爸说"防霾"。我想这年头当泡图书馆成为一种时尚，那一定是一种不可抵挡的潮流，至少它已经火了几千年了。只可惜，图书馆的地板太硬，不能让马克思磨出一个深凹下去的脚印，于是滋养了我这只懊悔在被窝里的懒虫。很多时候，我们听了很多道理，却依旧过不好这一生，因为道理比现实整整多了七画。

可老和尚的义务是，告诉小和尚们，多去泡泡图书馆，别让淘宝和DOTA充斥整个午后；多去泡泡图书馆吧，泡着泡着你就学会泡妹子了；多去泡泡图书馆吧，不去图书馆怎么变男神（自行百度"北大图书馆男神"）；多去泡泡图书馆吧，北大亚洲最大的图书馆一定不会让你失望；多去泡泡图书馆吧，这句话是正经说的，安静的氛围和思考最搭配，智慧和成长才是给四年后的自己最好的交代。

30余个分馆、53000平方米的主楼面积、4000余个阅览座位，午后闲暇的咖啡时光，我想在最美的北大图书馆与你来一场邂逅，与书香有染，与岁月无关。

做个头脑简单四肢发达的灵活胖子

各路言情剧里常说"爱笑的女孩子运气都不会太差"，就好像说"爱运动的人一定身材健美"一样自然，可我偏偏是个热爱运动的胖子。我拿过北大杯定向越野女子组第二名，在第一届毽球大赛中获得女子团体项目第五名，参加过多次马拉松比赛，也在学校冬季越野比赛中年年优胜。大学里，不用运动去充实你的生活，去结交一帮志同道

合的朋友，真的就太可惜了。北大绝不是一所只有书本的大学，你可以在闲暇的午后去游泳馆做条自由的美人鱼，哪管身材好不好；你可以在"邱德拔"的夜晚和朋友预约上一小时的羽毛球，然后一路狂奔回宿舍，踩着点儿冲最后一趟澡；你可以去"五四"，拿着荧光棒，夜奔操场，跟着劲浪的音乐，或者戴上耳机，听听这个世界为你停了几秒；你可以去攀岩场上流汗，或者仅仅骑着单车在校园狂飙；你可以在定向路上拿着地图却迷失了方向，或者跳起"青春修炼手册"的动感健美操。所以，看到这里和我一样会心一笑的你，是热爱生活的；所以，看到这里开始憧憬的你，是属于北大的。

听到太多的人评价说，北大这个园子里的人是生性浪漫的，是追求自由的。我想，那应该是北大的灵魂吧，追求自己想干的事，奋斗自己愿做的梦，不甘心被现实束缚了手脚。因为敢于奔跑，所以一直追逐在路上，所以越走越远。未来的路很长，生活很美，这个世界等待我们一起流浪。

青春大概，来日方长

我想，留一段给"鸡汤"，这篇幅比例够不落俗套了吧？旁边损友立刻补刀，鸡汤即俗套。可我仍想说：不要后悔你所干过的每一件事，塞翁失马，焉知非福。其实，当你觉得你在浪费生命，得不到回报的时候，生命一定会在以后某个特定的日子，给你意想不到的收获。很多人问过我，到底该怎样做人才能一帆风顺。可人生哪有不走弯路的呢？我不奢望你听取我的意见少走一些弯路，我从不认为那是最正确的方法，最正确的方法是，多去尝试吧，不要怕失败，不要怕走弯路，你每走的一步弯路在未来的某一天都会发挥它应有的作用。可能说这些，你都还不能理解，但没关系，当你有一天为自己曾经走过的弯路会心一笑，想起我某个夜晚为你码的字，我想，那就是你成长的新起点吧。特别喜欢燕园的一首曲子——《青春大概》，因为来日方长。我想要去见证，见证生活的每一个惊喜，然后悄悄讲给你听。夜深了，看到闪烁的星星，也能想起每一个笃行的你，即使流着汗，终点还很远，也从未放弃。

"眼中有路，心底有光，跌跌撞撞，不知疲惫，一直错到对。"

------------------------------ 我是干货分隔线 ------------------------------

☀ 关于专业课程的三两事

第一学年的课程给我最大的感受是，北大真的是个兼容并包的地方，不仅仅是双学位可以拓展见识，数不清的优质通选课也足以满足你所有的兴趣点。我所在的院系是个多元的地方，你可以读读背背，也可以写写算算，你可以学好计算机去代码的世界当个特立独行的键盘侠；你可以用设计揣度用户内心，去做人机交互，创造互联网的美好；你可以用大数据的思维去观看这个海量信息时代的一颦一笑；你可以理性地做"田野调查"，去探索人类信息行为；你还可以做信息的操盘手，把错综复杂改写得巧妙精练。

我热爱我的专业，曾以全系综合排名第一的成绩拿过北大最高额度的奖学金——"唐立新奖学金"；也拿过新加坡政府 SM1 项目全额奖学金，而所有的沉甸甸的荣誉都源于北大教给我的美——豁达开朗，保持对生活的热爱，微笑地面对每一天的成功，不管前路迷茫与坎坷。和书本交流、和知识互动，我一直觉得学习是一个双向的过程，读懂每一本书里驻扎的深邃的灵魂，享受每一句未知的洗礼：只有热爱才是生活最好的诠释。

☀ 关于学生工作的三两事

学生工作是大学必不可少的事情，我热爱学生工作。在学校，我担任北京大学党委组织部学生助理、北京大学办公自动化专业课助教、北京大学信息管理系组织部部长、14级本科班班长、北京大学基层信息员。简言之，我是个喜欢干活的人。在我看来，无论是搬砖还是组织，无论是干活还是玩耍，学生工作会给你一种依靠感，一种"与有肝胆人共事，从无字句处读书"的责任感。大学是社会的伊始，初入社会的我们，有必要在这样一个团体里去学一些什么，去体悟一些什么，去找到一群靠谱的朋友，或是找到一群固定的"饭友"。而我干的工作中，学生助理和学生会的工作有一点细微的区别：学生会是充满创造性的、热情洋溢的无私奉献，相比而言，学生助理是耐得住寂寞的、严谨踏实的有偿服务。但可以肯定的是，无论是哪一种人生，都必定是精彩的，因为新的体验，新的尝试，新的体悟，是生活最好的沉淀。

☀ 关于学校社团的三两事

社团是什么？在高中的课本里，那是一个证明我们"德智体美劳"全面发展，却一次活动也不开展的挂名，那是一个不学无术、吃喝玩乐的地方。然而北大的社团将会完全颠覆你的想象。在北大，每学期都会有"百团大战"，从二次元到红学研究，从剑道武术到舞蹈音乐，从魔术棋牌到品茶禅学，北大从来不缺少兴趣的扎堆处，因为北大人向来是热爱生活、多才多艺的。我是北京大学 CIO 论坛的团支书，担任北京大学互联网产品设计协会的会长，也曾在飞盘社当过宣传小编。在我看来，社团是一个人灵魂的栖息处，有的人加入社团是为了新鲜，有的人是为了脱单，有的人是为了交友，有的人则是热爱，但无外乎都是一个个单纯的灵魂，在不同的圈子里找到志同道合的人。他们可以为了一个活动通宵策划，可以一起排练表演，可以相约在各种舞台大展风采，可以在学习之余迅速找到聊天的话题，可以收获兄弟挚友，也可以寻觅到人生另一半。

☀ END

当然，我说的这么多事，并不是每件事都适合每一个人，大学就是这样一个不断突破自己，找准定位，选择机会，成熟历练的过程。世上没有所有人生通用的模板，就像这世间找不出两片相同的树叶，我衷心地希望每一个读文的你都能活出自己的精彩。未名湖是片海洋，诗人们都沉在水底，燕园的美好值得成为你前行的动力，更配得上你所受过的苦、走过的路。谨以此感谢去年伴我们一路走来的师兄师姐们，正是因为他们，我们才如此的笃定，当有一天我们与你们相遇，我们也会伴你们一路前行，风雨无阻。等你在北大，等你收获最美的成长！

> 我们用"十年一梦，一念北大"的执着徜徉在"与书香有染，与风月无关"的殿堂，即使做一个"头脑简单，四肢发达的灵活胖子"，也要来一场"青春大概，来日方长"的流浪。用热爱去学习，用敬畏去成长，用无畏去生活。愿你在生活的某一天会心一笑，想起我某个夜晚为你码的字，也能有一丝丝感触，一丝丝荡气回肠。祝福你，每个人都是生活最美的主角。

扫码问学姐

故人梦

文 / 段星星

　　大学对曾经在高中的我来说一直是一场梦，大学的生活，大学的教室，大学的人，甚至大学的一棵草都令我为之憧憬。对那时的我来说，大学是一场最美的梦，一直期盼的梦，而对于现在的我来说，大学是曾经的那个身穿校服、面孔青涩和我同名同姓同样 DNA 的那个人的梦。

　　老生常谈，我们几乎都已经看倦了满篇都在写对大学如何憧憬的文章，我的高中也是那样，在繁忙时光中偷偷在课桌下摊开一本杂志，看着前人对自己大学生活的书写，在自己脑中描绘着自己的未来。终于，在我们迈过那条被誉为是人生的分水岭的高考线，度过被誉为人生中最美假期的三个月后，我带着铺盖卷，提着大包小包还有自己舍不得的细碎零件来到了北京工业大学，开始了曾经幻想的生活。

怎么说呢，在北工大的生活也就那样，说差别大的话，和高中生活确实有差别，说它差别小呢，生活还在继续，都是一样的吃喝拉撒。

我所属的院系在我们学校算是最老的院系之一，在建校时就已经成立了，当然啦，跟清北那样的百年名校是没法比，所以目前为止，我觉得我所学专业最厉害之处，就是在说出院系班级编号时喊出一连串的"1"。我学的专业是被誉为工科中的战斗机——机械工程。一帮男生中间零星可以拣出个女生就算不错的，可能是因为大多数女生都不愿学习工科的缘故吧，我们学院里的女生寥寥无几。院里男生的宿舍数量可以占宿舍楼一层，而女生也就两个屋子，而这些屈指可数的女生中，大多是专业调剂过来的。当然，这也是因为我们的情况比较特殊，男女比例这些都是根据科目而定的。

在大学的学习嘛，因为不同的专业最后的结果也不一样，过了这么长时间，我见过从早忙到晚，熄灯才回屋倒头就睡的学霸，也见过修了双学位还能天天追剧，期末照样高分的大神，不过不管怎么样，只要认真去学都没问题。看过那么多关于大学的描述，至少有一点没错，跟高三比起来，大学根本就不是事儿。

大学中所有的学院相对来说比较独立，除了开学典礼、毕业典礼外几乎就没有同期生全部聚齐的情况，都是各玩各的。有兴趣的话，去旁听其他专业的课，会有意想不到的收获。同样的科目，在别的学院听会有很新奇的感觉，蛮好玩的。

当然院系学习什么的是大学的正常工作，还有一点也是从高中起就一直憧憬的，就是社团啦。不知道是不是因为本人略宅，日漫什么的看多了，想象中的社团就是和动漫里的社团一样的。到了大学以后，在社团招新时还确实看起来和漫画里的略像，不过如果你们真的以为大学社团是那种几个萌妹子凑一块就能当偶像，或者有个听起来名字怪怪的，其实可以供男孩子开后宫，玩儿修罗场的地方，那么不管你是死宅还是腐女，反正请醒一醒，大学的社团怎么可能是你想象中的那个样子呢？

　　开学初，社团招新的时候，确实被那个架势小小地震慑了一下，感觉就和超市搞促销一样，音响声音开得一家比一家大，各种花样千奇百怪。本人虽然学的是一个工科中的战斗机的专业，不过内心还算文静吧，嗯，对，还算文静。最重要的是，也不知道是谁乱喊，不报社团没有某种学分，导致本来想安静度日的我，不得已钻进这人山人海去寻找属于自己的那个社团，或许巧合，或许注定，我居然忽视了那么多玩儿得轰轰烈烈的社团，像着魔似的走到一个堆满书的桌子前，交了社费，填了表，我甚至当时都不知道它的名字。最后我知道了，这个因为一段谣言，一份巧合将我的命运与之捆绑起来的社团，叫作"宏文文学社"，也就是北京工业大学文学社。为什么我找到了这个社团？只能说"鬼使神差"，估计冥冥中早已注定的吧。

　　不知道是不是因为自己的个性比较"轴"，只要是自己的选择就一定要贯彻到底，虽然我不知道文学社到底是干吗的，但每次活动还是必到。来社团以后，怎么说呢，这是一个感觉很怪的地方，可能因为是文学社吧，每个人肚子里多少都有点墨水，大家有共同喜欢的作家、书籍，文风相近可以玩儿得不亦乐乎，不过如果意见相悖，就多少会有一点文人相轻的感觉。还有就是社团没有那么严密的组织结构，总地来说比较松散，所以每次活动时的人都不一样，也不会有什么强制要求。比较自由，不会让人感觉有负担，这点还是蛮不错的。

　　说到参加社团，总会感觉到当初的天真与憧憬与现实之间的差距是如此大。

　　现在又有一句更是让我们耳朵都磨出茧子的话：大学就是一个小小的社会，是人生最后的象牙塔。这句话，确实很精辟。

　　大学确实是人生最后的象牙塔，从住宿这件事上就能体现出来。对于曾经有过住校经验的小伙伴来说，相比高中时的严格管理，大学的住宿生活简直快哉，只有周一到周五晚上断电，周六日还可以彻夜刷剧，网络服务也是相当不错的，完全满足所需。

吃的方面，估计是北工大能拿出手的了，反正只要口味不是特别怪，基本都能找到自己喜欢的，并且味道还不错。生活所需的一切，学校里都能满足，只要愿意，不出校门也能过上一学期。

大学四年，我刚刚在北工大待了一年半，估计还有许多我们不知道的东西。不过简单讲，我来到了北工大，带着憧憬与幻想，然后被现实击碎，并不是说北工大不好。无论这是命运的选择，还是我自己实力的见证，我来到了平乐园100号，来这里实现我曾经的那个梦，然后发现，梦这种东西，估计在我踏进大学校门时，就已经不属于我了吧？现在的我只是变成了千万大学生中的普通一员，操心着自己的学业与前途，期盼着每天一成不变的生活，至于曾经的那些由憧憬和幻想编织出的梦境，估计是留在那某一年的六月七日和六月八日了吧！

注：本文由宏文文学社推荐

扫码问学姐

致最美的你

文 / 何璐

　　收到通知书，看到自己将要去沙河校区，我的内心是拒绝的。但是走下校车的那一瞬间，你给我带来是震撼，起初的怨言也都被抛到脑后。整齐的高楼，给人一种雄伟壮观的气势，所有建筑的布局都是那样的严谨，没有一丝的浮夸、张扬。慢慢揭开你神秘面纱的时候，才发现你是如此的迷人。

　　在不了解你的时候，觉得北航是一所具有传奇色彩的学校，它给人以神秘的氛围，由于一些特殊原因，外界对于它的了解很少。它的男女比例是大家津津乐道的笑话，是"帝都"男女比例不协调之最，标准的理工科学校，理科男遍布校园。

　　北航是一所偏理工科的综合性大学，并不是所有女生未来就是空姐，男生未来就是开飞机的。北航理工科发展历史悠久，很多理工科专业都处于国内领先水平。比如能源与动力工程、飞行器设计、计算机、自动化等这些专业都是北航的王牌专业。这些都是一些发展成熟的大系，管理制度都相当成熟。北航在大一都是采取通识课教学，在大二才具体选自己的专业，依据自己的兴趣在自己的专业内选自己喜欢的方向，所以你不用担心自己选错专业。

　　北航人文学科的通识课发展是走在国内先列的，而且北航的行管专业在国内排名也是前十，法学、心理、经济、德语、英语、翻译也在积极地发展。学校对文科的支持力度也非常大，如果你是一个文科考生，北航也是一个不错的选择，缺

点就是现在开设的文科专业比较少。

虽然沙河的"妖风"无情，虽然沙河不便的交通让同学失去了出门的欲望，虽然北方的干燥气候让我尝尝对镜自叹，但我喜欢这里，喜欢沙航（北航沙河校区，下同）人少但安静，喜欢在沙航简单的小日子，喜欢沙航日落时分的南湖和美丽"冻"人的雪景……想到再过几个月，我就要离开这里了，心里有点不舍。沙航远离城市的喧嚣，远离现代技术，更可能有人会觉得这样是不是限制了学生的视野。这点完全不用担心，在沙航，每周都会开很多博雅课堂（请各种领域的牛人开设的讲座，总有一款适合你）。在娱乐方面，梦幻剧场也会举办很多表演。这里虽然不像大都市一样繁花似锦，但是这里的生活同样多姿多彩。

在学习之余，这里也有很多社团，文学类、体育类、棋牌类、音乐类等各种社团，在"百团大战"这个盛宴中，你可以根据自己的爱好，任意选择你喜欢的社团。学校的社团一般每周都会有活动，如果你是牛人，你可以跟牛人切磋技艺；如果你什么都不会，也完全不用担心，因为这里有牛人教你，只要你有兴趣，就可以找到归属感。

北航那独立于世的精神更让人痴狂。你的外表如此绚烂，你的内心如此圣洁，每一个北航人都被你的精神震撼，我自豪自己是一个北航人，在你的谆谆教诲下不断前进。新校区选在了郊区，这里没有城市里的灯红酒绿，远离北京城的喧嚣，少了一份躁动，多了一份沉着。这如诗如画的环境会让你摒除一切杂念，找到自己的方向并为之不断努力。

北航是建国后为了国防事业的发展而成立的院校。虽然已经过完了60岁的生日，但与北大、清华比，北航还是太年轻。

这是一所拥有淡泊之美的学校，但国内真正了解北航的人很少，也许是因为没有出过一个国家领导人，没有一个大文豪。这里只有像罗阳一样兢兢业业坚守岗位的航天人。北航只是隶属于工信部的一所国防学校，其使命就是为国防事业的发展不断做

贡献。尽管北航多次被误解，比如"北航是专科吗"？"北航的毕业生都是空姐跟开飞机的吧"？但是北航依然坚持做自己，对于这些误解只是无奈，只有一笑而过。北航不喜欢张扬，只喜欢脚踏实地的工作。我们在自己的领域也有自己显著的成绩，虽然世人那么不了解我们。从中国第一架轻型运输机"北京一号"到中国第一枚探空火箭"北京二号"，再到中国第一架全自动无人驾驶飞机"北京五号"，北航建立的功勋历历在目。张广军教授带领的小型高精度天体敏感器技术研究团队，为实现我国航天器小型化、高精度自主运行提供了姿态测量的重要技术途径与更新换代产品的成功，解决了卫星高精度姿态测量技术的瓶颈。这些项目在保障国家安全的同时，也带来巨大的经济效益。

国防是一个国家安全的基础，虽然现在强调世界和平，但是没有国防做保障的国家是没有独立外交的。强外交的背景下就是国防实力的强盛，北航就一直默默地扮演着自己的角色。来北京旅游的人，多半都不会错过北大、清华。他们感叹这是中国最高的学府，希望自己的孩子能来到这里。在暑假里，你会看到很多家长领着小孩来到中国顶尖的学府，所有人都觉得这两所学校是学习优秀的证明。相比于清华、北大，北航就会冷寂很多，你很难看到零星的游客，只有学生、老师在道路上匆匆走过。北航不需要把自己放在聚光灯下来吸引人的眼光，永远怀着一种信念："就算全世界都忘记我，我自己永远不会忘记自己"。一个有航空抱负的人、致力于国防科的人，他会选择北航，但是一旦选定北航，他的一生只有奉献给国家，而且注定生活在背后。

北航的校风无可挑剔。学生从大一开始起就用"知行合一，德才兼备"的校训严格要求自己，每一个北航人都会脚踏实地搞研究，不管外面的世界如何变化，他们都不会忘记自己肩上的使命。在我国建国之初，国家经济实力比较弱，北航刚成立，各种条件都很艰苦，但是为了人民，为了国家，只有坚持。"爱祖国、爱航空、爱航天、爱北航"是北航所独有的四爱精神，在四爱精神的鼓舞下，北航培养了一批又一批优秀的航空航天人才，为我国的航天工业做出巨大贡献。在这个物欲横流的社会环境下，北航很多人还是背着包，默默地搞科研。搞科研是一项艰难的任务，必须要有坚定的信念，没有强大的精神力量的支持，没人能忍受得了科研路上的寂寞孤独。

2010年，我校选择温家宝总理的《仰望星空》作为校歌。只有懂得仰望星空我们才有目标，只有懂得仰望星空我们才不会偏离航道。我们的事业就是那浩瀚的星空，我们的追求就是不断探索星空的奥秘。《仰望星空》这首诗，意境广阔而深邃，格调宁静而致远，读起来扣人心弦、回味无穷，对北航的建设和发展具有特殊而深刻的意义，将激励北航人树立崇高理想和远大志向，激发北航人服务国家战略需求的科学创新精神和人文情怀，为成为"空天信"融合的世界一流大学的目标而不懈奋斗。《仰望星空》谱曲后，旋律优美感人，节奏流畅明快，深沉大气，使命感强，催人奋进，具有很强的感召力和凝聚力，实现了音乐艺术与诗歌艺术的完美结合，很好地融合了学校的文化传统与精神特质。

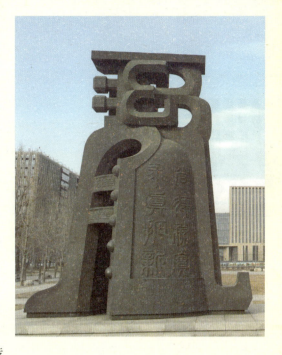

　　就是在这样的氛围下，北航人都有一种浓烈的使命感，为了航空航天、为了在自己的领域不断前进。我自豪自己在一个学术氛围如此浓郁的学校，在这里，你不敢停下自己追寻的脚步，因为你稍作停留，你就很难再跟上时代的步伐。为了使命、为了责任，我们甘愿放弃生活的享乐，我们追求卓越。

　　北航景色宜人，四季分明，给人以愉悦的视觉感受。但是它的淡泊之美更给人以心灵的塑造，让我们拥有强大的心灵，做好准备去迎接今后的挑战。无论你以后做什么，它都会给你力量支持。我庆幸自己选择了北航，我自豪我是北航人。

扫码问学姐

我眼中的北化

文 / 杨佩颖

　　北京化工大学拥有三个校区：北校区，东校区和西校区。北校区位于昌平区的中心地带，附近有中国石油大学、中国政法大学两所高校。东校区位于朝阳区北三环，与北京中医药大学毗邻。西校区则只有工业设计等少数几个专业，位于海淀紫竹院。

　　北校区的面积不大，上课主要在主教学楼和阶梯教室进行，实验课则在实验楼。此外还有金工实习车间、体育馆、篮球场、网球场和足球场。生活区有两座食堂——清露园和润泽苑，还有六座宿舍楼。润泽苑食堂附近有一个大超市，以及各种小店也一应俱全。

　　北校区最美丽的地方当属荷花池了。春天，白玉兰和紫玉兰最先登场，清幽的香气伴着从冬日里苏醒过来的琅琅晨读声，为校园增添了第一抹生气。夏天池水涨满的时候，一朵朵荷花与睡莲便会竞相绽放。莲叶下常有金红相间的鲤鱼翻搅嬉戏，若是撒一把鱼食，便会把这池中的鱼儿都吸引到身边。杨柳依依的湖畔，石桌石凳，石桥石路。虽简单粗陋了些，却也别有一番古拙的美。金秋时节就要看礼仪广场通向南门的几排银杏树，金黄的银杏叶厚厚地铺了一地，树枝上却依然辉煌绚烂。每次踏着这条银杏叶铺就的小路走向图书馆，心灵都像是经历了一次洗礼，变得安详而宁静。

　　说到北校区的建筑，看似普通，实则严格按照古代风水学说来建造。古人建造居所讲求依山傍水，坐北朝南。背面环山可遮挡北面来的疾风，门前流水则便于浣衣和饮用。北校区的建筑正是坐北朝南，背后有一条黛青的山脉，而门前无水是唯一的缺陷，于是在南门通向礼仪广场的大路上就修建了一条象征性的"河流"，里面用红色小石子填充，代表黄河。主教学楼的台基修得非常高，台基上还围有栏杆。这都是规格比较高的古代建筑的特点。

院系篇

　　顾名思义，北京化工大学的强势专业当然包括化学工程与工艺专业，除此之外还有可能不被大家所了解的高分子材料与工程专业。北区目前设有八大院系，简称"化材机信，经理文生"，分别对应化工学院、材料学院、机电学院、信息学院、经管学院、理学院、文法学院、生命学院。

　　虽然学校的学科涉猎广泛，不过北京化工大学还是一所以理工科为主的学校。学校男女比例2：1，经常可以看到身着迷彩服与身着白大褂的同学同时在校园里穿梭，这也是北化一大风景之一。穿着迷彩服的是刚刚上完金工实习课的同学。学校为了保护同学们的衣服不被弄脏，要求大家统一穿军训时穿过的迷彩服。而穿白大褂的则是刚刚做完化学实验的同学。化工、材料、应用化学、生物工程等专业的同学都要求在大学里学习化学实验这门课程。学校有专门的实验楼，不同的楼层分别作为物理实验、无机实验、有机实验的教室。做有机实验的楼层常常弥漫着有机试剂的味道。外人可能会觉得不好闻，但对我们化学专业的同学来讲，这种熟悉又亲切的味道是使命的味道，是我们为了得到知识和经验必须付出的。当我们通过自己的双手创造出有价值的产品时，这种味道更是一种享受。哪怕这过程再苦、再累、再危险，都不算什么了。

　　师资力量方面，学校的每一位教授都博学多识，独具个性，深得同学们的喜爱。

在不同的课上领略不同教师的
风采，是一件很享受的事情。
风度翩翩的高等数学教授杨永
愉，已经年逾花甲，站在讲台
上依然思维清晰，讲话沉稳有
力，字迹工整清晰，是非常受
大家敬爱的老师。还有一位出
了名的大学物理实验教授谢超
然，是学校里唯一会给学生打
负分的老师。这个铁面无私、

让大家又敬又怕的老师，在如今的大学校园里，依然不动摇自己的标准和原则，严格
要求学生，这其实是值得我们每一个人尊敬的。

 食宿篇

　　北化的食堂乍一看不起眼，实际有很多美食是值得挖掘的。学校有一个三层的食
堂名叫清露园，典故正是"垂缕饮清露"。一层的菜价比较便宜，牛肉拉面和米线味美
价廉，还有美式炸鸡和荷包蛋泡面也是冬日暖胃必备。早餐的油饼和馄饨味道最好。
二层有许多风味小吃，炒饭、烧烤、麻辣烫、砂锅、蛋包饭、宜宾燃面……甚至还有
著名的街边小吃烤冷面。二层的刀削面最有看点，削面过程不需要人力，全部由一个
仿真的机器人来完成。这刀削面不仅看起来惊艳，吃起来也同样惊艳。真是视觉与味
觉的双重享受。三层又叫美食广场，有精美的凉菜和盖饭，麻辣烫的内容非常丰富，
面食档口的臊子面和牛肉面值得推荐。夏天有朝鲜冷面，很实惠的一大碗，面和汤都
是冰镇过的，酸酸甜甜，开胃又消暑。

　　清露园的二楼还包括一个清真餐厅，和普通餐厅是分隔开的，拉面味道偏咸，最
诱人的是手抓饭和拉条子。手抓饭里的胡萝卜和平时吃到的不一样，软糯香甜，可以
解腻。

　　另外，清露园外侧有许多美食窗口，碧荷煎饼皮薄如纸，鸡蛋灌饼和蛋糕房的脆
皮巧克力蛋糕点击率都非常高。还可以买到汉堡、三明治、热狗和各种饮品。

　　介绍完清露园，下面就要介绍学校的另一个食堂——润泽苑了。润泽苑食堂开放
时间比清露园要长，早晨喜欢睡懒觉的以及晚饭吃得比较晚的同学就有口福啦，到了
润泽苑食堂，总会有热气腾腾的饭菜在等待着你，什么时候都不算晚。这个食堂的特

色是韩式石锅拌饭和铁板饭，有多种口味可以选择。饭端上桌的时候要小心，因为锅子被烧得很热，铁板饭里的汤汁还在咕嘟咕嘟地冒着气泡，散发出诱人的香气；石锅拌饭里与锅壁接触的米饭发出滋啦滋啦的声响，嫩嫩的煎蛋上浇着红彤彤的辣酱，和米饭蔬菜拌在一起，总会挑起你的食欲。

北校区有两栋女生宿舍楼和四栋男生宿舍楼，其中一号楼的一层和二层还分布着导员办公室和卡务中心。本科生宿舍为六人间，上下铺，宿舍面积不大，但是麻雀虽小，五脏俱全。有卫生间和阳台，阳台上为每个人准备了一个小柜子。屋内的一张桌子用来放东西，因为比较挤，不太适宜用来学习，建议写作业的话还是要去教室。宿舍没有空调，只有一个电扇，虽然夏天很热，但是冬天比较温暖。公共浴室在宿舍楼地下室，这也是比较不方便的地方。条件虽然一般，但是用心装饰一下也会变得温馨而又舒适。研究生宿舍条件好一些，四人间，并且有放书桌的地方。

社团活动篇

北校区社团活动可谓是丰富多彩。所有的社团由社团联合会统一管理。每年新生入学，"百团大战"热火朝天之际，正是各个社团大放异彩之时。社团种类之丰富，令人眼花缭乱。想要发展兴趣爱好的你，也一定会在这里面找到适合你的那一款。

比起普通社团，级别更高一些的便是院级组织、校级组织。院级组织除了学生会，还包括各院的志愿者团、辩论队等，校级组织还有勤工助学中心、学生网络中心、国旗护卫队等，社团联合会也属于校级组织的一员。尤其是国旗护卫队和校合唱团，在高校中也小有名气。合唱团分为演出团和基础团，每年的巡回演出常常使团员们非常忙碌。

除了社团活动，学校的其他活动同样丰富。院周是展示各院风采的平台；纸桥承重大赛激发大家的奇思妙想；12·9合唱节和长跑活动纪念抗日救亡运动；元旦舞会节目异彩纷呈；各院之间的交谊舞大赛便是和异性亲密接触的好时机啦。在大学，除了学习知识，我们有更多的机会参加自己感兴趣的活动，这也便是所有高中生的美好期待吧。相信北化一定不会让你失望。

注：本文由新生文学社推荐

扫码问学姐

万水千山，赴你而来

文 / 董子钰

寻她漫漫长路，回忆流光溢彩，我三生有幸，见你骨骼秀美，衣衫玲珑。

——前言

某年某月，我爱着的鸥鸟还眷恋着远方的海洋天堂，贝螺总是探出肩膀轻抚孩童的脚掌；某年某月，我爱着阳光下晒过的纸色信笺，每当走在冷风中的时候，还能悄悄拿出来温热凉透了的手；某年某月，我爱着江南青山上无声飘洒出涟漪的落花雨，只伴竹林深处里诵的缓缓的经文。而今时今日，那水，那山，不及你清晨的一滴露珠，傍晚的一缕黄昏。我只愿伴你走过120年的庆典，只愿化作一朵浮萍躺在明湖湖心，顶一把油纸伞漫步湖畔的青石板，与友人推杯换盏，豪言笑谈。

还记得三年前，我们带着满是稚气的脸庞步入令人激昂澎湃的高中课堂；一年前，我们心怀梦想，努力拼搏，喊着"闪耀人间六月天"的激昂口号，心中默默守护和憧憬着梦里的大学，手中握着永不停息的钢笔，头脑飞速地旋转去思考着每一道难题。

当金秋九月悄然走来，当窗外的天空再次蔚蓝，当渐渐润湿的空气在初晨凝结成晶莹的小水珠，我们便再次起程，奔赴明天，迎来与交大的萍水相逢。或许有着惶惶不安，或许早已心潮澎湃，亦或许轻踏夏日缤纷的浪漫梦想，我们各自起航。拥满目的崭新与活力入怀，新校园，新起点，新梦想，新朋友，崭新的明天正闪着柔光向我们每一个人挥手。每当以自己最习惯的方式走进南门，就会觉得，它如照片中的那样窄，但却比想象中的还要高大。漫步在这所美丽清秀的校园，我们并不孤单，看见那知识渊博的前辈，看见那和蔼可亲的老师，那踌躇满志的学姐与学长，便觉得这里温暖如家。

时光就像赶着马车的小精灵，就在这一颦一笑的小日子里，我们一起走过了几个月的光阴。还记得在半夏的街头，我们第一次相遇的场景。来自五湖四海的同龄人聚在一个班级，操着不同的口音，竟能像老朋友一样聊得这么欢乐。偶尔听说有一个来自自己家乡的小伙伴，心中便又一次乐开了花。还记得第一次在一起吃饭的时候，南北的差异成了茶余饭后的小话题小乐趣，我们吃着新朋友从自己家乡带过来的各种特产，感觉幸福的花儿就在那时开始盛开，然后这些花儿就在后面相处的小日子里，在举行的团日里，在召开的第一次团聚班会上，静悄悄地疯长起来。还记得散训开始的时候，拿到军训服之后好奇地穿在身上抢着照镜子，想象散训真正开始到底是个什么样子。

队列班加训虽然占据了除上课以外的大部分时间，但是每次在和教官相处的时候，都能得到不一样的收获。每个成员都很刻苦，教官不仅是学长更是朋友，而且还是我们刚刚入学后成长的引路人，我们彼此都相处得十分愉快。

记得入学后的第一次"百团大战"，各个社团的学姐学长都在十分热情地"抢人"，有唱歌超级棒的音乐社团，颜值极高的动漫社团，还有各种体育运动的社团，他们围在操场上展示自己的特色与活动，让我们这群才来大学的新朋友看得是眼花缭乱，摩拳擦掌地想要报个名了。还记得第一次参加辩论会的充分准备，第一次面试的紧张与新奇，第一次在很多人面前自我介绍并与社团的部长、理事们成为一家人，第一次进天佑会堂看话剧演出……好多的第一次，好多奇妙与青春的空气弥漫在身边，让这个本来陌生的地方也变得美好而迷人。四季交替，细水长流，在那仲夏时节，我们脸上带着微光，如此隐隐约约的萌动的小梦想，就在脑海里像条盛长的藤蔓。

我们漫步校园，指着树上亮喉咙的喜鹊，手里捧着充满激情的篮球，尽情地挥汗如雨。在那凉秋十月，我们脚下轻轻踩着飘落的银杏叶，这样不可抗拒的美丽让我只想陪着她奔跑在路上，永远不要停歇。就依次感受落叶的轻舞，聆听簌簌的悄悄话儿。我们重拾起学习的热情，学着学姐学长的样子，自己走进教学楼踏踏实实地坐在座位

上学习备考；走进图书馆，感受考研的学姐学长所给予的浓厚的书香气息。在那皑皑圣冬，我们结伴来到红果园，凝望那冬风抖落被雪压弯枝头的最后几片黄叶。捧起一抔雪，看着它在手掌里变得慵懒，淌出晶莹。我们结着伴走向满目洁白的交大，乐此不疲地在各个角落里留下照片作为自己来过的证据。

云暗初成霰点微，旋闻簌簌洒窗扉。当清晨起床望向窗外的时候，满眼的洁白给了自己这一天的第一个纯纯的梦。我们小心翼翼地踩在雪上，踩出自己心里想要表达的感受，踩出了对交大的美好祝愿，对交大的肯定与崇敬。毕竟是百年名校，总觉得，交大就是个琢磨大想法的小地方。古语云：天行健，君子以自强不息；地势坤，君子以厚德载物。21世纪，习近平总书记提出了以"实现中华民族的伟大复兴"为目标的"中国梦"，这不仅是你的梦，也是我的梦，是身在交大，莘莘学子的梦，是我们千千万万中华儿女的共同希冀！

回望历史，整个世界就像是一张精彩无尽的课表，我们需要从中吸收新鲜而丰富的营养。我们观看了《茅以升》的话剧，体味了《长征组歌》的激昂澎湃，了解了詹天佑作为"中国铁路之父"做出的卓越贡献。处在这如花似锦的年华里，我们要秉持我校"知行"的校训，发扬交大人"饮水思源"的品质之光，弘扬当今学子"爱国荣校"的精神追求。脚踏实地，弘扬个性，无畏束缚，勇于创新。学校曾走出中国第一座无线广播电台创始人刘瀚、中国第一台大型蒸汽机设计者应尚才，以及中国现代作家、文学评论家、文学史家郑振铎等很多杰出的人物。"饮水思源、爱国荣校"，有着一百余年辉煌历史的北京交通大学，肩负着新的历史使命，以更加谦虚谨慎、开拓进取的精神，努力实现交通大学百年华诞时江泽民同志题词"继往开来，勇攀高峰"的目标。选择在这所学校上学，我们无悔，我们无畏，我们会像一个大家庭一样和谐融洽地生活。我们心怀梦想，共同奋斗，志存高远。天生我材必有用，理想就是未来道路上的一面飘扬的旗帜，既然选择了属于自己的远方，便要风雨兼程，让满腔的热血在身体里沸腾，让我们这一代去给交大注入青春的血液！

告别夏日的炎热，紧握金秋的收获，迈向沉淀的素冬。大学生活，是穿越寒冬绽放在枝头的一抹新绿，是走过崎岖后难忘的记忆。看，跳动的火焰，是青春的脉动；听，欢跃的脚步，是年轻一代飞扬的流苏。热血在初晨的躯体里不知疲倦，激情在周围的空气里携手并肩。天高白云散，青鸟划过人间，坠落一尾纹路，生命在土壤中涌动，

而我们，总是以一个朝气蓬勃的面孔，在梦想的海洋上远航升帆。

愿来年三月，栀子花开，我们依然能手牵手一起奔跑，一起欢笑；愿来年细雨润无声，我们在春风中，闻见十里之外的红果园香，伴着初晨，映着你双眸，看到阳光的蔓延，看到从远方赴你而来的山水之间。

后记

不知不觉，在交大已经走过了几个月的时光，每次静下心来想想，都觉得当初从家里奔赴交大的那一天，还清晰地映在眼前。在这段温润如玉的美美日子里，我与她相识、相知、相爱。我想，我已经爱上这个除了故乡以外的、我的第二个家。我爱她的银杏，爱她的白雪，爱她的清晨，更爱她养育过的，这一代一代的才人。我身在交大，心中所向，朴实平凡的路上，唯愿未来你我都会做一个浪漫的橙色绮梦。

注：本文由知行国学社推荐

扫码问学姐

贝壳之壳

文 / 李露

　　贝壳之壳，是绚烂并且独一无二的，也曾一度在人类文明进步过程中充当着价值符号。而我要说的贝壳，指的是北京科技大学。

　　穿过巴洛克式的石雕拱门，北科厚重的历史感便扑面而来。道路上沥青的颜色已经被行人踩得加深了许多，两旁浅色的护栏和树干与之形成鲜明的色彩对比，点缀着空间。阔叶乔木之后便是常绿乔木围护的花坛，虽然并不会四季盛开着鲜花，但每一朵花都会带给人大自然的亲切感。花朵点缀下的建筑物也是别有情调，蓝色穹顶庇护之下的便是每一位小贝壳的自行车，穹顶的旁边上方是小贝壳们的小窝，小窝里面冬暖夏凉，为每一位逐梦的小贝壳提供最可靠的保障。

　　沿着沥青路前行，不远就可以看到一幢建筑，如枣红色的多米诺骨牌般恢宏又规整，那是体育馆。体育馆的正面是 2008 年北京奥运会的五环标志，仿佛在重播着当时奥运会的盛况，里面完美的设施能确保每一枚小贝壳都能获得良好的运动体验。值得一提的是，2008 年北京奥运会的火炬就出自我们贝壳的教授之手。体育馆内常聚集很多专业的运动员，每一次去都能欣赏到他们训练的场景，这让热爱体育的小贝壳又长知识又热血沸腾呢！出了体育馆便是五环广场，在几百棵银杏树和杜仲树的环绕和分割之下，五环广场几乎具备了公园的所有条件。当早上第一缕阳光穿透树叶之时，便会有年纪大的人在做早操，有时也会有人出来遛狗，这让我们这些离家很久、家里养宠物的小贝壳感到特别亲切，更开心的事就是宠物们的主人也很乐意让小贝壳们接近那些可爱的小精灵。在陌生的城市能被别人温柔地对待，找到家的感觉，是一件很暖心的事。体育馆紧挨着的就是第一餐厅——万秀园。第二餐厅叫鸿博园，两座餐厅之间隔着另一批小贝壳的小窝，包括 1—7 斋，其中 7 斋在中心，被其他 6 斋所环抱。7 斋也确实是占据了万斋之"中"的地位，学生活动中心、大部分社团的活动室、大学生就业与发展中心、校园礼品部、大学生心理咨询室都在7斋楼下。3斋下面有超市和自动取款机，9斋楼下有一条小吃街，里面有很多风味小吃，想家的小贝壳们可以去那里大快朵颐。

我们学校有一宝，那就是校园卡，小贝壳们吃饭、用水、考试都要用到，平时一定要保管好，不过不小心丢了也没关系，补办的效率是很高的。宿舍里的生活，还是挺不错的。女生宿舍是四人间，男生是六人间，每个宿舍都各有特色。大家都来自五湖四海，生活习惯上总会有些摩擦，但大家都能互相理解，互相适应，多替别人着想会让小贝壳收获别人的青睐和欣赏。大学四年，最亲近的人就是自己的室友了，小贝壳们的相亲相爱会给大学生活增添许多乐趣。细心的小贝壳也会发现，早起可以看到宿舍楼下的喜鹊在草坪上踱步或跳来跳去。或许是为了接地气吧，它们似乎更喜欢在地上活动，但也有可能是因为体形，它们个头挺大。最常

见的就是黑色的，为数不多的蓝色喜鹊也都顶着一颗黑色的脑袋。它们的身影最常出现在楼顶和草坪上，白杨树都落了叶就可以清楚地看到它们的巢，高高地架在树杈之上，做得还是很精致的。

学校里面也有很多松鼠，小贝壳们自然就会好奇学校里面松鼠的生存问题。松鼠特别怕人，很多小贝壳都看不到它们的真容。但我可以很负责任地说，我们北科是真的有松鼠的。当时是第一节课和第二节课之间，路上行人比较少，雪还在下，沉醉在雪景中的我突然看到花坛里有东西在动，定睛一看竟是一只松鼠在以逃命般的速度飞奔着，遇到了前面的人，又以迅雷不及掩耳之势迅速匿进了灌木丛中。北科不只属于我们，也属于这些小精灵。

宿舍另一个方位的正对面是操场，由田径场、网场、足球场、篮球场、观礼台五个部分组成，各个场地都合常规，最特别的是田径场。田径场跑道之内的草坪全是真草，以荒田根和三叶草居多。一眼望去，波光粼粼又整齐的是荒田根的聚居地，颜色富有质感颇有点缀之意的是三叶草，不管什么时候（当然是草绿的季节）都是水灵灵的，很惹人怜爱。过节的时候，很多班级就会全班围坐在田径场的草坪上吃吃零食、聊聊天、玩玩游戏，新生会由小班主任带着熟悉校园，不失为一件乐事。观礼台下面是体育部，部分班级在里面上体育课。老师特别体贴，一切皆以学生的健康为出发点，如果心里有疑惑，一定要向老师求助，老师会帮忙解决的。宿舍与操场连线的另一端是家属楼，教师的家属一般都住在那里，经常路过那里的小贝壳就会发现去那里可以更大频率地见到宠物。悄悄地告诉你，除了水果摊之外，那里也有菜市场，对新鲜蔬菜有特殊要求的小贝壳可以根据个人喜好购买。体育馆与操场连线的另一头便是贝壳的核心——学术区。图书馆在那里，教学楼在那里，各大学院楼在那里，校史馆在那里，主楼和天工大厦都在那里，自习圣地逸夫楼也在那里，可以满足一切学霸壳的高（变）端（态）要求。北科的师资还是很雄厚的，我们的任课教师都有着很高的学位和文化素养，也有很多教授获得过不小的奖项，但他们丝毫没有架子，对每一枚小贝壳都关爱备至，在他们的教导和带领下，小贝壳们可以接近知识的乌托邦。他们为了让每一枚小贝壳都能结出晶莹的珍珠做出了不小的贡献，值得赞叹。

学院楼与西门的连线终点就是主楼，主楼正前方屹立着毛主席的雕像，双目注视着远方，指点着江山。主楼后面是校史馆，默默地见证着北科的历史，里面被保护得很好，陈列着许多其他学校送的校徽和我们具有重大意义的成果。校史馆门前有几棵老树，树冠的垂直下方几乎寸草不生，长草的地方往往被灌木覆盖，即使是草叶凋零，也难掩枝上紫色的成串小果实，果实十分饱满，像龙葵，将校史馆点缀得更有韵味。校史馆正门前是一条砖砌的小径，每隔一块砖就会标上年份，从学校开创到校史馆建成，每一年都没落下。脚踩着一块块方砖走进校史馆，仿佛瞬间跨过了时空，见证了北科走过的数十年，迸发出强烈的主人翁意识和历史责任感。校史馆南侧，不得不提，所有的快递都是从这里签收邮寄的，这也使得它成了北科最热闹的地方之一。

"最热闹"的地方之二是图书馆。馆内有大量的藏书，可以满足想拓展专业课学霸

壳的学习要求，一至三楼有座椅，只要选了座位就可以自习，自习的贝壳们的数量大于座椅的数量，所以会比较抢手呢！图书馆的书主要与专业课相关，二楼有文学作品，四楼有很多外文书籍和报纸杂志。图书馆有一个大礼堂，曾经就有一位得过星云奖的博士在那里办讲座，他毫无保留地为我们介绍了他的故事和写作经验，值得小贝壳们敬佩。目光再收回到学生活动中心，那里是社团的根据地。大家因为同样的爱好聚在一起是一件很有缘分的事，社团有活动时出一份力无疑是锻炼合作能力和处理事务能力的途径。不只是社团，有一个团结的班级对每一枚小贝壳来说都是一件幸福的事。班级自习可以加强学术氛围，班级聚餐可以加深彼此之间的友谊，班级活动可以让彼此的心贴得更近，增强每一枚贝壳的集体荣誉感，加强班级凝聚力。

只要每一枚小贝壳都敞开心扉对待身边每一枚和自己有缘的小贝壳，那么他的壳生定是不孤单的。

注：本文由读者协会推荐

扫码问学姐

和北理，谈一场盛大的恋爱

文 / 高静琦　图 / 方晴

　　喏，你知道吗？在 2013 年的那个秋天，我和曾经的众多前辈一样，以一种前所未有的热忱，猝不及防地坠入了爱河。

　　初入学的我，瞪大着略带茫然的眼睛，在大二学长学姐的带领下第一次接触这个陌生的地方——本以为我的学校是市区中心盘踞的一缕书香，却不想一下被"流放"到了这空旷的良乡来。

　　许是不在北京市区的缘故，身处良乡，汽车驶过路面的声音寥寥落落，喇叭声更是几乎绝迹，反倒常听见麻雀、喜鹊在耳边叫着闹着，多了市区内没有的生气。这里的楼似乎大多还没得到足够的滋润而迅猛生长参天，树们草们花们则扬眉吐气地占据了大半位置，炫耀着自己的妖娆身姿。出了校门，沿着整洁的柏油路闲闲地踱过去，偶尔能看到街边有和蔼的妇女推着车卖新鲜的牛奶，另一边一个插满鸡毛掸子的小车静静立在街角。那一瞬间，仿佛穿越了时空，回到十年前自家院落门口，一种难以言说的宁静感便止不住地涌出来。在良乡住上几日，不知为什么，整个人都渐渐沉静下来，注意力便不知不觉转向了自己的学习和工作上。

　　良乡校区的校园很大，大概还要感谢军训的反复拉练，让我们得以迅速熟悉了校园各个位置而不致转向。九月的阳光还很毒辣，比我们那位面无表情的教官还要严苛，喜欢花上十二个小时不断鞭挞着我们的躯体和精神。中午唱完几首红歌，我们便迫不及待地冲进食堂，南北校区各三层的食堂给我们带来太多的选择，常有眼花缭乱难以抉择之感。除去各色正餐，学校的水果同样是不缺的，不论在学生服务中心，还是在校门口一排满载着各类新鲜水果的车摊，甚至是食堂的各个窗口，一块清甜的西瓜或一根富含营养的香蕉再或是别的什么，对于在军训的锤炼下精疲力竭的我们，简直就像沙漠中的人遇上的那片绿洲。终于结束了一天的辛苦训练，匆匆冲进各自宿舍楼里

的浴室，关上隔间的门，赖在里面让温度正宜的水流带走肌肉的呻吟声。出门顺手接一杯开水，沏上自己喜欢的饮品，坐在自己桌前，去学校的极速之星论坛以超快的网速，花上不到十分钟飞快地下载一部电影。看完后伸个大大的懒腰，关上灯爬上自己的床，在空调带来的丝丝凉意下惬意入睡——一天就这样过去了。当然，这并不只局限于军训期间，你会发现在北理生活的每一天，都是这样美好。

之前说良乡的楼并没有迅猛地生长参天——北理的楼大概算是个例外吧，在这样一个有点偏僻的地方，北理的楼以独特的现代感赋予这方土地别样的韵味。坐在教室里，可别太过讶异于这里的设备水平之先进哦。而乘着电梯悠然地从宿舍出发时，也千万别忘了带上自己的校园卡——不然，宿舍和物理实验楼的大门，可不太会为你通融呢。

论学术氛围，北理自然是无愧于自己的辉煌历史——我们的前身可是中国共产党创办的第一所理工科大学呢，现在的北京航空航天大学、北京科技大学、中南大学，可也都是1952年时抽调了我校的院系参与组建的哦。放眼看吧，这里含金量满满的各种交流项目，数量庞大到吓人的名目繁多的奖学金，如漫天繁星般交相辉映的种种学术成就，以及为我国国防事业做出的无数巨大贡献……我的北理就以这样一种无声而低调的方式，安静地奉献着、前进着。记得不久前朋友圈里疯转的那句"阅兵时的坦克，不是我理研制的，就是我理参与研制的"，还有校友赠送给学校的那辆摆在教学楼前的坦克……它的辉煌太多太多，我竟不知从何处说起。我想不光是我，每一个北理人，都会被它意气风发的锐气深深折服而更加无怨无悔地深爱它吧。

这样一个闪闪发光、功勋等身的它，却并不会让你有一丝一毫的乏味感。你听它为每一栋楼拟就的名字，丹枫园、疏桐园、静园、至善园……一丝墨韵就伴随着学子们一声声轻唤，悄然氤氲至校园各处了。沿着校园的小路漫步，能看到静园门口一张

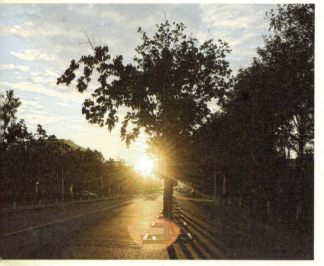

张娇媚青春的脸庞上或灿烂或安宁的笑，路旁蹲着一只小猫和两只小狗，在午后的草坪上懒洋洋地晒着太阳。丹枫园门口的大片篮球场总不会少了男孩们兴奋的叫喊声，不远处的空地，明明花期已过的大片格桑，却偏偏格外放肆而任性地盛开在路人的全部视线里，于是人的青春和自然的青春在这一刻从不同的角度完美而融洽地交汇在一起，形成了一种奇妙的平衡。这样一个它，就像是古书里携卷而出的翩翩书生，白净修长的手指执一根素笔，在泛黄的宣纸上书写流年过往、前世今生。

而在你以为它已经不能更加优秀的时候，它却偏偏在你想不到的角度，展露出更多令你惊喜的特质。你看这里的音乐社团，一群群热爱音乐的孩子窝在属于自己的排练室，抱着心爱的吉他，敲打着被一届又一届前辈精心呵护的架子鼓，像抚摸情人的脸颊般轻柔地对待那架电钢琴，于是只属于他们自己的旋律就流连在这栋建筑内久久不忍散去；你看话剧团、文学社团的孩子们，他们用自己的头脑和思想、用自己手中的笔诠释着自己眼中的世界；你看那一群广东的小伙子，那一群蒙古族的男子汉，为了留住自己热爱的这门语言而各自成立了自己的社团，并倾尽一切地努力养育着这稚嫩的小小幼苗；甚至我那几位狂热地迷恋桌游的高中同学，也在这里加入了桌游社，并组织了大大小小许多像模像样的比赛，迅速地和前辈们一起把它发展壮大了……不论你热爱着什么，憧憬着什么，有着多么深藏于心底而不愿表露的小小爱好，在这里，北理总能以它包容的胸怀和温暖的臂膀，为你提供挥洒青春的那方舞台。

它太美，恬然安居于花草鸟雀的簇拥中，任凭它们装点它的袍角与束带。而它的美又远不局限于此，对每一位北理学子而言，北湖才是它满漾爱意的眼，是它云淡风轻的怀抱，是它澄澈悠远的魂。

漫步在北湖的木质曲桥，空灵的嗒嗒声不紧不慢地为你的每一步伴奏；斜倚在栏杆上，一群锦鲤正欢快地与鸭子争食，大白鹅在不远处作壁上观，有小孩子兴奋的大叫声做背景音乐；黑天鹅在一旁伸长了高贵的颈，不屑参与这喧闹的游戏，只转了身，波澜不惊地游回自己的小木屋去。走得久了，坐在绕了藤的廊架下听潺潺水声，心与灵都在此刻得以涤净尘埃。

于是你觉得，这样注重学术与文化的、气质超然的它，想必难免有着几分病弱的味道。而紧接着，它又再一次给了你震撼。

翻阅报纸，浏览网页，不知道有多少人惊叹于那支全部由北理学子组成的足球队，用他们一代代的青春书写的奇迹，不知道有多少人满怀期待地瞪大眼睛，盼望着他们成为带动中国青少年体育发展的一股新生力量。你再看北理的篮球队、棒垒球队、橄榄球队，以及各式各样其他种类的体育团体，每一年征战于各个赛场，捧回多少闪光的奖牌奖杯。一次次咬牙坚持的刻苦训练化作最坚实的后盾，让他们得以在属于他们的那片赛场上挥洒着自己的汗水，绽放出青年人最耀眼的青春。

两年时光，你自以为终于了解了北理的全部，却在下一秒发现了它崭新的另一面——是呢，我们就像两年前学长学姐说的那样，回到了市区中心，拥抱那片闹市中安静盘踞的书香。于是在这里遇到了新的一批志同道合的前辈，又惊讶于曾经熟悉的上一级学生们竟在这一年变了许多。于是两年来积累的那种对北理的了若指掌的熟悉感瞬间被未知的新鲜感取代，有了更多的兴趣了解它的更多特质。

在这里住着，不复良乡曾经的安静空旷，瞬间有了人气和烟火气。更多的食堂，更多的社团，更紧张的节奏，更拥挤的校园……而比起良乡更富有科技与现代感的楼，这里的楼也大多数多了时间的痕迹。你看爬山虎悄悄占据了那栋老楼的某个角落，与一旁现代感十足的新楼形成奇妙的视觉冲击；你看路两旁参天的大树，因岁月的沉淀越发英挺；你看中心花园的喷泉映衬着艺术感的校徽雕塑，还有在草丛里卧着的一块刻了字的大石……一切的一切，都在无声诉说着一首未尽的诗。不久前，听说良乡校区开始兴建

东区，而中关村校区的游泳馆也在如火如荼地建设着。瞧，这里永远都有新鲜感。

这是我的北理，粼粼的北湖是它明亮的眸子；湖边摇曳的芦苇是它浓长的睫毛；风从不知名的地方拂过耳畔，带来几句不知是谁的笑语，那是它轻浅的呼吸和动人的情话。

越接近它，就越痴迷于它的神秘。我看到学生们三两成群地捧着书卷，为某篇原创诗歌里绝妙的词句拍案叫绝的样子；看到他们穿着整齐的队服和专业的球鞋，在那片草场上挥洒着汗水书写中甲学生军传奇的样子；看到他们在夜深人静时，挑一盏半暗的灯，笔尖在演算稿纸上沙沙划过的样子……我的北理似乎准备了无穷无尽的惊喜藏在各处，等待着我去发现、去挖掘。和它在一起，我多久都不会生厌。

它当然也有小小的瑕疵，连我也不时半抱怨半玩笑地取笑它。但这是我爱的那个真实的北理呢，我爱它无数的优点，也包容它——作为一个现实存在而非神话传说的——所必然具有的缺点。

你说，这样一个北理，让我怎能不爱？这样一个北理，让我怎能不深爱？

于是，我只有义无反顾地爱上它，并继续义无反顾地爱下去。

那么，你要来吗？试着走近这里，然后身不由己地爱上。

最终，像我，像每一位北理学子一样，和北理，谈一场盛大的恋爱。

注：本文由燕京新闻社推荐

扫码问学姐

诗意北林

文 / 罗茹霞

诗情绘锦绣河山，意供人惬意时光。
北方风景一城览，林大邀你共来赏。

北京林业大学，中国林业和生态环境的最高学府，其风景园林、园林和林学专业全国排名第一。知山知水，树木树人，北林学子心怀天下，替江山装成锦绣，把国土绘成丹青。北京林业大学，毗邻清华、北大、圆明园与颐和园，与中关村科技园相接，中科院半导体所就在校园内。北林优越的地理位置，让其集学术、文化、科技于一身。北京林业大学，一个浪漫唯美的园林。银杏道，学子情，闪电广场，下沉广场，美景尽览。诗意北林，随我走进。

小家碧玉

北林虽小，五脏俱全。北林博物馆，动物、植物、土壤、矿物竞相展览。北林苗圃上，园林学子雪地中土壤取样。北林气象站，百叶箱干湿表风速计尽显光芒。

怀着激动的心情，刚入学的我和同学们进入了北林博物馆。一进门，我以为我闯进了鸟的天堂呢。百鸟争鸣，引天长啸，有似在嬉戏，似在争斗，似在休息的，好不热闹。

我不知道动物们是更愿意成为标本百年不朽，还是更愿意魂归黄土呢？我觉得成为标本的动物们是绚烂的，是伟大的，是可敬的，是重于泰山的。我想这是我的大学

第一课吧，如果我是动物，我是愿意成为标本的。为科学事业献身，死而无憾。

终于，大学给了我更接近科学的机会。冷风凄凄的下雪天，我们拿着铁锹、铝盒、布袋来到了北林苗圃。与天气斗争的我们终于顺利地在苗圃取得了实验课需要的土壤。虽然真的很冷，但那时，真的有一种为科学事业付出的自豪感。

接近科学的路上我们还来到了北林气象站。大清早，雾霾天，一群蒙面人向气象站袭来。一天的实习生活开始了。装好干湿温度计、气压计、风速计、辐射表……每隔一小时测量一次数据，记录、查表、换算，我们团结合作，忙得不亦乐乎，忙到太阳落山，一天的实习生活才结束。

北林不仅有滋养科学家的场地，更有培养艺术家的盛景。银杏道，瑞雪飘，人不老，心逍遥。学子情，小休憩，心惬意，恼全去。溪山行旅（下沉广场），休息学习，竹影婆娑，山水为邻。闪电广场，情侣密集，单身谨行，防被刺激。学研中心，以树为形，顶天立地，熬夜圣地……

北林小园林，包容大美景，说不尽，单举银杏大道为例吧。

清风一夜悄悄过，黄叶万片飘飘落。
天地换装染秋色，路人忘归恋约绰。

金秋时节，银杏叶纷纷变黄飘落。北林银杏大道之上，天地恍若一张油画，金黄点染出一派诗情画意。这时候再加上一场雪，银杏大道更是美到极致。枝头上残存的黄叶若叶叶扁舟载雪远航，满地的黄叶则渐渐被雪埋没。这时候，你可以在银杏大道上打雪仗、堆雪人、滚雪球，好不享受！银杏之美，足以感动世间所有人，吸引着每一个路过的人为之拍照，与之合影。

北林虽没有清华北大般大气磅礴，它的小家碧玉却是如此令人迷醉。

北观皇家之庄重，南赏私家之温婉。学校大巴载着年轻的刚入学的学子们来到了国家园林博物馆。在国家园林博物馆中，我们不仅能看到北方的雄伟巍峨的皇家园林，

还可以看到小巧精致的南方私家园林。国家园林博物馆正门处展览着圆明园的模型，模型细节处精致小巧，远观却是大气磅礴。通过模型，我们窥见了圆明园昔日的雄伟辉煌。我特别喜欢古代馆中展出的流觞曲水模型。王羲之等人齐聚兰亭，于茂林修竹之下汲水赋诗，文人雅客的潇洒跃然纸上。还喜欢岭南私家园林的窗户，据说为了弥补广东没有秋冬二季的遗憾，窗户被设计得独具匠心。秋天，主人透过窗户可以看到外面的世界仿若落叶飘飘，冬天，主人透过窗户可以看到仿若白雪纷纷。只一扇窗户，瞬间就让我们感受到了园林的博大精深与古人的智慧。

园林学院学子在大四的时候会有机会去南方实习，去参观南方私家园林，如苏州园林。

北林十分重视实践，身为北林学子，我们就真的有机会走南闯北，欣赏我们的诗意中国，大好河山，珍奇生物。

园林学院

北京林业大学园林学院，是艺术与实用交接的桥梁，设计师与科学家纷涌的地方。熬夜与画图相伴的时光，我们在坚持，坚持将枯燥的土地妆成舒适的天堂。

北京林业大学园林学院，在全国都具有举足轻重的地位，是无数北林其他学院学子转专业时首选的学院。园林学院有风景园林、园林、园艺、城乡规划、旅游管理等专业。其中，风景园林是北京林业大学最好的专业。

除了园林学院之外，北林还有林学院、水土保持学院、生物科学与技术学院、自然保护区学院、工学院、外语学院、人文社会科学学院。

点滴北林

课程虽忙，但我们还是能有丰富的课余生活。北林的社团种类丰富，大一刚开始

不久就会有热闹的"百团大战"。只要你有兴趣爱好,总会找到与你兴趣爱好相关的社团。即使你没有兴趣爱好,你也能找到各种能锻炼你想要的能力的社团。各种社团还常会邀请某些在某个专业上颇有建树的人来学校做讲座,届时会有宣传活动,有兴趣的人都可以去听。

北林的选修课也十分丰富,你可以根据实际情况一学期选择两到三门选修课。北京林业大学属于学院路共同体学校之一,这意味着我们选课不仅可以选择本校的课,还可以选择学院路共同体其他学校的课。我们可以去北京语言大学修德语法语之类的,去北大医学部修医学类的课,去北京体育大学学各种体育项目,还可以去北京交通大学、中国地质大学、北京师范大学……十几所高校近百种课程让我们看得眼花缭乱的。

北林校园中有 Wi-Fi,方便上网;有近邻宝,方便取寄快递;有邮局收发室,方便取寄信件;有自动取款机,方便取钱;有咖啡厅,方便交流享受。学校周边有电影院,有超市,有餐厅,丰富我们的生活。

北林的住宿条件比较一般。作为北林的稀有物种,男生们的住宿条件还是不错的。男生宿舍距离哪儿都近,除了,女生宿舍。北林最遥远的距离大概就是男生宿舍到女生宿舍的距离吧。大一女生大部分住在历史悠久的八号楼,六人间,上下床,无独卫。大二的时候我们就可以搬到隔壁高大上的七号楼了。而且,新的女生宿舍正在建设当中,相信未来我们的生活条件会越来越好的。

北林伙食健康经济。学校有四个食堂,四个餐厅,有许多国家、地方的特色菜品。虽然有些并不正宗,但也可口。

在北林,生活简单而纯粹。除去浮华,我们才能最接近心灵的本质。

> 北京林业大学是一首诗,北京林业大学是一幅画,北京林业大学是一棵树。在生态文明愈来愈重要的今天,北林人身上的责任也就更重了。我们将在如诗如画的北林学习如何让我们的江山变得更如诗如画,如何让人类的生活变得更如诗如画。

注:本文由初见文学社推荐

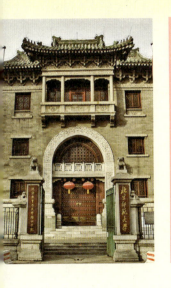

初遇北师大，
以及之后的日子

文 / 曲晓贝

学校初见篇

进校之前，就听到学校学长告诉我对师大的印象：

"北师大建于 1902 年，是一所孤守在时代边缘的学校，不大，应有尽有；不争，舍我其谁（反正和清华北大不是同路人）……

"校训是'学为人师，行为世范'，所以本不是在时代洪流中讨生活的，治学修身才是学校的初心……

"基础学科研究是主业，没有哪个拿不出手的。虽然不敢说大师辈出，但老师都是本专业佼佼者。所以是学者的净土，就业不功利，求名利得换别家。"

还记得刚来那天，跟老爸老妈下了车站，打了辆黑车横冲直撞地就来到了师大。瞬间感受到首都果真名不虚传，这空气感觉瞬间所有的灰尘都要把鼻子塞起来了。和同学完成了报到最后一项——网上注册，我就成为一名大学生了。并没有什么惊喜，但绝对激动。

同学室友篇

到学校注册之后就会遇见室友。她们是一群很逗的小伙伴。我住在最里面的上铺，下铺叫王柯宇，一个湖南长沙弹古筝的妹子。住在我对面上铺的叫任璐，是北京姑娘，个

子小小竟然是学美声的。她的下铺是熊烨枫，钢琴深圳妹。跟我对脚的是陈彩莹，也是声乐，民族哦！她下铺是我们的寝室长，山东济南王雨琪，学扬琴。她对面儿是北京姑娘弹琵琶的吴悠。就这样，好像没有太多的羞涩就开始了我们天天见面就笑的大学生活。

基础设施印象篇

师大的宿舍真的破到让我无法用语言描述！不过于丹老师在见面会的时候就跟我们说，大学之大，不在于楼而是在于学。想想，就这样吧，专业好就行。我不知道我会不会变成学霸，向我期许的那样顺利考上央院的研究生或者师大的研究生。还是像很多大学生那样，变成了每天在宿舍睡觉经常逃课的学沫 。不过我知道我必须要学会做人，一个有思想有独立人格的人，最起码要有能力养活自己，支持我的家人。其实刚来师大的时候去了有北京第一图书馆之称的北师大图书馆去借了几本书，但是我一点都没看。不是想不起来，而是我实在找不到时间看也有点懒得看。

三十才为立，二十当然要学。先学后立，由学而立。

专业老师篇

见到了专业老师，是李莹老师。她并不年轻也不算老，说话挺温柔，不知道我练不好的时候会不会凶我！其实挺想李宜洺老师的，不过我必须跟更多的老师学习更多的专业知识来充实自己，提高自己的专业水平。不想成为第二个李宜洺，只愿成为无法复制的自己。

其实我还不是很适应大学的集体生活，时间很杂，而我又安排得很不合理，六点起床什么都没干就七八点该吃饭了。可能是因为没有课吧。等到下周正式开始上课了，我必须把时间安排表打印出来贴在床头。实在不能再浪费时间了。李远说过大学很美好，这是事实，而我也觉得大学很容易让人沉沦，迷失方向。希望自己能有个规划，不必写出，只愿铭记于心就好。

食堂篇

开门七件事，柴米油盐酱醋茶，在师

大生活，吃肯定就是必不可少的头等大事。在师大，主要就餐的就是以下几个食堂啦：学五食堂，新乐群餐厅，教工之家，西北餐厅等。其中，就餐人数最多，也就是最火的食堂当数新乐群和学五两大"平民食堂"啦。

这两个"巨无霸"也是北师大里面两个最大的食堂了，先说说学五吧。学五更靠近学生宿舍，每天从早餐到夜宵都有供应，门口也很多摆摊的学生卖小东西，学五中午有时有土豆泥不错。这也是北师大里唯一的川味食堂，也是多年师大里最受欢迎的食堂，但是今年可能是换了厨师，味道差了不少。食堂里小窗口的凉菜很不错。食堂分两层，卖的菜还不一样。晚上六点以后还有麻辣香锅和粥、炒饭，粥的味道不错。人均消费大概六块钱。上个学期还有特价菜，就是每天中午高峰期的时候有一个窗口的菜的价格会减半。来北师大的话就体验一下学五食堂吧！

至于新乐群呢，是北师大最大的食堂，有四层，唯一一个能在高峰时段扛住那么多人的食堂，每层都不太一样，一层是最普通的食堂饭菜，二层没吃过，三层是特色小吃，麻辣烫米线之类的。四层有烤鱼，超级超级赞哦！一层的东西比较普通，在北师大里面是最普通的，带腊肉的都不要点，特别面不好吃，辣子鸡还行，土豆烧鸡块也可以，总之没吃过啥特别好吃的，但是有一些特别不好吃的，食堂嘛，就不要有太高要求了。

第三挤的就是"教工之家"教工食堂了。这是比前俩都贵的食堂，主食都很好吃。我最爱吃的是宫保鸡丁，配上米饭超级棒啊。那里的拉面也很好吃，价格很实惠，而且可以有好多种配菜，自己选择。比较喜欢馅饼，8毛一个，算是很实惠了。之前很喜欢肉包子，但是涨价了。不过，7毛也可以接受。早餐比新乐群要好吃。之前有天觉得自己好久没去教工食堂了，早餐突发奇想，想要知道以后早餐到底吃什么最好吃，于是干脆把教工食堂所有早餐吃了个遍，油条、油饼、豆沙馅饼、豆沙包、肉包子、素包子……一个没落下。油饼真心不太好吃，吃进嘴里第一口就觉得太油腻了。之前有些时候做得还很松软，感觉这也要凭运气，哈哈。不过油条非常好吃，值得强力推荐。肉包子个头比新乐群的大得多，肉馅也充实，非常好吃。素包子馅有些干，但是很丰富。鸡蛋饼有点油腻，不过还算好吃。鸡蛋饼上卧着的煎蛋口感很厚实，早晨吃非常有营养。

至于西北餐厅，就不多说了，西北口味，可以点菜，有大盘鸡羊肉串啥的，就是贵了点。

还有一些小吃店，比如桂林米粉，南方风味，也有高档的饭馆，如兰惠餐厅，白鹿餐厅等等。透漏一个小秘密，教四楼旁边就是东门外湖人酒吧的后门，可以在休息时去小酌一杯！

 社团篇

北师大的社团活动，学生实践，那叫一个丰富，每年都有的"百团大战"，一百多个社团竞相招人，蔚为壮观啊！每年秋季新生入学后都会有传说的"百团大战"——各社团进行招新。这里面包括兴趣类的、学习类的、社会实践的、公益活动的等等。各式各样，主题多种多样。而且我知道的大部分兴趣类社团都是以培养、教学、推广为社团活动内容的，比如魔术社、围棋社、手语社等等。比如公益活动，我们有校团委直属的白鸽青年志愿者协会，那是个庞大的组织，会员人数很多。

这么多社团还是需要有人统一组织与协调管理的，尽这项职责的就是学生团体联合会。那同样是一个超庞大的组织，每年也会固定地举办几次全校级别的大活动，热闹非凡。

如果100个社团和学联还不够你忙的，那么各自学院还有各自的学生会，学生会的众多目的中也是有一条：丰富同学们的课余生活。每年会举办很多活动，面向北京市的、西城区的、全校的，最小的就是全院的。

如果让我推荐参加的活动，千万别错过了北师大的文学社，那可是诞生文学天才的天堂啊！"五四"的社团名字就霸气，更别说20世纪80年代诞生的一批作家和几十年的历史了，国际写作中心的大作家梁振华老师亲任指导老师，中心的主任是莫言老师。另外，学校电视台，汉服社，北国剧社，南山诗社，主持人协会这些社团也是超级好。如果可以的话，北师大的学校和学院辩论队也是很不错的选择，院辩论队真的跟家一样。

 写在最后

尽管来到师大的时间不长，还是被师大浓浓的氛围和温馨生活感动着。学为人师，行为世范，在师兄师姐的关怀和小伙伴们的陪伴下，相信师大的每一个人都会充实度过每一天。

扫码问学姐

慢恋缘分，默念梦想

文 / 高宇琦

北京又到了枫叶变红、银杏叶变黄的季节，每到这个时节，必定是校园最美丽的时候。要说北体大最美的是什么，任谁也不会忘记那遍布校园的银杏树，漫步在金色和少许绿色布成的海洋中，享受落叶雨略带尖锐的温柔。

很喜欢慢慢地走在校园的路上，不是大路，而是木板做成的林间小路。前几天还看到几个人在修缮那几条小路，也许是为了节省时间成本，也许是心中未被激发的文艺感作祟，大家都格外喜欢从木板小路上面走。

说到时间成本，就不能不提起广泛流传在北体大的这样一种说法："农村"到"城市"的漫长路程。与很多分成好几个校区的学校不同，许是为了彰显体育的集体精神，北体大仅有一个校区。于是，教学楼、食堂以及簇拥在它们周围的宿舍楼成为了北体的"CBD"，而我所在的管理学院不幸成为了唯一一个被发配到"农村"的学院宿舍楼，被北体大的莘莘学子称为豪华乡村别墅。虽然每天都要风雨无阻地赶十多分钟的路抵达"CBD"，但生活得确实算是豪华，四个人的宿舍，独立的卫生间，带来的不仅仅是方便，更是温馨感。

在来到北体这座偌大的学校之前，我从未想到过我的学校、我的专业，甚至想不到我竟会被冠上"与体育有关"这几个字。可是，人生很多时候往往就是这样，它会

与你所期待的不同。自己选择的路，无论怎样都要走完。抹去我内心的纷繁和杂念，我开始用待在这个学校的每一天，观察这个我即将生活四年的大学。没有回头的机会和理由，只能好好接受现在。

如今，我大二，从宿舍到图书馆的路走了无数来来回回，从毛爷爷塑像到食堂的路程也渐渐越走越短。敛去了刚来时的淡淡不安和不甘，我开始有些喜欢这个在北京算是面积很大的学校，虽然有时我仍旧会羡慕别人家学校的电视台；羡慕别人家学校比北体大大了好几圈的校内湖；羡慕别人家学校的晚会节目不像北体大的"小春晚"，却更富深意……

有时候，我会特地从冠军园中穿行而过，充满好奇心地对比对比体操冠军和举重冠军的脚印有什么不同之处；我最爱的地方是北体大公寓前面的那片小花园、喷泉、小树、有几条游鱼的小池子，偶尔还有人在木凳上静静地坐着或是说说话，上次是一人一狗的静态图，上上次是老爷爷老奶奶的黄昏，还有上上上次，是一对情侣的午后时光……

最爱走的是路过国训馆回宿舍的那条大路，国训馆门口有一个穿着短袖短裤、举着火炬的男人雕像和一个穿着美丽大裙子、举着《奥林匹克宣言》的女人雕像，黄昏、夕阳、路灯，每每路过那里，总会暗自猜想那男人和那女人的关系。不过，他们也只能始终站在大门的两侧遥遥相望，让我们这群叽叽喳喳的八卦少女评头论足。有时候，我会转转英东田径场，偶尔和同伴讨论讨论在那里教人拳击的白头发老爷爷会是哪个比赛的冠军。傍晚，很多夜跑族在英东得到了释放，不过，若是雾霾的仙境效应出现，那里便会突然变得空无一人,气氛阴森恐怖,连平时独爱它的小情侣都"落荒而逃"……

作为资深的吃货，食堂的各层美食攻略必然已经被我深深记在了心上，一层的麻辣香锅和黄焖鸡算是三层中最好吃合算的了，一层菜色的定位是基础菜，我居然从中吃出了那么一丝丝家里的味道，所以格外爱上了那里。我把食堂的二层叫作"天南海北"，

顾名思义，那牌子上的名头确实是很多的，什么重庆水煮鱼、四川回锅肉、台湾烤地瓜……虽然不知道是不是正宗，但是偶尔变换变换口味，也终究是有益无害的。三层嘛，拥有学校唯一的清真食堂和传说中的"豪华餐"，清真食堂的大叔，天天吆喝得起劲儿，大有把菜统统卖完的架势。据说，他还会在夜宵时分为前来的馋劲十足的学生们来上一曲，虽然我从未领教过，但是听说好多人都是慕名而去。所谓的"豪华餐"，无非就是顿顿有肉吃，而且肉多数都是油炸的产物，吃多了难免腻烦，不吃又时常想念。

我从来都是相信所谓缘分的，那句"前世的五百次回眸，才换来今生的擦肩而过"让我一直放在内心。我知道，因为缘分我才能走进这里并慢慢喜欢上北体大的与众不同。虽然我仍然没有选择进入那些纷繁混杂的北体大特色体育社团，但是，我在这里遇到了和我一起在中午跳华尔兹、在晚上拉小提琴的她们……而我也在这里深深地懂得了豁达和放下，任何时候都要尽全力活在当下，笑着向前看，不是吗？

这两天，雾霾终于散了，天气晴好，阳光温和，风也没有前两天那么烈性子了，是不是该逛逛偌大美丽的校园，看看那足球场上英姿飒爽的少年了？对，我一个人，可是却并不寂寞……

注：本文由本然读书社推荐

扫码问学姐

梦想，"邮"此起航

文 / 孙姝羽

两年前在志愿填报网页上懵懵懂懂地打了一个钩，从此结下了我和北邮的不解之缘。两年时光倥偬而过，如今回头看这两年，倒是诸多滋味皆在心头，少不得想与学弟学妹们分享一二。

先来点官方的介绍吧。

北京邮电大学（Beijing University of Posts and Telecommunications），简称北邮，是中华人民共和国教育部直属，工业和信息化部共建的一所以信息科技为特色，工学门类为主体，管理学、文学、理学等多个学科门类协调发展的全国重点大学，系国家"211工程"、"985工程"项目重点建设高校，列入首批"卓越计划"、"111计划"，被誉为"中国信息科技人才的摇篮"。

北邮最有名的当然是通信工程这个专业了。作为北邮的王牌专业，通信工程每年的录取分都居高不下，各种尖子生都拼命挤破头想进入这个专业。除了通信工程以外，信通院的所有相关专业基本上都是人们心里的香饽饽。除了信通院以外，由于近年互联网产业的高速发展，计算机学院也逐渐成为广大学生的选择。北邮一共分11个学院，除了针对留学生的国际学院以外，其他学院严格说起来也并没有多大差距。毕竟俗话说得好，北邮就是一个"全校学通信"的地方。无论你在哪个专业，你最后都会发现你要学C++，要学信号，要学好多好多工科知识。北邮就是这样一个将自己的长处发挥到极致的学校。所以也难怪每年招聘季北邮总是不声不响就成为了最大的赢家。可以这么说，在北邮，专业和院系都不那么重要，只要你愿意学，你总能找到和你志同道合的小伙伴一起研究你感兴趣的东西。

值得一提的是，如果学弟学妹们抱着进大学就是为了玩的想法，那么北邮并不适合你。北邮的竞争压力很大，课程安排也很满。我和我在其他大学的小伙伴对比过，基本上北邮要求的学分是最多的，也往往是寒暑假最晚放假的那一个。北邮地方不大，然而你走在北邮校园里，能非常强烈地感受到北邮的这种学术氛围。我经常在晚上快12点去洗漱间洗漱时，还能听到妹子们在讨论代码应该怎么编的问题。我觉得这也是北邮一种很强烈的风格与特色吧。

校区篇

北邮现在有三个校区在使用中：沙河校区，宏福校区，本部（西土城校区）。下面依次介绍一下吧。

沙河校区：新生们进来就必须先待两年的地方，也是北邮目前最新的校区，在2015级新生入学后才投入使用。沙河校区比较偏，在五环外昌平区，但是值得一提的是附近有非常多的高校。北航、央财、中传等在附近都有校区。目前沙河校区并未完全建设好，仅有一小部分投入了使用，但是比起本部和宏福都算很大了。值得一提的是沙河的住宿条件，全部都是四人间上床下桌，有独立卫生间。这个在北方高校里真心不容易，算得上非常好的住宿条件了。并且寝室空间也比较大，设施也新。唯一有点遗憾的是卫生间没有热水，不能在寝室洗澡，每一层有公共浴室。不过这个也比其他地方要跑到专门的澡堂洗澡好太多太多了。食堂的话，个人只去过几次，感觉还可以，不过选择比较少，可能随着下一届学生进来会有更多好吃的入驻！校内有咖啡厅，也有不算小的超市。总之平时生活肯定没什么不方便啦。出门的话，出了学校外面非常

荒凉，一直往前走十几分钟，到沙河地铁站附近才稍微有几家可以吃饭的馆子。不过到了地铁站就可以进城玩了，虽然路上花的时间也会比较多。大一大二的小朋友都会在沙河待着，这也是学校为了让你们好好学习，不要被首都的繁华迷醉了眼的一片好心！

宏福校区：国际学院四年，软院三年，还有民族学院都在这里。本来大一新生也是在这里的，但是由于沙河校区开放了，就没有了。宏福校区也蛮偏，五环外，但是附近有中戏，有非常多的帅哥经常在我们校园里走来走去。住宿条件可以说很好了，不同的楼有区别。有的是六人间上下铺，有的是四人间上下铺，有的是四人间上床下桌。但是空间都很大，而且都有可以洗热水澡的独立卫浴！所以宏福的住宿条件是非常舒服的。个人也非常喜欢宏福的食堂和楼下小吃一条街。中戏的同学们估计也是被吃的吸引到这里来的吧。宏福二食堂一楼的麻辣香锅、私房牛肉面、小笼包，还有小吃街的学友之家都是我和小伙伴们回本部后依然念念不忘的美味，并且价格都不贵，实在是很美好。所以有幸到宏福的学弟学妹们可要抓紧时间一饱口福了。宏福出门就是温都水城——一个4A级景区，泡温泉的，虽然感觉并没有多少人来。门口就是水城广场，有一个很大的永辉超市，还有挺多家小吃，商家还在逐渐入驻当中，所以估计以后会更热闹。美中不足的就是进城需要挤快速公交……这真是特别可怕的一趟车，高峰期完全凭借意志力才能挤上去。快速公交要坐几站才能到地铁天通苑北，而且这几站万一堵车就会花费很多时间……

本部：本部才是真的像个大学的样子。三环内，海淀区。绿化相对于其他两个校区算得上非常好了。然而住宿条件比较差，宿舍普遍比较小，不过也分楼。有的楼条件相对会好一些。但是无论哪个楼，要洗澡都要去澡堂洗。吃的普遍都比较贵，无论是食堂还是外卖都是一笔不小的开支。强烈推荐老食堂三楼清真食堂的麻辣香锅，享誉首都高校圈！新食堂一楼比较坑，贵且难吃，但是每天依旧有无数的人出没在那儿……南门本来有个小吃街，但是去年由于整治关了很多家，现在只剩下了几家，不过都是比较好吃的那种，可以和室友们去high一顿。本部最大的优势是资源丰富，各种讲座、论坛、比赛、招聘会层出不穷。有心的人可以在本部得到非常多的收获。本部有个漫咖啡，在工科气氛浓厚的北邮里独树一帜。里面时时刻刻都人满为患，并不是谈恋爱，而是大家自习、讨论项目、开会等等。据说漫咖啡是很多北邮人创业的起点，希望大家都能在这儿迸发灵感。本部交通比较方便，虽然附近没有步行直达的地铁站，但是三环内你懂的，去哪儿都很方便。建议学弟学妹可以尽情地利用首都的各种资源，平时多去看看话剧啊演出啊，丰富一下自己的精神生活！

想不到其他可以说的了，就来谈谈学习吧。北邮是个学风非常严谨的学校，给分也很严格。我们的满绩是5，往往专业第一名也才4出头而已。北邮有传说中令人闻风丧胆的"四大名补"课程，无数的学子在这四门课上挂了一遍又一遍。什么考试作弊啊、小抄啊，你之前幻想的关于大学的种种，在北邮就不要想了，老老实实读书吧。除了平时的书面作业，还有很多需要小组合作的项目和大作业。总之在北邮你会过得非常充实。

北邮的社团也是琳琅满目。从语言类到体育类到科研类什么都有。基本上只有你想不到没有你找不到的。感兴趣的话可以选择一两个加入，个人不建议加入太多社团，总要有一些侧重点的，不然就都是浮于表面而已。加入社团或者学生会之类的组织会让你的课余时间变得更少，所以如何均衡就要看自己安排了。

洋洋洒洒写了这么多字，希望对学弟学妹有所帮助。

注：本文由萌芽文学社推荐

扫码问学姐

朱朱学姐带你漫游北中医新校区

文 / 朱卫婷

2015 年，我成为北京中医药大学基础医学院这个大家庭的新成员。即使走在求学的道路上毅然决然，但其实心中还是充满了对未知的忐忑和对专业的疑惑。尤其，本学期我们作为新生，成为新校区的第一批入住者，不能说是"吃螃蟹的人"，倒可以说是享受者，因为这里的教学设备和基础设施都是极好的。话说，作为一个南方人，我对学校的绿化是很不满的。现在是冬天，一眼望去，除了草和光秃秃的树就没有其他的东西了。对此，我们给学校提了建议，学校方面也说，因为天气的原因，绿化的问题可能要搁置到来年春天。对这样的回答，我也是接受的。其实，我们也同样是新校区的建设者，我们给它提建议，让它往更符合我们想法的方向发展，这不能不说是一种很有趣的融入校园的方式。想要进入北中医学习的学弟学妹们，可能近两年你们也需要和我们一样充当建设者的角色，你会发现其实看着我们的校园变得越来越好的过程，心中充满了成就感。

都说北中医的后勤处是神一样的存在，其实从军训时起我们就领教了一二。要知道军训时天天吃的菜只有一个味道，在那样艰苦的条件下，后勤处给我们的加餐真的可谓是"雪中送炭"。那天，我看到同学们黑黝黝的脸上白晃晃的牙齿就一直露在外面，"嘿嘿嘿嘿"地笑个不停。近二十天的军训，就完全靠这点吃食成为我的精神寄托。学姐我的温馨提示：军训，要带够你的充电宝！

我们新校区的寝室都是四人寝，出门进门都得打卡，周末不想出门的时候，可以去楼下的自动贩卖机买吃的填填肚子。不用怕冷，屋里的暖气很暖和，走廊、卫生间都有。我们班主任告诉我们，寝室的分配是按照星座来的，按照每个星座的性格特点来分配，所以每个寝室都会相处得很融洽。

说到学校的食堂，我不得不提到二楼的土耳其烤肉饭，白花花的米饭盛在绿色盘

子的中间，在米饭周围加上凉拌的黄瓜丝、香脆的南瓜条，还有一份自选的蔬菜，在米饭的中间放上量超级足的土耳其烤肉，食堂的小哥还会贴心地问你米饭够不够，需要什么酱，光是想想肚子已经咕咕叫，已经口水肆意了。一楼的饭菜也很可口，还有水果沙拉、麻辣烫什么的，本人吃货一枚，觉得味道还是不错的。

当然想要来北中医的孩子们都知道北中医在北京，这对很多人来说是一个很大的诱惑，同时也是一个很大的疑虑。北京——作为我们国家的首都，著名的历史名城，文化底蕴什么的不用说大家都知道，另外，它确实是一座梦之城。我来北京的第一天在备忘录里打下了下面这段话：北京！北京！汪峰不用再去抢头条，而我来到了这首歌中所再三强调的城市，充满未知，充满兴奋，充满渴望。这座筑梦之城，接纳了一个个心怀梦想的人儿，宽容了一架架飞驰的坐骑，拥抱着不多的 APEC 蓝。在路上，你也许会对这座城市的交通、卫生、绿化等等失望。江南的孩子在他乡不会在吴侬软语的嘀嗒里长吁短叹，而是带着对这座充溢着汗水，弥漫着雾霾的城市的敬意，一路前行。确实北京市民的生活状态会有一种让你想去不断完善自己、提高自己的欲望。

说到北京的天气，大家马上就会想到雾霾，这就是大家迟疑的地方。的确，这个冬天经历过一次 PM2.5 爆表，才真真切切地感觉到自己开始生活在"仙境"。实话实说，北京的雾霾远没有我想象中那么严重，可能是因为新校区在郊区，也是因为"雪"。北方的雪，不像是南方的雪下得这么吝啬，一下起来基本就是一整天都飘飘洒洒。下了雪，雾霾就散了，打雪仗那是不可避免的。这个有趣的"运动项目"是我们冬天唯一自愿想去完成的，可是南方的宝宝们基本是被完虐的。这种事，说多了都是泪啊。

最后我要谈一谈我们学校的学术。众所周知，北中医是中医院校里唯一的一所

"211"，但其实在我看来，它的价值远远超过"211"所赋予它的。因为"中医"作为一门以继承国学经典文化为基础的学科，对于我们优秀传统文化的传承实在太重要了。我们在开学学的第一课就是背诵《大医精诚》：凡大医治病，必当安神定志，无欲无求，先发大慈恻隐之心，誓愿普救含灵之苦。若有疾厄来求救者，不得问其贵贱贫富，长幼妍媸，怨亲善友，华夷愚智，普同一等，皆如至亲之想，亦不得瞻前顾后，自虑吉凶，护惜身命。见彼苦恼，若己有之，深心凄怆，勿避崄巇、昼夜、寒暑、饥渴、疲劳，一心赴救，无作功夫形迹之心。如此可为苍生大医，反此则是含灵巨贼。

而我就是中医学专业的一名学生，我想和你们分享一下我在北中医的学习生活。中医基础理论课上，我们学习最基本的阴阳五行、腧穴经络等等，课后我们背歌诀，读《黄帝内经》；医古文课上，我们学习文字结构、文言经典等等，课后我们探究造字，熟读《道德经》一百遍；针灸推拿导论课上，我们看老师示范针灸、推拿、火罐、气功等等，课后我们同学之间互相试手。同时学校还给我们提供了很多讲座机会，有关于大学的导读课程的、医学经典的、养生方法的，让我们更加了解中医这个神秘而美丽的学科。

说到北中医，就不得不提到"国医堂"（国医堂中医门诊部，始建于1984年，位于朝阳区北三环东路11号）。我那天参观国医堂的时候，真的被它的那种气质给震慑了。国医堂其实并不大，但是候诊的人却很多，一楼是门诊部，还有药房，二楼是治疗室。给我印象最深的是那个规模很大的药房。看到里面我们的学长学姐穿梭在古朴的小格子间，他们用戥称计量中药，区分毫厘。我一直觉得认真工作的人很帅，看到那一幕，心里确实感触很深，想要好好学习中医的决心也更加坚定！

同时学校的社团也是很丰富的，作为一所中医药类专业院校，与专业相关的社团当然必不可少：推拿协会、手诊社、脉学社、足道养生等等，还有文学社、国学社、汉服社、轮滑社等等一些兴趣社团。其中我们学校的志愿者协会是很不错的，他们会去社区以及大学义诊，在实践中提高自己的技能，同时培养自己"以人为本"的医德观。学校早操内容也很丰富，这个学期我们就涉及了三种：广播操、跑操、太极二十四式。我选修的体育课是武术课，老师很认真地教我们八段锦。此外，还有瑜伽课、网球课、足球课等等有趣的体育活动。

在北中医学习，你会发现同学们的学习热情都很高，通常走在教学楼的楼道里就会看见不少人拿着《道德经》在读；寝室里时常传来"鬼哭狼嚎"的声音，那是同学在推拿捏脊；高数课没有听懂就去旁听一节，晚上还可以去自修；图书馆专业类藏书借不到的，可以联系老校区。我们的同学都是爱学习的乖孩子。

其实作为大一的新生，看这个学校，可能还会有一些片面。但总体而言，学校是很优秀的，北中医向来都秉持着精英教育的想法，坚持不以学生数量取胜，而以质量取胜。北中医培养出来的学生基础都极其扎实，实践技能娴熟，临床成绩优秀。

我始终记得我们高中语文老师说："每一所大学都是你的老师。"从看大学开始，看城市，看人群，看世界。以小见大，见微知著。不放弃曾经同学间的革命友谊，去发展身边的挚友同人。多一点宽容，多一点忍耐，多一点坚强。

始终秉持北中医"勤求博采，厚德济生"的校训，在求医道的路上，我们一定不能忘记初心，救济苍生的初心。身为岐黄学子，沉稳、执着、勤奋，努力学习，求医道，成医德！

学弟学妹们，你们在哪儿？我在北中医等你！

注：本文由翱翔文学社推荐

扫码问学姐

据长安大学

文 / 罗居

　　韩寒笔作《长安乱》荡游江湖，相濡相忘都是不经意的疼痛。别夏八九，初望长安，路途月下锦官城，一语故人笺。

　　长安大学。每一所大学都有其渊源，以名扣城，首先认识一座历史古城——西安。西安的前称是长安，略输文采的秦皇汉武，还有稍逊风骚的唐宗都将帝都设于此。

　　临长安大学，就如同一个人面对一部青史，入眼的是小无猜，天涯路，金玉铺锦绣。

　　不瞒各位，我来长安大学是因长安二字的盛名。诚然没失所望。长安大学本部在雁塔区，另一校区在未央区——渭水校区。一般地，我们的前三年是在渭水校区领略而过。青春犹如梦幻，人人似癫若狂。

　　后面说的是长安大学——渭水校区。

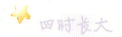

　　长大轻影瘦湖。"薰风一万里，来处是长安"这等美妙的诗句形容长安是最合乎情理的了，骚客们一挥而就的长安，难以绕过长安大学这留香之地。

　　春踏长大碧绿。长大的绿地面积很大，道路两边可乘春美意，包裹着熙来攘往。绿色寓意和谐、静谧的时空或境界，陶渊明化身菊花南山独坐，也是出于这种凡人难以企及的境界吧！历史看长大现在，许多曾经想做到想达到的，都成了儿时红袖添香的远方，而长大的所处以及环境的置放恰巧契合学校这个名词的定义，治学也好，情操陶冶也罢。柳絮纷飞推盏去，蒸云起去，长安大学梦里嬉戏！

　　夏来长大鸣蝉。那晚仲夏夜，聊聊心事你愁字秋心，蝙蝠挪动的空气皱纹波动了你的脸颊，抄起手中的青花笔为她序，夜半她的美成全了你的诗词几句？清晨的风格外沁人心田，拂去了昨日烛火的浮动，你继续眉开眼笑和这世界相视，如日中天时蝉鸣尤为响彻，不禁又想起短暂的岁月里，在夏季极尽升华。为自己，也为一方土地歌唱的鸣蝉，不失为嗣响绝唱。于是，你开始向着太阳的方向奔跑，问候终点的光芒万丈，和鸣蝉吟唱，在长大。

秋是长大山水。你眼前是这样一幅淡开的画卷，不要吝啬自己的想象力，可怜自己的脑细胞。绵延而去的绿色小丘，凹凸错落无致的起伏上，落叶的秋意与秋风的凄凉各自在堆叠。有道是："落红不是无情物，化作春泥更护花。"树根下散落的瑟瑟枫叶被学校工人收拢在一起，像是一个圆锥，粗看又像是迷你的金字塔，而学校明远湖的石桥流水、凉亭走廊，不输当年许仙西湖断桥一分。湖中锦鳞游泳；桥上才子佳人伫立而望，平平仄仄胸中自成；廊下伊人浅浅笑，一笑笑出了泪痕。偶尔也有落后的鸟拾荒而来，它们的翩然起舞平添了秋一道向荣，也回应了几百年前的刘禹锡。

冬留长大最好。冬天没有烟雨云雾朦胧之美，雪花也和广义上的北国有所不同，而看到严寒下的人们没有过多心思地行走是长大最美。郑源的《包容》有这样一句话："是你告诉我冬天恋爱最适合，因为爱情可以让人暖和。"所以，树上的冰线都成了一种指缝间看世界的美丽，所有人都会变得冰洁晶莹，尽管世间没有绝对的纯洁，只有相对纯洁和貌似纯洁。你是否愿意把心寄给长大暖一回？

长大学霸的笔画

当你的才华还撑不起你的野心时，那你就应该静下心来好好学习。

长大是一所久负盛名的综合性大学，它的各种标签已是百度搜索关键词，而真实有用的是特色和唯一等字眼。

公路学院是长大的招牌，长大是西安公路交通大学、西安工程学院和西北建筑工程学院三校合并而成，由此也可以窥豹一斑。长大在中国高校中为公路交通这一领域贡献了很多人才，有着举足轻重的地位。它拥有全国高校唯一的汽车综合试验场，校内有赛车和驾校，这些都流着长大滚烫的热血，因此长大的汽车学院、机械学院和建工学院也是五脏六腑。

长大渭水校区，左右分别是草滩公园和汉城湖，独特优越的地理条件，精密的仪器设备，优秀的导师和团队协作，是长大地测学院的骄人之处。

长大名师荟萃，学子星云璀璨，各种竞赛，或者是娱乐性的、文学性的等等有着

重大意义的活动都会在长大开展。

组织上派我来巡山

学生会是每一所大学的必有组织，这个组织的性质就像是几百年前的"尚书省"，现在的"校务院"，在这个组织的人可是有很多想法的。

何谓组织？何谓社团？组织就是有一定的等级性质和目的性，在组织里能够锻炼和提高一个人的处世能力和情商，为老师和学生服务，协助学校或学院的领导处理一些事情。而社团，是因为有着共同兴趣爱好而走到一起的。

组织和社团会有很多精彩丰富的活动，不需要参与者的一分钱，共享这花园的芬芳。我们耳濡目染的如"支教""某某公司福利日""名人演讲"等等，许多小伙伴把那个设点处围得水泄不通，生怕自己眼不疾手不快名额就满了，而这些活动设点一般都在食堂门口。

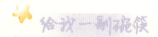
给我一副碗筷

长大在西区有食堂"滋兰苑"，东区有"树蕙园"，在两者之间的黄金分割点上栖息着一个天堂级的餐厅——天行健。物美价廉是食堂的宗旨，让每一个学生和教职工吃得放心吃得开心是食堂的原则。

给我一副碗筷，我可以吃到地老天荒。

不仅是食堂，还有美食街西街和东区，来自全国各地的美食在那里争客斗味，不得不说的是，"张姐"家的脆皮鸡很好吃。记得综艺节目《奔跑吧兄弟》西安站，他们进行的是美食主题，陕西"秦布斯"美食榜排名第一的是："红豆生南国，陕西肉夹馍"，第二的是："春风得意马蹄疾，秦皇汉武宴凉皮"，至于第三及往后的得看你的味觉神经了。

都说被窝和Wi-Fi是埋葬青春的坟墓，然而你猜中了开头，不想连结局也猜中了。长大西区宿舍六人间，六六大顺，当然了，开五黑多了一个人；东区宿舍四人间，四季发财，开五黑又差一个人，所以东西区的文化交流由此而始，从中国梦到三皇五帝夏商周，从屈原到苏格拉底。

住宿当然离不开水和电，放心的是没有查水表和收电费的。水从未断绝过，电在额定功率内随意使用，水清澈，电给力，宿管阿姨们也给每一个同学最大的帮助。

在长（cháng）大长（zhǎng）大

1951—2015，2011—2015，每一个学生和他的学校都在成长，我很庆幸在长安大学拥有这样的美好。

电影中的大学被各种考试和堕胎片面化和庸俗化，真正的大学其实是如长大的校训一样：弘毅明德、笃学创新。我是小人物，但我有大抱负。你要配得起自己的野心，不辜负自己所受的苦厄——我曾穿过无数山洞，叠影斑驳来到长安大学，曾在云端默默看她离别的方式。

感恩。每一次灌溉都要有感恩，长大毕业的学子们归来，不是大众地感慨物是人非，而是用自己的心意为长大添瓦泼绿，比如西区的标志之一小火箭。而"逸夫图书馆"在我的心中更是浓厚，那是一代人的希望，是一个老人的大笔。2014年邵老逝世，这位在娱乐界、电影界和慈善领域奉献无数的老人，用他的光辉岁月，行迹一道，留在了世人心中。

在长大，我想骑着那辆生锈的二手自行车带你看尽长安花，校宠猫熟睡在草坪上，风光的朝阳和无限好的夕阳照了它一遍又一遍。破旧的油纸伞在明远湖的桥上流连，苔上屐痕三五人，谈风骨魏晋，论唐宋元明清，谱斜雨摇摆；笔销爱恨，朱砂红唇，巧笑倩兮。长大，你是我前世情人，青春暮雨记忆伴我——了却余生。

来长安大学，会是你多年后喜极而泣的感动。

注：本文由长安大学文学社推荐

扫码问学姐

致那个最特别的你

文 / 熊映雪

银杏树下的你是那样特别，从我走近你的第一刻起就对你产生了深深的依恋。

还记得步入大学的第一天，独属于重庆的热辣空气在地面上激荡。我从远方走向你的大门，突然有种自豪感：一个宽阔的十字路口，你的大门把一个主道拦腰斩断，跨过它，就进入了你的怀里。

在重庆，道路一直是起伏不定蜿蜒曲折的。

去过很多如西安这般的平原城市，站在高处俯瞰，一片被道路分割得整整齐齐的大地尽收眼底，有种庄严规整的美感。

但在重庆却不一样。众所周知重庆是一座山城，山脉起伏绵延开来，城市建立在其上完全无法拥有平原城市那样的布局。一栋楼，二十层，从一楼走出去是地面，从七楼走出去还是地面，从十五楼走出去还是地面。

重庆大学有新校区和老校区之分，大部分本科生都会在大一大二期间住读于新校区，大三大四搬到老校区上学。

老校区位于重庆市文化区"沙坪坝区"的中心地带，繁华热闹，有正宗的重庆城区的味道。

新校区，也就是一年前我来到的这个校区，位于重庆为数不多的平缓地带，众多高校的新校区修建在这个地方，一起组成了大学城。

作为重庆本地人，能遇到这样一个不一样的你，十分激动。

转眼间过去了一年，我用双眼见证了你四季的变化。夏日的炎炎、秋日的灿灿、冬日的绿叶与枯枝、春日的漫山花红。而无论季节为何，你的后山一直是活力十足。一片片小树林间空出的草坪、小山坡最高处精致的木亭、缙湖上成群的黑天鹅、连天的荷花、时不时出现的小肥虾，以及一群群洋溢着青春活力的年轻人。

你就如同你所在的这座城市一般，温和，大气，把所有的一切都揽在怀里。

你这里的气候是潮湿的，不少从北方来的同学都会感受到你温润的呵护，皮肤得到一定程度的改善，听到大家对你的每一句赞美，我都尤为欣慰。

在你的怀抱里，我与大江南北很多可爱的朋友相遇了。

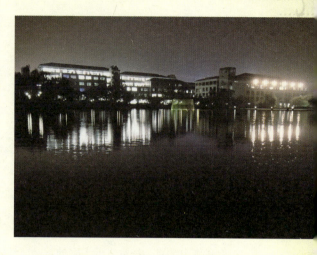

十月中旬，百团纳新，笛箫社、吉他社、轮滑社、北辰文学社、创动画制作协会等上百个社团，在风雨操场上搭建帐篷招纳新社员，远远望去，那一顶顶深蓝色、橙黄色的帐篷互相映衬，在巨大的青色天幕下如同绽放的一朵朵名花，鲜艳，鲜活，拥有无穷的生机。

主席台上拉起了欢迎新生的帷幕，社联、文联等六个协会组织着下属社团进行才艺演出。巨大的音响立在舞台周围，动感的乐曲烘托着整个操场的气氛。

一些社团的彩旗飘舞着，随风展开，吸引着路人的目光。

去年入学的我，就这样走入学长学姐们的盛情邀请中。我走过一个个帐篷，看着一张张笑着的陌生的脸，桌面上的设计各异的报名表，欢喜着：这就是大学。

创动画制作协会是一个新兴的社团，社长是大四的大触，今年已经毕业，成为了一名程序员。这个社团的海报、展板、报名表、宣传资料全为自行设计绘画加工，社团里四个部门每一个部门都有自己的拟人化设定，它们活在纸面上，却更像活在一群热爱二次元的人的心里。

大一的我们，在当时作为新生，四处活动着，而现在，到了大二，当上了社团负责人，管理着学生工作，对社团又有了全新的理解。

大一时，我们学着享受，大二了，我们开始建设。

也是如此，才真正见识到了团队的力量。

一个社团，也许从表面上来看，付出的比收获的更多。在别人坐在寝室玩英雄联盟的时候，也许你必须拿着几斤重的设备搭建舞台；在别人研究如何更精细地化妆的时候，也许你淋着雨扛着巨大的展板活跃在食堂外的空地上；当别人睡觉的时候，你做着表格写着策划，直到三四点才疲倦地上床休息……

是的，付出远远比收获更多。

可这就是为了自己的团队、为了自己的兴趣、为了自己的梦想奋斗的方式，没有什么功利可言，一切只是因为愿意而已。

所做的事情，大一时，是愿意为了学长学姐，大二时，是愿意为了学弟学妹。

而我作为学姐，经常告诉大家的就是，请安排好自己的学习和工作时间。

重庆大学的课程相当紧张，除了土木这样的"皇家"学院，其他工科学院都是各种忙碌。

我所在的生物医学工程专业就是重大最繁忙的专业之一。大学物理、大学化学、高等数学之类的基础课程自然不必多说，专业基础课如模拟电子技术、数字电路、信号与系统等工科专业几乎科科必修，课程多的时候，一周七天中有五天都是从早上八点上课上到晚上十点，有六天都有实验课，相当之忙碌。

有时候真的会羡慕如经管学院这般课程少一些的院系。

在大一第一学期结束后，学校会统一组织转专业，这期间，每个学院都处理得非常公平以及灵活，只要能达到对方学院的要求就可以转去。

当然了，无论去了哪个学院都必须努力并且拥有自己的梦想。

我很喜欢我一个叔叔在我高中毕业时送我的那句话：

大学，一定要有梦想。小学初中高中，你没时间没机会拥有梦想，毕业工作后，你变得妥协，如果大学再没有梦想的话，是不是一生就这样过去了呢？

他当时一脸笑容，虽然已经不再年轻，但我却看到了他曾经的火热的心和对梦想的期待。

可是，梦想，是什么呢？

你的领域里也许有这样的情况，某个同学上大学读了一年了，却突然选择放弃了每一科的期末考试，让学分挂满二十五分，留级，然后转学院。

大家可能理解重新读高三的同学，为了去更好的大学拥有更好的前途，他们用新一年的魔鬼训练来成就自己。可是已经升入了好的大学，为什么还会有人选择这种决绝的方式来转学院呢？

我遇到过一个新闻学院的"大神"，他就是这样一个典型的例子。

　　起初，他是被人羡慕的国防生，穿着帅气的军装走在校园里接受大家艳羡的目光。他所在的电气专业也是学校数一数二的专业，无论就业还是考研几乎都没有任何压力。但在这种情况下，他依旧选择了留级转专业，转去了他最爱的新闻专业。

　　他一直很努力，摄影、写剧本、剪辑视频、做电影，现在早已经是新闻学院大神，被各个社团和学院作为嘉宾邀请参加活动，与老师坐在同样的席位上。

　　我很喜欢他，他的坚持、他的奋斗、他的勇敢、他对梦想的追求，都是我最欣赏也最希望达到的。

　　经常有人这样说，当你有了奋斗的目标，全世界都为你让路。

　　我想，人的梦想和执着就是有这样隐形而巨大的力量。这种力量并不是将人推开，而是如同冬日里一团熊熊燃烧的烈火，吸引着周围的人向它靠近。也许他的思想行为和你不太一样，也许在你看来他的某些行为或偏激或幼稚，但你依旧忍不住喜欢这样的人。

　　追逐梦想的人，眼里闪烁的神采让星辉都显得黯淡。

　　一年了，说长不长，说短不短，我就这样悄无声息地在你的庇护下又长大了一岁。

　　从一开始悲观消极但又自以为懂得很多事情，到现在在你的引领下见到了那么多可爱的人，我很开心，我长大了，走出了那个较为孤僻的世界，有了现在这么好的室友，这么优秀的同学，还有那些愿意和我一起相互扶持走下去的队友。因为有你，我慢慢做回了自己，做回了那个真正爱笑的自己。

　　前路还有很多迷茫，课程还有很多需要我去努力，但与高中的我相比，我真的长大了。

　　虎溪校区的你真美，一年后我就要与主城区的你相逢。我想，当我与那个更具底蕴的你相逢时，我是不是又将有更多的领悟呢？

　　我喜爱着现在的你，期待着一年后的另一个你，无论是哪一个你我都充满了感激。

　　你就像一个温暖的巢穴，我是羽翼未丰的鸟儿，我知道总有一天我会飞出去拥抱更美的蓝天。

　　现在，此时此刻，我只想说，我爱你，爱这个特别而温暖的你。所以无论飞向何处，我都会带着属于你的温柔的气息，坚强而积极地活下去。

——你的女儿

注：本文由北辰文学社推荐

扫码问学姐

不忘初心

文 / 林丽

写下这篇文章的时候，正值大连的深秋时节。

银杏树叶灿烂的金黄色，一不小心就铺满了整个视野。

我喜欢在秋日的清晨，漫步在校园，静静地欣赏这难得的美景。

那一刻，似乎全世界在对我笑。

感谢那些年

"不曾走过，怎会懂得。"

2013 年夏天，当我和妹妹先后接到大连海事大学和中国石油大学（华东）的录取通知书时，全家都沉浸在溢于言表的喜悦中。一家同时走出两个"211"院校的大学生，对于小小的村庄来说，算是轰动的消息了。那几天，纷至沓来的乡里乡亲，一时间热闹了不足 80 平方米的小屋。然而只有我们知道，那薄薄的一纸通知书背后，付出了多少艰辛的努力。

珍惜在眼前

初来海事

从山东最南面坐火车一路北上，到烟台又漂洋过海一整天，终于在黄昏时分抵达大连。还没来得及打量一下未来四年将要生活的这座城市,还没来得及和姐姐道别寒暄，还没来得及收拾躁动不安的心情，就被新生骨干叫到楼下集合。

整整一个月的军训就这样在没有任何准备的情况下开始了。每天清晨，我们统一穿着迷彩服，列好队，带上所有的装备——蓝色的大水杯和小板凳，浩浩荡荡前往训练场。最后的方队表演场面还是很震撼的，各种颜色的制服荟萃在体育场。虽比不上大阅兵的庄重整齐，却也是有模有样，对得起一个月来的付出。

军训结束后，就是按部就班开始上课的日子。海事的教学楼布局得很随意，给我这个"路痴"带来了不少困扰。那会儿打印了一份课表，成天揣在书包里，上一节课看一下课表，然后在脑海里搜寻一下大致地点，带领室友们就奔着方向去了，大有"寻宝"的架势。经过无数次的"探索与发现"，我现在终于能说出个一二了。距离宿舍最近的是学汇楼，就是那个被大家埋怨永远学不会高数的地方，图书馆如果闭馆我就去"投奔"那里。百川、德济、四海楼，是连在一起的三座，红砖砌就，一看就是新楼。这四个名儿构成了海事的校训——"学汇百川 德济四海"。当初为了分清它们，每次都要在心里默念上好几遍校训。再远就到了励志楼和尚德楼。据常年"驻扎"在那里上自习的同学说，环境很不错，冬暖夏凉。

我怕麻烦，不愿走远路，一般自习会选择离宿舍最近的图书馆。坐在二楼南区靠窗的位置，夏天吹来阵阵清风，冬天又会有温暖的阳光洒进来。我敢保证初三坐在教室里发呆时，幻想拥有的就是这样的大学生活。

要说起大一最盼望的事情，当数每学期两次的全校大升旗。因为这意味着我终于有正当理由穿上制服，也算是满足了自己对军校的念想。

🌞 成长之路

到了大二，课业逐渐繁忙起来，除了平时上课，社团与中队的事情还有很多，加上周六周日的兼职，生活充实得有些辛苦，但还是累并快乐着，毕竟这样的青春只有一次。

不得不提的是我现在还在的那个社团，我喜欢叫它"海青"，它是一个文学类的社团。大一时我还是编辑部的一个小干事，对学长学姐们言听计从。或许就是那股认真劲儿让我大二留了下来，做了部长，拥有了一批仰慕自己的小学弟小学妹。到了大三，我依然在，身份变成了主编，惭愧自己的文采也不过一般。但在海青的日子让我倍加珍惜。

第一次招新，顶着炎炎烈日去帐篷外发传单；第一次开例会，在学弟学妹们面前略带紧张地介绍自己；第一次筹备晚会，毫无经验地解决出现的一个又一个难题；第一次审稿，深夜翻看文章到眼酸……事实证明只要用心去做的事情，结果总会是好的。在这个过程中，经历过挫折，有过沮丧，但更多的是收获。文采的锻炼，能力的提升，还有沉甸甸的友谊和满满的幸福回忆。

璇儿是我的同班同学，成绩也很不错。她在中队做团支书，我是中队学委。我们工作上本没有交叉，因为大三上学期一起学习党课，关系就越来越近了。她是南方人，却一点没有小家碧玉的温婉，倒是一个十足的"吃货"。因为爱吃，自然就胖。大二下学期以来，减肥就成了她整天挂在嘴边的话题。作为她的"私人教练"，我立下规矩每天中午下课后只能去吃回民餐厅，主要是因为那里的菜油水少，饭量少。我吃饭不挑食，倒没觉得委屈了自己，看得出她还是感觉自己做了很大的牺牲。学校里最好吃的食堂当数第三食堂，主要是饭菜花样多，作料加得也多，自然就美味许多。为了督促她减肥，但又不至于太限制她，我们约定每周的周三中午可以去吃三食堂，所以每周的周三都成了她最开心的日子。有段时间看她减肥比较有效果，便决定奖励一下她，谁知这"吃货"就一发不可收拾了。先是去心海餐厅的蛋糕房买了几个小糕点，又去新区超市买了两根巧克力冰淇淋，然后跑到桥头买了一份煎饼果子，还觉得不够尽兴，又跑去三食堂吃了麻辣拌。真真一个"吃货"！我多次告诫她不要这么一通乱吃，但有时候自己竟也会跟她一起吃起来，边吃边笑，吃到难受。每每事后想起来都觉得不该那么伤害身体，又转念一想，大学疯疯癫癫的日子还有几回呢。能够在大学里遇到一个很投缘的朋友，也实属幸运。

✦ 一直在前行

我时常觉得自己是幸运的，因为一路走来，遇到了很多对我好的人。让我感动的同时，不忘记继续前行的路。

大学不是奋斗的终点站，而是全新的开始。能被十年前那个认真的自己所感动，就更应该让十年后的自己无愧于今天的付出。所以，我们才更应该坚持走下去。不忘初心，遇见更好的自己。加油。

注：本文由青春杂志社推荐

扫码问学姐

我的大学梦，我的大工情

文 / 宁雪

人生，总会有一些事看起来是个笑话；
人生，也有总有一些笑话成就了你的芳华。

——题记

知了没完没了地叫着，学校附近的溪水潺潺流过，从一开始就是这个样子，无论烈日高照还是雷雨交加，它却不会多停留一秒。正如报志愿时的我们，紧张，焦虑，如找碴儿一般拿着自己的分数对比一所所大学，一个个专业。回想起来，并不觉得比考试轻松多少。因为，这可是用人生的第一把钥匙在开自己手中的锁。

最终，我终于第一次拿起钥匙，打开了人生的第一把锁，我未来四年将要生活的地方——大连——大工——人文——哲学。

锁已经打开，我终于要踏上门后的世界。

转眼就到了9月，大连的天气却没有一丝秋凉的迹象，不过温度倒也适宜，相比家乡的大陆季风性气候，果然海洋性强的天气更让人觉得舒服。到大学报到绝对是件让人充满惊喜的事儿。这么热的天，每个院系都会支起帐篷，由团委老师带领着团委学生会的学生干部一起坚守在这里两天两夜，为随时到学校的新生搬运行李，注册学籍。大工有校车在车站等候，每当一个大巴到学校，各院系就分别举着自己的牌子，到车旁去吃喝，好不热闹。基本上新生一下车，行李就被学长学姐抬着送去了院系帐篷，尤其是有学妹的时候，对于一个男女比例7：1的理工学校来说，平日里能看到女孩几乎都是一种奢侈，所以也是更加卖力。也有几次，因为没问清楚，结果竟然走错了院系，学长学姐不好意思地笑了笑，赶紧把学弟学妹送到正确的位置。尽管有时候觉得有点吵闹，但是一进校门就被学校的同学簇拥着，这种被欢迎的感觉真的让背井离乡的新生心里多了很多慰藉。

比起千篇一律的军训，我还是觉得另一件事更有意思一些。秋叶伴着秋风在半空翩翩起舞，掉落在一群站在宿舍楼下练习诗朗诵的大一新生的肩上。这是大工每届新生都要参加的以班级为单位的诗歌朗诵比赛。为了大家能够尽快适应大学生活，促进彼此间的感情，每个院系都会选拔出比较优秀的学长学姐也就是班导生，带着新生们一起度过这段有些陌生却充满欢乐的时光。每天军训结束以后，新生们就拿着小凳子来到之前分配好的地方，开始练习诗稿。每个班的班导生会组织选取主题，确定诗稿，挑选领诵，然后通过自己的朋友找到一大堆比较有朗诵才能的学长学姐前来助阵。持续一个月的诗朗诵比赛也叫"诗朗月"。大概是所有大工人对于大学最初的回忆。

这个秋天，十分忙碌，比赛结束以后，各种学生组织、社团的招新也开始了。我们都叫它"百团大战"。大工的社团活力很足，种类齐全，每年的招新也是社团补充新鲜血液的重要方式，因此所有的家底儿也都会亮相。眼花缭乱的宣传，精心布置的帐篷，让新生们对于社团充满向往。另一个部分就是大工的学生组织，包括团委各部门、学生会各部门以及其他学生组织，大家摩拳擦掌，有些部门在假期便开始筹备招新。在新生眼中，挑选一个最好的部门绝不是一件容易的事。招新过后便是繁忙的面试季，随之而来的就是新生对于大工建筑的熟悉，可以说，能够准确地到达面试地点绝不是可以轻易做到的。从未听说过名字的建筑物分布在433.2万平方米的校园里，每次去面试都像探险一样。不过我倒是觉得，这种充实而紧张的生活很有意思。

11月的"峰岚杯"是大工的好日子，甚至是大工人自己的春节。这是一个已经举办了十余届的文艺活动，以院系为单位，有曲艺、小品、舞蹈、乐器等节目。无论校领导还是各院系对这个比赛都极其重视。紧张的排练，精心的准备，很多人都以参加过"峰岚杯"为荣耀，在"峰岚杯"的决赛举办地——山上礼堂，也留存着历届大工人难忘的经历。

这样的生活，让我觉得好像是进入了一个全新的"国度"，一切都是新的，尽管有些事情与自己所憧憬的不太一样，但这的确是一个全新的"世界"。

冬路

进入大学后的第一个冬天，很多事渐渐轻车熟路了起来。渐渐地，我发现，大学的生活太丰富了，丰富到你不知道该做什么，大学的路太多了，多到你都不知道该走哪一条。

很多老师说大学是轻松的，相信上过大学以后没人会这么说。在这里，学习依旧是最重要的，但是除了学习，你也的确有更多的方式去实现自己的梦想，太多的选择，太多的路。当你不断前行的时候，也慢慢发现，忘记了自己来时的目的和决心。

春塔

经过一个学期的适应，曾经的好奇和新鲜慢慢变成了习惯和自然。每个人都开始做起了自己喜欢的事情，我也把我的主要精力放在了社会工作上，每个学校的部门设置不尽相同，但是工作的性质都是大同小异。我慢慢地开始学会如何写策划、办活动，学会如何融入部门，与人沟通，也结交了一群志同道合的朋友，这真的很棒，你会逐渐发挥你的价值，发掘你的潜能，受到身边人的尊重。

这个春天，我渐渐找到了目标，希望。或者说，是前行路上的灯塔。

> 那个夏天，我的人生第一次用自己制作的"钥匙"打开了第一把锁，终于打开了大学的大门，来到一个全新的"世界"——大连理工大学。我在这里学习，工作，生活，成长。我看到了许多自己从未看过的事，遇见了许多值得珍视一生的人，我开始学着自己选择要走的路，学着用自己的判断去寻找自己的灯塔。相信，无论多少年过去，我仍然会记得大工的情人路、教学楼，记得四年的点点滴滴，正如我永远不会忘记高考备战的自己，那是我奋斗过的日子，那是我拼搏过的时光，也是我，用自己的生命所书写的——青春。

扫码问学姐

遇见秋，遇见你

文 / 廖臻

　　这里最美的时节是秋季，遍布校园的银杏树叶终于黄透了，秋风过境，黄叶便打着旋飘落。落在透着旧的绿草地上，落在石板路上，落在苍劲的树根便化作一层黄毡。这时候，电子科大各个食堂豆浆纸杯上印着的绿色银杏叶也被换成黄色银杏叶了。握着暖暖的豆浆，你会发现仍有薄雾的校园却是醒了过来，有背着大书包匆匆赶往图书馆的考研党，有捧着书叽叽喳喳走向品学楼的女孩子，也有边晨跑边戴着耳机背单词的男生。这是所有成电人的早晨，充满斗志及活力的开始。

　　成电的标志建筑是主楼，主楼是一座以灰白色为基调，带有苏联特色庄严肃穆的大楼。电子科大的前身是由苏联援建的，现在沙河老校区的主楼仍带有那个年代的气息，清水河校区的主楼是对照原来的主楼所放大的。但与学生们息息相关的却是"品学楼"和"挖掘机"大楼。品学楼之所以得此名，是因为它有三个区域，分别是A、B、C区，每个区都呈一个正正方方的口字，恰似一个变形的四合院，中间种植着茂密的植被，三个区域之间又相互联结，恰似一个"品"字。而"挖掘机"大楼则更为易懂，它的A、B区组合起来就像一个挖掘机。电子科大的建筑基调都是灰白色的，主楼、图书馆、科研楼、品学楼、新教（"挖掘机"大楼）都是棱角分明，它们都直接又坦率地体现出了电子科大的"求真求实、大气大为"。

　　与教学区不同的是，电子科大的生活区显得更为温馨。生活区的食堂、活动中心、成电会堂和宿舍楼皆以砖红色为主色调。宿舍楼都是以组团为单位的，通常是以三栋楼为一个组团，每个组团都有一个小院子，小院子里大多种着桂花树、玉兰树和栀子，显得小而温馨，每个组团门口都有自己的门禁系统，只有该组团的同学才能刷校园卡进入，保证了学生的住宿安全。组团又分为本科楼、硕士楼和博士楼，从外观来看，组团的外观区别并不大，区别只在于寝室的规格。本科楼通常为四人间，硕士楼为二

人间，博士楼为单人间。

　　说起住宿体验，在全川高校中，成电可是数一数二的好（骄傲脸）。不论是博士生的单人间、硕士生的双人间还是本科生的四人间。每个寝室都是上床下桌，单独配备阳台和独立卫生间，当然空调更是必不可少的，夏天晚上不断电，让你在每个炎热的夏夜都有一个好睡眠。每层楼都配备一个多人淋浴室，内配一排吹风机和镜子；一个开水间，开水全部免费供应；一个洗衣房，配备全自动洗衣机六台。在每栋楼的一楼还体贴放置一面仪容镜，一个体重秤，最重要的是一个全自动的售货机，里面各种饮料、小零食都任你宠幸。每次你回来或者出去的时候，和蔼的宿管阿姨们都会给你一个温暖的微笑和几句贴心的问候。

　　除了这些所谓的住宿硬件设施之外，学校尽心尽力对大家处处贴心。成电的每个厕所必备柔软的厕纸、擦手的纸及洗手液。一旦用完，保洁阿姨很快就会添上。教学区所有的开水房像宿舍楼一般全都是免费的。学校每个月都会赠送每个寝室5度电，如果在不开空调的时节，这样的电量完全足够用很长一段时间。

　　成电的特色之处还有各种便利的校园APP。在这里我仅介绍面聊、喜付、滴咚三个。首先给大家介绍一下面聊，面聊是一个以成电为基础的校园交流APP，它的图标就是一只可爱的小象，界面也超级萌。一般是用学生本人的学号为账号登录，在这里，校内的人们可以进行交流、二手交易，还有校内活动的一些公告，也可以在上面查询自己的课表信息。当然最重要的一点是，学校实现了Wi-Fi的全覆盖，但这个需要面聊的帮助才能进入。第二个是喜付，是一款专属大学生的手机钱包，同学们用它便可以在手机上对自己的校园卡充值，然后直接到学校的任意电子服务终端上领取即可，这样就可以省去排队充卡的冗长流程。说到这了，便要介绍一下这些电子服务终端，它们分布于各个组团、食堂的一楼、品学楼每个区的一楼大厅还有图书馆大厅，同学们

可以使用自己的校园卡和密码在上面进行电费缴纳、充值领取等种种事宜，也可以在上面进行校园卡挂失。第三个就是滴咚，它是里面最年轻的，但是也是最受我喜欢的。因为它是校内食堂外卖APP！它意味着你可以足不出户，等待外卖送到寝室门口（因为门禁系统的原因，其他外卖只能送到组团门口）。这三个APP虽不能说是成电的独有，但却是成电的一大特色，处处透露出电子科技大学的一点点"小心机"。

说到四川，不得不提的是它的美食，而既然说到成电，那么不得不说的便是它的食堂。虽然老校区的建设巷美食久负盛名，但是成电食堂也毫不逊色。新校区一共有银桦、紫荆、芙蓉、学子、思源、家园六个常规餐厅，还有南门体育馆旁边的桃园餐厅，新建的朝阳餐厅以及单独成栋的清真食堂。每个食堂都有它的拿手菜，每年学校甚至会开展校园美食大赏，各个餐厅的厨师各做其招牌美食，吸引全校同学们都来排队品鉴一二。在这里我要特别提出的就是银桦夜宵。银桦餐厅并没有如芙蓉、家园专走精致路线，而是普通菜色。可是一到了晚上，它就摇身一变。银桦夜宵从七点正式开始，有干锅、火锅、凉菜、冒菜和汤面，都是四川风味的，就是与外面的馆子相比也不会败下阵来。夏日夜晚，约上三五好友吃上一个干锅；冬天夜里，约上同学室友吃一个热气腾腾的火锅；晚课结束或是从图书馆回来，自己点上一碗足料的卤肉面，这真是极美的享受，也是平日严谨的学术氛围下的一丝惬意享受。

说到享受，虽不必说平日里的各路学术大牛的成电讲坛、成电达人秀和新年游园会，但我们也实在应该提提成电影院和迎新晚会。成电影院每周周末在成电会堂放映近期电影，门票只需在布雷德面包店刷卡买取，票价极其便宜。而迎新晚会并不是指一个单独的晚会，而是各个学院的迎新晚会。每个学院都会在12月的时候举办迎新晚会，其主要目的除了迎接新的一年之外，还有让新入学的大一的同学们展示自己风采的意思。

一到了12月，你就可以自由选择去看哪个学院的迎新晚会了。如果要领略学霸的风采，那么英才学院的晚会将是你的第一选择。英才学院的学生都是由学校的佼佼者组成的，他们的高考分数比起清华录取线只是差之毫厘，说他们是顶尖学霸也不为过。如果要体会宏伟的气势不如选择通信学院、计算机学院、微固学院等。他们都

是电子科大的大学院，其学科领域在全国都是遥遥领先，因此他们都具有蓬勃生命力，实在是气势无人能挡。若是想体会土豪们的世界，不妨选择格拉斯哥学院的迎新晚会，格拉斯哥学院是电子科大与英国格拉斯哥大学合作的学院，毕业生同时拥有两个学校的学位证书，而他们自然都是成电的贵族。当然，如果你最直接的诉求是见见新鲜的小学妹们，那么我建议你选择外国语学院和政治与公共管理学院的迎新晚会，特别是2015年的迎新晚会是两院合办的"语你政相识"晚会。外院和政管作为电子科大的两个文科学院大致上承包了成电的妹子与颜值。在这个男多女少的电子科大，你或许会体会到她们的别样魅力。

> 我在这里已经度过三载春秋了，对成电的感觉最初是惊叹，惊叹于它的大气、惊叹于它的美、惊叹于它的早自习晚自习制度、惊叹于图书馆永远满员，到现在才是真正地懂得了它。每个勤勤恳恳认真学习、科研、生活的人组成了成电，这就是电子科技大学，希望你能懂它，也能喜欢它。

扫码问学姐

琴棋书画诗酒花

文 / 铜板月

你在锦桥的晨曦中，翠柳微拂
我在散落的星河里，寒梅入骨
倘若列车又驶过这里
还愿与你停留驻足
月升日暮，南湖之畔漫步

也许世界上最幸福的事情就是义无反顾地选择自己喜欢的事物，过自己想过的生活，现在的我正经营着大学四年这段属于我自己的青春时光。上大学之后，我真正学会如何热爱生活，如何变成自己喜欢的模样。离开父母之后，我慢慢独立起来，开始适应崭新的生活环境，选择自己真正喜爱的事物。养一盆兰花，看一部老电影，读几本经典名著，偶尔写几首小诗，会发现在某些时刻自己是透明晶莹的。我安心地躲在自己的世界里，和灵魂一起轻盈舞蹈。

初进大学校园，军训第一课总是令人印象深刻，操场集训成为不堪回首的记忆。炎炎的夏日，整齐的队列，月夜加训，唱军歌，做游戏，艰苦的日子也有快乐而单纯的回忆。多少次挥汗如雨，多少个苦难重重摧残我们。正值青春年华的我们，挺过了最为黑暗的一段高三岁月，又怎会挺不过这段军训的意志磨炼呢？军训过后最渴望去的地方便是食堂了，食堂的菜式是多种多样的，南到海南，北到黑龙江的美食，国际上澳洲和北美的也都有涉猎，唯一美中不足的便是所有的美食基本都被打上了东北的烙印，不过物质的享受与精神的愉悦还是可以相匹配的。

学校的实力是有目共睹，东北老工业基地支撑了共和国的前期发展，东北大学是中流砥柱，在"唯知行合一方为贵，唯自强不息方登高"的学府里，真的是让我自豪不已。大学的丰富生活简直是让人眼花缭乱，学校里各式各样的社团：文学社、武术协会、绘馨社、心愿社、机器人社团等等，刚到学校的时候，社团联合会免费发放的攻略里面介绍了大大小小130多家社团，对知识和技能无比渴望的我幸福得简直要眩晕了，在这一时刻，我才终于明白了什么是生而有涯而学也无涯。

我是一名正宗的文科生，自认为学校的图书馆是最美丽的地方，也是我最喜爱的地方。我经常从一排排书架里漫步穿行，与一本本经典书籍相遇，寻到一本想看的书便爱不释手，坐在一个靠窗子的座位，打开窗帘，让阳光照进来，再沏上一杯清茶，使自己伴随著茶清香沉醉在书中的世界。翻阅一本宋词，品着古香古意，才知身静后心静。眼睛看累了的时候就戴上耳机，一边听着轻音乐，一边看窗外树叶随风起舞飘动。就这样我可以在图书馆待上一天半天，一句话不说，一个人享受这静默的时光，安静又美好。偶尔也会把自己的笔墨纸砚带过来，把宣纸裁好铺开，水墨调深的时候用狼毫书写大气厚重的汉隶，墨浅时追寻先人王羲之天下第一行书《兰亭序》，正衬了窗外的天朗气清，惠风和畅，心情也恬静愉悦起来。

> 她走在树影斑驳的汗青路上
> 掀开柳帘后的湖边景色
> 她无意把初夏的光影分割
> 清风漾起涟漪衬托朵朵青荷

有时，图书馆影音室会放映一些经典老电影，比如《魂断蓝桥》《蝴蝶梦》《战争与和平》等等，这些电影多是黑白的，缓慢又很冗长，我经常会在没课的时候，一个人跑到影厅里，花上一下午的时间看一部《乱世佳人》，我很珍惜这样一个人的影厅，似乎电影为我而放，而影片结束时自己仿佛也走完了半生。有时我也喜欢摆弄窗台上自己养的花儿。我一直会把我的兰花放在图书馆最右边窗台的拐角，这会给每一位发现它存在的人小小的惊喜：啊，这里竟还有一盆长得这么鲜绿的兰花！而我就是它的主人。我每天清晨为它浇水松土，若发现它又发了新枝，开了纯白的小花，我会手舞足蹈地高兴半天，对好朋友说我自己灌溉的花儿开了呢！

我是来自南方的孩子，在北方念书求学。上了大学才明白什么叫"才说离家，便恨离家"。我总以离别的车站作为起点，载满对故乡的眷念，可是只有到了雨雪霏霏的

时节，我的火车才向南开。同学总说我有时多愁善感，矫情起来倒像个诗人。其实我们很多人会因为学习工作等忘记去追求心中的美好，忘记那种在笔尖墨痕下的恬淡和自由。而诗歌可以反映一个人内心中真正重要的情感，它会像涓涓溪流一样在字里行间中出现。如果用诗歌来填满生活，那么灵感会一直陪伴在你的身边，如同一朵美丽的花朵始终拥有属于它的清香。当我嗅到更多诗的花园里的芬芳，便加入了一个文学社团，以诗会友，丰盈自己。在社团里，大家齐心协力举办一场视听诗梦的活动，活动是根据古诗改编成剧本进行舞台表演。也许墨早已干，墨香也早已散，可诗的字句却不会因此中断。年年岁岁，岁岁年年始终无法还原古书里，卷轴上又模糊了的容颜。每个人都尽心深情地演绎这出戏，我们用这份真诚换来了昨日重现，共同做了一场与诗有关的美丽的梦。

　　社团成功举办活动之后，社里成员们都会聚在一起庆祝一番，朋友们聚在一起如同群贤毕至，大家谈天说地，畅所欲言，好不痛快。有时和最好的朋友以书信的方式联系，就像一滴在脸颊晕开的雨滴和一朵开出颜色的花，这样偶然的相遇总会勾起对朋友的想念，于是便开始了来回往复的书信旅行。写信是一件很奇妙的事情，发明书信这种东西的人真是了不起。信是人和人对话的继续和替代。人和人并不是在任何时候都可以对话，有时候面对面都不能对话，有时候想对话又见不着面儿。信能把嘴里说不出的话、心里的话写出来，信能把人的思想感情传到千里万里之外的见不着面儿的人那里去。想起木心先生的《从前慢》："从前的日色变得慢，车，马，邮件都慢，一生只够爱一个人。"想起以前没有无形的网和线的年代，那段岁月里的人们纯朴而善良，想起另一个地方正看着我写的字儿的人，而我一直追求着在纷繁的快的年代里静静享受时光的旅行慢递。在信上，我会告诉她北方的银杏树把校园小路铺成了黄金大道，而叶不知秋的是江南。北方大雪纷飞时江南还阴雨绵绵。其中是何等的有趣呢！

　　我因喜欢美妙的声音，课余时间经常跑到音乐厅去听音乐会，记得最深刻的一次是在冬天下雪天听的一场小提琴音乐会，至于什么乐队、具体什么时间都忘了，只记得那天一个人站着听完全程。一位意大利小提琴家刚开始让我们闭上眼睛先感受一下，我照做了，闭着眼睛听他拉完一段美妙而欢快的旋律，好像自己在阳光明媚的春天里旋转跳舞。他告诉我们说那是他自己创作的曲子，他称之为《意大利的阳光》。突然间觉得世界上最高级别的艺术便是音乐了，如此让人着迷和心醉。好像是既然琴瑟起，

又怎能让笙箫沉默呢?

碧绦垂，冬雪飞，春风连秋水
韶华过，青稚褪，初心不言悔
白山高，黑水滔，山川迎光辉
南湖畔，浑河水，学子赋芳菲

　　每天最好的时候是晚上从图书馆自习回来，去水房打水的时候，暖壶闷闷的响声从低沉到高昂，玻璃窗上氤氲的水汽里写着几个字，想一想这一整天发生的事情，高兴的不高兴的，都跟着水壶冒泡泡。于是，我会在这段时间内感谢牵挂过、得到过、不便说的每一天，就像抬头对着星空祈福温馨万岁，希望自己的感官继续敏锐，心思永远细腻，每一刻仍有很多很多美好要去追。白山依旧高，浑河水滔滔，我还是相信温柔的眼神可以融化冬天，坚定而认真的信念可以让冰雪变成一树一树的花开。

注：本文由鼎元文学社推荐

扫码问学姐

和兴路 26 号

文 / 孟纯兰

　　下午两点的阳光斜斜地打在图书馆五楼学子憩园的圆桌上，对这座东经 127 度北纬 45 度的城市来说，12 月下午两点的阳光只能被称作"夕阳"。没课的周六，我倚窗而坐，看着窗外被夕阳染成金色的刚浇成的冰场和冰场上那些灿烂的笑脸，或熟练或生涩的步伐，雪后的天空蓝得格外耀眼，思绪拉扯着翻滚着。这是我在这座关外之北的城市的第二个冬天，我想把这个轮回里在和兴路 26 号发生的点点滴滴分享于你，我最亲爱的高中党，愿能给你继续前行的力量。

　　2014 年的 9 月似乎很忙，忙着奔向未知的远方。飞机从长水机场到太平机场，三千多千米六个小时的航班，从祖国最西南到达最东北。那时风在唱着低哑的歌，那时的我只知道东北林业大学位于哈尔滨市香坊区和兴路 26 号，那时的我并不知道这所看似不起眼的塞外大学竟然有 3.3 万公顷，在一次次的新生讲座和东林特别的《大学生手册》学习考试之中，我慢慢走近这所被称为亚洲面积最大、包含两个大林场的大学，慢慢走近这所具有接近疯狂的阶段考试的教育部直属（全国共有 75 所）的"211 工程"大学。这个秋季，离家三千多千米的我水土不服，暴瘦 10 斤之后脸上各种脓包开始疯长，幸运的是我在东林遇见了我亲爱的室友们，买饭穿衣上医院，把我照顾得很好。我想我是幸运的，作为东林最后一批八人寝，拥挤着热闹着，在我窘迫的日子里互相陪伴着，八个女孩来自天南地北，我们彼此包容着，使劲成长着，以善良的姿态勇敢着……

　　东林的秋天来得很快很快，似乎只是一瞬间的事情，一夜之间叶子黄了整个校园，美得不像样。我们在教学楼、图书馆、食堂、寝室和各种讲座之间穿梭着，我们在各科的阶段考试之间奔跑着……雪花就这样接着秋末的雾霾到来。永远记得那是一个周三的早上，一觉醒来，外面白了，五点多我便兴奋地离开被窝，踩着无瑕的雪，在雪地里激动地奔跑着。虽然室友告诉这并不是最大的雪，但对于一个第一次见到真正的

雪的南方姑娘来说，那种喜悦又岂是能用语言表达的？我在雪地里写下曾经暗恋过的男孩的名字，算是一个故事的终结。高中时我曾经许下这样的愿望：在最冷的天喝最烈的酒想最爱的人。雪天和大雪覆盖的东林在我看来才是最有韵味的，即使室外零下 20 摄氏度，我们仍然能在零上 18 摄氏度的屋里啃雪糕，我仍然能在跆拳道馆里练到汗流浃背，仍然在学生会组织下，和小伙伴们在学长学姐的帮助下学习着，仍然和一群兴趣相投的小伙伴在社团里活跃着，直到台下响起一阵阵掌声。就这样在或遗憾、或迷茫、或充实、或忙碌中送走"新生"这个名词。

四十多个小时的火车后，和老乡们再次从早已春暖花开的西南来到大约在冬季的东林，我以为东林没有春天，但春天还是在一场清明节的雨夹雪后到来，带着风沙来的，我很是震惊。然而来自内蒙古的同学告诉我这并不是最严重的风沙，毕竟林大树多，那个时候我也才真正意识到我所学专业对环境的重要性。东林的春天和秋天一般实在是太匆忙，也是在那个匆忙的季节我恋上图书馆，也是在那个匆忙的季节我结识了一帮朋友，就是那种一段日子不见就会相互邀约见面的朋友，不为别的，就是想见彼此。能像家人一般听你诉说，包容你缺点的朋友，我有幸在和兴路 26 号遇见了，并且珍惜着。

这里夏天的色彩是斑斓的，是篮球场上洒下的汗珠折射的光彩，是和雁子小妹环林场骑车时朗朗的笑声，是索菲亚大教堂前听到钟声时的震撼，是和社团里的小伙伴在太阳岛烧烤野餐时的搞怪，是军训中各个学院比拼时的激情呐喊，是滨江大桥灯火点起时倒映在江面的瑰丽。记得从老张的学校回来时，三五好友追着夕阳奔跑，看它染红了天边、染红了江面、染醉了我们年轻的模样。盛夏，丁香和我不知道名字的花充盈着和兴路 26 号，树荫的长椅倒是乘凉的好地方，毕业季的学长学姐想用镜头把东林记下，或许终究有一天，我也能够明白为何在送别学长学姐的宴席上，他们哭得如此失态，当我离开这里的那天，我也许会明白学长学姐为何把"学参天地，德合自然"的校训喊了一遍又一遍。

当群里发着到火车站、机场接新生的安排时，我知道被喊作学妹的自己也有自己的学妹了。去接学弟学妹的时候，同行的伙伴突然说道："纯兰呀，这不正是一年前的我们吗？"是呀，已是一个轮回，在这个秋季，《前进，东北林业大学》再次一遍遍响

彻这个令我备感温暖的地方，我也在各个社团里模仿着学姐学长，把他们教给我的告诉给学弟学妹们。这个秋季的东林也和我们在成长着，南校区的落成，新食堂奢华的宫灯，新宿舍的高大上，使马家沟的彼岸在这个秋季频上新闻头条。这个秋季依旧这么平淡，我的生活还是这么简单，上课考试兼职社团，但庆幸的是我已经习惯了这里的饮食和天气，我和我的小伙伴们几乎把食堂各个窗口吃了一遍，再以学校为坐标原点尝试着这座城市特有的美食。这个秋季依然那么匆忙，但我还是有心情去做自己想做的，比如码码字，比如一个人去陌生的城市，看看那个我从未涉足过的世界，在东方明珠下许下渺小的心愿，在西湖边徜徉，在苏州听着软软的吴侬软语，拜倒在西安古城楼下。当然最快乐的是写封情书给我朝思暮想的故乡……

我把岁月熬成了沙，握不住，也留不下的繁华。列车飞奔而过，时间扑面而来。从玉都到冰城，再从冰城回玉都，在旅途，我不是归人，一个人，一个箱，一个包。掠过四季的风，下午阳光暖暖地照进来，越过忧伤。庭院中的秋海棠，屋后的竹园沙沙响，水蓝色裙摆的姑娘，愿有来生必定生死相依。

东林又飘雪了，踩在脚底咯吱咯吱地响，文管楼前面树林里的小松鼠引来行人纷纷拍照，而我却拍到了拍松鼠的人。足球场里传来打雪仗的欢呼声，不知道是哪位同学又被埋在了雪地里。从自习室回来，走在夏馨路上，路灯下飞舞的雪花依旧可爱，路上的行人三三两两，热恋中的情侣打打闹闹，突然嘴角露出浅浅的笑。偶尔情绪也会低落得不像样，甚至还会失声痛哭，在家属区的咖啡馆一个人也能发一下午的呆，但幸运的是有知心的朋友能把我拥入怀中，读书绘画，一次次抚平躁动。我想无论何种状态都应该努力让自己幸福，在和兴路26号的这些日子学会的坚强与坦然，在这里学会的爽朗大方，所有遇见的人，无论老师、同学，还是寝室、食堂工作的人员，都

不是没有意义的，他们或催促着我成长，或如暖阳熠熠发光。

　　我似乎更习惯一个人的状态，脚下的步子很坚定，还要走很多的路，去看很多美丽的风景，去遇见更多的人。无论结果如何，故事还在继续。漫长的黑夜，似乎听到潺潺溪水流淌的故事，即便是受过伤，即便很失望，只要心不死，就不会绝望。只要不曾绝望，希望就一直都在。如果有太阳就晒一晒棉被，也晒一晒自己，晒走忧伤。如果下雨，就靠着窗，听一听外面的声音，也听一听自己的声音。如果是阴天，又怎么会一直都是阴天，愿你在阴天快乐着。你呢？我最亲爱的高中党，是否会在写作业的间隙，抬头看看天空，用手框住头顶掠过的飞机，许下最纯真的心愿。愿我们都能找到继续前行的力量，直到万丈光芒。

注：本文由清源文学社推荐

青葱岁月，别负了一切美好

文 / 尹祺

　　我是一个绝对不可能在一个地方一直待下去的人。说白了就是喜欢旅行的人。当初报考大学的时候就一定要去一个有特色的城市，所以选择了东方小巴黎——哈尔滨。徜徉在夜色中灯火通明的中央大街，看着各种欧式建筑，实在是一件乐事。而我向往的学校必然要校园风景美如画，这样才能让我安心且舒适地待上四年，朋友都说大学等级神马的都不是重点，重点是吃，住，环境，空调！

　　我当然不是那种有了吃就什么都不管的人。选择了东北农业大学，别人问我为什么选择这个大学，我笑笑说：这所大学实力不错，是以农科为优势，以生命科学和食品科学为特色，农、工、理、经、管等多学科协调发展的国家首批"211工程"重点建设大学，是黑龙江省人民政府与中华人民共和国农业部共建大学，是国家"中西部高校基础能力建设工程"项目入选高校，国家首批卓越农林人才教育培养计划改革试点高校，教育部本科教学工作水平评估优秀院校，教育部"援疆学科建设计划"40所重点高校之一。

　　然而这在我看来不过是顶着中华老字号的狗不理包子。我当然不会告诉他们我的学校有七个食堂，这里可是吃货的天堂啊。从早餐到晚餐绝不含糊！各种特色的窗口，从大盘鸡到兰州拉面，从食街到饺子园，无处不张扬着东农的美食旗号。从薄皮大馅的饺子到可爱的动物形状的面食，越过山西刀削面，便是热乎乎的砂锅饭，就连火锅都可以吃得到。如果再想拓展，那么校外的小吃街和水果街则是不二选择啦。我的心得体会便是来到农大万万不能负了自己的舌头哇。

我也不会告诉他们这里绿林葱葱，白桦树个个笔直挺拔。春天到了，南区的柳树悄悄抽出嫩芽。夏天，五谷园里开满了花，没几步便会逢着一对蝶，还有坐在草地上闲聊的女孩儿。每到毕业季，这里是毕业生的聚集地，或是学士服，或是美丽的裙摆，这是每一位东农学生最美好的回忆。一场秋雨一场寒，北方的深秋最是醉人，一滴雨送走一片叶，白桦用自己的枝叶为有心赏秋的人儿铺了一条绚丽而不奢华，安静又平和的小路。如此，便是到了冬天，也少不了雾凇的陪伴。每每走到侧边的林荫大路上，就会闪现这样的念头，我一个学应用微生物的，应该考研吧，生命科学学院再好不过，这样就可以一直读一直读，安安静静地待在这个美丽又宁静的地方，看着一届又一届的孩子们，看到他们成长，看到他们在这所学校，没有负了这美好的时光与学校所给予他们的一切一切，该有多好。

可是同样，我也不可以负了这一切一切，在这青葱岁月里。穿过了音乐厅，那里是各种社团表演的地方，据说还要租场地，很贵的。记得我们的开学迎新表演就是在这里，舞台、灯光超级棒。每场迎新表演都是学生会组织安排的。学校中很多大型活动不是学生会就是各个社团举办。而那时我所在的团委则不同，比起学生会来说，团委显得严肃得多。每个人都发给一根荧光棒，伴着音乐与舞蹈一齐挥舞。回想起那段时光真是再美好不过了，一转眼我就已经大三了。

平日时间够多，我就在新图书馆里默默地读自己喜欢的书籍，从三楼的文学读到五楼的专业书籍。我们的图书馆有各类文献资源200余万册，其中印刷版文献140余万册，电子图书66万余册。印刷本文献中含中外文图书近120万册，中外文学术期刊及报纸20余万期，中外文数据库20个。现订阅中外文学术期刊及报纸2000余种。馆藏中有文渊阁版《四库全书》一套，《续修四库全书》一套。如果可以留在这里一直看的话，定能学有所成吧。所以我更加坚定地想像二楼自习室里那些为考研而拼搏奋斗的同学一样，宁为一书生。

很多人慢慢地用大学的时光将自己埋没，而却也有一些人在这些日子里熠熠生辉。

我曾观看过一个吉他社团演出，学校里的社团很多，关于音乐的自然不少。这个社团名字叫作"六弦风暴"，当我看到一群青年手握吉他、贝斯，用力地演奏自己的青春，不觉被他们感染。好似每一个人都要将自己心中的激情宣泄出来才好。突然就想起了自己也曾经报过一个英语社团OEA，每日清晨七点，在室友还呼呼大睡的时候，我已站在主楼的大台阶上，随着学姐学长以及众多学员大声朗读英语，第一句便是"Use your passion and ability to achieve your dream!"震得五谷园有了回音。可是天气渐冷，台阶上的人渐渐减少，最后寥寥无几，那么成功自然属于他们。在社团庆祝时，自然吃得到OEA社团成立十年的大蛋糕了。

永远年轻，永远热泪盈眶。我听到台上的吉他手吼出这句话的时候，不自觉鼻子一酸。现世安稳，岁月静好。这段美好的时光不能虚度，无论埋头苦读，又或是游山玩水，一定要过得足够有意义，那才对得起自己。

在这所学校生活了两年多了，这里的一草一木为我所爱。严师益友又或是擦肩而过，总是我不能割舍的，所以我决定考本校的研究生。生命科学和食品发酵都是特色专业，导师对本校的学生更是眷顾，那么让我再一次被这所学校所爱，用所学来回报它吧。

注：本文由微明文学社推荐

扫码问学姐

兵荒马乱

文 / 李鑫

梳着简单的马尾，穿上一件干净的白衬衫，像只猫儿一样慵懒地在图书馆桌角上小小的阳光中醒来，回味刚刚美丽明快的梦，然后醒醒神，继续看着别人不停地奋战课本，然后惭愧地打开刚刚被合上的书。

抑或抱着书本行色匆匆地在校园里穿梭，绿草如一杯抹茶在空气中晕出清新香甜的味道。我眯着眼，踏着水晶色的露趾凉鞋，走过转角时不小心撞上帅哥。他穿着白衬衫，挽着袖口，无比修长干净的手拿着几本同样干净整洁的文学著作，笑容里满是阳光晒过被子的味道……

嗯，以上是我从小学到高中一直都在不断憧憬着的帅哥，啊，不是，是不断憧憬着的大学生活。

我趿拉着同样露出脚趾的棉拖鞋，看着镜子里头发蓬乱俨然如金毛狮子狗的自己，一不小心又将自己最喜欢的梳子梳掉了一个齿，悲愤也完全解决不了任何问题的时候，一脸忧伤。

都说高考是一场千军万马过独木桥的殊死大战，那我一定是在桥上被千军和万马踩碎了所有少女心玻璃肺水晶肝，才坚强泅渡到彼岸的那个花木兰。在一场场厮杀中已经忘记了我曾经的理想，是当一只安静的赵飞燕。电影里都是骗人的，想想从你们高中班级里一起毕业的人，其实就是你们大学男生颜值的平均水平。万一你一时脑残志坚，和我一样报考了东师大学……没有高富，没有富帅，没有高帅，身边只有一群铁骨铮铮的姑娘和为数不多几名花枝招展的"男孩纸"……

木兰，木兰，何日梦飞燕。一身铁骨照肝胆，悔不当初选师范。空手开罐，铁腕劈砖，象牙塔里三两年，兵荒又马乱。

我理顺头发，洗好脸刷好牙，胡乱塞几本书进书包，再喝口水。结束了耗时一个

早晨的胡思乱想，裹上羽绒服，戴上围巾和手套，背着书包走出寝室的大门，一阵瑟缩。白茫茫一片。昨夜一场大雪漫了整个天空，也落满了东师的所有角落。清晨的天地一片素色，似乎所有的声音都远去了，世界安静下来，只能听见脚下的雪被鞋底挤压得咯吱咯吱作响。世界那么静，这声音那么轻又那么清。

仿佛仰起头就能听见钟楼上指针转动的声音飘散在空气中。

看着身边砖红色墙体的建筑们将自己围在中间抱了个满怀，北方冬天的明媚阳光照在玻璃上映出的冰凌窗花更显活泼灵动，我突然有了自己就属于这里的感觉，一把叫作归属感的火灼灼燃起就再不能熄灭。东师的建筑浸透在东北的寒冷中，因而有了厚重的墙体，深沉的颜色，但这并不能阻挡它母亲一般温柔的关怀。本部校区的孩子们是在静湖边上长大的，清晨漫步在湖边，抚着小桥上的木栏杆，翻开一本许是课本许是英文单词册认真地读起来，这就有了校园中学术的气息熏陶。净月的孩子们此时应该正在紫光桥上仰望着钟楼旁边刚刚升起的太阳，任由温暖的金色洒了自己一身。

我忽然惊醒。打开手机看看时间，距离上课还有十分钟，果断绕道去食堂买了二两饼一碗粥。说起东师的食物，我不由得叹了口气。带着浓郁的东北气息的饭菜，就算叫作辣子鸡、麻辣烫，也不会让南方来的酷爱辣椒的小伙伴得到一丝家乡的慰藉。东北菜系偏咸偏甜，如果非要在长春这个地方尝到重庆火锅的麻辣鲜香，可能要费点力气，所以倒不如潜心享受来自北国的美味。不得不说一食堂一楼的那家鸡公煲真是让我和我的室友们总是惦记着。还有传说中的蔬菜粗粮面，七块钱一大碗，一个男孩子都吃不完。二食堂楼下的基本餐真是月末的最佳选择，四块钱可以吃到撑。不过馒头真的是很好吃，又软又香又甜。我一边喂着皮蛋粥一边蹭着雪地小碎步搓到学院钟楼。迈进教室，秒针刚刚好弹过七点五十九的最后一秒。

Perfect！

东师的每一个学子都有很多不同的身份，他们有时候是广播站的调皮主播，有时候又变成了东师青年的码字狂魔，一转头，他们又变成了街舞轮滑社团里面的朋克少年……

不知不觉，你就会觉得自己和从前那个只知道每天高喊和《五三》死磕到底的小孩子不那么一样了。

其实生活何尝不是这样呢，你一心追寻着生活的意义，却不知道成长早已经潜移默化地发生，就像圣诞老人偷偷放进你床头袜子中的礼物，等你一觉醒来，蓦然回首，你才会发现自己已经收获了那么多，只是自己却忘记去享受那段最美的时光。

大学就是青春里最后一段荒唐时光吧，在这里，二十几岁的我们还可以恬不知耻地称自己为孩子，我们笑着在自己最璀璨的年华中说自己老了，却在真的老去时倔强地说自己还年轻。

象牙塔最高层的风景，我们已然可以眺望到一些社会的一鳞半爪，我们小心翼翼地试着水，却不用惧怕失败，也不用担心嘲笑，就像第一只站在溪水边的蚂蚁，偷偷探出自己的触角。过河也好，退后也罢，都一样有着重来机会的青春。

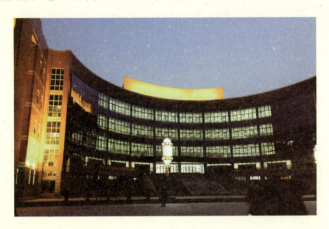

我们总以为自己在追赶着时光前行，憧憬着未来，憧憬着明天，却不知道不知不觉我们已经追上了时间，已经在被推搡着向前。向往长大的人有一天真的即将长大，也会有些怅然若失吧。所谓大学，就是用那一座象牙塔，将我们所有的少女心和玛丽苏珍藏，放进心中最柔软的角落，然后意气风发，披甲上阵。所谓青春，就是所有的荒唐和轻狂都被原谅，所有的平凡和惆怅都被怀念。

百万雄师过独木桥。

上岸后留下一地的兵荒马乱。

也是一地青春璀璨。

注：本文由申花文学社、逗号文学社联合推荐

扫码问学姐

大学，做不完的星光与梦

文／冯筠涵

还记得高考那一天最后一场考试，整个小镇空气仿佛都凝滞了，安静得只听见窗外知了不安的叫声，气势颇为嚣张。我写完最后一笔，心底倒是沉静，有些失神地盯着头顶的风扇，规律单调地转了一圈又一圈，等到那声铃响之后，心想，可能它会和我一样，结束这多年按部就班的生活。

高考，查分，填志愿，拿到最终大红录取通知书。一切紧锣密鼓地在这个暑假来临，生活的转折点推送你走向另一种生活。那时的我知道，大学会给予我一个美丽新世界。

总有那么几个和你一起相守的室友

东华寝室条件算是上海高校里不错的，豪华包间四人寝，充分独立的宽敞空间，有个朝阳的小阳台，妈妈再也不用担心晒不干衣服的难题。每个宿舍楼都有洗浴间，后来当我得知别的学校的妹子还要骑车提个篮子去大澡堂洗澡，才真正觉得我们的小日子很得意，当然，寝室冬暖夏凉的必备条件还是空调。

大学，对我而言，也是第一次开始集体生活，和一帮五湖四海的逗货成为相亲相爱的一家人，每天都是鸡飞狗跳。我们每个人都有各自的专属昵称，有着互相才懂的笑梗。每次点外卖，大家都会互相分享（凑起步价）。宿寝圣杯就数我们的皇家电饭锅，一学期来几次乱炖的美味。每周几次卧谈吐槽大会，虽说无非是忆往昔峥嵘岁月，问明日吾身何从，但每晚总能聊得不亦乐乎。耳濡目染，也慢慢听懂了各自的方言，对她们的城因此多生出几分亲切熟稔。几个人用同样的钥匙，去打开同一扇门，寝室成为一个有归属感的地方，和我的家乡小镇一样温温柔柔地包容着我。

✦ 总有一双追逐梦想的翅膀

说大学是天堂，是因为我们获得了无限的自由，自由是万金足，它允许你拥有各种发展的无限可能。如果没有梦想和目标，可能对这生活盛大的回馈也会突然感到茫然，拥有的时间该如何安排，什么才是我们努力这么多年然后得到的生活呢？

那么，社团和组织必然就成为感知自我和外界的第一步。尚实桥上挂着的大红幅，大学生活动中心里每日午间的活动，食堂门口分发的宣传单，陈列窗里张贴的各色海报以及同学们卖力的宣传口号，这一切的运转就是围绕着眼花缭乱的社团和组织。如果你是运动达人，攀岩、柔道、国标舞、滑冰、自行车、跑步总有一款运动让你找到组织；如果你是文艺青年，书画、茶艺、文学、诗社，总有一种会让你相逢知己；如果你是技术控，那么技术宅协会、"飞灵"三维设计科技社、机器人科技社可以让你大展身手，进修学习。

小小的星辰，小小的我们，都会找到其中属于自己的星光自己的梦。

✦ 总是唯有爱与美食不可辜负

大学食堂，似乎一向以"难吃"著称，因其菜系分布广，食客多，被学生调侃为"全国第九大菜系"。然而，东华最大的福利就是美食了。我们的食堂是松江七校里出了名的好吃，常常有外校的同学垂涎而来。砂锅、铁板牛排、韩式料理、笼仔饭、麻辣香锅……两大食堂各具特色，大学一年放假回家，母亲大人看着我养得是满面红光、溜光水滑，对我的三餐更是一百个放心。

尤其是到了寒冬，在室外冻得涕泗横流，只要一进入食堂，简直就是来到天堂。温暖柔和的空调，绵软醇厚的饭菜香，在整个空间丝丝环绕，为盛宴狂欢的食客都在这里汇聚，享受这份暖意。和朋友们围坐一团，你点你的烤全鱼，我买我的竹筒饭，一到坐下开吃的时候，筷子早就伸到别人的碗里，嚼得不亦乐乎，叽叽歪歪说些没边

的话儿。在食堂，吃的不只是饭，是美好，冬天就要饱饱的，暖暖的！

总有一座纯白的学术象牙塔

对于新的大学学习生态环境我还是挺喜欢。不再像高中时期老师填鸭式地灌输各种题型解题方法，不再有新鲜出炉的试卷散发出油墨味，这里更加自由，更加偏向自学能力。老师是知识的引导者，"师傅领进门，修行在个人"就是这个理，对于知识掌握更加自主。

如此开放多元的学习体制，那当然需要优越的硬件匹配和良好的氛围滋养。

东华的图书馆是学校最美的一处景点，造型如一朵巨大的水莲花，荡漾在波光粼粼的镜月湖畔。图书馆一共五层，拥有丰富的图书资源，据说每年都会有五千万的投资用于翻新资源。馆内更是设施全面，预约到一个座位，开始静谧书香生活，让透过巨大落地窗的阳光将心情照得敞亮。也可以在充满小资情调的咖啡屋，点杯蓝山，悠悠敲着键盘，充实地度过一段时光。除了图书馆充电，你也可以在镜月湖边晨读，在教学楼内自习，在实验室里写分析报告，偶尔听几场自己感兴趣的学术讲座。

总是听到人们将大学比作堕落的温床，可是，那时候仰望星空的我们憧憬的人生可不是追剧、打游戏和睡觉。大学是让我做梦的地方，在这片巨大的夜场上进行着荒唐的、搞笑的、忧郁的、飞扬的、愤怒的、喜悦的、放肆的幸福，我们就是其中的星光，拥有人生最恣意妄为的秀场。那么，还在为高考拼搏的你们，对待生活如此认真的你们，冲破最后6月的魔咒，我相信，日光倾城的那天，生命注定拥有最清晰的脉络。未来在蓄势，期待和你们在同一片天空下相逢。

注：本文由歌行文学社推荐

扫码问学姐

四年围城

文 / 王桂琼

早已倦怠，被作业任务堆积的琐碎。

任满天的试卷若黄叶般纷飞，至善从书堆的最底端抽出闲置的诗词，避过数学老师犀利的目光，躲在教室的一角，渴求遇见"江南先生"或是"漠北先生"。考试终究令人疲劳，还好可以幻想无数可能的远方。只要高考结束，就不用三点一线，把日子重复了再重复。所有的大学对至善而言，都是一场想象中的暗恋，就像喜欢"江南先生"和"漠北先生"那样。最终"江南先生"的柔情打败了"漠北先生"的粗犷。在一个傍晚，至善通过远程技术向"江南先生"表白，"江南先生"的犹豫不决持续了十多天，至善不得不陷入漫长等待。忐忑不安的等待之后，至善听到暗恋的人应了一声"嗯"，定情信物录取通知书就一下传到了她手里。

至善小姐暗恋"江南先生"很久了。起初，她不知道他的名字，只知他家住在才子佳人辈出的江南，所以叫他"江南先生"。收到信物，看到扉页上隽秀的名字，方知他叫东南。东南，一个会给至善方向感和力量的名字。在走进东南先生的心以前，至善只是对他默默关注着，他的一举一动总能使至善心旌摇曳。

至善第一次看见东南是在一个秋天，她听着蝉的哀鸣，看到了东南雄壮的身影。他就那么安静地站着，任由金黄的梧桐叶落满全身。夹道的法国梧桐挡住了东南英俊的脸，总让人看不真切，只有大礼堂前的喷泉不停地涌动着，像在感谢生命让至善遇见了东南。

东南转过身来，至善看到了东南沧桑的脸，原来东南是个活了一百多岁的老头儿！正处青春年华的至善苦于极大的年龄差距和内心的热恋，陷入极大的矛盾，对东南不理不睬了整个冬天。初春时节，东南穿了一身绿衣服，活力满满，并且很臭美，总是将各种各样的鲜花到处挂，至善看到满身披绿的东南，心里喜滋滋的。东南真是个可

爱的老头儿。

东南一点都不老气横秋，他喜欢明媚的蓝色。不是那种悲伤的蓝，而是晴空万里般舒爽的蓝，有点恬淡，却不深邃。他全身上下散发出学者的儒雅，有着一种神奇的魅力总想让人探究一番。

他也喜欢暖暖的黄，他总爱将礼堂内外的灯打开，然后对至善说着情话，想让她和他一起搬家，远离金陵城的奢华，去江宁乡下过世外桃源般的隐居日子。至善对东南割舍不下，便和他一起辗转九龙湖乡下。

他们骑着单车并排走着，至善想起了《致青春》里的场景，她把车停在梧桐树下。在拍摄影片的同一地点，至善推着东南走到九龙湖畔。

九龙湖并不荒凉。校园由原来的墓地改建，毗邻酒香飘飘的杏花村，有着村庄原始的静谧。图书馆前的大草坪是至善和东南常去的地方，东南活得太久，身体的各个器官渐渐老化，需要天天散步消食。至善喜欢去华城超市买一包栗子，然后躺在草坪上，边看东南来回地踱着步子，边将栗子去壳。栗子很甜，时光很满。草坪里的草总是肆意长着，待其长至脚踝处，割草机就会从最外围"突突"地一圈一圈地画圆，留下中间一块绿色的圆时，总会有几只野兔蹿出来，使割草的工人惊慌。当然，东南固执于学术，老爱躲在图书馆，至善总会划船去图书馆看望东南。

等到黄昏，东南这个永不疲倦的老头儿忙完一天的学术，至善就带他离开"黄金屋"般的图书馆。站在九曲桥边，他们欣赏湖里图书馆美丽的影子，任微风拂起丝丝垂柳，直到霞光满天。

不等繁星露脸，至善和东南就在宽阔的路上相互依偎地走着，路过桃园田径场，看着一群群年轻的面孔在空中画弧，一次又一次地将篮球砸中篮筐，沸腾的呼叫声打破所有的寂静，整条路都在沸腾。你追我赶的情形让东南这个老头也想一展身手，可剧烈的运动他还是吃不消，只得加入围绕田径场转圈的队伍，开始迎着夕阳最后的光芒奔跑。

华灯初上。白日里平常的灯开始泛光，它们在蓝色的晴空下或是阴霾中久久站立，保持着自己最原始的样子。"中国馆"式样的路灯两两对望，情意绵绵，而立在野花丛边的路灯，多少有些孤寂，它们像校园里来来往往的情侣或者孤单前行的学霸。

所有的灯光聚在一起，照亮了整个九龙湖。至善和东南爬上教学楼的顶层，俯瞰这柔媚的景色，无比感动和惆怅：湖区的夜晚比酒更醉人。

东南对九龙湖的一切都爱不释手，他站在楼顶对至善滔滔不绝。他就像一座故事的富矿，给至善永不枯竭的资源。他给至善讲述三江师范学堂的创办，讲在战争年代迁校重庆的艰辛，讲与南京其他学校的渊源。讲述最多的就是九龙湖的四季和不尽的生活情趣。

东南太过年老，他不愿意带至善去逛情人坡，情人坡有大群大群的白鹭，还有长长的石坡路。他喜欢带至善看各种各样的昆虫，在他眼里，九龙湖就是一个微型的动物园。雨后，有黄色的蜗牛漫步在石斑路上，它们从不怕人，甚至和人们非常亲近。石缝里经常有蚯蚓出没，蚯蚓们会被钓鱼的大叔拾起。小树林里的白色花总是很香，每次路过，至善总会细细地闻一闻，似乎蝴蝶也发现了它们美妙的香气，总赖在花朵上不忍离开。

下雨之前，教学楼前的蜘蛛总是特别繁忙，它们老爱在课桌周围爬来爬去，等至善在墙角边发现悬空的网时，雨点也渐渐地砸了过来。它们晶莹剔透地挂在网间，活似一颗颗珍珠。时而有风吹来，它们在空中慢慢颤抖。

盛夏时节，也有极其迅猛的风，不停地呼啸而来，折断被虫蛀过的槐树，满树槐花也纷纷飘落。江淮地区的雨不总是温柔的，至善特别喜欢六朝的烟水气，烟雾迷蒙的校园更添神秘。也有狂风过后的暴雨，大雨倾盆而下，整个校园被水淹没，至善和东南都成了"拖鞋党"和"短裤帮"，偶尔开过的车像皮艇似的溅起浪花，划出长长的波痕。

东南喜欢安静和冥思苦想，

在每个空闲的当儿，就会拉上至善去校区寻访美丽的角落。他们会在图书馆的一角静静坐着，任窗外阳光泛滥，静静地喝上一杯茶，读一本书。也会去文科楼的白墨咖啡厅，邀上三五好友，一起品尝咖啡的香醇。咖啡厅太过遥远，就会选择校园各处的棚子，坐在树荫下，无人打扰，备感美好。

困倦的学习之余，至善总爱拉着东南在九龙湖边走走，白墙蓝瓦的教学楼一排一排地列着，石板路的拼接毫无规则。不想走规矩的桥，也可从起伏的石板路上越过。至善想着"蒹葭苍苍"的诗句，总会多看几眼东南，妙目传情的例子总比来回环绕、求之不得好过很多。

至善真正认识了东南，她知道东南虽然是老头子，但很爱养花。夏天的时候，他送给至善一个荷塘，至善羞红了脸。每次清晨跑操，东南种的矢车菊开满了整个跑操路线，一路全是鲜花，亮得耀眼。还有绯红的糖果菊，如果将羽毛球打飞找不到了，可以采一朵来用，更有淡紫的鸢尾花，开满整个盛夏。

至善坐在教室纳凉，透过规整的窗格，总有一棵树躺在了画框里，满眼苍翠的绿，在格子外自由生长，无拘无束。格子外，有小山丘，闲暇时刻，常会遇见"山山唯落晖"的绝美景色。

至善和东南并不经常这样看美景，然后发呆，九龙湖还有许多精彩的活动。有品学兼优的学姐开学习讨论会，分享学习经验，也有大师云集的人文讲堂，讲述知识，更有多姿多彩的社团活动，至善常常目不暇接。

至善学业很忙，活动太多，而东南依旧在那里。至善和东南订立了盟约，本想山盟海誓，可四年之后，至善还是离开了东南。四年的东南生活以一场暗恋开始，以分手结束。

注：本文由东南风文学社推荐

扫码问学姐

24 色大学

文 / 魏青

忙碌的一天从一封邮件开始："Hi Geisel, Thank you for informing…"

这是我负责的一个志愿项目——欧盟国际电影节，主办方是外国人。和异国友人交流是一种如同浑身血液倒流一般——令人神经紧张感觉奇妙，事后又舒畅无比的体验，一旦接触，就会疯狂地爱上它。

上午，我带着正装去上课，中午，饭也没吃就前往国际会议厅，作为工作人员筹备部门举办的活动，下午又继续穿着正装带领志愿者们前往意大利使馆文化处参加志愿培训。晚上，主办方邀请我们参加一个 party，除我们以及少数中国人之外，到场的都是来自各个国家的嘉宾，与国际友人的交流让人兴奋不已，更别提 party 上不可胜数的各国美食。一天下来，三黑一白。正装有一种魔力，给人十二分精神。

Action 2 今天，我是蓝色的

大学是很多人生命中的天堂，而图书馆是大学里的天堂。

每次看一个大学的介绍，收集以大学为主题的明信片，都会将焦点锁定在图书馆。外形、藏书量、借阅条件、规模、评价……

曾经看到许多毕业生在图书馆拍照留念，长长的学士服扫过书本，留下书香一片。或穿梭在书架间，或倚靠在窗户边，或端坐在书桌前，或抚摸，或眺望，或翻阅，那是他们最美的瞬间。没有当初泡图书馆的那一份平静，在离别之前，谁也不愿平静。等我离开学校，也许我会坐在国图、省图，空间大了好几倍，好几十倍。但我还是最喜欢那个地方。在那里，每一个坐在你对面的同学，都能让你感到亲切。每一个奋笔疾书的下午，都够你回味好几年，好几十年。

一个人静下来的时候，就像一池蓝色的湖水。耐得住寂寞，才守得住繁华。

Action=今天，我是红色的

高中时惊异于来自省内各地的同学组成，大学了，更是对由五湖四海的同学构成的关系网感到奇妙。且不说认识的人都来自何处，寝室里的五人就属于不同的省份。江苏、湖北、四川、湖南、黑龙江。在大学里，距离最近的就是室友了。约图书馆、约操场、约澡堂……室友会是你大学生活中参与度最高的人。

每个寝室都有着不同的规矩，我们寝室的规矩就是每月两次的美食约会。我们刷遍远近美食，立志大学四年吃遍北京好吃的每一家店。鉴于寝室有两个专吃辣的孩子，每次点餐都会往中等偏辣的点，久而久之，室友吃辣的能力渐渐提高，从此，红色，成了我们聚餐的主色调。

Action=今天，我是绿色的

"我背着七弦琴在街上流浪，有人问，去何方。我不知所自，不知所往，只知幸福在我不在的地方。"每次失落的时候，我都会想起这句话，日子会变得消极无趣。但我属于能给自己看病的类型，"对症下药"是我的强项之一，而我的"万能药"是一台相机。

我最爱的颜色是绿色，一种最自然的颜色。因此，没课的周末外出踏青，我的相机表示，被"遛"很幸福。

有人说过，过分地追忆过去是不对的，一项测试里表示有记日记、留照片、写手账等行为习惯的人，大多放不下过去，不如其他人放得开，走得远。我向来是不相信类似的心理测试的，尽管一定程度上这个测试的结论不无道理，但不排除有上述习惯但照样放得开的存在，比如我。日子流过去，总要有些痕迹的，照片是最美最值得回忆的表现形式之一。"某个东西你不把它拍下来就不能说你见过。"

Action5: 今天，就是黄色的

黄色和橙色是能让人感受到温暖的颜色。

不知道从何时开始，我迷上了各种各样的志愿活动，校内的，校外的，教育型，义工型……和以前参加过的志愿活动不一样，这些活动没有任何目的性，纯粹地想要向一些群体伸出友善的手。

福寿老年公寓的爷爷奶奶，打工子弟学校的小娃娃，甘肃会宁的小学生、初中生，这样的志愿项目涉及与人交流。图书馆志愿管理员，宋庆龄故居志愿工作者，安贞医院志愿服务人员，这类项目锻炼各方面的适应能力和工作能力。3D错觉艺术馆引导员，演唱会场外协助，这些项目让我们在学习之余充分接触到外面的世界。

不否认学校在志愿服务方面对我们有要求，但因为学校的规定爱上志愿活动的同学真不少。曾经有同学问我："你的时长早就达到学校的要求了，还做志愿干吗？"我回答："我的100多小时时长里，可能前面20—30小时是不情愿的，但之后全是自己爱的，大家都有自己非常喜欢的项目，难道不是吗？"确实，很多同学都会因为各种各样的理由爱上做志愿，除了比较常见的，对演唱会上明星的喜爱，对某些景点的向往，对部分大型活动的热情，都能让学校的志愿队伍不断壮大。经历过这些的人都会懂得这样的道理：有一种生活，你没有经历就不会知道其中的艰辛；有一种艰辛，你没有体会过就不知道其中的快乐；有一种快乐，你没有拥有就不知道其中的纯粹。这就是最让我感动的快乐。

Action6 今天，就是白色的

爸妈曾经说，步入大学，相当于你的一只脚已经跨入了社会。诚然，大学之前，有很多事情是经历不到的，进入大学，不试着去体验，也有很多关乎真正生活的事情无法经历。进大学之前，我心目中的大学就和兼职、打工、实习、工作联系在一起。

学姐带你上大学

进大学之后，我的大学也加入了部分相关的元素。

我做过兼职。到幼儿园帮助维持日常秩序，那几天脑海里都是小娃娃纯真可爱的笑脸。帮好丽友公司做市场走访调查，那时每天要坐三四个小时公交，走遍北京偏僻区域的每一家便利店。我做过实习。那是一份与海外投资相关的实习工作。实习人员

赶上了一场福利——协助第二届中国海外投资新年论坛的举办，在人民大会堂切身感受到重大活动的恢弘气势。参加这些活动，我会收敛平常的大大咧咧，改去不修边幅的常态，白衬衫里是一个干净、精神、严肃的自己。

大学的精彩不可胜数，千言万语也道不尽一隅。大学课堂不再局限于个人课表，甚至不局限于学校。我学会了很多计算机技术，学会了轮滑与游泳。加入了自己感兴趣的社团，参加了各种各样的商业挑战赛。经历过很多次团队出游，在天津结识的陌生人现在还会有联系。微信里多了很多外国好友，通过他们的帮助自学小语种。身边的人形形色色，如果你想学，会有人教你吉他、架子鼓，会有人手把手带你跳舞……

当时以为自己只是跨进了一扇新的大门，里面不过是一个新的世界。却没料到里面的世界会有如此大的开拓空间。像一个程序员，堆砌了自己梦想的世界。一切都是自己最喜欢的样子。在这里，每一个独特的日子都会有一个主色调，再掺入其他的颜色，混合成了新的一天。不同的颜色分量多一点，少一点，成了每个人独一无二的调色盘，掌控画笔的永远是自己。12色、24色、36色、48色、96色……有人说世界上颜色多达16.7万种。我们的日子不会刻意划分具体的颜色，只知道自己过得快乐，过得充实，过得满足，这样，就很好。

在大学，以我手，画我心。

注：本文由书友会推荐

扫码问学姐

96

凡心所向 素履所往
——有一个地方 只有我们知道

文 / 陈燕玲

凡心所向，素履所往，生如逆旅，一苇以航。

带着些许不甘来到这里的那一天，天空在下雨，胭脂色的洋紫荆落了一地。

飘忽的心兜兜转转，木棉漫天飞舞的时节，角落里不经意地开出一朵朱丹色的三角梅，昂扬的姿态好不傲气。渐渐覆满车棚的百香果垂在高处，淘气地和绕满桥边开得绚烂的不知名野花含笑喧闹。

初次邂逅，毫无经验的你也许会误以为风雨操场，顾名思义，是用来遮风挡雨的。但谁又能想到，它是用来激励你，不舍昼夜，风雨无阻地进行锻炼的呢？

穿过湖南路，阳光园里的樱花树引来不少人驻足、围观。散落的花瓣飘然落下，在空气中翻腾，纷飞。南国无雪，这樱花雨也算是雪的另一种形式吧。

紫荆、玫瑰、海棠、丁香四大餐厅，以花为名，美得各有千秋。厌烦了紫荆园的乏味平淡，或许可以到玫瑰园调节调节单调的生活，但也请不要迷恋它的妖娆与多情，那份本真请谨留于心底。虚静阁的特供蔬菜呀，定会让你念念不忘。穿过弄堂的风啊，会带你来到饰有壁画的夹道，变幻的线条，缤纷的色彩，

让这个严肃拘谨的理工科院校的悠闲午后也显得浪漫多情。

想象来一场青春的救赎，吟咏着"那一年，春日寒，少年薄衣裳"。你可以在日落的方境桥下亲吻挚爱的人，听远处传来的钟声，将这份甜蜜延续得久一点，更久一点。

心情烦躁时，体验一次逃脱，透过斜照进教室的一抹光，看着讲台周围萦绕着的飞尘，老教授花白的胡子染上粉笔五彩的颜色，仍旧唾沫星子满天飞地侃侃而谈，泛着金色光芒的眼镜边框为他增添一分睿智。在他转身之时牵起身边人的手儿，离开那禁锢的牢笼，到外面的世界透透气。

穿过无人的废墟，瞥见努力生长得让人心疼又干枯瘦弱的格桑花。来到湖边的绿茵场，躺在草地上，风软软的，夕阳包裹下的校园多了一分温馨，少了一分落寞。随手摘一片叶子，遮住双眼，暂时忘记内心的烦躁与不安的小情绪，不去想那世事纷扰，尔虞我诈。

酥合于言，安之若素。自言自语，无喜无悲。

闲来无事，到图书馆坐坐。静静地倚在窗边，任凭风吹乱你的头发。尝试着把自己浸泡在图书这摊水里，看看干巴巴的自己究竟会浮肿，会腐朽，还是会开花。四年之后，你的花一定会开。花开盛世，而你这朵花，绝不会成为浮华掠影，如梦一场。青春，踏过荒芜与贫瘠，会等来这场花开。

自习室里成堆的书本，忙碌的同学，或埋头苦算，或抓耳挠腮，或念念有词，或兴奋，或痴迷，或抑郁。蚀骨的灵魂，尘封的旧梦被渐渐唤醒，内心涌出一股不知名的情绪。作为"亚洲第一大院"——福大经济与管理学院的一员，公共政策、行政效率、A股熔断、宏观调控、沉没成本等词语在脑海中不断翻滚，沸腾直至升华。时刻问问自己，你有多久，没有静下心来学习？也许枯燥，也许疲惫，也许苦涩，但心中的那份坚定，从不曾背离。每一个不曾起舞的日子，都是对生命意义的辜负。只有经历晴日的炙晒，雨水的冲刷，酸涩的汗水，方能谱写出最动人的旋律，奏响青春的华章，在季节里拉长整个回忆。

穿过一区田径场，足球队员的呼喊声还在耳畔萦绕，围栏上挂着鲜红的横幅，配上明黄的文字，张扬中带着满满的活力，也许这便是青春吧。对面青春广场上摆着些许帐篷，是报漫社团的作品展示？是校记者团的年终展览？还是红十字协会的志愿活动？不同的社团和组织举办的活动在这里抽芽、开花，青春在无限活力与欢快的节奏中悄悄溜走。

马路对面的红灯灭了又亮,不知还要等多久。不妨耐心等待,利用这未知的短暂片刻,细细品味这华灯初上的唯美。何妨吟啸?不如徐行。校门口的小吃摊上冒着热气,昏黄的灯火摇曳不定,此起彼伏的吆喝声,让有选择困难症的你又犯了毛病。

凡心所向,素履所往,生如逆旅,一苇以航。

又是一年毕业季,前辈们西装革履,意气风发,可又仿佛昨日才初踏校园,却也出落得这般动人。彼时生涩的自己,也便成了别人口里一句一个的学姐,想要对得起这个称呼,想要成熟一点,再成熟一点。

温柔的晚风,轻轻吹过,天空的云啊。也许不会再为一个背影念念不忘,不会只是躲在角落不断张望,不会鼓起勇气大声说爱。路过的城市,沿途的风景,都不那么难以忘怀了吧。笑过,爱过,哭过。麻木的内心再也难以提起精神,欣然接受每一份或真或假的感情。学会去挥手,去告别,让往事随风。要知道,你并不孤单,孤单只是情绪泛滥。

夜深如洗。当沉寂的夜色开始坦白,当划破睡梦的清音响起,不经意间学会了熬夜,学会了在夜深人静时开启疯狂的工作模式。所有的结局或也已经写好,所有的泪水或也都已启程,却忽然忘了是怎样的一个开始,在这个古老得不再回来的夏日。

在这里久了,你就会知道图书馆门前流水里常年屹立的火红鹤群中有 30 只鹤,冬日水落石出之时,它们单薄的身影又显得高挑了些许。从青石板上路过的你,可别惊动了水里成群的鱼儿。远处漂浮着的轻舟,可以划向无人的、可望而不可即的、种着心形格桑花的粉色小岛吗?

三月桃花,四月欢喧,两人一马,明日故乡。

在这里久了,你就会知道抗战壁画上和周遭雕塑人物共有 99 个,会看到掩藏在园子深处的带着炙热情感的英文"我爱你"。虽然仍旧会因为分不清西一和西三教学楼而走错教室,但谁又知道这不会是一场美丽的邂逅呢?

累了的时候,到月相园小憩。斜倚在秋千上,望着头顶游来游去的鲜活的鱼儿,揉揉许久不曾舒展的眉心,再闭上眼睛,细嗅这一片绿意带来的清爽,沉寂的心也便欢快了起来。温暖的阳光拥有强大的穿透力,冲破乌云的遮挡,让人明白:乌云遮不住太阳的光华!

也许路上的行人步履匆匆，人们遗忘的速度也总是很快。但世界那么大，信息那么多。你可以不知道自己想要的究竟是什么，但你一定要知道自己不想要什么，要学会拒绝，容许孤独和怯懦。踮起脚尖，就更靠近阳光。也许你住的城市已许久不见太阳，但你的内心一定要保存一份阳光，温暖自己，照亮黑暗，不畏悲伤，不诉衷肠。

忘了在哪儿看到的一句话：我们都到生活里去了，生活里人口众多。70亿的人口啊，遇到大概也是一种缘分吧。生活有时可以轰轰烈烈地过，但是还是要归于平静。大概人还是有适应原始生活的本能，风景可以壮烈，日子还是要清淡地过。

✦ 流浪陌路，暖然绯凉，写意人生，相识一场。

只能感叹青春太瘦，指缝太宽。当笔尖触及信笺的那一刻，才发现，还没来得及把它刻进生命里，故事就要结束了。

多远多偏僻的角落都曾有人驻足，或橙或黄的小花也会得到应有的赞美。见过碧水蓝天的福大，也体验过一场秋雨一场寒的心情，在冰冷的跨年夜看一场暖人心扉的烟火，多么别致的体验。

✦ 不负此世，不负己心，故自倾杯，君且随意。

突然想起来到福大的那一天，天空为什么下雨。因为雨后就会有彩虹。少了那抹不甘，因为我福大，命大。

一如最初的梦想，一如凡心所向，素履所往之。生如逆旅，自当一苇以航，以花的姿态，一路延伸，开向天涯。

注：本文由钟声文学社推荐

扫码问学姐

我为什么爱复旦

文/吴晟雪

经常有学弟学妹来问我，在复旦大学就读是怎样一番体验。回答这个知乎式的问题，其实可以讲很多很多。撇开百度百科里面对于复旦大学各种头衔称号的介绍，我想来聊一聊，作为一个再普通不过的学生，生活学习在复旦的一些体验感想。

复旦大学的校训是"博学而笃志，切问而近思"，但除此之外，在复旦的师生和校友间还流传着另一个版本的民间校训，那就是"自由而无用"。复旦人仿佛更喜欢提及这民间校训。老校长杨玉良先生曾在2011级毕业典礼上为"自由而无用"做了这样的诠释：

哲学家也是数学家的 A. N. Whitehead 说过，大意是："抛开了教科书和听课笔记，忘记了为考试所牢记、所背的一切，剩下的东西才是最有价值的，剩下的东西才真正能够被称为是教育的。"对于复旦，我们都认为这剩下的东西应该是自由而严谨、真诚而脱俗的心灵。复旦校友李泓冰女士曾经将其称为"自由而无用的灵魂"，并诠释为："所谓'自由'，是思想与学术，甚至生活观念，能在无边的时空中恣意游走；'无用'，则是对身边现实功利的有意疏离。"或许，乍一看来，你们在复旦学习的东西很多都看似"无用"，但我要说，很可能复旦给你们的这些貌似"无用"的东西，恰恰是最神圣的、最尊贵的精神价值。在本质上，"无用之用"常常胜于"有用之用"，因为精神价值永远高于实用价值，因为它满足人的心灵需要，它将注入你们在座每一位的终生。我在这里如此强调心灵，因为心灵严肃和丰富是一切美德之源。1818 年 10 月 22 日，黑格尔在担任柏林大学哲学教授职务时曾经说过："世界精神太忙碌于现实，太驰骛于外界，而不遑回到内心，转回自身，以徜徉自怡于自己原有的家园中。"

的确，身处于复旦的校园中，你会对"自由"有着更多的感受体会。

初入校园，你能体会到最直接的"自由"便是寝室从来不断电不断网，也没有规

定的入睡时间。相比于一些对于时间规定比较严格的学校，复旦的自由制度算得上是极其优越了。同时，复旦的校园是开放式的。全校共有四个校区，按照专业系别进行划分，分别是邯郸路校区（主校区）、枫林校区

（医学院）、张江校区（微电、软件、药学）和新江湾城新校区（法学）。由于每一个学生的大一一年都是生活在邯郸校区，所以这里我们主要说邯郸校区。邯郸校区坐落在五角场这个上海四大副城市中心之一，就意味着寸土寸金，校园因而有许多道路穿过。午夜过后，你还可以看到复旦人从大学路酒吧看世界杯归来（或者在南娱、叶楼讨论完学生工作后回寝室，而警卫除了例行公事瞥一眼学生卡外，并不会对晚归者横加阻拦）。

复旦作为一所综合性大学，其专业涵盖了理、工、文、医四个方向。但是作为一个复旦人，谁没有感受过超级自由的选课，以及超级任性的课表？学校鼓励学生们在通识选修课程中选择与自身专业相距甚远的课程。所以你就很容易看到，一个中文系妹子去选修生物课程，或者一个软工汉子去选修艺术课程。不管你是什么专业的学生，你都要修完六大模块的课程，这六大模块分别是：

第一模块：文史经典与文化传承——中国文学和中国历史方面的经典研读课程。"中国文学"包括中国古典文学和中国现当代文学经典两个方面；"史学经典"指中国历史上的重要史学家的经典作品。

第二模块：哲学智慧与批判性思维——哲学和宗教经典的研读课程。进入此模块的经典分为三类，一类是中国哲学经典，一类是西方哲学经典，一类是宗教经典。旨在帮助学生找到一条进入哲学家思想境域的门路。

第三模块：文明对话与世界视野——关于西方文明及其他重要文明的研讨性课程，重在打开学生在文明比较方面的视野，从而较深入地了解人类文明的历史演变和文明多元发展、冲突、整合及其在当代的意义。

第四模块：科技进步与科学精神——关于科学与技术的思想基础和历史进程的研讨性课程，重在展示数学思想史、自然科学思想史和技术原理史，以帮助学生领会数学和科学思想的要点，形成科学探索和技术创新的精神。

第五模块：生态环境与生命关怀——关于环境与人类生活的关系，以及人类生命的科学与伦理问题的研讨性课程，范围包括环境科学、生命科学、医学及生命伦理学。

第六模块：艺术创作与审美体验——艺术实践类课程，包括艺术鉴赏与艺术创作。进入此模块的艺术门类主要有：音乐、戏曲表演、绘画、雕塑与陶艺、影视、书法、话剧与朗诵等。

各个模块都有不同类型的课程，你可以选择任何一门你感兴趣的课程选修。很多的课程都是由在这个研究领域非常厉害非常有名望的老师授课，所以在课堂上你经常能看到不是本校的同学，甚至是白发苍苍的老人慕名而来同你一起听课学习。在学习知识的同时你还能切身体会到一个好老师的人格魅力，可以说，在这里，你学习到的不仅仅是知识。

复旦的讲座可说是一大特色。潘基文、刘墉、法比尤斯都曾出现在复旦的讲台上。这里的讲座大部分是由学生主办，学生自己制定选题，自己邀请教授，自己借场地筹备活动。校内有很多办讲座的地方，从周一到周五，几乎每一天校内都有两到三场讲座。讲座的内容也从哲学、文学到经济形势一一不同。教学楼里面的宣传栏、操场旁边，

都布满了各种讲座的宣传海报或者横幅。讲座请来的教授，很多都是大牛，讲座质量也很高，所以你也可以经常看到很多校外的人员来学校里面听讲座。有的时候可以容纳一百多人的大教室都装不下来听讲座的人，教室外的走廊边也站满了背着书包踮起脚凝神聆听的人们。有人总结的复旦 100 事里，其中有一件就是在 3108 教室听过一场讲座。

除了其他学校都有的院系制度外，复旦还有书院制度。书院就类似于哈利·波特里面的四大学院。学生刚一进校，就会被分到不同的书院。全校共分为五大书院，分别是志德、腾飞、克卿、任重、希德五大书院。全校本科生公寓按区域划分成各书院，书院是一个区域内的公寓和公共空间。书院内住宿基本按照大类融合和学科交叉的原则安排，有助于书院中不同学科的学生充分交流。复旦已经把五个书院分布在不同的区域，同时也在改造全校的本科生宿舍，将大量空间腾出来作为公共空间。书院也经常组织活动。以我所在的志德书院为例，书院就经常组织由导师带领的阅读文学经典研讨小组活动，或者书院学生和导师共进午餐的活动。而除了学生会、团委，书院也拥有自己的自管会。除此之外，复旦的社团真是多得数不胜数。每学期都要在本部排球场开展的"百团大战"都是热闹非凡，各个社团都有自己的摊位进行宣传。社团类型也是花样众多，从排球、垒球、棒球等体育类社团，到吉他、口琴、古琴等音乐类社团，再到咖啡、素食、酒协等美食类社团，只有你想不到，没有你找不到。倘若真的有你想到了，但是没有的社团内容，你就可以找到志同道合的同伴一起创立一个新的社团。每年都有新成立的社团考核，只要考核通过，你就拥有属于你的社团啦。除了平常的社团活动，一些社团以及书院团委也会组织寒暑假的实践活动。而这些实践活动内容也是很丰富的，比如支教，或者是到五角场街道社区挂职锻炼，等等。只要你愿意，从开学到放假，每一天你都可以过得多姿多彩，丰富充实。

自由是复旦给予我们最珍贵的财富，在这里每个人都被允许怀着不同的梦想，做一件自己认为值得做的事情。

在复旦除了感受到"自由"的洒脱，我也对复旦式的温情感受颇深。

校庆的时候征集爱上复旦的理由，有一个女生的回答让我印象深刻——草坪随便踩。新闻学院门口被踩出一条路，新闻学院就把那条路铺了。有人问我是什么时候爱上复旦的呢？也许是一个阳光和暖的下午，有小婴儿在光华楼前面的草坪上爬，有老夫妻在旁边的长椅上读书。也许是春天的时候南区开了一整条路的晚樱。也许是看到可爱的小猫趴在自行车后座上睡觉的时候。

复旦复旦旦复旦，巍巍学府文章焕／学术独立思想自由，政罗教网无羁绊／无羁绊前程远，向前，向前，向前进展／复旦复旦旦复旦，日月光华同灿烂。

复旦复旦旦复旦，师生一德精神贯／巩固学校维护国家，先忧后乐交相勉／交相勉前程远，向前，向前，向前进展／复旦复旦旦复旦，日月光华同灿烂。

复旦复旦旦复旦，沪滨屹立东南冠／作育国士恢廓学风，震欧铄美声名满／声名满前程远，向前，向前，向前进展／复旦复旦旦复旦，日月光华同灿烂。

每次在正大体育场唱起这首校歌，心中除了感动便是满满的骄傲。也许这就是我这么爱复旦的原因吧。人生路之漫长，不知那方3000亩的广阔天地所给予我的，我究竟能保有多久。但愿每一个复旦人都能如老师所寄语的：

"多年以后，我还能在你们身上看到复旦，看到大学，看到你们身上闪烁着追求真理和自由的光辉。"

扫码问学姐

西游记——学姐带你游西大

文 / 万炳君

南国有佳人，红豆以寄思

广西大学位于广西壮族自治区首府南宁市，是广西办学历史最久、规模最大、综合实力最强的高等学府，是中国大学百强高校。西大，这座近百年的名校，更像是位南国秀丽温婉的佳人，一颦一笑都浸满湿濡的温柔。对于我这位远道而来的东北姑娘，能来到她的怀中度过这四年的青葱岁月，是我人生中最美的时光。折一枝红豆，随学姐一起，开启这充满新奇的大学旅途吧。

勤恳且朴诚，厚学以致新

"勤恳朴诚，厚学致新"是广西大学首任校长，中国早期革命家、教育家、有"北蔡南马"之誉的马君武先生亲撰的校训，自1928年广西大学成立至今，西大一直沿用这一校训。这看似简单的八个字背后却饱含君武老先生对西大学子、老师的恳切期盼——艰苦朴素，诚信诚实，勤勤恳恳做事，实实在在做人，艰苦创业，简朴生活。

西大校园正门的大石头上写有气派的四个大字"广西大学"，是1952年毛泽东主席亲笔题写的校名。校园占地面积307公顷，学校设有31个学院及一个独立学院，97个本科专业，已发展成为一所具有理学、工学、农学、经济学、法学、哲学、文学、管理学、教育学、艺术学等十大学科的高水平区域特色研究型综合性大学。而从西大毕业的历年校友中，从事于各个行业的优秀人才不胜枚举，如词曲创作男歌手后弦，软件奇才梁肇新总裁，第十一届全国政协副主席李兆焯等。

书香传西大，馆藏纵古今

说到广西大学标志性建筑可谓是各具特色。有历史悠久，曾入住过许多名人的 6A 宿舍楼，有高大气派的综合楼，还有环境优雅、书香气息浓郁的图书馆。接下来就隆重介绍一下学霸圣地——图书馆。

西大图书馆拥有各类藏书 544 万册，其中印刷型图书 332 万册，电子图书 212 万册，中外文纸质期刊 4000 多种，全文电子期刊 1.7 万种，丰富的图书资源让你大学四年都可以尽情沉浸在书籍的海洋里。无论你是喜好古典诗词还是热爱西方文学，无论你是琼瑶控还是爱玲粉，无论你是学渣还是学霸，相信在西大图书馆一定会有那片属于你的知识净土。西大图书馆不仅馆藏众多书籍刊物，其设施环境也是值得点赞，一年四季空调开放，冬暖夏凉，各楼层提供免费热水，五楼六楼配有棕色木桌，色调安静，在读书疲倦之余泡一杯热茶，手握温暖，细嗅书香。学姐觉得，在大学一定要积累自己的知识储备，走出宿舍，放下手机电脑，多泡泡图书馆，读一本好书，在一篇一章中沉淀，享受内心的丰盈与满足，日积月累方可见成效。

食天南海北，感受家之味

食堂的饭菜香气升起的时候，就嗅到了生活的味道。西大的食堂大大小小共有十多个，提供包括粤菜、湘菜、川菜、桂北风味、西餐面点、冷饮果汁等多种饮食品种，学姐在这里着重介绍菜品多、味道美、分量足、人气高的两个食堂——西苑餐厅和水塔餐厅。

西苑餐厅坐落在西校园，餐厅配有优雅的木制长椅。临窗而坐，看灿灿的阳光从乳白色的窗帘间泻下来，柔柔地洒在食物上，一瞬间触动你的味觉神经与感情，享受美味的同时也感受到家的温暖呵护。

印度甩饼、手撕鸡、邕城干捞鸭，

意大利面、牛肉粉、老友炒粉、蒸饺糕点一应俱全，良好的环境再加上丰富的菜品，使得西苑餐厅成为许多同学和老师聚餐休闲的理想佳所。

水塔餐厅是因其位置临近东校园的水塔，故得名水塔餐厅。餐厅有招牌菜——辣子鸡，入味的鸡块配上酥脆花生，与焦香的辣椒麻椒一起，冲击你的味觉，是绝佳的开胃菜。餐厅还有滑嫩的蒸蛋、鲜美的水煮鱼、爽口的糯香排骨……相信这么多让人眼花缭乱的菜品中一定会有你的菜！

这每一道令人垂涎的美味背后，都有它独特动人的故事。凌晨四点起床准备早餐的厨师们，满头大汗忙碌着为学生打饭菜的阿姨们，尽管辛苦，尽管疲惫，但他们仍然用一张张笑脸诠释着对食物的喜爱和对同学们的关怀。明厨亮灶，吃得放心，西大食堂秉持这一理念为广大师生服务，相信在食品安全问题层出不穷的当下，西大食堂绝对是你每日三餐的不二选择。

小荷吐芳蕊，碧水映莲姿

荷花是广西大学的校花。西大有20多个荷塘，六月将尽，小荷早已露出温柔的心事，摇曳生姿，瘦去的绿水也在聒噪的蝉鸣中解了入夏的暑气。湖畔，琅琅读书声伴着荷香四溢，让人醉在这静好从容的季节里。

一年一度的广西大学"荷花节"作为西大的精品活动，以72个校级社团的特色来展示西大荷文化，活动内容丰富，形式新颖，精彩纷呈。例如今年的荷花节中，文学联社"赏莲花，品荷味"专场活动，现场制作美味营养的荷花粥吸引了众多师生前来品尝。吟诵碧莲词，品味荷花粥，这一脉相承的中华"莲"文化在这个夏天传承在西大学子的血脉中。更有手办原型协会"荷泥在一起"特色活动，在荷池之畔用陶泥制作荷叶荷花，用这种雅致与美的形式，展示别有风味的荷之精神。

碧水风荷，莲藕飘香，每一季西大荷花开，我们在赏荷的同时也被荷花清正廉洁、不妖不媚的品格温柔地提醒着。而荷与"和"同音，象征和谐团结，和睦共处，我想，这也正是广西大学全体师生最难能可贵的品质之一，也是荷花作为西大校花最深沉而满腹温情的寓意。

当然啦，广西大学还有很多好玩的地方，好吃的小吃。位于东校园的桃李园，麻雀虽小五脏俱全。第一次闯进桃李园，就为它秀美的景色惊叹不已，圆润敦厚的水缸中精致的睡莲绽放正好，石桥与假山相互呼应。临水，山茶花与红梅，芬芳和衣柳清风，一颗心归属在这南方小园里。

学姐作为资深吃货，搜罗的西大小吃可是硕果颇丰。被西大学生亲切称呼的"狗洞""兔窝"是美食的聚集地，"狗洞"是由窄窄的几条小巷交织而成的，里面摆满各种美食摊位，博白风味米粉、卷筒粉、高山土豆、山东杂粮饼、香辣鸭脖、螺蛳粉……每到下了晚课，"狗洞"就挤满了前来觅食的同学们。如果你想傍晚喝喝奶茶，和朋友坐着聊聊天，那建议你去"兔窝"，位于两栋宿舍楼之间小小的"兔窝"里面有十家左右奶茶店，每家小店都各具特色，还有花生、瓜子、爆米花等小吃提供，你可以点上一杯特色"烧仙草"奶茶，与朋友慢慢喝慢慢聊。

大学的时光无比盛大，无比绚烂，欢笑和眼泪山呼海啸，用一万束烟火把人生绽放到极致美好。于我而言，西大就是我对于南国所有美好的记忆，晴时满树开花，雨天一湖涟漪，阳光席卷城市，微风穿越指尖。傍晚校园的广播播放着老歌，沿途每条街道铺满的紫荆花，全是西大不经意间的一字一句，留我年复一年朗读。我们来自天南海北，交换彼此的故乡，在这四年光景中获得短暂又恒久的精彩。愿我们离开校园多年之后，还会怀念当天食堂的邕城风味，还会忆起碧云湖畔琅琅的读书声，还会记得当年图书馆闭馆的音乐，还会保留笑着离开的神态。

注：本文由广西大学文学联社推荐

扫码问学姐

遇见你，真的真的很好

文 / 郑瑶

有一种喜欢叫一见钟情。那就是我第一次看见南校区的感受。

人的脸会骗人，可是人的心不会骗人。喜欢就是喜欢，是没办法偷偷藏起来的欢喜。来到南校区那天，阳光很好，云贵高原的天空蓝蓝的，像极了又宽又软而且一伸手就可以摸到的海绵大床，像极了我曾经心心念念却没能够着的去海边的小小梦想。

笃实路两旁的英国梧桐长得正茂，肩并肩排成排，张开绿得发油发光的小小手掌拼命遮挡住从四面八方射过来的阳光。流动的空气想要悄悄穿过这些二球悬铃木立起的屏障，却不小心钻进了树杈与树杈之间看不见的胳肢窝，惊动了这些热情的老梧桐树，让它们开心得挺直粗壮的腰板跳起了摆手舞。

致知楼前面的圆形小山下有一棵瘦瘦高高站得笔直的满头金发的银杏树。当然，那是它秋天时候的模样。夏天的时候，它只是一株站在无数南区老树中并不起眼的一员。

一号宿舍的大铁门旁有一家甜甜的奶茶店，安静地躲在一株沧桑的大洋槐树下，细细碎碎的洋槐花沉醉在新鲜水果的香味中随风落下，飘在奶茶店厚厚的黑瓦屋顶上，惊动了蹲在屋顶上打着呼噜睡懒觉的大黄猫。

二号宿舍前小花台里的绣球花开得妖艳。紫的，粉的，白的，一团团，一簇簇，招来蜜蜂引来蝴蝶，醉了阑珊的春光，也醉了在长有青苔的石头台阶上互道早安的情侣。

穿过农生楼前一排紫薇花铺成的路，是林学院的小花园。被切割得像非洲大陆的一块块横纵分明的土地上，种满了各种植物。花红叶绿，映衬着田园北路乡村旁的黄牛山羊。对于受几千年的小农经济思想影响的我们来说，最幸福的事情莫过于拥有一块属于自己的土地，不管是生活的还是心灵的。在我心里，被葱葱郁郁的参天大树覆盖的南区就是那方沉稳的土地。

退休的老图书馆藏在被听风路包围的松树林里，默默注视着人进人出的另一个较为年轻的图书馆，也许它会因为只有几株上了年纪的美人蕉陪伴在身边而感觉到孤单，但是作为拥有丰厚文化底蕴的老者，它一定不会寂寞。

旧旧的校门外有各种各样诱人的小吃。总是感叹黔中人民的智慧，可以把土豆做得五花八门。洋芋粑、蛋包洋芋、卤土豆、叮当土豆、油炸土豆、碳火土豆……千奇百怪。折耳根绝对是这里最好吃的东西，总是存在于各类小吃的调味品里，又香又脆又有嚼劲，混着辣辣的酱料让人恨不得想要吃完整个电饭煲里的饭。

这些都是南校区最美的时光，人与自然合二为一的时光。

（二）

北校区是一个散发着文艺气息的地方。它耳闻十里河滩的汩汩流水声，眼看如黛溪山的蒙蒙烟雨景。

野猪林静好得可以忘掉时间的存在。一本书，一个人，一副耳机，就是一个下午。被微微的风不小心带起的落叶，走了一层又一层。高大笔直的梧桐树倒映在喷水池里，仰望着大礼堂慈爱的面容。

博学楼宏伟而雄壮，穿着白色的西服，沐浴着最美的阳光。窗外的老梧桐树已经快要脱光头发，满身的泥土色像是给博学楼织了一条长长的围脖。偶有校车驶过，掀起了还没来得及清扫的满地黄叶，像极了童话中公主奔跑时摆动的裙角。

钻过外国语学院和法学楼之间那条被迎春藤缠绕起来的小道，是披着爬山虎外衣的图书馆。柔柔的白炽灯光落在图书馆门前的小罗马广场那四根白色柱子上，映照出喜欢音乐的长发历史系女生全神贯注学习拉小提琴的认真模样。

鲁迅像风吹不动雨淋不移，守候着一袭白衣悠然自得的逸夫楼，也守候着砖红瓦蓝历尽沧桑的人文楼。站在逸夫楼最高楼层的平台上，绵绵的溪山尽收眼底。没有喧嚣，没有浮躁，只有山水，还有忘我的人。

苗族文化研究院旁长着不高不矮不胖不瘦的女贞树，好像被独立的小小的灌木丛。透明得可以看见行政楼里铁树盆栽的玻璃把研究院严严实实保护起来，让整个建筑变得现代而柔和。

文化书院的篱墙外绕着一圈绿竹，孔子像微笑注视着书院的朱色浮雕大门，居高

临下的楸树有时会抛下几片枯萎的树叶轻叩书院微合的木窗。叽叽喳喳唱着高低起伏歌谣的小鸟站立在屋顶，也不怕扰了书院里练字看书的人。

外国语学院的女生喜欢在太阳都还没露脸的早上去小树林晨读，糯糯的女声夹杂着鸟儿的歌声唤醒了冬天里苍翠依旧的大松树。每一个努力的孩子运气都不会太差，所以在冬天弥漫的薄雾也会被阳光慢慢吹散。

这都是北校区特有的柔情，让我们可以在这方静土上继续寻找我们想要到达的远方。

 《三》

新校区无处不在的中国红凸显了它强烈的个性特征。

红红的新图书馆是新区最具代表的建筑，充满立体几何设计感的外形与隶书字体相结合，理性外貌里又饱含着人文情怀。坐在图书馆，透过玻璃落地窗往下望去，可以看见远处被两排银杏树包围起来的长长的花溪大道。新图书馆是最孤单的，没有花草相伴，孤零零地望着脚下比自己小太多的松树林。但它也是最幸福的，它拥有比其他校区更多的图书和更大的人流量。

每到夜晚，荧光夜跑如约进行。跑道上移动着的荧光体就像起伏飞舞的萤火虫。足球场内总有大数据学院的学长抱着吉他自弹自唱，隔着微弱的路灯光线，不能好好看清学长的脸庞，但是学长的歌声却温柔得融化掉了我手中拿着的阿尔卑斯棒棒糖。披星的夜，飞舞的

光，弹吉他的学长，那就是新区的晚上，是新区一个普通的晚上。

东区食堂里有一家绵阳米线，挤在这个喜食米粉并且可以把米粉做成美食的地方，或许有一些自不量力的新奇。但是，米线其实是和米粉完全不一样的东西，不仅仅是粗细程度的不同，那是对于家乡记忆的判定。人可以爱上另一个带给自己希望的地方，但是一定不可以忘掉家乡。贵大的魅力就在于此，让你爱上它的深情，又让你记住家乡的慈祥。

路灯在印有贵大校徽的红色罩子里投下昏黄的光晕，为从图书馆晚归的学子照亮前方。淅淅沥沥的小雨从天空飘落，滑过新移植的被木棍和麻绳支撑的红叶李上，整个世界好像都散发着泥土的清香。昏黄的灯，晚归的人，带着泥土味道的空气，这是一幅为梦想努力的风景图。

西楼的教室外长着细细弯弯刚好与一楼窗户齐头的夹竹桃，摇晃着弧形的身体，张望在教室里安静自习的能动专业的女生是否算出了那道超级复杂的高数题。土木工程的同学架着两台奇怪的机器在西楼的路口与路口之间，测量着作为文科生的我不知道的东西，端着快餐蹲在路旁胡乱扒着饭，胳膊肘还夹着写满我看不懂的数据的A4纸。

这是充满理性思维的新校区，带着理科生特有的浪漫与执着。

每一天都在发生着不同的故事，或许是骑着单车从新校区飞驰到北校区的男生，或许是抱着一大摞书去图书馆却被风吹散头发也不肯放手的女生，或许是体育馆前的一树还没在冬天凋零的桂花，也或许只是那天把天空映得红红的火烧云。它们都是很微小很微小的风景，但是却成为了我喜欢上贵大的理由。

因为遇上你，所以才可以有喜欢你的机会，所以我才会为了不让你失望而更加努力。遇见你，真的真的很好。

注：本文由《贵大青年》杂志社、贵州大学新媒体发展中心联合推荐

扫码问学姐

哈工程——梦开始的地方

文 / 白日噶

  大学，是全国多少学子向往的地方？大学校园生活，每一个高中生都梦寐以求地想去体验一番。我也不例外，高中的时候只要我有空闲时间，就会坐在草地上，总是面带笑容，望着天，憧憬着我的大学生活，憧憬着我的梦想。高考过后，收到了哈尔滨工程大学的录取通知书，当时的心情都不知道该怎样去形容，只知道今后我将离家远去，到一个新的地方，开始为我的梦想而奋斗。

  当我第一次踏进那个曾经只在我梦中反复出现的大学校园，心情是激动不已的，不知如何去形容，因为这里将是我梦开始的地方。然而我的大学是什么样的呢？请听我娓娓道来。这里比我想象中的大学殿堂大得多，全是中国风的建筑。有苏联人设计的"日"字形的神秘的 11 号楼，里面许许多多没有顺序的教室供我们学习；有雄伟壮观的 61 号楼，里面各种各样的实验设备供我们做实验；还有军工大操场，各种体育器材供我们娱乐消遣放松，以最好的状态去学习；启航活动中心拥有哈尔滨高校中最大的剧场和各种排练室，让我们尽情地施展各种才华；还有拥有丰富的图书馆藏的椭圆形图书馆，给我们提供形式不一的知识，让我们尽情地遨游在知识的海洋中。

  作为地道的吃货，就不得不提工程的美食。我们学校有两个大学生美食广场，一个有三层楼，一个有四层楼，每层楼每个窗口卖的都不同，比如川菜、东北菜、湘菜等应有尽有，没有找不到，只有想不到。走进这里，成为工程人，我感到特自豪。哈工程作为哈军工的传承者，有着全国最严的军训，每年都专门邀请部队过来军训，进行军事化管理，作息时间和部队一模一样，简直是煎熬。还好我比较能吃苦，积极配合班长的工作，认真学习每一个动作，按时上交军训感言，才顺利度过了为期 21 天的军训生活。时间就如流水，不经意间，我的大学已悄然流走了四分之一，从最初的大一新生将要成为新一届的学姐了。经过大一这一年的洗礼，我真的改变了不少，成熟了不少，也渐渐地适应着习惯着现在的生活。

　　大学和高中有很多的不同。高中是单一无聊的、苦涩的、束缚压抑的，而大学是自由的、轻松的。高中的时候课程种类少，多数的时间都在教室里度过，从早到晚排着满满的课。可以这样形容我的高中生活：一头扎进书丛中，两耳不闻窗外事。而在大学，课程种类繁多，可自由选课，选一些自己感兴趣的课程，来重点培养自己的兴趣爱好，有很多的社团和组织，有很多活动可以参加，而且教室并不固定，重点在于培养自我学习能力，学会自我安排，合理利用时间。

　　在大学里会有一些人就像亲人一样陪伴着你度过大学时光，她们就是我们最亲爱的室友，我们之间的友情是最珍贵的，不可替代的。我们一个寝室的每天都会一起上课，一起吃饭，一起玩，一起笑，一起分享各自的小秘密，整天朝夕相处。难过的时候彼此安慰，孤独的时候互相陪伴，这样的友情和之前初高中的不一样，没有那么单纯和幼稚，显得有了一定的高度。

　　对于大学生来说，拥有丰富的社会阅历是件很重要的事情，学校里会给我们提供各种各样的勤工俭学的机会，如打扫教室、管理图书馆。还会有各种社会实践，如"三下乡"、支教、志愿者活动等。我们除了学校提供的外，还可以自己在校外兼职，如做服务员、家教和其他工作。通过这些社会实践，我们不仅可以提前和社会接触，了解社会，积攒工作经验，还可以给自己挣点零用钱，减少家里的负担。

　　学生组织是大学里生活必不可少的一部分，然而什么是学生组织呢？学生组织广义定义：由学生组成的组织。狭义定义：是指在教育单位内，由学生组成的自我服务、自我提高、自我管理、辅助教学的组织。学生组织的具体形式：学生会、大学生自我管理与服务委员会（大自委）、社团联合会、学生社团、学生班级等。刚上大一的时候我们会不知所措，校园里有很多招新活动，包括学生会、团委和很多社团，都不知道参加

哪一个，也不知道参加哪意义是什么。选择越多越迷茫，但我想说的是，根据自己的喜好来选择，当初我选择了团委，如今已经在团委待了一年多了，在这一年多里我有很多收获：

首先我学会了合理安排时间，与他人合作的能力也得到了提升。虽然学生工作真的挺占用我们的时间，也很需要付出精力去对待，但是只要我们学会合理安排学习、生活以及工作这三个方面的时间，这些学生工作的琐事就不会再困扰我们。当然在这个基础上我们要善于与人合作，只要能和他人好好合作，什么事情都可以解决，这就是所谓的"众人拾柴火焰高"。

其次我学会了宽容平和，能从大局出发考虑问题。刚开始的时候总是想得太少，慢慢才发现有些事情不是像表面那样容易和简单，背后可能牵扯着很多方面。所以当出现问题的时候，第一反应是好好想想这个问题的原因及后果，然后想出对策。

最后还知道了健康最重要，如何照顾自己。我做团委工作还是蛮拼的，而且我还是度文学社的负责人，经常熬夜做策划，写材料，写新闻总结等等，因此身体吃不消。

现在想想觉得当时太傻了，最后文学社评上了全国优秀社团，但是我因为那几次熬夜，身体好久都没恢复过来。

其实做学生工作也会失去很多，这个失去的过程就是收获的过程。有精力适当做一些学生工作（当然最好是自己喜欢的事情）还是会很有收获的，到时候你会看清很多东西，更会看清自己，因此大学里参加学生组织会是件很好很重要的事。

青春短暂，时光易逝，容颜易老，大学四年特别珍贵。现在的我们很年轻，年轻就是我们当下最有利的资本，所以应该去尝试任何自己想做的事，并为自己的梦想而奋斗，这样人生才会没有遗憾。大学生活中，学习不再是我们唯一要关注的重要的事情，对我们来说同样重要还有学会处理好人际关系，不断提升自我，培养各方面的能力。大学只是一个平台，只是我们人生的一个起点，而不是终点。所以，处于起

点的我们，只有靠不断地学习知识来提高自我，勇于接受挑战，把握住机会，竭尽全力地奔跑在属于我们自己的赛道上，一步一步地靠近成功的彼岸。我不愿在这四年里虚度光阴，不愿意在很多年以后，回忆起我的大学生活，剩下的只是满满的遗憾和叹息，我会爆发我的小宇宙，实现我的梦想。我坚信我的大学不是普通而平淡的，因为我将会在这里放飞我的梦想，并描绘那一片属于我的蓝天。

注：本文由度文学社推荐

扫码问学姐

心上人

文 / 霍丹萍

我把哈工大（威海）当心上人。

如何让你遇见我，在我最美丽的时刻？我心怀感激与幸运与她相遇，而她也给我一段金灿灿的时光，温暖了我生命的颜色。

在这个阳光暖得撩人心弦的午后，我愿讲讲我和她那些让你会心一笑的好故事。

chapter1 风口浪尖上的哈工大（威海）

威海可以给每个到过这儿的人的心海掀起波澜，倒不是因为威海有多么惊心动魄的美，而是威海之风乍起，吹皱一湾心海。

哈工大（威海）像个害羞的姑娘，不吵不闹，不争不抢，只是用360°无死角的风默默践行着"规格严格，功夫到家"的校训。入学之初就久仰工大（威海）的"妖风"：威海一年只刮两场风，一场刮半年。春风最猛，吹闹了满坡的粉桃花白杏花；夏风温润了浮躁的眼神；秋风吹亮一地的金黄和酒红；冬风把我们送进考试周，风声怒吼是警钟长鸣。

顺着风的牵引，会看到海的影子，哈工大（威海）幸运地与一片海为邻。我们亲切地称呼那片海为"后海"，孩子似的把海洋融入了我们的校园文化。其实也并不奇怪，一面是波澜壮阔的自然美，一面是五彩斑斓的人文美，水乳交融，相得益彰。

与风为友，与海为邻，抬起头45°仰望天空，没有明媚的忧伤，只有动人心弦的蓝天白云。这儿的天，蓝出了童话书里的味道；这儿的云彩，白净乖巧有样子。这儿的空气，已经是未受雾霾蹂躏的一块宝贵的处女地，我们戏称为可以出售的绿色产品。

深秋的傍晚，走过幽长的探海路，海上会有玫瑰色的火烧云，像盛满红酒的高脚杯倒下来，洒了一天幕的瑰丽，你会不知怎么就心醉了。

chapter2 笔尖上的哈工大〈威海〉

大学时光里最难忘的是那一个一个不眠之夜，陪伴我们度过这些夜晚的是自习室亮得炫目的灯光，一节一节灯光相接成一条难以逾越的银河，我们都是在划桨前进的追梦人。入学伊始，哈工大（威海）就会在我们的心上镌刻上"规格严格，功夫到家"的校训，这简单直白的校训直指人心，迫使也推动着每个工大人把每一个知识点落实在笔尖上、实践中。

强制晚自习制度是大一时一道明媚的忧伤，却是大四时一抹忧伤的明媚，因为会深深地感谢它，怀念它，并且一生不会忘记它。每晚两个半小时的晚自习给了我们一个感知时间、触摸本我的机会。当在学生工作、志愿服务等等各项活动中越加游刃有余的时候，就越缺少与自我对话的时间和机会。这每天风雨无阻的两个半小时也让我们感知甚至爱上了自习室沉闷而不浮躁的气息，让我们被质疑得遍体鳞伤时还能找到一个梳理心绪、重整旗鼓的归所。

哈工大（威海）设有13个院系学部，37个专业。我尝试着画一幅这13个院系的画，略表我对这个诗情画意的学校的深爱。深蓝的海水（海洋科学与技术学院）层叠起雪白的浪花，像是风吹起蓝裙子漾起纯白的蕾丝边。一艘老船（船舶与海洋工程学院）停泊海岸，船体材料（材料科学与工程学院）的纹路诉说着当年乘风破浪的好故事，不知有多少次带回了鲜活的鱼儿和黑红的脸庞，然而最动人的还是它总能带回来平安的信息（信息与电气工程学院）。沙滩上有孩子们垒起的城堡（土木工程学系），谁知道那会不会是未来世界的模样呢？数学家（理学院）已白发苍苍，眯着眼望向远处，或许在他的眼中，跌宕起伏的海波也是函数那样美妙的曲线。身边依偎着的是个中文老师（语言文学学院），青白刺绣的旗袍和垂顺到腰间的麻花辫让人错觉那是不是雨巷里的丁香姑娘。数学家取出手机（计算机科学与技术学院，软件学院）给爱人拍照，夕阳西下，美人剪影，爱一个人的时候一切都刚刚好。环海公路上有车（汽车工程学院），川流不息；也有人，心心念念理财和投资（经济管理学院）。可也有些人，爱着过着农夫、山泉、有点田的生活。

哈工大（威海）严谨务实学风的另一面，是自由包容、感性细腻的文化氛围，感染着每个工大人拒绝做理性工具，成为一个有情怀的人。不再步履匆匆，而是能给主楼傲然挺立的象牙白色一个小小的惊叹，能给繁荣的四季路一双含笑的眼睛，能给后海玫瑰色的天空和吹进心海的风一个迫不及待的拥抱。

chapter3 舌尖上的哈工大（威海）

身在大学了，才知道一天里最美好的时刻就是觅食和觅到食的时刻。在哈工大（威海），绝对食无忧。

大冬天里一头钻进学苑餐厅一楼，吃一顿美美的火锅再暖不过了。回转小火锅物美价廉，十块钱左右就能饱餐一顿。有时候约上室友酣畅淋漓吃一顿，互相嘲笑着眼镜上的雾气，打闹着争抢转台上的甜不辣，酒足饭饱了抱怨起衣服上沾上火锅底料的味道又要洗了，也是甜滋滋的。

学苑餐厅二楼每个窗口都是特色美食，托着腮思考吃点什么好时，会有热情的阿姨操着威海口音热情洋溢地推荐自家菜，听着简单朴实的话，看着阿姨唠唠叨叨的样子，总会想起家里做的饭，头脑一热甚至会连续一周吃他们家的菜。站在窗口前等饭时，会听到后厨洗菜时水流滴滴答答的声音，锅碗撞击时轻轻脆脆的声音，重庆小面端出来时能看到红色辣椒油漂在面汤上，耸立在面条上的是几块滋滋冒泡的牛肉，已经开始偷偷咽口水了。

学子餐厅今年新开的自选餐厅颇受青睐，因为很少有人能抵挡得住小锅精炒的魅力。偶尔不顾飙升的体重去买一盘韩式烤五花肉，生菜叶青翠欲滴，包起一片肥瘦相间的五花肉，抹上厚厚的酱料，塞满整张嘴，鼓着腮帮子大快朵颐也是个极好的体验。

大学生服务区散布着许多特色小吃，东北烤冷面、韩国紫菜包饭、酸辣粉、粗粮煎饼、鸡蛋灌饼等等。排队买粗粮煎饼的人永远是最多的，格外享受那种一口咬下去脆伴随着软的感觉，加生菜、加烤肠、加豆腐皮，偶尔也加一包辣条任性一下。

大学是一个多元的小社会，它最大的特点应该是包容性。哈工大（威海）的食堂菜品大都清淡可口，这样不咸不淡的中庸态度正为来自天南海北的学子提供了尽可能最好的款待。

chapter4 脚尖上的哈工大（威海）

在哈工大（威海）四年的生活，更像是一场旅行，脚步轻盈，在多样的学生组织和社团活动中感受着不一样的风景。

校园虽小，但有很多值得流连的风景。如果你向往指点江山，那不妨去学生会一展风采；如果你喜欢结交朋友，不妨去社团联合会在"百团大战"中运筹帷幄；如果你更中意默默奉献，勤工助学管理中心又会为你搭建一个舞台。哈工大（威海）是最自由的地方，你可以想你所想，爱你所爱；哈工大（威海）是最宽容的地方，她会为你的每一次成功和进步欢欣鼓舞，也会擦去你失败的悔恨泪水，依然待你如初。

主楼礼堂是一个圆梦的地方。主持人大赛、摇滚音乐节、语言文化节、毕业生晚会等等，用最炫的灯光和最诱人的幕布等待着一个发光发热的你。我曾亲自参与过语言文化节的话剧编导，一部搬上主楼礼堂的话剧，从写剧本、挑演员、分角色、导话剧到配音剪辑，历时一个月有余，最终作为原创校史话剧献礼哈工大（威海）三十年校庆，广获好评。经历过这样一次倾全院甚至全校之力的活动，像是经历着一次心火燃烧的蜕变与重生，会感激自己留给了哈工大（威海），也留给了自己的大学时光一个礼物。

当然，也有很多走出校园接触更广阔更斑斓天地的机会。

"守护天鹅"的志愿服务活动是学校的一项金牌活动。距威海一个小时车程的荣成天鹅湖是亚洲最大的天鹅冬季聚集地，每年初冬，学校都会招募一批志愿者与天鹅来一次约会。志愿者们身体力行，为天鹅搭建越冬棚户，准备过冬食物等，每年的天鹅摄影大赛也十分火热。

哈工大（威海）会给你这样的体验，让你懂得所谓的看风景，不是走马观花，而是领略了景之酸甜苦辣，才能深深体味景之诗情画意。

chapter5 心尖上的哈工大（威海）

四个人，六个人，晒出阳光味道的厚被子，持续到下半夜的卧谈会，轮流咬一圈吃完的苹果，大早晨此起彼伏的闹钟，不时地互黑和争吵——这是寝室，也是家。室

友也是睡友、饭友、玩友、学友，朝夕相处，不就是家人吗？初见时以为都是安静的美女子和高冷的女神，小心翼翼，轻声细语；熟悉了心照不宣谁是"逗比"，谁是少女心泛滥的花痴，谁又是小吃货。和室友情同姐妹的关系常让我想起一首好听的歌，我们一个像夏天，一个像秋天，却能把冬天都变成春天。女生敏感细腻，加之地域、风俗、生活差异，起初生活在一起自然会摩擦不断，可是只要本着真诚待人的心，摩擦和适应会磨平本身的棱角，修炼出一种恬静大气的气质，也会更坚强能干，更善解人意。

学校最值得称道的是十一公寓和五公寓。十一公寓海景楼，靠窗就能望见海。五公寓也叫"公主楼"，自带独立卫生间。公寓标配是让人寒冬里大汗淋漓的暖气，这是最让人踏实的爱。夏天里威海的凉风比空调还要给力，公寓里无空调无风扇，但并不妨碍美美入睡。

大学里，每日待得最久的地方自然是放在心尖上的地方，哈工大（威海）的寝室会带给你一个家一样的港湾和一群打也打不散的好朋友。

哈工大（威海）经常被冠以"211"、"985"这些充满荣光的数字，但我们每一个工大人都更愿意冠以她唯一这个数字。哈工大（威海）是我们每个工大人的心上人，她的每个特点都被深深洞察。哪里的豆浆最甜，哪里的桃花开得最早最盛，哪个楼的自习室最暖和，哪个值班阿姨最和蔼，哪个篮筐更容易进球……每一个小小的细节都看在眼里，记在心里，我在哈工大（威海）的四年是一场与心上人的约会，大四和大一一样，依然初恋一般有小鹿乱撞，怦然心动。

哈工大（威海），你是我的心上人呢，十里春风都不如你。

注：本文由海魂文学社推荐

扫码问学姐

七月的鸽子

文/许意琦

高考到来的时候，好多人还没来得及怀念从前就已经被从前抛下了，时间的洪流里又淹没了一个匆忙的夏天。鸽子拍打着翅膀成群飞过，如同白色的旗帜。

高中生活定格在过去某个时刻，彼时天真无知，走廊里都是嬉笑打闹，教室里永远有蓬勃的生机，那些踌躇满志浸透着阳光的芬芳。

那时头顶飞过的鸽子，到来年或许已没了踪影，七月的阳光永远照不见我们遗失在六月的故事。

来到这所大学所在的南方城市是一个早晨，出发时有一街灯火，天色还暗着，有星星明灭闪烁。窗外有蒙蒙的飞雨，到机场的时候天边刚露出鱼肚白。

这一场飞行并不很长，一两个小时以后就抵达了目的地，干净透明的蓝天上浮着几朵白云，阳光温暖。

在陌生的城市打车，窗外街景匆忙变换，在干燥炽烈的阳光照耀下，树叶反射出刺眼的光。司机说话带着浓重的当地口音，总是要重复好几遍我才能听懂。一个人拖着笨重的行李箱到酒店办理入住，汗水湿了刘海儿，黏在额头上，可想而知的狼狈。

下午醒来后饥肠辘辘，打开行李箱翻出一包泡面吃了，便打伞出门去学校报到。一路上靠着手机导航，看到别人三五成群有亲朋陪伴时，心里也有失落，可是明知道所有的事情到最后都要自己去做，去面对去接受去承担，没有什么是不会改变的，也没有什么是不能改变的。

大学生活从军训开始了。

每天在三十多摄氏度的高温里，穿着质量奇差不透气的军训服，紧紧地扎着腰带，扣着帽子，接受高强度的训练。胶鞋在太阳蒸烤的地上站不多久就像要融化似的滚烫，即使垫了三层鞋垫也还是硬，脚很快就酸疼得无法支撑。每天早起晚睡，连喘息的机

会都没有。

军训结束后生活回到正轨，每天上课，规律意味着平静。

文科生们栖身于海大城西巴掌大的校园，每天三点一线，食堂教学楼宿舍的往返也不过一二十分钟的时间。所谓"211"，两栋宿舍楼，一栋教学楼，一座食堂。

没有热水的宿舍，限电，大家玩着手机聊着天，闷热的空气让人心浮气躁，头顶有电风扇的嗡鸣。衣柜里塞满了干燥剂还要时常更换，一切金属制品都变得钝锈。墙上常挂着壁虎，楼下时不时打打老鼠伴着声声尖叫。

食堂菜色不多，口味清淡，不到十一点菜就凉了下来。偶尔好不容易排到窗口前却已无菜可吃。

听人说海南只有两个季节，盛夏和剩下的盛夏。我们在这两个季间辗转，天气晴朗的时候多，空气干净清新，紫外线灼痛皮肤。放假也会去看海，在海边大喊大叫，又笑又闹，白色的海浪冲刷着海岸，我们赤脚蹚过清澈岁月。

隔三差五有院系的宣传会议，每个老师都能讲出截然不同的就业前景，学长学姐在台上慷慨激昂，大家在台下满怀憧憬。社团招新，团学招新，各种活动层出不穷，生活也时有忙碌。

对这个学校是不够满意的，尤其是这个专业。这本不是我理想的专业，商务英语，离我的爱好差了十万八千里。我没有好的基础，在课堂内外无不处于自愧不如的状态。上课就想往后排躲，每节课都如惊弓之鸟，小心翼翼，怕被老师叫起来回答问题，实在不幸被叫到了也只能站起来，面红耳赤沉默无言。

我讨厌这样的课堂。越是讨厌越想逃避，越逃避便越难以企及别的同学的水平，如此恶性循环。

也有实在想要放弃的时候，就给家人打电话，说着说着就变成了一场哭诉，不能容忍自己堕落，却又实在跟不上旁人的脚步落于人后。

谁说高考之后就轻松了呢，我熬过了万人拼闯独木桥的高考，却几乎溺死于大学看似风平浪静的生活。我

们在还不必对现实妥协的年纪里就开始不断地妥协，连从前的梦想与热爱都一并放弃。

在可以选择的时候，就应该大胆地选择。鸽子朝去暮返，有的不过一日清闲，它们于是毫无顾忌，自得其乐。我们因为人生太长，于是生怕一步行差踏错，时刻小心翼翼，跟随着前人的足迹不敢有半步逾越，严谨得似乎这普天之下只有这一条路可走。

可是，别人定义的生活未必是我想要的生活，旁人认为理所当然的事情未必是我所认同的事情。我有我的热爱和梦想，因为它们我才不至于沦为庸碌，因为它们我才成为我。

在度过了那么多浑浑噩噩不知天日的时间以后，大学于我的意义逐渐清晰了起来。大学从来都不是奋斗的终点，而是一个全新的起点。是跳脱中学时代沉重课业的束缚，给了我们足够的自由和资源去选择生活的起点。

在大学，我们得到的最为宝贵的东西是选择的自由。有四年的时间让我们想清楚自己想要什么样的生活，想要成为什么样的人，有足够的平台让我们去改变自己，成长自己，实现梦想。我们终于可以学自己想学的东西，做自己喜欢的事情，为自己曾经梦想过的一切努力。

那些不一样的人之所以不一样，是因为他们的灵魂里有梦想的坚持熠熠生光。

大学生活也曾经淹没我，吞噬我的理想，可是在溺亡之前，我终归没有忘记我所热爱的一切，生活从来不会放弃我们，只有我们可以选择放弃生活。

旧年头顶飞过的鸽子早已没了踪影，来年七月的阳光照不见我们六月的故事。生命仓促得令人胆寒，却又给了我们无限的机会去改变。

要有最朴素的生活和最遥远的梦想，即使明日天寒地冻，路远马亡。

注：本文由海韵文学社推荐

扫码问学姐

浮生五记

文 / 吴晓娇

夫天地者，万物之逆旅也；光阴者，百代之过客也。而浮生若梦，为欢几何？

——李白《春夜宴从弟桃花园序》

曾经为了迎战高考，乐此不疲地背了很多东西，后来终于都随着六月的烈日、蝉鸣、汽水在生活里渐行渐远了，仿佛蝉蜕，留下一层蝉翼，是透明却又真实存在的纪念。也是在后来——某一个开完例会，路灯高高瘦瘦地站在路的两旁，目送我回宿舍继续挑灯夜战——写策划的大学夜晚，我蓦地想起了这首昔日让自己心生感慨的诗。沈复从这首诗中提炼出"浮生"二字，在历史的长廊上凿出他的传世之作《浮生六记》，而我亦想班门弄斧，套用一二，以《浮生五记》为题来记录我在合肥工业大学这三个月，短暂却也漫长，清淡亦不失隽永的大学时光。

卷一：听觉——我听见你的声音

以前读过一句话："这就是成长吗？像一页页翻书的感觉。"书翻动的声音，像轻盈的蝴蝶扇动翅膀，亦如青翠的竹子缓缓拔节。而我们的成长呢，是否也是这般轻柔又沉重？我的18岁刚好拉开高三的序幕，于是送给自己的成人礼便顺理成章地是实现从高中到大学的过渡，从一个被一定程度上要求"躲进小楼成一统，管他春夏与秋冬"的考分学生，到渴慕也必须实现"无尽的远方，无数的人们，都和我有关"的新时代青年。踏入大学前，我清晰地听到了自己内心怦怦跳的声音——出自对大学生涯的期待，以及莫名的紧张。迈入大学后，我又捕捉到了自己身上每个毛孔都拼命张开，呼吸新鲜环境、事物的声音——它渴望尽情感受"新"这个字的魅力——新的生活环境、新的学习方式，犹如爱丽丝漫游仙境一般。与此同时，我也倾听到了合工大的声音，它是丰富多彩的，却也是和谐统一的。清晨，国防生跑步的步伐齐刷刷落在地上的声音、学子在俪人湖畔琅琅的读书声、校园广播里播音员字正腔圆又激情澎湃的播音，一切都沾染着露珠的气息，折射出一个早晨的生机勃勃；再或者是一天里老师授课、学生讨论、活动安排、节目表演……到底是学校里最风光无限的声音，值得用心听，

值得回味。合工大的晚上，因为黑天鹅已经三三两两结伴回家，故而是听不到它们深沉而富有情感的鸣叫了，但高树被风拥抱的声音依然悦耳，宛如在和路人道一声声"晚安"。宋词分平仄、韵律优美；元曲为戏曲，自然悠扬，而合工大的声音呢，分前奏、主歌、副歌、尾奏，有慷慨激昂奋发向上之调，亦有平稳踏实扎实做事之词。是这样的合奏曲，是这样的百听不厌，是这样守护着一朵朵花开的瞬间，帮助着一帧帧梦的实现。

卷二：嗅觉——你闻起来是彩虹的味道

我始终相信任何事物都是有味道的，要用鼻子嗅，要用心灵闻，如此，哪怕是非实物，也都可以依其本性，散发出独特的味道。合肥是一个奇妙的城市，它有着漫长又鲜明的夏冬两季，而对中间的过渡地带鲜少喜爱。在这里我感受到很多的烈日高照，经历过很长的淫雨霏霏，甚至"未若柳絮因风起"也曾尽收眼底，唯独彩虹却是一条颜色都没看过。但神奇的是，我却在合工大里，闻到了彩虹的味道。红色是一种热情又狂热的味道，清晨东方的鱼肚白里，两三笔勾勒出一轮红日，是它；我们马克思主义学院"复兴马院"的追梦赤子心亦有它。当轮滑社社团的同学穿着橙色的社服轮滑时，散发出的便是橙色的味道吧——明亮又温暖，积极又迷人。合工大绿化很好，花花草草树树映入眼帘，目不暇接，我尤其偏爱的是教学楼旁的桂花，一簇簇小黄花散发出如此浓烈的芳香，一如黄色所给人的印象——光明、激情。而所有的色彩里我最欢喜的是绿色，它的味道应该亦如它的形容，是生机盎然的，是娇翠欲滴的，幸运的是合

工大的绿色与我的要求不谋而合，我闻到了大家身上散发出的新鲜气息，充满着希望；我嗅到了冬天依旧繁茂的树木，是这样的清新芬芳。再者，在合工大，青色气息最浓厚的地方当是俪人湖，清澈见底是青。抑或寻一本书，邂逅一位程英般的妙女子，也是青，彼时当有天青色的烟雨萦绕在鼻尖，吸一口气，满满的是青色的味道，脱俗又诗意。哦，

还有蓝色的味道——清透又自由，是天空、是教学楼里的座椅、是我参加的合工大社团联合会的 Logo。紫色的教学楼静悄悄屹立在学校的东南方向，散发着优雅又稳重的气息，等待着一扇扇门的打开，等待着一个个学子在它的身躯里挖出知识的金矿，掘出辉煌的明天。"红橙黄绿青蓝紫，谁持彩练当空舞"，我在合工大闻到了彩虹的味道，又希冀着这彩虹化为实体，成为通向彼岸花开的桥，让你我成为今朝风流人物，气贯长虹。

卷三：味觉——你征服了我刁钻的味蕾

"吃在合工大"是报志愿前，百度合肥工业大学相关资料时，让我印象最深刻的内容。我是山东人，山东人对待美食的态度既宽容又挑剔，宽容是因为我们酸甜苦辣咸来者不拒，挑剔是由于我们的味蕾被本地和其他地方美食宠溺得有些刻薄。合工大食堂很多，饭菜种类自然也多，无论你喜好怎样的口味，都会有满足你的菜品。虽然我是清真食堂牛肉泡馍的俘虏，尽管三食堂的黄焖鸡米饭总会让我的饭量一瞬间开启"外挂"状态，哪怕我可以对二食堂小米姑娘爱到狂热，以至于愿意连续三天去光顾，但我印象最深刻的合工大美食却是只吃过一次的，那就是合工大中秋月饼。到底是第一次孤身在外地过节，"每逢佳节倍思亲"，这句话倒是真真应验了，于是当拿到学校发的中秋节礼物——学姐们做的四款月饼时，心情是一杯惊喜搭配着感动的温热饮品，暖意静悄悄地流进了每一个想家的细胞里。这是在合工大过的第一个节日，却没有太多孤独的情绪，

月亮还是一如既往地好看，尤其衬着学校外面草地上升起的一盏盏孔明灯，仿佛一幅恬静的画卷；月饼虽然不是故乡的味道，却多了学校贴心的滋味。让我回味无穷的是月饼的香甜，还是学校的细心，业已"欲辨已忘言"。又或者美食本就该是情感与食品合作的艺术，恰恰因为学校实现了这一点，故而征服了无数人任性的胃口，有了"吃在合工大"的美誉。

卷四：视觉——怎能怪你如此美丽

我有一位与众不同的高中班主任，当其他人都在给我们灌输"坚持下去，苦过高三大学就自由了"的观念时，他却说"高中是最轻松的，上大学后你会更累，所以好好珍惜现在吧"。当时以为他是另辟蹊径，激励我们奋战高三，终于在不久的将来——当我行走在大学时光里，当我努力捕捉满课课表里的空隙时间用来做各种各样的社团活动、读书练字时，方对他这句话后知后觉，感同身受。毕竟前十九年的目标是如此直白利落，以至于其他都

是层层叠叠绕其展开，甚至可以精细到每天每个时刻需要做什么。但步入大学后，犹如提线木偶忽然之间被恢复自由，被告知"未来的路你要自己决定了，决定去哪里，决定怎么去"，诚然有过茫然。彼时询问过一位学长，他说："忙起来，哪有时间茫然。"简单一句话，却有醍醐灌顶之感。

天下熙攘，若为本心奔波，纵然难辞疲惫，却也甘之如饴。其实你我视线所及之处，在合工大的校园里，又何时何地缺过这样的风景？平心而论，合工大的活动五花八门，倘若有心关注参与，自然不会让你有太多优哉游哉的时间。总有在图书馆里与书籍为伴，汲取知识编织明日图腾的身影；总能看见为社团活动奔波，花心思费时间写好一份策划、做好一次活动，在这些细节里让自己进化得更加优秀的人；总是不缺那些花儿将一分钟升华出两分钟的价值，在每一秒寻找到永恒的场景在视网膜成像。"青春"，一个仅仅在唇齿间吐音，便觉得太过珍贵脆弱的词语。当我们正值韶华，当我们的青春扎根在合工大，到底怎样过才是不虚度光阴？不辜负那个渴望着在一个美丽的校园，

用四年光华将自己装点得美丽的自己？我想每个人的答案都万变不离其宗，唯愿我们的行动可以守护我们的梦。

卷三：触觉——我感觉到你是阳光，在我手心绽放

花瓣是柔嫩的，被子是厚实的，纸张是轻薄的，头发是顺滑的，这些词在指尖碰到的一刹那就明目张胆溜进我脑海。那么合工大的触觉呢？为什么在这里生活了三个月，我还是没有找到妥帖的词来形容它的触感。可当我摊开手心，我感觉到阳光如同猫咪一般舔舐我的掌纹，又仿佛蜂蜜在挥发，甜蜜地停留在这里。这一瞬间，我突然觉得我找到了，合工大的触感，就是这样暖洋洋的温柔吧。四个人的宿舍，四十四个人的思政一班，八十八个人的马院，很多人的社团，以及更多人的合工大。当我们从天南地北赶来，赴一场青春的花事；当我们拉起彼此的手，感受到对方的温暖，好像千言万语都可以沉默，又好像所有的无言其实都可以滔滔不绝。终于，童年的纸飞机，飞过了村庄外犹如姑娘秀发一般又长又滑的河，经过了青春期其实固执又可爱的冲动，伴随我来到合工大。我轻轻捏住纸飞机，它一如既往平滑又明亮，哈了一口气，让它带着梦想的温度与触感，继续飞翔，在这个美丽又富有感情的地方。

嘿，李太白先生，你在一千年多前一个春天里情至兴起，问道："而浮生若梦，为欢几何？"而我隔着一千多年悠悠岁月，却很想自信又知足地回答你："活在当下，不负初心。"如此纵然难逃南柯一梦，我也是最潇洒无愧的人。

注：本文由社团联合会推荐

扫码问学姐

下一次冬季

文 / 冷佩遥

是已经可以呼吸出白气的空气冷度，冬季，连空气都变得冷峻的季节，也是在进入大学后第一个印象变得深刻的季节。

进入大学迎接的第一个完整的季节，好像一切都变得有了期待感。季节也能成为标志，就像是一件物品就足够让人想起来往昔，一些关于2015冬天的记忆深刻地存在于我的脑海中。操场上许多人堆起来的形态各异的雪人，在傲雪中依然挺立着的那朵月季，雪落在围杆旁的绿植上，也掩埋了深秋还没有都落完的树叶，整个地面变成了一整块覆盖着黄绿色的冰激凌，校园里存在着的红砖房子因为雪的覆盖而更有了历史积淀的感觉。

 遇见

新环境最令人欣喜期待而又胆怯的就是遇到新的人，同时也遇到新的自己。

不像是中国普遍现象所导致的高中班级里面的60多人，大学的班级里面只有这一半的人数，每个人在第一次见面时所留下的印象好像还历历在目，一个个镜头的剪辑就是我们遇见的过程。

河工大作为工科学校，有四大学院在众多学院里面显得更出类拔萃，那就是棒棒的机械、电气、化工、材料四大院了，四个工科大院，也显示了工大的铮骨。工科学校女生少，工业大学里面明显的男女比例也是自己从小到大从未经历过的，可是正是因为这样，班级的凝聚力也更强了。

原来难得的娱乐活动如今也变成了一种可以用来享受的方式，周五晚上学校的电影节，总觉得是一件很奇妙的事情，是与高中截然不同的生活，大家都围聚在礼堂里面，

遇见屏幕上的你我他。

各种机会也好像就从这个时候纷至沓来，学生会、社团就这样填充了本来并不丰富多彩的生活。从新奇却紧张的面试到最后的与更多人的熟识，还有关于自己喜欢的拓展，社团总是个带着你去认识更多与你兴趣相投的人的地方。学生会是对能力的锻炼，社团让你在你的兴趣上有更多的发展。韩语社还组织了和韩国留学生的聚餐，和韩国女生一起吃饭觉得真的很奇妙；同学参加的轮滑社周末组织轮滑去天津的意式风情区；天文社在前几天流星雨降临的时候组织大家一起看流星……生活被这些美妙的事情所点缀，整个人都变得很好。新的展开，更重要的是遇见。

追溯时间

作为一个有着百年历史的名校，红漆房子带着它独特的韵味走进了我的视线。红桥本来就算是老城区，原来1903年就建成的北洋工艺学堂就一路走到了今天。作为中国最早的工科学校，也是拥有中国最早的校办工厂的大学，一切的改变，在目之所及的范围内体现着曾经的痕迹。

勤慎公忠。勤者，辛勤劳动，刻苦钻研；慎者，精心作业，精心操作；公者，大公无私，廉洁奉公；忠者，热爱祖国，敬业尽职。在大学的校训里面也懂得更多，有了方向和目标，未来也就变得更加有期待。

校史馆的墙上，一张张照片见证历史，照片里的黑板上陈旧的英文的粉笔痕迹还像是历历在目的样子，脚下踏着的地砖在岁月的磨洗中更加闪闪发亮，好像铺陈着这么多年的时光，时间匆匆在脚下流过。人不可能两次踏进同一条河流，可是这河流慢慢地就会变得更加有历史感，不一样，却也还残存着曾经的痕迹。历史的洪流滚滚，春夏秋冬变换，在百年的历史中越来越被打磨得安逸的学校就这样地屹立着。

北辰的钟楼，是学校的前身北洋工艺学堂时期留下的，百年历史沉积下的古钟，敲响一下，好像就点亮了多年的历史一样。红桥的礼堂、校史馆，也都体现着历史的痕迹。前两年上映的电影《中国合伙人》就在化工楼的侧面取景，也可以感觉到学校的历史沉积。

虽说是处在历史感极强的老校区，可是不远的地方就是极具现代感的、亚洲唯一建在桥上的、最大的摩天轮——天津之眼，晚上的时候，在宿舍远远看着梦幻的摩天轮，也是一种享受。天津本来也是一个极具历史感的城市，天津卫，更多的未知等待着我们去探索。

追溯着这个寒冬的时间，在冬天因为寒冷而刻骨的时间。

 新的

新的开始，新的自己，新的经历，连阳光都变成新的，经历是新的，未来就铺展在这全新的道路上。

校园里的每一朵月季花是新的，每一棵树是新的，对于来到的每一个人，这里都是全新的。走在路上好似心情也是新的，兴奋和期待互相交织着，如果不看过去和未来，只看现在，那么是不是一切都会变得更加美好。

大学，一切条件都比原来的更好了，早操之后在食堂吃一顿热乎乎的小馄饨，让自己整个心都暖暖的，东苑食堂的小火锅让自己在冬天也能感觉到一丝暖意，暖气带来的温度让整个宿舍都充满着暖暖的气息。除了食堂，南苑对面的小吃街，也是天津很有名的，夏日的晚上很热闹，灯火通明。各个校区的食堂条件肯定也并不太相同，北辰的食堂大并且品种丰富，红桥校区的食堂如果不能满足现在的小吃货们的心，各种交通方式都可以带我们通向去寻找美食的路。本来天津的小吃就挺多的，有名的煎饼果子、狗不理包子、耳朵眼炸糕、十八街麻花……总会有喜欢的。

用过去来怀念。原来高中时旁边就是大学，难得的周日会和同学一起相约到大学校园里面写完一张又一张的卷子，接近考试的盛夏，走在充满了未知和好奇的大学校园里，阳光炙热地照在身上，记忆变得模糊起来。记得原来寂静的大学自习教室里面，静得就只有翻书的声音，下午的阳光照在身上也并不热。而现在的自己就在真真切切地经历着这一切。没有课的下午，坐在自习室，阳光照在身上暖暖的，并不觉得是冬天，随着眨眼的频率，细碎的光芒在睫毛上跳跃，视线里面的一切都是亮闪闪的，心情也变得很奇妙。

用未来去思索。从新的起点出发，一切都好像重新归到了原点，我想从这崭新中得到对未来的预见。一切还都太过于短暂，好像还不足够对未来构成什么恰如其分的幻想。只能是有许多目标，要一个脚印一个脚印地走下走，机会越来越多，要做好充分的准备去迎接，未来，才会变得更加美好。

既然是新的，那么就要舍弃那些不好的旧的东西，有舍弃才有得到，新的东西会带给自己新的机遇和挑战，如果墨守成规不愿意去做出任何改变，那么一切就都变得毫无意义了。

进入大学的第三个月，一切都变得熟识起来，树叶在慢慢地凋落，日子也在缓缓地流淌过去，冬天慢慢地完全展现在我们面前，也会在不知不觉中慢慢地消失掉，迎来下一个春天。

可是这个唯一的冬天，在记忆里面的 2015 年的冬天，是永远属于这个大学的第一年的。闭上眼，就会看到这个冬天行走在被大雪覆盖着的校园里面的自己，就会想起如今心中依然泛着的期待与些许茫然。

下一个冬季，期待新的遇见。

注：本文由校报新闻中心推荐

扫码问学姐

遇见河海，也许是我和她的缘分

文/李雯

时间这东西，总是充满无尽的想象空间。在这个空间里我恰恰遇到了河海，遇到她，我的大学，也许就是一种缘分，上天的安排。一开始，刚来到河海，更多的其实是失望吧，觉得学校面积小，也不如之前所想的那么好，但是后来才发现河海给我带来很多惊喜，很多感动，让我觉得遇到她是一种莫大的幸福。河海大学是一所具有百年历史的以水利科学为特色的学校，工科为主，工、经、管、文多学科协调发展的教育部直属重点大学，秉承着"艰苦朴素，实事求是，严格要求，勇于探索"的校训。每当看到图书馆门前的校训，耳边就会回响起"大哉河海奔前程，毋负邦人期"的校歌，想起学校的每个角落，想起在学校度过的每个瞬间。

第一话之河海院系

河海大学是一所因水利而熠熠生辉享誉海内外的著名学府，学校有着悠久的办学历史、深厚的文化积淀和独特的精神传承，水利工程必然是其核心学科了。可以说河海来源于水利，也因水利工程而不断成长为现在这个样子。1915年，著名实业家张謇先生创办的河海工程专门学校，是我国历史上第一所专门培养水利科技人才的高等学府。1952年全国院系调整，融合吸纳了南大、同济、交大、浙大等名校水利相关专家，成立华东水利学院，其雄厚的办学实力和骄人的办学成果名噪一时。1985年学校复名"河海大学"，邓小平同志亲笔题写了校名。最让我引以为豪还是我们学校的排水系统，每当倾盆暴雨来袭时，看到人家的学校积满了水难以行走，而我们学校还是畅通无阻哦。

除了为人称道的水利学院以外，河海大学还设有土木与交通学院、环境学院、能源与电气学院、计算机与信息学院、机电工程学院、力学与材料学院、地球科学与工

程学院、理学院、商学院等多个人才培养学院。这里不得不和大家提一下河海大学的商学院，极其高大上的院系，在江苏省排名第二，有独立的霸气的办公楼，让我都非常羡慕商学院的精英们。其他院系学科我就不一一和大家说了，等着你们自己去感受去体验。

第二话之河海食宿

河海大学分为三个校区：江宁校区，鼓楼本部，常州校区。每个校区都有着独具特色的美食天堂。和大家分享一下这两年来的吃货心得吧。我们校区（常州校区）主要有三个食堂，河苑食堂、海苑食堂以及清真食堂。个人最喜欢海苑食堂，品种多，烤肉饭、砂锅各类快餐应有尽有，二楼还有奶茶鸡排任你挑选，特别合我的口味。河苑食堂其实也不错，主要是各色快餐还有小吃，口味偏甜吧。清真食堂以素食为主，主要是为少数民族的同学提供就餐的，那里的面条个人觉得味道很不错。

说完吃的，就必须要谈谈住的宿舍了。宿舍一般是标准四人间、六人间，除了空间比较小之外，空调阳台还是一应俱全的。如果经过宿舍成员的精心打扮，还是可以非常温馨美丽的。可以说经过了两年，感觉宿舍就是温馨的第二个家，每次回到宿舍就感觉暖暖的，就像回到了家一样。从宿舍阳台远眺，看看学校，看看楼下接二连三走过的人，你会突然发现生活还是一件很美好的事。

第三话之河海社团

大学不得不提到的就是社团了，我们学校各种社团应有尽有。比如说电影协会、古风民俗社、轮滑社、书画社、清泉文学社等众多社团。我对轮滑社最有感觉，每天晚上上自习完总能看到他们的身影，在月色下穿着轮滑鞋，神一般的存在。当然还是不得不提到我带领的清泉文学社了，以文会友，经常会举办一些文化沙龙，让社员们各抒己见，偶尔大家还会聚在一起郊游踏青，谈天说地。每个社团就像一个小家庭，每个家庭里都有很多欢笑和感动，我们在这里认识了解，在这里陪伴彼此成长。电影协会也是其中一个高大上的社团，自己组织拍摄校园微电影，记录学校的点点滴滴，每一段故事，每一句话，每一份感动被记录下来就是一件神奇的事情。总之，还有很多有趣的社团等你去挖掘属于它们的魅力。

第四话之河海图书馆

大学的图书馆可以说是知识的海洋，更是一道亮丽的风景。从宿舍楼出来，往一食堂方向走去，远远地就能看到金色字体"图书馆"三个大字，潇洒的字体显示河海大学学子的精气神。走进去，一楼是讨论大厅，我们可以在这个区域进行小组讨论，各自谈自己的独特见解。在这里我们分享工作学习生活的种种，在这里我们挥洒青春。二楼是阅览室，可以借阅书籍，从古至今，从国内到海外，从课内到课外，书籍任你借阅，只要你想静下心来读一本书，这里是个心理释放的海洋。平时我们也可以在这里自习，不断丰富自己的知识。三楼是杂志阅览室，你可以在那里阅读报纸，了解天下时事。总而言之，图书馆可谓是精神的海洋，是我们大学生活不可缺少的一部分。

第五话之河海风景

河海面积虽小，但是风景一点都不差。走出宿舍楼，便会看见小道旁的花草，一天的心情也会突然好起来。在通往图书馆的小径上，还有各种我叫不上名字的树，四季常青。抬眼就看到一片绿色，满心的都是生机和活力。最让我欢喜的还是学校中央的未名湖，一片清澈的湖水，对面柳树的影子倒影在湖水里。无论是和朋友还是喜欢的人闲时去散步，你都会被这里的意境所折服。我时常在这里漫步，偶尔一个人静静

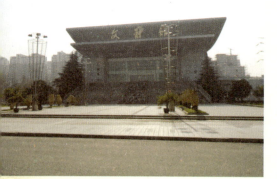

地思考人生，偶尔结伴走过谈天说地，可能以后回想起来会是满满的幸福。

第六话之河海建筑

在所有教学楼中，为学楼一教的历史比较悠久，无论是内在还是外在都散发着古朴的气息。二教相对环境比较好，设施比较现代化，散发着年轻的新生代气息，一般上课是两个教学楼轮换教学，古朴与新生代之间可以自由转换。最高大上的卓越楼，是全校最高的楼，电梯直达，可谓是技术的天堂哦。操场也是学校不得不说的一道风景，无论是早上晨练还是晚上去跑步，当我们处于红绿相间的跑道上，释放的是青春的汗水与活力。

再说说文体馆吧，跳舞锻炼的绝佳场地，我们可以约上三五个好友打打球，也可以跳舞培养兴趣，总之你如果爱运动，文体馆是你的不二选择。

时间可以说真的有魔法，转瞬间我在大学已经度过了两年的时光，好像大学这个小社会已经成了我生活里必不可少的一部分。我在河海认识了新的朋友，和一些人相识相知，有很多个故事都留在了心灵深处，我不说我对河海有着多深的情感，我只想告诉你们在河海有我最美的时光，有我最爱的故事。曾经有人告诉我大学会是一个新的起点，我们会在这里收获成长，变成最好的自己。我想说河海是我的一个家，在这个家里有我的家人，我的长辈，我的朋友。我在这里体验新的人生，踏过这段美丽的时光。多年以后，我会怀念，怀念我的这段青春，怀念陪我走过这段时光的每个人，怀念河海。如果你有幸来到河海，记得要走遍她的每个角落，走遍属于你的每段青春。我想说，匆匆时光里我与河海相遇，是我和她的缘分。

注：本文由清泉文学社推荐

扫码问学姐

湖大学府时光

文 / 孙淑娴　图 / 杨正

上学路上，你穿过繁华的街道，你遇到大队大队的旅游团，大街上车水马龙，而你，已经见惯不怪这里的热闹了。

突然，有人用不太标准的普通话问："你好，请问湖南大学怎么走？"

你神秘一笑："就在此地。"

不必诧异，湖南大学是一个没有校门没有围墙的地方，加之又有几处著名景点，岳麓书院、岳麓山、爱晚亭、东方红广场，让这里游人众多，热闹得不像话。

游在湖大

最负盛名的当数岳麓山和岳麓书院，岳麓书院自不必说，校长曾开玩笑，它虽是归于湖大，却比湖大名气更甚。也是，一个从宋朝历经千年而保存完好的古代建筑，怎能不让我们这些后人对它满心敬畏与惊叹呢。如此说来，书院确是实至名归。

书院也是我们经常流连忘返的地方，有时候上完课，考完试，想散心，想和朋友聊聊天，都可以去书院，如此一个如书如画的地方可是绝对不舍得浪费的。

游人进书院要门票，而湖大学子可以凭学生证入内，曾有学长戏称要多去书院，争取把学费赚回来呢。

岳麓山包含著名的爱晚亭，许多名人的墓冢，还有麓山寺、鸟语林等，这样说来长沙真是一个人杰地灵的地方，人才辈出，而岳麓山也是一块宝地，儒、道、佛皆有缘。

除了学校，长沙市的不少景点也很值得去看，橘子洲、天心阁、马王堆、世界之窗、太平街、烈士公园、星空博物馆等等，尤其是橘子洲的烟花，虽说烟花易冷，可巨响中半边的天被五彩的烟花覆盖，那时候置身于杜甫江阁的我们，很难相信就是我们这样一群普通的生活在长沙的人，如此轻易地就见到这样极美的一瞬，仿佛可以满足自己对夜与震撼的一切幻想。而长沙的学子也就近水楼台先得月了。

来长沙之前阿姨就对我说，湖南可以吃到各省的美食，果不其然。

如果你想要尝尝长沙的各种著名美食，那么著名的坡子街是一个不错的选择。那里有很多特色店面，都是很正宗的长沙味儿，火宫殿是无论如何也要去凑一下热闹的，当然也可以顺带逛一下太平街。长沙的烧烤是一绝，还有一些特色小吃，不论臭豆腐、大香肠，还是油滋粑粑，卤豆干，都是值得尝试的小吃。

不过如果你像我一样懒，大学城附近也有很多美食，普通聚餐约饭完全无压力，所谓大学城，是因为湖大、湖师大和中南大学三校很近，互相影响，带动了餐饮、交通、快递、服装店等一系列的商业。

平常的美食也不少，寝室外有一个小吃坡，味道不错，选择也多，价格日常，像汤、面、饼、土豆、香肠、鸡排、麻辣烫、烤肉饭等一系列你能想到的主食，应有尽有。

湖大食堂的味道也还不错，每天的三餐也是吃得有滋有味，记得还因为便宜，在食堂吃过火锅，人均十几块，味道也不错，也有时候钟情于木桶饭黄焖鸡不换菜。其实在食堂能发现很多好吃的呢。最让人惊叹的是某食堂的橘子炖排骨和火龙果炒肉，我至今不敢尝试，如果你喜欢新鲜和冒险，就来试试吧。

食堂的师傅是会玩的，记得上次我们在食堂开会，发现他们用南瓜雕了七十多厘米高的龙，还有凤，摆在食堂的桌子上，扫码可知道制作过程，可吸引眼球了。

不同于吃，所谓的玩是指湖大的各种活动，支教、志愿者活动自不会少，兴趣社团的日常也是多姿多彩，又会有很多对校活动。

在湖大，为了吸引更多的人，一般社团活动都是免费的，并且福利很多，像我们社在元旦的时候买了一大箱子许愿瓶，全都免费送给了来参加游戏和活动的同学，把灯会的小灯放在许愿瓶中，美美的。

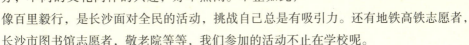

　　因为邻近岳麓山，爬岳麓山对我们来说也是一个值得推荐的活动，本着靠山吃山的原则，我们的很多活动也会在岳麓山上进行，什么登山比赛，登山寻宝，组队登山，越野冲刺等，生命总是在于运动的。

　　闲暇时候，非常适合出去玩一下，只要有兴趣，很多活动都是很有趣的。结识一群志同道合的小伙伴，让大学的生活不会虚度半分。

　　基于三校较近，很多活动也会三校或者两校一起办，不同的文化同样的兴趣，好不热闹。不止如此，像百里毅行，是长沙面对全民的活动，挑战自己总是有吸引力。还有地铁高铁志愿者，长沙市图书馆志愿者，敬老院等等，我们参加的活动不止在学校呢。

　　而像文学类的社团地域限制较小，涉及征文、意见交流等一系列的，可以线上活动，范围也是可以扩大到市、省的。

 ## 学在湖大

　　说了那么多吃喝玩乐，可能让你忽略了湖大的学习氛围。

　　湖大的图书馆藏书非常丰富，而且和中南签过协议之后，湖大、中南图书馆的书都是可以互借的，湖大分为老图书馆和新图书馆，老图书馆人比较少，不过古色古香，也确实有人图清静而去那里。一般我们在新图书馆自习，八层，每层类别不同，我喜欢待在有沙发、有电脑、有 iPad、有空调，还有窗外的绿意和池塘的一楼，看一些闲书，日子就该这么过，是吧？

　　鉴于我的专业是理工科，所以要多一些，但很多专业的作业也是千奇百怪的，比如有新闻采访、海报制作等更考验能力也更有趣的作业，也有摄影、计算机软件制作等一系列看起来很高端的作业，还有创业卖东西，做问卷调查，刷访问量等需要人际的作业。

　　还有开拓思维的选修课，文学、设计、管理、经济、艺术、自然科学、社会科学、建筑、创新创业等很多有趣的课程，当然，如果有兴趣和精力的话，修二专也是一个不错的决定。

　　由于湖大的学术条件还是不错的，关于学术类的比赛也是很多，什么英语演讲比赛，程序设计大赛，物理竞赛，湖大专门的 SIT 项目，专业独有的车队，面向国家的电子设计大赛等一系列赛事，如果你愿意加入。吃

苦耐劳认真学习绝对可以有所回报的。

大学是一个象牙塔，有无限新奇的知识和无限的机会，只要你愿意，大学就是证明自己，提升能力的地方，你所得到的绝对不只是学术上的知识，而是一个更完整的自己。

 活在湖大

这里的"活"是指生活，南方的学校硬件都不会太差，湖大的寝室都是标准独卫的四人间寝室，空调热水器都齐全。

学校的大部分教学楼都有饮用水供给，厕所、水龙头、电动门都是感应式的，图书馆、主要教学楼和寝室门都有电子门禁。

机房一般情况下都是开放的，图书馆在非考试周也不错，有打印机，可以找到资料去打印，图书馆也有很多为我们买的电子资源。这里师资也比较丰富，特别是研究生，为了湖大的导师放弃更好的学校的情况也不少见。

学校四面绿化面积广，可以晨读的公园如外语公园、手掌公园和图书馆后花园都是很漂亮的。清晨鸟语花香，阳光照下来的时候，世界都亮了。体育馆设施也算齐全，闲暇时间去打一下球也很不错。院楼虽然不做教学楼，不过里面有很多实验室、专门的设备等，看起来很霸气。总体来说，这是一个不错的所在。

想想大学四年是一段很关键的日子呢，我们在这四年的时间里去寻找自己的定位和目标，去慢慢地打磨自己，让自己从一个毛头小子变成一个对社会有所担当的人。

而湖大，无疑是一个能给我们带来这些东西的地方。这里，阳光普照，街上的人熙熙攘攘；这里，人才济济，不同的观点相互碰撞。这里，美景如画，如诗如画的景点就是校园；这里，欢声笑语，能遇到的朋友都遇到了；这里，步履坚定，我们会是最好的自己。

湖大绝对值得我们把四年的青葱时光交付于它。

注：本文由小雅文学社推荐

扫码问学姐

遇见湖师大

文 / 黄嘉怡

　　湖南师范大学简介：湖南师范大学创建于 1938 年，位于历史文化名城长沙，是国家"211 工程"重点建设的大学、教育部普通高等学校本科教学工作水平评估优秀高校。学校现有 6 个校区，占地 2475 亩，建筑面积 100 余万平方米。主校区西偎麓山，东濒湘江，风光秀丽，是全国绿化"400 佳"单位之一。学校设有 24 个学院，3 个教学部，开设 85 个本科专业，覆盖哲学、经济学、法学、教育学、文学、历史学、理学、工学、农学、医学、管理学、艺术学 12 大学科门类。

　　那一年，在麓山之脚，湘江之滨遇见你，一眼，便是永久。

　　站在岳麓山顶上，隔着朦胧的雾，呆呆地望着你，这个我要生活四年的地方。我在想，我要如何走进你，认识你，才能在分别之际突然想起的那个最初遇见的模样能够更加美好和了无遗憾一点。

　　顺着山路向下走，浮现在眼前的是庄严的校碑，大理石上刻画着工整的"湖南师范大学"六个大字，巍然地矗立在川流不息的马路边，对的，就是马路边，因为世界上据说只有三所大学没有校门，哈佛大学，湖南大学还有湖南师范大学。马路和校园相互穿插，融为一体，体现的是我们的开放和包容。它好像一个沉稳的大人，凝视着每一个从身前路过的学子，告诉他们在这喧嚣的尘世里，还有一块静地在为大家默默地守护着。校碑旁边伫立着同样的一块大理石石碑，刻着"仁、爱、精、勤"四个大字，这是我们师大人古朴而又笃定的追求，77 年来从未曾改变和动摇。

　　走过了校碑，江上的清风徐徐地拂过我的脸颊，在那炎热的夏日里，带来了丝丝清爽。透过风，我看到了在不远处摇曳着枝桠向我招手的你们——校园八景。

校园八景之黉门听涛

黉门,校门之古称谓也。新建校门临江而峙,雄视洲野,观浪听涛,守土护园。校门造型别致,似门无门,寓意开门办学,崇尚国际视野、天下情怀。

校园八景之兰台夕照

兰台,藏书阁古称谓。图书馆周正沉稳,舍广藏丰。斜阳初照,读者鱼贯而入。馆舍四周,绿茵匝地,学人流连,书香四溢。

校园八景之木兰春晓

每当春天来临,木兰路上一夜喜雨,千朵万朵木兰花开。枝头繁花似锦,花海人流如织。

校园八景之岳亭烟雨

岳王亭景区包括麓山忠烈祠、岳王亭、共青湖、赫石坡、73军抗日阵亡将士公墓、诗词碑廊诸处。景区内山水相伴,四季轮回皆入画,烟雨朦胧更相宜。巍巍麓山埋忠骨,硌硌赫石铭丰功,历史烟云鸣警钟。是为胜景,更兼爱国主义教育基地。

校园八景之镕园樟韵

湖南师大附中镕园取名自杰出校友朱镕基。园内四株古樟遮天蔽日,华盖亭亭,浑然一体,见证附中百年风雨、今日辉煌。

校园八景之樟园晨曦

樟园景区包括樟园、杨树达塑像、文学院和历史文化学院大楼诸处。香樟林立,兰草依依。旭日东升,晨曦微露,莘莘学子捧卷诵读于此,书声琅琅,青春激扬。

校园八景之艺苑和声

艺术广场为美院设计楼、美术楼、音乐学院和乐楼所环绕。设计楼剑指苍穹,如椽画笔著丹青;和乐楼怀拥广场,瑟瑟长奏天籁音。

校园八景之红楼映翠

红楼景区包括红楼、校办公楼、红楼广场、上游村诸处。是处古木参天,绿阴如盖,红墙点缀其间,若隐若现,有如妙手著丹青。

校园的美远远不只是这八个景点可以笼统概括的。春夏秋冬,每个季节每一处校园无不透露着动人的美,无处不在随处可见的美期待着你来发现。

感受到了师大古朴而厚重的历史底蕴,看过了师大秀丽的自然风光,接下来要带你们走进的是丰富多彩、绚烂多姿的校园文化活动。

"百团大战"

一年一度的"百团大战"是新生们入学的头一件盛事。一百多家社团齐聚五舍广场，展开一场疯狂的夺人之争。这场战役在正式开战前的一周之内，就已经在朋友圈、空间等网络平台上弄得硝烟四起，各家社团都将绞尽脑汁努力地使自己社团最精华的部分呈现在"百团大战"那一天，于是乎，你可以看到舞文弄墨弹古琴的文学社团，唱着方言 rap 的方言学社，穿着轮滑鞋摆弄着各种姿势变换着千奇百怪的花样的轮滑社团，透过茶壶里慢慢氤氲着的白气弘扬中国茶文化的茶艺社团，不管你的爱好有多么独特，这里，总有一款满足你，总有一群志同道合的人与你一起风雨无阻地并肩作战。

三会一中心招新

这是继"百团大战"之后又一场让组织者费尽心力的夺人之争。三会是指团委、学生会、学社联以及青年文化传媒中心。与社团的活动相比较，这是一个提升你工作和学习技能的机会，作为一名刚刚从高考中解放出来的大一新生，参加一个组织来锻炼自己的人际交往能力和学习基本的工作技能还是很有必要的哦。

留学生迎新晚会

这是一个让来自各个国家的同学聚在一块儿感受世界之大、文化之广的活动。各个国家独特的文化、礼仪和食物都会为你一一展示，不仅可以一饱眼福还可以最大程度地满足你的味蕾哦。

校园活动策划大赛

你还在为脑洞大开却没人能够理解而暗自伤神吗？你还在为有一个精彩绝伦的点子却没有团队没有资金实施而发愁吗？不要担心，校园活动策划大赛全都可以帮你实现，这是一个充满激情，思想自由碰撞的舞台，只要你敢想，我们就敢做。

这是一个充满激情的时代，我们是这个时代的创造者和见证者，更多的校园文化活动等着你们来发现和创办，这里有让你挥洒青春的土地，让你的想法生根发芽的肥料，有一群充满热血的伙伴等着你的加入！

当精神生活得到了极大的满足后，我们一定不能忘记要好好地犒劳我们的胃。

湖南师范大学位于河西大学城。各地的特色小吃在这里汇聚一堂。夜晚，路边的吆喝声络绎不绝，想要减肥的美眉一定要谨慎点开！

☀ 帅哥烧饼

早上出门上学必吃早餐之一。听谣言说，吃了就会越来越帅，这里面的营养成分比较高，由蔬菜、鸡蛋和面粉制成，是值得一尝的早餐哦。更有网友发表了名为《堕落街的帅哥饼还能吃几次？》的小诗。

☀ 螺蛳粉

螺蛳粉是广西柳州的特色小吃，具有辣、爽、鲜、酸、烫的独特风味。

螺蛳粉由柳州特有的软韧爽口的米粉，加上酸笋、花生、油炸腐竹、黄花菜、萝卜干、鲜嫩青菜等配料及浓郁适度的酸辣味和煮烂螺蛳的汤水调合而成，使人吃一想二。

螺蛳粉的味美还因为它有着独特的汤料。汤料由螺蛳肉、山奈、八角、肉桂、丁香、多种辣椒等天然香料和味素配制而成，建议喜欢辣的朋友去哦。

尝过了这些美味，有时候在安静的日子里，也需要品一杯咖啡，读一本书，来度过一个慵懒的下午。

☀ 卡佛书店

携上那颗尘封已久的心，舍却那扰乱人心的世俗，走进书香之界——卡佛书店。也许，在这里，你找不到游戏里的刺激，找不到肥皂剧的狗血感动，更加不会找到聚餐的欢悦。但是，我相信，你会寻着那不可思议的静世安好与宁静雅致。

☀ 雕刻时光咖啡厅

任何摆在空间里的物质都有属于各自的生命——正因为它们的存在，而赋予了时光有形的记忆。

那一年，我遇见了你，站在岳麓山上呆呆地望着你的时候或许还是带着几分不甘的，在我慢慢地走进了你之后，会发现原来每一种遇见都是无与伦比的美丽，那些不美丽的只是心境无关事物本身，所以我希望那些还在奋力准备高考的同学相信和高考也是一场美妙的遇见，能够决定这场遇见美丽与否的，只有你。我在湖南师范大学，等着和你的相遇。

注：本文由朝暾文学社推荐

扫码问学姐

我的大学

文／唐宁宁　图／关天宇

谨以此文做寄语，与莘莘学子共勉。

——题记

十几年不易寒暑，终得在大学走一遭。回忆往昔，不禁感慨，昨日之重，今时之轻。两年前的自己坐在高三的教室里拼命刷题，和同学们一起过着"三点一线"的生活。而今，我在大学里"学习"，没有了既紧张又极具压迫感的学习氛围，取而代之的是愉快的分享与获得。在条件允许的情况下，可以由着自己的喜好，做自己最想要做的事。在学校提供的平台下放飞理想，收获青春。

说到大学，可谈之事不胜枚举，不得不说的是宿舍那几个人、社团那些事和大学里的爱情。

宿舍那几个人

刚进大学时不出意外的话，最先见到的人应该是舍友，随着那一声自我介绍开始，便互相拥有了一份珍贵的羁绊。四年里时光或长或短，四年里心情或喜或忧，四年里收获或多或少，但无论何时都有宿舍里那几个人的陪伴与安慰。一起军训，一起吃饭，一起上课，一起自习，一起夜聊，一起逛街购物，一起外出旅游……

宿舍里的几个人可能性格不同爱好不同。就像我们宿舍，Z君活泼开朗喜欢韩剧，H君可爱动人沉迷街舞，Y君不拘小节唱得一手好歌，L君文静安然留恋文字，J君处世沉稳交友甚广。而我大大咧咧不知轻重，这样的我们明明格格不入，却依然可以相谈甚欢，颇有种互不"嫌弃"的感觉。就是这种互相包容的态度成就了我们之间的情感。

Y君去年冬天参加歌唱比赛，我们宿舍整体出动去给她加油打气。北方冬日的晚上，雨雪纷乱，冷风凛冽，寒气逼人。清晰记得当时虽然夜空飘着微雪，但是街灯明亮，柔和的灯光照亮了去礼堂的路，也温暖着我们的心。我们手挽手走过，脚下是积了满地的银杏叶。试想一下，在一个下着雪的夜晚，和几个知己好友共赴一场听觉盛宴是何等让人兴奋的事，千年后平凡的我们也有幸如风流墨客一般享受《湖心亭看雪》的雅致和《记承天寺夜游》的情怀，何夜无雪，何处无音乐，但少闲人如吾几人者耳。

Z君是宿舍里离家最近的幸运儿，每隔两三周都要回一次家。每每回来的时候，她都不忘造福我们这几个馋猫，总会带一些家里做的好吃的。因此宿舍中最馋的H君对Z君感激得五体投地，甚至不吝以温柔善良、美丽大方、人见人爱之词，将Z君夸得此人只应天上有，人间能得几回闻，哄得Z君笑得"花枝乱颤"。对此我和Y君常常笑看着她们嬉笑打闹，"深觉无奈"。

我常常想，能遇见她们就是一种幸福的拥有。茫茫人海，我能与她们考进同一个学校，住进同一栋公寓，甚至被分进同一间宿舍，这是积累了多少的幸运才拥有的难得的相遇！有人说：人漫长的一生中，会遇到能够陪伴你走过一段，并且带给你温暖和感动的人。我想她们就是幸运之神赐予我的"财富"，是必须要珍视的人。

社团那些事

有人说：生命需要在时空的经纬中慢慢沉淀出它的价值。而我认为，在大学里找到一个属于自己的社团，融入其中，找回或者实现自己的梦想，就是一种人生价值的实现。

大学里的社团各种各样，可以满足有着各种兴趣爱好的同学，让他们找到归属感。社团里的伙伴们大多拥有一个共同的梦想，并拥有为之努力、为之付出、为之坚持的决心。或许他们并没有奢望过，自己在将来的某一天依然可以继续这个梦想，但这并不会让他们束手束脚，更多的是寻找自我，谱写一段属于自己的青春年华。

俗语有云：萝卜青菜，各有所爱。有人喜欢摄影，有人热衷音乐，有人醉心画画……而我喜欢文字，就着这份喜欢，我加入了文学社，结识了一群爱好文学的小伙伴。在与大家的分享交流中，度过了一段琉璃般清净透明的岁月，圆了我一场文学梦。希望还在时光里徘徊的青春，拥有一个完美的结尾。

文学社的上一届社长是一个书香气息浓郁的学姐，她对文学的虔诚与熟知是我望尘莫及的。这一届的社长在文学上的造诣，于我而言也难以望其项背。大学里，每个社团都会有这样的人，他们拥有令人欣羡的大家风范、歌者嗓音、专业技能等。或许刚开始的时候，会因为他们卓越的才能而相形见绌。但时间久了就会明白，正因为有如此优秀的他们的存在，我们才会想要超越，才会不懈努力，永攀高峰。

我一直认为，能够做与自己最喜欢的东西相关的事是一种幸福。然而，现实中的很多人，因为一生中的种种错过，最终不得不放下自己的梦想，成为最不想成为的人，然后在平庸的生活里慢慢苍老。所以加入自己喜欢的社团是弥足可贵的，这样你可以在年轻的时候，抛开浮华的世界，与同伴们一起，将岁月穿行。

大学里的爱情

爱情，是一个永恒的主题，自人类诞生起便没有间断过对它的描摹；爱情，是人世间最美好的情感之一，它寄托着少男少女最初的幻想；爱情，是年少青春时光里一个最美好的梦，它容纳着两颗赤诚的心。大学里的爱情，最美就在于彼此出现在对方最美好的年华里；大学里的爱情，是两个人最纯粹的喜欢，年少的一无所有的我们会因此为彼此祝福。

大学里的爱情，有甜甜蜜蜜的，有隔三差五小吵小闹的，有互相尊重相敬相守的。当然也有磕磕碰碰最后未能开花结果的。我的初恋就是如此。

今年七夕，某君跟我表露心迹，当时以为他在开玩笑，后来几经确认才知他的认真。与某君的相识颇具偶像剧的浪漫，那天我从图书馆借了一摞书，在抱书回宿舍的路上，路过转角的时候被人碰翻，心爱的书散落了一地。强忍着满腔的怒气，我捡起书，抬头的时候发现"罪魁祸首"却一脸惊讶地看着我。这是我们的初识。后来才知道，他那天把我认成了他初中同桌——他暗恋多年的女生。这也是我们分手的主要原因，我不能忍受他把我当作初中同桌的替身。后来，他也明白了自己心中真正爱的是他的同桌，也乐得寻求真爱去了。所幸的是，我

俩好聚好散。因此我在失去爱情的同时，收获了一份珍贵的友谊。

初恋的失败并没有打破我对大学爱情的憧憬，相反让我对爱情有了更深层次的理解。爱情是一个从相爱到相守的过程。对于很多人来说，相爱容易相守难。爱之初始因为彼此之间的好感两人互相倾慕，经过相处之后会发现彼此之间很多毛病。这些毛病或许会导致两人相互厌烦，甚至最终造成感情的破裂。这时候就需要相爱的两个人互相包容，互相迁就。

大学里的爱情最可贵之处在于，两个人是恋人也是伙伴，能互相鼓励，共同进步，为成为更好的自己而一起努力。倘若能得如此这般一生一世一双人地相守，是何等幸福！人一生的旅途中，行色匆匆，那个一直陪我们到生命尽头的人，就是我们此生要找的最契合自己的人。如果可以，我希望这个人是在我的大学时代里出现，应上那句"在最美的年华里遇见最美好的你"。

人们常说，大学是一个小型社会。我不否认这种说法，但在我看来，大学更像是一个自由的学园天堂。在这里，可爱的舍友，志同道合的人，以及生命中的另一半，都会让你的大学充满珍贵的回忆。

自入学，我已经在大学里度过了一年多的时间。这一年里，从迷茫到慢慢适应，不断探索和找寻；这一年里，与朋友相知，笑笑闹闹谈天说地；这一年里初尝爱恋，沉醉于那种被传唱许久的爱情里；这一年里，花开花落，树荣树枯；这一年里，青春明媚，韶华正好；这一年里，恬适安然，寂静欢喜。

这一年，我在大学。

注：本文由星韵文学社推荐

扫码问学姐

无悔的遇见

文 / 佟宇晶

那个夏天的傍晚，和那位北京的同学一起走在教五旁的小路上，那是第一次去华电蓝房子。

走在华电的校园里，你会听见全国各地的口音，以及各国语言。华电，与许多省会城市的重点高校不同，甚至与北京的其他高校不同，这里的学生来自五湖四海，并且基本是所有的省份都平均分配，所以可以听见天南海北的口音和各国语言。偶尔，我会有错觉，我在哪儿？华电坐落在北京，北京人却不那么多。形形色色的人，都可能在这里遇见，凡你所想，皆可寻见。我感慨于华电的包容性。

也许很多人没有听说过华电，但是，它在电力行业的地位，很可能超出你的想象。教育部直属，由教育部与国家电网等七家电力央企和中国电力企业联合会、华北电力大学等九家单位组成的华北电力大学理事会共建的全国重点大学，211工程，学科985平台。这不是百科，这是华电学生的常识。那么多数据多难记住，说实话我很喜欢它这个好记的美名，"电力黄埔"。

当我第一次在校园里看见三三两两的同学拎着小澡篮，甚至穿着拖鞋穿梭在校园的小路上时，我认为，这不太像样子吧。那时我就有隐隐的预感，在这里，我必须掌握一种技能，可以在略微嘈杂的环境里快速地收心，迅速投入专注学习的状态。而事实证明，我的预感是正确的。

大学的生活，教会我一件事情，那就是，

不以时间的多寡论某件事的重要性。也许你会有很多事情要忙，但是大家并没有忘记学习在大学里的重要性。图书馆里很少会有空座位出现，你一定听过哈佛凌晨四点半的传说，凌晨四点的华电通宵自习室也是一样的灯火通明。

还有，图书馆的门口的角落里会有一堆小澡篮，那是大家为了节约回寝室放澡篮的时间而放在那里的。在这里，考研就和高考一样，是一种有特殊色彩和情感的词语，在自习室，有人可以因为一句考研让出好不容易得到的座位。

我们都没有资格嫌弃大学的平台不够高，华电从不缺努力的人，也从不缺乏传奇的大神，不缺乏榜样，也不缺和你一起努力的小伙伴。如今，看见五颜六色的小澡篮，我会觉得，它们好可爱，也许，洗澡就是它们的主人生活中最放松的时刻，就好像高三的我一样。

华电的图书馆，外表是纯白的，旧旧的。华电不大，图书馆也不很大，但这并不妨碍它成为天堂。无论是图书管理系统还是座位管理系统，它的智能带给我惊喜的体验。但首先，你得走进去感受它。你不用担心图书馆的书不够多，要知道，北京的高校可以资源共享，足不出校，你想要的书就可以到手。

有时走在华电并不长的小路上，真的想着，就这么一直走下去吧！夕阳西下的时候，教五的灯就点亮了，那景象真的好漂亮。

华电最有名的大主楼，灯光明亮，果然是电力大学十足的底气，每次领同学来华电，我都会固执地从西边大门进来，他们无一不对大主楼发出感慨。

因为它不大，所以你很快就能踩遍华电的每一寸土地，你会发现这里的每个地方都有你的经历与回忆。

操场路，那是华电各色海报和校园动态聚集的地方。操场路旁，研究生楼前方的空地，也是户外活动的极佳举办场所。每年招新的时候，各大社团云集，人群熙熙攘攘，真可谓盛况空前！每个组织为了吸纳新生，都下了一番功夫。由此可见，学生组织对于大学生活的意义，是非凡的。因为你完全可以按照自己的意愿选择社团或部门加入。因为志同道合，因为兴趣使然，你可以在这里做自己最喜欢的事，可以在这里遇见一群合拍的小伙伴，可以

在这里把你的课余时光过得充满意义，甚至，你人生的第一份事业可以从这里开始。

作为典型的工科学校，我们把电气作为王牌，发起了电气联盟。我们没有播音主持专业，但是我们的广播台非常团结，放音时长和节目质量都令人骄傲；我们没有新闻专业，但是我们的《华电青年报》在首都高校传媒联盟中排名很高；我们的蓝色动力合唱团受邀到央视录节目；我们的毽绳协会连续多年获得北京毽绳比赛的第一名……

大学，是从拥有充分的自由，自由的选择开始的。每个月，手里握着一些生活费，然后自己安排所有的生活。脱离了老师家长全方位呵护的高三，初入大学的迷茫是必然的经历，但是，这一过程中并不是孤独的。有身边同届的小伙伴与你共同经历，更有热心真诚的学长学姐愿意帮助你。

华电的校友，遍布世界和祖国各地。你又能否想象，年长好多的学长学姐，他们对华电的感情？尤然记得那一次电自1981级校友返校，我作为一个校园记者，就跟着负责接待的同学去了。我发现校友们都很愿意和我们这些在校生聊聊。他们的头衔都不小，完全可以想象他们在社会上是多么优秀的人物，但是，走在华电的校园里，他们的光环都暂时放下。

有位头发花白的师兄，他跟我说他有点忧心华电的学生太刻板，不够灵活，要我多读书，各种书。有位梳着小辫子的师兄告诉我华电大学生科协就是他创立的，说当时也就清华还有大学生科协，可以交流交流，他问我现在那个组织怎么样了，还好我看了学校官网，知道绿色创行团队拿了世界金奖。有位看不出年纪的师姐说，如果愿意就多参加些文艺活动，指不定以后能用上哪方面的能力呢。我想当然地问她："这么多年是第一次返校吧？""不，我常来，每年单位都来这儿招人。"

没错，华电的许多学生是在

校内完成就业的，而直逼百分之百的就业率，足以令人眼红。

华电啊，有点小，所以我们，华电的学生共同的回忆特别多，因为我们的学生不那么多，所以我们每一个人在这里都有很高的参与度。一台很棒的晚会，你完全可以是切身参与的那一位。

我有时不得不承认，在全国的很多地方，华电的知名度没那么高。有时，我们不得不向人解释，那是一所北京的 211 全国重点大学。但这，却从来没有阻止各个省份的大神们放弃浙大，放弃厦大，放弃武大、中山、北理、央财，选择华电。

说到底，我要我的母校有那么大的名气做什么呢？谁会真正爱着一个虚名呢？老舍爱他的北平，爱的"不是枝枝节节的一些什么，而是整个儿与我的心灵相黏合的一段历史，一大块地方"，老舍还说"夸奖这个古城的某一点是容易的，可是那就把北平看得太小了"。我码下再多的字，也说不完千头万绪，我唯有在此生活，静静体会。

细细回想，也许吐槽是华电文化氛围的一大特点，也许是华电文科生实在少，很少有人为华电写出诗一般的赞歌。也许是工科大学里并不流行，但是倘若没有深深的热爱，就不会有大雪天里守着那最美的风景出现，我们就不会在自己的朋友圈里疯转"冰域华电，雪韵冬情"的推送。

华电啊，明明是所大学，却不那么大。我问朋友们，华电最大的特点是什么，许多人的答案是"小"。比一比数据，我无话可说。眼睛尚且看不完世间的风景，双脚站立的地方，方寸足矣。我又哪里敢嫌华电太小呢？

当时间渐渐流逝，那份生活的兴奋依然存在，我知道那感觉不仅仅是新鲜感了。

在全新的地方，期盼是慢慢变得熟悉；在熟悉的地方，期盼是流转的风景。

注：本文由《大学人文》编辑部推荐

扫码问学姐

Here I am alive in ECUST

文 / 徐婷

直到今天我还很怀念高中的朋友们，那群在十六七岁的年纪里一起笑着闹着跑着的家伙。可是原来时间已过去这样久，久到仿佛昨天还偷笑着喂同桌吃下的芥末味饼干，一眨眼已经被没收了一年多。盛夏午睡后操场传来蝉的声音，多少年后也还是很好听。

2014 年 8 月 24 日早上八点零二分，我就这样怀揣着我对高中岁月的恋恋不舍，第一次踏入了我的大学校园。她是华东理工大学，她是 ECUST。怎么说呢，我觉得她举手投足之间都散发着浓浓的理工气息。教学楼是简简单单的"ABCDE"教，宿舍就以一号、二号、三号来命名。我不觉得无趣，反而觉得可爱，我爱她的质朴，欣赏她特立独行地进行着自己的一切。

华理有两个食堂，名字一如既往地简朴：第一食堂、第二食堂。华理的伙食都很大份，男生一般都很难吃完，更不用说女生。华理的红烧肉更是上海高校的一绝。肉质鲜美而不腻、色香味俱全，不知道要多用多少心意、经过多少试验才能烧出这样的美味。

华理位置偏远，学校附近没有出租车，没有地铁站，去地铁站最快的方式就是花十二块钱买一张校车票乘上四十分钟校车——是的，很难想象在上海，还有交通这样闭塞的地方。可能也正因如此，学风出奇地好，周一到周日图书馆几乎都是满员。

我的专业是德语，我是真的热爱语言，而学一种东西的初衷一定是快乐的，不论什么时候，我都不曾怀疑过这一点。因为我热爱语言，我才会愿意去写永远写不完的翻译作业；我才会愿意背下一个又一个长长的单词；我才面对一本又大又厚的德语书的第一反应才会是"加油"而不是心生胆怯。否则我的每分每秒一定都会是痛苦不堪的吧。

外院的女生也会痛苦——华理的每栋宿舍楼都有七层，而每年外院的女生宿舍，都在六七楼。每回一趟宿舍，都要经历整整 134 级台阶的颠簸。连外院团委老师都会

这样和我们调侃："我们外院女生为什么能长年保持这样好的身材？因为我们住六七楼呀。"惹来底下一片笑声。在每栋宿舍楼下，都会有小浴室，12间单独的小隔间，但是一般都会很拥挤，所以不少人选择去大澡堂——那里更温暖，还有花洒。

华理还开设辅修专业，金融、经济之类的，一直都是热门。我是外语学院德语系的，辅修了英语。我记得第一天上课，一个戴着厚厚的眼镜的同学问我："你为什么要报英语呀？你原本就是外国语学院的，报同一学院的辅修是不能拿专业证书的。"我看着她的眼睛，很真诚地笑了笑："因为我就是喜欢语言呀，而且我努力就是想学点真本事呀。"

我和一门选修课的老师聊起过创新学分，还有辅修的事，她笑了笑，说你好酷的，自己知道自己想要什么不想要什么，很多人在你这个年纪还很迷茫，大学四年莫名其妙就过去了。你不为名也不为利，就为了自己的兴趣去学去玩，这真的很棒的。

这是我上大学以来，听到过最受用的一句赞赏。在这以后我每做一件事都会问自己，我喜不喜欢，我有没有辜负自己的初衷。我一定要成为自己想成为的自己，而不是变成任何人想让我变成的样子。

因为遇到了这样开明的老师，因为曾被这样温柔地对待过，深深了解那种被温柔相待的感觉，所以我一直想更温柔地抚摸这个世界。

在华理，每个人都很忙，忙学习，忙社团，忙所有一切值得我们奋不顾身的事情。真正的学霸你是见不到她的，甚至舍友也难以见到她。她通常都是抱着又厚又重的书，一个人在图书馆一待就是一整天，即使是洗个手的时间，嘴里也要再碎碎念几个单词。

不要以为学霸都是死板的，因为你会发现，她开口说起话来，永远妙语连珠。那些社团负责人、学生组织成员，也是神龙见首不见尾的。他们的策划，一写就是一整天，当一个活动终于举办成功，就会发现下一个赞助商洽谈正在路上。

有一段时间，朋友圈都被"你见过凌晨四点的华理吗？"刷屏。那段时间点开朋友圈，都有一种莫名的感动。日子就像猫咪一样在太阳下懒懒暖暖地过着，竟有这样多温柔热情的人，明明大家都是那么辛苦，却还是可以温温柔柔地笑出声。

大学里也能遇到很多很多很酷的朋友。每天晚上都能看见穿着荧光轮滑鞋的人绕着校园一圈一圈练习，听说最厉害的人可以一直滑去离学校最近的海；滑板是比自行车更受欢迎的代步工具，毕竟自行车那样普通，但会玩滑板的人，那就太少太酷了。有时候一个男生带着一块滑板从旁边经过，如果这个男生再长得好看一些，那就真的是"风一样的美男子"了。

大学里还会收获能持续一生的友情。我至今记得有一个周三，我从早上 8:00 到晚上 20:35 满课，还要交两份策划，觉得自己都快到了崩溃的边缘，就在下午外教课课间，我收到了一条短信："我中午看见你脸色不太对，应该是心情不好，尽快好起来呀。还有，以后太忙来不及吃饭记得和我说，我帮你买。"——这条消息来自我隔壁寝室和我关系最好的女生。我当时就感觉，仿佛自己的头顶，被命运之神轻轻地摸了一下，她轻轻柔柔地和我说："加油啊。"

我想，三年以后，我毕业了，我最大的心愿，就是这群温柔的老师和朋友，能一同定格在我的毕业照上，然后等我老了，翻翻老照片，看到这张照片上的人，一排排逐一爱过去。

在华理，你还可能遇到让你心动的人。我想说，遇到真爱的时候，就勇敢去追逐吧。即使失败，让别人知道你真心实意地喜欢过一个人，也不丢脸不是吗？没有哪一段真心实意是能够被嘲笑的。遇到了喜欢的人，我会因为他很优秀而整天整天刷数学题，我会为他想变得更漂亮而留起了长发，喜欢一个人，结局可能有好有坏，但即使最后没有收获一个爱人，也会收获一个更好的自己，不

是吗？

"大学里一定要加入一个社团。这样你的大学生活才没有白过。"这是我在上大学之前，学长学姐们对我说的话，现在，我把它送给你们。

当年的我听到了这句话，急急忙忙地在刚收到录取通知书、还未开学的时候，便加入了华理微电影社团"清风飞扬"的迎新群，最后我如愿加入了这个社团，陪着它一步步成为学校的五星级社团，成为视频制作最权威的社团，我见证了它的成长，也学习到了许多，但我最想讲的是，我在社团里感受到的亲情。

大一的时候，每次快到期中期末考试，社团就会集体约自习。一个四五百人的自习教室，我们社团浩浩荡荡占掉四五排，其实是很壮观的。我们来自不同的学院，做着不同的习题，却都在为了成为更好的自己而同样地努力着。我们一起仰望星空追逐电影梦，我们也一起脚踏实地学好自己的专业。这种感觉真的是太美好太奇妙了。

我们也曾有过这样的时刻。熬了一整夜做出了一分钟炫酷的特效，最后还是决定弃用。一整夜的辛苦虽然看上去白费了，但是却让我们明白，特效永远是为主题服务的，它一定是要能与影片整体紧密结合，而不仅仅是一个噱头；一个事物的部分，无论它有多出挑，它都必须为整体服务。这个道理能让我们今后少走很多很多弯路。我们就在这样一分钟又一分钟的努力里，离自己的梦又近了一步。

年轻的我们无限勇敢，素面朝天的脸上散发着梦想的光亮。

年轻的我们两手空空，口袋里只装着梦。不要紧的，只要把自己坚信的事情一件一件做好，人生就会闪闪发亮。Here I am alive in ECUST，让我们一起，造梦与追梦吧。

扫码问学姐

东川路的日子

文 / 黄越

华东师范大学现有两个校区，一个是在金沙江路上的中北校区，一个是位于东川路 500 号的闵行校区。中北校区位于上海市中心地带，交通发达，基本上各种吃喝玩乐方便到飞起。

由于学姐本人来自闵行校区，所以会对闵行校区介绍得偏多，闵行校区的交通也算方便，校门口有多条公交线路可以到达地铁站，也有直接去上海南站的。学校里也有分别在上海南站、东川路地铁站及中北校区之间往返的校车，像开往中北校区的校车，乘上只需一小时就能成功打入市中心地带。

说到华师大的吃，食堂的"怪"菜绝对是不得不提的。在饮食文化源远流长的中国，各大菜系风味各异，各有所长。而其中的第九大菜系——食堂菜，凭借不断的创新与发展在今天越来越表现出其强大的生命力。华师大食堂以其清新的风格为第九大菜系的发展做出了重要的贡献。最负盛名的便是玉米炒葡萄。华师大曾凭借这道菜上过新闻，也算是距离头条最近的一次。这也是在每年新生入学时食堂主厨必然推出的菜品以表示欢迎之意。我是在入学很久后才品尝到它的，因为只有偶尔才会看到它的身影而且总是一端出便很快

被卖完。不过，可贵的是华师大厨师的创造力，他们在过去短短一年中又创造出了其他新式菜品：番茄蒸蛋、桂花山药、金针菇火腿馅月饼……

以上是华师大食堂的总特色。分开来讲的话，中北校区有河东、河西两大食堂；闵行校区如果算上研究生食堂的话共有五个，其中河东、河西食堂是距离学生宿舍较近的，华闵食堂、秋实阁是距离教学楼较近的。河东食堂底楼有售特色的土豆粉和刀削面，同时夏季有凉面，冬季会推出不同口味的火锅，可以两三人同吃。三楼是适合小型聚会的地方，有各种火锅、干锅、盖浇饭与炒菜；大聚会可以设在秋实阁二楼，那里的菜已接近于外边饭店的菜式了。我个人还比较偏向于河西二楼的粥，咸甜皆有，皮蛋瘦肉粥、八宝粥、牛奶燕麦粥……可以满足个人口味。

华闵食堂的二楼是被承包出去的，品种丰富，包罗万象，每学期还可能做不同的调整。苏州汤包馆，广式煲仔饭，云吞面，重庆小面，麻辣香锅，黄焖鸡米饭，浏阳蒸菜，石锅拌饭，乌冬面……在饭后还可以到糖水粥铺买一杯饮品，在此奉献出一个小经验：可以跟打卡小哥说将两样东西放在一起，比如西米露与黑米粥混在一起就产生了另外一种风味。此外，大活一楼售卖的酸奶属于闵行校区的特色，有软质与蜜酿两种，每种都有众多口味。据个人亲测，图书馆外所售的巧克力也很好喝，味道浓郁。

因为闵行校区是新校区的缘故，住宿的条件要稍微好一些，各种配件比较新。本科生公寓普遍是四人一间的寝室，上床下桌，每间房有空调，带有一个阳台。每层楼有两个公用卫生间，每幢楼配有一个公共浴室。宿管阿姨都很和善热情，走进走出时

都会与同学打招呼。

中北校区由于是老校区，有很深的文化底蕴。它的校园环境极其优美，不亚于公园，因此周边的居民时常来逛。路两旁的树木高大参天，彰显着学校的历史，夏天时形成了天然的林荫道，秋天时就在路面铺了一层厚厚的树叶。在丽娃河中还长有莲花，盛夏时吸引了一些画家前来写生。中北的标志性建筑有一尊毛泽东像，它属于中北校区的核心。

闵行校区校园比较宽敞。学校的路宽宽的，走路的人通常都是随性地以铺满路面的方式行进。新校区的树栽种了没几年，还不甚高大，带有种新鲜的稚嫩。春天时，我们就看着樱桃河畔的柳树从抽出新芽到长出细叶再到柳絮纷飞；将近暮春的时候，一、二教附近的樱花一拨一拨地盛开，往往是这边的树下满满铺着一层花瓣，树上已不剩多少花，而那边的树才刚刚长出了花苞。深秋时，路两旁的梧桐树纷纷开始落叶，叶子落地时会发出一声厚实的声音；冬天万物止息，光秃的树枝在天空的背景下倒也能显出些韵味。

闵行校区的标志性建筑可以算上图书馆和大学生活动中心。图书馆由一个圆筒形的主楼和一个扇形的裙楼组成，颇具现代建筑的特色，据说其灵感是来自于"笔筒"。大学生活动中心的建筑是可以从一边一直走到它的顶的，刚入学时便有学长学姐介绍说可以自己走一下，数数它到底有多少台阶。

有一条贯穿着华师和交大的河，在校内我们称之为"樱桃河"，不过关于这名字的出处可是谁都不知道。有时还能看到有人在樱桃河里垂钓。文脉廊依樱桃河曲折而建，是为了庆祝华东师范大学建校 60 周年时建造的。

华东师范大学作为既是 211 又是 985 的综合性大学，目前设有 22 个全日制学院、2 个学部、1 个马克思主义学院、1 个书院、1 个管理型学院，开办了 78 个本科专业。其中，教育学院、设计学院、对外汉语学院、软件学院、心理与认知科学学院、公共管理学院与计算机科学与技术系在中北校区，其余的皆在闵行校区。

华东师大的心理专业一直以来是久负盛名的，虽然目前其他一些学校的心理学专业水平也渐渐赶超上来，但华师大的心理专业在全国依然是位居前三的。心理系所开的课程种类很多，各种方向都能涉及，如人格心理学、职业心理学、儿童心理学、变态心理学等等。如果没有考到心理专业但又很想学习心理的，可以在大学申请读辅修，而且辅修是可以跨校读的哦。心理专业在华师大很有前景，华师大未来也可能有更多机会与世界级高校进行深度合作，如心理系实力顶尖的宾夕法尼亚大学。

华东师大的人文学科也占有一定优势，华师大的中国语言文学系，也就是中文系，在全国排名也很靠前。中国语言文学系建立于 1951 年，是华师大最早建立的系科之一，历来是学界的重镇，曾有一大批一流学者执教于此，像施蛰存、徐中玉、钱谷融等等，也曾出过赵丽宏、陈丹燕等著名作家。现在，华师大中文系也不乏一些有趣幽默，学

术素养深厚的老师。如果你能看到选课时的惊心动魄，教室里的人满为患，课后的朋友圈刷屏，就能知道是一个多么抢手的老师了。

华师大虽然分有两个校区，但每一个校区的活动都是覆盖了各方面的。首先是社团，社团的名目花样繁多，简直是只有你想不到，没有我们做不到。既有较为传统的基本学科类社团，不管是文史哲，还是理化生，一样都不缺少，又有综合艺术类的社团，像吉他协会、镜影舞社等等，还有一些独特有趣的社团，如阿拉沪语社、星尘科幻协会……一般在大一入学后不久，就会有整体的社团招新活动，可以看到一些学长学姐为了抢"新生"而豁出了老脸做一些毁节操的事情。

大学的活动多如繁星，可能有很多也被我忽略了。迎新晚会、毕业晚会都是很盛大的活动，往往可以看到学校里卧虎藏龙的同学施展绝技，可以看到传说中的学长或学姐抱着吉他唱着忧郁的小情歌。华师大还会每年举办大夏文心学生学术论坛和原创文学大赛。这两个都是学术气息浓厚的活动。在大夏文心学术论坛上，同学可以对自己感兴趣的方面进行研究，撰写学术论文，进行论文答辩，有机会受到学校权威老师的指导和点拨。原创文学大赛是面向全国征稿的，所有高校同学都可以投稿，奉献出自己的原创作品。各个社团也会时不时搞些小活动，读书会、观影会、讲座等等。食堂有时也会办一些美食节活动，欢迎同学前来试吃，也许是为他们的创意多加些素材吧。

注：本文由停云文学社推荐

扫码问学姐

感谢你，温暖了我的冬天

文 / 高冬梅

12月6日，广州第四次入冬失败。

我爱夏天，骄阳似火，汗水淋漓，是激情洋溢的青春，偶尔的愁绪散发在空气中，转瞬飘散。不爱冬天，冷，孤寂，不经意就陷进回忆里不可自拔。广州的冬天恰好合了我的心意，姗姗来迟，伴着绵绵小雨，不急不躁。

感谢2013年6月填报了华南理工大学的我，因为一座城市选择一所大学，后又因为这所大学恋上这座城市，因果纠缠，余生不悔。

初来乍到的我，带着对华工的第一印象——橙黄色的建筑，在大学城里四处乱窜。"大学城"，仿佛只是贴着广州的标签，躲在了热闹之外，躲出了广州的繁华纷扰、车水马龙，幽雅的环境，三三两两的学生结伴而行，十所大学的文化碰撞与交流，你有你的特色，我有我的骄傲。去中大饭堂过过瘾，去星海音乐学院见识艺术的殿堂，骑行到每一所大学正门留影纪念，是每个学子必做的功课。

作为一名工科生，会喜欢琢磨那些美得让人眷恋的文字，但骨子里还是崇尚简洁干净的。华工的建筑命名曾让我们啼笑皆非，A、B、C、D栋，1、2、31、27号楼，除了数字、字母和方位，大概就只有以捐赠者命名的了吧，一贯风格的省事儿，竟让我在之后的时光感

觉到它的一种长久、永不褪色的时尚感。再美的名字,多年在历史的激流中跌宕,被打磨,被渐渐忘却,而华工的建筑名字,这么高冷孤傲,是不怕岁月的吧。

我最爱的是大学城的内环,全程 4.3 千米,除了少量公交车,很少有其他的车辆,一到晚上,就活跃着同学们的身影。我曾与班级的同学们来这里跑步,男生总是一溜烟地冲到了前面,跑一段路又停下来等落后的女生,还不忘"嘲弄"一番,打打闹闹,那时班长还贴心地放慢脚步陪女生跑,为我们加油鼓劲;我也曾和部门的朋友、闺密来这里跑步或者散心,身边是奔跑的影子,影影绰绰的学校建筑楼藏在树的另一边,我们聊八卦也聊梦想,聊学习也聊帅哥;还有,和亲爱的他在这条路上的种种回忆,那些点点滴滴,藏在记忆里,太美而不忍回想。一年后搬到五山校区,再没有走过内环,成了我常常念叨的遗憾,只是没有陪伴的人,路程变得好长好长。有一次和闺密散步到了中大,想找到内环回学校,走着走着就迷路了,意外地发现有一条挺宽的路,就在路中央,有人跳舞,有人锻炼,有人围着圈子聚会,俨然一个另类的操场,当时有一种"原来还可以这样玩"的惊艳。大学城很美,每一条路每一个湖,都承载着太多感动,我的大学第一年,就在它的包容与温柔中度过。

从大学城校区到五山校区,专线二,40 分钟;地铁,1 个小时,多少次因为各种各样的事情来回奔波,气喘吁吁赶到车站却因一分之差眼睁睁看着公交驶离视线,赶上高峰期在地铁的人海里拥挤,无奈地打电话告诉另一边的小伙伴:"地铁人太多,我得迟到了,你先帮忙 hold 住哈。"我常常说,以后都没有机会去大学城校区了,然而,又总是会在偶然的机会下重新踏上熟悉的路程。两个校区一个青春明媚有活力,一个深沉悠远有底气,就像尼康与佳能单反的区别。很多人喜爱大学城校区,因为幽静的环境、崭新的建筑、舒适的宿舍,我也曾这么觉得。直到在五山校区待了一年多,爱上了这里的历史感,错落别致的建筑风格,弯弯绕绕的小路大道,骑着自行车疾驰而过的速度,小桥流水伴着清风的东西南北湖,这里多的是经过大一一年后渐渐成长起来的面孔,这里承载着为未来迷茫、摸索、奋斗的复杂情感,这里分享着名家讲座、校友交流。这里,睿智成熟,云淡风轻。

华南理工大学,在外省一直很低调的大学,在广州却保持着数一数二的位置,我总是在介绍自己来自华工时隐隐感到骄傲。其前身为孙中山创立的国立中山大学，最引人注目的是学校大门前刻着校名的大石头，风吹不动雨刮不落，在一次台风中岿然不动，高傲地嘲笑着被吹得七零八落的各大学的校名字牌，这一事件竟也让我们陡然升起自豪感。挺拔高耸的孙中山像常常是作为引路的标志性建筑，也曾早上 6:00 爬下床，从北区骑车奔来这里参加升旗仪式，记得那时我以小记者的身份，写下了《红旗飘扬，源远流长》的新闻报道。大学的升旗仪式没有老师的督促，自发地立正行注目礼，少了作秀的成分，多了几分真心。

"百步梯几多长"，我至今不明白为什么这样一个石头阶梯会作为一大校园景点，因其为名的学生组织、科技比赛等等都是学校的特色活动，甚至衍生了很多传说故事，很多人慕名而来，只是为了数数是不是有一百步，这个数字至今没有确定，是 99 呢，还是 101 呢？

我更喜欢百步梯上的日晷，铜晷针影随着太阳的运转而移动，抚摸着凹凸有致的刻纹，感受古时计时的那种仪式和庄重感。还有，最庄严雄伟的行政建筑励吾楼，采用绝对对称的结构，每年六月，这里都是拍摄毕业照的最佳之处，见证着一拨拨学子披上毕业礼服，挥动礼帽，是欢呼，是告别，也有留恋，从此各奔前程，未来成谜。

华工的勤工助学中心，常常体现它的人性化。只要有意愿勤工助学，你总能在这里找到合适的事情做，校园里的工作轻松简

单，老师或者一些教职工对待学生都非常有耐心和宽容，尤其做老师的助理，总有机会学到点东西。这里除了学校里的工作，还可以提供外面公司的工作机会，方便了一些找实习地点的同学，更多的同学会通过这样一个渠道找家教机会，边学习边挣一些零用钱，安全又能得到保障。大二的暑假我基本就泡在学校行政楼一个部门的值班室里处理一些文件，更多的时候在为自己选择的就业方向进行学习。挺有意义的一个暑假，没有荒废在电脑前。

博学、慎思、明辨、笃行——出自《中庸》的校训。"到底读大学有没有用？"这是个亘古流行的疑问句。我觉得是有用的。大学到第三年，每一年都有新的感悟，是

自己实实在在"躬行"得来的，我敢坦然说现在的自己与高中毕业的那个小姑娘有着截然不同的气质，无论是外表还是思想。我知道如何干净利落地在每个选择题中选出不一定正确，却可能是适合自己或是喜欢的选项，我知道在充裕的日子里如何安排自己的日程以免堕入碌碌无为的闲散中，我学会了责任与担当，坚持走过了在一个部门从干事，到主管，到部长的完整历程，在同伴们的包容中收敛自己的脾气，做得像个师姐的样子。我习惯思考，自己做决定，错了也厚着脸皮从头再来。大学给了我们一个鞭策又安全成长的环境，来自师兄师姐的呵护，也让我少了许多迷茫，我知道我不一定会选择和专业对口的职业，但大学的四年依然给了我将来步入社会的勇气。我们不再是孩子，即将扛起生活的重担，时时想起，时时惘然，时时坚定。

昨天还是清冷的雨，今日又是温暖的大太阳，在图书馆的窗前任由阳光洒在身上；昨日还以师姐的身份带领一群 2015 级的师弟师妹出游玩耍，今日就得安安静静俯首案前为即将到来的期末考试而用功复习。生活本就是这样，每一天的主题变换，不知什么时候就会告别一个阶段，开启下一个大门，不用太过于眷恋过去，我们总会离开，离开这所学校，离开这座城市，甚至，离开人世。至今我不说多么爱华工，总觉得自己的肤浅会辜负了它的深情，只是感谢走近了它的心，在它的怀抱里依偎。

扫码问学姐

大学是一座修行之殿

文 / 赵珊珊

在全中国，有三个"华师"，但在广东，只有一个华师，那就是我的大学——华南师范大学。在全中国，这是一所并不很出名的 211 大学，但凡是能够经得起浮沉的高校，必定都是出色的，而我修行的这座殿堂，培养出了许多国家栋梁，也培养了许许多多默默无闻却勤勤恳恳教书育人的先生。

（一）我的华师是什么模样

华南师范大学有三个校区，我所在的文学院分布在大学城校区一个自然环境幽美人情单纯的海岛上。我们学生，常常对别人说"我们住在一个荒岛之上"，确实是的，大学城所在的番禺区，并不是广州的中心城区，但是"出岛"交通还算便利，既有地铁又有公交，其中 B25 来往大学城和天河区，是一条几乎无论什么时候上下车都会让人感慨一声，"怎么这么多人啊"的快线。但我想，毕业以后，这条快线，将成为我们每个人又爱又恨的怀念。

华师多花草树木，有一年四季开着的紫荆花，秋天里开得格外灿烂，一地一地紫红色的花，唯美异常。有一些毕业了的师兄师姐穿着帅气的西装、洁白的婚纱，回来拍婚纱照。美丽异木棉，是华师生物科学院的一块活招牌，华师天桥连接着的校道，左右两边都栽满了异木棉。每逢九月新生季，异木棉就相继开着了，直到明年二三月，才逐渐完全凋落。杜鹃花

种在南北区宿舍楼下；蓝紫色大叶紫薇种在饭堂附近；榄仁树叶叶相交通，为教学区和生活区之间的校道撒下浓荫；白千层红千层还有三角梅，又散落在校园的各个角落里……

砚湖旁种有一种树木，很少人知道它们的价值和美好的寓意。在砚湖旁边的，除了有荷花、细叶榕和大叶紫薇之外，还有菩提树。就是六祖慧能所说的"菩提本无树，明镜亦非台，本来无一物，何处惹尘埃"中的菩提。这首诗广为人知，华师学子必定都了解其深意，却少有人知校园里面就种着十几棵这种树。我认为大学城里各个高校的建筑风格相差无几，都是现代化高楼大厦的模样，只有中山大学和广东外语外贸大学稍微有一点自己的特点，就连我所在的华师，也是这样，但是华师的绿化是比各个高校都好的。

华师大学城生活区分为南区和北区。南北区中间，以前是隔着整个晚上没有夜灯的180步路的小山坡，现在是隔着整个晚上终于开了夜灯的200步路的小山坡。小山坡的左右两端，分别矗立着楠园和翰园两个校园师生饭堂。

华师有一个地方，是华师每个人都知道的，那就是蝴蝶亭。因为从高空俯视华师的整个概貌，仿若一只蝴蝶，而蝴蝶亭正是这只"蝴蝶"的腹部，所以叫"蝴蝶亭"。蝴蝶亭本也没有独特的地方。从2012年起，蝴蝶亭多了一群读书人，他们每天清早在那里书声朗朗，正好映照着蝴蝶亭墙上刻着的铜金色十六字校训：艰苦奋斗、严谨治学、求实创新、为人师表。

华师有一个书吧，正在砚湖附近。这个书吧，和砚湖旁的菩提树一样，少有人知，但有心人总会发现生活的惊喜。砚湖书吧成立于2013年，是大学城校区经济与管理学院的创业团队的师兄师姐们创立的。书吧里面美妙的音乐流淌，杂志书籍丰富多样。我最喜欢的是书吧里面的留言日记，每个去过书吧的同学都会在精美的本子上写下只言片语。而这些公共日记本并不会收藏起来，更不会丢弃，无论什么时候去书吧，都可以翻开回忆当初的心情。书吧里还有一个浪漫的活动，那就是寄信给未来的人，或是几个月后的自己，或是几年后的朋友。去砚湖书吧的人越来越多了，

有些社团也会在那里组织活动。砚湖书吧楼下就是砚湖，道路两旁绿树成荫，环境清幽，很适合散步和读书。

（二）我的青春热情，我的校园社团

大学新生，大多都会选择加入校园社团，校园社团名目五花八门，有校级的、有院级的；有公益性组织、有兴趣性社团……但在加入社团之前，一定要先想清楚，自己的目的是什么，有的人为的是评优加分，有的人为的是收获工作技能，有的人为的是结识朋友，有的人纯粹是为了培养兴趣……当然，很多时候是一举多得的。但是主要目的，很大程度上决定了能不能开开心心心甘情愿地为社团做事情。

我在大学里，大一的时候加入了两个社团，一个是院青协公益组织，一个是文学社兴趣社团。在这两个社团里，我不敢说我过得十分开心，但是确确实实学到了许多——无论是在工作能力上，还是在为人处世上。有些感悟哪怕再细小，在别人看来是再明白不过的，但只要是自己亲身经历过得出来的感悟，都弥足珍贵。在参加院青协公益活动的时候，我才了解到，怎样才能最好地帮助那些我们认为有需要的人，也在见过那么多生活在困苦中的人之后，更加积极热情地生活，更重要的是，认识到了一些善良热心的人。人活在社会里，要看得清社会中黑暗的一面，同时也需要接受一些明媚的阳光。

我更多的热情、精力和时间是放在了文学社里，策划组织过一些活动，印象最深刻的，是在三月举行的那场"桃花酿"文学活动。文学社使我常常联想起《小王子》里面的一句话："你为你的玫瑰花费的时间，使你的玫瑰变得如此重要。"尽管我现在已经退出了文学社，但我觉得那将会是我一生当中一段难忘的回忆。

（三）校园社会实践和思想情感惯行

大学里会有各种各样的比赛举行，征文比赛、戏剧表演比赛、校园歌手大赛、辩

论大赛、烹调比赛、手工制作大赛、各类球赛、各类田径比赛……总有一类会合自己的心意。不管冲着什么目的，主动参与一些比赛总是好的。不说在参与过程中能提高哪方面的能力，也不说这能不能为简历加分，这总归是一种荣誉。在同一所校园里的比赛，有时候还会因为赛事而认识到一些有趣的朋友，这又是另一种形式的收获。华师多数学生社团会组织三下乡活动，而在下乡活动中，有的学生，会考虑兼职。兼职是可以尝试一下的，每一份工作都用心的话，会得到意想不到的收获。

"图书馆是大学的心脏"，这句话当然不是说，大学生就应该整日整夜地泡在图书馆里，两耳不闻窗外事。大学时光，其实是最不应该荒废的阅读的时光。相对来说，大学生活还算是比较闲适的，青春年华和书籍里的灵动思想是最相配的。趁着年轻有活力，脑子能灵活思考，我们应该读多一些书。很多时候，现实生活中发生着的事情，实际上与历史上发生过的大同小异，所以说"读史明鉴"，阅读不是为了修饰我们的言谈举止，而是为了充实我们的思想，唯有思想的高尚和开阔，才能配得起有品质的生活。

　　我们在大学四年里，还会遇见各种各样不同性情不同经历的人，有的人值得欣赏值得深交，有的人应该敬而远之，有的人应该相交如水，但我们总该有朋友，总该有倾诉的对象。交什么样的朋友呢？孔老夫子说，"友直，友谅，友多闻"。怎样交朋友呢？我认为与人交往没有一条原则比主动真诚更有用。有一种观点，说大学应该拓展自己的人脉关系。结识一个人、建立一种新的联系，一点也不难，难的是怎样才能够保持一种积极的良好的联系。重要的一点，就是我们提高本身的实力与品德。

注：本文由海碰子文学社推荐

扫码问学姐

十年树木，百年树人

文 / 李浩源

　　几十年前，华工之父朱九思先生在喻家山下种下充满希望的小树苗，如今已是苍健高大的绿树，80万棵的绿树，绵延4千米的长线，整个校园就坐落在这绿意翻涌，枝繁叶茂的森林里。而华科的几十年走来，也如这树的生长，苍健旺盛。

　　我进入华科，已有三载春秋。对华科，不再有初始的懵懂，不再有初始的激动，三年的生活，让我看到了它的内心，看到了这里的岁月也如同生机盎然的绵延青藤，爬入我的文字，爬入我的思想，它会告诉你，这里的学习，如何亲和，如何归真。每日我骑着破旧的小车往返于一栋栋高大的教学楼和实验楼，有承载了几十年风尘，隐藏在伟人雕像下庄重的老楼，也有崭新高大，曾为亚洲之最的宏伟的教学楼，还有宁静具有艺术感的图书馆。只是这些都不是太重要，无论如何，你都有可以沉下心来的理由。而最为舒适，最适合读书的地方，便是华科的图书馆了。午后时分，阳光从柔软的玉兰花间投射下来，落在图书馆崭新宽大的朱红色木质书桌上，风吹拂起笔墨的香味，几百万种图书就这样静静地凝望着埋头苦读的学子们，所有的浮躁，在此刻都得以平静，只想细细地翻开书，看着这些文字，一点点爬入你的内心，变成了闪烁的星星。

甚至是在宿舍，在一个夜深的夜晚，调完程序的我走到楼底打热的饮用水，灯色暖黄，水汽弥漫，身旁的两个学姐，也在认真地讨论着程序的错误，分析着问题的本质，流露出解决问题的渴望。霎时，就似乎有了力量，你便会坚信，曾想象过无数次的理想的形态，能在这里变成现实。而它确实实在在一些前辈的眼中变成了现实，从 foxmail 到微信的张小龙，从腾讯到脸萌的郭列，而他们的传奇仍在

此处延续。华科里，从不缺少励志的事迹。

而与学习相对应的，它会告诉你，这里的生活，也如同万花筒，无论如何看它，都能看到属于你的风景。这里有近百个社团，近百种生活的态度。有从迈向川藏到海南岛骑行的远征协会，他们的生活永远在探索着勇往直前的路。有以精湛的表演，实打实剧本取胜的蓝天剧社，他们的生活在演绎着人世万象，并找到生命的钥匙和初心。有寄情于文学，笔墨生花的铎声文学社，他们的生活在文字的碰撞中，找寻着远离喧嚣的一隅。而对于拿过数次国际 IT 比赛大奖，创造了许多有趣的应用以及发明的联创团队，他们的生活在天马行空的想象与源源不断的创造力中，找到属于自己的方向。而不仅仅这些，当你经历了在校园的与近千人一同彩虹长跑的那一刻，望着对方如同彩虹般绚丽的模样，不禁笑出声，一种温暖的力量贯穿全身；当你穿行在几十个游园会的摊位间，宽大的操场上，回荡着单纯的笑声，忽地找回了与伙伴嬉戏，属于幼年的那一份感动；而当你下定重大决心，要闯荡属于自己的那一片天地时，你会发现，你并不孤独，在华科浓厚创业的气氛中，你能与志同道合之人品尝汗水后的果实。

而在学习与生活之中，优渥的食宿是它撑起的保护伞。从东到西绵延 4 千米的长线，三个温暖的宿舍区，最为宽阔的韵苑，宁静小资的沁苑，以及热闹繁华的紫菘。除了齐全的设施，以及舒适的环境，三区特色都别具一格。处在最东边的韵苑，靠着柳树翩翩的东九湖，春日清爽的湖风拂过窗户，温暖的阳光落入宽敞的阳台，朦朦胧胧间，新的一天开始了。而当夕阳醉红的傍晚，迎面吹来悦耳悠长的笛声，一天的疲惫就如此融化。处在中间的沁苑，独具宁静祥和的味道，我和同学每每走在这条宁静的路上时，

远处自行车的铃铛悠长迭起，带着生锈老旧的卡顿。此时，很有可能，看到久居宿舍区的黄白相间的猫，好好地团成一个球，在路边晒着太阳。仰头看去，在古朴的大树枝桠间，蓝色的天空投下温暖的光点，忽地忘了身在何处，只觉得时光刹那间变得美好而静止。而沁苑旁边是学校最大的体育馆——光谷体育馆，学校大型的活动几乎都在此举办，即使是平常，仍不时能听到球赛激动人心的呐喊。

对于一个拥有30多个食堂的学校，伙食自然没什么可以挑剔，从最东边的教工食堂，到最西边的西一食堂。菜品丰富，口味繁多，听说至今仍未有人尝遍所有的食堂。而这里的食堂，或许对每个人来说，都有独特的意义。记得刚来的那阵，惊喜地发现食堂里有来自全国各地的食物，我坐在宽阔的食堂，吃着我最喜欢的浙江菜，温暖柔软的白米饭，小口小口地吸着依稀有家乡味道的龟苓膏，刚到来的疲惫，对家的不舍与孤独感，都在那一刻消失于味蕾之上。

最后，它还会告诉你，这里的华科人都有柔软的情怀，不仅指的是同学，更是指这里的老师。并不是因为百科的数据而骄傲，而是他们的那份热情，无论是对自己的科研，还是稚嫩的我们。我曾看见过一位老教师与同学讨论着问题，热烈而专注，那时已是中午，他提着他的小包，一边讨论一边小步加快步伐和同学一并走下已冷清下来的长坡，朝远处的食堂走去，没有半分不耐烦。而在我大一时的一堂课上，我们的老师诚恳地发下自己打印的改善教学的问卷，并仔细地询问我们的意见，一个人仔细地统计了百份问卷，第二堂课就做出了重要的改变，毫无马虎。而在实验课上，我也曾颇受老师的恩惠，一次我因疑惑而无法写下一句代码，坐在座位尴尬地看书时，老师轻轻走过来询问我，并仔细在纸上写下图解，耐心地跟我讲解，直到我点头理解。而老师直到实验结束等到最后一个同学离去后，才默默地离开。

然而华科告诉了我这么多，一晃三年却已经过去，还记得，大一与文学社的社员们，在宽阔而舒适的草毯上，伴着温暖的阳光和草的芬芳，一起讨论活动，在本子上写下我们的理想。还记得，大二与学院心理协会的新成员们，在圣诞的晚上，站在寒冷的路口，为过往的同学送去祝福的苹果，看着他们幸福的笑容。记得与舍友坐在凉风习习的醉晚亭，

吹来湖面大片大片荷叶的清香，翻开手中的书，细细咀嚼着文字的清香。而如今，看着广告栏贴满的大大小小的公司招聘启事，听着身边的人一个个出国、兼职，说不清这三年获得了什么，说不清这三年是如何瑰丽。这像是从很美的梦中醒来，将要离开这里了，将要接过它三年来的告诫与力量了，将要继续前行，不知道是应该感激，还是应该感动。只是，我一直知道，它表面上的朴实无华，却一步步让我们走向自己的希望。它表面上的荣耀，是脚踏实地的努力，却选择了继续低调与扎实。

正如华科的校训"明德厚学，求是创新"，几十年来从未变过，就如几十年前栽种的树木，十年树木，百年树人。愿这份精神，这份心意，如树般苍健博大，如树般生长，百年传承。

注：本文由铎声文学社推荐

扫码问学姐

四个女生眼中的华中农业大学

文 / 梅佳

2013 年 9 月 1 日，是我来到华中农业大学的第一天，坐在学校的大巴上我撑着脑袋望着外面不断变化的景致：这里就是离家几百千米的江城武汉。大巴进入学校大门，经过一条条林荫道，一片喷泉映入眼中。我望着喷泉向上喷薄的水雾在阳光下发出彩色的光芒，微微走神，我的大学生活，会像这片景致一样绚烂吗？

报名完成后，我被两个学长带领到了寝室，敞亮干净的四人间一下子让我轻盈起来，每个寝室的标配都是——热水、空调、烟雾报警器还有顺畅的三网合一系统。那时候的我不曾想到，未来多少个烈日炎炎的日子，每当窗外热辣的空气里裹挟着青草的气息直蹿到鼻子里时，我都可以在中午吃上一碗食堂酸爽的凉皮，在独立卫生间里冲个凉，然后钻到开着冷气的寝室，趴在凉席上喝着刚从食堂带回来的酸梅汤；而到了冬天，在寒风里缩着脖子回到了寝室，打开淋浴喷头热水倾泻而出，温暖的水流和皮肤接触的那一刻，会是寒冬里不可磨灭的温热记忆。在酷暑中感受沁凉，在严寒中拥抱温暖，这就是我要居住四年的家给我的舒适。

学长说，从五月一日到十月一日是全天供电，而其他的时节，总是会在每晚十点四十准时熄灯断电。那时候我不曾明白，室友的出现竟然给了熄灯问题一个最好的解答，我可以在黑暗中咀嚼着心事慢慢入睡，也可以在室友聊天的浅浅絮语中沉沉入眠，人与人之前的距离会因为一次次黑夜卧谈会而无限贴近，自己的身体也会在暗夜中静静休憩。

我的三个室友，她们分别是来自西安的

雯，来自广西的沁和来自湖北的云。我们四个迥然各异，却总能心有灵犀。最喜欢的事情是一起去"觅食"。我们惊讶学校的食堂竟然多达八个，我们几乎花完了一个学期的时间才一样不落地吃完了每一家食堂的各色菜式。在这里，每一个食堂都有一个温软的名字，青葱斑驳竹影掩映下的那座叫"竹苑"，门口梧桐相映日光温暖的那座叫"梦泽园"，装潢独特别具风情的那座叫作"橘园"，而在那座叫作的"桃园"的食堂门口，站立着一棵低调的夹竹桃，到了春天，只看得风一吹，粉色的花瓣在阳光里簌簌地飘落，站在树下隐约能看到食堂里透明的玻璃窗口有同学在吃着一碗经典的如意馄饨。除此之外，还有"博园""荟园""东北馆"等不同的食堂，包裹着不同的特色。

除此之外，占据着"农业大学"得天独厚的优势，这里的所有食材细致到一瓶芝麻酱都是饮食中心精心配置，运用色彩管理等各种措施保障各个环节的卫生。各种美味有安全作为保障，真是先温暖的你的胃，然后再占据你的心呀。

说到大学生活，占据着主体的"学业"我可不敢忽略。在这里，早已形成了以生命科学为特色，农、理、工、文、法、经、管协调发展的办学结构。文科门类下设有文法学院、经济管理学院、外国语学院、马克思主义学院以及公共管理学院；在工科门类下包含工学院和食品科学技术学院；理科门类下囊括了理学院、生命科学技术学院以及信息学院；接下来要重点介绍的是农科门类，在这所古老的农业大学里，包含水产学院、动物科学技术学院、动物医学院、植物科学与技术学院以及资源与环境学院。倘若仅仅是养猪种田，你就真的 out 了！每一个农科专业都展现着现代农业的创新和卓越，用现代技术和科研理念诠释着"新型农业"的内涵。而更为重要的是，在这里能体会到一种成就感和自豪感，古老的中国以农业为根基，厚重的华农以农业为魂魄。每每感受到学科学术里的理性研究与大学精神里的人文精髓相碰撞，我们华农学子都会为之而振奋，意识到"我是读书人，我是我农的一部分"。

而不同的学院也有着自己独特的专业课程，譬如食科院的同学们经常在偌大的实验室里研究蛋糕烘焙，景园的才女们总是在夕阳下的森林中勾勒红砖瓦房，林学的大神们认全了校园的一草一木，生科院的孩子勤奋培育着一大片水稻之地，而植科院的牛人们却在守望一整个春天的油菜花田。不论你喜欢室外田园的美好，还是室内科研的专注，倾向人文社科的细腻，还是理科工科的冷静，这里都愿意张开双臂，用尽可能宽广的怀抱，去迎接一个多维度的你。

学业是大学的重点，却不一定是它的全部。校四大组织包括：校学生会、校艺术团、校社联和校团委。在学生工作组织的旗帜下，你可以选择秘书处、文艺部、讲坛部、体育部等各个部门，将锻炼才能和兴趣爱好结合在一起，走出一条顺应天性的成长道路。而在校艺术团的灵动气息中，发散着声乐团、合唱团、舞蹈团、曲艺社、惊蛰剧社、军乐团等艺术元素组织，爱唱爱跳爱说爱秀的你，会在这里遇见更大的舞台，在聚光灯下一次次享受艺术的灵动，从而完成自我的完整表达。最终，喜欢学生工作的我一直坚持了三年的学生工作，爱好唱歌的雯在声乐团里做了主力，喜欢主持的沁成了校园里小有名气的主持人，而云更是因为出演话剧《牵挂》成了校园的小明星。

与此同时，社团文化也是精彩的一部分。我最爱的协会是舞道节拍，一群年轻人伴随着音乐跳动，将青春化作节拍，喷薄着朝气和活力，无时无刻不在表达"无街舞，不青春"的快感；雯所在的绿色协会致力于保护环境、保护自然体验及资源保护等工作；沁所带领的红杜鹃爱心社一直坚定地走在公益服务的道路上；不得不说的是我们的"电影记忆"，电影协会的电影放映是每周末华农人的狂欢……一百多个选项，体现的是一所真正大学所拥有的丰富和多元，在不同的协会里会拥有一群志趣相投的伙伴，在这里，有人与你并肩，做着基于自我选择的所爱之事。

说到了所爱，我们四个还有一个相同之爱，那就是——同去图书馆。来到华农，我们四个惊喜地发现，这里的图书馆几乎

可以满足我们高中所有的渴望。在那个美好的下午，二楼的阅览室里雯在一个安静的角落里读着一本杜拉斯的《情人》；三楼的咖啡长廊里那个戴着白色耳机的男生轻轻低着头认真地演算，阳光下他浅棕色的头发散发着微光；四楼的外文期刊室沁在里面轻声翻阅过一本又一本写满英文的大部头期刊，直至黄昏的余光洒满整个阅览室；五楼的汇雅书邸的自由空间里有老师在教授着陶艺制作，旁边浅绿色的沙发上云在随手翻阅着新到的人文杂志，这片空间里，展览着同学们自己制作的创意作品，四周的玻璃幕墙也画满了大家的随手涂鸦；六楼的涵雅书舍里，我坐在朱红色的椅子上研读着老庄，落日的余晖洒在浅蓝蓝的墙壁上，仿佛在静静镌刻着"读书人"的含义。

而在汇雅书邸的旁边安放着 24 个信息空间，其中包括 16 间小组研究室，7 间学术研讨间和 1 间影音鉴赏室，这 24 个房间以二十四节气命名，节气的流转如同时间的安置。

我想，一个大学的图书馆往往代表着这个大学的精神内核，一个大学，不仅应有它古老的人文底蕴，还应有它包容的宽阔胸襟，在这个多元化的环境里，每一个人都能找到栖身之地，可以舒舒服服地做自己。在这所图书馆里，任何一种类型的人都能找到最舒服的方式去与它相处，哪怕你什么都不做，只是静静地待在六楼天台淡紫色的遮阳伞下发呆，看天空的颜色随着时间的流转一点点发生变化，都是人生的趣味，一种安静思索，悠游人生的趣味，这也许是华农所能给予人的重要的一部分体验。

今年，四个女孩已经大三，三年的时间足够让"华中农业大学"这个名词内化到我们的脑海中，它代表着"古老厚重"，也代表着"与时俱进"，它告诉了我们人生的"多元"，也守护了我们内心的简单，他启示着我们"踏实前行"，也鼓励着我们"不断创新"。这是一段关于大学的故事，而你，愿不愿意一起来书写下一段的人生？

扫码问学姐

华师印象

文 / 赵力维

　　美丽的华师，我的第二个家。在武汉民间流传这样一句话："学在华科，玩在武大，爱在华师。"当我还是华师新生的时候，完全不担心找不到方向，因为一来到武汉，就有志愿者学姐指引，告诉我怎么走，该做些什么，十分细致入微，这一点真的温暖我。

　　初到华师时，它给我的第一印象就是，太美了。大树成荫，鲜花遍地，小鸟在耳边欢乐地歌唱，随处可见古色古香的建筑，韵味十足。桂子山上，坐落着美丽的华师，在十月桂花开放之时，整个华师都被笼罩在桂花那令人心旷神怡的香味当中，像是进入了仙境一般。

　　华师大体有北门、东门、西门、南门、东南门五个大门，其中北门算是正门了，高高大大的很是气派，上面的字可是邓小平同志亲笔题的呢。而且华师的北门和武大的南门面对着面，离得相当近，很容易串门。每当樱花盛开的时候，学姐都会跑到武大去赏樱花，武大的樱花是出了名的好看。可是后来才发现，原来华师也有一片樱花树，就在6号楼旁边，一样好看。北门附近是一个大型的电子商城，还有群光广场，里面吃的、穿的、玩的

应有尽有。群光广场附近新开了一家创意城，里面更是琳琅满目，没事的时候和室友就去那边逛逛街，吃吃饭什么的。更不要提东门的夜市，西门的文化街了，真是一出校门就能 High 起来。

博雅广场可以算是华师标志性的地方之一了。它是一片大草坪，很适合嬉戏。班上或者社团有什么集体活动，一般都会在上面举行，要不就围成圈，唱唱歌、跳跳舞，要不就进行老鹰捉小鸡之类的集体游戏。在博雅广场，也有这样一群同学，他们在那里认真地看着书，认真地背着笔记，认真地读着英语。当这两类人聚集在同一处时，看起来却是那样和谐。冬日里，每逢艳阳高照之时，来到博雅，躺在绿油油的草地上晒着太阳，就那样懒洋洋地享受着暖阳，享受着生活。就好像寒冬并不在你身边，在很遥远的下一季。

华师还有一个出名的露天电影场，历史相当悠久，从20世纪50年代至今，每周五晚上，还坚持连放两场经典的免费电影。这里不知承载了多少华师人的青春与梦想，承载了多少令人回味的记忆。一周紧张的学习之余，和朋友们或独自一人来到这里，坐在阶梯上，静静地欣赏着电影，月色正浓，氛围十足。一些情侣也很喜欢来到这里，享受着这温暖的时光，仿佛就只有他们二人一般，十分惬意。但需要注意的是，夏天去之前，一定要喷点花露水，因为蚊子有点儿多呀，这是学姐我的经验之谈。在这里不仅仅放电影，还在军训期间进行过军歌大赛，而且开学典礼等一系列典礼也会在这里举行。阶梯前面是一个闪亮的舞台，有很多大型活动，比如校庆都会在这里举行。而每天晚上，经过露天电影场时，都会传来各种笛箫的声音，那是笛箫社的社员们在刻苦地练习，他们会坚持一整学期，从不间断。每天清晨，天蒙蒙亮，就会有同学在这里进行早读，看着他们拿着书，在那里时而埋头时而抬头的身影，真是由衷敬佩。为了自己的梦想，他们在坚持，我们应该为他们点个赞。

华师作为师范类大学的前三甲，又以文科方面占绝对优势，男女比例永久失调可以说是出了名的。在华师的任意角落，放眼望去，几乎全是女生，女生多，那美女也就自然多了起来，特别是音乐学院的女生，一个个气质十足。记得军训的时候，就是

音乐学院的学姐来教我们唱军歌，当时就被她们迷住了。

音乐学院就在露天电影场旁边，每次经过的时候，都会往里面瞅瞅，希望看到一些美丽动人的面容，每次都是满载而归。当然，时不时也会听到从音乐楼里传来女高音在练声，和旁边的笛箫声混杂在一起，如果事先具有相同的谱子，那么他们会不会共同呈现出一首美妙而独特的音乐呢？我期待着。

在老图书馆前面有一个喷泉。每逢新生入校还有过节的时候就会开放，在喷泉旁边还举办过不少的活动，今年中秋的时候在那里举行过猜灯谜的游戏。每年菊花盛开的时候，还会在喷泉旁边举行菊花展，精心摆放、布置各式各样的菊花，供我们欣赏。上、下课从喷泉旁边经过的时候，就会被那些五彩斑斓的菊花吸引，总会看到有一些人在那里停下脚步，静静观赏。

华师有很多社团，每年11月左右就会在喷泉旁的桂中路上招新，而令我印象较深的要数圣兵爱心社了。爱心社的同学们个个都富有爱心，每隔一段时间，他们就会有活动，比如去慰问在敬老院的老人，给他们带去温暖，还会进行募捐活动，换去的是他们的精美折纸。有一群这样善良、努力帮助他人的同学在身边，真是一件幸福的事儿。

我一有旧的、不能穿了的衣服，也会想到爱心社，通过他们捐给那些有需要的小孩儿。华师的志愿者活动也搞得火热，义卖报纸、暖冬送温暖、扫落叶等等，培养的是同学们的爱心，让他们享受帮助别人的乐趣。

今年的圣诞节，各大食堂，比如学子餐厅、东一食堂都争相装扮了起来，彩带、气球、圣诞树真是五彩斑斓。东一食堂更是玩起了新花样，放了三个圣诞老人在食堂里，关键是碰一下圣诞老人，他还会唱

《小苹果》，喜庆十足。不过音乐突然响的那一下，吓坏了好多小伙伴呢。平安夜晚上，东一食堂还给来就餐的每一位同学都发了一个大苹果，感觉好温暖。

突然想到了去佑铭体育场夜跑的日子。晚上没事儿的时候，就和室友相约来到佑铭体育场，加入夜跑的行列。晚上在佑铭跑步、锻炼的人真不少，感觉像是进入了一个大家庭。跑着的时候望望天，还能看到几颗星星在那里闪呀闪的，好有意境。夜跑不仅能锻炼身体，还能使身心放松，真是解压的好方法。

运动会也会在佑铭举行，记得当年学姐还参加了男女混双跳绳比赛，取得了全校第二名的好成绩，一个月在佑铭苦练的日子没有白费。要相信，努力总会有回报，不管是表面的，还是内在的。

相信王后雄老师对大家来说并不陌生吧，《王后雄教材完全解读》可是陪伴了我整个初高中呀，相信大家也是。记得当时老师让我们买了好多本王后雄的书，也让我们做了好多题，特别是物理和数学题，感觉好难呀。当时对王后雄老师十分佩服，认为这人实在是太厉害了。来到华师后才知道，原来王后雄老师就在这里，是华师生科院的老师啊。一次偶然的机会，学姐我见到了王老师本人，还要到了他的亲笔签名。在和王老师面对面的交流中，我发现他并不是那么可怕，而是和蔼可亲的那种类型。

其实，并不是你经历了紧张的高中学习，终于上了大学，就可以放松下来了。在大学，更需要加倍努力，那样，你才会找到一个更好的工作，拥有一个更好的未来。大学与高中最大的区别就在于，大学生活更加丰富多彩，更加自由，更加有利于找到自我、认识自我以及实现自我。

在华师这所充满爱的校园里生活，你会感觉被爱紧紧地包围着，像到家了一般，很有学习的动力与兴趣，还能参加一些自己感兴趣的活动、比赛，或者加入社团，充分发挥自己的特长，使自己的大学生活充满意义。

我爱华师，我爱这生长在桂子山上的美丽大学。

扫码问学姐

闯关东

文 / 张文颖

几年前的今天，我必定是坐在狭小的座位上奋笔疾书的那一个。早七晚十二的生活依然像打了满满鸡血一样火力全开，醒着的时间里紧紧凑凑排满了课程不说，就连下课区区十分钟的时间都早已被规划好，把上厕所当作运动。当年，我脑海中只有几个学校，清华，同济，天大，华南理工，东南，重大。没错，本姑娘当时一心一意就想读建筑。天知道竟然选了这样一个和建筑没有半毛钱关系的大学。吉大是极大极大的，不仅仅是校园大，院系也多，几乎涵盖了理工农医、文哲史商、艺术体育。但是，唯独没有建筑。钟意建筑的朋友们可要深思熟虑哦！

一个南方的女孩子只身闯荡东北，很多人都会问我这样一个问题，你为什么要走那么远啊？长春到成都 2700 多千米，飞机至少 3 个小时，遇上中转机至少 5 个小时，火车更是没有直达，2 天 2 夜。就连我母上大人都难以理解，派各种叔叔阿姨前来游说，想让我更改志愿。当时我的想法很简单，就是想出去闯一闯。为此不惜与家里人干架，在我的执意下，最终的志愿，吉大放在了川大的前面。毫无悬念，等班上同学们的录取结果都出来之后，才发现，全班女生只有我一个奔赴东北！这勇气也是没谁了。

作为一个大二学姐，很令我自豪的一件事就是在短短不到两年的时间里，吉大的七个校区我已经生活过了三个。每个校区都有自己独特的风格，并且校区之间的联系非常紧密。最大的中心校区拥有最多的专业，以校园之大闻名。活动多也是特色之一，在这里你可以结识到各个专业的朋友，可以是学长学姐，也可能是学弟学妹。

新修的日新楼是整个学校的CBD，集娱乐、餐饮、购物、健身为一体，学生们足不出校就能享受市中心的生活。偌大的校园里来来往往的人们都有着自己的目的地，丰富而不混乱。校园大还有一个好处就是适合谈恋爱，两人相约散一散步，这之后的一两个小时都完全属于你们。南岭校区以工科为主，以严谨的学风和超高的男女比例闻名。多高？男女8比1。不过别着急，南岭的女生质量可是不低！实在不行，对面的东北师范大学可以成为男生们的后花园哦！吉大最著名的车辆工程专业就坐落于此，每年招聘季，一汽为首的各个大型汽车、物流公司等都会在这儿狂揽人才，谁叫咱优秀呢？新民校区是医学生聚居处，极具特色的是，这是一个马路大学。什么意思呢？就是没有围墙，没有校园。上下课的学生们和马路上飞驰的汽车抢地盘，教学楼就在马路边上，完全开放式。虽然环境"恶劣"了点儿，但却是最方便的校区。位于市中心的核心地段，一侧紧邻人流量极大的著名桂林路小吃街，另一侧靠近繁华的红旗街购物中心，对于吃货和爱美的妹子们，能有这样得天独厚的待遇真的是让人又爱又恨啊！

除了这三个校区，吉大在长春还有朝阳、南湖、和平、北校这四个校区，分布在长春的各个地方，因此，有一句广为流传的"宣传语"，"美丽的长春市坐落在吉林大学的校园内"。没错，吉大是极大极大的。就像是长春人民生活的必备品一样，吉大医院，吉大汽修，吉大被服厂……这些吉大的附属坐落在长春的大街小巷占据了人民生活的很多角落。在这样一个城市大家庭中生活，满满的都是温情，人民幸福感也就随之而来了。

说到这里，我觉得有义务给埋头苦读的学弟学妹们讲清楚一件事，那就是，东北的冬天真心不冷！东北的冬天的确是会下雪的，而且不是偶尔，是经常。没见过雪的南方孩子初见雪一定会像我一样，天天关注着手机屏幕上显示的温度，计算着入冬第一场雪的到来。看着电视上东北人厚厚地包裹自己，帽子口罩围巾齐上阵，走在路上只露出两只眼睛的样子会不会觉得很夸张？更夸张的不止这个，悄悄告诉你，出门戴口罩，眼睫毛是会结冰的哦！洗完澡出门湿漉漉的头发会结成冰条，抖动起来窸窸窣窣响呢！是不是很可怕？当年我选吉大的原因就是想体验不一样的生活，果然，这是一个对东北的全新认识。当时我对东北的印象仅仅停留在《东北一家人》这个多年前的情景喜剧上。来这儿之后才发现，东北的冬天好过得很呢！暖气的作用功不可没，几乎是室内的地方都有暖气，所以，纵然屋外零下二十几度的严寒，你依然可以在寝室穿短袖。这样舒服的生活简直秀南方小伙伴们一脸啊！其实东北人并不比南方人抗冻，我们南方屋内屋外一个温度，裹着几层被子入睡的情形东北人表示不理解。这个时候，你就可以在刚入冬，周围本地人穿上厚重羽绒服的时候，轻轻松松穿着自己的普通外套和他们并肩行走，得意扬扬地接受后面北方人的赞美"可怕的南方人啊"。

想必很多朋友都在畅想大学里浪漫的恋爱生活吧？很可惜，学姐现在依然是单身狗一只，无法给你们描绘你们憧憬的恋爱生活。不过呢，作为一名负责任的学姐，我可以给你们讲讲在我的角度看见的大学生恋爱。大学恋爱的优良环境之一就是校园，又大又安静的校园给了两个人充足的空间谈情说爱，而松散的课程则给了两人充足的时间形影不离。没有工作的压力，也没有外界的打击，你们可以一起逃课，一起蹭课，一起吃饭，一起逛街，一起自习，一起运动，一起做最浪漫的事。这些浪漫的镜头当然就是我等单身狗自行忽略的啦，总之一句话，在大学里恋爱是一件非常令人快乐的事情，如果有可能，可以试试看，这单纯的爱可能会让你终身难忘。能成家的结果固然很好，我周围有一些朋友的感情真的很好很稳定，所以一起规划了未来；另外一些珍惜当下，享受现在也很棒啊。

是不是有人鼓励你，好好努力，考上大学就轻松了？你是不是想着考上大学就能天天打游戏，天天看小说了？学姐认真地告诉你，如果这样你就等死吧。大学的课程安排的确没有高中多，但任务其实还是很繁重的。老师上课能讲几十页的内容，有想法的同学每天

自习，人云亦云的同学到了期末堆在一起复习。基本上一学期学的科目不比高考科目少，所以有人形容一学期，用十几周的时间泡脚，到了期末就是把洗脚水喝下去。话糙理不糙，还真有点儿贴切。挂科了可是要重修的，你想想让你在这学期补上上个学期的课，还得考试，你很闲吗？当然，大学是一个百花齐放的舞台，有想法就可以放手去做，但是不要忘了，学习才是本分，先做好自己的本分，其他的才能发挥所长。就像经济基础和上层建筑的关系，有学习给你扎根，你之后的所有成果才能有效发挥其作用，不然一切都是空谈。

大学有无限可能，却也不尽如你们想象中那么美好。最基本的定位，它是一所学校，那么身处其中的人必然应该以学为重；同时这里又是一艘满载着希望的航船，你的力量足以让属于你的梦想迎风飞翔！现在你唯一要做的，就是做到最好。成长就是在这样的拼搏中遇见最美好的自己。

如果你的努力能够令自己问心无愧，那么，无论最后去到了哪个地方，你都能开出无限的精彩。因为只要罗盘在你手上，方向就在你手上。

就在你所在的地方生根开花吧！

扫码问学姐

路过这的人

文 / 罗彩敏　图 / 蔡汉平

初闻暨大名号，我还在上初一。一群丫头片子聊天侃地，无非是湖南卫视或者娱乐八卦。偶然有人提及想上哪个大学，倒让人猝不及防。没深思过的随便来一句北大清华，有深思过的倒也是力所能及地提到些广东高校。末了，她们问我，看她们殷切的目光，知我这老拿第一的若不开口还真过不去。想了些许，我轻言"我想考中大"。另一老师的孩子立刻开心言及，若班长去中大，那我就去暨大，听说那个只比中大略差，学校漂亮，又是华侨学府，应该会有很多有趣的事。当时，为了掩饰我见识太浅未曾听闻，我只能会意一笑。

直到后来，高考分数定下，填报学校时，我倒还是念念不忘中大，那会还觉得应该进得了。结果差了四分，倒是考上了按老师吩咐的按文科名气排位填报的暨大。

说来，在未上大学时，对暨大我还真没多了解过。等进来了，倒也不必师兄师姐介绍，

自己便可感受到。"暨南"二字出自《尚书·禹贡》:"东渐于海,西被于流沙,朔南暨,声教讫于四海。"意即面向南洋,将中华文化远播到五洲四海。乍一听便知文化氛围颇浓,倒也是适合我这好文的人。百度一搜,暨大校史颇为辉煌,民国时期能与复旦、交大媲美的名气随着动乱屡次迁徙,却也只是存留在历史长河中罢了。所幸在广东重建多年,不负众望,倒也是常年居着广东文科老二、综合第三的名号。而当年名气大的文科,到现今也只能因世事变迁,退到了近十年颇受欢迎的经管、新闻传媒类之后。而处在中文专业,教授每每讲起以往中文系的兴盛,也是唏嘘不已。不过,这种种也只是随人心境变化罢了,谁又能笃定他日所从事业与今日专业必定挂钩呢?而在珠区的新生每年必听得到的流传,除了珠区厉害的"四大名捕"(上课抓人或者挂科率高的老师),估计还有那首流传了十年的趣语:"中大的伪君子,华工的二流子,暨大的花花公子,广外的假洋鬼子,华农的土包子,华师的书呆子。"

2013年时,我大一,学校还是四校三地,我所在的珠海校区,虽是袖珍小园,却因环境清雅颇得我喜。再者,那会还有每年十几个院两年珠区两年本部的规定,校区里倒也是热闹非凡。尤其是五湖四海的外招生落户在此,倒也算一个港澳台文化气息颇浓的校区,随处可闻悦耳动听的粤语,随处可见时尚朝气的身影。到了2014年,学校广州南校区开启,本科生有一半以上落户那一片据称"宿舍条件华南第一"的新校区,与大学城一河之隔的新建筑因有了更多人气倒也逐渐发展繁荣。现在我成了大三老人家,略微回忆,估摸着那边当与我大一时珠区的热闹情景大同小异,简言之我这刚好经历过校区变革的见证人倒也没什么遗憾,再者,少了点人与我抢饭堂,我还真没什么意见。珠区照样每年除旧迎新,社团红火,学生会繁忙,篮球赛、北极光歌唱赛层出不穷,就连团工委的司仪队、舞工团里的舞蹈队,也不因了没跑来当了两年过客的回迁狗而少了养眼的男神女神。而想必历来有各种异域文化氛围的本部也不会因缺了几个跑去南校栖居的院而冷清下去。而处于新生儿期的南校想必也是逐渐脱离了当初的青涩,慢慢找回属于暨大特色的稳重、繁华。

领着姚小二一路闲逛,一路走来,看着熟悉不已的景色,倒也不禁思绪万千。还记得和父亲、舅舅第一次踏进暨大时,我们也是从正门进,第一眼见到的便是暨大特色拱形门,慢慢向上走来,是一段爬坡,蔓

延向前，倒是很有深入园林之感。路的尽头是一波净水，湖上有九曲回廊并带园林特有的亭阁，而紧贴着湖的，便是横跨整个校区的一座山。到后来，也便知道这就是大家念叨到烂的板障山了。依山傍水，历来为中国选址最讲究之处。据说暨大当初选址也是历经颇多曲折，但不管是中珠那块当初可能是暨大的还是什么

其他之类的传说，我是很喜欢依托着板障山和日月湖的这块小地方的。没什么理由，大概如同小二所说，这里的水、这里的山很有仙气，把我这俗人给收买了。

因板障山的这面是暨大，而另一面是珠海十景之一的圆明新园，所以只要沿着这边的山路一路往上，便可去到圆明新园那边。据说在2013年以前，圆明新园尚要门票时，这边的板障山经常为大批年轻人所光顾，而山顶那块特意隔开两边的围栏也早就开了个大口，任逃票君们跨越。只可惜我入学时正好是2013年，年轻人们直接从圆明新园正门横驱直入，早就忘却了属于暨大板障山的秘密。后来听得长期居住在珠海的老舅絮叨往事，有幸还听得老人家抱怨一句，自圆明新园免费开放后，景色和活动倒不如以前了，板障山也冷清了不少。

好在板障山的年轻人少了，中老年人却未见得真少了。日月湖的水，明道或暗道都与对面的圆明新园脱不了干系，明里暗里都连通着。山上的山泉至今仍清洌可口，吸引着周边大批的爱爬山的老人家，时不时便来爬山取水，自在乐意得紧，这倒是让暨大处于社区却难得保有其宁静仙气的同时，多了一些社区人烟。

你还记得日月湖畔的她吗？这是入学时，师兄师姐们介绍日月湖时的笑谈。不过倒也是事实，日月湖大概是情侣最喜欢的地方了，当然除了情侣，还是会有一些意料之外的惊喜。比如爱在日落时分吹埙的某位青涩男生，比如爱在黎明时节练嗓子的某位女高音或者某大爷，还比如夜深时分在点满蜡烛的亭阁狂欢的某群人。在暨大住久了，这些似乎就成了理所当然的记忆刻进了脑海，而也许，我也会永远记得，在那里也曾陪他共同走过一遭。

关于爱情，看看大学里周边的人，说来也奇怪，宿舍里最初就我一人有那么点经

历，班里的也过半是感情空白者，暨大女多男少实在是个隐患。而等我上了大二时，听到大堆师弟师妹和师兄师姐成功配对时，不禁默默感叹，还好大伙还是有机会的。只可惜跟我要好的几个妹子，要样貌有样貌，要才华有才华，偏还就是嫁不出去了。这就难怪大学里的活动会经常来几个什么神秘舞会、神秘联谊会的了。

到了这学期，四大高校匿名歌唱活动也出现了，一群寂寞的人在系统里挑选会唱的歌，手机一打，接通一唱，再道个晚安，迅速挂断后独自一人自 High，默默猜想刚刚的人该是如何如何。大学的生活，乐趣倒是有一半给了互相调侃以及等待邂逅。

送走姚小二时，她送了个飞吻给我，说着腻歪歪的舍不得我如何如何的话。等校道上的岐关车离开视线后，我对着珠区漫天的晚霞，莫名有那么点怀念高中，那时候心里还是只有好好学习，考个好分数，上个好大学。那时候，身边还有一个心心念念着自己的人，纵使自己有意透露不愿意花太多时间和他待在一块儿，也说了可能不会很关注他之类的话，但还是愿意眼里只有我的人。只是时间和空间，是一个很市侩的人，久了，什么都可能被冲淡，曾经的豪言誓语，大伙都当没发生过，虽然彼此也没真承诺过什么，也许就连高中的我们便都预见了不久将来的必然。

碧波一池春水，不为花伤，不为树泄，只纪念曾在这里路过的人的回忆。

注：本文由星雨文学社推荐

扫码问学姐

江南大学

文 / 张欣

　　江南大学坐落于太湖之滨的江南名城——江苏省无锡市，是教育部直属、国家"211工程"重点建设高校。它占地 3200 亩、建筑面积 100 多万平方米，由"小蠡湖"分为南北两个校区。正如校歌所唱的那样：太湖之滨，蠡湖旁，我们的校园，曲水流觞无限风光。

　　江大享有"轻工高等教育明珠"的美誉，在食品、纺织、化工、生物医药等方面优势显著，特别地有食品科学与工程和发酵工程这两个国家级重点建设学科和纺织科学与工程省级重点建设学科，还有素有"南方小清华"之称的设计学院。食品学院拥有我校最大的学院楼和最先进的实验仪器和设备，走在食品学院随处可见身穿消毒白大褂的学长学姐们在进行试验，他们研究新型催化剂、检验食品质量和安全，闲暇时还可以烘焙饼干和小蛋糕来吃，令我们这些每天做电路的学姐学长十分羡慕。纺织学

院开设一科服装表演专业，招募来自全国各地的大长腿美女。设计学院也是人才满满，最有特色的莫过于设计学院的建造和装饰，学院内部摆设的都是学生们做的手绘和工艺品，通宵做大作业估计是所有设院人都有过的经历，几个要好的朋友在教室里或安静地画画或点了外卖一起畅谈理想，想来就觉

得美好。

学生公寓是以园区进行管理，即4—6幢宿舍楼为一个园区。每个园区设有公寓管理站，每个园区外都围有一圈护栏，园区门口有大门，只有该园区学生刷其校园卡大门方开，其他园区外人无法进入，保障了学生们的住宿安全。每个园区内还配有管理员办公室、值班室、自修室、会客室、活动室、自助洗衣房、宣传栏，并安装了安全监控探头。每月园区会统一发放垃圾袋和收洗各个同学的床单被罩宿舍窗帘等。宿舍分为两人间、四人间和六人间，上床下桌各有一个方凳，另共有六个壁橱，每个寝室配有独立卫生间、洗漱间和空调。

喜欢运动的同学们来到江大一定不会失望，南北校区各有操场，校中有中心体育场、篮球场、羽毛球场、排球场、网球场和室内乒乓球场。荣获"双十一高校快递站榜"第一名的菜鸟驿站也位于北校区，无论收寄快递，菜鸟驿站全部带你搞定，不用再担心快递不知道寄到哪里，负责任的工作人员会在第一时间发短信通知你并编好号码实行自助快递的取收，方便又节省时间。

民以食为天，江大的美食可谓不得不提。北校区第二食堂的麻辣香锅、玉兰饼、桂花糖芋头等风味小吃可谓享誉江大，今日又引进了铁板烧、冒菜等新菜品引得许多南区同学纷纷跑来。北校区第一食堂的特色一定少不了风味小炒，几个同学小点几个菜，既解馋又便宜，还有常年要排队的皮蛋粥和鸡蛋饼简直是不可错过的早餐，另外还有纯手工拉面和馄饨也是十分吸引人的。北校区还有蠡湖餐厅和阮厨两个餐厅，都是不错的小聚的选择地；北商的思密克鸡排也是大名鼎鼎，手工酸奶同样物美价廉。提到南校区的第三食堂蠡溪苑想必大家都会想到炒饭，身为北校区的孩纸也常常跑到南校区只为吃那一份炒饭；第四食堂广溪苑的沙拉鸡排饭也有它的诱人之处。由于留学生都住在南校区所以南校区还有留学生餐吧。每晚九点之后南门聚集了大量的小吃夜宵。从东门出去就是星光广场，商店开遍了两层楼，真是不怕你想吃什么就怕你不知道吃什么。

图书馆共有 18 层，与苏州大学图书馆建筑风格相似，每个楼层设有自习室和藏书借阅室，图书馆内冬夏空调常开。最具特色的，莫过于一楼自习室，每个座位配有电源插口，并采用刷校园卡或取座位的方式，避免有些同学为他人占座而其他同学无处学习的现象。图书馆直走左侧是文浩馆，文浩馆共有三层，是我校最大可容纳3000 多人的活动中心，一些重大比赛或演出会在此处举行，与此同时，还有一些电影宣传或江大学长学姐的个人小演唱会也会在此处举行，去年六小龄童前辈和《左耳》剧组都来过我校宣传。

江南大学的每个学院的迎新晚会多数会在文浩馆举行，也有部分学院会在南区活动中心举行，迎新晚会大多数是由大一新生表演，展现个人风采，展现班级魅力，展现社团特色，并有许多大一新生在迎新晚会上，结下良缘。每年纺织服装学院的票可谓一票难求，因为晚会的压轴节目是纺院自制内衣的内衣走秀，俊男靓女大长腿满满都是看点。其实我校十多个学院的迎新晚会都十分用心有创意，从设计到拉赞助到彩排全部是大家亲力亲为参与其中，收获的不仅仅是演出效果更是团结和向上。江南大学的元旦晚会也是万众瞩目，每年元旦晚会会在文浩馆举行，持续四到五个小时，直到跨年，并有卫视直播播出，在网上可以直接搜索得到。晚会会邀请留在学校度过元旦的同学，表演节目，由各个学院共同展出，不时还有校外嘉宾参与演出，让大家在远离家乡之地备感温暖。

除了学院和学校统一举办的晚会外，我们还有各个社团共同举办的草地音乐节，这样的节目夏天时会经常举办，大家静静地坐在草地上听前面的人唱歌，声音动听的小伙伴们也可以主动到前面去唱歌，大家一起躺在草地上听着歌曲看着星星，仿佛是从电影里走出来的情节，谁说我们工科生程序员就不浪漫？许多大家喜爱的草地歌手都是我们看起来呆呆的程序员哦。

提到社团，对于有兴趣爱好的同学来说，我校社团丰富，既可以在社团中寻找志同道合的朋友，又可以更好地发展自己的兴趣爱好。轮滑社、网球社、辩论社、音乐社、话剧社、酒协会、武术协会、舞蹈协会等等都是我们学校特色的社团。我校每年会举办"校级社团之夜"，即由各个社团表演，展示它们的风采给全校师生。与此同时，我校还会举办十佳歌手、十佳舞蹈、十佳社团比赛，分为校级和院级，身怀绝技的小伙伴们再也不用担心无处施展自己的身手了。

江南大学还是一所极具人性化的学校，学校成立了学生资助中心，专门从事家庭经济困难学生的资助工作，各学院也有学生工作小组，具体负责落实学生的资助工作。

目前已建立起了一整套包括国家奖学金、国家励志奖学金、助学金，国家助学贷款、困难补助、减免学费、勤工助学、社会资助等在内的资助体系，通过思想教育平台、学业指导平台、生活服务平台、能力提升平台，做到教育与资助并举，扶志与资助并重，确保每一名学生不因家庭经济困难而辍学，顺利完成学业，成长成才。与此同时，我校还有一套完整的奖学金体系，从八百元到三千元不等，根据每位学生的成绩和在校表现进行发放，鼓励我校学生在学术方面的研究。对于想要出去交流游学或是交换的学生来说，我校制度为学生们提供了许多方便。我校每年的每个寒暑假面向全校学生组织去中国香港、中国台湾，乃至国外等地的短期游学，申请游学的学生可在返校后申请远翔奖学金，真正实现了学生们不用多花钱便可走遍各地游学增长知识和见识的愿望。每个学期我们还会有与中国香港、中国台湾及国外著名院校交换的机会，对于交换的学生学校也是给出了一系列奖助学金的支持，学生们深受其益。

相信关注新闻的小伙伴一定曾经看过江苏某高校下雨撑伞军训，颜色各异的伞和站得笔直的学生们俨然一幅好风景。我校的军训设在大一结束时，与许多学校不同，为了防止大家体能差出现受伤甚至之前其他学校发生的军训猝死现象，我校通过一年的加强体育锻炼来减少或杜绝同学们可能受伤的情况。为此江大有打卡锻炼的传统，即设置几个打卡点，学生们使用校园卡打卡记录跑步次数，不同的距离有不同的时间限制。也有些同学会骑车或是其他偷懒的方式，身为学姐还是劝诫学弟学妹们要好好锻炼身体才能更好地发展。

最后的秘密武器来了，我校有最著名的《宝哥说》，唐忠宝老师，马克思主义学院的副教授，许多学院毛概的授课老师，更是曾经受过山东卫视邀请参加节目《我是先生》，但由于唐忠宝老师淡泊名利想全身心地投入教育事业，所以拒绝了他们的邀请，但是身为江大的一子，我们幸运地能够参加唐忠宝老师举办的《宝哥说》节目。政治和历史在我们印象中是枯燥的，不愿意主动去学习的，但通过《宝哥说》的节目，唐忠宝老师用他风趣幽默的语言和生动形象的故事讲解，潜移默化地让我们了解了历史和政治，并增加了我们的爱国热情，使我们受益匪浅。

江南大学欢迎大家的到来。

扫码问学姐

当我途经你的盛放

文 / 马建花

高考将我们牵成一条线，一起来到西北五省最高的学府，地处金城的兰州大学，这座承载着一百多年历史的大学，模样依旧年轻。兰大有六个校区，本部、榆中校区、医学校区、一分部、二分部、三分部。而你我将会在榆中校区度过三年时光。

带着几分打量的眼光，我们来到了榆中校区，这片传说中的天堂，来到这片年轻的土地，书写一个明媚的大学故事。

榆中校区的面积很大，走在路上，心是开阔的，你可以把蓝天拥入怀抱，可以把云朵装进兜里。这里的建筑物都有属于自己的名字。天山堂和贺兰堂是主教学楼和实验楼，天山堂曾经因为"山"字掉了而被称为"天堂"，兰大的科研学术水平在全国都是数一数二的，因为它有一座和教学楼一样大的实验楼。昆仑堂，这座带有庄严色彩的图书馆满蕴着书香气，四层的阅读馆里满是安静的看书的身影。闻韶楼作为艺术院的专有教学楼被冠以"最具艺术气息的楼"。饭堂也有好听的名字，芝兰苑、玉树苑、桃李园，每次嘴里念出饭堂的名字，都会有一种身处翰林院的感觉。由于校区前身是军区，在天山堂的北侧有一片叫作将军苑的区域，这里有很多蓝色的砖砌小别墅，带有欧洲建筑的风格却也不失东方的磅礴气势，将军苑的风景正如其名，翠色是它最耀眼的颜色。萃英山是兰大人最钟情的地方，相约爬山的是一群小伙伴或

者是一对对的情侣，沿着云梯或勇士路上去，可以眺望整个榆中校区，如校区一般，山上也是很幽静的。

高中的时候憧憬的大学就是这般模样，兰大没有让我们失望。兰大共有30个学院，86个本科专业。翠英学院作为培养精英的学院在国际上享有盛名，其他主要学院有化学院、数学院、物理院、信息院、资环院等。每个学院都有自己学院的特色，举办各类与各自学院专业相关的活动，物理院每年的"物理科普知识竞赛"，信息院的"信息月"，资环院的"定向越野山地赛"、"侦察兵大赛"都吸引着其他院的同学积极参加，这种气氛就应该是一个高等学府具有的学术气氛。所有学院在每年暑假都会组织同学们参加暑期实践，每个实践团队都有自己选择的实践课题，这是一个很能锻炼个人综合能力的活动。纳新时的"百团大战"让新生们眼花缭乱，纠结到底选择哪个社团，其实按自己的兴趣选择就可以了。绿队、吉他协会、自强社、街舞社、武协、风之翼轮滑社、五泉文学社、疯狂英语协会。如绿队、五泉文学社等比较大的社团在全国都很有名，每年都有与其他高校的联谊活动。绿队作为一个规模较大影响深远的环保性的社团，每年纳新都能招到七八百名社员，有丰富多彩的社团活动，如"地球一小时"、"学长的火炬"。我们俩相约绿队，一起参加绿队组织的爬山观鸟活动，那种大家互帮互助的感觉真好。社团是最能团结人心的地方。

阳光很安静，空气清新到透明，在安静和优雅中，你缓缓伸出花蕾，静心等待绽放，这时我恰好途经你盛开的那条小路，我嗅着花香，一边行走一边找寻。希望我能在你盛放的时日，带走一些芬芳。兰大是我们人生阶段的第二次相遇，这里有许多你留下的印记。

秋天，喜欢和你走在落满枯叶的小道上，边走边听被踩碎的叶子的声音。你说榆中像深秋倔强地在白霜中昂着头的蒲公英。你喜欢站在秋风中挂着稀疏的黄叶的杨树，还不时地迎风作响。初冬顶雪的红叶显露着娇色，下雪天早起和你去踩雪，去抚摸树枝尖蓬松的落雪，期待雪在掌心慢慢融化，感受那一丝冰凉。榆中校区清晨还披着白色的雪衣在渐明的天色中羞涩，中午就已经艳阳高照如清风过境般投下温暖。

情人坡永远是明亮的色调，高低起伏的绿丘和墨绿的柏树承载一段又一段时光，萃英山四季的厚重和勇士路的蜿蜒盘旋演奏着西北的豪迈。放学时广播里欢快明朗的音乐和路上拥挤却有序的人流，篮球场上挥汗如雨也阳光向上的运动少年，校史馆前人迹罕至而显得格外宽阔的柏油路和夏天路两旁茂盛的绿植，南区宽阔的田地里草木深和植物园各异的植物旁认真专注的眼神，天山堂前那一排排整齐安静停滞了流年的单车，静静浮在贺兰堂上空的白云，视野广场立着的充满色彩的海报和宣传画，网球场四周的格子铁网和覆了整面墙拉长了阳光的爬山虎，每年九月操场上顶着炎阳的军绿色和充满气势的军歌，每周一早晨以蓝天为背景升起的国旗，夜色中最明亮的地方——昆仑堂外墙上恰到好处的灯火辉煌，楼宇沐浴在厚厚的夜幕中不显沉重看似温柔……这些景正是我们期待的大学的模样，如此的可以接近，如此的真实。

每天下课，一起相约饭堂。牛肉面作为兰州人民的最爱，已经不仅仅是一种食物，牛肉面窗口长长的队伍足以说明牛肉面的受欢迎程度，尤其是在冒冷气的冬天，来一碗加肉的牛肉面醋畅淋漓。还有桃李的红烧茄子，芝兰苑的香辣鱼火锅粉，玉树苑的卤肉饭。玉树苑的三楼是清真饭堂，有各种民族特色菜，临夏的面点，南瓜饼和馓子是同学们的最爱。新疆的拌面吃起来劲道可口，炸酱面和炒面也是西北同学青睐的食物。榆中校区的饭堂菜品种类丰富，满足了南北同学不同口味的需求。

大学的光阴总是那么美好，周末的时候，骑着单车飘过河畔，任头发在风中飘扬，看快要落山的太阳，看一层一层变幻多彩的余晖，那么奇幻的颜色，这世间恐怕没有能够形容的词语。伴着晚霞的余晖，看河另一边的向日葵，湿润的田地里长着的向日葵充满着热情，那么

大片的金黄色让人感动，这是一种多么伟大的力量。待到日落，夜色开始弥漫，收住目光往回走，尽管天未全黑，骑着单车的心情还是有一丝冰凉或者说是失落，说不上为什么会有如此的心情，微凉的夜色沉浸着两颗晃荡着要飘向天涯的心。

夏日和你一起爬山，那些葱郁的树木在路两旁沉默，把时间过成永恒，树下落着凋零了的叶子，铺了厚厚一层。我们感慨生命的坚韧也惆怅逝水的年华，不知道山顶还有多远，只是感觉眼前的路似曾相识。随着地势盘旋，终于到了山顶，看到那一片看起来离天空很近的绿地和一排排松树时更多的是喜悦和慰藉，那么高的山还是爬上来了。下山时，天色已渐晚，到半山腰时，看到远处一列亮着光的火车。在浓浓的夜色中，那亮着灯的火车多么耀眼，像是童话世界一般，一节一节的光亮连在一起呈一条弧形开向远方，黑暗中分明看到你脸上的惊喜，美好被定格在那一刻。

你还是那样，一朵温柔了岁月盛开着的娇艳的花，唱着歌，歌声飘向天际，经历过多少沧桑，在沃土里长久地寂寞。在兰大，遇到最美的你，遇到你最美的年华。我恰好在你开得最美的年华途经你在的那条路，陌上花千朵，我独自找寻；我为你作一首关于花事的诗，你在雨季成长；我为你耕种一片没有荒凉的土地，任你盛开；我途经你的盛放，唱一支悠远的歌，带走你的芬芳。

注：本文由五泉文学社推荐

扫码问学姐

校园芭蕾光与舞，
幻出你的心境

文 / 张海漫

蒲公英的种子飘散远处
挥手告别题海的迷乱
我收到了录取通知书
回首忘却十年的寒窗

住之无忧——黑夜停泊的港湾

人之本性，故土难迁，难割难舍。寝室，作为我们第二个家，值得我们用心守护、用爱构筑。这是冬季，你若遇到下雨天，走廊便化作幽长又寂寥的雨巷，一朵朵雨伞绽开在长廊的两侧。若是配上黑白的滤镜，别有一番风情。

我们的寝室是在 B 区二楼，地理位置十分优越，光线良好，亦和食堂、超市靠拢。寝室整洁，四人和睦，一个人买了美食，总是分得所剩无几，自己才开始享用。要是寝室没人，左邻右舍也欢迎你的到来。邻居们十分热情，为你搬凳子，准备食物，还有一肚子唠不完的话，说不完的同学情。

当然只是人文环境，自然环境是我们寝室非常整洁。虽没有独立卫浴、阳台，虽然冬季的厚衣服要晾一个星

期才会干，但这是我们的家，至少它安全、舒适。唯独东北的暖气在南方人听来都是"炙手可热"的，学校的暖气可就要逊色多了，摸在上面，散发着将至的微弱气息，这只是我们站在暖气旁才会感受到。同样图书馆、博文自习室在冬天，也会冷到瑟瑟发抖，看来越往北，北国的冬天越是耐不住严寒。

激扬文字 风采卓绝——汉语言文学

2014 年的夏天带着大包小包来到文学院报到。热情的学长帮我拿着行李，我在一旁眼睛不够用，着急地熟识着每一个角落。安顿好，就开始军训啦。9月的秋老虎余威正盛，热浪滚滚，但是教官如一缕轻风拂过，清凉宜人。我们的教官长得像可爱的维尼熊，是来自老校区的学长，也就是崇山校区的即将毕业的国防生学长，教官身体素质特别好，也总爱和我们打成一片。蓝天白云，时光荏苒，时间流逝得特别快，就是在一转眼的瞬间。

军训之后，选课大军万马奔腾，学姐热心帮助，帮我分析哪个通识课得分高，公共课选什么，体育课选什么，这是我在大学第一次感受到来自学姐的古道热肠，实在是太温暖了，学姐是那样无私，宁可自己没选课，都先帮我选完。这份情，我要记不止四年，心里暗暗发誓，日后对我的学弟学妹也要这般温暖。所以在大二，我毅然决然加入了迎新大军，早晨六点起床一直没有进食到晚上五点。我要带领学弟学妹重走来时的路，学弟学妹们你们好！

终于我们期待的专业课，就这样徐徐浮出水面，难掩激动之情，至今我还清楚地记得那一个晚上我整宿都没合上眼。从现代文学史来说吧，谢老师率性有魅力，博学又多知，侃侃而谈的能力实在令我们甘拜下风，而那迷人的魅力也增添了我们对她的喜爱。我们在枯燥的文学流水中，能够见闻很多文人的绯闻故事，乐得其所。现代汉语，相比于文学史，它更近于理性，止于严肃。英语课，和高中有了天翻地覆的变化，我们不再教授语法，练习题型，而是更注重学生的全面发展。课前有小组合作的表演，课后有总结，考试还有口语测试，平时听力课还会观赏到电影。那么思修和马哲呢，好在我选的老师都是幽默型的，上课十分有趣，但是真到背题的时候还是犯难，心想上了大学，还是逃离不了背题的苦海啊。职业规划、电影欣赏、ABCDE 五类通识课，我也都充满了兴趣与好奇。

到了大二，知识的难度也增加了，这就要求我们涉猎的知识更广，更博览群书，才能通达其中的奥秘。印象最为深刻的是古代汉语，在继承了现代汉语的一些学识后，直接采用繁体字授课，繁体字考试，颇多乐趣。此外，我也很感谢学校安排的课程，中文专业我们不只是学中文，文史哲不分家，大一的时候我们有过与艺术的交流，那么大二我们更多是与历史展开沟通，简明中国史、近代史、世界史诸如此类，充实内涵。还有那些生动幽默的通识课，能博学多识真是一种幸运。B 类课的俄罗斯文学通论最为难忘，穆老师人风趣幽默，博学多才，最重要的是他除了非常萌之外，还非常机智。想到的问题答案总是比我们更有创意，总而言之我很庆幸有过这样的经历。

大学之学——社团梦

社团节的那天，是最绚丽的一天。

当阳光洒满整条大道，五彩的帐篷已准备好支撑起我们的梦想。

看着热闹非凡的宣传，我也迷茫，这个名字有意思，这个看起来高大上，这个正是我的爱好，一口气下来，一天报了 20 多个社团。有剧社，我想尝试舞台上的风采；有书法协会，我可以挥写笔墨丹青；有文学社，我愿意出谋划策；有模联，我想提升英语水平；有羽球协会，我可以大展拳脚……太多太多，导致之后的见面会就炸了锅。由于报了这么多社团，显然他们的见面会怕是要冲突了，我冷静一下，做了第一次筛选，加入了不同社团。此后，有的社团日渐活络，而有的社团渐渐杳无音信。想一想，我最后的选择由于不少，导致我大一过得特别"充实"。在模联的宣传部，我甘愿做一只后期的宣传渣渣；在书法协会的宣传部我如愿当上了部长；在文学社的活动部，我成了大一新生的领头人……太多的社团，太多的部门，我加入活动部是为了体验头脑风暴的思潮，感受活动策划的不一样，我从见面会到来纳新、宣讲、面试，感觉自己真的成熟了不少。在大一刚入学的时候，羡慕那些可以在介绍自己时侃侃而谈的人，如今的我已不再担心。曾经的我，是多么羡慕，学长学姐部长的位置，如今我亦能面试小新生、宣传自己的部门了，同时也可以大胆无畏地参与竞选。我从台下走到了台上，质的突破，经历了太多太多。我的口才、我的胆量、我的见识、我的成功与收获、我的挫折与失败……每一份经历，都值得我去铭记。

社团，真的是给你一个大大的平台，让你充分展现自我。你有什么能力，组

织能力、策划能力、表演能力，你有什么才能，你有怎样的雄心，它都会为你燃烧！我们是一群有梦想，有激情的孩子，我们愿一起追逐我们的理想，也为了我们共同的爱好。还记得一起奔走，竭力宣传，还记得我们深夜还在讨论媒体宣传，还记得在周末假期休息的时间，也依然坐在电脑面前付出自己的青春。青春不言弃，找到一个真正有爱的大家庭是一件幸事！

⭐ 卯时晨光，子时清夜——自习生涯

　　晨曦似丝带，细腻顺滑。图书馆就这样被柔和的丝带围裹，安谧祥和。如若背起画板，去勾勒，去描绘，图书馆就是那人间四月天。品过静默的山、悦动的水，心里少了一丝人文的书香。于是选择静默地坐在书架的落地窗旁，享受着阳光汇合着书的芬芳，氤氲弥漫。手捧一本书，即使没有香茗，内心亦是十分满足。一个人徜徉在书海，与书中的主人公对话，这就是想象中的大学生活。在感受辽大图书馆的温存时，没有一丝浮躁的愿景得以实现。

　　月色入户，已是凄清。风吹草木沙沙作响，虫鸣四起。图书馆随清凉的月光安逸下来，饱览了诗书，一回首发现了依旧刻苦的学子们闷着头，还在汲取知识。走出图书馆，仿佛洗尽铅华，很感谢蓦然回首时它依旧在灯火阑珊处等我，有图书馆作伴无畏最初的理想是否被现实的生活打磨殆尽，无畏日后可能若秋叶落入尘土般平静的生活。因为图书终将带给人心头的恬静或激起内心的波澜。我与图书馆相视一笑，沉醉于茫茫夜色中，心念：图书馆，晚安。

注：本文由校报新闻中心推荐

扫码问学姐

南大不"大"

文 / 邱凌婷

Porb 如果你每天都绕着前湖校区走一圈，那么你一定会瘦

　　写完这个题目的时候其实我是崩溃的，因为南昌大学真的很大。大到什么程度？如果你是理科生，我会很愿意用一串具体的数字来告诉你南昌大学有多大。南昌大学现有前湖、青山湖、东湖、鄱阳湖、抚州 5 个校区，占地面积 8098 亩，校舍面积 213 万平方米。前湖校区是本科及研究生的主校区，占地 4500 余亩。如果你是文科生，不太擅长数据的换算和空间的想象，那么我可以用我爸的一句话来形象地解答你心中的疑惑——如果你每天都绕着前湖校区走一圈，那么你一定会瘦。我是用三个月才彻底摸清了各个教学楼的大致位置，不过不用怕，校园里有环游车，只需要一元钱就能轻松带你游遍南大，这也给有些学院宿舍离教学楼比较远的小伙伴带来了福音。

　　对了，还有那个号称"亚洲第一大"的校门，有空一定要好好观摩，也许只有当你真正走进去的时候才能深深感受到一种震撼。不仅仅是校门的宏伟，进门后就可以看到白底蓝边的校徽和"格物致新，厚德泽人"的金色校训。学校像是个生态公园，到处都可以看见山山水水。校门口旁就是行政楼，紧挨着的是正气广场，镇场之宝就是那两条大金龙了。刚进校的时候一度抱着蹭一层金不枉四年的"不轨之心"

多次想"夜逛"正气广场。宁静的夜晚四周一片漆黑,围栏下璀璨的灯光投向小湖中心,两条大金龙像是两颗宝珠。

Part2 说没有瘦,因为这里食堂太多了

我一直坚信有种谣言叫作会瘦,高考的时候就经常听人说很多人尤其是女孩子因为高考压力大、太努力导致体重急剧下降,高考完又听说很多人一进大学因为没有家里那样的"优厚待遇"加之各种不适应及可能出现的水土不服是要暴瘦的。很遗憾,我已经安全平稳地度过了这两个绝妙的瘦身时机。记得大一快期中考试的时候,我爸打电话问我有没有适应大学生活,有没有变瘦。我仰天长叹一声:"我没有瘦,因为这里食堂太多了!"是的,前湖校区有十个食堂,你没有听错!如果算上清真食堂和商业街、后街的各类餐饮店,手脚是完全数不过来的。粥米面饭,菜汤粉饼,南方菜北方菜一应俱全。作为一个吃货的我,最高目标当然是吃遍南大,排出一个童叟无欺的"好吃榜"传给学弟学妹了。

Part3 吃饱了那么就该学习了

对对对,吃饱喝足玩遍校园后别忘了最重要的事——学习!

自习去处有哪儿呢?主教楼,图书馆,各大学院同学都在抢座哦。二十层图书馆,一至三层为流通书库,上面的是阅览室,有很多桌椅提供给大家自习。书籍从专业到兴趣,从科普到珍藏,种类繁多,在二楼还新建了移动电子书免费下载处。图书馆太远的话就去主教楼吧,晚上教室里都是静悄悄的,很适合安心学习呢。在冬天还有一些教室提供免费暖气,也是很贴心呢。

如果你好奇又焦虑大学学习和高中学习有什么不同的话,不妨先放空自己,看看南大各个学院的教学楼。和高中规规矩矩、整齐划一的教学楼不一样,南大的教学楼绝对不重复单调,每栋教学路都融合着学院特色,设计结构也是独具匠心。都说大学就是个小社会,南大就像是一个温情小镇,每一个学院就是一个大家庭,它们勇敢自信地展示着自己的独特与不同,暗下却是团结凝聚拧成一股绳,这大概也是南大的一种精神。每当我走进人文楼的时候,我就更清楚自己作为一个南大人,作为一名中文

系学生我应该要做些什么。

在南大，你不需要隐藏自己，不需要狠狠打磨自己。这儿就是你的大舞台，这儿需要独一无二的你。

Part4 除了学习，这儿开始你有了工作

社团是大学生活很重要的一部分。关于社团工作与学习时间的平衡，有太多态度和说法。而我想说的是，无论你选择了什么，无论你是否做好了平衡，重要的是你开始自己做决定了，你将开始有一份工作了。

校一级社团，院系二级兴趣社团以及同学们自己组建的小社团，各种各类让人眼花缭乱。博雅文学社、演讲与口才协会、轮滑社……没有你想不到的。面对这些多姿多彩的课外生活，有一些是你曾喜爱的，有一些是你想涉足的，有一些是你感到好奇的……你需要做的是选择，一个大胆而坚决的选择。你可以勇敢尝试，可以让自己持之以恒做出些成绩。但是不要盲从或者轻率，除了学习，这儿开始你有了工作。于是，除了青春的激情，你还需要一颗责任心。

Part5 把自己当成一条鱼吧

当我在游泳池边犹豫不决的时候，学姐就是这么跟我说的，把自己当成一条鱼吧。南大的游泳馆一年四季开放，办卡也很方便。游泳馆兼深水区、浅水区及洗澡间于一体，热水免费供应。南大这么大自然不会少不了大面积的运动场地。室内篮球场，室外篮球场，网球场，乒乓球台，塑胶大跑道……你还会遥想初中高中时代和别人抢场地的情况？这当然不会出现在南大了，这些场地数量都很多，不信你看看地图，北边很大一片都是运动场地。

学校周围交通很方便，有很多公交站台，不少公交车可以直达市区，直达火车站。南昌西站离学校约20多分钟就能到。大家都知道大学校区一般都在郊区，南大交通如此方便实在是不容易。周末可以欢腾地出去玩耍了，周围的世界第三大的摩天轮——南昌之星，古色古香的滕王阁，个性十足的八大山人纪念馆，江西省博物馆……都值得一去呢。

把自己当成一条鱼吧……学姐对我说的那句话总在耳边响起。如果我是一条鱼，那么世界就是一片海。

Part6 闹小情绪的好去处

谁没有个情绪低落的时候，暂时不想露脸怎么办？贴心的学姐给你介绍几个好地方。润溪湖边，夏天杨柳依依，草木繁茂，清风徐徐，水波荡漾，随便找一个休息椅坐下来让风把你放空。想象自己变成一个轻飘飘的风筝，没有烦恼和忧愁，轻轻地荡在云波里。荡着荡着就忘记自己的小情绪了。如果你漫步湖边看到一艘颇有韵味的小木船，千万别轻易上去哟，观摩观摩就好了。因为学姐暂时还没有看到过有人使用这些小木船呢。光是想想这样一艘轻飘飘的小木船荡在湖中央，摇摇摆摆的还说不定会漏水，也是有点煞风景地胆战心惊。

冬天太冷就去操场慢跑几圈，走几圈也是好的。特别是冬季的傍晚，天色已暗，很难辨认出人的模样。周围又有很多在奔跑、在呐喊的人，这样也不会孤独也不用害怕。说不定这时候会有人轻拍你的肩膀，问候你一声，这样突然的温暖会不会照亮你寒冷的心情呢？

Part7 回到最温暖的地方

想爸爸妈妈是很正常的情绪，同时不要忽略就在身边的人啊——将要陪伴你四年的可爱室友。你们将要相识，相知，相互融合。室友们可能来自天南地北，生活习惯也许有所差异，相互尊重理解就好，因为这是一个属于你的新的小组织。

宿舍楼高的就配有电梯，普通的不设电梯。四人间，都有小阳台，每层楼都设有几个洗澡间，是隔间的。寝室是可以选择配有空调的，所以说寝室是特别温暖的地方呀！

Part8 南大不"大"

我没有骗你呢，南大不"大"。用心感受校园的每个角落，会情不自禁爱上这个校园。当南大的人文精神魅力感染你以后，别人再和你说起南大很大的时候，我想你会和我一样会心一笑。

南大不"大"，因为南大学子的心更大。

注：本文由博雅文学社推荐

扫码问学姐

南大——
动静相宜，雅俗共赏

文 / 周琳

　　作为华东五校之一，南京大学的风格和大多数学校有所不同，在很多人印象中它低调内敛以学术见长，当然这也正是我当初选择南大的原因——希望能安安稳稳地搞学问做研究。这是南大一直独有的气质，但是真正成为这所大学的学子，真正融入它的生活后，才更感受到它宁静淡泊的面容底下原也别有一番热闹和活力，通俗点说，有些许"闷骚"。

　　我很喜欢南大静若处子的读书人气质。南大共有三个校区：鼓楼，仙林，浦口。鼓楼是老校区，留下的都是民国时期中央国立大学的老建筑，整个校园就隐藏在郁郁葱葱中，上下午时分都是最安静的时候，经常在羊肠小道或者某棵老树下偶遇学生看书或小憩，树叶斜碎的阴影打了一地。每到春季，鼓楼的梅花就开得茂盛，吸引各地赏梅人来游玩，小道上铺满一地落英，花地信步别有情趣。由于老校区有上百年的历史，那儿的教学楼和宿舍也呈现出明显的民国特色，老挂钟、西洋小钟楼、小公馆，中西合璧一

下子使人回到了民国，周围擦肩而过的仿佛都有当年李四光、陶行知、胡焕庸的背影。鼓楼也是南大的学术圣地和思想中心，中外教授都基本居住在鼓楼，经常有知名的教授或学者在鼓楼散步，偶尔停下来聊聊也是很有缘分。那儿有很多学术中心和实验基地，也是南大的学术来源和孕育之所在。鼓楼的标志性建筑——北大楼是我们很多南大学子心中的精神符号，也是来南大必看的地标建筑。这座民国时期中西合璧的塔楼一直屹立不倒，周围的常青藤一年比一年茂盛，更是把它覆盖得严严实实。话说，我当年也是被这座大楼一下击中心窝，十分喜爱这种风格，这更加驱使我选择了南大。虽然大部分学生会在仙林新校区度过四年的本科生涯，但要真正感受一所大学的气质和文化，还是得回到老校区。

我所居住的仙林校区是南大在仙林大学城的新校区，远远望去整齐划一的新教学楼颇有点像个高科技的新式工业园区，坐落在与闹市隔绝的郊区。立在大门就能远远看到正对着的极有气势的现代风格的杜厦图书馆，也是南大仙林校区最标志性的建筑，目前国内最大最知名的图书馆之一。图书馆永远满座，经常天不亮就有灯亮起，所以要占到好座位必须七点前就赶到图书馆。图书馆的设备和藏书量都是全国一流的，除此之外各个院系的办公楼设有单独的图书馆，作为外语系的学生我也经常到外院图书馆阅览外文书籍。这种院级图书馆比较安静，人也少，通常自习室和杜厦图书馆没有座位的时候，这儿就是读书自习的好地方。当然，总的来说，南大的管理是很放松的，除了学习小语种的学生，其他学生通常没有强制的早自习和晚自习，在学分和一些具体形式要求上都很宽松，类似放养式，大家可以根据自己兴趣自由选择时间分配。但南大素有学霸大学之称，因为大部分同学学习的热情和自觉性都非常高，自习室就算不是考试周也常常找不到空位，这一点如果以后学弟学妹有机会来南大的话就会有更深的体悟了。读书的传统在南大比较深厚，南大新学子在入校那天会收到两

大本"南大读本"，一本是人文社科的精选篇章另一本是社会和自然科学的导读精编，即所谓"开卷有益"，这是南大特色的阅读经典计划，这两本书也是为大一的新生奠定阅读基础。

为什么说南大有些许"闷骚"呢？虽然在外人印象中南大是个老学究的形象，但

实际上它每天都过得挺热闹的，各种你想有的或者想不到的，该有的和可能不该有的，都应有尽有。仙林校区的学生主要是一到三年级的本科生，新校区也充满活力和新奇点子。方肇周体育馆经常有练舞、练武、打球和练跆拳道的学生，每周体育馆门口都有少数民族的同学围着篝火跳民族舞，非常热闹；体育馆和健身馆离宿舍很近，也是锻炼的好去处，而且江苏省很多赛事都会在南大这儿举办，我在过去三年也通过南大平台参与了青奥会、亚运会的南大志愿者活动。

体育馆左侧的敬文学生活动中心大楼是南大在仙林校区最高的建筑，上百个社团的活动通常在这里排练和举办，我参与过的 AIESEC 海外志愿者社团也每月在这里定期举行聚会和面试，娱乐生活很丰富。同时每天各种晚会、歌剧巡演、演奏会、讲座和派对都会在活动中心举办，有的门票会提前在食堂门口兜售，先到先得。在黑匣子剧院看的一场英国莎士比亚戏剧团表演的《汉姆雷特》给我带来极大的震撼，而前不久我还在那儿听了场南大永乐相声社团学弟的京口相声，同样也是精彩，中外各色，雅俗共赏。校园十大歌手等传统校园活动也经常在整个校园掀起热潮。

提大学就绕不开食堂，南大有十个食堂，各具风格，南京美食也尽在其中。离宿舍最近的四五六食堂是我常去的，鸭血粉丝汤、铁板饭和过桥米线都在我三年的时光里留下"浓墨重彩"的一笔；食堂阿姨很亲切，虽然不会做网上流行的校园黑暗料理但是可以教我们做菜帮我们找食材。南大对面就是南大和园美食城，聚餐和派对等需求都很容易满足。南大仙林校区作为单独列出来的地铁站，由于位置接近起始站，坐

地铁去市中心或者火车站都很方便。

南大通常不用担心男女比例问题，强大的纯文理科优势使男女比例均衡，数理化天文地理和政史哲外语文学强势专业分布均衡，跨院的联谊会也经常创造能让大家纯洁的同学友谊升华的机会。

南大的校区和其他学校相比算得上是小而专了，不用担心迷路和逛校园费时问题，骑辆自行车半小时不到就能熟悉整个校园位置和地形。教学楼距离宿舍也近，平时我自学结束五分钟就走到宿舍，因此我三年也没买自行车。除了仙林，鼓楼老校区位于市中心繁华地段，周围是商贸大厦、美食城和商业街，人流量巨大，设施完备，附近还有世界十大最美书店之一的先锋书店，可谓占尽天时地利，不论学习、娱乐还是工作都很便利。

另外，南大有一个独有的创新特色就是"三三制"，也就是本科阶段学习，要经历三个阶段的培养，大类培养阶段、专业培养阶段、专业分流阶段。经历这三个阶段培养之后，在第三个阶段会面临着三个方向的选择。每一届新生都会接受"三三制"的科普并在其中选择自己未来的方向，这一点非常重要。

我的大学生活自由而有序，就跟南大一样，动静皆宜，雅俗共赏，学得专心严谨，玩得尽兴开心。大学的机会很多，选择很多，没有高中的一根独木桥，而是千千万万条道路，或长或短，或弯或直，但是否都能通向罗马或者都希望通向罗马，因人而异。

大学时光是美妙的，你在四年的时间里了解了这所大学，而这所大学也用四年的时间了解了你并把你变成了它的一部分。有时我看到南大鼓楼校区的北大楼蔓延一墙的常青藤，会突然想起那年高三历史笔记本扉页上写下的诗——回顾所来径，苍苍横翠微。如今回首，过往的路上确已经绿荫匝地，花开遍野。

学弟学妹们，阳春三月，南大的梅花开得正盛，愿那时邀你共赏。

飞天的梦想
将在这里起航

文／王迎新

　　一句"飞天的梦想将在这里起航"，头顶瞬间飘过数千只承载着不同梦想的纸飞机，伴随着《飞得更高》，我看见属于我的纸飞机，飞向天空，落入草地，最终烙在心上。我大学的开学典礼没有让我记下煽情的文字，只留下最直观的感受。

　　很多人说过这样一句话："理工科气息浓厚的学校太呆板"，曾经我也是这很多人中的一员，但是南航一开始就给了我一个答案，从此我再也不愿意对这个问题一概而论。在放飞承载着梦想的纸飞机的那一刻，我看见了青春的颜色。有关于"青春"是什么，我见过很多很多的答案，但在我的认知中，青春就是逐梦。

　　在南京高校中盛传这样的一句话，"南师的妹子东大的汉，南大的牌子南航的饭"，如果这还不能说明什么的话，可以看看南航的招生网，其中有一部分是食堂叔叔阿姨们拿着食物说"我们在南航等你"，这暗示着什么自然不用多说了。而我想说，会以美食来吸引莘莘学子的学校，会是呆板的吗？民以食为天，南航满足了这个方面。无论在什么时候衣食住行总是会被优先考虑的，这是我们中国人的传统。说了"食"，再来说说其他三方面吧，衣——飞行员是南航一大特色，当你看到帅气的飞行员制服出现在校园中时，你会不会回头？ 住——宿舍是公寓式的，四个人就可以拥有一个独立的小宿舍。虽然靠近北方没有供暖系统，但是每个宿舍都有空调，所以不用担心自己会在宿舍里被冻得瑟瑟发抖。行——出校门就有公交跟地铁，出去游玩不用担心交通不便，毕竟一个校区在市区，一个校区在郊区。这是我第一印象中的南航。

　　在来到南航之前，我并没有在网上搜索有关学校的具体信息，所以我跟它是处于很陌生的状态，同时这也意味着，我对它充满好奇。融入大学生活是寻找梦想的第一步，而了解大学环境是融入大学生活的基石。为期 21 天的军训，让我熟悉了学校的基本地理环境。更深层次的了解，源于学校的"百团大战"——军训后期举办的全校社团活

动，为期两天，其间可以去寻找自己感兴趣的社团提交报名信息，接下来需要做的事就是等待面试通知，我参加了三个社团组织的面试，最后收到了两份成为正式成员的通知。接收到很多过来人的建议，这里的过来人有学长学姐，有亲戚朋友，他们说参加社团，应当以兴趣为主，同时能保证正常的学习时间。经过我的实践，我发现这种平衡有时会被打破，在不断的变化中，需要学会及时调整，才能做到捡到芝麻不丢掉西瓜！"百团大战"宣示着青春本就是丰富多彩的，要多去尝试，才能发现自己的潜能，换句话说是更加了解自己。在"百团大战"中，如果是想当学霸，可以去"考试服务协会"；如果想做一个安静的男神或是女神，欢迎去理论学习类社团；不管选择了哪个社团，如果付出了，是会有回报的。这个过程是在最热闹的环境中，倾听内心的声音。

空闲时，在校园里转转，总有一些情景成为回忆中的一部分，社团的存在，张扬着青春的气息！夜晚的艺体广场，我看见他们跟随着音乐的节奏，转动着自己的双脚；在明亮的教室中，我看见有着相同爱好的人聚在一起，研读经典或是书写传奇；在樱花树下，我看见数模协会参与的"钻木取火"比赛。有一个日本老师教育学生的视频上了微博的实时热搜榜，老师对学生说"人一旦失去了好奇心，那么他已经死了"，无止境的好奇心似乎是在告诉我们自己还活着。青春就是活着，活得跟其他任何时刻都不一样。在每个团体中满足自己的好奇心，找寻更好的自己。

今天的我以身在南航为荣。1952年，它在南京这块土地上兴起；1997年，进入国家"211工程"重点建设的行列；2011年，入选国家"985工程优势学科创新平台"。64年前的南航还是一所专科学校，它在半个世纪的时间中凭借自己的努力实现了质的飞跃，南航的发展史是一部励志史。每个南航人都为无数个"第一"感到骄傲——自行成功研制了我国第一架无人驾驶大型靶机、第一架无人驾驶核试验取样机、第一架高原无人驾驶机等，这些"第一"是一代又一代南航人的战绩，是对航空报国责任的承担。南航"追星族"的孩子"天巡一号"微小卫星至今良好运行。清华大学前校长梅贻琦说"所谓大学者，非有大楼之谓也，有大师之谓也"，高楼不足以彰显出南航的魅力，这些"第一"也不能代表南航全部的美。如果有时间，国家级的精品课程完全可以去参加；名家讲坛，邀请学界精英来校进行智慧交流；无数的选择，选择权在自己手中，这是一个丰富自己的知识的过程，也是一个自我成长的过程。因为在这个过程中，我们开始有自己的思考，在得到确切的答案前，并不会完全认同老师们的观点。在学校提供的各种平台上，追寻自己心中所向，绽放属于自己的独一无二的青春。

　　在有大师的情况下，我想没有人会排斥拥有一个更好的学习环境。就像你会拒绝一个带有空中花园的图书馆吗？你会介意图书馆能提供在学习之余的休闲娱乐设备吗？我想应该是不会，在南航图书馆的视听空间，你可以在超大屏幕电视上欣赏节目；除

此之外，图书馆还提供了供学习使用的 ipad；当然，图书馆的藏书才是最重要的，粗略记得应该是超过一百万册了。我认为南航最美的一幅画面就是通过光棍桥连接的主楼与图书馆。如果按照高度评比的话，主楼在南京城内能排在前五，每一个南航人都曾想过，某一天主楼会不会自动发射的问题。在光棍桥上，可以看见高速公路上川流不息的车辆，那些场景能让人忘却心中的烦闷，一些解不开的难题，在风中会自动消散了。至于通往主楼与图书馆的桥，为什么叫"光棍桥"，我也没办法说清楚，可能是因为南航的单身比较多，又或者是其他的什么原因，也许每个来到南航的人的心中都会有一个答案，不知道你来了之后会有什么想法。

自古有言，"道不同不相为谋"，能碰到一群志同道合的伙伴是一件很幸运的事。如果爱挑战，你们就能组成一支挑战者联盟，共战"挑战杯"，如果能在"挑战杯"中夺冠，那么就能拥有直接保研的资格，这是在较为功利的层面上来说；从另一个方面来说，即使没能获奖，但是在参加比赛的过程中，必定有所得，这不就是青春吗？为一个目标没有杂念地奋斗着，不在乎成败只珍惜奋斗时的模样。我曾有幸参加"第二届全国高校文学社团高峰会"，在会上我看见了著名诗人欧阳江河老师，他说他从来都不是一个喜欢励志的人，可是在看见这么多年轻的脸庞时，不由自主地想给我们一些鼓励。在他的眼中"青春"就代表着希望与奋斗，我们喜爱的并不是"青春"这个词本身，而是在这段短暂的时光中，为梦想奋斗着的自己；我们爱的珍惜的甚至于以后回忆的，都是自己，是那不怕困难坚持梦想的自己，是为了实现梦想所做出种种努力的自己。我们的青春不用去感动谁，只要能感动自己，青春就是最美的年华！

"智周万物，道济天下"是南航人共同的期望，"效法羲和驭天马，志在长空牧群星"是南航人的抱负，这些都不会改变。我看到的南航并不是全景，希望你能来发现南航的美。南航的樱花开放得热烈，不知道你愿不愿意让青春像南航樱花般灿烂多姿。飞天的梦想将在这里起航！在南航放飞理想，在四年中实现梦想。

注：本文由国学社推荐

南理 24 小时

文 / 夏英双

7:00——12:00

曾经的清晨，叫醒我们的不是闹铃，而是每天从头顶轰鸣而过的军用直升机。我们抓狂，总是轻狂地调侃道："我们南理工不是造火炮的吗？干吗不把飞机打下来！"直到大校机场搬迁，挪走了飞机，也改变了航线，我们就像和一位老友告别，油然肃穆。那是 13 层楼高的南区宿舍，与飞机擦肩而过的岁月。

艰难地睁开眼，爬下床，又和桌贴面热舞。惊觉，匆忙跑往星苑食堂，点上一小碗最爱的素面，一个入味的茶叶蛋和一小杯醇厚的豆浆，待腹温暖，和南理说声饱饱的"早安"。

宿舍一行四人，拿起放在食堂四人桌面的操卡，摁住正面证件照片上的脸，小步奔向跑操地点，在背面盖上方方正正的印戳。

等到 8 时，等待抑或追赶那清脆又急促的上课铃。环顾四周，这个难舍难分地在手机屏幕上点击着"退出"键，那个已然正襟危坐一张"洗耳恭听"的正经脸，而老师在讲台上神采奕奕，时不时激动地走到投影幕布前，被印成了大花脸。很多时候是老师写满板书后，拉动黑板的响声配合着抑扬顿挫的嗓音，赶跑了瞌睡虫。

这时候，我们的字典里已经有了"抢座位"这个动宾结构。专业课程都是自己学院

专业的同胞手足，久而久之便不忍残害，但倘若是赶上通识大课，几个学院的学生混在一起，那抢起座位就更猖獗了。往教室里一望，很容易看见电光、自动、机械、能动、计算机、材料、化学等专业攒动的小平头，还有经管、设传、公务、外语等专业披肩的中长发。我们少了固定的座位，丢了一年也不会改变的同桌，但多了一份抢座位汲取知识养分的热情。

11时的时候，开始想着12时15分下课后的午餐菜单。解散后一溜烟奔到最近的食堂，点能最快吃到的菜，一顿狼吞虎咽。不小心迟了，排在队尾，很懂只能看着盛菜的格子在自己面前清空，最后一个鸡腿被前一个人打走的忧伤。

13:00——18:00

从靠近教学楼的明苑食堂扫荡一趟后，在路上点一杯奶茶捧着，从四号门走到三号门，走一回缀满浪漫法国梧桐的三号路，顺便贯穿学校南北线，与校门外的5路公交车擦肩而过。

回来的时候，溜到冶园的亭子里，面对着大雪松，呆呆地坐着晒15分钟的太阳，然后拍拍屁股回教学楼。懒洋洋地爬着楼梯，不时朝着落地窗外的梧桐老树打着哈欠，进入下午2时上课的教室小憩。

老师脱掉外套，拿出教师卡，插入智能上课系统卡槽，电脑开机了，幕布降下来，话筒激活好。也正是这时，熟悉的微软开机声，叫醒了休息待课的我们。精心挑选的短视频，逐渐缓解着午困，调动学子们的热情。

3时半，下午第一大节课结束，堪比春运的人潮从教学楼各个出口涌出。走过喷泉广场，走过兵器博物馆，走过阳光体育长廊，走过第二运动场，走向寝室，走向图书馆，也走向下一节上课的地方。在图书馆的阅览室里，挑一份当天的报纸，摊在桌面上来读，继而向散发着浓浓墨香的书架踱步。又或者穿上红马甲，在图书馆做义工，帮忙整理书架。

夕阳的余晖铺满了木桌，看看时间，收拾起身，抵达二食堂，犹豫在西安臊子面、重庆小面、镇江锅盖面、麻辣烫、酸辣粉、土豆粉、吉祥小馄饨、华夫饼和皮蛋瘦肉粥中，最终还是来了份盖浇饭。时而抬头看看新闻，看看二楼清真食堂的人影攒动。

19:00——24:00

幸福地摸着肚皮，寻找着晚上 7 时没有课程的教室上自习，然而不知道在什么时候，似乎每个教室的黑板上，都被写上"××班集体自习，谢谢配合！"无奈扭头走，最终辗转爬到五楼，找个最大的教室，把自己藏在墙角，再也不管是否集体占用教室了。

辛辛苦苦奋战到 9 时半，掏出手机，点开"收到请回复"的信息，确认社团开会的教室。曾听说，加入校学生联合会、社团联合会、基层中心、人力资源中心等九大组织要服从组织的安排，会花费很多的时间。所以只挑选了自己感兴趣的社团，每周或者两周，见一见志同道合的朋友。社团办活动了，大家一起在食堂外面撑起小帐篷，吆喝两句，发发小传单，分分小礼品。舍友 1 号很能干，并不怕组织工作会占用自己的大量时间，立志要在组织里锻炼自己，从勤勤恳恳的小干事，做到部长，迈入主席团。舍友 2 号很文艺，书画诗词歌舞样样信手拈来，在学校"娱乐圈"小有名气，经常出现在艺文馆、学术交流中心的舞台上。舍友 3 号思想深邃，对国家制度、时政理论、社会热点总能慷慨激昂地滔滔不绝，混迹在各种学术报告与讲座中，了解与分享彼此的想法。不知不觉，宿舍的 4 人有了自己的发展方向，聊聊各自趣闻，也趁着周末约着暴走紫金山路，去新街口开荤。

不开会的时候，去操场跑跑步，戴着耳机，听着歌；打打球，赤着胳膊，放着歌。

10 时半，开完社团的例会，默默往宿舍楼走。远远地听到有人在喊楼，"×××，我爱你！"此起彼伏。走近，宿舍楼下围了一圈人，男主被围在中间，手捧着玫瑰花，痴痴地仰面。更夸张一点的，用无人机挂着条幅求爱，当众索吻，围观群众起哄却也羞羞的。有时喊楼，冷不丁楼上也有妹纸不堪喊楼声，趴在阳台直呼吵人睡觉，别有一番趣味。不会忘南理每年的 520 南区点灯仪式那壮观的场面，以及楼前广场上聚拢的黑压压的一片善男信女。

11 时了，灯还能亮着，可是网已经没了。索性把手机充好电，赶在零点之前，缩进被窝，蒙头睡去。

1:00——6:00

此刻的南理似乎是睡着了吧，连通宵自习室都安静了呢。那些昼夜奋战在第一教

学楼的学霸减慢了所有的节奏，只微微地动着笔尖。考研教室里，同一张桌面上的书籍，很久也没有水平移动过。

看看屋外，三号路，一片灯光的橙黄；时间广场，日暮已隐入黑夜；第二运动场，篮球架网随风飘着；紫霞湖面，倒映着拱桥婆娑的倩影；水杉林，月色筛进让兰花叶子染上银色。不知觉脑海中盘旋起"荟萃北国军工学府声名远，挥师江南龙腾钟山薪火传，参天杉林傲立风霜雨雪，二月兰花唱响青春礼赞。徜徉知识海洋，探索天地寰宇，我们肩负神圣使命，创造美好的明天！进德修业，赤子英才气浩然；志道鼎新，春华秋实宏图展。团结献身铸造国之利器，求是创新高扬复兴风帆。徜徉知识海洋，探索天地寰宇，我们肩负神圣使命，创造美好的明天"的校歌，又想到自己刚入学军训剃成三毫米板寸头的尴尬与打靶时的紧张。

梦里，我想着由于活动还没写完的作业，想起很久没见的高中同学，想到电话那头的父母。有时候愤愤然醒来，为什么自己的舍友会打呼噜磨牙，习惯后便也无所谓了。

然而在天还没亮的4时，南理已经开始忙碌了。食堂后勤人员起床，开始了丰富早餐的准备。发面，油炸，蒸煮，酝酿着泛起热气的早晨。

5时半，宿管阿姨起床梳洗了。6时，灰蒙蒙的时刻，阿姨准时推开宿舍大门。逼着自己起床的飞机轰鸣没了，一面一蛋一豆浆的常规早餐标配，以及路途遥远但觊觎很久的热腾腾的千里香小馄饨成了起床的新动力。

7时，寝室楼里的大多数人都醒了，也准备走了，又是一轮新的开始。

注：本文由暖风文学社推荐

扫码问学姐

南农，余生请多关照

文 / 方玉涵

高三的学弟、学妹：

还记得你曾经给我——两年后的你写过的信吗？现在的时间已经过了凌晨，我猜此时的你也没有入睡，是在纠结于那块和传送带摩擦的小木块到底是不是静摩擦，还是在努力猜测那海纳百川的溶液里离子共存问题呢？你一定很想睡觉，可一遍又一遍地提醒自己，"高三省劲，是要留给高四吗？"

虽然壮志凌云，可是你还是忍不住时不时地发个呆走个神，幻想一下几个月后自己会在怎样的大学里，做着怎样一直渴望的事情。

写这封信，就是想告诉你，你此刻的期待，在南农都得到了满足。

你那么爱美，一定希望自己的大学风景美如画。夜景主楼，夕阳逸夫，悠长桃李廊，秋日梧桐路，勤仁坡，夏虫鸣，一定能满足你的所有幻想。

我知道你是个大"路痴"，不过没关系。还没有熟悉校园的时候，就听师哥师姐说过，要想在南农迷路，实在是一件难事。提前偷偷告诉你，卫岗校区统共占地不过千亩，南门逸夫楼，西门教学楼，北门主楼，临近每个大门都有标志性的大楼作为指引性建筑。

提起南农，实在绕不过那据说年代最为久远的主楼。"年代久远，那一定很破了吧？"我仿佛看见了你皱着眉头的样子。没错，破到窗户漏风，整体阴冷，冬天要

戴着帽子披着围巾，再怕冷的还要带着垫子去上课，因为椅子实在是冰冷到无法坐下，就连入春之后，还要缩着脖子，搓搓手掌，才能继续听课记笔记。

虽然历史悠久，但无论是晴好天气还是阴雨绵绵，是正午还是夜晚，主楼都是最佳拍照场所。晴日阳光下，她能身披金甲，20世纪的古朴风格与大面积的绿色草坪相应得当，而夜幕拉开时，无论你在哪里都能看见"闪闪红星放光芒"，碧绿色的墙体配上头尖儿的一抹红色，百炼绕指柔。

所有的百年大学，一定都会在广大学生中流传着一个传说中千真万确的鬼故事，鬼故事里面一定有一个半夜会出现在某个古老建筑物的游荡幽灵。在南农，这个鬼故事就被主楼承包了。传说中啊，一百年前，当主楼还不是主楼的时候，有一个……你可不要怕，这些都是师哥师姐编来逗刚进校的师弟师妹的，我们可是相信科学的。

除了主楼，大一刚进校的时候，印象最深的就数勤仁坡了。当年带路的师姐可不是这么介绍这大片大片的斜坡草地的，她一脸八卦地告诉我，那里叫作"情人坡"，专门提供给情侣谈情说爱晒太阳的。我好傻地相信了一个学期，最终被别的学姐戳破。我现在告诉你啦，你可以不要像我这么傻傻地相信，毕竟，在一个男女比例3∶7的大学里面，哪里有那么多对情侣。

当你来到南京这个四处梧桐树的城市上大学之后，你就会认定最美的季节是秋季。一旦入秋，梧桐叶子纷纷旋转着落下，一片片，一层层，放眼都是金色，与童话无异，而在南农，最美的地方就是梧桐路。道路两旁种着一棵棵英国梧桐，用我们的专业术语叫作"二球悬铃木"。道路上铺满着一层层梧桐叶，踩上去有脆生生的轻快，也有厚重的踏实感，站在笔直的干道上，两旁对称的树木只让你怀疑是否误入另一个"梧桐源"，以至"遂迷，不复得路"。

这样的南农，是不是让你期待不已？

你那么懒散，一定幻想自己上了大学，就可以早早地钻进了暖暖的被窝看韩剧，困了便把电脑放在一边，一直睡到第二天上课前的半个小时，再不急不忙地吃个早餐，走进教室。我只能遗憾地告诉你，时至今日，我依然在这样幻想。

大学的功课并没有想象中轻松，老师说大学只是你的起点，当然不会让你有放松的机会。园艺专业一周30多节课的安排始终在学业上让你不能放松。高数量的课程必然也会带来考试周的痛苦不堪，就拿我上学期举例，我刚刚熬过的一个期末，一周平均下来每天睡不过四个小时。当看到手机显示已经三点的时候，我也很想扔掉课本，可是看看通宵自习室仍然还有一半的学生，咬咬牙也就坚持下来了，就和现在的你一样。毕竟世界上那么多难关，有什么是咬咬牙还挺不过来的呢？

我最初并不想学这个专业，我以为这是个扛着锄头搭块毛巾就下地的专业，可当第一颗种子发到我的手里的时候，想亲手让它发芽长大的愿望越发强烈。选土，光照，湿度，土量，杂质……一点点计较，一点点呵护。多年以后，看着自己的孩子的时候，也许我会想起十几年前自己大一种下的第一株小西红柿，怀念起自己的小心翼翼。看着满眼的绿色，心情都会变好。

大学与高三最大的不同，应该就体现在丰富多彩的社团文化上。社团工作所占用的时间，与功课占用的时间简直不分伯仲。你有那么多兴趣爱好，到了大学，害得我手忙脚乱，纠结不停，每一个都想参加，每一个报名表都舍不得放下。虽然选择五花八门，但你必须清晰地认识到自己想要什么，并估量自己可利用的课外时间。我知道你刚熬过高三进入大学会很激动，什么都想学一学，可是胖子不是一口吃成的，慢慢来，我们不着急。

幸运的是，我来到了南农，这里包罗万象，这里科学严谨但依旧有着浓厚的人文气息。大学最好之处在于可以给你相对自由的生活，我没有办法选择我不要什么，但我还可以选择我要什么。

带着这样的想法，众多的社团选择中，我加入了校园媒体——南农青年传媒，拿到了梦寐以求的校园记者证。我曾经在最热的夏天，大中午不在宿舍吹空调睡觉，一个个路口跟踪现场新闻，也曾经为了获取信息，克服害羞，不自信，主动大胆地与不同行业人员交流，熬夜修图赶稿更是家常便饭。很多时候我也会想，我为什么一定要自己这么累呢，为什么不选择退出社团，那样就能早点睡觉，多点时间平时读书，期末也会更加轻松。可是真的想到退出的时候，心里只有不舍得和不认输。如果你以后还有放弃的念头，我现在就想告诉你，路最初都是自己选择的，那就请为自己的选择负责。

时过两年，我依旧和你一样，也许会羡慕轻松悠闲的生活，却从不想要碌碌无为。我们不聪明，想要站得更高更远，现在只能脚踏实地，一步步走下去。

你那么贪嘴，现在是不是特别关心学校的伙食呢？作为六朝古都，你千万放心南

京小吃，更要放心咱们南农的伙食，从南到北，由东往西，各地风味小吃都在食堂有迹可循。冬至日既有水饺又有汤圆，咸甜粽子也各个有份。每到中午 12 点 15 的下课铃打响，不出五分钟，各大食堂均被饥饿的学生"攻陷"，二食堂最盛，排在队末的人根本不知道窗口卖的啥好吃的，反正知道是好吃的就行。

对了，如果我告诉你，我们的宿舍条件并不算太好，你会失望吗？我住的十舍，单间面积不过 20 平方米，竟然还是六人间。可有什么不能住呢？劳动人民的智慧是无穷尽的！你现在一定没法想象人的智慧在困难面前可以达到怎样的高度，空间在狭小的体积中可以得到多少的利用率。书柜空间不够，竖着放的书上面横着还可以放，衣服没地方塞，叠一叠还是可以放得下。没有鞋柜我们自己开辟"鞋子存储区"……宿舍六个姑娘充分地发挥了团结合作能力，把我们的小小空间打造成了"免检宿舍"和"文明宿舍"，成功获得奖励——肥皂、洗衣液、护手霜，每天晚上熄灯后，六个人还叽叽喳喳说个不停。六个人来自六个省份，东南西北都有，大家生活经历不同，性格脾气不同，人生理想不同，却完全不妨碍女生之间分享小秘密，开开小玩笑，集体生活就是这么容易温暖。这样一听，你还觉得失望吗？

日子过得很快，转眼间我也已经是被喊作"师姐"的人，高三的记忆更是在我的脑海中日益消散。但我知道，你现在压力大，你害怕失误，害怕跌打。没关系，失误不可避免，跌倒了就再次爬起，大学的日子有苦有甜，但始终在这里等着你，等你轻轻告诉南农，余生请多指教。越过高山，我也在这里等着你，加油。

大二老学姐

扫码问学姐

我给你我知道的南师大

文 / 李艳

我给你瘦落的街道 / 绝望的落日 / 荒郊的月亮
我给你一个久久地望着孤月的人的悲哀
……
我给你关于你生命的诠释 / 关于你自己的理论 / 你真实而惊人的存在
我给你我的寂寞 / 我的黑暗 / 我心的饥渴
我在试图打动你 / 用无常 / 用危险 / 用失败

——博尔赫斯

我爱这哭不出来的浪漫 / 抚摸泥土时 / 那清澈明净的香
我爱这跳动的灵魂和有温度的脸 / 抬头看天时 / 那层层云雾之后的一线阳光
我爱这把理想主义当真的年华和只给世界留个背影的壮丽 / 一抹灿烂的白牙 / 和深情的拥抱

才华横溢的师兄 / 温柔恬静的师姐
可爱俏皮的小师弟 / 古灵精怪的小师妹
学富五车的任课老师 / 贴心亲近的辅导员
绝对吸引人心的食堂 / 从来都不缺少各色女孩的曼妙身影
创意满满的校内咖啡厅 / 抒情缓慢的音乐轻柔地抚慰人心

深青色 / 纹路分明的古老树干
铺满眼际的金黄银杏 / 叶儿飞舞

浅绿色 / 轻盈透亮的新生草坪
仿佛是流动的光 / 淡入心间
粉红色的儿童 / 灰褐色的老人
行走在如此美妙的画面中
人儿也成了不可缺一的风景
此地需要你的来临 / 共赏

该怎么形容这个校园呢
百年老校 / 古典优雅 / 美轮美奂
还是说
简约质朴 / 历史沉积 / 韵味犹存
其实
怎么形容都不为过

我爱这所学校
因着它有极其丰富的过去 / 它有不可限量的未来
我爱这所学校
因它的秉性倔强 / 因它的气质优雅
我爱这所学校
因它的味道清香 / 因它的质地绝妙

我想让所有人知道
知道南师大有三个校区 / 虽飘散各地 / 却心意相连
我想让所有人知道
知道南师大有百年历史
校友遍及海内外 / 情意绵绵
我想让所有人知道
知道南师大有东方最美校园之称 / 四季皆美

迷人的起霞坡 / 黄昏时 / 光线暧昧
层层叠叠的人儿 / 相依相偎
聊音乐 / 说情话 / 谈吉他 / 畅未来
你会憧憬那样的时光 / 那样经典的场景
那样不可多得的青春

永远说不尽的随园 / 情深如古典女子 / 一身旗袍 / 一双明目皓齿

春有春的勃勃生机 / 夏有夏的凉

秋有秋的醉 / 冬有冬的凛冽孤傲

要说什么最吸引我 / 我会说

是那连空气中都弥漫着诗情画意的文化气息

要是能早起 / 围着校园慢跑 / 从前面的广场 / 到后面的池塘 / 再到后山

多少个大汗淋漓的清晨 / 多少次听着鸟叫踩着霜露 / 迎着扑面而来的新鲜空气奔跑

要是能晚睡 / 不妨试试夜跑 / 一圈一圈地在操场盘旋 / 想象自己是一只飞鸟

在夜空里 / 听风声嘶吼 / 肆意挥霍还未消耗尽的情绪 / 之后舒服地睡下 / 迎接明日

在这样的校园 / 一个人可以很自由 / 两个人可以很舒服 / 一群人可以很自在

在这样的环境 / 有想法你可以表达 / 有委屈你可以申诉 / 有快乐你可以张扬

在这样的时光 / 谈不得虚度 / 谈不得荒废 / 谈不得无趣 / 谈不得任性

篮球队 / 轮滑社 / 街舞团 / 吉他社

文学社 / 魔方社 / 爱心社 / 相声社

漫天飞舞的各种社团 / 只要你愿意 / 所有人都欢迎

你所爱的都在 / 还好你也在

我不能说 / 来到这儿你就美了 / 但我能说 / 来到这你一定会很惊叹

惊叹这跨越历史的痕迹

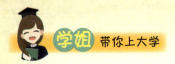

惊叹这处处可见的唯美

耳濡目染的芬芳 / 唾手可得的感动

要是你爱上它了 / 你也会变美

沉静的美 / 孤独的美 / 令人心生感动的美

对于母校的情怀 / 不亚于对待恋人的书信

一笔一画地 / 完完全全地爱着 / 热切地渴求着

你要知道 / 它给我的是 / 是它的全部

而我能给它的

仅仅是一页一页枯黄的信纸和所有珍视的回忆剪影

来吧 / 这里可以让你实现 / 对人本质价值和意义的寻求

一生不为安居屋舍而奔波 / 一生不为世事仪文而繁忙

一生只为自己的梦想和自己的期盼

向着荣耀真理和永恒散发芬芳

在年轻的时候 / 能够清晰地意识到自己想要的

这是一种美妙的幸福

南师大的可爱 / 浅显表露 / 却美得深沉

倔强而自由的人儿 / 这里定是你发现美

成为美的 / 最好夙愿

扫码问学姐

一直向南开

文 / 谢依

南开绝对可以算是全国硬件条件最艰苦的大学之一了。

浴园，是学校里唯一能洗澡的地方，是每个南开人都想吐槽的点。浴园经常停水，直接就变成了"谷园"。走在校园里，常常能见到骑着自行车穿越一个校园只为去洗澡的同学们。冬天的时候更为壮观，每个从浴园走出的人都顶着一头冰发，因为零下十摄氏度的温度直接就把头发速冻了。

此外，南开的寝室确实非常小非常旧。一人一个行李箱就把寝室占满了，是不是上床下桌得看运气，更可怜的有寝室六个人共用一张小桌子，根本没地方学习。那什么空调独卫更是奢望。

谈到这，估计大家会被学姐描述的南开吓到吧。既然南开是这么恐怖的存在，为什么每年还有那么多的高中生选择南开呢？

曾经有人给南开的评价是"一流的学术，二流的硬件"。包括学术在内，想必南开必有过人之处！

学姐我，就要在这里，以亲身体验，告诉你，在南开大学学习究竟是一种什么样的体验，以及南开大学可以给你带来什么。

撇开"985"、"211"的名号，"学府北辰"、"当推南开为巨擘"的美誉、周总理母校的光环和西南联大的光辉历史不谈，"南开给我的感觉是一个倔强的读书人形象，一肚子学问，一腔豪情热血"。

先来谈谈"一肚子学问"。

南开大学是目前国内唯一一所覆盖全部学科门类的研究型大学。不可否认的是南开的工科较少较弱，虽然这导致南开获得的经费比较少，但这毫不妨碍南开文理科的优势，这些文理专业非常精致，学科优质率非常高，特别是支柱学科——数学、化学、

历史、经济。值得一提的是南开的数学专业，这可是陈省身先生一手创建的，拥有丰富的资源和最强的师资力量。

工科可都是天大的事儿，是的，我们有隔壁天津大学。两个学校有很多联合培养的项目，强强联手，将我们南开纯理论的理科和天大应用的工科完美地融合在一起，不仅可以扎实自己的理论基础，增强应用能力，还可以获得两个学位证书。说到天大，不得不提起我们经常调侃他们"与世界一流大学只有一步之遥"（因为他们就在我们隔壁）。玩笑归玩笑，两个学校的感情还是不错的，之前的天南版《南山南》秀了一手好恩爱，还有"南开是天大的后宫，天大是南开的食堂"这么一说。

南开给人以一种沉稳的书卷气和厚重的历史感，可能是因为所处的天津比较有人文气息吧，老舍、李叔同、梁启超等等名家都选择在这里居住。以及学姐喜欢的天津人陈道明，言谈举止都透出儒雅沉稳。没有北上广这些一线城市带来的浮躁，南开人选择的是静心治学，踏实地求学。每日天还未亮就有学生捧着书在新开湖边诵读，在图书馆和自习室总是难觅位置。南开大学比较低调务实，是为数不多的不搞扩招不合并的大学，就一直保持这种"小而精"的状态。

大概也因此，同学间比较熟识，和老师的关系也相对密切一些。像我就读的国际商务专业一共就 31 个人，开学不出一个月，就不仅和班内同学混熟了，还认识很多其他专业的同学。我们的专业课都是小班教学，几个老师更是能记住所有同学的名字。更棒的是导师制，一个老师带两三个学生，所以老师给同学的影响和帮助应该是其他学校难以企及的。

提到老师呢，之前听招办老师提及，南开的每一个教授都必须站上讲台，教书育人。在南开，绝不能有挂名的教授。在南开园里，经常能看见年迈而又富有智慧的老教授们，很多是现在少见的人格和学术均占高地的大师，比如诗词大家叶嘉莹先生。有些教授好几代都是生活在南开园里，甚至有从西南联大开始的，这种人文和气质的传承造就了南开教授很不一样的风范。与此同时，南开与国际交流甚多，很多青年教师更是每隔一年就要出国培养或者交流，自身的水平自然会有很大提高，也会给我们学生不一样的上课体验。我们课堂引进了美国一些大学的授课视频，也开始进行慕课等等的方式。

"允公允能，日新月异"的校训、"文以治国，理以强国，商以富国"的理念和"知中国，服务中国"，是每个南开人无形的收获。中国物理学之父表示"南开十年决定了我这一

生的为人和工作"，世界环境科学最高奖得主刘东生感叹"南开校训教我做人做事"。虽然我只入学半学期，但是我已经能体悟到南开校训对我们的影响。刚开学时，站在校钟前，听老师饱含深情地讲述校史，讲述先人办学的故事，又参观了思源堂和西南联大纪念碑，懂得了什么是担当。

正是有了这种气节和情怀，南开有很多原则性的东西。张伯苓老校长曾经感慨，南开没有出过一个汉奸。时至今日，南开对作弊和抄袭的惩罚堪称全国最严，这一点更是在开学典礼后就着重强调。我觉得这大概是一个学生应该在大学中形成的独立人格和精神品质吧。同时还有教授的言传身教。一个个平易近人、低调谦逊的老师也在秉持着南开的气节，学术舞弊的现象是非常之少。

就在前几年，南开出过"别克门"和"补助门"，都是学生集体反对不合理待遇的活动，淋漓尽致地展现了南开学子的热血、勇气、理性和智慧。最后的结果自然是管理层做出了妥协，规范了各项政策的实施。五四运动等之后，没想到还会有这样的理智地争取权益的学生运动。学姐在大学中加入了服务与权益中心，里面的小伙伴们每个月会出《权益日报》，会向大家征求一些意见，会承办校领导接待日，将问题上报。在这样的一个个组织中，我看到了南开人为不公平发声，为他人谋求更多的利益的担当。

当然，虽然上文吐槽了一下南开的硬件，但是教学楼还是很现代美丽的，还有一个高大上的游泳馆。同时，很少有学校能像南开这样位于城市的中心，拥有如此好的区位。而且天津物价不贵，因此在南开的吃饭问题还是很好解决的。在学校的话，我们有一食、二食、三食、职工食堂、实习餐厅和天大，同时学校里有很多咖啡馆和火锅店，像学姐这样的吃货每个星期都会有寝室聚餐出去吃吃吃，还会去韩国餐厅、清真餐厅什么的换换口味。要出学校的话食物就更是丰富了，出去全都是商业街，生活非常方便。

更振奋人心的是，南开有新校区！也算是秉持着"日新月异"的校训吧，津南校区刚刚启用，设施全新。什么寝室小，要跑到浴园洗澡的问题，在津南通通能解决。看着津南图书馆里一排排新的 mac 和独立的个人自习室等等，这些设施要轮到新生们使用了，学姐真的羡慕嫉妒恨啊。不过本部的一些楼也在改造，希望会变得更好吧。

天气晴朗，也就是没有雾霾的时候，新开湖水清澈，倒映出现代化的二主楼。这

时候的南开园总是让人心驰神往，大概也是这样的原因，天津旅游攻略中总会出现要到南开一游的建议。而主楼前的周总理像是一个游人合影的必选之处，塑像的基座雕刻着总理手书的"我是爱南开的"。我想不管南开的浴园和寝室多么糟糕，我都是爱它的，因为它在教我做人做事，赋予我不一样的精神品格和精神气质。相信每一个南开人的心中也是这般。

最后让我借用一位学长的话来做结尾——

有这样一所学府，它朴素中透着厚重，沉重中带着雍容，踏实而不失活力，严谨而常思变通，它就是知中国者必知的南开。在这片沃土上，有你期待的关于大学的一切，不仅有文理之道的传授，更有经世之才的传承，我期待着你在这片广阔的舞台上秀出属于你自己的精彩。

一直向南开，学姐等你来！

扫码问学姐

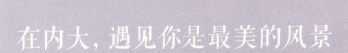

在内大，遇见你是最美的风景

文 / 任璐

"春天绽放的花蕊，夏季里更加明媚，秋天的落叶，冬天的风雪，我们都一起体会。"唱过了《毕业歌》，我们告别了高中生活。初夏后，高考结束，别了母校，忙碌紧张的生活也走得远了些。那段时间，悠闲又安逸，做自己喜欢的事儿。

晨跑，望着八中万里无云的天空，那时对自己的未来何去何从，并未知晓，志愿还没有填报，对成绩也没有特别的"非分"要求，只要达到自己的水平就好。不以物喜，不以己悲。读书，看着自己喜欢的书籍，做着那场白日梦。闲逛，走了这座城的角落，小巷，看了不一样的风景。那时，我写下了这样的话："骑车驱行，见不一人事，品味百态，感悟真实。在一个熟悉而又陌生的城市留下足迹，为下一站起程赚得返程，习惯孤独，照顾自己，使自己成长。智慧与岁月并行。"

填报志愿时我的终选是金融学专业，有父母、老师的建议，还有自己千万次的纠结。最后，我选择了这座生活了已有三年之久的城市，说不出开心，还是无奈，我也有过失望、哀伤，但是既然选择就必须走下去，要好好地走下去。专业的选择要结合自己的兴趣和就业方向去考虑。人的生活就像一场马拉松，不到最后，并没有所谓的"输"和"赢"。大学并不是你学习的终点，它是你自主学习的开始。除了高考，还有其他重要的考试存在。

匆匆飞逝，一载已过。回望翘首，唯忆唯悔。提笔印字，字文斐然。细念品余，侃侃而来。

我去了辉腾锡勒草原，当你置身旷野之中，离草场地上的天空更近了，和城市里的天空并不一样。不知是海拔的原因还是参照物的不同，草场与高耸的楼宇，使得我们看天的高度都是如此不同。军训中的"患难真情"，我的大学友谊，一个可爱善良的姑娘。感谢我的好运气，遇到了一位师长般的朋友给予了我很多的指引。生活中，有很多的贵人，感谢你们的陪伴。对于本专业的了解，在我进入了大学才有了真正意义上的深入探究。

我学的是金融，其实学习的专业如何选择，一方面需要考虑兴趣，但是就目前来讲，或许更大一方面需要考虑未来就业的问题。内蒙古大学是一所211综合性大学。内蒙古大学经济管理学院，分为经济和管理两大类，位于内蒙古自治区的首府——呼和浩特市，对于自治区的经济发展和特有的草原经济与牧区经济有独到的见解和研究。

我们学校的特色与优势专业是生物科学一类的专业。令人尊敬的前任校长旭日干院士，把我们的生科院从小变大，从弱到强，在他带领下的生科院有着大型的实验室，完备的设备，精良的技术与优秀的人才。当年，旭日干院士和同事取得了克隆羊的伟大成果。旭日干院士于2015年12月24日逝世，安详地走了，给我们留下的是孜孜不倦、热衷于科学事业的不朽精神，他是我们草原上优秀的孩子。

提到了呼和浩特市，呼和浩特汉语译为"青色的城"。这是一座塞外老城，内蒙古大学又被称为"塞外小北大"。昭君墓，将军衙署，成吉思汗广场，塞上老街，大昭寺，小昭寺……无论你身在哪里，都希望你来看看塞外的景。

"民以食为天"，内大校本部位于市区，学校里有两个大的食堂，虽然说比不上家里的饭菜吃得舒服，但是对于温饱的充实也是绰绰有余的。来内大你可以吃到正宗牛羊肉，有蒙餐等特色食点，还有独立的清真食堂供

学子选择和享用。住宿条件以四人居为主，上床下桌，木质地板，宿舍楼道里供有冷、热水，有暖气等御寒设备。我住在学校本部，离教学楼很近，六人间。对于我这个第一次住校的孩子来说，集体生活是我心向往的。和舍友见了第一次面，感觉多多少少有些尴尬。一起生活了一年，我们互相调侃，揭短，和所有的大学宿舍一样，我们有我们的"卧谈会"。

学校里不仅有充实的学习生活，而且还有丰富多彩的社团活动，极具策略性的企业模拟协会，数据与分析型的数学建模协会，古典气息浓重的天行国学社，览尽苍穹的天文社，文艺清新的吉他社，口才与思维辩驳的模拟联合国，充满运动细胞的羽毛球协会、跆拳道社，热衷于公益事业的自强社……来内大一起一探究竟吧。

我习惯了用简单的文字记录我的生活，我的小心情。一年多了，也写了些许。有些时候，总会那么感伤，看到的景，听到的歌，都有一个故事。深秋之际，偶尔也会矫情一下。

学校附近有一家书店，文艺气息浓厚，名叫"普罗"，想必是有普罗大众的意思，希望人们多读书，充实自我。我有喜欢的作家和歌手，当你看了别人写的东西，你会深知自己的不足，会有些许惭愧。那天，阳光微好，穿过校园，走出东门，买了一本喜欢的书，静静坐下……略有遐思，若心中你有中意的人儿，不要急，要去用心品，品人如品茶，温度到了自然就好，万事看得细水长流些，不强求，不将就。

我参加了学院的学生会，如愿地进入了新闻宣传部，做了一名"新闻工作者"。"一把破木吉他，一架单反机，一抹夕阳晕，一赭小人儿。"这是我的副业理想，特别希望能够做个自由人，去看遍周围的景和人。这视角独好，后台操控。经济管理学院2015年元旦晚会圆满地落幕，感谢所有人的努力付出，在这里我锻炼了自己记录新闻、拍摄照片的能力，也认识了很多人，忙而充实。大学里，你需要多去参加活动，挑战自己，做一些自己未曾做过的事，不断挖掘自己的潜能。你可以去培养自己其他的兴趣爱好，运动、音乐等，你会认识很多不同的人，找到与你志同道合、聊得来的朋友。

如期而至的大学期末来了，大家都忙着备考，这是"考试周"，教室里人满为患。图书馆只去过几次便闭馆重修了，2015年的国庆后重新开馆，新生们可是有福气。内大的藏书很多，最重要的是蒙文典籍。图书馆五楼的外文阅览室是英语沙龙的主场，

这里有刚归国的老师，还有学期项目的留学生，我们在这里饮茶，喝咖啡，用英语谈论着当下的热点话题。

新学期伊始，我参加的企业模拟协会举办了相关的比赛，我们组成团队，同心协力，打入全国的复赛。任何时候，我们都需要团队的协作，实现1+1>2的效果。在企模，我们不仅是盟友，更像是家人，难免会有吵吵闹闹，但是我们心一如旧。

桃李湖边，毕业林前，满都海旁，这是个有水，有树的地方，成吉思汗的伟岸庇佑，历史博物馆的庄严博识。我们在这里学习，成长。社团生活丰富而有意义。我们为同校同学捐款，携手渡过难关；我们积攒爱心，传递温暖，践行着社会主义核心价值观，"四进四信"的重要精神。

生活中，总是得与失的相伴，要懂得分清重点。在这里，一点点地做着记录，有当时的感受，也有现在的感悟。想起郑愁予先生的那句："我哒哒的马蹄声是美丽的错误，我不是归人，是个过客。"你们不仅仅是内大的过客，更希望你们是内大的归人。

愿我在北方的草原里，等着你们嗒嗒地踏马而来，领略塞北的四季，归绥老城的味道。在内大，遇见你，是我最美丽的风景。愿不久后，遇到独特的你们。愿四年后，遇到不一样的自己。

注：本文由天行国学社推荐

扫码问学姐

一座城池

文 / 李嘉敏

说吃货的世界地图都是由美食组成的，香气纵横写出经纬，味道弥漫透出坐标，他们凭借食物辨认方向，寻找过去，记录生活，回忆往事。

说近视眼的世界因为少了视觉的感受，常常看不清这里，看不清那里，他们都凭靠听觉、嗅觉、触觉发现新事物，感受岁月轮转，刻画年华。

我是高度近视散光眼，或许，还喜欢一些美食。凭借米饭的软硬记录道路，菜品的甜咸记录店家，我有时看不清，却闻得清。

我来到这里，第一道菜是麻婆豆腐，两厘米见方的白豆腐沾染着暗红色的郫县豆瓣，红艳的辣椒皮沾在米白色的豆腐上像一颗朱砂痣，还有半溶化的盐粒在唇齿间咯吱作响。标准的大锅饭菜色，略咸的味道让我怀疑我是不是流下了思乡的泪水。大一的课大多分布在三个校区，我的口味也随着三个校区不停轮转，校区的餐厅基本三转两弯，我地理不好，时常记不清东南西北，却记得卖砂锅面的是 A 区北厅，卖油泼面的是 C 区汉餐，卖鸭腿的是 B 区眼镜店旁边的小超市，有时候闻着味道也能找到去食堂的路，像迷宫里寻找奶酪的老鼠，捧着奶酪傻傻地笑。

慢慢地习惯了吃食堂的生活，慢慢爱上一道菜，一份面，一份饭，南厅的烩小吃咸咸的汤里放着夹板和菜丸子，加份生菜绿绿地托起明艳的辣油，偶尔露出几点白色粉条羞羞地低着头。西厅的陕西炒饭，切得细碎的甘蓝和胡萝卜，明黄细末的鸡蛋，新鲜的米饭饱满晶莹，一层盐一层辣椒一层盐一层芝麻，重叠的调料混合成橘黄色包裹着饭粒和配菜，不分菜饭地拥抱交织在一起，最后随着铲子轻轻落在橘黄色的碗里，带着一股祥和温顺被我们带走。北厅的肉丝面，七八样配菜一青二白三黄四红，细顺的面条在锅里变得弹性十足，汤上浮着小朵小朵的油花，最后一勺肉丝结束了这场烹饪的过程。每天下课的最大乐趣就是冲在人流的前端去抢一份肉丝多的面条，带回宿

舍在宿舍指点食堂江山，叹一句肉丝太细，谢一句白菜量足。

好像在过去的时间里我能想到得最多的就是食物，吃炒饭的那段时间我做了什么，吃炒面的那段时间我做了什么，简单到幼稚的记忆，是小孩子的记忆模式，仗着自己大学新鲜人的身份肆无忌惮地挥霍时间。

北方的天气是磨人的女孩子，冷热交替纷杂错乱得像寒暑表忘了出现。在每天早上拉开窗户听一耳风声，道一句感谢，感谢北方四季有风，可以判断今天着纱或穿袄。冬天冻得哆哆嗦嗦，窝在被窝里和室友撒娇，天花乱坠的溢美之词不停地说，只为对方能帮自己带份饭，不用受冷风的折磨。在对方无奈宠溺的表情下觍着脸递上饭卡，报上菜名，一脸崇拜地目送她离开。

夏天，我咬着一根冰棍，听着风刮过树叶的声音，穿过青草味的空气，拉着行李箱离开了2014 年夏天时的宁大。

秋天风刮过树叶的声音呼啦啦响，满地的银杏叶被来往的人群碾碎，银白金黄撒了满园，带着分清幽素雅碾落在石板上，像是离别，像是新生。肉丝面的味道绝迹在北厅，陕西的大叔留下一副冰冷的炒板，仅留的烩小吃告诉我这里还是这里，只是有了些许变迁。走了就走了，徒留一份余香也好，总好过喜爱到厌烦，丰盛到寡味。再寻一处味道记忆就好，就像《康熙来了》也会结束，新的综艺也在崛起。人都在更新，世界有什么不能呢。

大学时光明明越来越短，我却在寻找新的寄托新的记忆。压力让我不安焦躁，没有寄托的感觉让我慌乱不已，嘲讽地笑笑，发现我两年时光里竟未曾找到一个固定的寄托，固定的精神支柱安放高考后漂游的思想。我开始天天吃甜食，腻腻的甜香让我难受也让我安心，我开始依赖这种甜香，好像它能包容我的难过和无助，抚平我的不安和焦躁。我害怕这样会堕落，会懒惰成一份陈旧的米饭，裂纹布满内心，仅存的完整外表或许一触就破，散落出一把细碎的内在。

我开始每周买三个柚子，清苦的味道慢慢包围我，带我走出甜腻腻的梦境，让我看到阳光已经突破雾霾盈满空气，寒冷的清风很冷却不冰，食堂阿姨的茄子炒得越来越好，打饭的叔叔也肯在米饭上多浇一勺西红柿鸡蛋的菜汤，烫菜新换的阿姨也肯为你免去几分的尾数。上课可以听出老师的激情，工作可以看到自己的进步，睡觉发现

外面偶尔闪过的红蓝色灯光，安静又安全，日子开始干净了。

我不再时时关心明星八卦，开始日日翻看知乎，看看如何备考三级心理咨询师，看看哪些运动适合在室内进行。我开始练瑜伽，不再故弄玄虚地做些我并不了解的唱诵，而是老实地从基础学起，标准地练习每一个动作，总有一天，我可以在清晨的阳光中平静地完成一套拜日式。我这样想着，这样做着，吃着清淡的食物，和朋友一起视频，和远在外地的她们说说笑笑，和舍友跳跳闹闹。我看到阳光照射进城池。

城池是一座建筑物的集合，一群人的集合，一城记忆的集合。宁大是一座城池，大一的我，大二的我，大三的我，大四的我，无论我的味觉、触觉、嗅觉、听觉如何变化，记忆地图如何改变，都在这座城池里循环，细致地刻画每一个角落，像绘制一张地图，丈量好每一寸土地，精确到一分一毫，细腻到一分一秒。食物是我的比例尺，依靠味道的美妙程度记录着宁大的样子，或许有些地方是扭曲的，食堂很大，树林很小，因为我不曾在树林里吃过东西，带着一丝偏执规划着我的地图，绘制着我的坐标，然后，不断更新某些地方，或者永久停止某些地方。城池本就是这样，一次次变化，一次次陌生，却又在不起眼的地方看到过去的痕迹，触动某一刻藏在心底的旧船票。

扫码问学姐

缘源圆

文 / 焦怀敏

　　命，真是个玄之又玄的东西。七月之前，我从未想过自己会来这里，青海大学。命到了，该来的自会来的。正是在命运这只巨手的推动下，才有了，我和青海大学难以斩断的羁绊。佛曰："万事皆有缘法。"诚然，此话不假，想来，我与青大自是有缘的。

　　昔我往矣，杨柳依依；今我来思，雨雪霏霏。记得高中的大门口，伫立的便是一棵婀娜多姿的垂柳，我总叫它美人树。离乡时，还特地去看了看那美人树。来到青海大学，第一眼见到的，竟还是柳树。这样的环境下，竟能长出柳！而且，是这样的柳！我从未见过这样粗犷的柳树。除了校外的，校内也有柳树，这柳不是沿路而立，而是在不经意间出现那一两棵，或是三四棵，施施然站在那儿，为学校平添了些许柔和。但青海的柳，即便种下的是多情的灞桥烟柳，也会少了那一份柔媚，更添的是独属北方的刚毅。就像这里的女子，美丽，而又不失坚韧；娇羞，却又带些豪爽。这儿的柳，便是柳中巾帼，不失柔美，却更有一份苍劲。这苍劲，粗犷，是高原赐予它们的，是这儿独有的风姿。

　　其他地方也有柳，但似乎每个城市建造者都看到了柳的柔媚，多情，却极少有人能看到柳的野性与豪放。柳，与"留"同音。"杨柳岸，晓风残月"，正是离人忧。自古以来，柳便是惜别之情表达的最佳载体。而学校里的柳的粗犷却将这份惜别冲淡了不少，反倒像王勃"海内存知己，天涯若比邻"般的豪气了。想必学长学姐离校走向社会时，向世人展现的，也应该是这样的大气和豪爽。如山一样的大气，如风一样的豪爽。

　　青海多山，青大更是三面环山。东西的山，在日出和日落时，尤美甚。"晨起天寒青黛远，山笼烟岚，霞不禁红染。俶尔金光妍草木，遥遥苍翠朱砂点。日暮向西天渐暗，百鸟归巢，风卷秋林晚。影淡云清夕颜散，大美青大人徒叹。"很多时候，朝阳或

夕阳下的山，竟有一丝神圣和高贵，每临此景，总会浮想出圣徒朝拜布达拉宫的场景，最虔诚的顶礼，最诚挚的信仰，最神圣不可侵犯的庄严。子曰："知者乐水，仁者乐山。知者动，仁者静。知者乐，仁者寿。"想来是这份静，给了山可依靠的力量，仁者的力量。环山包绕的青海大学，将山孕育出的仁爱和谐化在每一个青大人身上，厚实质朴，仁者爱人。仁爱，如山。

听人说，青大的西边是唐古拉山，唐古拉山的西部，是青海高原最高的地方，也是世界第三极——三江源。哺育华夏文明数千年的黄河长江，滋润了东南半岛土地的澜沧江，皆发源于此。"志比昆仑，学竞江河"，青大的校训也从另一个方面说明长江、黄河发源于此。众所周知，中华文明起源于大河文明。都说黄河是华夏文明之源，那么，黄河的源头，三江源，便是文明的起点了。然而，这里更是各方文明汇聚的地方，各方文明，在这里、用最原始的、最初的面容向人们展示着中华文明的博大精深，丰富多彩。

于我看来，文明的交汇，莫过于天南海北的少男少女们，带着他们各自家乡的文化共聚大学了。

而青大的社团正是集中展现文化魅力、文化交融的地方。每天上课下课，都伴着动人的音乐，午饭晚饭，也有同学广播今日新闻，校园广播站的声音几乎时时充溢着

学校的各个角落。下午七八节课结束，走在锦绣路上，定会注意到风雨操场的精彩：西北角整齐的白色战服，最让人眼前一亮，热爱跆拳道的男男女女在那譬如"若白师兄"的学长的指挥下，统一训练，英气勃发，为青大寒夜的开始先添上一份战意的火热。观礼台下是艺术团不变的位置，从财院、医学院、地质院下课的老师学生们，一定可以听到乐队的演奏，即便是下了晚自习，也有音乐萦绕在操场。而操场的主题，自然是足球，足球俱乐部的同学们给这操场燃起了最浓烈的战火。操场的北边，是学校的羽毛球场，傍晚的余晖映在球场中的同学身上，好似新娘脸上的彩妆，热烈而动人，那是携程羽毛球社的社员们的身影。

夜晚的青大，有夜空的寂静，更有各种社团的欢腾。锦绣路上，轮滑协会的同学们，用各式各样的花样技艺夺了一路学子的眼球，常常一路惊叹。自强社的同学们也在夜晚来到大家的小窝，回收废品，并将所得寄向贫困山区。舞8协会的同学们用鬼步点亮了夜晚，帅气的舞者，更让无数学子惊叹，移不开眼。

每晚青大的小广场上，在藏庄协会和阿拉玛锅庄协会的共同组织下，总有藏族姑娘们在跳锅庄。数十人一起，演绎出对天地的感恩和赞美，对生活的热爱，而这种舞，又极能激起共鸣，往来行人，常常不经意便被吸引，止了脚步，流连于那大气美丽的舞蹈。往往随之而来的，便是如天空一样辽阔的歌声。我听不懂他们的语言，但闭眼静赏，脑海里出现的只有天空、草原、高山、雪原。想必听过藏语、蒙古语歌的，都能知道那样的感受，那是一种由心而生的震撼，感动。即便听不懂歌词的意思，从那

歌声中也能感受到他们对生活的热爱，对天空、大地的敬畏和感激。而青海本地的汉族同学听到这歌，虽不懂但也会很快乐，有的甚至用最原始的闻歌而舞来表示他们的愉悦，有的则说"捉花儿唱子敢三呀"，意思是这歌唱得太好了。他们把歌称作花儿，花是美的，好听的歌，便是最美的花儿，这是我们每个人最初的感觉，也是他们最直接的表达。最源头的文化在此交融，各民族的同学在此彼此相遇、相识、相知，想来，这又何尝不是一种圆满啊。

青海最吸引人的地方，便是青海湖了。而青海湖的出现，一定会伴着青海的蓝天白云。来到青大三个多月了，这里最让我赞叹的，便是这纯粹的天蓝，浓郁的云白，和即使下雨也能看到的星星，甚至，我还看到了几颗流星，这在家乡，近几年都变得少见了，而在某些城市，我的同学告诉我那里有能让人"五米外雌雄难辨，十米外人畜不分"的雾霾时，我常常会庆幸，我来到了青海大学。家乡那边，天空近乎成了麻雀的领地，而青大的上空，总是盘旋着乌鸦的影子。

来青大前，就在贴吧看到学长学姐们戏说"青大校鸟者谁，乌鸦也"。那时的我只当戏言，还很难想象乌鸦怎么会做校鸟，来到这儿，才发现此言不虚。不论胡杨还是杨柳之上，都能看到乌鸦筑的巢，很高很高。秋冬之际，落木归根，徒留那老鸦巢，更显秋冬寂寥。而往来的乌鸦，却给这里添了些许活力与生机。每日清晨，我们从北向南奔向教室，它们则由市区从南向北飞向城郊觅食，其中，不少乌鸦留在了青大，因为这里有海棠树，高处的果子足以使它们果腹。吃饱了便懒懒地蹲在树上晒太阳，看看路上的学子，时不时叫上一两声，像是睡醒后打的哈欠。每日傍晚，乌鸦就开始呼朋唤友，相约回到温暖的市区过夜。此时便是漫天乌啼声最欢腾的时候，或是交流今日的收获，或是相互告别。每每此时，天空中总会出现寒鸦绕枝不肯栖，唯剩哀啼空萦响的画面，怕是那些乌鸦贪吃树上的海棠果吧。

夕阳劲松昏鸦，淡云晚风红霞，远黛赤染如画。山映日斜，悠悠安然青大。滕王阁上的王勃一句"落霞与孤鹜齐飞，秋水共长天一色"将这孤鹜晚归的傍晚之景描画得淋漓尽致，而在青大，每日傍晚，都能看到乌鸦载着斜阳余晖晚归的景象。黑漆漆的乌鸦或成群结队，或一字排开，一行行飞，看着这些密集的生物，总会有些汗毛竖立，冷汗直流的感觉，但还是为它们的灵性而感叹。鸦是通灵的，青大的乌鸦更是有灵性。当有学生靠近它们的时候，它们也不惊，亦不躲，一点也不怕生。若是吃饱了，便静静地看着你，四处乱转；若是没吃饱，便自行找食，也不理你。民间自古就有"乌鸦叫，丧事到"、"鸦有反哺之义"的说法，乌鸦果然是通人性的。这聪颖和灵慧，虽是乌鸦自有，但更是青大、每一个青大人和合自然，仁爱包容所致。只是因为，这里不是市区，没有那些杂乱纷繁，这里是青大，有的只是格物致知，纯志明洁，这是三因相合，万物唯一之所。

"大学之道，在明明德，在亲民，在止于至善。"至善何为？乃至高至美之境也。而我认为，至善之境，更该是天下人皆能达到至善的状态。这需要的是每一个至善之人弘善扬善，这应该就是每一个大学生该做的吧。青大，有融汇的文化中最精粹之处，有天地人相依相合的环境，更有授业解惑、仁道育人的老师，岂会教不出至善之人？诚然，青海大学便是通往至善之境的一条捷径。

雁门关外，高原之上；三江之源，昆仑侧旁。缘，将我与青大捆绑，让我了解这文明之源，感悟天地人之圆。我何其幸，得有如此机缘！

未来，我要在这里生活学习五年。韶华易逝，光阴荏苒，五年时光也不过转瞬眨眼。"君子偕老，副笄六珈。委委佗佗，如山如河，象服是宜。子之不淑，云如之何？"是啊，无德之人，怎样的华服衣冠也难掩其内在的空洞。大学之道，以明德为先，在青大，相信我定能修得圆满。

山有扶苏，隰有荷华。在彼青大，尘释德发。

注：本文由青海大学学生社团联合会、博纳演讲与口才协会、三江源文学站联合推荐

清华园——
梦想绽放的地方

文 / 杨青梅

　　白驹过隙，光阴似箭，刚入大学时军训的场景还在我的脑海里，此刻的我已经是大四的学生。那年的我怀揣着美丽的梦想进入大学，带着对新生活的憧憬翻开了人生崭新的一页。这里的学习生活带给我许多的惊喜，教会我行胜于言，让我铭记"自强不息，厚德载物"。回忆这将近四年时间里发生的点点滴滴，这座园子给我许多的回忆，在这回忆里有苦有乐、有笑有泪，谨以此文回顾我的大学生活，纪念在这园子里的时光。

一、爱上图书馆

　　大学里幸运的事情之一是爱上图书馆，因为图书馆，大学生活才如此不悔。小时候看了《鸟的天堂》一文便开始构思天堂的样子，后来看电视剧《西游记》更是对天堂十分神往。在构思了无数个天堂的模样后，猛然回首，我发现天堂应该是图书馆的样子，那里没有金碧辉煌、觥筹交错、才子佳人，有的是浩如烟海的书籍、孜孜不倦的师生，那里远离喧嚣，安静却别有一般滋味。在书架间行走时连呼吸也是小心翼翼的，生怕惊扰了周边的同学，偶尔抬起头，看到脸上露出笑容的面孔，知道这是一个刚解决了难题的同学，另一旁的同学眉头却紧蹙，想着大概是还有难题在心中一时难以解决吧。图书馆总是坐满了人，一不小心去晚了还没了座位，大家对知识的热情也刺激着自己的神经，让自己对知识充满了向往。

　　作为百年图书馆，和人文社科图书馆相比，逸夫馆显得更有历史感、厚重感。阳光透过被爬山虎霸占了一角的窗户洒满靠窗的桌椅，让人一下子就进入一个沉静的年代。在这里曹禺老先生创作了《雷雨》，因此也许一不小心就坐到了曹禺老先生曾经坐的椅子上，感受着大师曾经的努力，神圣感油然而生。也许偶然间拿起的一本书，上

面有铅笔做的粗粗的记号，这是钱锺书先生读过的书，和钱锺书先生捧着同一本书，惊喜遍布全身。人文社科图书馆虽然年轻，但是年轻的它却有着丰富的书籍，在这里你可以找到各个门类的书籍，心里难免一阵惊叹"这辈子要是能把这些书都读完就满足了"，在这样丰富的书籍面前才明白自己到底浅薄到了何种程度，不由得拿起书籍来细细阅读。

未上大学时，老师父母的督促使我放松了警惕，沉浸在自己的小世界里，我以为总会有人在一路上陪着自己为人生做决定，总会有人监督着自己做完许多事情。上了大学以后，发现获得很多的自由的同时也充满了许多"坎坷"，没有人再像以前那般紧盯着你，自由不意味着浑浑噩噩过日子，虚度的日子总是蚕食人心，让内心安定不下来。而爱上图书馆，让我的大学生活实在且真实。这里不仅有纸质的书籍，还有各种各样的电子资源，图书馆还贴心地定期为大家推荐一些借阅量比较大的书籍并开设一些讲座及影像资料让我们能够跟上步伐。在这里，你可以找到与专业相关的许多书籍，也可以找到许多自己感兴趣的书籍。书籍，让我一天天成长起来。即便是随手翻阅的小册子，偶然在生活的某一刻想起它时，也能感受到它对我的生活所产生的巨大影响力。终于明白读大学的含义，大学不读书怎能称其为读大学？

二、爱上锻炼

大学第二大幸事是爱上锻炼，还记得当初在英语课上听到"No Sports, No Tsinghua"时的震惊，还记得在体育课上听到女生要测 1500 米长跑时的惊恐，后来真切地感受到清华对体育的重视，正如"为祖国健康工作 50 年"的口号所倡导的那

样。在没有雾霾的日子里，早上六七点钟路过操场就能看到有人在跑步，而晚上则更加热闹了，从五六点钟开始一直到十二点钟都有人在运动，这里面有刚下课或自习回来的同学，有刚工作完的老师，偶尔还会有几个小朋友，从刚会走路的孩子到白发苍苍的老爷爷、老奶奶，每个人都在运动着，从他们身上你能感受到生命的活力，在庚子赔款下建立起来的清华园里再也不见所谓的"东亚病夫"的一点点痕迹。偶尔，有的协会还会在操场上放映电影、举办活动，丰富着我们的生活。

在情绪的低潮期，我会到这里狂跑，跑着跑着坏情绪就被丢掉了。平时，我会督促自己多进行体育锻炼，给自己制订了一个计划，一天天的坚持让我的心态从完成任务变成了享受生活，享受奔跑的感觉，每一次呼吸都在证明生命的存在。锻炼不仅让我有了健康的身体，还让我的心态越来越阳光。在这里我认识了同样爱锻炼的朋友，在参加体育赛事的过程中体验挑战的快乐。生命不息，运动不止，锻炼的习惯将一直贯穿余生，因为我知道它是我的朋友，无论是于身体，还是于心理而言，它都是我的朋友。锻炼给了我勇气、力量和许多的自信。

爱上锻炼的同时也爱上健康的饮食，清华的食堂总是给人以惊喜，尽管我已经在这里生活了将近四年，却依然被这里的食物吸引，每年，学校都会引进一些新的菜品，让我们的味觉享受一场盛宴。很多食物不仅美味而且健康，让人在心理和生理上都得到很大的满足。

爱上锻炼、爱上美食、拥有健康！

三、爱上它

进清华之前，我不知道大学原来可以这么美，每个季节都能给人以震撼。骑车穿行在上学路上，看着萌发的绿意，知道春天来了。当主干道上布满了斑驳的阳光，夏天已经到了。而秋天，一片片黄叶在微风里慢慢飘落，主干道旁明黄的银杏让人惊叹大自然的力量。冬天，银装素裹的世界格外宁静，小朋友们却不安定了，在"荷塘月

色"那片冰面上开始了兴奋的溜冰活动。曾经我的朋友来到清华，说过这样一句话"清华真美啊，随便拍张照片都能作为电脑桌面图片"，是啊，那种美丽不是言语能够完整描述出来的。百花盛开时，宛若仙境；荷花、蛙鸣，充满诗意；岸边红色的爬山虎垂入校河时美得不行；麻雀、雪花带来别样的美丽。而这些都只是这些美丽中的一部分。清华的风物满足了我对大学所有的幻想。

清华的美，不限于风物，还有这里的人们。老师们总是乐于为学生们提供指导，他们的人生经验成为我们的宝贵财富，师生之间不是上级和下级的关系，而更像是一种朋友关系。当做某个决定感到迷茫时，我会请教我的老师，他们总是耐心地听完我的想法，然后帮助我分析问题，希望我能做出最正确的决定。他们对于学问的态度也深深感染着我，我当初想写一篇论文，有了一些想法却不知道如何着手，去请教一位老师，从切入点、资料查找、论文写作，老师都给我提供了很多帮助。论文改了五六次，每次老师都会认真看完，然后在邮件中细致地回复我。一天，我写到三点多，把论文发给老师，老师回复时说的是"不要熬夜写论文"，那一刻，内心充盈的是感动。斑斓的生活中当然少不了我活泼可爱的同学，我们会讨论学术问题，也会随意地聊天；会一起上课，也会一起逛街；会一起备考，也会一起放松；会严肃地讨论一些问题，也会嘻嘻哈哈。生病时，总是能够得到细心的照顾，一起上医院，互相鼓励……有这样的同学在身边，生活总是充满惊喜和感动。生日那天推门看到的蛋糕、失落时的鼓励、开心时的分享，他们总是在我的身边，让我知道什么是朋友，让我知道在这条奋斗的路上一直有爱和温暖。除了老师、同学，这里还有许多带给人温暖的人，比如我们的宿管阿姨，总是细心地为同学服务，比如食堂的师傅总是那么贴心……

对清华园了解得越多就越喜爱。

四、总结

　　清华园是梦想绽放的地方，对理工科学生而言，这里有着严谨踏实的氛围，有着众多知识渊博的老师和先进的器材，对文科生而言，这里有着自由和诗意，有着四大国学导师和许多大师的引领。在这里，每一个梦想都能找到自己的位置。在大学校园里度过的将近四年时光让我发生了许多改变，感谢那个在逐梦路上一直努力向前的自己，洛克菲勒有一句话"任何一个梦想讲十万次，它必定能够实现"，将梦想铭刻于心。清华，这座有着沉甸甸历史的园子，总是能让我沉静，给我惊喜，梦想在这里悄悄绽放，幸运的我还要继续在这里念硕士。

　　大学是一个熔炉，它能重新锻造你，它是不应该被错过的美丽。邂逅清华，寂静欢喜。

扫码问学姐

流动的山威

文 / 蒋丰

　　有一所大学，它在渤海之湾的狂风巨浪之下，安静矗立，在一片浩然之气下，有着未曾被世俗磨平棱角的老师，有着淡出于时代喧嚣，精神世界丰富的学生，他们在春水初涨，山花绽放的春日里；在浪花翻涌，蛙叫蝉鸣的夏日里；在果实累累，秋风萧瑟的秋日中；抑或是在无数暖气氤氲，窗外大雪纷飞的冬日里，为着自己以及人类的终极理想，而奋斗。

　　我初次踏上威海这片土地，进入山威这片校园，还是 2013 年 9 月的事。带着几乎包括所有衣物的行李，第一次远行的新奇以及一颗满怀理想信誓旦旦的心，来到了这里。威海用它整洁宽敞的马路迎接了我，校门外便是一片海，我收拾完行李后，来到了海边，海风拂面，内心很是欢畅，像是初次展翅翱翔的雏鹰，望着海与天的尽头，想象着我即将开始的大学生活。

　　而时光真如草原上奔跑着的野马，野草在春风中吹又生，而野马早已没了踪影。转眼大学生活已然过去大半，当初凭着爱好选择了英语语言文学专业的我，前方的路也越来越清晰。回顾逝去的时光，有太多珍藏着的美好，值得被分享，我也希望山威或是威海那种处世不惊的美，可以被更多人所欣赏。山威更像是一个正在茁壮成长的少年，过着他每日 24 个小

时以及春夏秋冬四季巡回轮转的时光。

　　6:00 的山威，我眼中的山威始于这时或是更早，位于中国海岸线最东端的威海，入秋以来，随着太阳直射点向着南回归线不断的南移，破晓的时间也晚了不少。清晨 6 点的山威，晨练的老人在校园里缓慢地散步，早起赶车的人拖着行李箱在校园之中疾步行走着，远处馨苑餐厅灯火通明，第一笼包子在一片热气中出炉，一大锅豆浆冒着热气，勺子捞豆浆发出的声音在寂静的清晨格外清晰。远处的玛伽山仍旧笼罩在一片氤氲的雾气之中。

　　8:00，铃声响起，大部分人已经在教室中坐好，也有一部分人踩着铃声匆匆而来。走过音乐系的教学楼，乐曲悠扬声与秋风吹动树叶的声音合为一体，像是动听的交响乐。再往文学楼走去，孔子像在远处矗立，好似在那里说着，逝者如斯夫不舍昼夜。再往图西教学楼走去，清晨的教室人头攒动着，路过几间教室——新闻专业的课上，有人在发表着关于某一事件深刻的见解；英语专业的课上，老师正在缓缓地讲着古罗马的兴衰；通信工程的课上，学生的笔记上是简洁清晰的推理思路。偶然经过中文系的教室，听到老师在讲中外文学，讲到堂吉诃德时，他说，我们都曾是，都将是，都会是堂吉诃德。不禁好奇，想要继续听下去，便溜了进去，继续听下去。

　　一转眼，时钟已经指向了 10 点。于是便向玛伽山走去，玛伽山山腰上，一大块篮球场，大片的足球场，以及四片网球场上已经有很多在运动的人，山腰上运动的人使得整座玛伽山都散发着蓬勃的朝气。如果你愿意登山，那就登山吧，玛伽山顶，一览众山小，将整片金海湾纵览于眼下，顿觉一种"寄蜉蝣于天地，渺沧海之一粟"之感。生活遇挫，或者是感到压抑时，便登山吧，玛伽山永远以一种包容万物的沉静姿态，给你以慰藉。也正因依山傍海，山威才有此般沉静的姿态，山威人才能以宽广的胸襟去应对生活的浮沉。

　　12:00，蜂拥的人流自图书馆、图西、图东、海洋学院、商学院、电子楼拥向了食堂。全国各地特色的美食以其色香味满足了你视觉与嗅觉的欲望，继而裹挟着你的胃。在深秋的寒冷中，与好友一同吃一份回转小火锅吧，它足以温暖你的胃。

下午的时光总是比上午闲适许多。趁着午后阳光正好，或者是去上一次自习，让精神在路上，或者是去校园与周边走走，让身体在路上。自习室中有几缕阳光洒在桌上，偶尔几间教室有静坐着的人。你拿出一本《呼啸山庄》或是《了不起的盖茨比》，感受英国文学与美国文学的独特魅力，或是看几篇高级英语的课文，琢磨下修辞，泡杯花茶，静静地度过一个人的午后时光。

16:30，深秋的威海此时太阳已逐渐西沉，夜幕逐渐笼罩了整座城市。

17:00 校门外车水马龙。是下班的人流，而对于山威校园来说，生活正悄然揭开序幕。不同的人，过着不同的生活，在校园里来回穿梭，偶尔打个照面，而后擦肩而过。图书馆的电子阅览室中，有人正为科研立项而在搜索着各类数据库。自习室中，有人在为着一门即将进行的考试而聚精会神地复习。有人正因为兴趣而去蹭了一门选修课。

21:00，五四广场上的音乐准时响起，轮滑社的少年们在练习着，远处有人打着羽毛球，也有围成一圈的人来回垫着一个排球，欢乐在他们之中洋溢。

时光快似流水，太阳直射点一直南移至南回归线，一场大雪突然而至，封锁了整个校园。正因为遍地银装素裹，整个校园笼罩着一股往日不曾有的情致，仿佛广袤的原野。雪夜走在寂静的校园里，雪花飘洒，树枝上是捡尽寒枝不肯栖的鸦在鸣叫着，内心总有种说不出的敞亮。西伯利亚的天鹅每年都会在此时来到威海的烟墩角，淳朴的威海人从不猎杀天鹅，久而久之天鹅与威海便形成了一种情谊与信任，而观天鹅更是寒冬腊月里最为欢乐的活动。挑一个大雪以后的大晴天，去威海走走，烟墩角的积雪与天鹅相得益彰，看起来像是一个虚幻的童话世界。从烟墩角一路返回学校，你会路过威海的标志性建筑，灯塔与相框，在融雪后的广场上，宏伟的建筑与蔚蓝的天际融为一体，你走在日复一日的城市大街上，感受那份寂静的美丽。

太阳直射点又开始不断地北移，冰雪消融之下，黏湿的土壤正在孕育另一个春天。山威是一所森林花园式校园，春天更是鲜花的王国。在无数个沉睡的深夜里，土壤之中正在鼓动，而清晨起来，你将会被一树一树或者灿烂或者素色的花朵惊艳。那些鲜花遍布于文心湖畔、七号楼前、图书馆侧、上山的路上，那是漫天漫地的灿烂，一种让人忘却生活烦忧与琐屑的繁盛。偶尔也可以坐上校门口的公交车，去市政府前看看盛放的郁金香，看它们在淋水之后鲜嫩欲滴的样子。每年春天，市政府前总是人头攒动，摄影爱好者们等这场鲜花的盛放，已等待了一个漫长的冬日。

春天是属于运动的季节，在阳光温暖的午后，向着西门外走去，环海路的蓝天、大海、宽敞的马路等着你去奔跑，去恣意地挥洒汗水。自西门出去绕环海路一圈，再从东门回学校，慢跑则20分钟有余。慢跑令人沉思，磨炼意志，是自己与自己的交谈，更是自己与自己的独处。这是山威的春日里，你所能感受到的生命的律动。

天气逐渐地转热，山威的夏天在太阳直射点逐渐北移的过程中，到来了。山威的夏天的美丽在于依山傍海，生命在热情四溢的夏季里，绽放着蓬勃的生机。在满是海蛎子气味的海风里追逐浪花的翻涌，或是与两三好友看一场绚丽的落日，感受平淡青春里平凡的喜悦。威海总是能让你感受到一种不期而遇的惊喜。当你望着蔚蓝的大海逐渐被晚霞染作金色，浪花裹挟着海风拂面，那时，你会惊叹这场盛大的相遇。

这便是山威的24小时的时光流转，也是山威春夏秋冬四季的轮转，岁月终将如经太阳曝晒的墙纸一般，逐渐褪去其绚烂的色彩，而岁月的痕迹却是永恒不变的。山威的山与树，花与草，记录着这个校园在时光流转中惊人的改变，它们记录着一批又一批青年满怀昂扬的激情迈入这座校园，又胸怀报国的抱负走出这里。这里的每一草每一木似乎都会以一种无形的姿态在你的灵魂中沉淀，比如你开始变得更加笃定，更加成熟，你目视着远方的光明，有着褪去尘嚣的淡然，这是山威的草木以及你的所经所历赋予你的一切。而我们终将是这里的过客，草木兴衰，人终将逝去。山威于我，是心中的朱砂痣，是白月光，是动人的故土，我终将怀念它，怀念这段青春的岁月。

注：本文由昕潮文学社推荐

扫码问学姐

奈何是青春

文 / 韩仙雨

如果高考是青春华丽的盛宴，与你邂逅，就是我最美的遇见。

——给陕师先生的告白

 闻君才情俏长安

炎炎夏日，一场考试一纸通知，一箱行李一声召唤，你给了我十几年的期盼。

考后志忑华年赴与谁，听闻西北有郎居终南，于是我在各大网站找寻你的写真，查询你的辉煌。我为你"2+2"新老区各两年的模式感到新奇，为你"厚德积学，励志敦行"的校训所折服，无论是雁塔校区的古朴典雅，还是长安校区的宏大辽阔，都让人神往，"西北教师的摇篮"，我愿前往你的怀抱，得你倾心一笑。

幽冥苦思玲得见

那个黄昏，当我下了火车转了拥挤的二层公交到你面前时，看到夕阳下你沉默悠然的笑貌，顾不得风尘仆仆的自己，只是由衷地觉得心跳加速，由衷觉得自己做了一个很伟大的决定，彼时，周围的空气都没有了那份焦躁不安，一切植物也都变得有了灵气，行李箱摩擦发声，和着晚风，一切声音都那么好听。进门后，我伫立了十分钟，那时，

眼前的画面是那么熟悉又陌生，两旁的教学楼和楼前的梧桐树宛如接待嘉宾的天使，似笑非笑，反正甚好。天色暗下去，我的住宿还未定，路过的学姐见我的样子是新生，热心地问我："学妹这么早就来报到？什么专业的呀？吃东西没有，来我帮你拿吧！"心里温暖得像被灌了蜜糖。她们带我在黑暗中穿越了各条小道，路旁葱郁的树木让我的双眼更加迷乱，甚至有点担心，在这样每每曲径通幽的校园里，我该怎么才能不迷路。最后我住进了传说中的"小

粉楼"。和我一同住的还有几个和我一样钟情于你的女孩，我们很友好，分享着自己的故乡。那日梦里，我说着乡音，告诉我爱的人，我找到了我要去的地方。

我喜欢那时那个坚强单纯的自己，知道早早地起床，有条不紊地报到、体检、办理住宿、买日用品，一切源于我对你的挚爱，我希望自己能变得优秀独立起来，能配得起来时的执着和你的期待。纵然我在人群中或许渺小得不值一提，纵然体育馆六附楼食堂篮球场方向傻傻难分清，我知道，那份迷乱也将是我想要寻找的记忆。

动魄惊心点兵场

我们天南海北终于聚在一起，我经历了太多的第一次，第一次见到回族姑娘飘逸的头巾，第一次看到维吾尔少男少女斗舞，第一次懂得藏民族一家多么亲，第一次见到国防科技大学的研究生做我的教官，第一次通过军训有了自己的"F4"小团体，在这里我感受到了短暂的相聚，便是一生不会磨灭的记忆。军训没有我想象的那么荡气回肠，或许于女孩子较多的师大，更多在于对我们耐心的磨砺，在于对我们集体意识的培养和对大学生活的提前适应。可是，我们收获的远远不止这些，思归不得时的空对圆月，拉歌穿透云霄撕裂的声音，女兵操军体拳流血的匍匐前进，疲惫不堪满腹心绪的军训稿，睡眼蒙眬的无可奈何的早锻炼，就这样平淡或不平凡，或快或慢。15 天过去，凝视教官不可回头的离别，仿佛一刹那，我们都长大了。如今再看军训汇报表演的视频，或悲或喜，仿佛都只是昨天我才路过那里，那些绿军装的少年，他们真美，谁让我们这年正青春。

兢兢业业似无晴

9月总是雨绵绵，社团"百团大战"到来之际，学府大道两旁各式各样招纳贤才的

宣传板总是让新生们踌躇到底该何去何从，街舞社欢迎你融入，话剧社陪你历练，吉他社圆你音乐梦，还有各种文艺性志愿服务性社团的自我推荐……那些墨迹斑驳的色彩，多么像我们青春路过的辛酸。我没有那么火热地去学生会面试，也没有进音乐舞蹈社和他们一起明丽绚烂这青春，毅然决然选了一个书法社，另外，我加入了一个志愿服务的社团和某社团负责画宣传板的部门。几乎每个大一学生都是忙碌在各种各样社团的工作和各科作业中对别的再无暇顾及，那样的时光看似充裕却稍微显得迷茫而不知所措，我们中的大多数都在反思该怎么平衡自己才能更加有意义，却都不免迷茫着，其实，过了就会发现很多看似无意义的坚持，到最后都是别人夺不走的财富，每一分无奈，都是你成长的打磨。

　　我总会在周二周三下了晚课和小伙伴们集合，选择画宣传板不是因为擅长，而恰恰是因为会发现很多形形色色的人，他们有的都会，有的和我一样，是为了学习，也为了认识几个好朋友。完全不会其实不会阻碍你好好和他们相处，而且慢慢地，你发现其实自己潜藏着很多很多意想不到的"会"。你会发现其实忙本身就很有意义，周末

可以因为早出晚归而睡得更舒心，看到自己写完的一页页纸觉得没有对生命浪费，宣传板上别人看到的是通知你看到的是幸福，当你坚持下来部长递给你一张小奖状时，你会因为那抹微笑感动很久。

　　其实我最想说的是，曾经我深深爱过一个人，那时我的生活也是忙碌不堪，调皮的时光依旧安排我和他相逢相知，直至相爱，那时候，我也是那么认真地想让自己更好才能让他义无反顾地陪我一起走。认识他以后，学习和陪伴一度成为我生活的全部，我小心翼翼地爱着他的全部，小心翼翼地给我们的感情最好的呵护。那时候，不知是因为年少还是因为太爱，总以为牵手了就是永远，却不知道永远总不敌一句再见。我们的离散让我陷入想要逃离和无法释怀的阴霾，我什么都没说，听闻先生在长安，由南到北用尽了我爱他剩下所有的勇敢。我想在这古都，觅一处宁静，做一个全新的没有哀愁没有喧嚣的自己，我要好好爱自己。而你的每一寸秋叶，新黄得都让我想要凋零，你雨水里的潮湿气息，更是让我懂得了南北各异，旧乡的艳阳，原来早已照不到我的心房。我享受于一个人沿着学校曾陌生的或曲或直的小路走去，是因为那份寂静，抑或说是，那份落寞。是的，安静了，我会忍不住思念过去……我很感谢忙碌的自己没有那么多空余去想念曾经，毕竟，如今已物是人非，你让我懂得了既然已经愈渐遥远，我们自不必刻意找寻，经历了就是美好，不去提，它就在那里，不远不近刚刚好，生

活除了感情，还有太多太多东西值得我们去珍惜，何况于它付出和收获从来不必成正比，既然错过，就是还有比这更美的美好。与其说他是一个坏男孩说明自己曾是如何没眼光，不如说他是个好男孩至少你们有很美的过往，相信未来的自己也会很幸福。

✦ 黄沙未合遇知音

我会关注你的微信公众号、微博，会看到好多好多新奇而韵味无穷的东西，我总是在万千消息的浪涛中见缝插针地问上一句："有人愿意一起打篮球吗？"接下来的就会是各种对女生打球的惊诧或者是心有余力的嗟叹，那一刻我知道，或许不会再有小伙伴一起陪我玩儿篮球了，何况那是女子聚集的师大。微信上有人说过，无论在哪儿，总有一件自己喜欢做的事心灵才不会寂寞。是的，有球，有知己，有你，我自不会寂寞。

还有，我遇到了天南海北的室友，无论是一起迟到一起挤食堂，还是过生日去西安城墙撕裂呐喊，一起为了期末考为了一场听写挑灯夜战，都是生活感动的碎片，那些一起成长一起哭闹的日子，一起学着化妆吐槽不平的镜头，总能把在室外一切的不快乐都冲淡。我记得我们一起偷偷养的兔子意外死去的那个夜晚，所有人哭得抱成一团，那一刻，我们发誓再也不要占有的喜欢。记得第一次用蹩脚的全英文介绍，记得一个室友参加比赛亲友团的呐喊，谁让这年我们十七八。

最后，陕师先生，感谢遇见，我期待我们的未来，也会铭记来时的路，我会静静努力，用我全部的爱让你如是爱我，四年，你将看到一个与你同行的更加坚毅勇敢的我。

——爱你的雪子小姐

扫码问学姐

上财的"经济人"假设

文 / 廖一静

经济人是以完全追求物质利益为目的而进行经济活动的主体，人们都希望以尽可能少的付出，获得最大限度的收获，并为此可以不择手段。"经济人"意思为理性经济人，也可称"实利人"。这是古典管理理论对人的看法，即把人当作"经济动物"来看待，认为人的一切行为都是为了最大限度满足自己的私利，工作目的只是为了获得经济报酬。

原谅这里没有风花雪月的诗篇作为开头，也没有充满哲理的苏格拉底式提问，冷冰冰的经济人定义可能就打破了你对这所大学的憧憬。不过，不要着急，耐心读完，你会有不一样的感受，或许你会爱上这个"务实"或者是别人所说的"功利"的大学，或许发现这里并不适合你，继续寻找其他的"理想园"。

首先来点刻板印象吧，上海财经大学是一所以经济管理学科为主，经、管、法、文、理协调发展的多科性重点大学，是国家"211工程"、"985工程优势学科创新平台"重点建设高校。这里有商学院、会计学院、金融学院、国际工商管理学院、法学院、公共经济与管理学院、人文学院、信息管理与工程学院、统计与管理学院、应用数学系、外语系、经济学院12大院系。

这种来自官方的宣传，相信你在确定高考志愿之前没有少看，可是我也有理由相信这些并不能给你一个满意的答案，也不一定

可以让你在做出选择以后的未来不会后悔曾经的选择，因为这就是每一个高考志愿填报者所经历的迷茫与不安。

上海财经大学，坐落在"上海——一个经济发展迅速，日新月异的城市"，校区位于杨浦区，毗邻复旦大学、同济大学，从学校的正门国定路777号出发，不用十分钟就可以到达复旦大学，是真的真的很近，所以如果你想去复旦串门是非常方便的。这可能不是你想知道的干货，接下来的内容可能你会更感兴趣，上财所在的杨浦大学城区，不同于一些建在郊区的大学哦，一条通往五角场商业区的大学路，本身就是一条文艺范十足的存在，各式的咖啡店、创意小店满足你不同的爱好。穿过这条路，来到五角场商业区，更是应有尽有了，沃尔玛购物超市，万达影院，百联又一城，小吃城，避风塘，吃、喝、玩、购物一应俱全，这就是学习之余放松，与密友约约约的福利啦，比起那些远在郊区，远离人间，不食人间烟火的大学，上财显得无比可爱。

上海的天空不会是你想象中那样总是乌云密布，除去下雨天，放晴的天气里，蓝蓝的天空，单单看着也会让你心旷神怡。

还记得大学第一天，例行的开学典礼，各种领导讲话，和从前的一样让人听不下去，只记得一句"不要让大学成为你的停车场，要让这里成为你的加油站"，也记得当时的主席台是面对阳光的，而学生们是背对太阳坐着的，这点让学生对上财的领导们有很好的印象。

可能看过了复旦大学的你，转眼来到财大，会有强大的落差感，因为财大不是综合类院校，只是财经类大学，校区也没有复旦大学那么雄伟辉煌，建筑也没有光华楼那么高大上，但上财的一砖一瓦自有它独特的韵味。行政楼高大伟岸，气度不凡，许多高大上的讲座都会在这里举办；红瓦楼复古典雅，仪态万方；同新楼人文荟萃，毓秀楼灵动婉约，也有别具一格的弘毅楼。校园里，有麻雀翻飞，草坪上、教学楼旁到处有猫咪穿梭，这里有一个猫咪王国，猫咪们各自为政，细心观察就会发现这里是一个庞大的猫咪家族，而在上财男女比例3:7的地方，自然不会缺乏爱心爆棚的女生们，猫咪们的食物来源自是无忧了。

谈到食物就来说说上财的伙食吧，食堂也是选择大学所必须考虑的因素哦，先不说上财附近多不胜数的各种餐厅以及丰富的外卖服务，单单食堂的服务指数就是满满的。盛环餐厅，特色麻辣香锅，校园人气美食，浓浓的麻辣味冲击你的味蕾；意大利面，酸爽劲道的口感，浓郁美味的汤汁让你垂涎三尺；麻辣烫，特殊的汤料味道给你不一样的体验。新园餐厅，有全天候供应的手抓饼，同时还提供宵夜，虽然种类不多，只有生煎、臭豆腐、土豆丝饼和暖暖的粥，但味道还是可以的，足以让深夜来临前你饥肠辘辘的胃得到满足。新食堂于2015年建成，新食堂分为三层，一层有酸辣粉、煲仔饭、盖浇饭、各种拌面，二层有丰富的菜品，麻辣香锅、竹筒饭，而三楼是自助选择的地方，营养美味。清真食堂，于2015年装修营业，西北拌面、烤羊肉串、陕西泡馍、馕包肉、

抓饭以及各种西北特色小吃，总会有一款是你所喜欢的。

谈到大学，不得不说的就是各种各样的社团了，新生入学后不久就会迎来"百团大战"了，一年两度的"百团大战"是你寻找你热爱团体的绝佳机会，这里有上海财经大学生涯发展协会，有利于未来的职业规划的社团；有天文协会，带你一起去看星星满足你小时候的梦想；有计算机协会，让你分分钟变计算机大神；有投资理财社，从自己理财开始，学会理财投资；有茶艺社，带你领略六大茶系的清醇；有麻将社，让你体会国粹的奥秘；有魔术协会，和你一起见证奇迹；还有春晖社、心理协会、粤动听、演讲与口才协会、就业指导中心、ES英语沙龙……各式各样的社团，满足不同的兴趣爱好。

当然，诚实地说，比起一些大学来说，上财的住宿条件也许是不尽如人意的，不是每栋楼都有可以洗浴的浴室，但每栋楼的基础设施都是齐全的，书桌、床铺、一个不大的衣柜，却也是在可以接受的范围内的。

图书馆——大学的核心资源之一，这里藏书丰富，有着浓厚的读书氛围，早晨8点，就有人排着长长的队伍刷卡入馆。晚10点，延时开放区，仍有"朝圣者"在孜孜求索，他们腹有诗书气自华，在书籍的海洋中，自由游荡。

大学是自由的，在上财，你也会是自由的，这里没有所谓的大学晚自习，没有校园的门禁，你可以选择你想要做的事，过你想要过的生活。当然，在步入社会之前的最后的学生时期，在大学，学习还是一件非常重要的事。来到上财，你可以感受到浓厚的学习氛围，与高中不同，在这里你可以选择你想要学习的内容，为你即将到来的工作生涯积蓄力量，当然，不是所有老师的课对你来说都有价值，如果你认为这里的什么课没有价值，你也可以只是应付考试地通过。一般的课程是没有期中考试的，只

有到期末的时候才会有考试。一般考试会持续数周，会有充分的时间用来复习。当然，上财的竞争也是激烈的，只有努力、拼搏后，才能取得好的成绩，你也可以不那么在意成绩，朝自己想要的方向发展，培养能力。

奖学金，转专业，第二专业跨校辅修，海内外知名大学交流各种各样的选择，在上财你可以延续为之寒窗苦读十年的梦想，你会遇到来自天南地北的同学，你会在这里充满期待地奔波着。回到最初说到的"经济人"，经济人是"以完全追求物质利益为目的而进行经济活动的主体，人们都希望以尽可能少的付出，获得最大限度的收获，并为此可以不择手段"，经济学，都是以人的理性与追求利益最大化为前提假设的。每天在接受这样的假设下生活，上财人可能是他人眼中功利的代表，天天与金钱打交道的人，每天算计着如何实现利益最大化，可是，这也不能否认上财人务实的作风，"功利"也代表着高效率，产生高回报。

大学，是个找寻自我的地方，人的一生其实很短暂，选择自己想要过的生活，希望未来的你能对今天的自己说一声：我爱着并不曾后悔我过往的时光。

注：本文由人文社科协会推荐

扫码问学姐

遇见，最美上大

文 / 公孙吉茜

东经 121.48 度，北纬 31.41 度。

早晨 8 点，A 到 F 楼之间人来人往。叼着从益新食堂买来的汉堡急匆匆地骑着自行车穿梭在校园的马路上，在人群里把自行车的轨道扭成一个完美的"8"。挤不进几近超载的电梯，大跨步奔上三楼冲进教室，伴随着头顶上方传来的第一声响铃，新的一天开始。

教学楼，食堂，图书馆，团委办公室，弘基广场，上大是一个圆，上大的每一个地标就是无数个小点，在这些小点中来回地穿梭，过着每天 N 点一圆的生活——我就是这样一个上大人，是这个圆圈里生活着的上万个个体之一。

这里是上海大学。没错，只有上海大学四个字，没有别的前缀后缀。或许提起北京你能想起清华、北大，提起浙江你只认识浙大，提起江苏你只记得南大，大部分人对学校好坏的定义只能凭借自己往日的听闻，上海有了复旦有了交大，在它们之外的学校就被忽略了。但你如果不在教育界，不在学术界，你的听闻不足以评判一个大学的好坏。你没刻意注意过的大学，不代表它不是一个好的大学。上海大学就是这样一个典型的例子。在 2015 年最新公布的权威的世界 QS 大学排名中，上海大学位列全国第 18 名，在天津大学、东南大学、中国人民大学之前。可以说，上大在学术方面所做出的贡献远比你料想的要多得多。

上大的发展可谓坎坷。老上海大学本由上海科技大学、上海工业大学等大学在1922 年由陈独秀创立，在革命时期获得了"武有黄埔，文有上大，北有北大，南有上大"

的美誉。而 1927 年，作为共产党创立的学校，上大因政治因素被国民党取缔查封，从此销声匿迹。1983 年，新的上大复创。上大重新建立的 33 年里，从无到有，一步步发展至今，可见其发展速度之快。

第一次踏入上大的校门，我充满了年轻人该有的所有憧憬和迷茫。把所有对家乡的牵挂都塞进了那个小小的行李箱，想象着自己大学的生活，想象着自己会在这里遇到的所有人和事。把校园逛了一圈，看到了夜里会发光的图书馆，看到了泮池旁边的青青草坪，看到了音乐广场一旁的上大神兽——孔雀。像一个小孩子，激动地想要了解这里的全部，双眼放光地看了一遍又一遍南门，最终才放下心来——够了，我在大学能想象到的，上大都有了。如此便安心地在这里生活了下来。有些庆幸当初志愿书上的那几行字，把我送到了这里，让我开始学着品味上大的精彩。

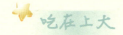

吃在上大

作为一个资深吃货，来到一个新的环境，最关心的就是它的伙食供应问题。令人欣慰的是，上大的食物，远远超出了我的预期。益新、尔美、山明、水秀、吾馨五个食堂，分别分布在临近各幢宿舍楼的地段，再加上一个东区的第六食堂，各食堂大展身手，轮番满足着上大学生的味蕾。想吃西餐、韩国料理，你可以到尔美见识一下上大师傅的手艺；想吃香锅广式香扒饭，南区不仅环境宜人味道也是极好；想吃过桥米线鸡公煲酒酿圆子，益新、山明欢迎你。想试着换一换口味？那试试水秀二楼得月餐厅的自助餐吧！

吃腻了学校的食堂，西门口的小吃店、饭店、西餐店、日料店、韩餐店又怎么能放过？西门一出，弘基广场和上坤城市广场就给了你无限的选择。只有你想不到，没有你吃

不到。外地的同学再也不用担心适应不了上海的口味了，因为你会发现，这里什么口味都拥有，什么口味都精彩。晚上10点了，城管疲惫地回家休息，上大的"黑街"却就此出动了。天南海北的小吃，你都能在西门一条街上的小推车里找到。这是上大的盛宴，是上大学生的天堂，也是你长胖十公斤的动力源泉。但不用特别担心，在这所男女比例接近1:1的大学里，再胖，你也能找到另一个真心爱你的胖子，陪你继续在这条黑街上欢天喜地。

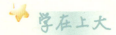

学在上大

大学里总有三种生活，第一种是寝室里的生活，第二种是图书馆里的生活，第三种稍后再提。上大也是这样。在连接A到F楼的天桥上，你能看到双手抱书赶向下一个教室的认真的女生，也能看到男生们讨论着微积分的题目怎样解，手舞足蹈地比画着前进。

每一间教室，都承载着一些人的梦想。他们在这里汲取他们想要的知识，又在深夜的自修教室耐心而沉稳地继续坚持着自己的选择。图书馆里有奋笔疾书的赶作业党，有累到趴下来小憩一会儿的考研党，也有打发时间来看看自己喜欢的书籍的人。学习是一种选择，也是一种坚持。有人有自己爱的人陪伴着一起坚持，有人暗夜独自付出，为的都只是离心中那个理想的近一些。

上大与国际接轨，实行的是三学期的小学期制度。更短的学期意味着课程节奏的加快，但这里有许多你能够从各方面学习很多的老师。他们在学术界有自己的成果，而在上大，他们就是你学习的最好的资源。一所综合性的大学，有着多样化的学院，在这里，你可以接触到各行各业的朋友，能把自己的见识扩得很宽。上大的物理、材料、力学、数学、化学跻身全球前1%，有四个国家重点实验学科，还有一所国家试点学院——钱伟长学院。在学业方面，上大提供给学生的机会很多。不管是外出交流，还是各类学术竞赛。而且，上大学生的就业率也有充分的保障，学校和许多企业都签定了双向人才培养计划，上大学生的就业率和就业满意率在上海地区均靠前。在上大学习，你的选择有很多。你既可以考虑读研深造，可以选择更好的大学更喜欢的专业，也可以选择利用这四年学得一技之长，毕业之后直接就业。在这里，学习是一种兴趣，一种能力，更是一种人生方向的抉择。

生活在上大

大概是魔都自由的氛围使然，生活在上大，你会发现生活的许多便捷之处——24 小时不断网不断电，24 小时无门禁自由外出，宿舍空调热水俱全，上床下桌四人间。这些上大学子习以为常的硬件设施，别的学校不一定全部拥有。我们说到大学的第三种生活——学生工作。这里有你数不尽的社团，你的每一个兴趣，都能在这里找到一个合适的落脚点。你可以在数量繁多的晚会上大展身手，也可以和社团里志同道合的小伙伴在课后相邀练习。学校门口的两个广场，很多饭店成了学生们聚餐常光顾的地方。天气热了可以去学校的游泳馆游泳，想运动了就到网球馆打打球，J 楼楼顶可能会有你涂鸦和放孔明灯的身影，团委办公室可能也有你熬夜写策划扔下的咖啡罐。你能想象的大学生活，这里都有。

除却校内生活，上大的方便也是有目共睹的。宿舍外的沃尔玛，两广场的 KTV、咖啡吧，毫不夸张地说，这是宝山区最热闹的一片区域。北门门口就是地铁口，去哪里都方便，就算下课想去外滩浪一圈，你也能及时赶回来上晚课。上大学生的生活总是那么多姿多彩，他们能够开心地玩，也能够用心地学。这里的故事，可以填满一整个青春。

爱在上大

我从不会吝于分享自己对上大的爱，不吝于展示上大的美。因为我知道，无论当时来到这里，心情是美好或是失落，最后，它会给我一个完美的大学四年，我能在这里找到自己想要的答案。这是一个年轻的学校，但它同我们一起在成长。想在这里与你邂逅，想与你看见一个上大的明天。

扫码问学姐

选择·大学·人生

文 / 王艳方

我现在是上海交通大学人文学院即中文系的一员，今年大三。而我以前所在的高中 L，在安徽省内一个偏僻的小县城。整个高中时代，我收起了所有和"青春"、"叛逆"有关的锋芒，一心做一个安静、努力的学生。班主任经常主动找我谈话，每提及高考，他都对我充满信心，言语中仿佛清华、北大于我如囊中取物一般。班主任这样讲，我心里又何尝不这样想！但是高考结束后，我没有考入清北，而除了清北，我对其他学校又一无所知。

从小就十分敏感的我觉得自己定是让班主任失望了而羞于向他咨询大学学校情况，再加上父辈皆是农民，他们所能做的就是支持我的所有决定。彼时，我一下子慌了神。

我不知道哪所学校强且可以录取自己，我不知道自己真正喜欢、适合哪个专业。迷茫中，迎来提前批志愿填报。——所谓提前批，是指在第一轮志愿填报之前报名，如果报了未被录取不会影响其他批次的填报录取，属于国家对贫困地区的倾斜政策。其中，一些学校会适当降低录取分数线。对于同学们来说，可以作为一个无害的幸运挑战。

然而，可供选择的学校并不十分令人满意。我看中的上海交通大学在该批次中只开放一个中文专业且仅有

一个名额。虽然我是文科生出身，可是我并没有明确想要以中文为业。毕竟，我要考虑到将来就业的现实问题。这时，听到周围同学讲，提前批次的录取率特别低，按照往年，一个班（70人左右）也就录几个甚至没有。既然如此，我也就抱着试试的心态，报了上海交通大学。之后，精力全都放在正式填报上了。说起来，很有趣，我后来填报的专业大部分都是经济、金融、管理类的，中文系只能勉强算是"备胎"。结果反而是"备胎"逆袭。——人生，有时候就是会意想不到！

提前批次录取，我成为上海交通大学人文学院的一员。请原谅我的鄙陋，直到进入大学后，我才发现上交无论是实力还是名气都比我想象中要好。自己虽说像是专业绑定一样选择了中文系，但事实证明，我并不是不喜欢它，而是被眼前一些现实的东西比如就业等挡住。我性喜安静，爱好阅读，进入中文系仿佛是如鱼得水。大学校园，远离人群的喧嚣。多少次我一个人在图书馆的阅览室里，看午后的阳关透过玻璃洒在书上慢慢移动，人群的悲欢离合从文字中流淌出来。在中文系两年多，看过的书，听过的话，写下的字都慢慢在心中沉淀。

选择交大，心存感恩。正如前文所说，我本来对学校并不了解，大部分认识都是通过网络或他人之口得知的。当大学生活的新鲜劲儿过去之后，似乎一切归于平淡。时间久了，便觉得学校也平淡起来。直到我上学期以交换生的身份到台湾交流学习，才切身地体会到"交大人"背后蕴含的情感。在外面交流，不同的人聚在一起，免不了相互询问"你来自哪个学校"；每当回答之后对方眼里的赞许一下子让我为母校感到自豪。所以，每当我回想当初的选择，便不由得心生感慨：我看似随意的填报却成了我最终的选择。而事实证明，我选择的学校和专业也是适合我的。

人生，没有如果，没有重来，你当下的选择便是最好的选择！

关于交大的风景：（闵行校区）

交大，最突出的一个特征便是大！人手一辆自行车是必备的。除了大之外，交大的风景在国内的大学中也是相当不错的，前一阵神仙姐姐刘亦菲和杀姐姐马可先后都在交大校园里取过景。

作为一个在交大已经生活了近三年的人来说，思源湖是难以忘怀的：这一顷碧波，四时之景皆不同。春回大地之时，岸边桃红柳绿，行人在树下流连、拍照；秋季，

岸边的垂柳叶子由绿转黄，随风簌簌地落下，岸边的地上、长椅上，洒落着金黄色的秋意。晴天的时候，碧波荡漾，落雨的时候，涟漪阵阵，宛若走进江南书画中。思源湖畔，有勤奋读书研习的学子，有窃窃私语的情侣，还有嬉戏玩耍的游人——思源湖见证了太多太多的欢声笑语。电院大草坪也是难忘的：春夏时，那一片宽阔的草场总让人忍不住躺下去。在那里，我看见过不同颜色的风筝在空中飞扬，看见过许多父母和孩子在一起玩耍的温馨场面，当然还看到了许多恩爱的情侣在草坪上休憩。而我最喜欢的是在学习疲倦

或是心情不好的时候，骑着自行车来到大草坪，安静地躺在草坪上，看天边的夕阳一点一点消退。说到散心的地方，我在交大还发现了一个"秘密花园"。在植物园后面，有一条河，河岸是平缓的斜坡——其实也就是一块草坪啦！刚进大学偶遇它时，河里满是鹅卵石，岸边是芦苇。现在再去看时，已经被规划治理了——相比以前，更加整齐和幽美了。因为是在东区，平时人们多是从旁边呼啸而过，很少有人专门停下来欣赏这一片清幽。我发现了这个"宝地"之后，便经常来放松心情，有时还带朋友去那里野餐。我喜欢享受这种不被打扰的感觉！

柳永《望海潮》云："有三秋桂子，十里荷花。"校园里虽然达不到"三秋"、"十里"这样的规模，可那桂花和荷花也是毫不逊色。受气候影响，上海的秋天很难判断什么时候来。而桂花可算是秋天的信使了。每到秋季，校园里到处飘着一股若有若无的桂

花香，给金秋增添了许多韵味。荷花呢，当然是三餐旁边同德湖的荷花啦。荷叶圆圆覆盖湖面，红白荷花亭亭玉立，其实，校园里的风景不单单是某一处，放眼望去，用心感觉，风景就在身边：新图书馆前的那条道路上的梧桐，环绕校园的河流，农生学院附近的"荒野"，以及东上院的银杏、枫树等，在现代化的校园里，不乏赏心悦目的园林景观。

交大院系：

在这里谈一些印象深刻的院系。笔

者来自人文学院，也就是人们常说的中文系；专业是汉语言文学（海外交流方向）。交大人文学院本科招生始自 2006 年，应该说本学院还是比较年轻的学院。但经过将近 10 年的建设，确实有很大进步。学院在师资力量上下了很大功夫，在人文学院你会碰到很多学术界的名人。如果你在人文学院的老师名单上看到了教材上曾出现的名字，千万不要惊讶——这种情况在交大算是比较普遍！和人文学院相对的是外国语学院。虽然两院仅一条走廊之隔，但遗憾的是，我从没有进去参观过。由于笔者英语水平一般般，对外国语学院只觉得"可远观而不可亵玩焉"。和人文学院隔一条马路的是媒体与设计学院（简称媒设）。对这个学院的同学，笔者十分羡慕。平时和媒设的同学一起上课，只觉得他们"技艺高超"，可绘图，可演讲；特别是在课堂展示时，颇具风采。此外，在交大还会经常耳闻一些相当神秘、高大上的学院，比如密歇根学院、巴黎高科、致远学院、安泰学院。这几个学院大家每每谈起它们都赞叹不已，言语中仰慕之情流露无限。其实，交大现在是往"综合性大学"的方向发展，但不能否认，由于历史原因，交大最为外人所称道的还是理工类专业。比如船建学院、医学院等，在同类专业领域遥遥领先。

✦ 交大食宿：

作为一个交大人，非常自豪的是我们学校是第一批在宿舍安装空调的。现在可能大家都觉得宿舍有空调很正常，可要是放在几年前，就不一样了。交大的本科宿舍一般都是四人间，有独立的浴室和卫生间。在学校里住了两年多，感觉还不错。特别值得一提的是，以前宿舍的浴室只能出冷水、没有热水，如果要想足不出户洗澡的话，可能就需要你跑到一楼水房打点热水——是有点麻烦的；不过，幸运的是，这种日子很快就结束了。学校已经着手在宿舍楼整修浴室，现在整修工程已经接近尾声了。说到浴室，其实每几栋宿舍楼聚集区就会有一个餐厅和一个公共浴室。也就是说，同学们洗热水澡要走出宿舍楼，多多少少不太方便。等宿舍楼内的浴室整修完成后，同学们就可以愉快地享受不出宿舍楼洗澡的畅快了。除了住，最重要的就是吃了。

那么，作为一个交大人，同样可以自豪地说：我们学校有六个餐厅，这还不算西餐厅、特色餐厅、清真餐厅！"民以食为天"，在外求学若能在学校里遇到各色美食，不能不说乃人生一大幸事！六大主要餐厅，涵盖海派菜品、川菜、淮扬小吃等，基本

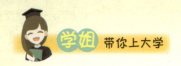

能满足日常需求。而且餐厅基本上每年都会整修一番，增加一些不同的菜样。每当有同学造访，笔者在带领他们逛完校园后，一般都是在校园餐厅吃饭——经济实惠而又不失礼貌。不过，由于学校面积太大，六大餐厅位置相对分散，笔者虽然在学校近三年，但至今还未去过第六餐厅。这也可能与笔者不是一个合格的吃货有关吧！

🌸 交大社团：

社团，是一个让人成长的地方。在社团里，你会遇到各种各样的问题，你会在不知不觉中超越你所认为的不可能，你会认识来自不同地方、院系的人，你会交结到一生的朋友，也许你还会遇到相伴一生的爱人！在交大，有各种各样的社团：文学社、书法协会、古琴协会、乒乓球协会、街舞社……不胜枚举。

当你进入大学的校园，便会觉得一个崭新的世界在你眼前徐徐展开。形形色色的社团，每一个都那么有趣。在这里要给学弟学妹们提个建议：进入大学必然会接触各种各样的社团，一定不要贪多，尽量选一些自己真心喜欢、愿意付出时间和精力的社团。毕竟在大学里，学习还是主要的。当你涉及的事务比较多，到了期中、期末这些时候，便觉得焦头烂额了。不贪多，专心经营一到两个社团，丰富课余生活，锻炼能力，足矣。

以上，只是我对交大的一点点介绍，更多有趣的东西还在等着你发掘！

大学，是另一段生活的开始，愿你我在大学中都能成为更好的自己！

注：本文由晨风文学社推荐

扫码问学姐

这边风景

文 / 史洋洋

　　A 姑娘是石河子大学一名大三学生，她认为要介绍石河子大学首先要了解石河子市。艾青为石河子写过一首诗——《年轻的城》："我到过许多地方，数这个城市最年轻，她是这样漂亮，令人一见倾心……她永远在前进，时时刻刻改变模样，因为我透过这个城市看见了新中国的成长。"这首诗辞藻朴素，可最能描绘石河子市成长的模样。也许很多内地的同学熟悉艾青，也听过这首诗，可对石河子这座城市并不十分了解。A 姑娘是一个地地道道的新疆人，她希望借此机会为大家介绍她印象中的石河子市及石河子大学（为方便起见，下文中有些地方会简称石城和石大）。

　　2015 年是新疆维吾尔自治区成立 60 周年，石河子市作为新疆最大的兵团城市，它一步步发展的脚步正印证着新疆的快速发展。石河子位于天山北麓中段，准噶尔盆地南缘，独具西部风情的"丝绸之路"上，被誉为"戈壁明珠"。它由军人选址设计建造，拥有军城之称。它创造了"人进沙退"的奇迹，是"屯垦戍边"的成功典范。

　　石河子大学，前身诞生于 1949 年 9 月中国人民解放军解放新疆的进军途中，1996 年 4 月由农业部部属的石河子农学院、石河子医学院、兵团师范专科学校和兵团经济专科学校合并组建，现由教育部和新疆生产建设兵团共建。A 姑娘认为迄今为止，石河子大学医学院、师范学院、经济管理学院和农学院，无论从师资力量还是教学质量来说都很棒。医学院的孩子们本科上 5 年，大多数都要上研究生的哦，加起来共 7—8 年，这可需要一颗平静又耐得住寂寞的心。

　　石河子大学是一所综合性大学，共有 17 个学院，86 个本科专业。由于专业院系较多，各种资源都可以由全校师生共享。虽然位于西部地区，但这里已经形成了全面的对口支援建设体系。以北京大学为组长单位，很多内地一流的学校在学科、教学、管理等方面给予石河子大学支持。石河子大学博学楼 C 区有一个石碑上写着"未名新柳绿天

山"，据 A 姑娘猜测"未名"说的应该是北大未名湖吧。石大学子们当然是对口援建这方面最直接的受益者，我们有机会听到北大等名校教授的讲课，有机会听他们远程传输课程。每个学院学习优异者，有机会到相关援建学校插班学习，有机会免试到相关学校攻读硕士研究生。这对于一些高考失利或者想要进入内地一些名校学习的学生是一个很好的机会。

除了援建项目以外，石河子大学还与法国欧亚管理学院、韩国又松大学、俄罗斯阿尔泰国立技术大学、吉尔吉斯斯坦阿拉巴耶夫国立大学等其他国外院校开展学生交换项目，每年派遣经济类、俄语专业学生赴法国、韩国、俄罗斯等国学习，互认学分。冬季石城大雪纷飞，A 姑娘赴埃及学习的同学却在尼罗河上晒自拍、看金字塔。还有同学在美国逛哈佛、MIT。虽说这样的世界名校咱没啥可能去上，可进去瞅瞅也不错，看那建筑风格学习环境让人大开眼界。

相信很多男生都有一个军人梦，石大从参加全国统考的应往届高中毕业生中招收国防生。年龄不低于 17 周岁不超过 20 周岁，志愿献身国防事业，享有与普通大学生同等权利，军队每年为每名国防生提供 1 万元奖学金，A 姑娘晚上从图书馆回宿舍的路上就可以看到国防生们训练，跑步。他们在校期间需要参加部队组织的军事训练和实践锻炼。暑假期间他们会去附近部队训练，总之很辛苦。毕业时，达到规定的培养目标，可以办理入伍手续并成为军官，想要成为军人的同学快快看过来吧。A 姑娘觉

得他们好帅，可这也需要坚持、勤奋的精神，不仅要学好专业知识还要刻苦训练。

石河子大学校园面积 182 万平方米，在石城有北、中、南、东 4 个校区，五家渠市有一个校区，主要是商学院。据 A 姑娘所知，五家渠市的商学院很快就会搬至石城，那样每年开运动会或其他重要的学术会议时五家渠的小伙伴们就不用坐三四个小时的车赶来石城。最主要的是可以使用石大图书馆、实验室、体育馆等公共设施。

A 姑娘记得大一刚入学时，接她的学姐说："你们真是够幸运，一来图书馆、博学楼就修好了。"近两年石大又修了一栋高层单身公寓和一栋实验楼，A 姑娘也迫不及待地希望能在下学期进实验楼感受一下新的设备。当然楼内也设有其他院系的硬件设施。石大近两年共修了 3 个地下通道，连接南区、中区和北区，与北区和中区相连的两个地下通道中有各种店铺出租，也有一些店铺是石大学生自己开的，学校给予他们充分的支持。每年开学，石大科技一条街便云集各种小小商铺，师哥师姐们也在此开始了自己的创业梦。每年过圣诞、情人节会有学生在学校各个角落卖苹果、花、许愿灯等物品。6 月份毕业季，大四毕业的师哥师姐会把自己用过的一些桌子、衣服、书之类的二手货拿去国防生楼前卖掉，形成一个小小市场，名曰"跳蚤市场"，其中各类日常用品应有尽有，附近的大爷大妈们也慕名前来采购，一定是价廉，物美不美就要看大家会不会挑了。这些都是很好的创业机会，为了鼓励石大学子创业，石大设有创业孵化基地，也有专业的老师为大家免费指导授课。

大一时给 A 姑娘印象最深的便是"百团纳新"，时间大概在新生军训完一周后的周末。中区最大的操场上，四周的跑道间摆满了各大社团的海报、展板。挤满了在此宣传各自社团的师哥师姐和大一报社团的新生。绕操场走一圈你会发现有各种志愿者社团、轮滑社、车协、话剧社等等，每年学校会选出 10 个"十佳社团"，这些社团都是一些在学术、志愿服务等方面贡献十分突出的社团。据 A 姑娘所知，石大知音文学社、阳光志愿者协会、希冀模拟联合国都是很棒的社团。无论你爱好什么都可以在石大找到属于自己的位置，散发自己的光芒。当然如果没有你感兴趣的社团，你可以申请创建自己的社团，条件合格学校定会给予支持。

石大每年会举行各种各样的比赛，体育方面会举办乒乓球赛、篮球赛、排球赛等。还有每年一度的运动会，在运动场球场上运动健儿们挥汗时最能体现青春的阳光和健康。其他方面会举办配音大赛、话剧大赛、服装设计大赛、主持人大赛（又名"十佳金话筒"大赛）等。很多人对音乐都怀有一份热爱之情，这里还有"十佳歌手""挑战最强音"，如果你会玩音乐，那就上场一决高下，成为万众瞩目的焦点。如果爱音乐，就去感受一下场内激情燃烧的氛围。每次举行这些比赛，决赛时体育场内场场爆满。另外 9 月份开学到 11 月左右，每个院都会陆续举办迎新晚会，学校在 1 月初举办校级元旦晚会，元旦晚会出演 3 场，汇集全校的文艺爱好者。师生家属都会来观看，观众席座无虚席。石大学子们远离家人，也能感受到新年的喜悦。

美食对于 A 姑娘最具诱惑力，石大共有 12 个餐厅，每个区都有，分布不同的餐厅，每个区也都有清真餐厅。A 姑娘认为最好吃又价廉的是绿苑二楼，当然品味轩的饭也很好。由于校区较大，A 姑娘在东校区和南校区仅吃过几顿饭，不过味道也不错。A 姑娘有一次看食堂叔叔给的饭太多，要求叔叔少打点，叔叔很直接地说："少了吃不饱。"新疆美食——大盘鸡、烤肉、烤包子、拌面（新疆人称拉条子）、馕都能在石大餐厅中找到。新疆作为少数民族聚居的大家庭，其他少数民族的美食也都可以在石河子吃到。这里大部分汉族人来自内地的不同省份，川菜、火锅、冒菜、兰州拉面、泡馍、云南过桥米线、闽南小吃炒米粉等其他地域美食应有尽有。想在食堂吃到家乡菜也很容易，当然味道可能没有你家乡的正宗。如果有些吃货还不满足食堂里的各种美味，石大附近也有很多餐馆。少数民族很诚实，大盘鸡里肉绝对够你吃。不得不说的还有新疆瓜果，夏天石河子随处可以买到葡萄、梨、西瓜、李子等。新疆一些城市以水果闻名，如阿克苏的苹果，哈密的哈密瓜，库尔的香梨最具代表性，在此就不一一列举了，就怕大家口水止不住。干果有红枣、核桃、巴旦木、葡萄干等，石大的孩子们每年冬天都会带些特产回家，A 姑娘一舍友，每年带一行李箱的特产回家过年，还愁毕业后再吃不到新疆这样甜的葡萄，A 姑娘只好承诺以后寄给她啦。

在 A 姑娘的眼里，每个人都有故事，她知道只要用心总可以和别人相处好。A 姑娘的宿舍住六个人，刚来这所学校时每个人都会吐槽，现在的大学一个宿舍竟然住六个人。三年了，她们宿舍是整栋楼里唯一一个没在每张床上挂帘子的宿舍。都说女生的友谊像纸，易破，可 A 姑娘觉得说得不对。六个人，四个新疆人，一个来自安徽，一个河北人。几个人一放假就出去逛街，先逛小地方再逛大地方，五一去邻近城市在人海中看郁金香。十一假期坐十几个小时的火车，出疆去月牙泉玩，在几百个人中挤过莫高窟的石洞。她们在大学经历过很多的第一次，第一次通宵唱歌，半夜出来睡在福利院门口的吊椅上，终于体会到新疆昼夜温差之大。有人第一次看到北方大雪纷飞，银装素裹的世界。新疆旅游资源丰富，喀纳斯、天山天池、葡萄沟、楼兰古城、魔鬼城、伊犁大草原，都是大自然的神来之笔，同时又具有民族特色。

　　外教说："石城要是在美国就是一个小镇，但这小镇很美。"有雾霾的几天里，老师说："边陲小镇这雾霾怎么这么重，难道从北边飘过来了吗？可这里刮西风啊！"这里四季分明，A姑娘最喜欢这里的秋天，但是这里的秋天极短，还没穿风衣，就要紧裹羽绒服。两场秋风，一阵秋雨，就可以吹下所有的树叶，那时石城一片金黄，摄影爱好者们举起相机到处搜寻美景。姑娘小伙子们拿着吉他在树下唱着青春的歌。她经常在校园北区看到一位阿姨身后跟着一条装有假肢的小狗，小狗边跑后面假肢上的两个轮子边铛铛地响。小狗有时穿红衣服，有时穿黑衣服。春夏秋冬总能看到她俩的身影。冬日里，A姑娘上完自习，在路灯下拖着雪地靴，艰难地走在满是冰块的路上，看到这一幕所有的不愉快都会消失了。每个周末早上A姑娘和舍友都会打羽毛球，可不管怎么早都赶不上家属楼爷爷奶奶起得早，球场的位置总被他们占完。石城的老人给A姑娘留下的印象最深，他们年轻时来此开垦边疆，石城一草一木都凝聚着他们的血汗。大街上市场里老人们从容淡然。冬日的校园里，有老人在白茫茫的树林中开辟一片空地，练太极拳，完全不顾随时会从树上掉下来的雪块。

　　A姑娘还在学校里努力学习，学做一个人，积极、善良、勇敢，再过一年将大学毕业。岁月就在指缝中溜走，除了这一句陈词滥调，都不足以形容时光飞逝的情景，可这边风景，这些时光，一定最珍贵。

扫码问学姐

360 度看川大

文 / 张歆妍

四川大学作为一所校训为"海纳百川，有容乃大"的综合性大学，在文理工医各个方面都有着很强的学科实力。而就我所知，川大最厉害的莫过于华西医学院啦，其中又以口腔、临床医学尤甚，到华西读口腔绝对不亚于考上清北。不过在此告诫打算学医的学弟学妹们，必须做好长期忍耐寂寞的心理准备，毕竟除了有无休止的医理知识要学要记，华西许多专业还要学到七年制八年制之久，漫漫征程，祝君幸福。

当然除了华西这块名牌，川大的高分子材料工程学院也在全国赫赫有名。据说以前高分子学院本属于材料科学与工程学院，然后太牛了就独立出来了，你懂的。川大各科共有 30 多个学院，数百专业，在全国跻身前列的还有很多，此处就不一一赘述啦。

不过，值得一提的是川大的两个比较特殊的学院——吴玉章学院和 ACCA 国际注册会计师学院。吴玉章学院是由川大知名校友吴玉章创建的荣誉学院，进入学院的学生可自由选择自己感兴趣的课程，在各专业间自由飞翔。ACCA 国际注册会计师学院，顾名思义，就是致力于培养国际注册会计师的精英学院。这两个学院并不会直接录取，而是在新生入学报到时同时报名参加考试，而成功考入后的福利除了专业课程的学习优势，还可以用一句话概括，那就是：分高出国机会多！本学姐当时进校的时候就因为消息闭塞错过了报名，不过也不用慌，每学年都会有补录进吴玉章学院的机会。

作为一所有百年历史的名校，川大的每个学院其实都各有所长，卧虎藏龙，还有许多风采十足的名师。前段时间历史学院的青年教师周鼎因为一篇《自白书》火了一把，而周鼎老师就是川大极受欢迎的一位教师，但凡他所开的课程，堂堂爆满，哪怕没有选上的同学也会去蹭着听。文新学院有一位老教授谢谦，也备受同学们欢迎，大家可以偷偷去关注他的微博"种瓜得豆谢不谦"，看看这位童心未泯又德高望重的小老爷爷是怎么天天秀恩爱的。

川大有望江、江安、华西三个校区，除了 ACCA 学院，所有大一大二的同学都在位于双流区航空港的江安校区。

江安校区素有"江安高中"之称，那是因为此前大一大二的同学在周一到周五都是不允许出校的，所有生活学习都在学校内解决。但由于学校积极鼓励学生创新创业，将原有的商业街所有店铺收回以供学生进行创新创业活动，现如今所有年级的学生已经可以自由出入了。不过相应的，学弟学妹们也无福见证商业街昔日的繁华景象，无福享受许多曾经的美食了。现在还存在的商业街美食仅剩大名鼎鼎的"江安神藕"（以变态辣闻名，据说以前每年还会举行挑战吃神藕的比赛，最强者也吃不下十片）和提供各式套饭、砂锅、拌饭的"晏家砂锅"，而它们也都搬迁至江安校区南门外的商铺，生意火爆一如既往。至于学校内，共有大大小小七个食堂，其中最大型的是西园一餐厅和二餐厅，这两个餐厅的二楼都经过重装改造升级。餐厅包括全国各地的各色食品，丰富美味，平均每顿饭花费不到十元，还有干锅、小炒、冒菜等等。学校设有清真食堂，食堂的师傅都是少数民族的正宗清真厨师，重点推荐拌面和烤鸡腿。每天不到开饭时间就可以看到清真食堂拌面的窗口排起了长队，而吃饭时间还不到一半就早已售光。各个食堂中全天供应的只有小吃城，小吃城的蘸饺、米线和刀削面也是味美价廉，五块钱一大碗。还有低调但绝对值得推荐的位于研究生宿舍的东园餐厅，由于远离西园所以不为多数同学所熟知，但这个食堂绝对是良心食堂，用料和分量都让人惊喜，面条两块钱一碗还满满的肉啊！

在校外不远有一个依靠川大建立起来的金色校园广场，那里的美食就多了去了，倾情推荐：随手一冒冒菜（好吃又健康实惠的冒菜）、一品鲜东北菜（手工水饺，熘肉段，地三鲜，拔丝地瓜……每一样都好吃）、新派砂锅（除了招牌砂锅还有鱼香茄排、铁板牛肉强烈推荐）、草根小米辣（清淡的火锅）……还有许多就等你自己去探索咯。

不过要论吃，望江校区才是美食的天堂！坐落于南一环与二环之间，望江校区从任意一个校门出去都有不计其数的好吃的，足够你花整个大学的时间去享受。有得必有失，望江得天独厚的美食环境是与其恶劣的住宿环境互补的。走进望江宿舍，你就仿佛走进了《致青春》的片场。尽管墙壁经过粉刷，还安装了空调，但还是掩盖不了

老旧的面貌。钢丝床摇摇欲坠，睡在上面的同学略略翻身下面就会做好赴死的准备……没有独立卫生间，也只有公共澡堂。相比之下江安的宿舍就幸福得多——商品房形式，一个围合就像一个小区，有十个单元左右，围合中间的活动区域有乒乓桌和晾衣服的架子。每个单元六层高，一层楼两个大寝。大寝三室一厅，每个小寝室四个人，上床下桌。一个大寝共享客厅、卫生间和阳台，房间有空调，淋浴有热水。吃好还是住好，这是江安和望江两个校区的同学永远的问题。

作为综合性大学，川大的社团活动确实覆盖了各个兴趣方面。相信我，你的任何爱好都可以找到对应的社团，找到一群志同道合的小伙伴。即使有万分之一的机会你没有找到，你也可以申请自己创立一个社团，还可以向学校定期申请经费。在已有的社团当中，极负盛名的包括演讲与交际协会、青年摇滚社、雷雨话剧社和笑笑相声社……等到大一入学后不久，就会有一场"百团大战"，全校所有社团都会在青春广场上大展身手，大家可以到时候一探分晓。

入学后除了加入社团，也可以加入团委和学生会。在新生入学后，每个学院还会陆陆续续地举办迎新晚会，这也是个观望自己学院和其他学院的男神女神的好机会哟。偷偷说一句：通常来说，外国语学院和文新学院的女神最多。每年学校都会举办"江安杯"全校足球和篮球比赛、"凤凰展翅"合唱比赛、"凤鸣川大"校园歌手大赛、"凤舞川大"舞蹈大赛、"挑战杯"大学生科技创新大赛……虽然学姐我以前去参加歌手大赛瞬间就被刷下来了，还是鼓励大家多多参加各种比赛哦，说不定你就一举成名咯。

除了兴趣类的比赛和社团活动，学校还有许多公益类的社团，趁着大学去做做志愿者、支支教什么的也非常值得推荐！

现在川大正在积极响应国家对大学生创新创业的扶持，学弟学妹们有任何的关于创新创业的好点子都可以得到学校的资金政策支持。如今校内商业街已经正式启动店铺认领，只要是好的项目，都有机会在一个良好的环境中孵化出来。

川大分为望江、江安、华西三个校区，而这三个校区都有自己对应的标志性建筑。

说到望江校区，就不得不提中国著名建筑设计师梁思成先生设计的行政楼。作为

一个门外汉我真看不出来这座建筑外观上的特别之处，但有一点我由衷佩服，这栋楼真的是冬暖夏凉！每次走进去都有与世隔绝之感，莫名地觉得受到了身心的洗涤。行政楼正对着古朴而庄严肃穆的北大门，而北门两侧的双荷池又是钟灵毓秀的所在。每到盛夏傍晚，池边总是聚集着纳凉的学生、老人、小孩和钓虾者。没错，池中除了绵延的荷叶与荷花，还有大大小小聚集于池底的虾。我有幸观察过别人钓虾的过程，只想说虾真是特别蠢的生物，动不动就被钓上来了。

江安校区是川大最年轻的一个校区，设施完备风景宜人什么的自然不必多说。江安校区的名字来源于流经这个校区的江安河，校区里有一个巨大的人工湖——明远湖。而当时挖明远湖产生的泥土被堆积在明远湖边，堆成了一座小山。由于这座山不太高，所以叫不高山。这还没完，明远湖隔断了同学们的生活区和学习区，于是建了一座横跨明远湖的桥以方便大家出行。由于明远湖很大，这座桥很长，所以叫长桥，足足有400多米，每天上下课，从宿舍到教室再从教室到食堂再从食堂回宿舍，都像跑了个马拉松——这样的情况下自行车就显得尤为重要。关于长桥还有一段浪漫的传说，因为桥上刻有很多英文字母。传言这些字母拼起来是那首举世闻名的情诗《当你老了》，而这背后是长桥的设计师在川大绝美的校园爱情故事——至于真假，就要靠你来长桥拼拼看啦。

注：本文由青桐文学社推荐

扫码问学姐

浪漫雅雨滋润的川农大

文 / 刘衍宏

　　走进川农（雅安校区）的那一刻，吸引我眼球的不是夹带着浪漫气息的雅雨，不是透露着典雅韵味的逸夫楼，而是守候在校车旁迎接我们这些新生的师兄师姐。我不知道你是否懂得离开家乡到一个陌生城市的落寞与孤独。你不了解那地方的一切，那里的一切仿佛和你没关系。

　　然而，"幸福"总是来得太突然，师兄师姐们热情的迎接让我备感温馨。为你解答疑虑、帮你导航、为你拎包。注册报到的路上，他们会分享一些校园槽点或者一些校园活动又或者是教你如何快速适应大学生活等等。此刻的川农大校园有许多为新生服务的服务点。身在雨城的川农总是带着雨点，不过别担心，爱心站的师兄师姐为你提供雨伞啦！报到流程完了之后呢，新的问题出现了，川农那么大，新生们有些晕了。此时转身扭头，师兄师姐为你奉上他们亲手绘制的可爱地图。当然运气好的话还会遇见暖心的师兄师姐，他们会带你逛校园。

　　作为一个吃货，尤其在逛完校园之后，最关心的当然是吃啦！

　　川农共有雅安校区、成都校区和都江堰校区三个校区。在川农雅安校区共有四个食堂，桂苑食堂、教工食堂、杏苑食堂和小木屋。位于老区的桂苑食堂有丰富怪异的菜品。还记得

在"黑暗料理"界风靡一时的橘子烧排骨吗？那是川农大桂苑食堂阿姨的神作。第一次看见橘子烧排骨的那一刻，我的内心是不能接受的。怀疑过这真的能吃吗，不过不用担心啦，川农大食堂所有的菜品都会采样检测。想想酸酸的橘子加上排骨会给你的味蕾带来什么样的体验呢？其实味道还不错，蛮好吃的，橘子除去了排骨的油腻，散发丝丝清香。这里的菜品总体比较便宜，但吃饭的同学不多，因为离二区和三区远。一般情况下在老区上课后大家会选择在这里就餐。

教工食堂则比较小，食堂内部的格局跟杏苑和桂苑比起来则更有家的味道。大家一起坐在一张方桌上总感觉亲切。另外，在这里吃饭时常会和其他同学拼桌，也就会有更多认识其他人的机会。当然，你可能会遇到特意要和你拼桌的同学，然后呢，一切就都有可能了嘛。

杏苑食堂呢，它是雅安校区学生公认最好吃的食堂。菜品丰富，鲜美可口。有各种饼、大锅荤素、小炒、面条、抄手、饺子、炒饭、盖饭、冒菜、蒸菜、烧菜、炖菜、汤。另外还特别开了清真窗口，比起一般的窗口，清真窗口则更清淡。用餐闲聊时，食堂中间的小池子则被看中了。偶尔有调皮的同学向池子里丢食物，逗那些活泼的鱼儿。

小木屋是三区食堂，总的来说这里的菜品不多但都好吃。走进小木屋，首先吸引你的便是那石桌和石凳了。在这里用餐有别具一格的风味。

喂好胃之后的你或许会思考学习，首先想到的当然是图书馆了。

四川农业大学图书馆建筑总面积44650平方米，文献资源总量达625余万册，是西南地区最大的农业信息中心。

当雅雨滋润的梦在图书馆的钟声中醒来，激情美好的一天就开始了。川农（雅安校区）图书馆的钟声就是这么神奇，总是给我一种鼓舞感。这里的书籍种类繁多，涵盖面广。我觉得最重要的是图书馆里宁静舒适的学习气氛。每当我进入图书馆我就会静下心来学习。那里有许多热血拼搏的同学，这会让你备受鼓舞。看到他们那么拼就不会不努力，于是自己也就认真起来。你可以在图书馆里查阅期刊文献或者阅读书籍又或者在自习室里做功课。当然你也可以选择在校园的任何一个角落进川农电子图书馆。

每当晚上9：55，图书馆的闭馆音乐响起时，会有很多不想离开的同学。

当然图书馆一定是可以借书的，这里为你介绍一个属于川农图书馆的特殊的日子。通常一本书可以借阅一个月，但书在你手里待的时间太久了，怎么办？不用担心啦！川农大图书馆设有免罚日。每月第三周的星期三是图书馆免罚日，无论你的书借了多长时间，在免罚日当天归还是不用付费的。在我看来，图书馆的免罚日是很人性化的，能替你解决很多问题，在某种程度上使你的校园生活更滋润。

你可能会好奇大学的一天是怎么度过的？除了一天的课程以外剩余的时间就安排一些学校或学院组织的活动、部门事务、社团生活、班级活动或者是带上小伙伴出去玩。

说起学院组织的活动就不得不介绍一下川农大的学院情况了。川农大现设学院22个，涵盖农学、理学、工学、经济学、管理学、医学、文学、教育学、法学、艺术学十大学科门类。各学院之间关系都很不错，经常会有学院之间的联谊或比赛。

每个学院内都有学生会、团委会以及其他学生组织。当然校级学生会、团委会和其他学生组织就不用说了。你可以选择加入一个部门，这些部门都是很锻炼能力的地方。部门经常会主办或承办一些活动，那么问题来了，活动要怎样才能开展下去？写完策划书，提交到学院或相关部门，批准之后就可以宣传活动了，接着便是布置和开展活动了。

川农还有各种学生社团，比如街舞社、文学社、国学社、布艺协会、数学建模协会、模型协会、英语协会、排球队、辩论队、民乐团等等。在这里你能找到和你有相同兴趣爱好的同学。然后你能找到朋友、知己又或是你的另一半哟！学生社团也是蛮棒的，除了一些训练和例会等，剩下的就是同学们顶喜欢的活动了。活动的开展也能锻炼你的能力，训练则会促使你的爱好成为你的特长，例会培养你的纪律意识和团队感。

无论是部门、社团还是协会，你都可以认识很多厉害的人物，他们会给你很多启示，能教会你很多道理，让你更能把握你的人生。

除了部门、协会这些活动之外，你还可以逛逛"最美梧桐大道"、桂花大道、农场或者是十教后边的老板山。川农的梧桐大道是川内"最美梧桐大道"。从老校区侧门口到渍江桥桥头的道路两侧，上百棵梧桐树无疑是一道亮丽的风景线。它们在不同的季节给你不一样的感觉。我尤其喜欢秋天的梧桐大道。当秋风吹过，金黄色的梧桐叶片片飘落，不禁会有夹带着小忧伤的兴奋。

回忆过去的春夏，有生机与活力，而今已经没有那一股铆足的劲。"落红不是无情物，化作春泥更护花。"是要想想这个秋我应做些什么了。我已不能拼一场枝繁叶茂，那么尽一切努力为后代创造吧。转眼间想到我们自己，我是多么兴奋。因为我们并不是这样，我们正值青春年华，我们有足够的精力去拼搏去创造。

川农的梧桐大道时常会给你不真实的感觉，因为景色很美、意境太棒。

这里每天都会有争着拍照的同学或游人。不因为其他，只为那些点滴美丽。

桂花大道是川农雅安校区二区主干道，每到桂花开放的季节，整个校园里弥漫着桂花香。漫步在路上，花香洗涤你的心灵过滤你的坏心情。满树的桂花美到令人艳羡，曾听同学这样评价过："这桂花开得好过分。"当然你是可以想象如此繁茂的桂花开遍长达1000多米的二区主干道两侧的景象。都是视觉和嗅觉被宠幸的感觉。

老板山呢，它可是有故事的哟！以前的老板山是一条经商的路，时常会有商人在此交易或者是路过此地。这就引来了不少土匪，心胸险恶的他们劫财杀人。老板山一度尸横遍野。后来有一个老板经过这里，善良的老板非常同情他们的遭遇。于是，他将所有的死者安葬，并给他们立碑。人们为了纪念这位善良的老板就将这里取名为老板山。老板山上风景很美，让你在疲惫的时候感到放松。登上山顶，俯视整个雨城，领略雨城的那一见倾心的美丽。

注：本文由青草文学社推荐

扫码问学姐

入学三月之我见

文 / 彭纯

曾经以为的大学生活包括以下几点：

第一，可以睡懒觉，可以浪到很晚。第二，极其自由，随便翘课，课少没作业。第三，每天在宿舍就是玩玩玩。第四，社团活动好多，到处都是小伙伴，人人都能谈恋爱。第五，寝室的小伙伴们都是关系好到能穿同一条裤子的那种。第六，考试只要突击背一轮就能过。第七，没有体育课，再也不用跑八百米。第八，所有的老师都是那么和蔼可亲。第九，大学组织进去了就能学到很多。第十，当班委和高初中小学一样，班里同学会积极配合。

然而在体验了几个月的大学生活之后，明白以上的愿望并非完全真实。单单说我个人的情况，开学第一天就崩坏了的期许来自第五条。

大概是因为运气不好或者是因为正好我就是多出来的那个人的原因，我是和两位同系的大三学姐一起住的。由于我喜欢动漫，刚来寝室那会儿，看到俩学姐后的第一想法就是悲剧，觉着自己的兴趣爱好大概找不到人一起吐槽倾诉了——直到某次意外，才发现原来那位认真学习，仿佛对学习以外的一切都不感兴趣的学姐竟是同道中人！到这里我想说的其实只有一个忠告：即使开始你在分到的寝室中与室友之间发生了各种各样不如意的事情，也请不要因此怨天尤人，或许会有一个契机使你发现你室友身上美好的地方。

既然说到室友，那就顺便说一下寝室吧。苏大的独墅湖校区的寝室里有空调、独卫、热水器，上床下桌，还有大的衣柜。虽然在第一次进寝室的时候难免嫌这嫌那，习惯了之后——特别是与一些其他学校的寝室相比较的话简直就是天堂。虽然墙体有破损，但至少有独卫以及淋浴，不需要大冬天的去挤公共澡堂；虽然阳台并不大还背阴，但至少不像其他校区那样仿佛风一吹衣服就会被吹走、雨一下衣服就全湿了；虽然和对面的寝室比我们寝室小得可怜，但至少在一楼，而且比起一些其他的连柜子都没有的宿舍要好太多。于是这里就有了忠告之二：你以为自己的寝室很糟糕吗？想想那些更糟糕的吧！你会觉得心情变得很美好的！

接下来想提的是娱乐方面。这其实是我们高中时对大学最为期待的部分。刚刚大一的人总是富有激情，愿意参加各样的活动。我的学霸学姐则是很明确地专注于实验、考研，其他乱七八糟的活动一概不参加，虽然她也很忙，但她很清楚自己忙是为了什么。而我们，却甚至都不知道在忙些什么。

周一是组织的例会，其余时间可能是班委开会，可能是社团活动，可能是晚自习，可能是元旦晚会的排练，再加上几乎每天都可能出现的讲座……一周下来，回过头来想想，自己到底把时间都花到哪里去了？学到了什么？使人忍不住思考：这些东西真的都是非参加不可的吗？所以忠告之三就是：学会取舍，社团不是越多越好，在开始就要归划好自己的时间安排，不要天真地想大一本就该多多参加各种活动，于是就无节制地报名。诚然大一是可以多参加一些活动，但不要忘了，最重要的是学习，千万不要主次不分。

再扯一下班委的事情，必须强调的是：当班委并非是权力的象征，而是服务的象征。琐碎的事情很多，而且相较于其他的你或许更想参加的活动来说，班委需要做的事是你最为无法拒绝的。同时，大学中的同学不配合这种事不可避免。基本可以肯定的是，当班委对组织能力应该是能有不小的提升，至少你能更清楚地明白做一件事会面临的困难有哪些了。

在上大学之前，我曾信誓旦旦地想着要结交好多好多朋友，来自各样的院系专业，这样既能够有更广的人脉，但其实，很多时候即便你真的通过社团、组织等等途径，与其他专业的同学有了联系，加了QQ、微信，也并不代表着什么。虽然由我这样一个

在这方面是失败者的人口中提出并不合适，我还是想说一下忠告之四：撇开所有的害羞内敛矜持吧，兔子不会总是一头撞在树上的，想吃兔子只有主动狩猎。

所以连好友都不太容易交到的我更别提谈恋爱了——好吧，我本身是抱有"这世上有那么多事儿可以做，谈恋爱不嫌浪费时间吗""爱情从来不是生活的全部"这样的独身主义者的观点的。所以在这一方面我完全没有参考价值，不过可以告诉大家的一点就是，也并不是完全没有机会脱单，毕竟有好几个同学在开学一个月就火速交往的先例。

最后我想说的是最重要的学习部分。在大学，如果仅仅是听老师讲课，考试是过不了的，我们要学会自习、复习。而因为各种各样的活动存在，再加上本身需要的放松休闲时间，真正会用来学习的时间寥寥无几，尤其是对于自制力不强的人来说。再次用我和我的学霸学姐为例：

我是那种有拖延症的人，我几乎是直到要考试的前两天才猛然惊醒，想起自己还有考试，甚至是在那个时候才知道要考的是什么内容和考试范围，而我又不是能熬夜的人，就只能早起一些背书，即使如此，考试的时候我甚至都不知道自己写了些什么……

再看学霸学姐，期中考试才过去几个礼拜，我就见到学姐经常拿本专业书上床，默默地背书。前两天我还很诧异地问她，你看这做什么啊？答曰：准备期末考试，因为不想像我在期中考试时候那样，所以很早就开始背起书来，每天背一点，也不用背很久就好了。

这就有了忠告之五：想必有很多人都是我的那种类型，但是千万别学我！要想着向学霸学姐看齐，早早开始背书，记得多记得久还思路清晰。就像艾宾浩斯的遗忘曲线表现出的那样，要及时复习！

在大学的学习中，我们很多时候可能会发现，自己和老师有着完全冲突的理念，对方的某些想法简直是不可理喻。你可以拒绝接受他们的一些个人的理论，可以当作耳边风，但这并不代表他们的课你就可以完全不听，将上课的内容都当作耳边风。打个比方，你现在的英语老师经常跑题，跟你们说些荒谬的道理，你特别不喜欢这个老师，以至于他即使在上正常的英语课，教你正确的语法知识等等的时候你都不愿意听，这样是没有必要的。人与人之间的观念往往不同，这既无法避免也无须避免，正是在这样思想的碰撞中发展出了如今的社会以及科学。不要以偏概全，因为对方一点你认为是错误的观点就否认了他们的所有。所谓去其糟粕，取其精华就是我们最应当学会的——这就是忠告之六。

顺便稍微点一下一直没提到的体育以及睡懒觉的问题：体育课是肯定有的，考试也是肯定有的，跑步肯定也是要的，800 米也是可能升级到 12 分钟跑的……至于睡眠那得看命，如果你的课少，或者你的课正好都不在大早上的话，那确实是可以睡懒觉，当然这种可能性趋向于零。生活的态度无非就是顺从或者反抗，而我们中的大多数人都反抗不了，也就没办法，只能忍着顺从了。

希望这些拙劣的言辞能让各位对自己的未来更加明晰，能给各位一些小小的帮助吧。

注：本文由翰宸文学社推荐

生命如同远渡重洋

文 / 王安月

 一、起程

生命如同远渡重洋，你我相遇于同一艘船，又终将离开彼此登陆不同的彼岸，而在此之前的同行往事，将会化作一滴泪，等待汇聚成海的那刻。

于是，我们相遇于又一重洋之中，浪花承载着回忆拍碎成洁白的泡沫，深沉入海底，犹如星的闪烁，短暂而神秘。

自此，我们登上了同一彼岸。银白的沙滩上印满了我们的脚印，而新的旅程，就此开始。

 二、城池

我们穿过茂密的丛林，蹚过充满浮藻的水滩，翻过高耸的山崖，遇到了这座静谧的城池，它在阳光下安然地沉睡着，汾河水轻轻闪动的微波如安眠曲跳动的音符拍抚着两侧的高塔古建，就在这一瞬间，你迎着清风告诉我说，这便是你所要的那座城。历史沧桑了它的城墙，却也沉淀了一种独到的韵味。

于是，我们，无数相似的我们，带着满腔的热情，选择了太原，选择了太原理工大学，在这里我们将度过神奇的四年时光，因为在这之后，你将渡过人生最漫长的一重海洋，而这短暂的登陆，决定了你将通向何方。

今天是我来到太原理工大学的第 810 天，我坐在虎峪校区足球场的看台上，虽然已经进入 12 月了，跑步的人依旧不减，橘黄的灯光打到他们身上，如同跳跃的火焰般暖化了风中的寒气。高中的时候，我们总是借跑步来排释压力，而现在这些远离又靠

近的身影如此执着是为了什么呢？

在永祚寺的牡丹群中，在晋祠的难老泉旁，在蒙山的摩崖佛像前，我追溯历史走过的痕迹，一次次抚摸沧冷的的青砖白玉，希望它们能够带给我一些启发，却空手而归。那时候的我迷茫于拼命寻找中，我想找到最成功的那条小道，却怎样也拨不开缭雾。

可能以后的你也会和当初的我一样，对这座陌生的城池充满着好奇，忙碌于探索之中，不要焦急，因为这便是大学，可以在一瞬息间带给你一个万千世界，你可以眼花缭乱，你可以短时间内不知道做什么，但是不能原地踏步。

如果你来了太理，那么我建议你，看看这座老城吧，不带任何目的性，仅仅为了愉悦和观赏。

三、印象明向

我生活在明向校区两年，这里承载着我大学最放肆最洒脱的时光。有人说大学生就是一匹脱缰的野马进入了草原，其实这句话具有两重性，一是这是不是一匹会思考的野马，二是这匹野马选择的方向对不对。

很多人会问我说，学姐，大学是不是很轻松？我每次都只是简单耸了耸肩然后摇摇头笑而不语。每个人对轻松的定义是不一样的，可以是简单的时间上的轻松，你有大把的时间可以去愉悦身心；也可以是精神上的轻松，而精神上的轻松也分很多种，因为没有太多杂事，你是轻松的，因为每天按时完成任务离你的梦想越来越近，你的内心也是轻松无负担的。也因此，大学四年后，我们终将登上不同的船只奔赴不同的彼岸。

登上校车离开明向的那一刻，我回首凝望着这个陪伴我两年的校区，金色的墙砖在阳光的照射下显示出一种皇室的肃穆，森严的教学楼矗立在那里丝毫不为我的离去而动摇，那一刻，眼泪浸湿了我的眼角。不为离别，不为光阴逝去，只因为，原来我一直都是错的，真正属于我的不是这所学校的种种，而是那些充实我大学生活的经历。我这才深切地明白，你在这所学校的努力、挫折、成长以及所有附存于时间之上的欣喜与难过是可以不依赖于这所学校而存在的，学校为你提供了它们发生的场所，然而你才是真正的经历者。我在爱心家园做了一年的志愿服务工作，在碧园文学社工作了两年，现在是助力课堂的讲师，这些经历在外人看来很普通，可对于我而言，却是相当宝贵的财富。我结识了一群志同道合的朋友，丰富的志愿经历让我对万事充满一颗感恩的心。不管时光如何流逝，不管我身在何处，这些都是属于我并且不

会改变的。

做自己想做的，不急功近利，不被外界物质所困，这是我给自己定的最好的状态。我是一名工科女，可我热爱文学，喜爱演讲和创作，学习和社会公益之外，我几乎把所有的时间奉献给了读书写作。有时候为了赶稿子经常连日熬到凌晨，所以当别的女生打扮漂亮出去约会的时候我都是顶着一双黑眼圈背着书包去图书馆。朋友有时候会劝我说，不要让自己那么累，你又不借此谋生。每当这时我都会拍拍她的肩膀，告诉她说，没事，年轻不怕累。现在很多大学生都认为高中那么辛苦，应该趁着年轻在大学好好享受，其实不然，正是因为大学时期是我们精力最旺盛的时期，我们更应该牢牢把握这个充实自我的机会。远方不是杳无方向的，生命如远渡重洋，你现在所经历的风和雨便已为你日后的渡船掌了舵。

泰戈尔说："天空不曾留下鸟的痕迹，但我已飞过。"你的生活便是那湛蓝的天空，你远远望过去，一切都是空的，没有存在的痕迹。可是你的经历，你的生活，你自己能看懂，你明白你踩过哪一片云彩，哪里多了一缕风。充实了自己，只有自己明了。在明向的两年我不能说我做得有多么成功，只能说我坚持了我想坚持的，包括去参加辩论赛和演讲比赛，不是为了证明什么，只是单纯从兴趣出发。却也因此，在收拾行李的时候我整理了满满一箱的获奖证书。我望着一张张证书，暗自思量我来过的路，用胶带封住了箱子放进了行李的最底层。

还记得《日出印象》里那个薄雾弥漫的海岸上，太阳还没有完全睡醒，温柔地散着橘红色的光暖着整个画面。印象派不求写实，所要表现的是光影一瞬的景象，这也是我对大学下的定义。我在我的天空来回滑翔变换花样的路径，你们看不到，是因为你们不明白我在风中的翱翔。而如今，明向也成了莫奈的那幅画，在我生命浩瀚的长河中被定格成一瞬间的印象，但是它的存在会像是流星的存在那般给我最美的印象。

 四、远方的你

致远方那个即将到来的你：

亲爱的你，你好，我是你的学姐，欢迎来到太原理工大学。

如果你在理工大，一定要在军训的时候捉弄一次教官，而他将是带你走入大学生活的第一任老师。

如果你在理工大，一定要在新学期疯狂地参加各种组织的面试，艰难地拥入人群填写报名表，然后焦急地等待面试结果。

如果你在理工大，一定要晚上九点的时候去矿院路吃遍各种小吃，记得在回宿舍的时候和楼管阿姨说声辛苦啦。

如果你在理工大，一定要乘一次挤满人的903路公交车，从迎西一路站着欣赏沿途风光直到明向。

如果你在理工大，一定要参加一次扫一扫活动，赢得一份多肉植物或者一瓶自酿酸奶。

如果你在理工大，一定要在周末的某一天早起一次去五一广场参加英语角活动，和当地的英语爱好者进行交流。

如果你在理工大，一定要在虎峪的梅花教室通宵上一次自习，体会一次彻夜未眠的滋味。

如果你在理工大，一定要看一次理工大主场的球赛，你可以不懂篮球，但是依然可以在观众席大声地喊出"mvp"。

如果你在理工大，一定要和心爱的人牵手经过明向文化长廊，并且躺在路过的大草坪上谈心，阳光洒在你们身上，你们之间的猜忌疑惑，会像水蒸腾进空气一样，被阳光吸干，蒸干。

亲爱的你，如果你在理工大，不要忘记在夕阳西垂的时候绕着足球场跑一圈，把自己压抑的泪水换成汗水流淌出来。

远方亲爱的你，这就是太原理工大学，它真实存在着，并不是什么失乐园。

但是很快，这里便会变成你的造梦园。

五、远渡

你说，最难不忘初心。而如今我们又将远行。

分离那天海上浪很大，我们站在各自的甲板上相互对望，一股咸腥的湿气氤氲在空气中久久挥散不去，这使得我看不清你的表情，而巨大的海浪声又使我们听不到彼此的道别。就这样，在轰鸣的汽笛声中，你我就此分离。

生命如同远渡重洋，我们会因短暂的停歇而相逢，却也终究避免不了登陆不同的彼岸。然而无论多少次的颠簸与停顿，初心不改，你终会到达你所向往的远方。

注：本文由碧园文学社推荐

扫码问学姐

青花

文 / 杨丽蓉

在我赶去读书的路上，开着一朵青花。

——华央

 **2014年10月25日 晴**

入学一个月，我们迎来了各个院系的迎新文艺汇演，节目由每个新生班准备。我是班里的文艺委员，在一番精心的设计后，将我们班节目的主题定为"当我遇见大学"。当我们坐在高中教室穿着蓝色校服在一张又一张试卷上留下密密麻麻的痕迹，以笔芯的消耗速度来衡量自己的努力程度时，曾一遍遍幻想勾勒属于自己的大学。或许它充满了柔情似水，佳期如梦的诗意，或许它又会是一部写满汗水与拼搏的奋斗史，又或许，它是属于激情与青春的舞台。而当我遇见它后，它是这一切幻想的写照，亦夹杂着我不曾预料的事物。我将在这个地方度过生命里最风华正茂的四年，它是，故事开始的地方。

 **2015年1月3日 多云**

节假日大大削减了来上自习的人数，晚上十点的二十四教里，空荡荡的教室放大了我的心跳与呼吸，墙上的时钟嘀嘀嗒嗒地唱着属于时间的歌，那微小却清晰的声音让我感到我抓不住时间，也让我感到，此刻的自己是孤独的。大学不同于高中之处在于大家不再为着同一个目标而奋斗，每日在同样的圈子里安全重复着同样的事情。在这里，每个人都有自己不同的关于未来的蓝图，大家都在寻找机会实现自己的雄心壮

290

志，我们不再拥有固定的陪伴。我渐渐学着能够平和地独处，独自去做好应该做的事情。或许这才是成长的本质，它本就是一种群居的孤独，能够敞开心扉与大家共度美好时光，也能忍受寂寞，欣赏孤独的自我，利用每一段孤独的时光去找到一个更好的自己，这或许是一个人开始成熟的标志。

我一直想象自己的手心里有一朵像青瓷一样晶莹无瑕的青花，它默默地为我开放着，融化我的种种不安，陪伴我的每一场孤单。后来在 25 楼的落地玻璃上看见自己孤独的影子，线条真的温柔得像我想象中得那朵青花。

205 年 4 月 5 日 晴

"一抔柔土，十里香木，清明雨路，北洋风光无数。"如果你问我卫津路 92 号什么时候最美那一定是海棠节了。空气里飘散着海棠的芳香，枝头上则是粉的白的精灵一样的花朵，校园变成了花园。除了每年社团纳新时的"百团大战"，海棠节应该是各个社团最活跃的时候了。汉服社华服款款，书画社墨香点点，青年诗社诗篇如鸽，耳畔回响的是弹着吉他笑容明丽的女孩儿的歌声。这是校园生活的另一面，按下我们快进键的那只手转去提了裙摆，研了香磨，执了画笔，拨了琴弦。轻柔的四月风披着诗意吹过我，我有一瞬间恍惚感觉自己不再属于人群而是像风和阳光一样的存在，也能够吹动或是照亮许多东西。

开在手心的青花跳出了掌心，变成了这花园里的一朵，欣然舒展着自己。大学是座青春城，我非其城中一株柳，亦非其池里一尾鱼，我眼里有深深浅浅的明亮，我是这城里万千欢愉之一，在每一个充满希望与美好的日子里固执地满怀希望与美好。

205 年 9 月 8 日 晴

原来这就是传说中的"你若军训，便是晴天。"我们学校是大二才开始军训，虽然这学期因为搬校区的缘故挺晚才开学，但 9 月的天津依然炎热不减。这是每个人大学中都会有的"铁的记忆"——大学生国防教育。烈日下同我们年纪一般的教官肌肤似铁，饱经风雨历练，关于军训，有人因为太苦抱怨，也有人军姿一刻不放松从头到尾站得

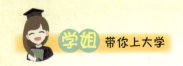

笔直；有人觉得这是收获是财富，也有人觉得这是折磨是多余的消耗。这个世界上的大家都是这么不同，有时候你觉得珍贵的东西别人弃如敝屣那并非是在蔑视你，只是大家价值观不同罢了。可我知道，训练时的汗水，为集体荣誉奋战时的一致向前，吼军歌已经嘶哑的喉咙或是每晚席地而坐听到的苦涩又英雄的军旅故事，这些都会长在我们的记忆里，时时提醒着自己来时的路。

连长又在用沙哑的声音唱着"军队是一朵绿花"。军队是开在连长手心里的青花，和我的一样晶莹无瑕。每个人都为自己的生活做了一次又一次的选择，不管山长水阔，路途遥远艰难，我们终将成为自己的信徒，在一次次挫败与前进中完成对生命的膜拜，披星戴月风尘仆仆地来到梦想身旁。

⭐ 205年10月10日 晴

"初恋是一整本手写的从前。"让我感动与醉心的美好，除了那微风中摇曳的海棠，还应该有那场花树下的美丽邂逅，然花雨满路，春风十里，亦不如你。也许多年以后，我还记得阳光洒在你的演算纸上，那几道我怎么也听不懂的题目。还是笑着想到，空无一人的街道，你走了很远的路给我买了药。我们相识在卫津路的夏末时分，见过九楼日落，见过爱晚湖雨打浮萍，见过湖心亭落雪，也见过校园里各种匆忙的悠闲的身影；相恋于北洋园的晚秋里，工科男笨拙的表白，每一句挑来都让人忍俊不禁。年轻的心脏里装满温柔，小心翼翼地想要守护各自心中的美好。很久很久以后，你我终于长成不动声色的大人，在一个稍有闲暇的下午望着墙壁上的时钟想起多年以前，也是这样一个下午，我在纸上窸窸窣窣地落笔，转头看看一心一意做作业的你，青衫落拓。

天青色等烟雨而我在等你，窗外月色如许，你也许并不知道我也曾为遇见你伏笔。

⭐ 205年11月22日 雪

"夜里几层雪，又是一个冬。"校园已被皑皑白雪覆盖，我在冬天过春天，在图书馆安静的一角开始了阅读。我们从懂事之初便与书为伴，童话、儿歌、诗、词、历史、读这天下的往来，读完一个又一个人生也一遍又一遍地，读着自己。以前读书是为着那句"书中自有黄金屋，书中自有颜如玉"。现在却不是这样了。前几天一个同学看我照片说你一直都看起来很单薄，但最近看你却总能看到一种很柔软的刚毅。我忍俊不禁，却也自知其味。感觉自己真的成长了很多，容颜气质的微妙变化估计也是书文的潜移默化。我没有办法去经历那么多种人生，可却在书中看到了那些或绚烂或自由或命途多舛或沉默孤独的人生幕布下主人公的生活剪影。一个人要经历很多风雨，走过不少弯路，见过很多不一样的风景和人，感受过悲欢离合，承受过赞美诋毁，才会一点一点真正成熟起来。起初我们都想拥有创造天堂的力量，我们学习土木建造，港口建设，后来在现实中可能一次又一次碰壁，但请不要丧失拥有力量的决心，这世上本就没有真正容易的事情。

2016年1月1日

　　感慨时光流逝的话说多了总让人觉得虚伪，这大概是因为，我们前一秒感慨后一秒就立刻意识到时光路过我们时我们或多或少，都曾错过了它。新的一年又来临，大家彼此道着新年快乐的祝福，为过去的这一年里所有的喜怒哀乐，也为已经开始的这一年里的再接再厉，各自把握与珍惜。每一个时刻都是一个新的起点，《阿甘正传》里有这样一句台词："如果你已经决定要前行，那就把过去的包袱统统卸下。"而我想，这些包袱，大概就是过去了的辛酸气馁与不愉快。收拾旧山河再出发，卸下沉重，竹杖芒鞋轻胜马，一蓑烟雨任平生。面向朝阳，美丽不只流淌于发肤，更源自对自己的信任，这个世界需要一个元气满满的你。

　　年轻的好处在于我们有足够的时间与精力去体验去经历，去探索自己真正想要拥有的东西。

　　大学是青春路上最盛大的花开，花开有声，雨落成珠，它会承载我们最美的相遇，变成我们经由记忆粉饰的最美时光。我一直在说自己手心里长着一朵像青瓷一样晶莹无瑕的青花，这青花是陪伴，是坚强，是希望，是柔韧，是诗意与温柔，是执着与顽强，是梦想，也是成长，可我最希望有一天，它会是我自己。

注：本文由天津大学文学社推荐

扫码问学姐

大学日记

文／姚瑶

我已亭亭，不忧，亦不惧。现在，正是我最美丽的时刻。

——席慕蓉《莲》

这样一个神秘而优雅的开篇是不是给了你一种高中写作文的错觉？题目和开篇都要闪亮亮的，这也算是作文拿高分的一大要素吧！闲话休提，只道往事随风啊……眼看着本人逐渐从一个执笔挥毫的文艺女青年走向了一手执镊一手执刀的冷面医师的不归路，内心还真是有一点点微不足道的悲伤呢。一入医门深似海，从此软妹是路人。虽说在远离小清新的路上渐行渐远，莫不要学姐也给你讲讲重口味？还是先拣点轻松的来吧！

✦ 津门城下，半壁逍遥

天津是一座慵懒的城市，比不得北上广的奢靡和拥挤，自带着慢动作的节奏。卖早点的一条街都不重样，散发着香气的小吃总是物美价廉；出租车司机操着正宗的天津腔，张嘴仿佛就能吐出一段相声；有滨江道的繁华，也有西开的宁静，如同风格迥异的各色建筑一般，不同的氛围也在这里杂糅在一起，却意外地很容易融入。也许正是天津人不拘小节的性格，才能把这一切包容得如此自然吧。

历史的痕迹在这里也刻得格外斑驳浓重，一笔一画都淬着别具一格的特色。不同的文化勾勒出的线条，都

给这座朴素的城市添了点额外的洋气。不过再多的人文风景也比不上吃货眼里的一套煎饼果子啊！天津的小吃闭着眼也能数出一溜来，不过想要吃到正宗的"津"门美食，还是找个经验老道丰富的当地吃货带你飞吧！

不过唯一有点悲伤的就是小津津雾霾一飞起，那气势跟我大首都是不相上下，端的是眼塞鼻塞心也塞，备好防护措施再出门吧！不然可就成了真人活性炭了。

朝避猛虎，天医临五

天津医科大学就紧邻在有名的天大与南开之处，可惜单单这面积上可就差了十万八千里。不过虽然我们学校小，但是我们教学楼破啊！虽然我们宿舍条件差，但我们食堂更难吃啊！好吧咱就不自黑了，学校小出行节省时间，教学楼破那是历史悠久，宿舍条件差好歹也有暖气，食堂难吃……你可以出去吃嘛！毕竟我们占着城市的中心地段，去哪各种交通工具都很方便，比起很多身在郊区的大学来说，也算是值得欣慰的一点了。

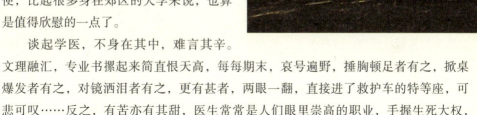

谈起学医，不身在其中，难言其辛。文理融汇，专业书摞起来简直恨天高，每每期末，哀号遍野，捶胸顿足者有之，掀桌爆发者有之，对镜洒泪者有之，更有甚者，两眼一翻，直接进了救护车的特等座，可悲可叹……反之，有苦亦有其甜，医生常常是人们眼里崇高的职业，手握生死大权，肩负健康使命，所面临的风险越大，成功后获得的幸福也就越多。只是反观如今，医闹事件频发，但愿学成之日仍得一康健之躯……留得青山在不怕没柴烧啊。

再谈到天医的男女比例，医学院历来是个狼多肉少，啊不，女多男少的地方……可惜，男子单身比例是照样不低。归根结底嘛……感情之事难以一言叙之，不谈也罢。像那护理万红丛中一点绿，外人道是享尽后宫福分，事实上没被同化成一只兰花指就已经很好了……

更别说学医女子非常人可比拟也，尤其是临床专业动刀动剪家常便饭，泰山崩于前而色不改，小鼠亡于刀而手不抖，兔血溅于身而头不转，可远观而不可亵玩焉，堪堪让你拜倒在其白大褂下，高呼一声，女侠饶命！抑或是，姑娘，我敬你是条汉子，今儿起，咱就是拜把兄弟了！犹记自己一手兔子动脉血的温热和开膛破肚拽出鼠肠的淡定笑容……此等境遇，非一般人所消受得起啊……

社交之花，学霸与学渣

学生会和社团是大多数小孩满心欢喜想要进去的地方，锻炼能力啊陶冶情操啊满足个人兴趣啊，目的比比皆是，可惜真正能实现自己在学生组织中的价值的人却很少。尤其在初来乍到的高密度开会和忙前忙后的跑腿轰炸之下，常让人心生畏惧退缩之意。

加之看着别人谈笑风生平步青云，你却还处在受剥削受压迫的劳动人民底层，心里都委屈成一朵喇叭花了。不过要我说来，学生组织这种东西嘛，有精力者为之，增长一下见识开拓一下人脉，绝非坏事，但若为此伤春悲秋，影响生活质量或学业，实属不值，人生在世，开心就好嘛！

虽然说得是轻松，可若真真掐指一算，这大学生活，可不是那么简简单单。从小被灌输到大的"到了大学就自由了"的思想在我们曾经被应试教育囚禁的心里根深蒂固，然而少年，生活并没有你想象的那么美好，你要为了数不尽的专业课和期末挂科烦恼，你要为了社团学生会里不突出的表现烦恼，你要为了毕业答辩招聘会未来何去何从烦恼。你长大了，你有了足够的话语权，但同时也意味着，以后的每一个决定所造成的后果，你都要一力承担负责，既然路是自己选择的，就要为自己曾经的义无反顾付出代价。交际花还是小透明，学霸还是学渣，你想得到的，想成为的，都要靠你自己一个人走，所以人生规划很重要哦！没目标的大学生活只会给你打下碌碌无为的基础，坚定方向才能有所成就！

白首如新，倾盖如故

在大学班级观念并非十分强烈的地方，宿舍就是小型集体的代表。换言之，在未来的几年里与你日日同寝而眠的那都是亲人啊！当你披头散发在宿舍里饥肠辘辘时，是谁为你外带香喷喷的饭菜；当你睡到日上三竿来不及上课时，是谁帮你打幌子免遭点名危机；当你坠入爱河无法自拔时，是谁自告奋勇牵红线上天入地巧打探……咳，总之大学里没有一个互相掏心掏肺的好舍友，就意味着你少了一个最容易培养出好闺密的途径。当然……有时候遇到奇葩舍友实属无奈，独善自身便足矣。我虽生活在一个表面时时吵闹内里和谐美好的宿舍里，但身边人的各种故事还是听得多了——不管

是情感受伤以致心理出现问题还是性取向不同以致与女朋友夜夜笙歌者皆有其实例。总之再看看社会上的犯罪案件，想来还是每日早起默念三遍，谢舍友不杀之恩！

当然，在大学里，除了交朋友，更可以光明正大地"谈朋友"，再也没有教导主任班主任各色家属揪着你的小辫给你做思想教育啦，不管你是牵手拥抱等等也不会招来多少眼球啦，不过考虑到广大单身朋友的内心感受以及你身边熊熊燃烧的火把，为了你的人身安全这种羞羞的事还是悄悄地进行吧！

谈及这个恋爱啊，好不容易有了个我有充足资本谈及的问题，不过毕竟是私家事，透露再多也不便啦。唯独劝告其一，姑娘们看准人再下手，大学里可不都是好男人；其二，路曼曼其修远兮，若有真情，定得正果，无须为一承诺蔽之，且行且看。激情非年年岁岁有之，然情感越发浓也，时光淬炼，终将不复青涩，牵起手的一瞬不再是天长地久的悸动，拥抱的时候不会再在耳边呢喃甜言蜜语的陪伴，生活在对方的生活里成了温柔的习惯，彼此常常也有了无言的默契。相视而笑，来日方长，咱就先走着吧，走得久了，许是这路就成了一条。

常人道大学就像个小社会，亦有人云它是求学生涯的最后一座象牙塔，走出大学校园，你就不再是受保护的金丝雀，也许瞬间就被淹没在汹涌的人潮。但我一直铭记一句话，我不能选择怎么生，怎么死，但我能决定怎么爱，怎么活，这就是我要的自由，我的黄金时代。正如席慕蓉的《莲》里也同样绽放着这样优雅而自信的气质，自诩为莲倒是太过清高，只是想把这一句送给每个如我一般平凡地经历着大学生活的人，无须烦忧，无须惊惧，现在，正是你最美丽的时刻，请你自由地，任性地，去绽放属于你自己的时光吧！

注：本文由寄远文学社推荐

扫码问学姐

同行于同济

文 / 张千千

"夫吴人与越人相恶也，当其同舟而济，遇风，其相救也如左右手。"

——《孙子·九地》

 PART1 吃在同济之——"我们的大排有这么这么这么大！"

"吃在同济"不仅仅是一个标题，江湖传闻，这句让所有同济吃货自豪的口号的历史可以追溯到 20 世纪五六十年代。

在那个年代，冰箱还没有现在这么普遍，而同济是周围高校圈中唯一一个有冷藏设备可以储存很多肉的学校，"吃在同济"的名声从此而起，同济大排也成为了同济多年不衰的经典招牌菜。

当阿姨把厚厚的一块大排盛到餐盘里的时候，即使是来自大口吃肉的北方的我也被惊到了，我们的大排有这么这么这么大！非常结实的一块瘦肉，红烧得刚刚好，浇上了浓郁诱人的深色酱汁，入味而不腻，吃到胃里有一种沉甸甸的安全感。我听到胃里有一声安心的叹息：到家了。

食堂里用心煎炸烹煮出的南北菜式，不仅满足了味蕾的欲望，更是对那些初次离家惶惑不安的心灵一声温柔的呼唤：欢迎你们来到新家。

在同济食堂，阿姨从来不会问你"点完了吗"而只会问"还要什么"；在同济食堂，即使因为各种情况错过了饭点也有辛勤的师傅守着热气腾腾的面汤等你；在同济食堂，从广式烧鸭到河南烩面，从意大利面到麻辣烫，数不清的菜式常吃常新。

在那些起晚了匆匆跑去南北楼上课的清晨，可以顺道去学苑食堂买两个肉包。不必在吃早饭和上课迟到之间为难，阿姨的动作足够娴熟，因为她们比你还担心你会饿着肚子上课。用力地咬下一口刚出笼的肉包，烫烫的肉汁流进嘴里，顿时唤醒了一天的活力。

在那些无聊的夜晚或者某个清静的下午，就去思蜜客酸奶屋要杯奶茶或者酸奶或者西米捞或者双皮奶，听听音乐，看几页书，又或者只是单纯地喝喝饮料歇歇脚，用甜食雀跃一下长期赶路的身心。

酸奶屋的对面就是篮球场，去围观暗恋的男生的篮球赛时也喜欢抱一杯奶茶躲在场边，在眼神对上的瞬间迅速装出喝奶茶的样子——"喂，我是真的在喝奶茶，我没有在看你！"

在那些冷风直吹的日子，就去三好坞餐厅要一碗热气腾腾的豆腐汤。舀一勺因微辣而泛着鲜红油光的汤浇在米饭上，再夹一筷子又白又嫩的豆腐和煮得软软的鸡蛋就着吃下去——满腔鲜滑，牙齿仿佛接受了一次最顶级的按摩。一股子热气直冲入胃，冻僵的四肢一下子就会复苏过来。吃得太急的时候，会被辣气呛出眼泪，但或许真的是感动到流泪吧：过去已去，将来未来，唯有此刻，天正冷，而我手里真切地捧着一碗热汤。

PART2 住在同济之——"喂，你要了个笨蛋！"

有天下午去扔垃圾，看见一个男生在门口跟阿姨解释为什么他要进宿舍，好像是女生忘记带手机了室友又不在云云。阿姨很无奈地准了，又带着点捉弄的意味喊："她是个笨蛋！"男生也很无奈地摊着手笑："对啊，她就是个笨蛋。"

"喂，你要了个笨蛋！"

男生这次没有说话，只是更加无奈而幸福地笑。

这是我记忆里宿舍楼最温馨的场景。

有别于传统中严厉刻板的宿管形象，同济的宿管阿姨都是亲切热情得像妈妈一样。每次拿着一摞快递包回宿舍楼腾不出手拿门卡时，阿姨都会主动把门打开；每次懒得去食堂吃饭的时候总是会厚着脸皮去蹭阿姨的微波炉热牛奶，听阿姨絮絮地念叨"又不吃饭当心生病"。每到天气突变，阿姨总会对进进出出的学生一遍遍地叮嘱注意加减衣物。独在异乡为异客，可仍有人这样关心你。

同济的宿舍楼不仅有好的宿管阿姨，还有好的配置！

首先，宿舍楼的位置绝对是得天独厚。宿舍楼的旁边就是食堂，每次在食堂吃到撑之后都可以慢悠悠地走回宿舍睡个午觉，还可以顺道在宿舍地下的超市买点水果酸奶回去当零食吃；宿舍楼的旁边就是商业街，打印干洗衣服修自行车等等齐全的生活摊位被一度笑谈为"帮你轻松实现住在同济三个月足不出校"。

其次，同济的任何一个宿舍都是 24 小时不断电的，当你要通宵赶功课或者熬夜追

新剧的时候，是绝对不会因为突然断电而抓狂的；同济的任何一个宿舍都是标准的四人间，不多不少，不空不挤，正好形成一个温馨的小天地。

比起住在家里更好的是，宿舍会有各种各样的活动。宿舍的二楼有舞蹈房，一楼有各种各样的健身器械，季节交替时会有"换季捐衣"的爱心活动，每个月还有不同宿舍楼之间的联谊——好多别的学院的小伙伴，就是那么认识的。

我最喜欢的是宿舍自带的小阳台。有的时候学累了，就会跑到阳台上吹吹风、看看星星和对面像星星一样彻夜明亮的土木学院楼，心里想："啊！原来大家都在努力啊！"一下子就不累了。

某天我在外面跟室友打电话，脱口而出一句"我还有半个小时就回家了"。说完自己都吃了一惊，原来不知不觉，宿舍已经变成了家一样重要温暖的存在。

住在同济，就像住在家。

PART3 玩在同济之——"从同济到五角场只要两站。什么？你问地铁站在哪儿？就在校门口呀！"

在魔都上海上学，有一半的意义在于你能参加各种各样的活动看各种各样的展览。而在同济，你离那些高规格画展漫展首映式的距离，只是一张公交卡和一双适合跑步的运动鞋。

从同济到赫赫有名的五角场商圈只要两站地铁，到南京路与外滩也只有六站地铁。什么？你问地铁站在哪儿？就在校门口呀！

我记不清楚有多少次上课上到一半突然想看电影，掏出手机买了票，下了课就提着裙子匆匆地跑到五角场；我记不清楚在外滩十八号看过多少次展览，我没必要在买票之前精心盘算好要倒几节课才能赶上展期，因为路上只要一刻钟地铁，想什么时候去看就什么时候去看。

虽然课程表上排得满满的，但是我因为距离实在太近而从来没有缺席过自己想去的活动。每次提着裙子奔跑在路上的时候，我都感觉自己变成了青春电影中的女主角。毕竟青春，就是想走就走。

来同济，让你的青春不留遗憾。

在那些宅属性发作只想窝在学校里的日子，同济整整 102 个社团，有着丰富多样的活动也绝不会让你感到无聊。

如果你想要跑跑跳跳，你可以跟红十字协会的小伙伴一起奔跑，你可以跟足迹行者协会的小伙伴一起勇闯"黄金十二宫"，你可以在攀岩协会里挑战要仰视才能看得见的高度，你也可以和极限飞盘社一起潇洒起落。

如果你想要文艺清新，不用担心在同济缺少知音。你可以和诗社的小伙伴们一起坐在图书馆的研习室里讨论平仄，你可以和图书馆之友协会的小伙伴们一起在读书沙龙里畅侃古今，你可以和采薇茶艺社的小伙伴们一起泡茶品茶。

如果你想要增加技能点，那么德语社粤语协会一系列语言社团你不能错过，数学建模协会未来建筑师协会一系列学术性社团你不能错过，吉他协会街舞协会一系列文娱性社团你不能错过。

社团留给你的不仅仅是知识或者经验能力，还有许多本来没可能认识的人。很多年以后，你

当初学的专业知识也许不会再用了，但是那些大家在社团里一起笑一起闹的时光，什么时候回忆起来，都觉得温暖。

岁既晏兮孰华予，来同济社团道夫先路。

PART4 学在同济之——"同济是所好大学，啊，名字挺好听的。"

同济既是一所 211 大学，也是一所 985 大学。同济不仅是 985+211 的双料大学，还是最早的七所国立大学之一。同济不仅是一所历史悠久的双料大学，还坐落在魔都上海。

然而……相信绝大多数考上同济的小伙伴都经历过如下对话：

"同济是所好大学，啊，名字挺好听的。这是几本来着？"

"考了同济啊，你要学医啊？"

"文科生为什么要去同济啊，那不是工科学校吗？"

作为读者的你看到这些对话会怎么想呢？我记得当时的我在不断地被亲戚朋友这样的对话轰炸后，内心是无比崩溃的："为什么感觉自己考上了一所超级厉害的大学然而没人认识啊！"

直到来了同济，我才知道这就是同济的风格——低调内敛。像是一位深居简出、潜心修炼的隐士，虽然名声不显于当世，然而一旦出手，每一次的手笔都令人叹为观止。毕竟有无数学子挂死在同济出版的"高数"上啊。

负有"国立土木大学"和"上海第一施工队"美名的同济，土木工程和建筑自然是同济的王牌专业。然而同济的土木和建筑到底有多厉害呢？让我引用一段网上的数据说明："至2006年底，我国正在进行的400米以上大桥的建设，同济参与率高达86%，如果算上同济培养出的毕业生，可以说每座桥梁背后都有同济人的影子。"

所以……同济还是工科学校吗？不！不是这样的！同济只是工科为主的综合性大学！你也许不知道的是，同济的工业设计专业是全中国同类专业中最早开设的一个并且一直领跑至今，而且文理艺兼招；同济的德语专业不仅是精品小班教学而且所有的老师都有着丰富的留德经验；同济的人文类、社科类专业采取试验班培养模式，在本科教育中进行两年大类培养，全面提升学生素质的同时让你有更充足的时间思考自己未来真正喜欢的方向。

高考完我才知道高考真的是一场偶然，当初一心想学经济的同桌学了法学，班上最羞涩的女生去念了教育。这种偶然也许让很多人误打误撞地找到了一生为之奋斗的方向，但对于一些一直怀着目标却不得不接受调剂的人来讲这是梦想的灭顶之灾。

为了不让一个人的一生因为一个考试结果留下遗憾，同济设立了完善的转专业制度。只要你有梦想，你可以通过试验区、高考成绩或绩点转专业、校内校外辅修等多种方式学到你想学的知识。尤其特色的是，虽然文科跟理科在很多人看来是"两个世界"，但是同济不仅支持理转文，也同样接受文转理。

除去强大的师资力量，同济的学风更是公认的勤奋。虽然图书馆有高高的11层，然而去晚了依然没有座位，在"同济学子成就表"中听到图书馆闭馆音乐是最基本的成就。上海是座不夜城，同济是所不夜校，土木楼、化学馆和设创楼永远有人在连夜弄作品。

夜太美，黑夜因同济人的勤奋而变美。

大学一词最早出于《大学》，"大学之道，在明明德，在亲民，在止于至善"。大学不仅是一个由象牙塔向社会转化的跳板，而且是我们第一次能够真正地顺从自己的内心学习的机会。

如果你不想辜负四年的大"学"时光，那么欢迎你来同济。

PART5 活在同济之——"以后我们也会老得走不动了，也还要一起坐在大草评上，像现在这样"

环境学家说衡量一个环境是否温馨的标准，不是看人与人之间的关系，而是看人与动物之间的关系。

鸽子是同济最常见的动物之一。当你坐在西南一的大草坪上玩耍时，总会有这些白羽毛、黑眼睛的小家伙，神气活现地踩着红色小鞋好奇地打量着你；当你周末清晨在人工草坪跑步的时候，总会有一两只鸽子在晨风中飞舞，追逐着你的脚步。在同济，鸽子不再是鸽子，更像是你的忠实跟班。

猫是同济的另一常见动物。同济的猫真的有好多好多，宿舍楼门口有尽忠职守的警长黑猫，快递收发点有蹲在那里鄙夷人类的哲学花猫，南北楼门口有高级学霸的黄猫和黑猫。同济的猫已经练就了不惧镜头的技能，可以优雅自然地摆出诸如打呵欠、深情凝望等等高级表情。

同济的本部被民居包围，所以整个环境也是温暖而接地气的。晨跑的时候跑到累了，会有一起晨跑的老爷爷冲我喊"加油"，会有中年夫妇牵着手拎着菜一起穿过校园走回家，会经常看到三三两两的小孩子在草坪上跑来跑去。

某个傍晚，我跟室友一起坐在大草坪上聊天时，旁边的一个老爷爷正在激情洋溢地冲他的小孙女嚷："你知道吗？你要努力学习，以后成为大学生，就像这些哥哥姐姐一样！"当时老人和小女孩都沐浴在漫天夕阳里，闪闪发光，宛如天使。室友拉着我的手，说："以后我们也会老得走不动了，也还要一起坐在大草坪上，像现在这样。"

同济环境的另一大特点是严谨。同济最初由德国人创办，所以德国人的严谨也在同济文化里留下了深深的烙印。

第一次感受到同济的严谨是在开学典礼上，预定 9 点结束的开学典礼，在 8 点 59 分 59 秒时校长宣布"开学典礼结束"。人群里响起了一片惊叹之声，我们已经习惯了把开会跟拖时画上等号，而校长用实际行动为我们上了第一节校风课。

在同济久了，你会不知不觉地改掉拖延症，习惯准时到教室上课，习惯常常看看表确认一下时间，习惯给那些持续几周的大作业列一张日程表然后如期完成。

毕竟是工科为主的学校，同济的体育之风一直盛行——"吃在同济！吃完了就要运动啊！"

无论什么时候走过球场，都会看到有人在运动。清晨的时候，在人工草坪上有拳击训练，有篮球训练，有足球训练，有武术训练。晚上，在 129 篮球场，橙黄的灯光下，

每个筐前都是人山人海，呐喊震天。那样的气势，让我这样的体育白痴居然也会浮起一丝"体育真好"的感慨。在同济待下四年来，原本漠不关心体育的人也会变得熟记三大球规则。

有运动，就有运动的人。

"我第一次走进学校的那天，有很多男生在草坪上踢球，然后，我就觉得天都亮了。"

格子衬衫，牛仔裤，板鞋，双肩包——这不是欧美的街拍模特，这是同济男的经典形象。

网友发起的 2015 中国高校教师颜值排行榜中同济排在第二，其实，同济的男生也很好看啊。

你要不要来看一看？

其实同济那么大，是写不完的。

如果你来同济，你一定要去那座最高的综合楼看看童话般的"空中花园"；

如果你来同济，你一定要去三好坞散一次步，那有小桥、流水、假山、亭台；

如果你来同济，一定要在春天看一次樱花雨，在秋天踏一次石子路上的梧桐印；

如果你来同济……

我期待着与你，同行于同济。

注：本文由晨风文学社推荐

扫码问学姐

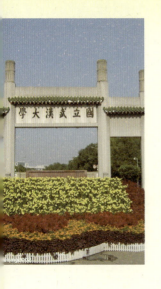

武汉珞珈味儿

文 / 袁紫薇

　　一个人对一个地方的感情很难说得清楚，不管爱或不爱，待的时间久了，自然而然就会沾染上这个地方的味道，就像我们永远都说不出到底是什么时候爱上了自己的家乡，但我们永远都记得家乡菜的味道，不可替代的辣，难以忘却的咸，暖到心里的甜，让人在梦里都会舔着嘴巴想。

　　以前我对武汉一直都没有太大的好感，总感觉自己和武汉的气息格格不入，就像自己对湖南的辣越来越难以忍受一样，虽然，我是个土生土长的湖南人。自觉本该是在江南水乡里蕴出来的女子，带着半分秋雨，一卷梨花，怀着两点忧愁，三杯清酒，可湖南那仅次于成都重庆的泼辣劲儿，往往是素缟上的一泼惨红，只能靠那大雪纷飞的北方来染白。

　　但我这一颗去往北京的心，最终还是沉沉地落在了武汉。

　　刚到武汉，略有抵触，没有陌生，满眼竟弥漫着熟悉的味儿。轻轻拍人肩膀想问路，武汉人转身说："搞莫斯？"想起在家乡，衡阳人一定会扭头说："干吗果？"意思都是"干什么"，说话人本没有的蛮横劲全被语气扒开放大，这其实是方言里的那个味儿；说到武汉有武昌起义，衡阳则有衡阳保卫战，武汉有红楼，衡阳有忠烈祠，生长在这两片土地上的人似乎都带着几分硝烟血气，这是历史的味儿；这里有"黄鹤一去不复返"，那边有"衡阳雁去无留意"，一座黄鹤楼，一座回雁峰，这是文人的味儿；这头是汉水，那头是湘江，这是山灵水秀的味儿。一种味道，两个城市，但武汉的味儿比衡阳还要深，还要浓，余味还要更足。

　　我是怎么喜欢上这股味儿的呢？因为故乡？因为山水？因为人文？还真是说不清楚。反正武汉的味儿若分三成，一成便归了珞珈山。

　　城市有城市的味道，这味道就像一款香水，初见时的喧嚣成其前调，最先抢占鼻

翼，也最易消逝；快节奏的发展是其中调，尤为激情浓烈，爽快后也没了；而其文化就是其最深沉的后调，余香在鼻在目、在耳在心，武汉的文化重在大学，更在珞珈山，巍巍珞珈，皇皇武大。武大的味道，绵延了百年，悠长不散。

在武大，人们常说"山水一程，三生有幸"。还记得2015年新生开学报到的那天，梅操前面的大路上高高挂着个横幅，写着"珞珈有梦，关于青春、关于爱情、关于穿越世界的旅行"，套用了北岛的《波兰来客》一诗，而我作为一个已经在武大待了几年的老学姐，看到这句子时依旧热血沸腾。也许，在你踏进武大校园的那一刻起，珞珈山的人文气儿就开始逐渐渗入你的皮肤、你的血液，直至骨髓。

刚开学，就有新生游园、校史宣讲和学长学姐经验分享交流会等许多活动，武大总是以一种热切慈爱的态度迎接着每一位珞珈山的新主人，它希望你能静下心来欣赏、鼓足劲来传承、稳住气来沉淀。

我就读于武大文学院，文学院的第一任院长是闻一多先生，学过现代文学史的同学应该都知道，闻一多和徐志摩、朱湘同为新月派的代表人物。新月派中，诗人都有大体相同的追求，但也更强调个性，闻一多先生虽然提出了新诗格律化的主张、鼓吹三美原则，似是让诗歌戴着镣铐跳舞，但依旧是新诗的发展进程中不可或缺的创新性意见。在我个人看来，如今的文院学子身上多少也有这种风气的影子，辞章砌雪却内有规法，朴实深沉又不显灵动，有自由也有镣铐，有继承也有创新。

文学院的课程分为语言类和文学类两种，语言类中有必修如现代汉语、古代汉语和语言学概论，选修如训诂学、音韵学、汉语史和认知语言学；文学类中有必修如现当代文学、古代文学和外国文学，选修如中国新诗名作研读、港澳台文学专题、比较文学和生态文学，还有一些古典名作的研读，如《左传》研读。每个老师都有其自身的风格，或严谨或幽默，或文艺或潇洒。

如果一定要在文学院的老师身上找出一个共同点，那大概就是他们教会了我文学是一种有"人气"的学问。

在进武大前，我曾看到过一篇名为《我们为什么要读中文系》的文章，文中有一段话给我留下了很深的印象，"既然受教于这么多了不起的作家，中文系的人看待世界会多了一分思想的锋利，对待世界也多了一些行动上的从容"。这里讲的是人和世界的联系，这也是老师常和我们说的，

而我还更喜欢关注于人和人之间的关系。有人的地方就有江湖，有人的地方才有文章，以人观世，立人达人，自有担当。

钟书林先生讲先秦诸子，首先就讲轴心时代中国先秦诸子终极关怀的觉醒，引了韦伯的一句"黎明将至，长夜漫漫。正因如此，才更凸显社会守夜人的品格，更体现知其不可为而为之的悲壮"。说到孔子游历各国的艰难处时，他也会动情落泪，他讲课时声音很柔很慢，多引经据典，对于他的博学儒雅，我是很敬仰的。严靖老师是现代文学教研室的，第一堂课就提出要我们多看书，自己从作品中去感悟而不是空听他谈，他还将李洱的一句话打在了幻灯片上："文学让我们学会了说话，文学让我们心中柔软，文学让我们眼中还有泪，文学让这个世界不那么枯燥。"反复提醒我们对文学要有敬畏，不要以为能写几篇文章就了不起，严老师也是我见过的文学院老师里比较敢说且爱戏谑的一个人。

文学课上的发散空间还是很大的，少有老师会照本宣科或狂念PPT，讲课时十分自由。教古代文学的曹建国老师特别喜欢让学生背书，先是《诗经》后是《离骚》，每节课上课前必点人起来背诵，他虽有身为老教授的严苛，但不妨碍他是一个至情至性的人，他讲课时曾兴起，连续两三节课都在讲枚乘的《七发》，学生们手头没有文本，听得晕晕乎乎的。但也因他的随性及亲和，学生们都喜欢叫他"曹爷爷"。还有被冠以"男神"称号的荣光启老师，他是一位诗人，他说诗歌就是不好好说话，他的课没有专门的课本，学生们就竖着耳朵听他讲西川、乌青、余秀华，跟他读海子、韩东和下半身诗派。课间休息时他就给我们放歌，周云蓬的《九月》等以诗为歌词的歌曲我都是在

他的课上听的,他也曾放过蔡依林的《日不落》,他说他最喜欢"天空的雾来得漫不经心,河水像油画一样安静"这句,因为这句将生活的场景拔高成为了爱情的隐喻,我进行诗歌创作也是在上了荣老师的课后开始的。

还有很多在专业领域成就颇高的老师,如尚友亮老师、王兆鹏老师和萧圣中老师等,我在此就不一一去细说了,总之,武大文学院教会我去体会、去倾听,去懂得文学想让我们关注的人的本身到底是什么。

认识自我是个痛苦的过程,将自己与他人、与世界连接在一起也是个痛苦的过程,但,人多少都是要有一些沉痛感的,这里没有鲜美可口的鸡汤,只有负重前行的担当。

人文味儿体现在课上,那么人情味儿就更多地体现在学生社团上了。

武大的各个社团很多,兴趣类、公益类等都有,校级院级不一,几乎可以满足你的一切渴望。但在我看来,兴趣归兴趣,学生还是要以学习为主,如果想好好从社团里学到东西的话,大一的时候加两个社团就差不多了,大二时课业繁重,还那么东奔西跑的话真的会很累。早些确立目标、做好时间规划也是很必要的,不能一会儿担心学业,一会儿又为活动焦头烂额,否则只会让两边都落了空。

武大有自己的校辩论队,每个院还都有自己的院辩论队。我曾有幸在武汉大学广播台的一档名为《珞珈访谈》的节目中采访过陈铭老师,他说:"武大是我见过的所有大学里最有辩论氛围的一个校园,从金秋、红枫、新生赛,到各种不同级别的比赛,赛场永远都是爆满的,这是很不可思议的,很多校外的同学到武大来一聊,聊到我们这种氛围之后,都叹为观止、非常羡慕。武大之所以十多年以来在国际辩坛上有这么多持续不断的成绩,跟这种氛围和土壤是分不开的。"

　　我刚进校时，就是冲着辩论队如此辉煌的成就而加入了文院辩论队，曾希望自己也能成为创造历史的人，颇有点野心家的感觉。但后来在辩论队里真正学习到的，是一种思辨求知的能力。在讨论每一个辩题时，都要不断打破自己原有的认识框架，不断去搜索新的材料、接触新的领域，政策类辩题尤其如此，我们通常都会为了一个辩题看上好几十篇相关论文，我还曾为了一个有关法律的辩题特意跑到图书馆借了本《民法通则》，好好啃了一整天。

　　每打一场比赛，辩手都在收获一个全新的自己，到了最后会发现，不知不觉中它已经重塑了你的价值观和世界观。没有哪件事永远是对的，没有哪件事是恒定不变的，一个好的思维模式是形成一个独立理性人格之必备。

　　于是，野心渐渐淡去，在辩论队里，我也慢慢懂了一个词，叫"潜龙勿用"。

　　尽管武大有如此浓厚的辩论氛围、有很智慧的辩手如周玄毅老师和陈铭老师，还有很多从辩论队出来的优秀的师兄师姐，如现任中央电视台主持人的徐卓阳师兄和曾任香港凤凰FM主播的樊素师姐，但还是有人对打辩论的人持有偏见，在他们眼里，打辩论的人总是很凶，总喜欢不依不饶。可是我也在想，这种观点的产生也许是因为他们还不懂辩论人的情怀。

　　再来说说食堂的烟火味。

　　都说桂园食堂是最好吃的，我也常在桂园吃饭，不过，你也别期待武大的食堂能好到哪里去，大学的食堂基本上都一个样，真正好吃的其实是桂园小食和三楼的清真食堂及炒饭、麻辣烫。

　　刚来学校那会儿，我老想着要给家里省钱，吃东西嘛，随便一点，能饱就好，于是总往桂园食堂跑。食堂里饭和菜不在同一个窗口，每道菜因其材料不同也分一块到两块五的不同价位，女生基本上两个素菜加二两饭就够了，一共也就四五块。但食堂的菜永远那么淡，似乎一点都没有意识到它们出生在武汉的锅里，最多也就配上一点花椒，那花椒你还得看仔细，要小心地把它们都挑出来，不然一口吃下去，嘴巴会麻上好一阵。食堂里的热干面也不正宗，有次我特意兴冲冲地去排队想尝个新鲜，一旁的武汉同学就幽幽地在我耳边说了句"你也就凑合着尝尝吧"。

　　此后，我便彻底转战到桂园小食了，只是偶尔在早上会去食堂排队买包子吃，那包子的白面可紧实了，里面肉也是一大块的，吃下去满口是油，那叫一个满足！不过早上卖包子的只开两个窗口，最多三个，所以每天早上都会看到食堂里排起很长的队，到了早上八点，学生们都上课去了，包子也卖完了。

　　小食里面口味会更多些，有倾向于粤式的烧鹅饭，口味浓郁的兰州拉面，各式蒸饺、面点和粥，还有家常菜。我曾痴心地想着这儿会不会也有湖南米粉呢？结果证明，我实在是想多了，就算告诉了食堂大妈制作米粉的步骤，这儿的粉也始终没有湖南的那么粗、那么有嚼劲，更没有那辣味儿。

　　我现在还是很习惯去家常菜的第一个窗口打饭，因为这个窗口的大妈，哦不，阿姨，她是食堂大妈里长得最好看的，脸瘦瘦的，眼睛大大的，偶尔记错了我点的是哪道菜时还会不好意思地笑，去的次数多了她也差不多记得我了。有段时间辩论队很忙，经常不得不将饭打包带走在路上吃，那段时间她看到我都不用问打包还是在这儿吃，直接拿着塑料碗就问我要吃哪个菜。到了期末，很多课都结了，时间一下子就空了出来，我就常常在图书馆待上大半天，经常忘了吃饭。有次一看时间都快七点了，食堂都该关门了，小食的大妈也要开始打扫卫生了，一想又实在是没地儿去，只好去小食碰碰运气，结果还真有。武汉冬天很冷，尤其是晚上，那个漂亮的大妈给我打好饭菜之后，还特意给我热了一遍，我顿时感动得要哭了。

　　中国的传统节日总和吃离不开关系，中秋有月饼、春节有饺子，三月三还有地菜子煮鸡蛋。这可叫远在他乡的孩子们心伤不已，诗里都说了"每逢佳节倍思亲"，这要是独在异乡还没得吃，可是双重"打击"。

　　现在遇上传统节日，总会放几天假，家近的同学可以一张车票就奔回家里，好好吃一顿妈妈亲手做的饭菜，家远的同学则选择留在学校，吃食堂大妈的亲手烹制。有一年端午，家里给我寄了一袋粽子，那时宿舍楼下还没有微波炉，宿舍里也没有可以煮粽子的锅，拿着那一袋东西，我真是手足无措。后来也是抱着碰运气的想法，去找了卖粉的那个窗口的大妈，想求她帮我热一热粽子，她迟疑了一会儿，二话没说就接过我的粽子放进了锅里，煮好后她还拿了一个小铁碗给我装着，叮嘱我有些烫，别急着吃。

说起来我算是个在吃上面真的没有太大追求的人，哪家味道好哪家味道不好也最多只能说出个咸淡，光记着做菜的人了。

每道菜背后并不一定会有个多感人肺腑的故事，但每道菜的背后都一定会有一个做菜人，蒸煮炒炸爆煎焖，几十年的人生百味，尽在唇边。

我在武大待的时间不算太长，但也见证了武大近年来每一点的变化，宿舍楼前的石土路被铺上了柏油，街角的报刊亭变成了烤鸡摊，樱花大道因老斋舍的整修而被封……武大在变，武汉更在变，就像武汉的城市口号："武汉，每天不一样"，但我相信，武汉的味道是不会变的，武大的味道也会一直延续弥漫。

武汉这座城就像一棵树，它不断地向上生长，枝繁叶茂，同时也在不断向下扎根，而且要扎得更深些、再深些，在这根上，武大守着一脉，这一脉有江城魂、人文思、珞珈味儿。

武汉珞珈味儿，你且慢慢品吧。

注：本文由太阳雨文学社推荐

扫码问学姐

拾忆理工

文 / 刘子文

武汉理工，我们所有武理工学子心中的皇家大理工，2000 年由分属于教育部、交通部、中国汽车工业总公司的武汉工业大学、武汉交通科技大学、武汉汽车工业大学三校合并组建而成，史称"公交车合并"。作为一所建校（合并）只有十五年的高校，学校以研究型大学为发展目标，定位为整体水平国内一流，部分学科水平国际一流的综合性大学，并为此一直在不断奋斗中。

 校区篇：

武理占地 4000 亩，由两个校区构成，分别是马房山校区与余家头校区，两个校区学科分布各有特色，校区之间距离较远，虽然每天来来往往的 811 路公交架起了两个校区交流的桥梁，但每当《七子之歌》在身处马房山校区同学的耳畔响起时，我们都会想到我们那千里之外的余家头的小伙伴们，同是武理学子的我们，为何难以相见！情到深处，无语凝噎。

马房山校区又分东院、西院、南湖、鉴湖四个校区。初到武理的同学大多接触的是南湖校区。而理工大的"校道"雄楚大道，便如同一条不羁的巨蟒，匍匐在南湖校区简朴的北门面前，挡住了北门的脸，而北门，无可奈何，只能一边揩去雄楚大道吐过来的扬尘，一边默默流泪。当然走进南湖校区，又是另一番景象了，里面的环境还是相当不错的。龙韵湖波光粼粼，旁边绿柳成荫，是个看书诵读的好地方，一旁的梅岭，芳草青青，是南湖校区海拔最高的地方，站在岭顶，可以看到南湖的大概。每到寒冬腊月的时候，梅花的香气扑鼻而来，整个南湖都沉浸在这种香气里。南湖校区新建的图书馆特别棒，现在已经修葺完毕，下学期就可以投入使用了。估计到时候又会有许多学霸前去汲取养分了。还值得一提的是，南湖体育场是和洪山区政府共建的，所以里面经常会有一些大型的文体活动。南湖校区主要是大一新生的地盘，所有的大一新生都住在南湖，南湖大草原的草一年四季郁郁葱葱，住在南一到南六的同学们总要经过长征，穿过漫漫草地，才能到达教室。不过到了大二的时候大部分人会搬到鉴湖东西院的宿舍去，只有少部分留在南湖校区。

鉴湖校区比较具有诗情画意，关于鉴湖校区名字的缘由，来自于"镜湖水如月，耶溪女如雪"。鉴湖，以其水清澈可鉴而得名，所以又称镜湖。相传黄帝铸镜于此而得名鉴湖。鉴湖，以湖为名，也以湖闻名。

鉴主教学楼足有二十层楼高，是信息学院、计算机学院的主楼，大部分住在鉴湖的同学都在这里上课学习。每当考砸了的时候，大家都会笑言相约鉴主顶层跳楼。

西院，有人把它比喻为理工大的"心脏"。武汉理工大学的核心职能部门——第一行政楼，就坐落在西院。此外，武汉理工大学图书馆的本部，武汉理工大学象征建筑——飞马广场，还有王牌学院——材料学院也设在西院。另外，经济学院、土建学院、资环学院、理学院、网络教育学院也设置于此，光纤传感技术国家工程实验室、复合新技术国家重点实验室、武汉理工大学—哈佛大学纳米联合重点实验室等科研基地也都位于此处，学术氛围特别浓厚。西院的樱花也很美，虽然没有武大那么多，名气也不如武大，不过西院的樱花却另有一番风味。

东院——最具人文气息的校区。东院原为武汉汽车工业大学，毗邻华中师范大学。作为历史最悠久的校区，在环境、氛围与人群各个方面，东院渗透着一股不言而喻的人文气息。其中的桂竹园更是同学们晨读的首选之地。当然东院也是武汉理工大学最最酷炫的地方，这里不仅有好多好多黑人兄弟，还有好多好多白人兄弟，还有历史相当久远的东院老九栋！嗯，这里有传说中的公共澡堂，还有传说中的公共厕所……

再说说余家头校区，余家头我到现在还没有去过，只知道那里有古色古香的建筑，包括很多苏式建筑，站在余家头校区的校园里，便能感觉到浓郁的异域风情。气宇轩昂的中央主楼，婀娜柔媚、东西对称的侧楼，加上与和平大道相垂直的中轴线广场，一起被淹没在由水杉、桧柏组成的郁郁葱葱的绿色海洋里。从南到北三个标志性建筑一脉相承，最北端是 20 世纪 50 年代苏联援建的主教学楼，据说还是同武汉长江大桥一道作为第一个五年计划的工程。俄罗斯式的华贵风情依然不减当年，正如它的历史仍然被一代代人口口相传。中间的是高大的图书馆，外表只是黑白小花格装饰，朴素而安静，静静地注视着校园，静静地讲着故事。最南端的是气派的第五教学楼，于新世纪落成的它本身就显露出张扬的个性，明亮宽敞的环境，现代化的便捷设施，这一切都彰显着朝气与活力，它还有一个响亮的名字——航海楼。主干道把这三个建筑串联起来，它的两侧依次排开的是宿舍楼、实验室、礼堂、食堂和操场，中间间隔着绿地和树木。

从水运湖的粼粼波光到青年园的朵朵莲花，从主楼俄罗斯风情的门窗雕饰到主干道上两长列的高大梧桐树飘落下的树叶，这个面积不大的校区给人的感觉就是树多、水多，与之相伴的则是人文气息的浓烈，所以，人们总能看到在青年园晨读的学生，在水运湖垂钓的老人，要不就是在湖岸徜徉的情侣。用小巧玲珑这个词来形容余家头校区的确是不为过的。

食宿篇：

现在来说一说食堂，南湖校区虽然挺大的，但是食堂却只有一个，食堂分为一二楼，二楼的味道相较一楼会好一些，总体味道还讲究，成都担担面和黄焖鸡两家的味道还不错。当然每当刚下课高峰期的时候就会很拥挤。

鉴湖校区这边有两个食堂，靠近鉴湖的食堂味道要好一些，只是一楼有的窗口一个菜就要8元，所以打菜须谨慎。西院也只有一个食堂，这学期装修了之后，感觉种类比之前少了很多，以前的小火锅味道还是蛮不错的，价格也不贵。东院一共有两个食堂，临近华师的那个是理工大公认的最好吃的食堂，这个食堂的二楼味道特别不错，据说红烧武昌鱼是入选了武汉高校十大名菜的，味道超级棒。食堂一楼主要是卖早点，这里的早点比其他食堂要便宜一点，一碗热干面三块钱，特别实惠，还有就是这里的包子特别萌，特别萌！

余家头校区共有五个食堂，早餐很不错。一块钱的大包子馅大皮薄，还有一种卷了肉的圆柱形卷饼比较有特色；三食堂最与众不同的是它的蒸菜区，喜欢汤的还可以尝一尝三食堂的鱼头豆腐汤，虽然没有什么鱼肉，不过汤的味道很鲜；六食堂的鸭血粉丝和牛肉面是最值得推荐的；七食堂主要是各种盖浇饭和自助餐。

说到这里，不得不提到升升食堂，这里的饭菜我很喜欢，价格不贵，且味道很赞。特别是那家黄焖鸡，当然还有升升食堂二楼的石锅拌饭。

南湖后街可以称为理工大的"堕落街"，那里有各种好吃的，麻辣烫、烤肉饭、卤肉饭、锅巴饭、成都冒菜、过桥米线、煲仔饭、黄焖鸡……每当华灯初上，这里便人潮涌动，吃货们都出来觅食了。当然这样的"堕落街"理工大不止有一条，南湖的侧街，鉴湖的工大路也都是，我尤爱侧街的锅巴饭。

现在说说宿舍，南湖宿舍是理工大条件最好的宿舍，没有之一，无论是房间面积还是硬件设施，都是理工大的翘楚，毕竟大一的新生刚过来，我们总会想着不能给他们留下不好的印象，等过了一年，就可以不用管这些了。马房山校区这边的大一新生有部分会住在升升，升升不属于学校的产业，只是从外面租的房子，所以这里的设施比南湖要差一点，管理也较松散。所以这里俨然成为了理工大学生的后花园，容纳着成千上万的理工大学子。夜晚的升升，开始躁动着年轻的脉搏，学生们的"夜生活"相当精彩，地下广场品尝美食，情人的喃喃私语，大树下骑车兜风……这里就像是天堂。不过南湖现在正在修建新宿舍，估计在不久的将来，升升的同学们都要住到南湖来。

鉴湖，西院和东院的宿舍比起南湖差了好多，房间比较陈旧，地面没有瓷砖，还有的房间是六人间，不过住久了，也就习惯了。鉴湖主要住着材料、信息等学院的大二、大三、大四的学生，西院这里住着众多的外国人以及研究生。附近的西院大礼堂，是新生的开学典礼以及众多活动的举办地，临近的西院公会和恬园食堂让这里成为了一个热闹的地方。东院住着汽院、文法等学院的学生，这里的宿舍条件最为恶劣，甚至

还有传说中的老九栋，里面还是公共澡堂，不过前不久老九栋也开始装热水器了，对于住在这里的学生们，真是个好消息！虽然住宿条件不怎么样，但是这里周围的环境相当好，郁郁葱葱的梧桐树以及篮球场上挥洒的汗水，石椅上朗朗的读书声，这才是原汁原味的大学生活。

 院系篇：

武汉理工院系较多，一共有23个学院，在这里不一一唠叨，重点介绍几个比较有代表性的学院：材料科学与工程学院、汽车工程学院、航运学院。

材料科学与工程学院是武汉理工大学的优势与特色学院，也是最牛的学院，无论是教学还是科研方面都是武汉理工大学的领头羊。武汉理工在《泰晤士报》上的全球高校排名比较靠前，有很大一部分原因是材料学院雄厚的科研实力。

汽车工程学院也是武汉理工的王牌学院之一，

武汉理工大学是我国最早设立汽车专业的三所高校之一。汽车工程学院十分重视与汽车行业的合作，由一汽、东风、上汽集团等六十多家企事业单位组成的"我校汽车行业董事会"为汽车工程学院的学科建设和发展注入了强大的动力，而设在汉阳的东风总部，更为理工大学汽车专业的发展提供了深厚的行业背景，同时也给本专业提供了大量便捷的教学实习基地。

航运学院的名气在全国高校中名气也是响当当的，实行的是半军事化的管理，这样有助于学生将来更快地适应工作环境。学校还与长航集团外经总公司、德国第三大集装箱船东——瑞克默斯集团等企业达成长期合作意向，每年联合在武汉选拔优秀海员45名，学生毕业后直接分配到欧洲的船队工作，待遇极好。

从这三大学院出去的校友很多都取得了不错的成就，作为一名理工大学子，我为他们而骄傲！

山水一程，三生有幸，南湖湖边，年年花开，水运湖畔，静静等待。人的一生有四年在这里度过，即使是一场时间的挥霍，那也将是一场幸福的蹉跎。多年后我会拾忆起大学这四年，回想起在理工的种种，我想我会禁不住红了眼眶，不舍过往，理工记忆永远流淌在一代又一代的理工人血液里。

注：本文由路过文学社推荐

扫码问学姐

年少足风流

文 / 李玉萧

　　坐落在古城西安的西安电子科技大学，校训为"厚德，求真，砺学，笃行"，是一所以信息与电子学科为主，工、理、管、文多学科协调发展的大学。学校前身是1931年诞生于江西瑞金的中央军委无线电学校，是毛泽东等老一辈革命家亲手创建的第一所工程技术学校。1958年学校迁址西安，1988年定为现名，因此，曾有"西军电"之称。这一点，在入学时的军训中，你会有深刻的感受。学校现设有南北两个校区，设有通信工程学院、电子工程学院、计算机学院、机电工程学院、技术物理学院、经济管理学院、人文学院、示范性软件学院、微电子学院等11个学院。南校区为本科生，北校区为博士生和研究生。专业无所谓好坏，不过，即使你当初由于茫然和不了解报错了专业，或者是分数略低被调剂了专业，在西电，你还会有几次转专业的机会。大一入学考试是个极好的机会，你可以通过报考教改或者卓越班转理想的专业。大一没转成，没关系，只要你大一一年的学习成绩在本院本专业排名前15%，还有一次申请转专业的机会。如果以上方式都没转成，可以辅修新的专业。总之，只要努力，机会总是有的。大一刚入学时，我沉浸于高考的失利和思乡的痛苦中，错失了转专业的机会，大二时顺利通过面试转入新的院系。

　　西电的住宿条件据说是西安所有高校中顶级的，宿舍位于三个区中：丁香区，海棠区，竹苑区（新校区）。其中丁香为三室一厅两卫，后两个为两室一厅两卫，客厅都有电视，宿舍里夏天有空调，冬天送暖气，卫生间内含有淋浴喷头，能洗澡，只是在一周中每隔一天来一次热水，对于南方人来说，次数少了些，有三个洗脸池。宿舍楼中还有全自动洗衣机，可以自己去洗衣服（付费），冬天的大件衣服洗起来很方便。宿舍区就有超市，生活用品可以就地解决，校门口也有多个超市。

　　西电的吃的也是不错的，每个住宿区都有相应的食堂，餐厅以美食城的形式出售

西安化了的各地特色的美食，近期丁香餐厅还推出了自选主题餐厅，比较受欢迎。还有综合楼，有超市，有麦德斯（约等于麦当劳的那种），还有各种各样其他的吃的，而且有健身房（自己付费的那种）。新校区条件真的不错，就是离市区太远，不过，总的来说，学校也挺安全，安静，比较人性化，在学校内生活也不会无聊。

虽然不是综合性大学，西电的社团活动还是覆盖了能满足不同兴趣的各个方面。大一时，我加了大大小小九个社团，有校级的，有院级的，找到一群志同道合的小伙伴。科协、团委、文学社都玩得要好。最开始的时候，尤其喜欢一个，开心了就去大谈特谈古今中外，半夜兴起还会去群里说话。到了大二，只选了科协和文学社留下来。特别是文学社，友情弥足珍贵，几乎到了随叫随到的地步。中秋的时候，大家提议要不一同去山里看月亮吧，于是第二天就租了帐篷睡袋。一行人走了几乎一夜，在一个清晨的冷寂之中，登上秦岭某段山峰。山中数日，成为我们几个此生无法抹去的美好回忆。每个周末我们都会有一场交流思想的书会，有时候在校园里走走，坐在操场的看台上看星星，看宇宙苍穹。伴着一种情怀，和社团中的人在一起交流，仿佛淡淡相守，弹指也可百年。也就是说，不管你加入怎样的组织，都有机会结识各种各样的朋友，也可以在一定程度上锻炼自己的能力。

在新生入学后，每个学院还会陆陆续续地举办迎新晚会，自编自导自演，节目精彩纷呈。

除了兴趣类的社团活动，学校还有许多公益类的社团，趁着大学去做做志愿者、支教也是非常好的。

大一下学期开始，就有各种大学生竞赛科目要开始报名或初选，这些都是学有余力、发挥特长的事情，也是通向保研的一个途径。

适合大一关注的：ACM（国际计算机协会），计算机等级考试，大一下学期有大学生英语竞赛、高数竞赛等竞赛。

高中时搞过信息学竞赛的同学可以在开学的时候通过辅导员或学长了解进入 ACM 校队的方法，另外立志搞 ACM 的没基础的同学也可以大一一开始就自学 C 语言和数据结构，然后大一暑假参加 ACM 培训。拿奖与否不重要，关键是锻炼。

适合大二关注的：数模、国家创新项目、星火杯、非技术类实习、企业的竞赛、GRE 等出国考试、软考、CET-4、CET-6、思科甲骨文等认证。

最近几年数模比较热，建议大家不要在大一搞数模，什么时候该做什么是有一定道理的，有时候提前做确实是会带给你很多痛苦的。而且就算是大二做，也最好端正一下参加比赛的动机。这个我是深有体会，花费了不少精力，最后不了了之。不要太功利，还是要找到自己的兴趣点。国创给人的感觉是比较难，但是有想法的同学还是应该尝试一下。我正在尝试中。毕竟到后面事情越来越多，也不能等着自己什么都会了再去做项目，而是要有做中学的意识。

星火杯很有名了，西电的同学不参加星火杯是一种遗憾吧。

一些企业会组织比赛，比如百度之星、有道难题、微软创新杯、Intel 嵌入式比赛、微软精英挑战赛，都可以慢慢关注和行动了。

适合大三关注的：电子设计大赛、挑战杯、信息安全竞赛、跟着学院的老师做项目写论文、实习、GRE 等出国考试、软考。

西电的电赛还是比较牛的。C 语言，单片机、数电、模电是基础。

星火杯中比较好的作品会推荐参加挑战杯。还有信息安全竞赛，到时候看通知吧。

大三有很多老师会找学生跟自己一起做研究写论文，想出国的同学不应该错过。所以建议大家还是大一大二重视课程，不要只重实践轻理论，最后啥都没做成。

大三下学期，腾讯、阿里巴巴等企业会来西安招实习生，有兴趣的话，提前准备。

我以为，大学的学习是多元的，而且比从前的知识更深更广，更丰富。在大学可以找到一条严肃而深刻的路。如蔡元培所说，应该培养的是一种潜心研究的精神。我所学所

思所想，是有原因的，是因为我热爱这门学科，或者至少是热爱学习它的思维生长的感觉。这虽然不是唯一的选择，但必须是最好的。

而在狭义的学习之外，我想还需要一点坚守。也就是当自己与一些功利的价值观产生冲突的时候，不可以害怕。《抱朴子》有云，世有雷同之誉而未必贤，俗有欢哗之毁而未必恶。我想如今社会需要的新力量正是由我们自己的心完完全全创造出来的，而不是什么单纯的适应，不是评论家口中的"填鸭式教育"和"从生命到罐头"。

如今我也希望告诉我的学弟学妹们，你自己的路，无论多么坎坷和痛苦，它都是完全属于你自己的，控制它，这样的青春永不后悔。这样一个大好韶华，这样一幅江山天下，我要你们都浓墨重彩去涂绘，热爱生命，青春无悔。

注：本文由秋荻文学社推荐

扫码问学姐

给你一个西交梦

文 / 宋莹

"今天是 2014 年 8 月 27 日，是正式军训的第四天，是妈妈离开的第二天。今天的我自己躲在阳台上偷偷地哭了，是那种小声的轻轻的生怕被人发现的哭泣。自从离家的那一刻起，我就开始思索自己想成为什么样的人。"

这是那时候刚刚来到西安的我，在日记本上写下的第一段话。

老实说，最开始，或者说长久以来，西安交通大学就不是我的第一选择，外国语学院也不是我的第一志向。但世事顽皮，偏偏就是不要如你的心意。

我是一名来自吉林长春的保送生，没经历过高考的"生死一搏"，所在的高中是整个吉林省唯一一所具有保送资格的外国语学校。经过两年半的奋斗，我如愿以偿地以年级第 21 名的成绩获得了保送资格。我首先报考的学校是浙江大学，但是也不巧地遇到了人生的第一个挫折——报考失败，在剩下不多的选择中，左右权衡之下，父母为我做了决定，报考西安交通大学。面试

的时候，考官问我，为什么要报考西安交通大学，我没好意思说"因为没考上浙大，所以只能来这里"，张口说的是，因为西安是十三朝古都，西安交通大学是百年老校，希望可以在这座蕴藏深厚文化积淀的城市加深自己对文化的理解，在这所老牌名校中找寻自己新的定位。后来，我啊，真的在这座许多人会说"老土"的城市，找到了自己的热情与梦想。

我的专业是"法语"，在交大这个男

女比例7：1，放眼望去，不是理工男就是理工女的学校，有一个地方颇为神奇，它位于校园一角，男女比例1：7。是的，你没有猜错，我大外院，威武！抬眼望去，才子佳人，风姿绰约，各类语种，那是应有尽有。外国语学院的所有同学隶属于彭康书院。在这里，简单说明一下，我们学校采取书院制度，将学校分为八大书院管理，即南洋书院、崇实书院、文治书院、仲英书院、励志书院、启德书院、宗濂书院，最后，便是彭康书院了，也就是具备彭康国际小广场这样顶尖配置的我大彭康了（其实说是彭康国际小广场，真相主要在"小"这个字上）。刚入学的时候，我专门向学长学姐请教过，书院与学院的区别，简单笼统来说，学院分管学习，书院负责生活。这样的管理使得学校可以关注到每一位同学的需求，极大地提高了学生在校生活的便利程度。

到底有多强大？宿舍风扇空调一应俱全，Wi-Fi校网全覆盖；伙食也没太夸张，无非就是东西两食堂，人均就八块，超市小店处处有，想吃哪里就哪里而已；人不是特别好，也就不过是学姐都女神，学妹超可爱，学长很亲切，学弟天然呆。像是早就认识，后来才发现，原来本就是一家人啊。班级同学经常组织活动，聚餐、出游、爬山、节假日的联欢，书院定期举办的各项活动，学校组织的竞技赛事，就是这些看似很小的事情，一件一件，穿成一条线，连着一颗真心的距离。小到我们的班级，我们的书院，大到我们的学校，可以说啊，来到西交大，就像回到了第二个家。

最开始学习法语的时候，我给我最好的朋友念了一篇法语课文，听完之后，她遗憾地拍拍我的肩膀说："我以前真的以为法语是世界上最美丽的语言呢。"留下一脸黑线的我，不停地问自己，怎么就学了法语呢？法语为什么就非要这么难呢？为什么就学不会呢？在经历了一千次的心碎和一万次的自我怀疑后，我的法语学习渐渐有了起色，我开始真的走进法语，有了去说去听去使用它的欲望，即使它有着数不清的变位，变不完的时态，可当这世间万物全都穿了一条小小的内裤，你就会以一种新的视角去看待生活，你会发现它的美丽与可爱，平凡与真诚。而且，我也明白了，所有的新鲜事物在最开始的学习阶段都是困难的，我说法语难，那德语俄语难不难？难道说英语日语就简单了？这世界上从来就没有简单容易的事，想要得到绝世好东西，都需要付出，要么是血，要么是汗，要么就是大把大把曼妙的青春好时光。

有很多人对外语学院甚至于外语专业存在许多误解，我承认，可能有些问题是存在的，但是我身边的大部分外院人是踏实刻苦勤奋努力的。他们会在早上宿舍阿姨开门后的第一时间冲出去，站在主楼、操场或者小花园大声地练口语；会在没课的时间拖着自己疲惫的身躯坚持在主楼自习，主楼在 10 点半就会清场锁门，还没学够的同学，有的回到宿舍继续挑灯夜读，有的奔往离宿舍楼异常遥远但通宵光亮的中心二楼进行下一轮的战斗；走在路上，你还可以看到在低头思索的男同学，背资料的女同学。我时常会想，是不是在交大这个地方，有一种神奇的魔力，会激发你拥有的潜能，征服自己所怀有的全部恐惧？

而我所形容的不仅仅是我们外院人，更是千千万万的交大人。在交大啊，自习室很少有空闲的时候，微博上曾经还爆出过一张交大同学在图书馆门前排队等着开门，拿自习的座位号码。那是早上七点左右，人已经排到了腾飞塔前，看着前面人头攒动，我突然很感动，那是作为一个交大人的尊严，一个读书人的坚持，一个中国青年人应该具备的品质。

除了无尽的书籍充实的课程，大学的精彩之处还在于丰富多彩的社团活动。每逢新生入学的时候，在四大发明广场，都会有热闹非凡的"百团大战"。如果你爱运动，轮滑社、台球社、武术协会等等，是你不错的选择；如果你爱读书爱文化，沈杨书社、国学社、杂志社还有各大诗社，欢迎你的加入；你爱看星星，有天文协会；你爱动漫，有 Cosplay……拿我来说，我加入了《大学》杂志社和校报记者团。这两份工作其实有许多的相同之处，都是拿笔，都是写作。但是写出来的东西，完全不同，一个要发表自己的观点展现自己的思想，一个是做新闻说真相。虽然常常会被无穷无尽的稿件逼得走投无路，要死要活，但是当看到自己想说的话所写的文字被放在公众媒体上，想要让大家了解的信息印刷成报纸分发到每一个人的手中，那份喜悦与自豪真的没有办法用语言去形容。每一次的前期准备，素材收集，选题定稿，采访制作，都会让我明显觉察出自己的进步，并且在这个过程中，会遇到许多不一样的人，同他们交谈沟通，会刷新自己对这个世界的认识，以此为契机，像是同时经历了不同的人生。我记得采访作家张嘉佳的时候，他对我说，

有些事情很难去说谁对谁错，但是经历了，就不要后悔，不要害怕，你要别人尊重你的选择，也要学会去尊重自己的选择……每一个人的每一句话，我都牢牢地记在心里，因为我知道，遇见他们同样是我所做的不会后悔的选择。

2015 年 9 月 18 日，为纪念西迁历史，学习西迁精神，我校举办"重跑交大西迁路"活动，全程 1680 千米，我有幸作为记者在现场采访。有一位白发苍苍的老教授和我讲起了自己的故事。他说自己今年 80 岁，21 岁的时候，已然是交大老师。1956 年，教授 21 岁，意气风发，风采动人，胸前带着块牌子，上面一行写着"1956 21 岁 吴厚钰"，下面一行写的是"华山路 1954"。就是这样一个小细节，让我明白了我们整天挂在嘴上的"精神"，什么是精神，精神是不是"神经"？或许吧，精神就是你在坚持梦想的同时也坚持做了自己，精神就是无论路途多么遥远，你都可以咬紧牙关不放弃，精神就是一百个人都说"你是一个神经病"，你依然骄傲地告诉他们，你不是有病，只是有梦想。那么，梦想又是什么？我想，那一定就是我们常说的"爱国爱校追求真理"，就是你身处于百年交大，始终坚定不移地相信自己可以成为那个再铸辉煌的人。

当校友们终于到达腾飞塔的时候，老教授们都止不住地点头，我仿佛也看到了那个在篮球场上打球的翩翩少年，那个在三尺讲台耕耘了一生的勤恳师者，那个或许有些顽皮但是为了国家，为了学生，为了梦想，为了真理，一直屹立着的，永不停歇的，交大人。

我是后来才知道的：以前的兴庆路曾是一个大麦场，现在的主楼那时还只是一个草棚大礼堂，那时候的天气干燥，树叶上都是灰，眼睛都掺了尘土，和现在不同，淅

淅沥沥的小雨说下也能下一个季节。西安的天气有了明显的改善，学校的设施越来越好，所建造的楼越来越高，所招收的学生分数越来越高……这变化实在是太多了。

就是在这次采访中，我才终于承认，我爱这座城，爱这所校。因为我身在其中，不断映入我眼帘的是那些追求真理、勤奋踏实的人。是那些胸怀大局、无私奉献的人，是宁愿用一生去实现一个理想，用一辈子去做好一件事的人，是这些人将人类的精神、文化的风骨，代

代传扬，是这样的精神，让我觉得幸福，让我觉得自豪，让我想与人分享，想让你、你们了解这经历了120年风雨的百年老校是如何延续传统如何开拓创新，想让你、你们明白可以在这个地方成长的我们又是多么的骄傲和欣喜。

一不留神，就从学妹变成了学姐，还记得大二去报到的时候，被人叫作学姐，没有反应过来，还来回地找，到底是在叫谁。经过一番调试，终于搞清楚了自己的身份，便立志要做一位好学姐，尽自己所能，为学弟学妹答疑解惑。所以，关于大学，关于梦想，关于你们即将要迎来的生活，急切渴望的心愿或是极力想要达成的未来，作为学姐的我，有几句话想与大家分享：

时常感慨时间之快，也钦佩于独自远行的一个个游子，穿上铠甲，拿起长矛，骑上瘦马来到这完全陌生的世界，与尘世搏斗。

开始你会觉得新奇，之后又会觉得难过，严重时甚至会有天塌地陷的感觉，繁重的学习任务，与想象中不一样的生活状态，怎么努力好像也还是一成不变的梦想……这些就是你要经历的大学，但绝不是你只能经历的大学。我不会安慰你，也不想欺骗你，我知道你会心碎，会憔悴，但是我同样知道你会跟随自己的心意，无论鲜花还是荆棘，你总会学会与自己和解，终会昂首挺胸，走在路上。

因为大学带给你的，不仅是黄金屋、颜如玉，还有，无论怎样也磨灭不了的人生斗志。

西安交通大学，在这里。

我们，在这里。

你的梦想，在这里。

注：本文由西安交大国学社推荐

扫码问学姐

西园记忆

文 / 曹雪

时光匆匆，当西园四年流水逝去，总觉不写些东西纪念甚是可惜。便将西北大学小事略记一二，以飨青春，以祭逝去的轻狂热血。

人生天地间，忽如远行客

请相信我着实是费了好大功夫才让自己心甘情愿地接受了西大，接受了百年间沉淀的历史与沧桑。犹记得初入象牙塔时的小情绪，只因去外省读书的心愿破灭，西大便多多少少有了替罪羊的意思，我自然一股脑儿地把所有的怨与恨都发泄在这可恨的报考制度和偌大的校园里。想起曾在高考百日宣誓时许下的铮铮誓言，想起梦中时时出现京城的红墙绿瓦，想起真实存在过的奋斗岁月……终于，西大的第一眼——不可言喻的美，就这样在恹恹的心境中错过了……记得古诗十九首里有这么一句："人生天地间，忽如远行客。"缘起缘灭终是造化弄人，失落的心还是难以平复，暂且将西大的华丽冒险当作是远行后短暂的停留吧。

与君初相识，犹似故人归

与西大的相识，着实是"犹似故人归"了，当初入学时不甘的尘埃终于落定，西大的形象就开始一点点地在脑海中构建起来：春日的校园无疑是最美的，群芳争艳中玉兰的美压倒了一切，上课的路上开始一天天见证它从尖尖的嫩芽到娇

小的花骨朵儿，再到最完美的绽放，心情怎能不随之绽放呢？

夏日的西大是热闹的，看那球场上跃动的身影吧，每一次转身、运球、上篮都伴着青春期里最自信的微笑；每个傍晚的汗水终会赢得炫目的奖杯，终会"无兄弟，不篮球！"。再看那二号楼西边的林荫道吧，细碎的阳光洒在发梢，葱葱郁郁的叶子间是一个个闪烁的眼睛，醉人的光洒向大地，怕是早已人自醉了吧？

秋日的西大是黄色的，高大的梧桐将金黄的树叶肆意地洒满道路，沙沙沙沙，你听，那是梧桐在说话。随便一个午后，捧一本墨香四溢的好书，爬上顶楼，满目皆是怡人的成熟色彩，这样的惬意谁会拒绝呢？

冬日的校园，天气阴沉沉的，雪花成团地飞舞着。本就是荒凉的世界，铺满了洁白柔软的雪，仿佛显得温暖了，不远处的终南山沉默地看着世间的一切。约两三好友去操场看看被雪花盖上了被子的跑道和草坪，随手握个雪球砸向最亲近的友人，该是多么快乐？

愿为双鸿鹄，奋翅起高飞

西大不仅景美，百年来的文化积淀自然更加充满神秘的美感。作为文学院的一员，这一感觉便更加强烈了。且不说博闻强识的大师们，单是日常代课的教师们举手投足间也是儒雅尽显。课外活动更是丰富多彩，加入红帆网站就是大学时光里一段美好的回忆。仍记得当时在去留间的艰难抉择，最终喜欢折腾的我选择了一个躁动的称谓，也便选择了一座大山，选择了一条弯路。在工作出现种种困难时，选择在例会上说出心中想要表达的所有。我说我们在开一辆车，我刚拿到驾照，你们也没有保险。窗外是漆黑的世界，我们在一条山路上小心行驶，前方的曲直早被黑暗遮蔽了，于是只有摸索前进。中途有了弯道我们卡住了，直道上我们也走不快，路很险，稍有不慎就有人坠落悬崖，可我们不愿放弃前行，我们一定要开到车该去的地方，我不知道载着你们能走多远，可我一定不让车坏在我手里。

然后是久久的心跳与喘息，至少我说出了最真实的想法。没有人生来就会做人做事，河边的石头在一天天的磨砺中也会变得圆滑，人正如那河边之石，经历小社会的考验与磨炼，最尖锐的石头也能给你磨平了去。大学如此，社会更甚。

晚来天欲雪，能饮一杯无

六年前，离开了家里吃了十八年的厨房，来到西大闹哄哄的饭堂。第一眼，琳琅满目，第二眼，没有一样是家的味道。是啊，家的味道，妈妈的卤面曾经一度掳获了我所有来家做客的朋友，爸爸的红烧肉总是我高三夜里挑灯夜读的必念食物，奶奶的手擀面，哪怕是自己夜里煮的一碗荷包蛋方便面，都是那么的温暖和惬意。于是每周都要跑回家，一边填满肚子，一边抱怨学校大锅菜的甜咸。一楼的糖醋里脊总有红薯充数，三楼的烩麻食放再多醋也淡然无味……爹妈无奈，只能一边做一大桌菜来稳定军心，一边旁敲侧击告诫我吃苦耐劳。

然而一天，一周，一月，不知不觉在食堂吃了一学期的饭，食堂和我们的陪伴，终于成了最长情的告白。时间好像都在吃饭的时候慢了下来，我们可以坐在一起说笑聊天，互相吃对方的菜；我们可以互相关爱，在室友生病的时候为她带一份营养清淡的龙须面。恋爱的人可以并排坐在一起，享受来自食物和对方的甜蜜，一个人的时候可以听着音乐，安静闲适地吃好每一餐。食堂啊食堂，终究填满了我们青春的味蕾，记录了我们美好时光。

西大六年，西大味道让我永生难忘。西大的食堂，没了家里的温情，却多了朋友的欢乐；没有豪华的装饰，却充满了最珍贵的记忆。人常说，最是朴素味道，最是牵动人心，西大味道，用陕西美食吸引了外省求学的孩子，用北方特色面食打动了南方离不开大米的孩子，用多样的菜品填饱了所有人的大学时光，用质朴的坚持记录着西大的春夏秋冬和西大学子的青春过往。我想，我会永远记得这个温暖了胃和心的地方。

仲夏苦夜短，开轩纳微凉

夜幕缓缓拉下，娇羞的星星在云层里躲躲闪闪，空旷的运动场上又响起"旧时代"

的声音。轻轻一瞥，哦，是大叔又在放电影了。熟悉得不能再熟悉，宽大的屏幕，吱呦吱呦的放映机，还有满脸沧桑的大叔。生活总是忙忙碌碌，每个人都要为了生存而四处奔波。黑夜来临的时刻，你是否静静思考过：生命中留给心灵的憩息地，还在吗？何时我们能落尽这世间浮华，再度品味幼时纯真的生活？

你若留心，你会注意到学校篮球场上每周五晚从不间断的电影放映，一张单薄的大幕，在寒风中晃动，两架笨重的放映机，嗞嗞地叫着，寥寥数人，仰头呆呆地注视着大幕，很安静，远处的机器也像一个孩子般默默地聆听，聆听自己的历史。

突然十分怀念小时候和伙伴们一起去看露天电影的时光，好天真，好可爱！晚七点开演，却总是在下午五点就抢占了最靠前的位置，一个个笑容满面，欣喜地等待着电影开演。那种等待，是一种期待，一种幸福的盼望，无一丝的厌烦，一丝的焦愁，如世外桃源般热闹却无忧无虑。想那惊险处，我们可以一起尖叫；搞笑处，我们可以肆无忌惮地狂笑；伤感处，我们可以偷偷流泪，然后相顾一笑，接下相互递来的纸巾。我怀念那种感觉，那种人与人的零距离，和那朴实的风气，你呢？

大叔爱电影，于是他选择在历史的变迁中固守一份执着，一份责任，一份感情。二十年稍纵即逝，岁月在大叔的脸上刻下道道皱纹，不变的是那颗热爱电影的心。"你要是想学放电影，就来找我，以前好些学生跟我学的。"我们相视一笑，大叔其实不老。透着夜色望着大叔远去的背影，我在心里默默说着：下周见，大叔。

运命惟所遇，循环不可寻

最后的最后，还是爱上了西大，爱上了这个深沉却又活泼的、厚重却又亲切的校园，四年匆匆后，去向何从无人知晓。但至少清楚地知道，四年、五年、十年后甚至二三十年后，回忆起西大的岁月，脸上终会带着笑的。如今短暂的两年中我真正收获了什么是最真的东西，是给你多少钱也买不走的东西。我不奢求未来能做出多少成就回报母校，只求现今那么多的美好回忆不被遗忘，不被改写！

注：本文由木香园网站推荐

扫码问学姐

以你为中心去看世界

文 / 武朝阳

在你身旁，奋斗希望

金色的林荫道连接着年代久远的房间，承载着历史的硝烟，那战火年代的痕迹谁又细数几遍？即使有再多伤痕也依然承载的明天。那，是三号楼的过去今天。

夜空中星光的闪耀，一排排灯火辉煌的寒宵。纵使外面寒风雪飘，教室内依然温暖如春至偏早。一样的桌子承载的是谁不一样的希冀？无论考研保研工作，都拥有这里的记忆，身边的桌椅。忘不了的除了黑板上行云流水般的字体，还有那多媒体中用心的知识梳理。放不下的除了课桌前方的你，还有那室内阳光斑驳陆离。那，是八号楼永远不变的气息。

学习于各院，成长于西农

以你为原点远航，围绕你绘圆追求梦想。就算我走到世界的另一方，我的世界中点仍然是你不变的模样。

这里有最热心的老师，最友善的同学，最温暖的友情，最合适的院系。二十个院系中，每一个都是那么的充满朝气。这里，工农并重，文武双全。农学，园艺与植保。有了环境才有未来。水建，机电理学院，有了理工科才有了工业的发展与进步。这里，每一个学院都是人才济济。风景园林，人文发展，资源环境，经济管理。从文到武，从景到物。这里给你最好的平台，站在西农的脊梁上，你拥有更加广阔的视野。

西农（西北农林科技大学）在杨凌，登五台山而小杨凌。别告诉我杨凌只是一个小镇，你可知道什么是平和，什么是蓄势待发？这里是你最好的十年磨一剑的地方。直到宝剑锋出，直到梅花香来。

你可知道，如果不是博览园，可能你这一生也不会见到那么多的动植物，不会见到那么多的昆虫。博览众物，博采众长。

你喜欢园林建筑吗？来风景园林吧，这里不仅仅会教会你穷尽一生也自己摸索不到的知识，还会带你去苏州园林观赏。

你喜欢理科数学吗？来理学院吧，无数伟人的思想在这里等待你，给你启发，无数巨人的思想火花，只等待你能够来此得到人生的升华。

你喜欢水利电力吗？来水建吧，这里有无数水电的知识，还会带你去实地考察。你会了解我国水利还有那众说纷纭的三峡。

你喜欢植物吗？来植保园艺吧，这里有成千上万的植物可以了解认识，从南方到北方，从热带到寒带。是百草园，更是百宝园。

你喜欢动物吗？来生科吧，这里有无数的动物可以观赏，有无穷的知识可以了解。

你喜欢创业吗？来经管吧，这里有耐心的老师教导怎样成长，让想法成熟，让未来更有希望。

这里是所有有梦想者的天堂，是所有有目标者的港湾，西农——一个多么美丽的名字，这美丽源于奉献，源于扶持。源于自强是为了能撑起莘莘学子的梦想。源于努力是为了帮助更多桃李可以去远方。

博览古今事，博赏各地景

红花酢浆染凌霄，琴叶珊瑚蜡菊绕。重瓣棣棠金叶榆，垂丝海棠九里香。

博览园中有的是这样的美景，这样的风光。柑橘的幼芽，木槿的幽香。那一回眸中惊异的绝色，那一低头时看到的新生。紫叶酢浆草雍容秀丽，红王子锦带绛色动人。荷兰菊上那一颗颗珍珠动人，绣线菊中那一穗穗细丝环绕。

龙雕龙头色，黄花美人蕉

这样的景色怎能不让人沉醉，不让人着迷。于此地，莫思乡。

那一处姹紫嫣红的景，那一地永世不忘的金玉。

各种动植物的相聚，无论是荷塘中美丽的金鱼，又或是不见其样便闻其声的鹦鹉。无论是仍然拥有生命的生物体，还是徒留身姿的标本，都是那么真，那么引人。捕食时的外貌，嬉戏时的欢闹，闪躲时的匆忙，召唤时的长啸。每一时都是那么的细致，每一处都是那么的精细。不用怀疑，在这里你可以认识的动物，比以往加起来的都多。

目前国内最大的蝴蝶放飞园，寄主植物便多达二十余种，蜜源植物更是不下三十余种。秦岭，广西，云南，海南和安徽。蝴蝶自然的栖息地都有着引进的植物与蝶，这是多么庞大的工程，登泰山而小天下，游西农而知中国。

 ## 于社团进步，将梦想举起

青春的声音从哪里传出？热情似火年华是谁在彰显着能力？我们手牵手向未来前进，谁也不曾说过要放弃。为了公益，为了梦想，又或是为了找回曾经。无论怎样的个性，无论怎样的决定。总有一些人会聚在一起，一起成长，一起前行。

路的远方是成长，路的终点是胜利。社团中你我共同的目标，将你我的心联系在一起。爱好文学的你我，在文学社中，轻着汉装，珠钗飞扬。爱好舞术的你我，在街舞社中，素面无妆，节奏激昂。爱好公益的你我，在爱心社中，怀揣爱心，奉献自我。爱好名著的你我，在红楼社中，赏诗论茶，盛败人家。爱好手语的你我，在手语社中，无声舞蹈，共同表达。爱好武艺的你我，在双截棍中，潇洒挥动，随性人生。爱好舞动的你我，在腰鼓社中，挥舞红色，热情似火。爱好音乐的你我，在琴箫社中，拨弦弄乐，同心同乐。爱好舞蹈的你我，在交际舞中，相见相识，直至相知。爱好创业的你我，在商业协会中，谈论成败，总结经验。爱好轮滑的你我，在轮滑协会中，追求速度，环绕校园。爱好农业的你我，在三农协会中，了解自然，亲近绿色。爱好动物的你我，在动物保护中，笑颜不断，传递温暖。你激动地说你爱公益，这里有无数的公益社团，无数的星星之火。你说你热爱诗词歌赋，这里有千百人与你共同朗诵从诗经到唐诗。你说你热爱舞蹈歌曲，这里有最热心的老师，最完美的舞伴。你笑着说你爱看武术，这里也有着太多的同道中人。你自信地说要早早自主创业！你可知这里有多么合适的校园，有多么团结的伙伴！

这么多的社团，这么多的活动，足够你我相遇相知，足够你我相见相恋。足够你我共同成长，共同进步，足够你我奉献四年时光，收获一生梦想。

食于西农不思乡

你来西农找我，我没有带你出去找其他的餐馆，食堂已完全足够品尝。

香甜的米饭，可口的面点，还有特色各地小吃相伴。无论你吃惯了北方的各种香面，还是尝惯了南方的松软甜点，总有一款食品适合你，总有一些食品能带来家的味道，能在月圆时慰藉相思。闭上眼，仿佛回到家乡最爱的那个小摊点，香气扑面。

在学校中能体会到各地小吃，足不出校的美味。从南方的小米到北方的高粱，从北方的饺子到南方的汤圆，颗颗美味，个个香甜。

酸甜苦辣咸，煎炒蒸煮炖。来到这里就爱上了西农的味道。香脆可口的甜瓜，甜而爽口的苹果，无公害、无污染的瓜果。在舌尖上回味，流转于味蕾。来到这里知道了什么是民以食为天，什么是饭菜家乡味，什么是稻香惹人醉，什么是瓜果留人醉。

宿于西农园，胜过苏杭地。

相似的楼，相同的窗帘。住着的是不同的性格，不同的梦想。你来自南方，带着水一样的性格，我出生北方，有着风一样的豪爽。也许初见难以相互理解，但四年的时间总会磨合。百年修得同船渡，千年修得上下铺。宿舍也许不是最豪华的，但一定是最温馨的。进门便可以喝到的热水，热时便可以享受到的冷风。这一点一滴是生活中的快乐，是一直铭记于心中的温暖。

窗外不能看到热闹的街道，却能闻到自然的味道。不能听到来往的喧闹，清晨却沉醉在各种鸟雀的鸣叫。窗外的绿色接连到路的对面，谁能忘记这无名的花园？清晨有花香扑鼻，有婉转莺啼，有轻言细语，有红香绿玉。阳光洒满阳台，投下影子，如沙画般美丽。

美景醉人心，浓浓西农味，

天空又是小雨，想起了初秋到末秋的你。

那时天蓝草玉，叶落风起，雀鸣莺啼。

注：本文由谷风文学社推荐

扫码问学姐

人在西大之琐碎生活

文/傅艳吉

西大（西南大学）很大，占地9600多亩，共有46栋教学楼，在校师生超过5万人，春暖花开时的共青团花园，美得不像人间；西大很小，坐落在西南一隅，掩映在北碚的绿水青山中，相较于众多大学城之中的名校显得默默无闻。

西大，是教育部和农业部共建的8所大学之一，拥有西南地区最大的图书馆，拥有重庆地区最大的体育馆。西大很朴素，一代文学大师吴宓执教多年的雨僧楼，庄严古朴的八一礼堂，侯光炯先生居住过的旧址在岁月的洗礼中仍保持着几十年前的风貌，而在10教的时光隧道里，情人对望一眼万年。

西大有着共同的校训"含弘光大，继往开来"，每个西大人都秉承着"特立西南，学行天下"的西大精神踏踏实实做学问；西大又有着包罗万象的思想，来自五湖四海的学生带着家乡的口音、家乡的文化在这里融合碰撞。

"民以食为天"，吃当是生活中的首位，从最开始被西大食堂的海椒辣得涕泗横流到毕业之后每顿饭无辣不欢，西大见证了无数北方姑娘的完美蜕变。最喜欢在楠园二食堂吃饭，这个传说中重庆高校里最好吃的食堂总是在下课时间爆满，当你拿着一碗香香的黑米粥，刚刚准备坐下，一个旋风一般的少女弯下身子从你的餐盘下穿过，放包落座一气呵成，然后对你微微一笑："同学这里有人了。"徒留你一人风中凌乱。但是最佩服的还是楠园快乐食间"重庆江湖"档口的阿姨，从来不需要纸笔记录学生的点餐，一身素白的工作服对着档口前围着的里三层外三层的学生总是不慌不忙，热气腾腾的面碗，热气腾腾的吆喝让人欲罢不能。

西大食堂的又一特色是招牌菜由学生决定。每一次食堂特色菜评选的时候，食堂的大厨就开始摩拳擦掌各显身手，纷纷为西大学子奉上拿手好菜。很多人说食堂大锅饭本来就不可能那么精致，但是西大食堂表示我们绝不将就！

穿在西大

西大并没有统一的校服，校园里看到的身影都是五彩斑斓的色彩，都是满溢出来的青春，女孩子飘过的裙角和男生黑色的运动背心带着荷尔蒙的气息撩拨着少男少女的春心。在这里你可以看到一个微缩的社会，有俏丽的女生紧追着时尚的潮流，将校园变成巴黎的秀场，衣着优雅而又特立独行。有满大街的淘宝亲民爆款，同学戏称去美食城买份凉面遇到三个撞衫的，不仅款式连颜色都是一样的。

不同的学院更是各具特色，纺服院发挥专业特长，穿着搭配自成风流，T台上的走秀不输大牌明星。农生院最接地气，运动会上一抹惹眼的鲜黄瞬间成为全场焦点。到了二八月换季的时候，穿羽绒服的同学和穿短袖的同学彼此对视一眼匆匆擦肩而过，多说一个字都是尴尬。

住在西大

住在楠园的羡慕住在竹园的环境好，上床下桌有独立卫生间，有淋浴，住在竹园的羡慕住在楠园的生活便利，上课5分钟到38教、31教，自习8分钟到南区图书馆，吃饭出门就是楠园二食堂、楠园一食堂，想改善个生活多走两步就到了快乐食间，晚上买个夜宵出来就是美食城，出门购物10分钟就到二号门。竹园的汉子气喘吁吁爬上夺命天梯迎着夜风唱一首"你永远不懂我伤悲"，默默看着楠园的灯火阑珊黯然神伤。住在李园的同学微微弯起嘴角：我们出门2分钟就到8教，开门就是李园小吃街，出了宿舍上楼是李园食堂，下楼就是快乐食间，哦对，上自习3分钟就到中心图书馆，沙发、Wi-Fi、咖啡厅一应俱全。这时候住在橘园二舍的妹子轻轻拨一下刘海："我们晚上不断网。"顿时秒杀全场。

每年新生入学的时候，寝室美化大赛也随之如火如荼地展开，平淡无奇的几人间、上下铺在同学们的巧手下变得多姿多彩。

寝室的美好当然不仅仅是脑洞大开的创意，四年下来室友日日夜夜的朝夕相伴会

让你感慨因为一个人而喜欢上一座城市。那些深夜里的卧谈会、兴致勃勃的集体出游、热火朝天的撸串打牌追剧的日子就像是一帧一帧的老照片刻在已经分开数年的回忆里清晰隽永。

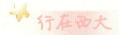 行在西大

西大的植被覆盖率高达90%以上，所以走在西大的每一个角落都是风景。春暖花开的时节，资环院附近的海棠悄无声息地绽放，偏僻的六号门少有人问津，但是海棠不管这些，它在和风细雨中自顾自美丽，勤劳的小蜜蜂更不管这些，它忙着跟花朵自顾自嬉戏。

西大的校花是——二乔玉兰，是不是以为有美女要出现了？西大处处是美女不假，西大的美女校花更是公认的姿容秀丽，但是在玉兰绽放的时节，西大的美女校花也都会为这位真正的"校花"倾倒：含苞待放时娇羞含蓄，翩然盛开时美而不妖，玉兰在3月的春风里亭亭而立风骨尽显。

春末夏初转眼到了毕业的季节，毕业季也正是蓝花楹盛开的季节。四运旁盛放的蓝花楹吸引过无数留影的毕业生，也记录着一年又一年的离别。蓝花楹的花语是在绝望中等待爱情，凄美的花语不知道在喧嚣的毕业季里触动了多少分别的情侣，又安抚了多少躁动的情绪。

不过要想在西南大学舒舒服服地生活，单靠走是不行的，拉风的"敞篷"校车是绝对是上课出门好帮手。校车司机一般是大叔和阿姨，操着一口地道的重庆话喊"竹园还有没有，还有一个位置。""26教到了，26教有下没得？""3路不到8教，前头24教换后头那辆5路嘛。"经常有快迟到的同学央求着司机师傅：师傅挤一个可以不。师傅这时候就不像平时那样和善了，一句"满咯，不得行。"完全没有商量的余地，但若是赶上你某次拦车刷卡却滴滴两声显示余额不足超尴尬就要红着脸走开的时候，师傅总会大度地喊一句"到哪点嘛，上来捎你一段。"学生善意地调侃"师傅你好耿直哦，下回儿我卡里没得钱也要捎我一段哦。"师傅笑得一脸憨厚"要得嘛。"

当然西大还有很多特色的小径是校车帮不上什么忙的，比如竹园通往38教的碎石路还有竹园和橘园的"夺命天梯"。雾气蒙蒙的早上，38教旁的小径上人烟稀少，雾气在微风中散成丝丝缕缕，阳光穿过雾气照在年轻的脸庞上折射出来的都是晃眼的朝气。深夜的小径却并不平静，考研的学子在拥挤的路上出发，无数个挑灯夜战的晚自习结束的时候小径上会准时响起三三两两的脚步声，在空旷安静的校园里显得无比坚定。

　　而"夺命天梯"是重庆高校所有学子心中挥之不去的"伤痛"，它们往往高达数十米，台阶数量至少从一百起计，在每一个上课和回寝的路上，我们看到不管是风度翩翩的学长还是气质婉约的师姐，在面对天梯时都是一模一样的气喘吁吁。

　　人在西大，你在夜跑的时候可能会遇到精神矍铄的老教授向你讲述西大的前世今生，痛心地指出现今的教育体系的不足，教导你做人做事做学问的道理。人在西大，无论你什么时候去图书馆总有抱着大堆资料和书籍的学霸在复习六级、考研、GRE，他们在国家创新项目上崭露头角，他们在辩论赛上舌战群儒，他们的调研论文发表在核心期刊上。人在西大，你在全校运动会上会看到那些在世界锦标赛上斩获荣耀的运动健将，在雨僧讲坛倾听文学大牛引经据典深入浅出地讲述文字的奥秘，在读书沙龙遇到知名学者对当期话题侃侃而谈直击要害。但是无论是学霸还是运动健将，无论是教授还是学者，都一样需要吃穿住行，要想出世，必先入世，西大教你入世修行，教你在世俗生活中认识学习的美好和学问的珍贵。西大学子正是在这吃穿住行的烟火气息中成长，在琐碎生活中通晓人情练达。

注：本文由晨曦文学社推荐

扫码问学姐

爱上交大

文 / 刘晓晨

初遇交大（西南交通大学），是在老校区——九里。

那时高考结束，六月的日头渐渐凶了起来，父亲和外公陪我来交大自招考试。出行前，母亲说成都处于四川盆地中央的平原，夏季一定很热。于是我简单收拾了两件薄衣便轻松上了路。下了火车，成都是个艳阳天，温风和暖，在街头走得久了，虽不会像在北方夏天一样汗浸湿衫，但心头的热劲还是有的。下午，父亲和外公在酒店歇脚，我和朋友一起逛校园。从南门入（南门外是川流不息的高架桥），映入眼帘的是无比显眼的标志性建筑，此雕像周围似是一个小广场，时有学霸坐在台阶上复习温书，时有一家三口遛弯闲走，也有如我两人一样，来此观赏的考生。第一次走进大学的我被这种包容所触动。刚过电气馆，偶遇一学生问路："同学，请问逸夫馆怎么走？"那时候我想："我真的会成为这个学校的一员吗？"校园不算很大，一个多小时的闲走就能绕完里里外外一圈。毕竟是老校区，校园里的建筑都已陈旧，墙草壁瓦间岁月的影子清晰可见。院中围着一湖——镜湖，湖中漂满绿荷，湖岸垂着柳树。树下的木椅面朝湖面，湖面被阳光晒得睡了觉，人儿在长椅上打了盹儿。时遇茂盛的老树下，摆着一桌棋，老人们坐着马扎思忖，青年们站着观望。

第二次见交大，已是八月末。此时我已经正式成为交大人，持着录取通知书和学籍档案，我骄傲地再次来到成都。下火车看天气预报，成都的雨已经淅淅沥沥滴答了近一个星期，我和父亲在蒙蒙雨中出站，寻志愿者，坐校车来到我的大学——犀浦校区。

银杏，作为成都的市树，交大自是少不了。除了标志性的银杏大道，角角落落四处可见大大小小的银杏树的影子。时值初秋九月，桂花正盛，满校园都弥漫着桂花甜腻的香气。毕竟是南方的大学，可见各种各样浓郁的植物：黄葛树，栾树，鹅掌楸……我唯独喜欢大路边的鹅掌楸。初冬季节，银杏叶落，满地金黄，在葱郁的校园里格外映眼。

鹅掌楸很普通，甚至没有人能叫出它的名字。冬天来了，它并不像许多南方植物那样依然绿意盎然，也不像梧桐那样早早被风吹干了树枝。从它叶子最边缘的那圈枯黄来看，它一直在抗争，只是抵不过肆意的寒冬，偶尔不甘地落下几片叶子。因为普通，所以会让你想起自己。另外，最令我难忘的是八教前的腊梅，当初路过时，被那苹果花般的香气迷了心窍，总要停驻了脚步四下寻望一番。

夜晚，交大是最迷人的时候，我喜欢借着刷健身卡的由头一个人走一走。成都的天气十天有九天是阴雨连绵，若是晴了天，似乎有着举国同庆的兴奋，约朋友一起出走才不辜负大好阳光。夜晚，空气潮湿，叶子是，云彩也是。有人骑着车子，有人蹲在树下被灯光影着，有人沿马路边轻盈地跑着……我一副老样子，带着耳机掏着衣兜儿，总是思考些什么，事后再回想，却已经记不起来了。

　　说到大学，不可不谈的便是社团，社团工作锻炼了我们个人的能力，也让我们的大学生活充实而多彩。来到交大，我便为它丰富的社团生活所惊叹。交大现在共有一百一十多个校级学生组织和社团，既包括大型的学生组织，如校学生会、社团联合会、青年志愿者联合会等，也有纷繁多彩、门类齐全的兴趣社团。如果你喜欢体育运动，篮球、足球、羽毛球、乒乓球、网球等协会，你绝对可以找到锻炼身体的伙伴；如果你喜欢舞蹈乐器，那么健美操、舞美队、合唱团、舞蹈团各种乐队，是你不二的选择；当然，你对学术、科技感兴趣的话，也有会充分的选择。在兴趣方面，我对文学情有独钟，于是，我选择了镜湖文学社，除此之外，文学类社团还有洛灵诗歌协会等。

　　在社团，一群志同道合的伙伴在一起做喜欢做的事，交到一群可爱的朋友，甚是

开心。记得"百团大战"时，一百多个社团在田径场上一起招新，规模很大，面对众多组织分发的招新传单，我竟有些不知所措，最后，我选择并如愿以偿加入了文学社。学校的活动很多，有社团活动，有各种表演晚会，多彩的文艺活动，让人丝毫感觉不到这是男女比例三比一的理工高校。

交大共有五座桥，最出名的是蓝桥——相遇，虹桥——热恋，叉桥（又称分手桥）——分手，还有被人冷落的仿虹桥。而我尤其喜欢八教前的那座小桥，桥边没有路灯，显得水面无比幽静，在凹凸不平的石板路上深一脚浅一脚地走着，时而踩到一块晃动的石板，发出沉闷的咕咚一声响。夜晚，旁边路口的斑马线尤其明亮，像一个芭蕾舞台。让踩过的人也特别明亮。交大犀浦的南大门，古朴中透露出底蕴，这座大门，按照唐山老校大门建造，和清华的大门有着异曲同工之妙，查了下资料，原来清华大门就是交大的毕业生设计建造，不觉间一丝喜笑涌进了脸颜。还记得刚入校时，见了一教二教四教等教学大楼，唯独不见三教，问询学长，他指着那空旷的大草坪，"看，这就是传说中的三教"，原来三教并不存在，但那神秘的三教故事却在一届届交大学子中传播不息。

谈及美食，足不出交大便能乐享个够。从北区商街说起：红糖锅盔，蒋刀削的麻辣刀削，张亮麻辣烫——汤汁有着浓郁奶香，罗蒂爸爸的卤菜——超级辣，江湖烧烤——最适合做打包的夜宵，益禾堂的烧仙草，乐培的桃酥，南京小吃的鱼香肉丝炒面，宜宾燃面的干辣鸡面，商街入口处的烤红薯和绿豆酥、板栗酥，四食堂的卤拌饭，食堂二楼的酸菜鸡丝面，盐都干锅、奇味干锅……简直都是好吃到骨子里。南区分三个服务区，美食更是多。尤其是一服，例如小米辣、千味拌饭的石锅饭、说一不二的魔菌面、粤粉渝面的麻辣小面……简直可以挨家吃个遍，我就不再一一列举。南区还有两家连锁超市——全家和711，全家的冰激凌、关东煮和早餐，711的酸奶，避风塘前面的开口板栗、二服楼梯旁边的炸鸡腿、章鱼小丸子、蛋烘糕，三服尽头的鸡蛋仔，蜜雪冰城的红枣牛奶，校园果业的水果（最实惠的一家）……南门外还是一条夜市，整街的小吃。

　　说过了吃，怎么能少得了住呢，我以为交大的住宿条件还是不错的，四人一间，上床下桌，有阳台、独立卫浴，还有新装的空调，宿舍宽敞明亮，雪白的墙，锃亮的地板，棒棒哒。在这样的环境中度过四年，甚是安逸。我有时都在想，这样好的条件，都有点不是来学习的感觉呢，有点享受了，嘻嘻。另外感觉南区的住宿条件要比我北区的差了一点，其实还好，不过稍微窄了点而已，各种设施还是齐全的。等学弟学妹来到交大，也会很喜欢这里的条件吧。

　　都说成都是一座来了不想走的城市，以前我不以为然，现在却深信不疑。只因一个周末的清晨，阳光又很好。与往日不同，我转到了商街。不同于园区的安静，也不同于食堂的嘈杂，小店有小店里独特的舒服，像夏日某个燥热的夜晚，一个人来到偏角的书店，古旧的大风扇悠悠转着，风并不大，却把耳边的发丝吹起，轻扰了看书的思绪。小店大都已经开了门，人却很少，座椅上放着软垫子，阳光洒在木桌上，木桌上摆一碗麻辣小面，面上有细碎的葱花，没有香菜，在冬天里腾腾冒着气……

　　爱上了这种慢生活……

注：本文由镜湖文学社推荐

扫码问学姐

属于你的我的大学生活

文 / 戴珍玲

高中时的我们都听老师说过这样一句话："你们要努力学习，等考上大学你们就解放了。"等到你真的上了大学，你才会发现，并不是这样的。其实大学并不是一种结束，而是另一种开始。

求学的十几年，我们一路在父母的爱护、老师的陪伴下成长。我们没有深厚的阅历，我们还不太懂人事。我们走过的地方还很少，我们还没经历过什么挫折。我们的视线被书本占据，我们接触的社会只是一个小角。有时候感觉我们现在的学生就像住在城堡里的小孩，被各种爱保护着。可是在大学我们要成长起来，像个大人一样成长起来。每个人都有自己的大学体验，你想要在大学收获什么呢？你想要怎样度过这段独一无二的大学岁月呢？

大学篇之人际关系

在大学我们接触最多的人应该是我们的室友，其次是老师和同学，再次是自己结交的朋友。完美地处理人际关系是一种能力，也是我们在进入社会工作以前必备的一项技能。高中以前，我们接触的同学都是来自同一个城市的，我们生活习惯差异较小，说着一样的方言，有着差不多的成长经历。可是在大学就不一样了，一个学校有着来自天南地北不同的学生。你可以在这里认识到许多以前接触不到的人。生活是矛盾最大的生产源，在日常的小摩擦里是最容易产生矛盾的。对于每个人的大学来说，陪伴四年，共同度过上千个日子的室友，是我们最亲密的人也可能是产生矛盾最多的人。可是亲爱的，我们不要害怕，在时间的调剂下，我们可以用真心培养出美好的情谊。我们想要收获友谊，就要主动放射出友好的信号，主动包容，然后用真心去打动别人。

或许在人际交往中有许多小技巧。但是亲爱的请记得，真心才是最大的法宝。在你的大学中请怀抱着最真的情谊去对待你的室友，同学，老师，朋友。哪怕受到伤害。你要相信其实并没有那么多人舍得去伤害对自己捧出的真心。

说到人际关系我们不得不提大学生的恋爱问题。大学生刚进入大学的时候可以说是恋爱的高峰期。我们刚刚摆脱高考的压力，我们对异性充满好奇，对恋爱充满憧憬。可是我们要想清楚自己想要的是什么：是浪漫还是陪伴？短暂的了解真的能产生爱情吗？现在的爱情太速食，所以腐烂得也快。我们多么羡慕从前的爱情：那时候马车很慢，书信很远，我们一生只够爱一个人。我们说是这个社会变了，不如说是自己变了。想清楚自己想要的是什么，不断地恋爱分手还是拥有一份真正的爱情。大学生在对待恋爱问题上应该慎重，不断地恋爱只会带来精神世界的疲累，对爱情产生失望感。所以对待爱情，请让大学生慢慢来。

大学篇之食堂

听过很多人抱怨自己学校的伙食难吃。我自己也曾经做过这种事情。可是换一种思维模式，大学食堂绝对是你所处城市物价消费最低的地方。我们在大学并不是来求生活享受的，我们在许多同龄人已经担负生活重担的年纪仍在父母的庇护下安心求学。我们不能要求太高的物质享受，而不顾父母的疲惫。

在物价极高的拉萨求学，我们经常抱怨水果很贵，零食很贵，出去吃饭很贵，什么都贵。可是在我们亲爱的食堂，两三块钱我们就能吃上一顿早餐、晚餐。中午吃饭也不会超过六块。这个价钱在拉萨其他的地方你根本不能享受到。有人抱怨食堂的大锅饭难吃，可是不要太抱怨，毕竟这些都是选用新鲜的食材烹制的。虽然在口感上可能没有外面餐馆的饭菜可口，但是在食材的品质还有卫生安全上，大学食堂绝对要强得多，就更不要提它实惠的价格了。

谈到食堂价格的优惠，我们可以普及开来。每个大学的餐馆、小卖部比起同城市的其他商铺来说，一般都实惠得多。同时在质量安全上也更有保障些。对于学生党来

说，能在学校消费的尽量在学校消费，不会亏。

大学篇之爱读书

许多同学到了大学利用课余、双休日、假期做兼职，这样在一定程度上可以减轻家里的经济负担，也使自己的经济条件更宽裕。可是如果花了太多时间、精力在这些上头就未免有些得不偿失了。须知大学最重要的任务仍然是学习。

说到读书，图书馆便是我们最好的选择。我是学中文的学生，经常听老师抱怨：现在的学生阅读量实在太少了。想一下，你在大学读了多少本书？你在大学打算读多少本书？大学期间你去了几次图书馆？

读书对于开阔我们的视野、增长我们的见识是很有好处的。时时浸没在书香里，气质上也会得到浸润，变得温润，行为举止也会落落大方。我们在高中以前读书目的性很强，多半是为了提高学习成绩。这样看书其实太过于功利了。在大学，我们时间较多，涉猎的课外读物不妨随意些。有兴趣的都可以看看：文学、政治、历史、艺术、经济，多方面阅读。可能这样在你的学习上没有得到立竿见影的好处，可是在增长人的知识方面确是大有裨益的。

这样也不是说随便给你一本书都去看，我们还是要有选择的。我们可以多看看名人推荐的书目，这样的书一般不会差。

大学篇之课外娱乐

各种娱乐场所不应该成为大学生课外的归属。现在的学生特别是男生，不仅假期全部奉献给了网吧，甚至还在上课的时间逃课去网吧打网游。享受虚拟网络带来的精神满足，却忘记了自己上大学的目的，忘记了父母辛勤劳作的模样，忘记了他们殷殷期盼的目光。

打网游能带来什么？什么都是虚拟的。虚拟的人际交往，虚拟的成就感。就为了这些虚拟的一切，辜负了父母，更辜负了自己十几年的学习。

我们应该培养一项擅长的运动，如果不能也可以养成喜欢散步的好习惯。爱上运动，心情不好的时候我们可以把多余的水分变成汗水，而不是眼泪；我们还应该习惯早起，而不是把假期贡献给被窝，被窝是时间最大的无底洞；不要习惯依赖手机和电脑，这样很容易使精神空虚；我们应该在大学里学唱一首歌，或者是一支舞，默默地练好，这样以后有需要的时候还有一项能拿得出的才艺。其实我们大学能做的事情很多很多。

多参加学校举办的活动，哪怕你会觉得很无聊。集体活动很容易培养人的集体意识，合群意识，也很容易培养友谊。

尽可能地参加各种比赛，须知这些也是以后工作的一项资本。但是得失心不要太重，哪怕不能得奖这也是对自己的一种锻炼。在各种活动中我们获得的改变最明显的就是自信心的提升。我们应该勇于表现，敢于在公众面前说话。

此外，我们要学着收拾自己的外貌，当然这并不是说花很多时间还有金钱在打扮上。而是说在喜欢运动服的同时，我们也可以尝试一下西装笔挺，脱下帆布鞋也可以买上一双合脚的皮鞋。女生即使平时不化妆也应该学习一下如何化点淡妆。因为我们现在

虽然还是学生，但是也是一个成年人，一旦毕业可能就要立刻踏入职场。正式地以一个成年人的身份在社会上生存。正式的衣着打扮还有精致的妆容可能会帮助我们在工作上适应得更好些，容易给上司、客户留下更好的印象，使我们看起来更成熟更可信赖，避免让人因为我们的年轻和青涩产生不信任感和对专业的质疑。

大学篇之结束语

大学是我们人生中最美妙的一段时光。我们在这里学习专业知识也学习如何为人处世。每个人的大学都有各自的精彩，请不要辜负这段属于你的我的我们的大学，珍惜大学，努力让自己的大学生活对得起这段最美好的年华。

注：本文由藏汉文学社推荐

扫码问学姐

四季花开，远方无雪

文 / 岳永睿

彼时我爱美又骄傲，天真地说出一个"想要去能一年四季光腿穿裙子的远方"的愿望，于是高考之后，就拖着行李箱一路南下，来到一个充满生机和光热的城市，踏入了"南方之强"——厦门大学的大门。

鹭岛的热烈生机是漫不经心地晕染开的，就像校园里那大片大片的火红的凤凰花，一个不经意就绵延成天边的红霞，映照着红檐绿瓦的嘉庚楼群，时不时的有那么一缕挂在雕花檐角，静静地凝望着嘉庚先生的雕像。入学的第一天，我站在嘉庚广场的嘉庚像下看晚霞，有温软的风吹过来，吹化了精雕细琢的檐角，吹融了嘉庚先生脸上的皱纹。这风，不知是从何处吹起，是白城海上，抑或，更远的南洋？那天，我第一次走进厦门大学，第一次听这座学校的建校史，第一次知道校主陈嘉庚先生费尽心血才建立起这些使用到如今的古老建筑，知道他"宁可变卖大厦，也要保住厦大"的故事，我已经不自知地融入了这座校园的图景之中了。

这里的夏天是如此漫长，这么说来当初我许下的"一年四季光腿穿裙子"的愿望，也可以算是实现了。日光灼灼，图书馆倒是个避暑的好去处，明亮又舒爽。于是我常常去读书，一待便是一整天。倒不是有多么好学，只是中文系老师开出来的书单也实在是长，我总是想若是这些书能都读完了，书页铺成一条路，诗和远方肯定都该近在咫尺了。在图书馆里也可以听见上课下课准点的钟声——在学校建南大礼堂的顶楼，有一口大钟。我们人文学院的院长在某次跨学科论坛上，就"大学之道"说过这样一句话："大学里应该回响起教堂的钟声和马蹄声，大学之道在于培养人的尊严和荣誉感，成为一个有尊严的人最重要。"我没有听过教堂鼓钟，但是建南的钟声从遥远的高处传来的时候，心里往往也会升起一股阔远舒畅之意。

夏天的晚上常常和朋友去海边喝酒。海在近在咫尺的地方，出了白城校门，穿过

一条马路，就能望见。沙滩很软，海浪很轻柔，白天的热量散尽，夜晚是朦胧的。有时候会遇见抱着吉他的艺人在沙滩上自弹自唱，唱的歌也是应景的，"风从海面吹过来，空中飘散海鸟的呼唤，风从海面吹过来，你的裙角在风中摇摆……"来过这里太多次，开心了来，有了烦恼也来。印在沙滩上的脚印已经被磨平了，可是只要听见浪的声音，我就知道，这里藏了我多少读大学以来的欢笑；只要闻到咸咸的空气，我也知道，自己在这里蒸发掉多少眼泪。

有一次我在海边号啕大哭的事是怎么也无法忘记的。那时候我在学院的学生会和学校的宣传中心都有任职，两边的工作都很重要同时任务也是繁重的，也想不清如何取舍，只好都硬着头皮做好。在经历了一个又一个熬夜通宵改策划、大会小会连轴开的日子，终于顶不住艰辛战斗的疲惫，卸去为和同事沟通强架起的笑容，一个人在海边委屈地哭出声。也是那一次，明白自己想做的到底是什么，不再迷茫和犹豫，第二日利落地选择一边辞职，只专心做好一件事。只有那一次，我为学生工作的压力掉眼泪，更多的时候，它带给我的都是感动和收获——我大学生活里最大的收获，自己也逐日成长，终于成为也能独当一面并值得信赖的人。学校里的学生机构很多，社团也很丰富，每一个人都选择了自己最快乐的事，并为之付出最大努力，尽管忙碌，却自由又充实。

十一月，我在做学院的男生节活动，从前一个深夜的布置，到当晚的温情喊楼，忙忙碌碌一整天，终于可以回宿舍。回宿舍的路上拐去芙蓉餐厅，买了一碗酒酿小圆子，踢掉高跟鞋，光着脚爬上宿舍区的石板楼梯，盘腿坐在宿舍楼下的石栏上吃掉。吃完就荡着双腿，静静地跟楼下的白猫一起发呆。宿舍楼下的石榴树结了很多小石榴，我心里也如同饱胀着一粒一粒的石榴籽，晶莹剔透的，带着清香和淡淡的甜。我心想，就这样渐渐成熟，越来越甜蜜吧，石榴也好，迟到的秋天也好。

岁月不改，秋天的校园仍长着一张属于夏天的脸。羊蹄甲粉粉紫紫地开在去上课

的路上，鸟儿藏在花朵之中，露出一截遮不住的短小尾巴和一双亮晶晶的小眼睛，鸣唱着什么歌谣。我只敢从芙蓉湖畔的小径轻轻走过，因为羊蹄甲细秀的花瓣零落在地上，恍惚中似是栖息的蝴蝶，叫人不敢惊扰。同样怕惊扰的，是偶尔可见的，从树上跳下来觅食的松鼠，只一眼便又消失在绿树之中，不见踪影。厦大自有一种温暖俏丽的风情，是浓郁的花香熏染出来的，是芙蓉湖的绿水浸润出来的，是带悠久历史的书卷气积淀下来的。在鹭岛的时光是个静止的梦境，我知道影子在动，时间在走，却什么也抓不住。时间和光竟是如此相似的两件事物。每时每刻我都感受得到它们所带来的一切，却无法留下任何一件物什，只有静候着它们到来，注视着它们离开，日复一日，周而复始。

冬天也是暖乎乎的。去年的冬至，和朋友去东苑食堂吃了火锅，随便点了几种菜、几盘肉，对着氤氲热气缓缓升腾的小锅，我就突然想，不知过几年还有没有和他这样一起吃饭的日子，也许已各自在他处奔忙。我看他的神情，知道他也想到了，但彼此相视默契地没有说话。也许有那样一天，也许没有，那是以后的事，至少现在我们已有了一个足够温暖的片段。来到一座不雪城，过了几个有酒、有肉、有老友、无飘雪的冬天，竟也就这样爱上了。你记得吗，小时候我们读到的童话故事的结局里，总有个四季如春的国度，拇指姑娘和燕子，公主和王子，只要抵达那里，就能获得幸福和美好。对于我来说，厦大是拥有童话般的魔法的，她把不会落雪的远方带到我身边，告诉我，在流逝的时间里，始终有永远无法被改变的东西，永远暖着你的心。

我在厦大已穿着裙子穿梭过好几个晴朗四季，可是如同第一天遇见，我和她都带着一股蓬勃的朝气。

来厦大的游客很多，四季都有，穿着波西米亚大长裙，头戴一顶遮阳帽，手里的相机咔嚓咔嚓地放肆地闪着闪光灯。这是我唯一感到抵触的地方。我当然明白每个人都有到远方看看的梦想，更何况绿岛之上的厦大是小有名气的。我只是不喜欢，游客

的相机里只记录下四季风光，他们的心里却没装下远方的故事。他们不会懂"自强不息，止于至善"八个字里的深厚感情，也不会懂"面朝大海，春暖花开"背后的一番波折和艰辛。他们不会了解的事情，就让我去记住。某个深夜，我独自穿行过芙蓉隧道，一个人走得很慢。我就想，如果此刻时间静止就好了，不然我总有一天要离开这里，去更远的地方，也许在别的地方，我不能像生活在这里一般，每一天都从师长、友人那里，从校园的许许多多角落吸纳勇气和力量，也许我就要回到会落雪的地方，那里可不是童话，会天寒地冻，也会使人颓丧。后来我想明白了，那些他人不会了解的事，我已全部记住，时间的温存已于无形间累积，她所给予我的光和热已经成为我自己的一部分，永远无法被风雪带走，被时间改变。

　　"一年四季穿裙子"已经不再是我现在的心愿，如果说现在有什么心愿的话，那就是能把这座校园给予我的所有的暖意和能量全部贮存在心里，无论未来行至何处，有无风雪，我该明白我心里有一个无雪的远方。

扫码问学姐

剩下的盛夏

三山夹两盆的独特地貌，瓜果与美食的天堂；
俏丽的天山俯瞰着身旁的南疆与北疆。
古尔班通古特的风沙弥漫着沙漠公路的悠长，
俊美的云杉掩映着喀纳斯碧蓝的光芒；
伊犁河畔的落日写下了塞外江南的娟秀，
罗布泊悄悄地将鬼吹灯与盗墓的秘密隐藏；
众人只识得阵阵驼铃、千年不朽的楼兰新娘，
而今日，我愿与你分享阿勒泰山、天山、昆仑山的雄壮，
塔里盆地、准噶尔盆地怎样将绿洲酝酿；
等待你，走进，我的新疆。

 她的92年

她，出生于 1924 年，那个时候的她叫作"新疆俄文法政专门学校"，直到 1935 年的 1 月，更名为"新疆学院"；而现在我们所说的"新疆大学"是在 1960 年 10 月 1 日正式改名设立，于 1978 年被国务院确立为新疆唯一的全国重点大学，1997 年列入了国家"211"重点建设高校。

关于她的故事，是一个充满仁人志士抗战牺牲的故事，也是一个温暖每一代新大人的故事。

在那个，社会动荡，国家飘摇不安，东有敌寇，西有列强的年代，林基路、杜重远、茅盾、祁天民、张仲实等一批先进的教育家、艺术家和进步人士先后来到学校任教、任职，

也是那个时候，先进的文化思想涵养了青年的德行与情操，自那之后新疆大学成为了"第二抗大"，用笔尖直戳黑暗世界的要害，一次次用微弱而深沉的力量改变了历史的走向，那个年代，她咬牙坚持下来了。

和平时代最终在所有人的期盼中到来，新大有了自己的校址，困于国家资金无法顾及，但是眼前的荒地终究还是要当作校区来利用。最终还是有人挽起了衣袖、扛起了铁锹，课堂上的良师益友，课下成为整治校区的"工友"，看似文文弱弱的教授、讲师们一铁锹、一铁锹，造就了现如今站在新大教学楼上都能看到的雅玛里克山的碧绿；看似整日只会科研、学习的学生，一点点挖出了现如今安安静静躺在校园深处、体育馆前、留学生公寓旁，那碧波荡漾、小桥湖心亭的红湖。

时间的车辙不会因为你的不舍停止前进的脚步，那一排排平房已经被拔地而起的各学院教学楼代替；泥沙搭建的体育场早早被塑胶跑道替换下来；图书

馆、体育馆、运动场、学术交流中心、行政主管科技楼构成现在新大的模样；唯有静静地躺在综合楼背后的那栋苏联式建筑的"解放楼"，静静守着过去的时光。

每年都会有毕业生在那里拍五四学生装的毕业照，日光一晃，一切都那么契合，她的荣光必将镌刻进每个新大人的生命里。

良师益友、书香为伴。蓊蓊郁郁的南校区、核心的校本部和繁华的北校区是她现在的模样，温暖的怀抱里包容了 23 个学院、1 个研究生院、1 个独立学院、1 个教研部、4 个教学实践中心、8 个研究所和 1 个干旱半干旱可持续发展国际研究中心；涵盖哲学、经济学、法学、文学等 89 个本科专业、10 个国家特色专业、19 个自治区紧缺人才专业、

8 个博士学位授权一级学科、29 个硕士学位授权一级学科；共有 77 个各类科研平台、省部共建重点实验室 4 个；教授 228 名、副教授 629 名、硕士生导师 582 名、博士生导师 99 名，其中有 1 位中国工程院院士和 1 位教育部"长江学者"特聘教授。

✦ 书香四溢、塔影月落

你没来过新疆大学，所以你不知道有一种风景叫作图书馆；你没有来过新疆大学，所以你错失了中秋满月镶在图书馆上空的良辰美景。

依着校园阿扎提路和星火广场坐东向西而建的就是新疆大学图书馆，说到图书馆，那可是新大人的骄傲，其面积和藏书量位列西北五省区首位，电子阅览室收录、订阅了国内外知名期刊和数据库，为我们的学习工作提供了强大的后援动力，其中涵盖了社科类、文学类藏书数十万册，南北校区与本部图书馆三地联动，满足了学生对书籍、期刊的需求，而图书馆和校计算机中心背靠背、夹层互补的设计，更让方圆之地的利用率大大提升。

夜幕降临乌鲁木齐的时候，整个图书馆灯火通明，格档中挑选书籍、期刊的他，孜孜不倦复习着的她，为毕业论文下载阅览着文献的他，为了考研资料摞成小山的她，曾经在考研前夜告白的他，收获爱情与学业的你、我、他。现如今散落在祖国的大江南北，可还记得那些可爱的年代？还记得停电当晚满目手电筒堪比演唱会的自习长廊吗？还记得在图书漂流岛找到参考书的喜悦吗？还记得一起秉烛夜读、乘兴而归的青春吗？可还记得人海中多看了她一眼，于是一起在图书馆前拍毕业照、婚纱照相约白头的岁月吗？

在这里似乎看到了所有人的剪影，我在新大，那些过往和你们，现在好吗？

✦ 舌尖上的食堂

新疆的美食你若品尝过，必然不会失望。而新疆大学的食堂更称得上是不遑多让的，你若来新疆念书一定会听到这么一句话："师大的妹子，新大的饭。"新疆最独特的地方就在于食堂分为清真和汉餐两部分，而这也让食堂文化独具魅力。

本部总共有四个食堂，可以同时满足全校师生的用餐，餐饮广场与第一餐厅隔着悠长的校园主干道遥遥相望，调剂餐厅则是靠着第一餐厅怡然自得地吸引着众人的目光，居于二者之间的第四餐厅更是不可小觑，充斥着孜然味道的烤肉勾引着众人的口水，且听我一一道来。

餐饮广场汉餐部最出名的是各种面食，涵盖天南地北，川鲁粤湘一应俱全、各种粥、甜点更是锦上添花，让人恨不得待在那里一辈子都不出来！清真餐厅则是物美价廉的

鸡腿抓饭和大盘鸡拌面撑起了整个天下，光是想想鲜嫩的鸡腿、入味的土豆、劲道的皮带面，顿时抢饭都有精神了！第一汉餐的米饭绝对是新疆大学食堂的神来之笔，粒粒分开，像极了一颗颗小珍珠，对于煮饭大师傅的技艺恨不得是送掉所有的膝盖！调剂餐厅的过油肉拌面，肉片混合着各色蔬菜将碗盘盖得严严实实的，不仅物美价廉还送一个加面，绝对管饱！没办法，大新疆就是任性！说到第四餐厅，不得不咂舌赞叹，烤肉前大排长龙，如果你来了新疆大学，看到一堆人把食堂前的烤肉架团团围住，那就是第四餐厅没错了！几串烤肉配上刚出馕坑的热馕，好了，整个下午就这么过吧！

每每到了吃饭的点儿，你绝对不敢相信，每个窗口的阿姨比我们还激动，整个人跟打了鸡血一样，"同学吃什么？""在这吃？带走？""哎！同学你快点，后面同学还等着呢！""下一个！"这样的声音不绝于耳，起初还因为"恶劣"的态度抱怨过，之后想起来学校那么多人，若不是他们迅速的服务，午休的时间根本不够；隔着玻璃看到做饭的大师傅跳着江南 style，却不知他们起来得比我们任何一个人都早，抢大勺掂炒锅的胳膊不知道会酸痛多久；不论你在哪里，请你试图让自己记住那些为我们服务的叔叔阿姨、哥哥姐姐甚至还有弟弟妹妹，他们是路人甲，却是为我们在校期间付出了许多的人；每次在人少的时候听到阿姨笑嘻嘻地说："还是老一套？"心里总是暖暖的，我不认识你，但日复一日你好似记住了我的口味；减肥只打一个菜的时候你总是多添一勺嘟囔一句"小小年纪，减肥减垮了！"；错过早餐垫着豆浆去窗口点一份菜，你却端着菜去了后厨，片刻后笑盈盈地说："热一下，不拉肚子！"

你们，曾经给我们带来了新奇的菜谱，也是你们，默默满足了我们的口腹之欲。

毕业了你会去哪里？睡在我上铺的你。可还记得剽悍的食堂阿姨，是否被丢进回忆？食堂的打饭成传奇，外卖已深入邻里，舌尖上的食堂我爱你，你是我青春记忆！

新大的青春不孤单

如若提到校园文化建设，新疆大学的社团联合会那就是首屈一指，统筹掌握新大所有的社团，策划一场场的春秋文化祭，艺术学院自然不在话下，每年的艺术节、毕业生作品展无一不展示了才华与天赋。

每年新生入校之后，两边杨树遮蔽起来的主干道上布满了各式各样的社团，乐队哼唱着重低音的摇滚；吉他社扫着和弦吟唱着校园的风情；动漫社传播着优秀的国漫作品；国学社散发着笔墨的香气和对弈时无声的硝烟，广绣罗裙、长袖翩翩，承我民族意志，扬汉家文化；绿诺用行动践行着保护地球的诺言；爱心社挥发出浓浓的人文关怀；赤骥社让你背上行装走遍新疆的每一个角落；火蜥蜴带你领略舞台剧的魅力；校园广播台汉、英、维三语熏陶；你若愿意，任你挥洒色彩。

树叶还未变黄的时候，丝带将人文学院前一片小公园围了起来，一阵清风吹过，似乎有了广袖流仙下凡人间的模样，兜兜转转中都是艺术学院学生的精良作品，端一杯奶茶、静静坐在长椅上，碎成片的日光打在身上，惬意的秋风吹过，这就是我想要的生活吧。时不时还能伴着古典音乐看上一曲舞低杨柳楼心月，歌尽桃花扇底风的表演。

运动会前的文化祭那就更是多姿多彩了，外国语学院每一个展位展示了各国特色文化，时不时还有留学生参与其中，没有离开过中国，却微微体验了一把他们的生活。俄罗斯的列巴、乌兹别克斯坦的巧克力、塔吉克斯坦的香茶、苏格兰情调的格子裙、日本的木屐、韩国的紫菜包饭、哈萨克斯坦的服饰、美国的风情、意大利的格调、佛罗伦萨的艺术……

绝不做学术上的矮子，也不做生活上的白开水，这就是新疆大学的生活，我的青春不孤单，新疆大学的青春更不孤单。

注：本文由新疆大学学生社团联合会、《天山之子》杂志社联合推荐

扫码问学姐

那些不得不说的延大点滴

文 / 邹倩

你在南方的艳阳里大雪纷飞，我在北方的寒夜里四季如春。

——题记

从下飞机的那一刻起，脚步就不曾停息。一点点缩短着跨越着大半个中国的地域差异。一份试卷、一场考试，我就这样误打误撞地来到了这里，心中百感交集。抱着既来之则安之的心态，却深深地被这里吸引。

夜幕下的延大，并不像想象中的严谨，更像是公园街角一座设施完备的小区，让人有着家的感觉。周边的服务业应有尽有，韩国零食、超市、快餐、娱乐……在延大对面的大学城你只需花不到几分钟的路程就能找到它们。

如果你不愿走出校门，那么就去位于宿舍楼和教学楼之间的服务中心，所有你能够想到的生活服务在这里都集于一体。健身房、咖啡厅、澡堂等等，只有你想不到，没有你找不到。

期末的时候只有图书馆才能让人有归属感。延大有逸夫馆和科技馆这两个图书馆，逸夫馆偏向文科生，收纳的书籍大多数是文科生需要用到的。走进逸夫馆，便使人道尽离人的眼泪。而科技馆偏向理科生，收纳的书籍大多数是有

关于理工类的。走进科图，便让人不由自主地严谨起来。每个图书馆都有相应的设施，每层楼都有相应的自习区。期末应该是每个大学图书馆的高峰期，如果不早起占座，你就得去食堂将就着学习了。

宿舍分为四人寝和八人寝，大一统一住八人寝，大二搬到四人寝。作为一个从来没有住过校的南方姑娘，当我刚开始知道自己要跟七个不同省份的姑娘住一起的时候，我的内心也是如乱马奔腾般慌乱的。可是在不断磨合的相处中我又如此庆幸我们是八个人。庆幸我们都来自远方，不知道彼此的过往，也庆幸我们都有自己的故事，所以一切都是新的开始。都说大学是个小社会，我想这踏入小社会的第一步应该就是从宿舍开始的吧。遇见的越多，学到的也就越多。

位于延边朝鲜族自治州的延大，拥有着得天独厚的地域优势。朝鲜语专业也成为全国数一数二的王牌专业，美丽的朝鲜族姑娘也个个能歌善舞，说得一口流利的朝鲜语。如果你喜欢韩剧、喜欢韩流、喜欢韩国文化，那么延大绝对是一个不错的选择。这里不仅有语言优势和语言环境，还有丰富的学习资源和交流机会。

延大的医学专业也是学校一直在重点发展的专业，就连学院的设置都距离食堂、宿舍、图书馆不远，这让其他专业走大半个校园去上课的学生羡慕不已。但俗话说欲戴其冠必承其重，我想医学专业的学生面临的压力肯定也是其他专业无法想象的。

说到校园，你是否想到足球场上挥汗如雨的男神，或是运动场边加油助威的姑娘。这些专属于校园里的青葱记忆都会在大学里一幕幕谱写，也许现实依旧骨感，但那份悸动却是怎么也抹不去的美好回忆。每年的运动会、迎新会、百团纳新等等都是大家展示自己、突破自己的机会。虽然早听说延大的足球很出名，但延边人民对于足球的热爱真的是无时无刻不深深震撼着我。不论是艳阳高照还是刮风下雨，抑或是满地积雪，足球场上永远都不会缺少踢球的人。因为热爱，大家聚在一起，不分你我，也不分年龄。

夜色中的延大，美得令人痴迷。夜灯寥寥，像是少女不知何起的情愫，不断地勾起对于远方的满溢着的思恋。看过无数次的月亮，会不会碰到哪怕一次你的与此同时。

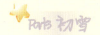 **初雪**

已经记不清来这里下过几场雪了，只记得初雪的时候我还穿着双帆布鞋在大街上游荡，几乎是扯着嗓子在出租车上给家里打电话炫耀着下雪了下雪了我们这里下雪了，是啊，下雪总是会让人莫名地感到欣喜和愉悦。

作为地道的南方妹子，我真的是头一次看见铺得满地像棉花一样的大雪，也是头一次听说堆雪人是滚雪球，打雪仗是埋雪人这样的说法。飘飘洒洒的大雪给延大的学生带来了无穷无尽的乐趣，好像雪一直下，欢乐就永不停歇。这也衍生出各种各样的花式玩雪，比如一张旧纸壳就可以有滑雪、雪车、堆雪等好几种玩法。

好几次从图书馆出来都已是夜色沉沉，望着深夜里依旧大雪纷飞的延大，心里面感慨万千。匆匆走过的路上行人，嬉戏打闹的三五好友，相互依偎的亲密恋人，都是

这场雪地派对的主角。我停靠在一束灯光下仰望天空，捧起一片片洁白的雪花，一点点捕捉着这别有一番韵味的静谧。

作为一个地道的吃货，我的一个来年心愿就是吃遍三个食堂的每一个窗口。但作为一个无辣不欢的南方妹子，刚开始吃到的北方特色菜我还是有一些不适应的，因为大部分菜口味都偏甜。虽然嘴上说着不适应，身体却是很诚实的，刚到学校那会一个月就吃胖了八斤。

鸡公煲是我的最爱，各种麻辣香锅、麻辣烫、炒年糕、串串香、烤肉拌饭、韩式火锅、各地小吃都可供你选择。食堂的阿姨总是带着北方的热情叫着"妹儿"，时不时关心地询问是否适应这儿的生活。北方人的热情豪爽总是给我带来无边的温暖。

说到吃货，各式小吃一定是吃货必需品。烤冷面、烤猪蹄、烤地瓜、老冰棍、冰糖葫芦、煎饼果子，以及一些叫不上来名字的小吃都是你的选择。特别是每到冬季就遍布在校园各处的各式各样的冰糖葫芦，这应该算是专属于延大的温暖回忆。在冰雪覆盖的校园里，吃着又酸又甜的糖葫芦，真是一种别样的享受，下雪天和糖葫芦更配哟。

对于即将步入大学的你们，我不知道应该怎样向你们介绍我的大学。毕竟人各有不同，计划永远赶不上变化，人生也总有百般的无奈。我身边好多人，有的倾慕江南水乡的柔美，最后却到了旷野无垠的大西北；有的钟情于北方的豪迈洒脱，最后却到了柔情似水的南方；有的在高考前誓死要离开家乡，最后却只能守护那一方土地。但不管去哪儿，大学都是一个需要你去适应、学习、努力的地方。在征服星辰和大海的路上，只希望我们都能勿忘初心，永远心怀梦想，永远一腔热血。

扫码问学姐

358

春暖花开，诗长梦远
——向你讲述不曾熟悉的云南大学

文／王颉　图／胡文奇、韦银姬

　　杨朔先生曾言："一踏进昆明，心都醉了。"有的人曾经说道："选择了一所大学，你也同样选择了一座城市。"曾经我们的世界或许只是家乡一条宽阔的街道，亦或许只是儿时一座温暖的矮房。但是当你开始留学异乡，你就会发现你不再仅仅拥有你的那片纯洁的土地，你还拥有来自五湖四海的朋友；你还拥有充满斑斓色彩的社团；你还拥有承载千年风尘的古迹；你还拥有博学、热情洋溢的讲师……你所拥有的将是一个年轻的世界，一座可爱的城市。

　　云南大学坐落于云南省昆明市，昆明市四季如春，故称"春城"。昆明的风格是温暖的，古朴的，亲切的，自然的。她更像是一个远离尘嚣的隐士，在彩云之南，太华之麓，和着滇池洱海的长波，压着大观长联的韵脚，吟诵着岁月宁静的诗行。

　　云南大学是中国最美的15所大学之一，2015年名列第4，排名仅次于厦门大学、武汉大学、中山大学。行走于云南大学的校园之中，可以感受到自然的朴素的纯粹。在清晨，你可以沐浴到朝阳灿烂的霞光，听到鸟儿清脆的歌声，鼻尖久久萦绕着被露水打湿的花儿的清香；在午后，你

可以凝望着天空如洗的眼眸，看着嫩叶碧绿的腰肢，心中久久贮存着被阳光温暖的草木的微笑；在夜晚，你可以享受到星空清晰的模样，触摸清风柔软的手掌，脑海久久回忆着被夕阳映衬的远山的容貌。

这里是一个一步一生景，一念一成诗的地方。在这里，一年四季，春暖花开，清风和煦，山高水长。无论你走在校园的哪一个角落，身边都会有奇异的植物静静地生长，稀有的花朵悄悄地绽放，每一瞥都是一幅画卷，每一天都是静美时光。

向你们展示了云南大学那么多的如画风景，下面给你们介绍一下云南大学的综合实力，云南大学，简称云大，原名私立东陆大学，始建于1922年12月，是我国西部边疆最早建立的综合性大学之一。云南大学历经民国初期，动荡飘摇的峥嵘岁月；八年抗战，浴血抗敌的艰难时世；建国初期，重振调整的茫茫历程……走过了近一个世纪的历史风雨。1946年，《不列颠百科全书》将云南大学列为中国十五所世界著名大学之一。云南大学是教育部和云南省省部共同建立的全国重点大学，中国首批211工程重点建设院校，2011计划，111计划，千人计划，卓越法律人才教育培养计划，卓越工程师教育培养计划，高等学校学科创新引智计划都有云南大学的身影呢。

云南大学以民族学、生物学、特色资源开发与环境保护、边疆问题，以及东南亚和南亚国际问题的研究为特色，同时涵盖了文、史、哲、经、管、工、理、法、教育、医、农、艺术等大学科目门类。在泰晤士报高等教育QS2009年世界大学排名中，云南大学与厦门大学、大连理工大学同排在亚洲151位，在中国大陆大学中并列第23位。怎么样，你们是不是已经很心动了，云南大学的"小清华"美誉绝非浪得虚名啊。

接下来呢，给你们讲讲生活中必不可少的幸福——云大美食。云南大学的美食可谓是遍及生活的每一个角落，每一天都和你息息相关。云南大学的呈贡校区有余味堂和知味堂两座食堂，位于楠苑的知味堂分三层，一层是多种多样的自选菜肴，色味俱佳，种类丰富，口味偏辣，最值得一提的是，食堂一角的九阳豆浆，五谷、红枣、玫瑰、紫薯口味任你挑选，全部都是现磨的，不管什么时候，只要买到了它，都是热热的满心的温暖。知味堂二层除了自选菜肴之外还有韩国料理吐司拌饭，火锅拉面应有尽有，当然还有简约的西餐，牛排意面，咖啡可可，都比校外的西餐厅便宜得多（顺便透露一下，最便宜的牛排只要15元）。知味堂的三层是地方风味主题餐厅，陕西的羊肉泡馍，天津的小笼包，成都的冒菜，河南的烩面，还有还有，鲜榨果汁铺和校园肯德基——当麦基（和肯德基的做工一样，但是价位很低）……

接着要谈到的是位于梓苑的余味堂，余味堂号称"云南大学最好吃的食堂"。

余味堂分三层，底层和楠苑类似，是自选菜肴，但是种类更为丰富，同时还有云南特色的面食，分成三个大窗口向师生呈现：酸汤猪脚面，番茄鸡蛋面，臊子面，小锅米线，老鸭汤……（每种面食都有四种口味可以选择，同时还有免费的泡菜供应），当然还有美味的煲仔饭、铁板饭，每一天都热情满满地等着下课后饥肠辘辘的你。到了晚餐时段，余味堂还会提供香脆可口的烧烤。

二层的特色是清真餐厅，有冒菜，砂锅，浓汤和套饭，三层则是自助餐厅。

然后呢，我们来聊聊住宿环境，云南大学分成本部和呈贡两大校区，本部的同学住六人间，不得不承认的是，本部更为秀色可餐，银杏樱花，文墨流石，苍松翠柏，宛若画卷。呈贡校区是四人间，上床下桌，便捷宽敞，本部和呈贡的宿舍都有独立的卫浴和太阳能热水淋浴。想象一下，每天伴着花香入睡，随着鸟鸣醒来，推开窗则是满满的一捧阳光，浓浓的一片苍翠，抑或有水波清流，远山白云点缀其间，好不自在安然。

最后给你们讲讲大学生活中最美丽活泼的部分，那就是社团！云南大学目前有120多个社团，每年的九月校园里的"百团大战"都会是一道亮丽的风景。云南大学的社团涉及公益实践，文学科技，体育竞技，娱乐休闲等多个领域。

如果你一心向善，希望用青春的热情服务社会，奉献他人，你可以加入唤青社，红十字会学生分会，爱心社，Sunshine志愿者协会，彩云之南，红丝带社团……在那里，你可以作为一名教师，前往贫困的乡村支教；你可以作为一名动物保护主义者，在海埂大坝上保护从西伯利亚飞来昆明的红嘴鸥；你亦可以在滇池国际会展中心向国际商人旅客用英语宣讲异域文化。

如果你衷心体育，健康阳光，你可以在网球社用球拍挥舞出一抹明亮的色彩，你可以在街舞社轻盈地踏出悠扬的乐点，你可以在台球社找回生活中的宁静与专注，你

可以在瑜伽社享受柔软与平衡，你亦可以在轮滑社随风滑翔出飞扬的姿态。

如果你心系自然，关怀生态，你可以加入动物之友，花卉协会，植物之友……与一朵花倾心交谈，和一片叶做永恒的朋友，和谐地生活于自然之中。

如果你诗意缠绵，醉心文情，你可以在汉服社穿上一袭华美的汉服，长袖翩翩，恍如隔世；亦可以在棋友联盟饮一盏清茶，剪一窗月色，闲敲棋子，对弈良久，纵横分布，谁与争锋；你可以在儒行社做翩翩君子，窈窕淑女，温文尔雅，谈笑自若；亦可以在书画协会，挥笔泼墨，纵情书写，笔走龙蛇，犹然忘我，构一幅淡淡的山水风情，描一枝艳艳的风雪红梅。

你如果热爱生活，感情丰富，你可以在魔方社旋转出智慧的火花；你可以在模特社走上T台，做时尚的精灵；你可以在天文社，夜观星象，遥望漫漫宇宙，细数点点星辰；亦可以在东陆吉他社，弹一首《栀子花开》，哼几段亲切的旋律，陶然沉醉；可以在饮食文化协会，品世界美食，享受舌尖上的感动；亦可以在樱华动漫社，cosplay出自己心爱的动漫人物，用你的身影诠释出他们不一样的内心世界。

如果你们来到了云南大学，亲爱的学弟学妹们，你们其实就已经在不经意间踏上了熊庆来、费孝通、唐继尧、沈从文、朱自清、闻一多、吴宓、金岳霖等先辈大师们的脚印，踏上了他们曾经走过的小路。你也即将在他们教授、学习、成长、生活的地方追求新的梦想，实现新的辉煌。

秀山轻雨青山秀，芳花春风百花芳。滇池傍晚夕照美，长堤清风柳如烟。苍山洱海波清澈，红衣彩霞自在天。清虚一枕千年梦，香枫翠柏醉云渊。

亲爱的学弟学妹，在云南大学，我们不见不散。

注：本文由银杏文学社推荐

扫码问学姐

在"浙"里遇见你，我们的浙大

文 / 姜嘉琪

"大不自多，海纳江河，唯学无际，际于天地……"

不论走到何处，我想只要这首庄严的歌曲缓缓响起，所有浙大的学子都会为之驻足。这是我们浙江大学的校歌，至今已有 76 年的历史。

校歌历史已然悠久，但我们学校的历史更加悠久，浙江大学的前身是求是书院，它成立于清朝光绪二十三年（1897 年）。一百多年的风雨飘摇，让它在岁月的沉淀中多了一份醉人的迷香。

初次离家的我来到了"浙"里——一个完全陌生的地方，可我一点也不害怕。偌大的车站里迎面走来的便是满面笑容前来接应的热情的浙大学长学姐，他们张罗着帮我拿行李，把我送上校车，我感受到的除了温暖还是温暖。他们的微笑抚平了我离家的所有不安，第一次来到"浙"里，我便知道这里应该是一个温暖而有人情味的地方。

而当我下车走进紫金港这个美丽的校园时，我的内心再次被它给震撼。现代化的校区崭新而美丽，宽阔笔挺的道路，校园门口翠绿如毯的大草坪，高大巍峨的行政楼，玲珑雅致的小剧场……到处都透露着一种大气的、与时俱进的现代气息。

走过了紫金港各有风情的春秋和

冬夏，走遍了校园的每一个秘密角落，也去过古朴、典雅另有一番风味的玉泉、西溪、华家池、之江校区寻寻觅觅。而如今我已经走到了大学这一人生阶段中的大二，我只想说浙大，你真没让我失望。

"当时只道是寻常，而后回首自生香"，在这里度过了太多的日子，可现在要一一回想起来却真的记不清了，只是觉得异常美好。

我在"浙"里的清晨都是从食堂里一顿顿热腾腾的早餐开始。之前有人说过，浙大的食堂是全亚洲最大的食堂，初时一直持一种半信半疑的态度，可现在来到"浙"里，它用事实向我们这些旁观者证明了一切。紫金港校区里就有一个主食堂和两个副食堂，每个食堂里面又有好几个餐厅，每个餐厅都各有特色，每天也都变着不同的菜色来满足我们的需要。一个星期的每一天你可以去不同的餐厅就餐，清晨从一顿美味的早餐开始，让你天天都有好心情。

"浙"里的课堂也是极为有趣的，完全没有压抑的氛围。最喜欢文学通识核心课程的讨论课，老师抛砖引玉提出一个观点，立马就能引来众多同学的支持或是批判。讨论结束之后，老师往往把大家的观点整合起来，再结合一些专业文化知识和当时的文化背景加以拓展和渗透。而我往往能够有幸参加一次又一次思想的盛宴。原本艰涩难懂的《荷马史诗》、《汉姆雷特》等古老的文学作品也能在老师的诠释下变得生动有趣。

最让我印象深刻的还有那一场场热情激昂的学术讲座，或在简单朴素的东区西区大教室举行，或在隆重庄严的国会举行，上面坐着或站着侃侃而谈、知识渊博的主讲者，下面是我们"浙"里的学子，黑压压的人群挤满了一个个教室和讲堂。精彩的学术演讲经常被"浙"里的学子所"打断"，他们往往会大胆地提出一个个奇特而有趣的问题，向学术大家积极地说出自己的疑惑或是和他辩论着碰出思想的火花。

而我想每个"浙"里学子应该都不会忘记初进校时，竺可桢老校长的二问。"诸位在校，有两个问题应该自己问问：第一，到浙大来做什么？第二，毕业后要做什么样的人？"怀着自己对问题的思考和浙大所灌输的"求是、创新"的精神，"浙"里的学子在浙大这个大舞台上精彩地展现自己的风采。

在课堂上、自习室、图书馆里，他们都是一个个专注学习的"大学霸"，可是你不知道，当走出教室，那些在活动中最活跃的身影又是"浙"里的学子。

浙江大学以"放养"的方式"纵容"着"浙"里的学子，他们相信我们"浙"里学子一定能够很好地利用课外时间做自己喜欢的事情，而我们确实这么做到了。

每年桂子飘香的九月，也就是新生刚入校不久，如果走过"浙"里的文化广场，你一定会被这儿的热闹吸引而留步。偌大的文化广场搭满了上百顶的帐篷，穿着统一宣传社衫、拿着厚厚一叠报名表的学长学姐热情地招徕着走过的学弟学妹，放眼望去都是黑压压的人群，若你走入其中可能根本一时半会儿挤不出来。这就是我们"浙"里的"百团大战"。各个社团在新的一个学年开始纳新，搞出各种别出心裁有趣极了的宣传方式，招募优秀的人才，而刚入学的学弟学妹可以凭自己的兴趣和爱好加入自己喜欢的社团。你说，你没有什么感兴趣的东西怎么办？但你根本不用担心，我们"浙"里的社团十分丰富，有黑白话剧社、动漫社、跆拳道社、交谊舞社、爱心社……各式各样的社团都是一个个温暖的大家庭，总有一个会是你心之所愿之处。

而我在刚刚入校的时候，因为自己爱唱歌会弹琴的小特长进入了"浙"里学生会的文艺部。每年我们的文艺部都会为全校举办最火热的十佳歌手大赛。海选、初赛、复赛、决赛、终极 PK，一轮轮的晋级、筛选，牵动着无数"浙"里学子的心。而我们这些幕后工作人员在那段时间也都是忙得不可开交，写策划，布置舞台，安排人员，进行节目监制，甚至有时忙得连午饭也来不及吃一口。我记得当时我们部里有一个小姑娘还因为忙不过来而哭泣过。但最后，当我们看到我们努力后的成果这样美妙绝伦地在舞台上全部展现出来的时候，我们才明白原来这一切付出都值得。我们以自己的劳累和牺牲，换来了全校学生的赞许，得到认同就是我们最开心的事情。

而温婉优雅的文艺范儿也是我们"浙"里人共同拥有的气质。白沙学生公寓后侧的二楼，安静地坐落着一个休闲小站——它是由学生创办的"爱尚客休闲吧"。你可以在这儿柔软舒适的沙发上小坐，捧起一杯香醇的咖啡细细地抿一口，或是闭上眼睛倾听小屋里优雅美妙的音乐。所有的疲惫和阴郁的心情都会随之消散。在这里，你会看见坐在窗边的穿着长裙的白衣飘飘的姑娘，还有戴着耳机捧书细读的白衣少年，都是一样的风雅文艺。"你站

在桥上看风景，看风景的人在楼上看你；明月装饰了你的窗子，你装饰了别人的梦"，也许这时的你无意间也成了别人眼中一道动人的风景。

在"浙"里，我走走停停，边唱边笑。一边学习，一边收获，一边回过头去恋恋不舍地思量着刚刚过去的甜蜜时光，又一边踮起脚展望那未知的未来。参加了各式各样的活动，又结交了天南地北的可以谈天说地的三两知己。遭遇过各种各样的挫折和磨炼，流过失败的泪水和疲惫的汗水，但是经过这些历练之后，有那么一天，我倏然发现，我在"浙"里成长了许多。哭过，失败过，但定格在记忆里和留在今日的却是成功的喜悦与微笑。那是在岁月的磨砺之后沉淀在时光最深处的珍贵的醇香。

而我相信那种自信和成熟的微笑是"浙"里学子在获得成功后所特有的最珍贵的笑意。

"江南好，最忆是杭州。"

"杭州好，最忆是浙大。"

希望，在最好的年华遇见你，是在"浙"里，我们一起成长，一起收获，然后，不负此生。

注：本文由星空文学社推荐

扫码问学姐

郑大，青春的画

文 / 刘禹铄

　　眉湖水岸，碧波澹澹；钟楼俯翠，花海缀连；松菊柳荷，君子乐安；文武治平，聚英中原。郑州大学——文武英才齐聚的知名综合性"211工程"重点高校、中国最美的大学学府之一、立足中原六十年的文化中心和思想高地 —这莘莘学子追逐中国梦的摇篮里，多少颗年轻的壮志雄心在点燃，多少簇星星之火正踌躇以待燎原。才情与激情在此碰撞，又是一代年轻人，正紧握巨笔，描绘着青春与未来的画卷。

　　泱泱中华几千年，中原文明的深厚底蕴是郑大永远得以厚积薄发的不竭源泉。笃学，是每一个志存高远者的必经之路；诚信，是中国人千年来处世立身的必守准则；仁爱，是谦谦君子虚怀若谷宽容大度的良好品质；厚重，是深厚之学养与厚德载物之为人的至高要求；谨慎，是古之圣人所传授的行事之法；精思，是史上贤良所倡导的求学之道；勤奋，是我华夏民族立足中原千载永存的立业根本；奋勉，是中华民族屡败屡战始终屹立而不倒的伟岸灵魂。"笃信仁厚，慎思勤勉"，郑州大学在校风上的精心建设，力在运用中原地区的特色优势，培养其学子成为中国优良传统文化的继承者与传播者。

　　郑大人在这样环境熏陶下，骨子里灌注的就是"砺学明理，求真善为"的郑大治学精神。郑州大学的年轻一代，用这最美的华年汲取营养，立足郑大老一辈人的治学成果，不断开拓进取、以求新高。郑州大学校园中的美景可与风

景名胜相媲美，可美景要有人相映衬才有灵性。走在郑大校园的任意一处，都可见到专注于读书的学生。春季，海棠映人面，桃花夹纸笺，春风有情，将学子的读书声传遍花林；夏日，蝉声聒噪，人心淡泊，自习室和图书馆座无虚席，可气氛宁静严肃如无人之境；秋季，眉湖杨柳胜春风，书生志气撼水波，清爽的风拂过湖边文科生的书页，医科生的白衣，理工科学子在湖畔草地专注地分析膝上电脑屏幕中的难题；冬日，白雪浮松枝，红梅傲人立，寒冷的气温挡不住坚定的念头，太阳的光辉还没照在冰雪上，可上面已留下从宿舍通往图书馆、自习室的足迹……

斗志昂扬的大学生活同样依靠丰富的课外生活来点缀，积极主动地投身集体活动并担任主要职务是在大学锻炼自己、增强自身能力的最好机会。曾经拼命学习的你或许未曾注意过自己的宇宙究竟蕴含着多大的能量，而勇敢地迈出第一步则正是认识自己的开始；郑大校园的各个宿舍园区都有自己的活动特色，如松园圆形广场周五的舞会，就是加入青春的旋律和同样散发朝气的同学们一起跳华尔兹、兔子舞的好机会，体育场内篮球、足球、网球、排球等的赛事比拼更是释放激情的赛场，更有"周末大家唱"这样的零门槛平台为全校学子提供展示才艺的机会……站在新的平台上，抓住机遇才会给以后的道路起好头。校园社团招新"百团大战"和校学生会的招新就是学校给学子锻炼能力提供的最好机遇，紧接而来的校园舞蹈大赛、青春风采大赛、宿舍文化节、社团主题活动周等诸多大型活动都会热烈开幕，每个月份依托学生会和各个社团主办的系列活动都为星光闪耀的郑大学子开辟了一片星空。

进入郑州大学你会知道，大学并不等于进了曾经在高考压力下所憧憬的"放养型牧场"，更不是终于挣脱了所有束缚而得以自在逍遥于游戏世界的"乐园"。自由的获得是相对于所谓的"不自由"而言的，没有规矩不成方圆。在郑州大学，辅导员给你的生活定规矩，教授给你的学习下任务，导师给你的道路校正方向，校规校训给你的内在修养划标准。郑大各个院系基本都有早读的传统，不管第一节有没有课，按时与整个年级同学一同出席早读，就等于在每天的二十四小时的生存时间里紧握住最容易集中精神的一小时专门汲取营养。早读则促生早起的压力，早起则促生早睡的习惯，同时无形中要求学生在紧张的时间里安排好自己的事情，做有规划的人，这样渐渐培养出的学习兴趣会促使学生自主安排时间学习。每至深夜，图书馆响起了清脆的闭馆铃声时，才有如织的人潮从图书馆涌出；更有好学者、精学者在通宵自习室苦战到天亮。

郑大教风"教学明德，求实善教"。无论高中还是大学，课堂上的知识依然是最重要的。进了大学你会听到，问题的答案不止一种，考试并不是学习的最终目标。讲台上的教授们在学术思想、学术观点上是兼容并包的，要求学生形成的是自己的思考方式和全方位看问题的方式；教授们的讲解是面向实际、注重实效的，自然也要求学生们在主动查阅资料、调查研究的基础上完成学习任务。郑大更不乏名师大家，文科院系有荣登"百家讲坛"的儒者，理工科学院有科研成果享誉全国乃至世界的著名科学家，医学院造就出的人才成为全国医学事业的有力后盾，体艺院系则培养出多名为国争光的奥运冠军和艺术大师。

郑州大学注重自主创新的精神，其推动科研工作发展的决心从未动摇。2003 年以来，学校共申请专利 177 项，其中发明专利 95 项。以"乙醇汽油关键技术"、"生物柴油技术"和"橡塑模具技术"等为代表的一批高新技术成果和关键技术实现了产业化，有力地促进了河南经济发展和企业的技术进步，使得郑州大学为地方经济建设和社会发展服务的能力得到进一步增强。郑州大学共承担各级各类科研项目 9000 多项，获科研经费近 2 亿元，产出科研成果 8500 余项；"十一五"期间，郑州大学争取到科研经费达 12 亿元，承担国家科技支撑计划、"973"、"863"、国家自然科学基金、社科基金等国家级项目 425 项，横向科研项目 1316 项目，获得国家级奖励 4 项，在国际知名期刊三千余篇文章，申请发明专利 698 项，与企业签订合同 1400 份，获得成果转化费 4 亿多元。相继实现了河南省教育部重点实验室、主持国家自然科学基金重大项目、国家社会科学基金重大项目、国家"973"计划项目、河南省国家自然科学奖等多项"零"的突破，在载人航天工程、高速列车、南水北调重大水利工程、新药创制、考古发掘、新能源新材料等领域取得了一批标志性成果，在国内外都产生了重要影响。这样的荣耀数不胜数，就只谦虚地举一个例子吧：神舟七号出舱防护装置研制就由郑州大学所主持！

　　请忘掉那些诸如"梦想只存在于大学之前"的颓废话语，郑大精神断不允许青春之年华浪费在镜中花水中月的孤芳自赏，更不赞成青春被生活的阴影与消极的论断所充斥。"明时务，达治体，文而不弱，武而不暴，蹈厉奋进，竭忠尽智，扶危邦，振贫民"、"崇尚科学，严谨求实，科技创新，奉献社会"才是郑大人的社会视角。进入郑大，别再局限于生活的小圈子，请放弃粗浅的个人小我的认知，郑大人认为，真正的崇高不是可望而不可即，而是个人理想与家国天下的统一。这里没有泛泛的"造福社会"的口号，而只有更大、更远的梦。此刻的个人修身、拼搏进取，就是为了明日的齐家治平而积蓄力量。立志欲坚不欲锐，成功在久不在速。

　　青春，是时间也在咏叹的歌，是历史也在吟诵的诗；是惊雷落在大地上永远的回响，是潮水拍上礁石时不服输的泪光；是不断建设和革新的象征；是顽强、纯洁，而且包含着无限可能的年轻生命的跃动。

　　年轻的你，别忘记坚持播种为你而开的那一处花。让你的青春在这里释放最夺目的光彩，写下最感人的诗——郑大，那是青春的画啊。

扫码问学姐

大学，新天空

文 / 苏鸽

当轻风缓缓吹起道路两旁的枯黄落叶，你是否还在四十五度角仰望天空，寻找一幅属于你的独有画面，抑或是酝酿一种神秘的忧郁感，如果都不是，哎，就是你，你该不会是在自己喜欢的妹子面前要帅吧！唉，所谓青春年少，说的大概就是这样吧。低下自己曾经高傲的头，静下来，默默想想，昔日的我何曾不是像你们一样，在高中不大的校园里，捕捉流逝的时光，羡慕惊艳了岁月的那一抹神秘的微笑。

回忆往昔，挥汗如雨的六月，时常眼泪与汗水俱下，不知多少个不眠的夜，每次走出教室，教室里明亮的白色白炽灯与如泼了墨的黑色夜幕相比，亮得刺眼，一双眼睛不知积了多久的黑眼圈，闭上眼睛还能明显地感觉到眼角的酸涩，身心俱疲。毫不夸张地说，每次刚迈出教室门，就会有一种想跳楼的莫名的冲动，唉……经过了高中的人间炼狱，七、八月的天空，对于我来说，总是格外的蓝，相信不久的将来，你们终会理解。

如今，成功从高中解脱的我乘着九月的秋风，第一次踏进你们一直向往也是我无限憧憬的大学校门，心情自然是无比激动，可以说是梦中的无数次呼唤，终于在现实中有了第一次的回响。如果说人生是一场没有终点

的长途旅行，那么大学绝对是这场旅途的重要十字路口；如果说人生只有蝉的一个夏天那么长，那么大学绝对会让你在四年期间唱出最美的歌声；如果说人生是一片空白的画卷，那么大学绝对会为你的世界画出一片新的天空，这片天空，白云绵软如雪，悠然漫步于浩瀚无垠的湛蓝天空中。

大学，新天空。高中，调皮的阳光斜射入窗口，你还在和你亲爱的同桌一起畅谈天，漫谈地吗？哈哈，美好的时光，要珍惜呀！因为在大学里是没有同桌的，这节课你身边的那个他（她）下节课不知又在谁身旁呢？除此之外，你还每天走着同一条路线，进入同一间教室，听着同一个老师的课吗？进入大学之后，你可要忙了哟，因为这节课你在这一栋教学楼，下一节课或许你就要拿出百米赛跑的速度冲进另一栋百米之外的教学楼了。唉，上学也需要体力啊！

喂，你是不是还在玩着与老师躲猫猫的游戏啊？上课快要迟到时，你还在和老师拼进教室的速度吗？手机是藏在两个书本之间吗？天花板的那个缺角还是手机的秘密基地吗？是否还在为出一次校门绞尽脑汁，千方百计？大学课堂上，上课迟到，开门大方从老师面前走过那是常事，至于你在课堂上干什么，老师从来不管，更不需要偷偷摸摸，手机更是大学生离不开的电子产品，上课玩手机自然也是常事。但是请不要窃喜，慢慢地，你会发现，大学，没有了老师苦口婆心的教导，学习唯有靠自己自觉，不然期末，老师只会通知你一声，注意仅仅是通知一声"你挂科了"，然后一切后果自己承担。或许你会轻松地说，没事儿，我还有最后一根稻草——作弊。我劝你，放弃吧。也许高中还可以玩玩这种小儿科，并不会有什么大不了的结果，但是大学千万不要作弊，记住一句话，"宁愿挂科，也不要作弊"，因为一旦作弊，你很有可能就永远告别这所大学了。

好了，说些有趣的事吧。大学，最令人神往而又与高中最不同的莫过于社团活动啦。大学不像高中校园，完全是一个半开放的小型社会。在这里，学习不再是学生生命中最重要的事情，参与各种社团活动，培养自己的人际交往能力，全面发展自己的各种能力将会成为你生活中必不可少的一部分。大学社团除了最有名气的学生会、校团委、青联以外，还有很多有趣的甚至你不曾听说过的社团，例如：自强社会着重培养你独自一人在外时自立自强的能力；礼仪队会教你变美丽哟；动漫社各个部门转一圈就足以让你大饱眼福；你能想象交响乐团弹奏的美妙之音在半空中和着风吹树叶的哗哗声交响辉和吗？……在这里，你将会遇见帅到让你咽口水的师哥，美丽已不足以形容，气质好到让你

膜拜的师姐，然而他们都很和善友好，温柔体贴。刚入学时，他们会在校园门口迎接你，帮助你提行李，引导你入住自己的小公寓；进入各种社团后，你还会再次遇见他们，成为他们的小师弟小师妹，跟在他们后面，学习各种了不起的技能，在室友面前肆意炫耀。

大学的美食，哎呀，说起来就想流口水，先不说吃，光是这食堂的格调，就让旁人艳羡，我只能用三个字来形容："高、大、上"。你千万别单纯地以为大学只有一种餐厅哦，单谈餐厅的种类就有好几种呢！如果你说你就习惯平常普通的家常便饭，没关系，我们有常规的餐厅，既便宜又美味；如果你说你想尝尝鲜，没关系，我们有各种风味餐厅，注意是各种；如果你说你想吃路边摊，那就更不用担心了，刚走出大学校门，就有一条残街，那里有满足你要求的各种小吃，包你欲罢不能；别告诉我你是回族，不能吃猪肉哦，唉，真是的，没关系，我们有清真餐厅，另外透露一句，我们是专业的哦！哈哈，是不是被折服了呢！事实上，当你真的走进这些餐厅的时候，你会发现这里场地宽阔，洁净明亮，各个窗口的阿姨、大叔都亲切和蔼又热情，白色地板反射着光亮，各种美食飘散着迷人的香味，餐桌高贵大气，餐具精致大方，身边的人仿佛天使，都很美丽、友好，身处此境的你，随着时间的流逝，就算变不成天使，也会成长为一个落落大方的人，刚出校园稚嫩的脸上也会多一分帅气（甜美）。

大学校园真的很大、很美，一条平直的瓷砖路，长长的，只能看到远方的路凝合成一条直线，道路两旁两排法国梧桐树错落有致，树枝之间两两互相缠绕，颇为缠绵。道路两旁的树木似乎不满被这条"银河"之路分离，在路的上方枝枝掩映，你盘着我，我绕着你，好不"暧昧"。夏日，树木葱葱郁郁，枝繁叶茂，掩映的树枝形成一段天然屏障，烈日炎炎，可任烈日如何骄纵，也无法穿透这枝枝叶叶，反倒在树荫下的道路上留下斑斑驳驳，闪闪亮点，好不漂亮。走在夏日的路上，烦躁的心情被丝丝凉阴瞬

间驱走，只剩悠然的微笑。到了秋日，这条路更是美得让人眼花缭乱，秋风的魔法染红了绿绿的像手掌一样的叶子，放眼望去，一片绯红，这是我最喜欢的时候，总喜欢莫名地绕到这条路上，一个人静静地走，沉默无声，只有鸟儿与我私语，只有风铃在枝头歌唱，那清脆的声音，仿佛敲进了我的心里，那么动听……

　　时光总是静悄悄地走，他仿佛是一位年迈的老人，步履蹒跚，有时我仿佛能够感觉到我是和他一起走，一步一步，慢慢地移动，轻轻地转过头，与他共享一眼身边的美景，有时，我会淘气地加紧脚步，甚至小跑几步，妄想把时光甩在身后，哼着歌，静静走……走着走着，时光仿佛拥有孙猴子的七十二变，摇身一变成为一支箭，仿佛转瞬间，人生就走过了一段很长的路，蓦然回首，时光如梭，一切早已变了颜色……

　　人生路很长，我还有很多路要走，你们也是，大学也仅仅是其中短短的一程，无论走哪一段，每个人都离不开不断的奋斗，为我加油，也为你们加油。但无论身处哪一段，请也别忘了欣赏身边的美景，借用珠穆朗玛峰上的一句话"慢慢走，欣赏啊"送给你们，送给自己。下一站的天空，很明净，大学，是人生中少有的能够静心做事，不为名，不为利的时间；高中，很美好，是人生中少有的能够一群人一起哭、一起笑的时光，珍惜每一段……

注：本文由青果文学社推荐

扫码问学姐

南山南，北地北，我的 18 岁

文 / 王书茗

一首《南山南》连接南京与北京，那么北地北就是连接我与思乡吧！

——题记

见到北京的第一场雪，我才确切地有了南北方差异的感受，"你在南方的艳阳里，大雪纷飞；我在北方的寒夜里，四季如春"——12℃的南京，0℃的北京——真是真真切切地道出了空间与时间的这番跨度。

"十来件大红衣裳映着大雪。好不齐整！"还记得那个一向穿着大红猩猩毡的男孩子吗？16 岁他着大红猩猩毡与羽毛缎斗篷，意气风发，与姐妹欢笑、嬉戏、逗乐；18 岁他光着头，赤着脚，身上披着一领大红猩猩毡的斗篷，向父亲倒身下拜，而后随一僧一道，飘然而去。

18 岁，似水流年，如花美眷，《牡丹亭》如此唱道。

以石结缘地大——"天大地大人大"，"天大地大，四海为家"似俚语非俚语一般的话萦绕于脑海，让我第一眼看到地大便想起这个词。地大——如一个家，一个港湾，收容我——北漂一员的心。一夜雪，一树金黄。地大的金银杏如金花丝般，镶嵌着我的梦、我的理想。

晨跑——这个词让我胆战心惊。所以借用一句网络流行语：其实我的内心是拒绝的！但 18 岁，这个词如紧箍咒般告诫着我：强身健体的事必须做！学业至上！每天跑步一小

时，健康生活50年！不仅仅是中小学的阳光晨跑，作为地大学子我也有我的防霾晨跑。愈是天寒，愈能感受地大的冷——一步夹着风，一步含着冰，仿佛晶莹的雪也被寒风吹红了脸，幻化成一层薄冰附在这石头院里。

人生是一个不断选择的过程。我选择了地大便失去了选择清华的机会（但显然，这只是个比方，不是现实）。选择了省外大学生活的艰苦奋斗便失去了选择省内大学生活的惬意。甚至，选择了在综合楼上枯燥的自习，便失去了在宿舍安逸的小憩。社团活动亦是如此。

社团活动，因为不了解造成许多麻烦，最初，我报了四个学生组织，最后因为时间的冲突，实习期的矛盾，收消息的不便。蓦地，就与那些似曾相识、一见有缘的"陌生人"渐行渐远。最后，我留在了地大青年，志同道合的小伙伴慢慢地愈来愈多，向殿堂学霸级的学长们取经，受老师关照极多，思想深度广度逐渐增加，见到梦寐以求的男神画家——徐冰、想都不敢想的梁文道老师。积攒了素材，体验了人生，体验初级社会圈子、思维的碰撞，总结与验证社会经验。

梁文道老师在最强雾霾天里，赶到北大（当然，现场早已蒸成大屉笼）无限感慨被弹幕吐槽""帝都"夜景不好看"后，依旧幽默地娓娓道出关于《一千零一夜》、《锵锵三人行》的花絮，好比毕加索以故事卖画。我想：梁老师是以故事换来更多灵感吧！

传说地大有四大才子——猛然间想起吴门四大才子，不禁感慨江山多才俊！然而地大的四大才子我只知其二：褚宝增老师和阙建华老师。对于褚老师我了解最多：他

是地大高等数学教材编者，南大高材生，最为特别的便是在数理学院开设人文课程。恍惚间，眼前浮现褚宝增老师的一次讲座：文人的家国情怀。

褚老师的签售又一次让人感受到了他的谦卑贴心："刚开始没有桌子签名，褚老师默默地坐在广场侧的大理石台阶上，还不停地说："没事没事，这里就好。"最后活动结束也是一个劲儿地向我们志愿工作者道谢。

我想，大概就是他这种待人接物的态度打动了我。我们平常与人相处，都

应该尽量去包容、体谅与迁就，少一些苛刻、责怪，舍弃专门挑刺的眼睛，才能够相安无事，才能在漫漫人生路上两看不厌。

要在千万人之中，千万年之中，在时间无涯的荒野里找寻到对的人，实在是跟中五百万一样属于小概率事件。更多的，还是依靠日常生活中的用心经营。

只要你用心去经营，看似不对的人，也能成为生命中的No.1。

我还记得与我年长的人交谈中得到的那些刻骨铭心的言语：

"我三十岁刚出头的时候，遇到了很多优秀的人士。他们对我的影响无法估量，他们的行事风格现在依然是我行事的指南。那时候，每每与成功人士交往，我都会满怀憧憬，模仿他们，学习他们。我总会想：'要怎样做才能变成他们那样的人呢？'带着这样的疑问，我认真仔细地观察他们的一举一动。

"他们有一个共同点，就是特别会与他人打交道。他们经常面带笑容，讲究礼法，举止得体。

"面带笑容，得体地与人寒暄，这既是一种良好的自我介绍，也是一个让他人了解你的好方法。

"面带笑容跟他人说一句"早上好"，宛如展现了自己的简历。通过多年的观察，我发现：做到这一点的人与做不到这一点的人，有天壤之别。

"一个人的一言一行会展现他的生活轨迹，会体现他的待人处世。

"优秀人士都特别注重两点：一是面带笑容和人寒暄，二是待人接物得体周到。这两点也正是我们作为成年人不可遗忘的基本准则。"

我时常会回想自己之前的一些行为，反省自己，是否太过张扬？是否谨言慎行？是否做到了察言观色，维护交谈的良好氛围？是否面带笑容待人处世？在致谢的时候，是否礼仪周到，举止得体？

4个月时间，我养成了晚间从周围学霸、学神身上汲取学习或人生经验的习惯。简简单单的心灵鸡汤似乎无法浇灌我干涸的内心。滋润我内心的，竟是那一个个名校的大学霸，他们的成长点滴督促了我、指点了我，让我有了学习的方向。倏忽间，想起那个哈佛提前录取的宋系风，不得已引用了她的话（我已找不到更加精简的语言来阐述、表达）："最重要的是喜欢学习。要对每一门学科的学习都充满热情，看到它们相关的、区别的地方。"

我认为，一个人没有权利去讨厌一门学科。我们之所以能看到现在的知识都是因

为踩在前人的肩膀上，学科发展到如今的形态，凝聚了人类的成就。有人可能觉得某一科无聊，这不过是因为我们狭窄的视野只能看到一片有灯的地方，但是还有很大一片没有亮光的地方我们是没有看到的，在没有看到之前，我觉得我们没有权利说不喜欢这个整体。

打个比方，如果学习的过程像登山，我不是站在山峰上，也不是站在山脚下，我现在是在山腰上，我可能只上了一个坡就觉得这个山已经没有风景了——这是偏颇的评价。

另外，平时认真对待，考试的时候不用复习也是可以的。此外，我觉得学习中最重要的一点是要有点强迫症，强迫症能帮助一个人自主地去做许多事情。如果我今天计划看完这本书的这些部分，那么就一定要看完，每一天都把原定的计划完成。

人有七宗罪：傲慢、妒忌、暴怒、懒惰、贪婪、贪食、色欲。于我唯懒惰和贪食难以割舍。可是学霸级的人物就有着四两拨千斤的能力，借力站上伟人的肩膀上，对于他们，一定没有懒惰二字。

上大学后的第一个假期，回到家，竟没有想象中的喜悦，单是宿舍暖气的温暖就叨念了千百遍。都说：家乡好，家乡好！现在看来我已经把首都，把宿舍当成我的一个家了。年关将至，晃眼间 18 岁已尽。

扫码问学姐

致中海大

文 / 王鑫

前言

记得有人说过，若干年后，你会发现高考最迷人的地方不在于如愿以偿，而是阳错阴差……这样的一句话，我竟是用了大一近一年的时间去看透。

犹记得高考结束的第二天，拿着报纸对完答案时的天昏地暗，溃不成军。填志愿时，在一堆高校资料里挑挑拣拣、寻寻觅觅，想去的川大医学院自然去不了，更不用说虚无缥缈的北大清华梦，剩下的高校不外乎两种，感兴趣想去的分不够，分足够的却总觉得自己屈就了，耽误一生。后来在一堆211中看到了它，静静卧在那儿，不声不响，我也是第一次见这个名，原来中国还有这样一个学校啊。搜了资料感觉还行，也是选学校选烦了，就把它胡乱填上了，许是未曾见过海洋，难免好奇，竟是把它所有涉海专业全勾上了，也懒得去管谁前谁后，恰好海洋科学排在前，自此开始了我们的难解之缘。

健美操——努力拼搏即使注定是替补

初入大学的自己是那样迷茫和低沉，依旧陷在高考失利的灰色中。理智告诉自己要走出过去的阴影，自己也确实去尝试了，参加观海听涛、学生会、自强社等各种面试，参加超级演说、海辩赛、家乡美演讲比赛等各种竞赛，各种失败，在失败中挣扎，在失败中失去信心，渐渐地，便什么都不参加，什么都不求，这样好似就不会失去了般。

明晓自己不能再迷失在过去的失败中，或是巧合，或是命运使然，我报名加入学院健美操队。

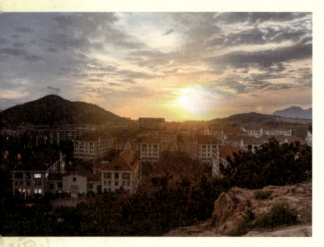

我是来自大山里穷人家的孩子，没有任何舞蹈底子，却不想连累他人，所以我很努力地去做每一组体能训练，很尽心地去记每一个动作，甚至将它们一个个画下来夜夜入梦、心心念念……我一直努力向前奔跑着，却是有过退缩的，但并不是自己得了骨膜炎，老师劝我放弃的时候，我打心底里的那次退缩是队长的那条短信，那条"你可能是替补"的短信。短信很长，我看了很多遍，思绪万千，我已经下意识地把那句问句改成了陈述句，我很想装作什么都没收到，继续认真地努力，我努力地微笑，想暗示自己，即使是替补，我也努力过就够了。还记得那次跑队形，越姐让学姐代我跑时，我站在一旁看着他们努力地奋斗着，我一个人在旁边的一个小角落一遍遍顺着动作，很难形容自己那时是种怎样的心情。感觉无论我如何努力，我都是在失败的泥潭里无力地挣扎，在失败中失败，成为一个死循环。我那时天天在暗示自己，替补也很好，我甚至高兴自己是替补，这样我们院就可以跳得更好，拿个更好的名次，我甚至想说，我直接退出吧。我没有跟父母朋友提一句健美操的事，我想自己去消化这一次的失败。我更加努力地练习，更加努力地记动作，更加努力地适应替补这个身份。直到上场前一天，我都还将自己当成一名替补，我知道我们最后上场依旧跳得不好，但对于我来说，对于我们来说，能9个人一起站在体育馆璀璨灯光下的那个比赛场上，这本身就是一种成功。

或许大学就是这样一个地方，一个从寻梦到筑梦的地方；一个让你无数次跌倒只为让你更好地站起来的地方；一个自我毁灭，在失败的泥潭中越陷越深，或者，自我升华，打破失败死循环的地方……在这样一个地方，会有一群人陪我们日夜兼程，风雨同舟。感谢那段美好时光里有你们的陪伴。

健美操我们拿了三等奖，或许名次并不高，但收获了很多，无论世事如何变幻，你都要努力绽放，即使你注定是替补，因为你足够的努力或许可以创造奇迹。

数学建模——三天两夜，过程比结果更重要

从暑假开始准备，当别人家的孩子都在空间秀国外游的时候，我默默地在四区的大教室里准备着建模；当别人和朋友们一起出去逛街的时候，我在和组员们一起讨论着论文；当别人还在被窝里睡懒觉时，我在第一排仰着小脑袋听着费时费脑的

建模课……

我一直都清楚，自己不属于聪明的那一类人，相反，我甚至属于偏笨的那一类。但我一直坚信，成功一定属于我，只要我足够努力。9 月 11 日，建模竞赛在青岛淅淅沥沥的雨帘中拉开了帷幕。我们不停地上网查资料，编脚本扒数据，不停找补贴政策，熬了两个晚上，三天两夜，眼一刻都未合过。我们从充满希望信心满满到迷茫失措毫无思路，到绝望几

欲换题再到重拾希望，曲曲折折，兜兜转转，见证了海大深夜到黎明的样子，三天两夜就在我们的指尖下、键盘上，在我们或叹息或惊呼中，在我们或相顾无言或热火朝天的争论探讨中飞速流逝。也是彼时彼刻才明晓，原来漫漫长夜也是这样的短暂，时间一天就 24 小时，谁也多不了分秒。

现如今我们的论文获国家一等奖，然而在比赛刚结束时我们并不确定自己的思路是否正确，那时的我们并不看重结果如何，相对于结果，于我而言，这两个月来的收获更显得弥足珍贵。尤其是这三天两夜，分析问题，查数据，出思路，建模型，编程出结果，分析结果，改思路，换指标……反反复复，兜兜转转。或许做科学就是这样，你有了思路必须实践，很有可能理论上看起来貌似可行，而实际并非如此。这或许就是实践出真知，或者说，实践是检验真理的唯一标准。

大学就应该这样，找一群志同道合的人，认认真真地去做一些有意义的事，重要的不是结果，而是过程中我们所收获的。正是因为这些，我们可以不断蜕变，破茧成蝶。

海洋知识——你永远不知道你的极限在哪

我一直都想去南北极，那是个自海洋初探课上邂逅后就种下的梦，甚至是一种执念。这也是当初的阴差阳错，才有了我和海洋的邂逅，才结下解不开的缘。抱着试试的态度，2014 年 7 月我报名参加全国海洋知识竞赛。也是在那段时间，我坚定了自己的那一个海洋梦，我默默对自己立下誓言，我将终其一生只为海洋，即使为之付出生命也在所不惜。我万分惊险地进入决赛，虽然遗憾未能拿到南北极特别奖，但能走到全

国一等奖这一步也着实出乎自己的意料。

我无法相信自己竟真的把 16 万字的题库看了五六遍，无法相信自己可以在 3 分 15 秒内做完 60 道题且全对，无法相信五音不全记忆力超差的自己竟把 60 首歌曲全都背了下来……你永远无法知道自己的极限在哪。海洋知识竞赛或许对他人来讲，一等奖也不过尔尔，但对我来讲，它是一个媒介，联通了我和海洋，让我越发坚定自己对海洋的执着。它也让我刷新了对自己极限的认知，当别人都在怀疑我行不行的时候，我是可以逼着自己突破自己的极限的。

今年的我，日日推送各类海洋科普，关注各种海洋公众号，参加各类海洋活动，办海洋讲座，听海洋歌曲，看海洋电影，日日数千米，学习游泳，不断挑战自己耐寒的极限，练习反应力……回想入学来三次海洋知识竞赛，三次截然不同的体验。如今亦是常常泡在图书馆的海洋文库里，坐在地上轻轻翻阅着早已泛黄的扉页，看到情深处亦会红了眼眶，那些书页里才出现的人儿，竟是我们的老师的老师，我脚下的这片土地，有多少海洋学宗师曾经踱过？这所学校所积淀下来的海洋文化，足以让每一个海洋学子红了眼眶。正是因为海洋知识竞赛，我得以明晓，原来我的母校是这样默默无闻地一直担负着祖国的海洋强国重任。

 后记

春天里散步一起执手看过的蔷薇，红的粉的，乱了谁的发，谁的香？静静地拥抱着整个校园，待一场风起，飘零成泥。

多少个紫藤盛开如瀑的春晨间，少女手握书卷，谱一曲蓝色华章？有多少学子抱着书讨论着某个问题从藤下徐徐走过？

樱花浪漫又见证了多少爱恨情仇，多少岁月流逝……

夏日里你带给我们的清风，吹起了丝丝涟漪，让我们为你写下只言片语的情书。

法国梧桐的秋色，熏醉了来来往往的学子们，亦是临了收获的季节。

孔老夫子前每周四的英语角，并未扰到图书馆的静谧。一场雪后，万籁俱寂，沏杯茶，靠在窗前看书赏雪。

"天使"的一周海洋调查实习，我们和大海的第一次约会，实习结束后的那一刻竟是那样舍不得离开，也是那时暗暗定了心。

"东方红2"是我们所有海大人的骄傲，作为国内第一艘海洋调查实习船，它直属我们学校，和它朝夕相处一周的点点滴滴都将是一生的宝藏。

还有那我曾绽放过光彩的体育馆，我深夜自习归去路过的梧桐路，长满野果的五子顶，四人间的东、南、北苑，每个餐厅，每样菜色，所有的这些我都是那样不舍，所以现在的我那样珍惜，那样庆幸，自己得以阴差阳错来到这儿。来到这个海洋城，来到这所海洋大学，来到这个海洋专业，开始了我和海洋的这场爱恋。

大学究竟是怎样一个地方呢？我觉得它是一个选择题集。在这里，你要在个人享乐和实干学习间选择，你要在各种诱惑和自习室中选择，你要在痛苦中选择涅槃重生还是自甘堕落，在矛盾中选择最优解……或者说，大学不过是个最优问题，如何过你的大学生活，取决于你而非你的学校。中国海洋大学，它如海洋般纳百川，沉稳不缺灵动，追求科学却不缺少浪漫，它的海洋底蕴和实力是国内任何一所高校都难以超越的。它正担任着祖国的海洋强国重任，带领着我们一步步进军国际海洋。

学在海大，梦在海大。海纳百川，取则行远。

扫码问学姐

我深爱这阴差阳错

文 / 牛雨蕾

两年前上高三的时候有一句话貌似很流行："高考的魅力不在于如愿以偿，而在于阴差阳错"。我总觉得，来到这里，是一种缘分。在北京这个名校泛滥的城市里，中国矿业大学（北京）貌似并不起眼，但它依旧，是我最美好的遇见。

现在的我，大二，怎么努力成绩也没办法排到专业前几名，没有保研的希望；在学校一个社团做小部长，平时会做些采访，写写稿子，运气好了会发到微信平台上，有的时候会有微薄的稿费；长相不丑，但也算不上漂亮，即便是在这样男女比例严重失调，男生数量几乎占压倒性优势的学校里依旧没有人追……

我只是这个学校里，再普通不过的一个人。可是我仍然感激于这一年的际遇。

我记得中学时代有一篇语文课文，名字叫作《十三岁的际遇》，它讲的是一个在十三岁的时候被破格录入北京大学读书的女生田晓菲，在步入大三的秋天，为纪念母校 90 周年诞辰而写下的文章，里面记录了她和北大点滴之间最美好的"际遇"。它单纯，美好，它甚至是，一种近乎虔诚的文字。它单纯到没有任何杂质——梦到了就努力，努力了就成真了……像一个童话。

我的故事并没有那么美好，我来自一个产煤大省，家乡到处都是大大小小的煤矿，高高的烟囱，大煤山，运煤车随处可见。春天的时候有沙尘暴，公路上常年积有泥土，汽车疾驰而过，这些尘土被车轮子高高扬起，漂浮在空气里。除了尘土，还有煤渣子，一年四季，被雨水冲入下水道，或者和白雪一起冻在公路上，被来来往往的汽车碾过。

"如果你不好好学习，长大就去挖煤。"大人们常常用这样的话来恐吓我们这些对待功课总是三天打鱼两天晒网的小孩子。我眨巴着眼睛，忍住因为被训斥快要掉下来的泪，点点头，对爸爸说，我会好好学习。然后自己在心底打一个大大的问号，为什么长大了去挖煤是不好的事情？小学的时候幻想着长大了做文学家还是科学家，中学的时候梦想着长大了选清华还是北大，到了高中的时候却连选择文理科都要斟酌一下成绩和优势……一路长大，也一路成熟着。

高三的时候有一段时间成绩几乎一落千丈，压力大到让我无法呼吸，我几乎过成了最糟糕的自己，体重飙升，眼圈浮肿，脸上长满青春痘，每考一次模拟就大哭一场，我每天对着试卷发呆，愤恨着，凭什么我们的人生要靠一场考试来决定？有的时候又会突然之间热血满怀，把桌子认认真真擦拭一遍，铺开试卷，励志要像个女侠那样，把它们都解决掉……高三是个既绝望又充满希望的阶段。

感到绝望的时候，我会深呼一口气，然后幻想着，有一个来自未来的闪闪发光的自己，她穿过时光，朝我伸出手，对我说，我在未来等你。她还对我说，快长大吧，长大了就好了。《肖申克的救赎》里说："希望真是个好东西，恐怕是最好的东西。"

谢天谢地，我总算是顺利通过了高考。然后，2014 年秋天，我提着行李箱，来到了北京，来到了学院路，来到了矿大。

算来，这已经是在矿大度过的第二个冬天了。今年北京的冬天很冷，下过好多场雪，大风刮起来吹得脸颊都是疼的，没有风的日子里又总是有雾霾。大家原本的面容被掩盖在口罩之下，整个世界看上去都是无精打采的灰色，北京的冬天总有种令人压抑的萧条。因为雾霾，因为光秃秃的树，因为北京规整的布局，因为方方正正的四角的天空，因为地铁里匆匆的脚步和充斥着倦色的脸……可是总有一些东西会让你始终深爱着这个城市。

或许是在某一天，你和朋友牵手漫步在北京冬日的胡同，一回头突然看到宅子外面的墙上写着某某名人故居的时候；或许是在某一天，你在地铁里看到某个人低着头，你猜测他在玩儿开心消消乐，走近之后却突然发现是扇贝单词的时候；或许是在某一天，你偶然闯入一个地方，抬头居然发现这里是似曾相识的某个电影拍摄场地的时候……或许就是简简单单的，天生带着熟络和亲切的京味儿普通话。写下这些文字的时候我其实是惶恐的，我不断地删改，力求让每一个字变得得体和大方。对，就是得体，大方。北京便是这样的地方，得体，大方，让人不由得肃穆，庄重，生怕有一点的小家子气给人看了去。

我有很长一段时间都在回避谈论北京，因为它太庞大，而我太渺小，它太完美，而我永远都在自惭形秽。几天前，我第一次去了景山公园，看到了整个故宫都在脚下的景象，开玩笑似的说着网络流行语："看，这是朕为你打下的江山。"心底却深深震撼于自然景观的庞大，并深深恐惧于自己的渺小。小时候谁都做过主角梦，总以为只要像白雪公主一样善良就能得到全天下的垂青。可是人总要长大，见过了那么多优秀又努力的人，才明白了自己只不过是普通人，在人群中有多么不起眼。没有谁是谁的陪衬，我们都一样，都只不过是这个时代的陪衬。

矿大位于北京高校最集中的海淀区，北面便是林大，西面是清华，南面是语言大学，再往南面是地大。西南角便是有名的"宇宙中心"——五道口。想要走远一点的话，学校北门就有新修的15号地铁，可以很方便地去往奥体中心、南锣鼓巷、后海。在平均通勤时间2个小时的北京，这样的地理位置可以说是得天独厚。

有人说，五道口是一个问号，它没有信仰，各种文化、风格在这里交织，它没有边界，它繁忙，喧嚣，紧张，几乎从来都不会安静下来。可能是临近五道口的关系，矿大，多多少少也存在这样的氛围，自由而混沌。学霸、学渣、学神、学沫……什么都有，什么都存在，课业、社团、学生组织、竞赛、活动……什么都有的选择。又或许，每个大学其实都这样。大学，或许就是一个可以让你不断尝试不同生活而不需要付出太大代价的地方。

我特别喜欢的女作家八月长安曾经在她的书里写过这样的话："你要相信，时光偷走的选择都会在你喜欢的时候用你喜欢的方式还回来。相比所有未知的可能，我还是更爱现在的自己。"我们都是在经历中才会成长，因为经历，你才成为今天的你。我始终相信，成长其实特别美好，它一点一点把我们，变成一个个不一样的人，即便我们如叶片般渺小，我们也始终不完全一样。

如果高考是一种阴差阳错，那么我丝毫不后悔于这份阴差阳错，相反，我深爱它。我相信，并且永远感激它把我变成现在的模样。如果时光有可能会倒流，我会

坚定地告诉曾经的自己，快快长大吧，长大了就好了，成人的世界特别棒，我们很自由，我们很淡定，我们有很多选择权。

前段时间上映的电影《小王子》里有一句台词，老爷爷告诉小女孩："真正重要的不是长大，而是遗忘。"他从来没有让小女孩放弃长大，相反，他一直期待着小女孩的长大，期待她成长为一个可能不是最优秀但必定足够出色的大人。

不忘初心，心怀感激，淡然处世，勇敢前行。这是我在大学一年半的时间里学到的东西。我的文字可能散乱，可能没有头绪，但字字发于肺腑。我无法预测未来，更不知道未来的我会是什么模样，至少，在写下这些文字的时候，我满怀着希望，我满怀着热血，我有好多好多想做的事情，我期待着变成更好的自己。

我把它们写下来，送给成长中的自己，也送给成长中的你们。

注：本文由党委宣传部大学生记者团推荐

扫码问学姐

风、花、雪、月——
无限唯美的矿大

文／王丹梦

一、你听我讲那"院承"的故事

中国矿业大学溯源于 1909 年创办的焦作路矿学堂，至今已有百余年的历史。书香传承，亘古不变的是我们矿大人的精神，那就是：好学力行、求是创新、艰苦奋斗、自强不息。

矿大已经形成了以工科为主、以矿业为特色，理工文管等多学科协调发展的基本格局。本科生大多居于江苏省徐州市区南面的南湖校区，为新校区，占地约 3000 亩，全校共设有 22 个教学学院；学校另有徐海学院和银川学院等两个独立学院，坐落于市区的文昌校区，为老校区，两个校区共拥有 61 个本科专业。两个校区之间通有校车，车程 15—20 分钟，方便大家乘车到老校区读书、交流或去市区购物、游玩等。

61 个本科专业之中，在教育部 2012 年第三轮学科评估中，矿业工程、安全科学与工程、测绘科学与技术、地质资源与地质工程分别排名第一、一、三、四位。2012 年，工程学 ESI 排名进入全球大学和科研机构的前 1%。除了排名很强的理工专业，学校还设有文法学院、经管学院、外文学院、艺术学院等文科学院，如果你是女生还在这几个学院之中，那你就是全校的宝贝。当然理工科的女孩子们也不必气馁，因为你还有全班全院男生的爱心守护。

接下来我就要介绍一些难以从校外获取的部分信息了，更多的是为一些有志向、有进取心的孩子提供一个全面深造发展的途径。首先，本科生在录取进校之后，可以申请进入一个更为优秀严谨的学院——孙越崎学院，在这里要面临着更为精英化的专业的培养计划，由精挑细选的各个专业的学生组成，想要接受精英教育和有学术深造意向的同学们可以积极报名。其次，就是大家关注的转专业的问题，只要你大一成绩

在年级排名靠前，并且通过具体院系的面试就可以成功地转专业。在这要注意，文科生要转理工类专业还需要加试高等数学，不过，好好准备后难度也不大。这就要求大一时候要注意自己的加权平均分与 GPA 绩点，最好可以达到 85 分以上，对奖学金的申请也很有帮助。还有，文科生可以提前跟着理科生去听高数课，大一下的时候要好好关注心仪院系的最新通知，一般是在大二开学后进行转专业面试。另外，转专业不成功的孩子，还可以关注学校的辅修课的通知，大约是在大一下报名，过时将不可以再报名。辅修课一般于大二学年、大三学年的每周三和周日下午上课，到时全部课程通过后可发放辅修证书。我强烈推荐兴趣广泛的孩子积极报名，因为辅修课的气氛一般比较轻松愉悦，适合知识的博学扩展与结识志同道合的朋友。最后，就是矿大的出国访学项目了，由于是国家重点培育的学校，所以学校的出国访学奖学金比较好申请，只要你雅思、托福等英语成绩达标，成绩较好（加权 80 左右），能申请到世界前 200 名的大学，就可以低门槛申请出国访学奖学金，这样自己只要再负担一小部分的超额生活费用即可，机票、学费、生活补贴皆包括在奖学金里面。

二、精彩社团，总有属于你的那个舞台

中国矿业大学共有三大校级组织，分别是校学生会、校社团联合会、校科技协会，直属校团委。院级组织主要有院学生会、院青年志愿者协会、院团委、院新闻传播中心、院心理自助中心等。而社团类，有 89 个校级社团，200 多个院级社团，归校社联或院团委管理。著名的校级社团主要有舞蹈协会、诵读协会、古韵乐团、海天音乐社、广播剧社等等。学姐相信，在这么多的社团当中，总有一个是你所爱且适合你的，在这里你可以尽情地交友、畅谈人生，得到许多锻炼的机会，提高自身的素养。学姐在学

生会与社团中忙忙碌碌，最后选择了最适合自己的一个职位——校诵读协会主席。在这里我能够自己申请活动，直接由校团委提供资金支持，自己带领协会举办晚会或者校级的比赛，辛苦与快乐并存，这种滋味与体会期待你们日后也能感受得到。

再介绍一下全校著名的晚会与比赛。矿大的社团活动丰富，晚会也盛行。新生到来之际，先举办全校性质的迎新晚会，再由各院举办院内的迎新晚会。而每年的跨年大家都会观看全校的元旦晚会，和校长一起数零点倒计时，那种兴奋洋溢在每一个学子的脸上。在广场经常会有大型比赛的呈现，比如"校园十佳歌手大赛"、"舞神大赛"、"五月诗会"、"新生合唱比赛"等等，只要你想，就有上台表演的机会。矿大给学生提供了更多展示才华的舞台与机会，我相信，每个人都是一颗星，都有自己的闪光点，默默闪耀着，无谓有人关注与否。

三、关于矿大食宿的一切"善"与"恶"

之所以说是矿大食宿的"善"与"恶"，是想以客观的角度来介绍学校的饮食和住宿，可以从网上的评价中找到，矿大的食宿真是几近完美。话说，当初学姐我也是看了矿大的住宿条件与广阔的校园而心动了。接下来，我将具体介绍一下矿大那令人骄傲的食宿条件（主要针对本科生居住的南湖校区）。

首先，饮食。学校原有"学生第一食堂"、"第二食堂"、"第三食堂"三大主要食堂，后改名为"梅苑餐厅"、"松苑餐厅"、"桃苑餐厅"。每个食堂都有两层供学生选择，相比较，二楼价格比一楼价格会稍贵一些，每层都设有各种地方风味，品类齐全，比如：淮阳风味、重庆小面、川湘风味、阳光饼铺、清真美食等等……除了食堂，学校还有南湖西餐厅、音乐餐厅等，C吧、A吧等书吧和咖啡厅，是享受浪漫、畅谈小聚的首选佳处。从学校外小南门出去，便是一条美食街，有各种小吃和饭馆，顾客大多是本校学生，每天中午、下午、晚上都是处处可见学生，可以保证安全。我可以说，作为一名吃货，这些地方都是要走遍吃遍的，四年本科结束都不会吃厌，当然可要注意你的荷包哦，切忌贪吃，食堂饭菜更为营养。

其次，住宿。矿大的住宿区域主要划分为"竹苑""梅苑""松苑""杏苑""桃苑"五个苑，每个苑都是四人一小寝，八人一大寝，大寝中间则是卫生间，有独立卫浴，可在宿舍自由洗澡。每个小寝安装空调和暖气，可谓冬暖夏凉。不过注意提醒大家，尽量节省电，一旦超支就要自己付电费了。

当夏季汹涌而至，而徐州的温度尚可，最高温不过30度左右，南北方人都可以接受。告诉大家一个好消息，2015年9月已在公教区域的教室里全面覆盖了中央空调，可由大家手机遥控开放，作为学姐我想说，这种福利在全国高校中可谓少之又少。

四、风花雪月——唯美的风景与灵动的建筑

中国矿业大学可谓风景如画。

春季初始，可看到由南湖校区东门漫延进校园的那一片三十亩的油菜花海，绿油油的叶子与灿黄的花朵随着微柔的风轻轻摇曳，矿大的学子们会沿着石板路在花海中嬉笑玩乐，感受春季踏青的惬意，随处可见的摄影家们尽情地记录着这美景、这时光、这可人儿……除了油菜花海，值得一提的便是道路两旁的樱花树了，喜爱浪漫的女生可千万不可错过。在那时可以看到樱花树上粉色白色的小花瓣清亮透明，紧簇在绿色的枝丫上，灵动柔美。最美的是一阵春风吹过，无意间掉落几片樱花瓣在空中打着旋，像精灵绕在你身旁飞舞……

矿大夏季的风景也毫不逊色：合欢树木郁郁葱葱，屹立在道路两旁；镜湖中央，自然而然地倾情盛放着清雅的荷花；另一边，还有黑天鹅和白天鹅在湖中游来游去。在美妙的自然环境中学习，潜移默化地熏陶了学子们文学的素养。

秋季盛行硫华菊花海，新栽培的硫华菊呈橙黄色，远远望过去，像一片橙黄色的海洋，吸引着无数江苏市民以及附近的鲁、皖人驾车来此秋游。每到这个时候，东门两旁热闹非凡，市民纷纷在花海中拍照留念，硫华菊花海也日渐成为徐州市一个人人称赞的秋游景点。

关于冬季，我想说，随着新一拨"初雪"风潮，徐州也落下了属于自己的美丽初雪，很多南方的朋友非常兴奋。其实，作为一个北方妹子，看到下雪也是很开心很满足的。喜爱雪的孩子们可以来这里看雪。说句心里话，徐州温度还可以，最冷也不过0度左右，

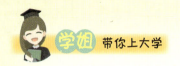

不太冷不太热是它的一个优点，各地的朋友基本可以适应这里的气候。

有关建筑。中国矿业大学南湖校区建有中国煤炭科技博物馆，每年接待社会各界的参观者有14000多人。在我刚开学的时候，学校就组织了每个班游览校园，必不可少的就是参观这个博物馆，里面有恐龙化石、水晶等珍藏品，美轮美奂，在这里可以感受历史生物的变迁进化。今年正在建造的体育馆、游泳馆、电影院，相信当你们开学的时候就会被它们的崭新和宏伟所震撼，很多喜爱篮球和游泳的男生是不是感受到了那尽情流汗的幸福时光了呢？

除此之外，学校还有不显桥、东门日晷、不显山、鹿园、镜湖、泉水、荷花池等著名风景。漫步校园之中，会有种惬意、有种心安萦绕在心间。

最后附上那首我们最爱的校歌，希望能够鼓舞每一个在求学路上摸索的学子：

太行之阳河水东，

莘莘学子救国重劳工。

源深流自远，

物阜民用丰。

山葱葱，

水溶溶，

努力，努力！

行健天同功。

注：本文由存在文学社推荐

扫码问学姐

明天起

文 / 田依岑

从明天起，做一个幸福的人
喂马、劈柴，周游世界
从明天起，关心粮食和蔬菜
我有一所房子，面朝大海，春暖花开

——题记

Part One 做一个幸福的人

唯美食与爱不可辜负，农大同时拥有两者。

我总觉得自己来中国农业大学上学是一个完美设计的巧合。我和我现在的男朋友第一次碰面，是在一个夏末雨后的夜晚，空气清凉，我撑了一把深蓝有银灰色圆圈的长柄雨伞，等着一个晚上正好没事，可以带我转转校园的人。

见面之后非常自然地，他走在了我的左边，向我讲起了关于农大的种种。农大分为东西两个校区，大部分学院在大二以后就会转到西区上学，那里有成片成片的实验田，荒野一般的开阔感，和一些温顺的动物。

穿过一个小小的门洞，我们到了一座非常主要的建筑底下，他说这个就是公主楼，也是食堂的所在地。无疑，冠有京城第一食堂的农大食堂是忙碌的，每天都有无数匠心在这里制作，美食在这里诞生，满足在这里升华。某种程度上来说，在农大的公二食堂，不论你是否携带着一个饥饿的胃，一切食物都秀色可餐。公二食堂的侧面有一个比萨屋，后来某个中午我们在那里吃了一次，简单的比萨焗饭和一些小吃、甜点，格局非常像20世纪80年代的小社区餐厅。走进门来，几组深绿色的高背座椅低低地

占满了整间屋子，右侧是吧台和后厨，餐桌上放着不知名的番茄酱和桌牌，窗户上贴着三个"比萨屋"字样的红色贴纸。老外和留学生们偶尔会在这里聚餐，整个屋子都会变得暖和起来。

转过头来在公主楼前，有一片灯光球场，正好就是男孩子最喜欢的样子。他是一个很喜欢篮球的男生，大一那年就在这片球场，带领他们学院得了校级新生赛的冠军，也是学院史上的第一个冠军。农大中的篮球比赛还有很多，首要的还是每年春季学期院队之间的水泥联赛。另外今年农大建成了新的室内篮球馆和一片毗邻街边的球场，街魂有了新的容身之所。既然说到了球场，农大中其他的球场也很全面，排球和网球场整洁可爱，新铺的地面给人职业的愉悦感。羽毛球场在奥运场馆里每晚都开放，宽敞明亮，设施齐全，场租也很便宜。跟他在一起之后我才知道，他小时候练过羽毛球，大学以后也跟校羽毛球队一起取得了不少冠军，果然跟农大一样，是一个低调的男人。

农大的校园里四处都是树，法国梧桐的长势丝毫不逊于上海街边的光景，巨大的手掌形的叶子在秋天的时候飘落一地，青黄相间，跟小巧的鲜红枫叶交相呼应着，别有一番高雅异域的秋日韵味。也有高高的杨树，那么高，那么粗壮，有时候从其下走过竟然意识不到自己正行走在树荫下。我想它们都跟农大本身一样具有百年的历史，所以显得如此自然沉稳，并不在意别人忽视的目光，根扎得深深的，风再大也只是沙沙地轻扬。

他带着我继续沿着一条沥青的车道向前走，来到一栋有着玻璃外表的深红色建筑跟前，他说这里是国际学院的办公楼，一层有学生会经营的咖啡店，外教们很喜欢这儿。最近几日圣诞节临近，透过大扇大扇的落地窗可以惊喜地看到室内精心的装潢，浓浓的圣诞气息唤起了心底对于节日的渴望。在平淡的日子中，国际学院总是一个别具一格的地方，不论是南瓜节，万圣节嘉年华，感恩节冷餐会还是圣诞夜的晚会，这个中国最早也是最好的中外合办学院总是给农大人带来不一样的惊喜。

至于研究生二楼的食堂是一个汇聚神奇的地方：来自山南海北的风味食物在这里被烹调，穿过人头攒动等待美食的队伍热腾腾地被端上餐桌，随后被心满意足地品尝或者饕餮而终。相信我，这里的食物是治愈的，尤其在寒冬。午餐高峰时段来到这里，随处可见侃着中文使着筷子的外国友人以及与外教相谈甚欢口语地道的美丽学姐。旁边的果力风暴咖啡馆里，成排的木质书架，宽大舒适的沙发和温馨的布艺椅子，配上莎士比亚的十四行诗以及各式咖啡，甜点和mojito，不管你是补作业还是仅仅想谈谈情，这里都是农大校园里一个绝好的去处。

 Part Two 关心粮食和蔬菜。

其实使用海子的诗做标题，只不过是一个精心设计的噱头，事实上，还有另外一层用意：海子，因其在诗歌上的才气博得了如此多不凡的关注和赞誉；而中国农业大学，直到校长柯炳生与某著名媒体人争执之前，甚至在此之后，也依然以极低的存在感和可信度存在于世。看看那些疑问就好了：请问你们学校是在北京吗？是一本院校吗？是种地的吗？

这是一种奇特的反差，犹如用文明的花儿去装饰落后的冠盖。然而，揭开表象后你会发现，正是同一种东西造就了两个截然不同的存在，它就是对于土地持续不断的关注和热忱，是生命不能忘却的深沉力量和疼痛，是对于一个时代的充满个人英雄主义色彩的担当。当海子决定以梦为马的时候，每个农大人都曾为校训里那一句"解民生之多艰"而浑身一颤。

我想每个人都曾渴望有尊严地幸福地活着，但又无时无刻不为这社会的弱肉强食而提心吊胆。这里不是金融经济和计算机科学的重镇，大部分人所学的并不是能带来持续稳定高收入和名望的学科（学校主要院系：农学与生物技术学院，生物学院，资源与环境学院，动物科技学院，动物医学院，食品科学与营养工程学院，工学院，信息与电气工程学院，水利与土木工程学院，理学院，经济管理学院，人文与发展学院，国际学院）。在这个策马疾行、野心勃勃的年代，每个人心底都有过一丝慌张与迷茫。但也许这只是社会并不成熟的一种常态，我们愿意潜下心来做热爱土地的时代的守望者，将流浪的眼神重新聚焦在植物的细腰和土地的裂痕上，以本初的视野审视时代，关心粮食和蔬菜，即使手握转基因这甚嚣尘上的话题也依然保持低调，保持初心。

农大是一所综合型学术高校，可它依然被它的名字所定义着。然而生活在这里的人们热爱这个名字：刚刚进入这里的人会时时发现惊喜，曾经的失望会被无数的温暖和骄傲逐渐填补；在这里走过四年的人会理性地反思："因为整个环境对工业化城市化标准化的崇拜，与农业农村农民相关的中国农业大学遭到一些轻视，发展路程也略微坎坷。但是就我的感受，学校学风很踏实淳朴，这一点在普遍浮躁的环境中显得熠熠生辉。"的确，关心粮食和蔬菜，是一种能力。

Part Three 我有一所房子

有时候我会觉得，这里其实是一片世外桃源。图书馆旧旧的，白墙绿漆，窗户斑驳，陈年书架上摆放着陈年旧书。木头板凳，木头桌椅，上面横七竖八地拴着破旧的坐垫。我发现砖墙瓦面的一教和二教以及些许破落的校医院都能写下好几段历史。我发现这里没有一个像样的摄影协会，没有一群时而敏感而多疑时而慷慨激昂的人聚集而成的哲学社，这里缺的还有很多很多。然而这里有中国最棒的食品专业、葡萄酒加

工技术、农学研究基地和站在高校最前方的转基因学术科研近况。这里有所有高校当中最棒的合唱团、出色的舞蹈团和稳扎稳打的行知剧社以及推陈出新的黑白灰话剧社；这里更有上过湖南卫视节目的、舞艺精湛、气场强大却处世低调的 IDK 街舞社，有语言交汇思想碰撞的谶言社；这里还有一个会作诗的校长，一句"你的青春，我的白发"风靡整个校园。对于即将来到这里的人们，我想说：

一切未建立的，百废待兴中的，我们邀请你来建立，要建就建村庄，建属于稻子的稻场；要建就建儿童玩耍的田野，和田野间，蜿蜿蜒蜒的小道；要触摸就触摸五谷真实的颜色，用诚挚的手臂，拥抱一切土地的兴亡。

注：本文由谶言社推荐

扫码问学姐

一墙之隔是人大

文 / 廖雪

　　我十八岁的时候，在人大读书。暖洋洋的春日，在国学馆听一个年过半百的老教授讲《论语》。

　　人大国学馆和图书馆都是这几年新修的，大气但是很有韵味。我坐在最后几排，温暖的阳光照在背上，我眯着眼睛有些困意，却又莫名地因为孔子那些遥远的语录而兴奋。后来我才知道，那个给我们讲《论语》的老教授其实是很有名气，在人大很受尊敬的国学大师黄克剑先生。好多人喜欢叫他黄爷爷，是黄爷爷而不是皇爷爷呀。

　　现在我二十岁，刚刚考完大三上学期最后一门课，本来考完之后想去蹭个脸熟混点加分，结果一不小心跟老师聊开了。走出明德楼的时候已经是深夜。偌大的明德广场连人都没有了。说来惭愧，这竟然是我大学三年第一次跟老师纯粹地聊天。这是人大商学院开的一门课，房地产金融，教授水平颇高，人大出身，社科院工作了几年之后又重新回到人大，是同门师兄亦是师长，在商学院老师纷纷做起企业顾问或者转向市场投资的氛围之下仍然坚持学术坐冷板凳的精神很让人佩服。我更羡慕的是老师对自己强烈的认同感，对他而言专心做学术研究是一种精神，一种他十分认同并

且一直实践的精神。在他心里专心做学术不仅仅是个人追求，也是对国家民族社会的贡献。说来奇怪，和这个老师的对话让我想到了开篇的那一幕，那时候我还没有这样的觉悟，只是单纯地享受听老爷爷一样的教授一字一句地读出孔子的言论，却从未有过一丝一毫的思考。同样是听老师讲述，从大一的单纯热爱到大三的主动思考，这大概是人大三年生活对我潜移默化的影响吧。

人大有很多坚持着风骨和心中大义的教授，正是这些老师和前辈无形中树立的丰

碑形成了人大情怀，在这个开口简直不好意思说家国说天下的年代，这些前辈啊，不声张，不动摇，只是默默地坚持着，谁知道又在无声中激励了多少人大人肩负家国天下的理想。说起人大口号——社会栋梁，国民表率，实在是有些沉重，放在今天说出来又略显做作。很多人心里所求不过是一亩三分地，独善其身固然是好的追求，人大人却更多地喊出了家国天下的口号，且不论精致的利己主义和口中的兼济天下孰更值得推崇，人大的风骨却少不了治国平天下。尽管我们还是免不了被困在一己私欲中，但我们知道还有更大的目标和更远的前方，唯有如此，才对得起诲人不倦的老师们。

似乎扯远了，人大还有很多很多精彩的故事可以说，比如财金学院几个因炒股赚了几个亿而被称为股神的老师，比如人大严密而令人望而生畏的学生会组织，比如人大太多优秀的师兄师姐拿着各种奖学金的同时还把社团活动玩得风声水起，可是啊可是，这些不同的精彩的背后，其实都是一样的——对自我的严格要求和对理想的不懈追求。这种精神加上对家国天下的责任心，才是我看到和欣赏的人大情怀啊。

想来我跟人大的缘分啊，早在四年前就结下了啊。

四年前，我十六岁，还没来北京。当时高二，学校有个参加北大夏令营的机会，当时的我被一场又一场考试打击得无地自容，急需一场出行以便逃离那个泥淖。于是我收拾行李和学校几个理科生一起登上了去北京的飞机。

说来惭愧，那竟然是我第一次没有大人陪伴出远门。那个时候对北京的印象还停留在小时候跟爸妈一起去过的长城和天安门上。时隔多年，却一点也记不起这个城市的面貌了。但是它有我想考的大学，有我对大学生活和对未来的所有畅想，所以我还

是来了。

飞机降落时，铺天盖地的阳光，和成都终日阴冷的天气完全不一样。在北京生活了将近一年才知道，那个时候正是北京天气最好的时候。狡猾的"帝都"就这样掩盖它的雾霾和沙尘暴。

宾馆在中关村大街上，但是大家到了之后都累趴下了，谁都不想出去逛逛。于是错过了和人大的第一次相遇。

其实，人大就在当时宾馆的隔壁，可是那个时候我还心心念念着北大夏令营。殊不知命运早已有所安排，一墙之隔就是人大。

现在因为各种阴差阳错，我成了人大一名大三学生，听热爱的或不爱的老师讲课，用心感受他们传授的精神；跟五个人一起挤在小小的一间寝室，跟一楼的人共用一个盥洗室和公共卫生间，每天提着洗澡篮子去大澡堂洗澡；磕磕绊绊地适应北京的雾霾和干燥缺水的气候。这里有我的热爱和不热爱：学校不大，但是走一圈也要半个小时以上；课外活动丰富，但是学业压力也颇为沉重；一勺池其实很小，但也是好多人大人心里的海；一个班其实人很少，但是每年的"百团大战"却吸引了所有人的眼光；最霸气的楼有着最千篇一律的名字，但"明德"二字，确实真实地寄托着对人大学子的期望。这就是人大，跟所有的大学一样普通，却又跟每一所大学都不同。

人大大概是被误解得很深的一所学校，有人说它是中央党校，有人觉得它只有文科，还有人会真诚地问一句是重本大学吗。今年是我在人大的第三年，不多不少，刚刚够我足够了解它但又还不觉得厌烦。人大是自由的，这种自由在于它可以给你一个平台做你想做的事情，而不给你压力把你往所有人都在拼命挤去的那条路上推，同龄压力是这个年龄段的每个人都感受到的一件事，在人大也不可避免，但是这种压力来源于身边的人各有各的特点，各自找到了自己想要做的事情而非都拼命地挤向一条道路。这种自由也来源于深厚的积累，来源于老师和前辈们对做事情精益求精的要求：人大的老师务实负责，认真教学也认真科研，很多是值得我们敬佩的大师。自由而务实，人大人的身上结合着这两种截然不同的气息。毕竟不管做什么，还是都要做到精益求

精才好。

　　至于社团和校园活动，人大的活动太多，大一贪婪，每一个活动都想去蹭一脚，大三懒惰，只留下俱乐部。每个社团都声称自己是家，但是我的理解是，家还是需要自己倾注感情才能培养，大学里永远不缺少成长的平台，人大更是如此，但选择还是要自己来做。有人玩社团风生水起，也有人一心只读圣贤书，不管做什么选择，遵循了内心的想法就好。

　　早在高二我来北京的时候，命运不就埋下了伏笔了吗？只不过那个时候太年轻，不知道一墙之隔，就是缘分之中的人大。

　　若说我有什么感悟，那就是生命无常且迷人，就像枝繁叶茂的大树，你永远不能一眼看清它有多少枝丫，你也永远不能说清楚未来有多少种可能。高中的我从未期待过某天成为人大人，现在却不知不觉待了将近三年，从最初的迷茫到现在终于找到自己想去的方向，从享受着人大为我带来的一切到逐渐反思自己该怎样做才对得起所受的教育，这所学校竟然成为生命中不可缺少的一部分。我仍然时不时迷茫，仍然对未来无所把握，但是我开始在人大的教育和影响下逐步学会思考，我学会劝自己不要那么焦虑和恐惧，我试着告诉自己正因为每一天都构筑了新的自己，才要好好活好每一天啊。至少在现在，我们拥有最好的年华，最充沛的精力，最不知天高地厚的野心。我们在七情六欲的折磨下越挫越勇。但我也不是什么都没有，毕竟，我们还有一段以人大为背景的青春啊。

扫码问学姐

石大

文 / 徐泽颖

高考前，我最理想的大学是中国石油大学（北京），高考后，我如愿以偿，成为了石大的一分子。

来石大报到的那一天，我很开心、很兴奋，有一点小小的骄傲，还有对未知的好奇和不安，就这样，我来到了我梦想中的大学。

石大有许多的食堂，大多美食你都可以在这里找到。作为一个合格的吃货，我吃过学校大多数的美食，并做出总结，二餐一楼是清真食堂，二餐二楼的鸡块特别好吃，一餐二楼的饺子和刀削面特别好吃，一餐三楼的麻辣香锅很好吃，一餐四楼的铁板和蛋包饭最好吃，学子餐厅的早饭好吃又便宜，而如果你喜欢吃西餐，可以去石大的西餐厅。

石大不仅有食堂，石大的宿舍还有小吃一条街。小吃一条街中有牛肉板面、土耳其烤肉饭、黄焖鸡米饭、米线、麻辣烫、手抓饼、烤冷面，各种面，各种煲饭、盖饭，各种美食数不胜数。如果这些都满足不了你，学校和宿舍的边上还有许多小餐馆，只要你愿意，你可以一个星期内每顿饭都不重样。

说完了住的和吃的，接下来谈谈大学必不可少的学习。也许有许多人都曾跟你说过这样的话，高中一定要好好学习，考一个好大学，考上大学之后你就轻松了，可以想怎么玩就怎么玩。我想说的是，作为一个合格的大学生，你首先要知道自己想要的是什么。如果，你想

成为一个学霸，那你就上课认真听讲，下课好好复习；如果你想交许许多多的朋友，那你就多参加一些社团，多参加一些活动；如果你想让自己的大学丰富多彩，那你就做任何你想做的事情。但无论你想要的是什么，你都不应该放弃学习，难道你希望自己玩游戏，看电视剧，看小说来度过你大学宝贵的四年时间吗？难道你不希望自己能够学到更多的知识，更好地提升自己吗？

大学学习的另一好处就是奖学金，石大的奖学金很多，除国家奖学金，一等、二等、三等奖学金以外，还有许多的企业奖学金。只要你认真学习，这些奖学金就是属于你的，本人不才，虽每年都有奖学金，但比优秀者还是差得远，我不是一个自卑的女孩，我相信我可以做得更好，同时，我也相信每一个人都可以做得更好。

大一时，我在工商管理学院学管理，大一结束时，我转专业到化学工程学院学化学工程与工艺，我很感谢这个机缘，我了解了更多的专业。在一个工科类的院校中，商院看上去有些格格不入，但是我在商院度过了很快乐的一年。我有许多商院的同学在课余时间创业，或开淘宝店，或针对校内开水果店等等，这样，既可以锻炼自己，又可以得到一笔收入。大一一年，我喜欢上了我的专业，但是最终我还是选择了自己最初的梦想，于是我带着我的梦想来到了化院。转到化院的第一件事就是补课，由于我的两个专业之间跨度太大，需要补的课也很多，但我并没有任何的抱怨，因为这是我的梦想，为了我的梦想，付出再多也是值得的。化院有许多的实验，实验是一个神奇的过程，我们可以用实验来验证理论，也可以用实验来创造理论，但是化学实验中，不可避免地需要使用有毒的试剂或者产生有害的物质，所以这要求我们做实验时要非常的认真，以免发生事故。

在大学中，社团是很重要的一部分。参加社团可以提高待人接物的处世能力，培养团队合作精神，以及增强自身的综合素质。我是一个很普通的女生，有些好强，有些脆弱。刚到大学时，大家都商量着去什么社团，都讨论着面试的过程，我却一个人躲到了角落里，我，没有报任何的社团。理由很可笑，我害怕面试不通过，害怕受到冷嘲热讽，害怕自己那可笑的自尊心受到伤害，因为同样的理由，我也没有竞选班委。因为害怕失败而不敢去尝试，那么永远都不可能成功，希望大家能为自己想要的东西去奋斗。等到了大二，我成为了一名班委，化院刚好要创建一个社团——化院竞赛管理协会，我不想让自己有遗憾，我报名了。面试很顺利，团委老师对我的面试很满意，

我成为了一名部长。也许我做得并不是很好，但是我认真地对待每一件事情，努力地做好每一件事情。我认为我们并不需要做出什么惊天动地的大事，而是要做好每一件小事。通过大二一年的部长和班委工作，我懂得了什么叫作责任，在其位，尽其职，不管做什么，都要努力做好自己该做的事情。这句话虽然很简单，有时候做起来却不是那么简单。

大学的课余生活少不了各种活动，石大有各种各样的活动，总有一种适合你。

最受欢迎的活动就是有明星来的活动，比如牛奶咖啡、汪苏泷和孙悦等都来过石大。最有意义的就是各种讲座了，讲座的包含面很广，如英语、学习、专业、创业、就业、励志、化妆、诗歌、生活等各个方面，讲座中最受欢迎的也是知名度高的演讲人的讲座，我有幸听过俞敏洪老师在石大的演讲，风趣幽默，又蕴含着许多的道理，个人非常喜欢。最有爱心的是志愿活动，你可以成为温暖衣冬志愿者、农业嘉年华志愿者、世锦赛志愿者，你可以去给孩子们支教，可以去关爱小动物，可以去陪伴智障的孩子们。献出自己的爱心，世界会变得更加美好。最具有挑战性的是各种竞赛，各种比赛，只要你有特长就可以发光发亮。最健康的是运动会，石大不仅有正规的运功会，还有趣味运动会，即使不参加，也可以作为裁判或者啦啦队的一员参与其中，感受其中。最轻松最常见的是各种晚会，比如各个院的新生晚会、元旦晚会、毕业晚会，又比如万圣节狂欢夜、cosplay 晚会、留学生晚会，还有许多的比赛可以看，比如 T 台之夜、配音大赛、校园歌手大赛、英语歌曲大赛等等。在课余时间，你也可以做自己喜欢的事情，比如画画、唱歌、听歌、看书等等。只要你愿意，你的大学就可以丰富多彩。

愿我们都能在阳光下，草坪上，大树旁，翻开最爱的书……

注：本文由耳朵杂志社推荐

扫码问学姐

事与愿违的石大时光

文 / 刘怡含

转眼已是大二，过往种种虽依旧鲜明，但观念已与初来中石大（华东）时大相径庭。

由着兴趣报社团

关于大学中报社团，我也曾认为报学生会等学校官方组织是最好的，但如今看来，根据自己的兴趣报社团，方是最明智的选择。

的确，进了学生会等学校官方组织，你有机会接触到来校演讲的名人，接触到社会上的知名企业家，能学到如何组织活动，如何写策划……可除接触社会名流外，写策划、组织活动等能力也可以在兴趣类社团中得到锻炼。至少在我们学校，每个兴趣类社团每年至少要举办两次大活动，否则在年底的社团评比中便很可能因为得分太低而降级。

当然，在这种官方组织工作有一个独特的好处，那便是你更容易接触到学校中优秀的学生。但在我看来，与优秀者结识不如与同好者为友。况且大学中，除室友外，其他人基本是不经常见面的，即使结识那些优秀者，他们也不可能对你进行多少耳濡目染。而与同好者为友，在空闲时间你们便可以一起进行所爱的活动，比如一起滑旱冰。因此综合而言，现在我更倾向由着兴趣报社团，而不是盲目报学生会等学校官方组织。

学习很重要

"上了大学就轻松了，就不用好好学习了""大学只要过了就行"。这些话，很不幸地告诉大家，是假的。

在大学，学习还是很重要的。好的用人单位会指定成绩占前30%的同学才有面试资格，会说四六级不过拒绝录用。学校每年评奖评优，学校大四推免研究生，个人申请出国，成绩也是重要衡量指标。如此一来，你还感觉大学学习成绩不重要吗？因此在大学，你还是要以学习为中心，切不可因社团活动而荒废学业，当社团活动与课业冲突时，要果断选择学习。切不可沉溺于电子产品，在上课和自习时，最好关掉手机。当有空余时间，也请多去自习室。

大学一节课的容量几乎等于高中一周所学的内容，并且你一般没有时间搞题海战术（除学习外，你还有社团活动，还要做洗衣服等杂务），所以，抓住课堂时间便变得尤为重要。如果你上课没听懂，下课一定要自己钻研一下。如果实在不懂，也可以在qq上与老师交流。（大学任课老师一般都会建一个qq学习交流群）如果课上不懂，课下也不管，那很抱歉，下一节课，你便有90%的概率听不懂。因为大学一门课的知识点往往是连贯的。此外，大家千万不要指望考试前几天"预习"。一本有着密密麻麻字的几百页专业书，让你几天时间看完，并能在考场上灵活运用，你感觉可能吗？（ps：本人财务管理专业）

最后，关于学习，学姐还想说一点，那便是英语不能废，多考专业相关证书。出国考研自不必说，不少单位来招人，对英语成绩也是有硬性要求的。有的毕业生其他方面都挺优秀，但就是六级没过，便因此与好工作失之交臂。至于考证，证书是证明你相关专业能力的最好凭证，多一个证书便是多一项技能证明。正所谓技多不压身，没有单位会拒绝复合型人才。因此，在保障学业的基础上，可以多考一些与专业相关的证书。

人人相处需谨慎

上大学之前，我也曾想象过拥有亲如姐妹的室友关系，拥有一群志同道合的朋友，甚至曾想象过谈一场甜蜜的恋爱。但当我真正踏入这个校园，我发现室友间会因生活小事产生摩擦，所谓志同道合的朋友，也只不过是群里说几句话，空间点个赞的交往。而恋爱，很不幸地来一句，日久生情，渐渐磨合，基本没有。毕竟除了室友，没有人

可以和你朝夕相处。

现在，我便说一下我对处理大学人际关系最主要的心得——"谨慎"。

不要以为室友之间就可不顾一切，有时候你们很可能因为一句无心之言，一件生活小事，一点生活习惯而产生巨大矛盾。毕竟大家来自全国各地，生活习惯，价值观念都有所不同。而且大家很多都是第一次住校，以前在家住父母肯定会尽量满足自己的需求。且大家以前并没有过感情基础。在这种情况下，别人又有什么理由包容你的言行？当然，也有室友之间后来真正亲如姐妹了。但那是后话，至少在初来大学那几个月，对待你的新室友，一定要做到谨慎。

我说大学恋爱不美好，想必不少人会不同意吧！但就我个人经历而言，确实如此。刚上大学，就有不少学长要我们班妹子们的照片和qq号，说想要女朋友。后来，通过一次活动，一次聚会，短短几个小时，就可以让原本不相识的人成为恋人。只看照片怎么能看出对方的性格脾性？只是短短几小时的交流，可能会稍微了解一点对方的性格，但怎会做到深入了解？可以说，大学恋爱没有那么慎重。因为大家大学谈恋爱，大多不是奔着结婚去的，很多人最初的目的只是想找个对象，有个伴儿。也有不少人是跟风，认为别人都有对象，自己没有，这很没有面子。更有一些人视为完成"大学谈场恋爱的计划"。虽然也有两个人真正因志同道合走到一起的，但这真的很少，毕竟流动的教室，自由的时间安排，让你除了室友很难在生活中接触他人。因此很多情况下，只要对方不是太难看，又将就得来，那两个人便成了。但这样的恋爱又有什么意义呢？至少在我看来，与其花时间在这样的恋情上，倒不如多看几场好电影，多交几个志同道合的朋友。况且恋爱不是计划，它是缘分。计划来的恋爱说到底也只是有形无实。如若不信，试问有几对大学情侣愿意长相厮守？因此我对大学恋爱的态度，也是"慎重"，不盲目跟风，不盲目开始，让时间检验，让岁月磨合。

食宿交通那些事

石大有三个食堂，其中玉兰餐厅靠近男生宿舍，荟萃餐厅靠近女生宿舍，唐岛湾餐厅则靠近南教学楼。食堂饭菜在我看来总体还是不错的，品种多，而且价格也不贵。如果想简单吃一顿，午餐大概8元就足够了，像两荤一素加米饭也就7.5元一份。而如果想吃得豪华些，一般也不会超过20元钱。比如去唐岛湾餐厅二楼

要一份炒菜，再要一瓶饮料，一份米饭。如果不想吃食堂的饭，学校北门就是一条小吃街，那里有不少韩国风味的小餐厅和黄焖鸡米饭、鸡公煲等餐馆。不过那里吃一顿一般都要花20多元，所以一般还是不要去啦。

至于住宿条件，我想说，我万万没想到，宿舍不是上床下桌，并且还没有空调！不过后来我也就习惯了。毕竟上自习基本不在寝室，我那张学习桌只是放书的地方。因为学校就在海边，夏天根本用不上空调。此外再补充一句，在石大上学，你不用买自行车，因为你会发现去上课，换教室，用步行就行了。

关于购物交通，我认为我们学校还是不错的。从学校北门出去右拐，不到500米就有一个小商品批发中心，一个大超市，坐三站22路汽车就可以到一个地下商城，那里衣帽鞋袜都挺便宜的。而从学校南门便可以直接坐隧道5,6,7路车花不过30分钟时间去青岛市区。不过话说回来，我们一般也不出去，学校的超市就基本能满足我们的日常生活需求。周末往往有各种杂事，例如洗衣服啦，社团活动啦，因此我们也很少去青岛玩。

来到石油大学后我发现，很多东西与我最初想的不一样，一些事情甚至可以说是事与愿违。在这里，学习依旧很重要；在这里，我没有进入学生会；在这里，我没有亲如姐妹的室友，没有一场甜蜜的恋爱。但恰恰是这些，让我渐渐成长，让我渐渐明白了不跟风，随心而为，谨慎努力的意义。

注：本文由海燕文学社推荐

扫码问学姐

下一站 药大

文/吕雯娴

刚送别从苏州赶过来小聚两日的闺密，我被早晨的上班流裹挟着赶往地铁站。

今天是徐国钧院士铜像的揭幕仪式，我身为中药学院学生会的小干事，自然"心甘情愿"地献出了这个周末。

南京，南京。5个月前的一场考试让一切尘埃落定，我终于来到梦寐以求的城市，却是以与好友亲人的分离为代价，以后我们不能同淋一场雨不能同赏一抹晚霞。"一个人在外要好好照顾自己"，成了彼此说得最多的一句话。细想来，这就是成长吧，把我们送到一个举目无亲的地方，让我们学会一个人坚强。初冬的凉风从通道的一头灌进来，逆着人流一一抚过人们的脸庞，"呼"一下扑向我，提神醒脑，我不由得紧了紧外套，加快了脚步。

"各位乘客，欢迎乘坐南京地铁一号线，本次列车开往中国药科大学方向……"地铁里女播音员的声音一如既往的温柔，过耳无数遍，我早已没有了第一次听时的兴奋与自豪。随便找个位置坐下，掏出手机走进自己的世界里，已经不需要动脑子，身体就能执行完这一系列程序化的动作。

正看着小说，屏幕上突然跳出"内存不足，请清理部分不常用软件"的框框。扫兴。于是打开相册，先从照片清起。

翻到第一张照片，早已记不起它的来处，只记得那时刚拿到大红色的录取通知书，心情也被染上了大红色的愉悦。开始逛贴吧、新生群、公众号，试图从学长学姐的口中、从百度的一张张照片一篇篇说明中多了解它一点。

接着翻，是一系列阳光明媚的照片，时间显示三个月前的某个上午。对了，是报到。那天烈日当空暑气蒸人，九月初的天上挂着七八月的太阳，我和爸爸妈妈一下车就被三四个学长学姐围住，他们一边往我们手上塞各种海报、地图、指南，一边问我们寝室号多少要不要带路，有的甚至帮我们提行李。虽然这天之前我们素不相识，这天的一面之缘也不一定会让我们记住彼此，但我不会忘记的是学长学姐们以一种家人的方式迎接我，用热情和归属感驱走了我心里的孤独与不安。

我本以为暑假里打听到的"宿舍晚上不断电，每学期有电度补贴"、"断网后还有无线"已经是宿舍福利的全部，但走进宿舍的时候我还是被大大地惊艳到了。阳光从窗户倾泻进来淌过浅黄色的桌面流到地上，薄薄的一层灰尘让崭新的床铺桌椅蒙上了一层朦胧的可爱。四个铺位，上床下桌，进门两边均是壁橱，一部空调两个电扇高调地悬挂在墙上。我和其他三个姑娘一一打过招呼，今后四年或者更长的时间里她们就是与我朝夕相处、风风雨雨一起走过的亲人了啊。

"扑哧——"看到我们四个人的第一张合照我不禁笑了，当初谁曾想到照片里四个文静的小姑娘转眼就变成了对彼此缺点怪癖了如指掌、在对方面前不顾形象大笑大闹的疯丫头？

不过这才像是亲情啊。

再往后翻我看到了好多猫的照片，它们有的躲在灌木丛深处，有的大胆地躺在阳光下的草坪上；有全身雪白、高贵如王公贵族的，有通体黑亮、威武如黑猫警长的；有的温柔慵懒，有的娇媚难挡。它们总是有独特的魅力引得行人停下脚步、与它们玩耍一番，萌萌的小眼神总是能不费吹灰之力就勾来路人手里的食物。不要怀疑，这也是药大。药大的猫多得随处可见，正是它们，让药大不再是一片静止的水泥丛林，而是有血有肉、充满了生机和活力。

相册继续翻，带我回到了军训汇演和运动会开幕式的现场。看那持枪方阵英姿飒爽——全是妹子；看那护旗队昂首挺胸——全是妹子；看那匕首操方阵出手敏捷——500多个妹子；看那啦啦操方阵美腿如林——700多个妹子！看到这里再想到我们药大传说中3：7的男女比例以及"皇家女子药学院"的浩浩威名，一股淡淡的忧伤不

免在胸腔激荡。其实药大女生多是事实，但并没有传说中的那么夸张，而且学药的男生一袭白大褂有多帅不必我多言。说起来药大是一所药学类特色学府，课程也多为无机化学、有机化学、物理化学、分析化学等理科类课程，怎么会男女比例失衡我至今没有想通。

照片真多啊！中途地铁靠站停下，我活动着几乎僵硬的脖子抬起头来，远远地看到进地铁的人群中有一头灰发，待他走近，看清是位六七十岁的老人，我便起身让座。

"小姑娘还在读大学吧？"我正准备把注意力移回手机，老人满脸笑意地问。

面前的人衣着简朴但整洁，灰白的短发清爽地齐梳向后方，一副干净得反光的眼镜尽显儒雅。"嗯。"我以为他只是想表达谢意，便随口一答。

"在哪个大学读书呀？"

我并没有想到他会追问下去，但出于礼貌我还是告诉了他。当听到"中国药科大学"的时候，我看到一丝兴奋从他镜片后的双眼流过，是惊讶、是惊喜。继续交谈得知老人毕业于药大前身南京药学院，曾是徐国钧院士的学生，今天也是赶来参加老师逝世十周年的悼念仪式。听老人讲起当年的求学经历，仿佛嘈杂拥挤的地铁里瞬间安静下来，眼前只剩下头发花白的老人把他兢兢业业致力科研的老师和他闪闪发光的年少娓娓道来。记得他说："年轻人，有好多的时间和勇气去闯。"我无法想象那个泛黄的时代，但我能看到他眼里的激动喜悦，他的皱纹像一朵盛开的花。

末了他问："小姑娘你会唱现在学校的校歌吗？"我脸一红，他便知道了答案，继续说道："我很喜欢最初的老校歌"，济济多士，药学专攻，存心以仁，任事以成，共同继续，神农伟业，建树万世之功。'药学者，需精业济群，肩负责任重大啊。"

"各位乘客，本次列车的终点站——中国药科大学站到了……"交谈之间竟不知不觉到了终点。

学校离地铁很近，出了站口走几步就到校门口。老人与我一样要去药用植物园，便得以继续同行。

沿着校门走进来就是镜湖。初冬、细雨、微风，竟给今天的镜湖笼上了一层江南水乡的柔情。说来也巧，平时特地来了几次都没见到的药大镇校之宝黑天鹅今天竟然在岸边漫步。果如其名，黑天鹅除了嘴尖的一个红点，其余全身都是黑亮黑亮的，纤

细瘦长的两条腿撑起圆润的身子、颀长的脖子上一点红格外显眼，就差一个皇冠我就会毫不犹豫地向它下跪称后了。镜湖后的图书馆正对校门，馆体与湖里的倒影相映成趣，比往日多了一分庄严。"你们的图书馆比我们当时的两倍还大呢！"老人半惊讶半欣慰地叹道。

再往里走到实验楼区。"你们实验课很多吧？药科大学一向很重视学生的动手能力，听说当初建这个校区的时候，没有建教学楼、没有建图书馆就先建的这些实验楼。"的确，药大在科研和实验方面的投资毫不吝啬，即使大一的孩子，每周都有一个下午窝在实验室，在物理实验室学会一丝不苟，在化学实验室看简单平常的试剂在自己的手中开出色彩斑斓的花来。我曾经透过实验室门上的小窗看到里面好多的先进仪器，曾经不止一次想象自己穿着白大褂在里面摆弄它们的样子。

边走边观赏，一路走到药用植物园。园子里的空地上已经聚了不少人，他们大多是徐老的学生，也算是我们的学长呢。园子里种植着很多常见的中药材，有些是学生们野外实习时从祖国的天南海北带回来的，它给我们认识药材和观赏草本之美提供了很大帮助。今天是我第一次来，当手机上空间、朋友圈已经被北方大雪刷屏的时候，园子里大滨菊、穗花婆婆纳、忍冬、格桑等很多花草在微凉的寒风中还长得很旺。我想我一定会择一日阳光明媚的午后再来这里，或许还会喊上三五好友，静静地行走于园中，赏满园花草美色，叹中医博大精深。

红布揭起，铜质的徐国钧院士半身像显现在众人眼前，掌声响起，久久不息。看着传说中的他，戴一副只有一个镜片的眼镜，没被镜片挡住的那只眼睛炯炯有神，坚定而充满希望地注视着前

方，像是望着祖国药学道路的方向。想到徐先生一生用行动去教授学生"精业济群"的药大校训，心里一股感动油然而生。

仪式结束已近中午，我摸摸咕咕作响的肚子提出带老人到食堂逛逛。

一掀开食堂的门帘就被暖气和交错混杂的香味包围。从开学至今就没吃过重样的我，轻而易举地便可以从香味中抽出个甲乙丙丁来。这里面有酱饼、鸡蛋饼、手抓饼的干香；有黑米粥、地瓜粥、薏仁粥、蔬菜粥的甜香；有香锅、冒菜、麻辣烫的麻香；有鸡排、汉堡、鸡米花的油香；有馄饨、饺子、炸酱面的面香；有干拌面、铁板面、牛排饭、木桶饭的酱香；有辛拉面、寿司卷、牛排西餐的异香……食堂的饭菜干净可口，价格不高，能满足东南西北各方的口味，因为有少数民族同学和很多伊斯兰国家的留学生，学校还专门设有清真食堂。另外值得一提的是，食堂是全天不间断供应美食的，所以如果偶尔睡懒觉不用担心没有早饭吃。有时不想挤食堂？没关系，组团门口的一干奶茶店、鸡排店、炒饭店、山东杂粮饼店等等足够满足你的胃。

吃完出来刚好看到食堂门口有摆台——各组织或社团有活动之前都会在二食堂门口搭个伞篷宣传。突然想到开学初各组织和社团的招新。校级组织或者药学院、中药学院、国际医药商学院、外语系、理学院、生命科学与技术学院以及高职院各分院的各类组织在组团和路边摆台，为新生提供帮助的同时又展示了自家风采。大学与中学最显然也是最实在的不同是我们多出了很多自由挥霍的时间，像是对之前重复苍白生活的犒赏，于是五光十色的社团生活开始上场。社团们使出浑身解数在新生里找寻与自己志同道合的小伙伴，我们也在一张又一张的宣传海报前眼花缭乱。

组织和社团的确是大学生活的重头戏，在这里学长学姐们把他们学习、生活和工作上的经验倾囊相授，而我们也一点点地学习、积累、展示。某次回头，你会惊喜地发现，那些看似高大上的活动，你曾参与它的宣传策划；你曾为了筹备一场晚会而熬到深夜却毫无睡意；你现在已经是能做传单视频、能在几百人面前勇敢展示自己的人了。

成长有的时候就发生在不知不觉间。

小雨淅沥，从早上一直绵延到下午。把老人送到地铁站，又听到那个一如既往温柔的声音："各位乘客，欢迎乘坐南京地铁一号线，本次列车开往中国药科大学方向……"胸中一阵骄傲升腾起来。

往回走的路上回想起这三个多月，我已经在这里经历了三个季节。我们本科生和

硕士生所在的新校区树多水多、安静清幽、远离喧嚣，有冉冉升起的朝气也有前辈们故事沉淀的痕迹，正适合承载我们由青年到成人的转变。我曾在夏日的似火骄阳中站军姿，一面痛苦地坚持一面感慨它万里无云的蓝天；我曾行走在被秋风拂落的层层黄叶上，埋怨它瞬息万变的鬼天气的同时又不得不佩服这壮观精美的秋景；我也在尚未下雪的冬天瑟瑟发抖，又贪恋着窗外的大片梅花和暖阳。白天，我曾看着少年在球场上挥汗如雨；晚上，我曾和姑娘们在草地上互诉衷肠，抑或是沿着操场跑道一圈一圈地聊未来和过往。

和你们大多数人一样，我在高考填志愿前也没有听过"中国药科大学"这个名字，但来到这里我知道了，它没有让我失望。

温情与严谨并存，精彩和平淡并重，这就是药大。

办学，在我看来是某种意义上的一种传承，一代人学成远去又一代人斗志昂扬地走进这里。当我用着 1981 年生产却依旧干净如新的电流表做实验时我看到了历史的痕迹；当我看到学校桥边立着的 70 届校友赠予母校的石狮时我看到了岁月的脚印；当我和大我三四十届的"学长"交谈时，我知道时光和岁月也改变不了的是药大人"精业济群"的精神。药大在这里，不卑不亢、迎来送往，我们从前人手中接过它，最后也不得不变成新一批的"前人"再把药大交到你们手中。

而我仍因有幸与它共度四年而感到骄傲。

地铁载着人群来来往往，下一站，你会不会来药大？在一个阳光灿烂的地方找到一个人，陪你走完青春。

谨以此文，祝我的药大 80 岁生日快乐。

注：本文由 CPU 校心协推荐

扫码问学姐

三寸天堂

文 / 蔡天颖

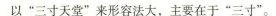

以"三寸天堂"来形容法大，主要在于"三寸"。

如你所知，或如你所不知，法大拥有着迷你的校园结构。迎着"沁人心脾"的风，从寝室慢慢踱出。7点55分，站在拓荒牛前深情依次眺望学校的三个门后，被前前后后的人流推进教学楼，坐定。8点，欢快的上课铃声响起。这是法大学子的日常。

在法大学子的心里，校园虽小，但要有情怀。所以在清晨的薄雾中，总会有骑着自行车的少年载着睡眼惺忪的姑娘，在校道上穿行，这是一道亮丽的风景线，约莫可以亮丽三分钟。自然也会有秉承着"生命在于运动"宗旨的学子们，呼吸着昌平出奇清新的空气，阳光暖暖地洒在他们前方。偶尔遇见认识的人，在他们跑过身边时笑着打招呼，然后专注于避开脚边的冰道，过一会儿会听见熟悉的声音响起，语气中带着些许尴尬，"又见面了哈"。因此，在法大，遇见想要遇见的人，概率要远远比其他地方高得多。

这大概也是称它为"天堂"的原因，空间小了，人与人之间的距离就近了。去寻找一个值得寻找的人，在世界的其他角落，也许需要翻山越岭，但在法大，只需要一个从你在的地方到北门的距离，比如快递小哥。在这里，吃喝玩乐都触手可及，尤其是在被暖气呵护着的冬天，"天堂"的优势就充分地发挥出来了。身为法大学子，我常常感到幸福感爆棚。

二

你要知道，比法大校园更小的，是寝室。

六人间，上下床，三张桌子六个凳子，六格壁式柜子，这是寝室最原始的样子。大家挨得很近，自然熟悉得很快。距离近了，思想的交汇就会迸发出更大的可能性，所以你也许想象不到，将来的你们会形成怎样一种奇妙的寝室关系，但无论如何，要相信那一定是真挚的，你们会看到彼此最纯粹最真实的样子。

每层楼的尽头都有水房和卫生间，卫生间里有洗衣机。最初也许你是拒绝的，但后来，你会明白，在冬天最痛苦的时刻，不是需要手洗衣服的时候，而是当你积了一周的衣服妄图通过洗衣机解放双手却发现排不上队的时候，然而更痛苦的是，当你积了一周的衣服妄图通过洗衣机解放双手而你的室友刚好知道你的想法并且也有同样想法却发现排不上队的时候。这样的事情时有发生，常见得就像在北京城内堵车了一样。

每栋楼都有楼长，也就是被称为"舍管"的大妈们，她们都是非常好的人，会在门禁之后疲惫地给晚归的孩子开门，会亲切地称呼你为"宝贝"，会在你去热晚饭的时候跟你热情地聊天——如果你愿意花那么十几分钟的话。也许正是在这样一个特定大小的校园里，每一个小人物的闪光点才会在无形之中被放大。

对于年轻人来说，最好的事情莫过于断电不断网，特别是在夜深人静的时候，校园网的速度还是很可观的。据说楼道里信号比较好，所以搬了凳子在楼道里摆弄电脑不是一件稀奇的事。有一次舍管大妈问我，为什么那些孩子总是坐在走廊的地上用电脑呢？我说，大概是因为网速快。她说，下次见到记得提醒她们垫个东西，冬天冷，地上太凉了。

三

再说说学校的食堂。

要想食堂的饭菜做得像家里一样，肯定是不现实的。但能吃，好吃，就是另外一种境界了。法大的饭菜介于两者之间。这有两个食堂，两个食堂的饭菜几乎相同，更神奇的是，你会发现三餐的饭菜都几乎相同，这样的好处是，假如你爱上了某一道菜，你可以一日三餐不间断地吃直到腻为止，这就极大程度地加速了你口味的更新，让你可以迅速开始下一段循环。

微信上曾经举办过一个高校食堂争霸赛，法大以一道"酸菜肉"参赛，当时就令

我深深地震惊了，我们怎么能如此低调，虽然比不上那些堪比小吃城的食堂，但法大食堂的平均实力绝对比那道"酸菜肉"强。

法大的大师傅们恪守着厨师的自我修养，很少产出黑暗料理，当然只是很少产出，不代表没有。总而言之，校内的食堂满足一下三餐的需求还是相当可以的。重要的是，它很干净，我至今还没吃出过奇怪的成分。

说到校外的"食堂"，那就丰富多彩了。法大人的夜生活，大概可从沿外围分布的店铺开始，它们涉及的区域很广，近的只需出校门后几步路，远的几站公交就能到。聚餐是社团活动的惯例，也是增进感情的常用手段，这一点在法大可以释放得淋漓尽致。

由于北门有一些小摊，是一些学子解决晚饭和夜宵的去处，再加上北门是取快递的集中位置，于是就有了这么一种说法：在冬天最痛苦的时刻，除了上述的那件，还有当你饿了的室友知道你要去北门拿快递而碰巧你的快递还很多的时候。

我们毕竟是一所以治学为目的的学校，最不缺的就是学霸。在法大，二氧化碳浓度最高的地方，是法渊阁一楼的自习室；网速最快的地方，是法渊阁一楼的自习室；最好睡觉的地方，是法渊阁一楼的自习室；最能让你有学习动力的地方，是法渊阁一楼的自习室。

不得不说，法大的学习氛围是相当浓厚的，几乎在校园的每一个角落，都能看见在学习的人。这是能够体现在外表上的学习，除了这个，法大还有一个特色是各式各样的讲座活动以及辩论赛活动。梅二是一栋神奇的宿舍楼，它见证过大多数活动的宣传，除非是雾霾天，热情的讲座邀请和传单总是伴随着食堂飘出的香味准时出现在梅二的楼下。这些活动是非常有意义的，它们会以不那么枯燥的方式，带给你一些书本上学不到，与专业不那么相关但十分有用的知识和技能。而这恰恰是大学与高中不同的，更加具有现实意义的学习方式。

校园虽小，但我们要有情怀。一部分人就融入了这些人文活动当中，法大学子们总是在以一种低调的方式，让你见识到，什么叫高端大气。

五

　　在法大，师兄师姐是很特别的存在。他们像挚友，又像家人，更像师长。初入学的你，完全不用担心一个人完成不了烦琐的入学手续，因为即使是在烈日之下，师兄师姐们也会全心全意地带领你熟悉你所要生活的校园。

　　更多的接触，是在社团当中。大学的社团和高中的不一样，是真正有着共同的目标，真正靠着自己的力量去完成一项事业。社团生活是大学生活的一部分，无法避免也没有必要刻意避免，因为法大总是有太多的可能性，你会在某个时刻突然邂逅你的幸运。在其中建立起来的感情更是无法用准确的价值概念去衡量的，因为你无法预测，也因此有了感动和惊喜。

六

　　当初的我和你们一样，对大学有着无限美好的憧憬。宽敞的校园，更加独立的生活空间和自由。而现在的我，依旧憧憬着。大学真实的模样，跟我想象中的截然不同，但是，它改变的不会是我原本的生活态度，而是让我更加现实、更加成熟，不再去憧憬舒适的生存环境，而是期待与一个更好的意识形态相遇的机会，与一个更好的命运相遇的机会。

　　如果要问我，为什么推荐法大？我会说，我不知道。因为身为一个法大人，即使试图站在一个局外人的角度去看这个学校，我依旧会有不满意的地方。但我无法忘记十一月初雪时校道上纷飞的银杏叶，无法忘记老师的专业和亲切，无法忘记与大家偶遇时相视而笑的样子，无法忘记共同努力带给我的意外感动。法大的校园是一个平凡的校园，但又如此不平凡。我们早已习惯于低调，习惯于当谈起自己的校园时，以包容，以自嘲。

　　这就是我的学校，中国政法大学。没有一所学校会似想象中的那么梦幻，但是在每一所不同的学校，都会有不同的可能性。法大也仅仅是提供那样一种可能性而已。我不会夸大它的美好，因为它绝不会止步于现在的模样。

　　这是我眼中的，三寸天堂。

注：本文由人文报社推荐

扫码问学姐

醉美中南

文 / 詹静怡

校名篇

我们学校有很多别名，我们可以因为它读起来像三本院校戏称其为中南名字很长大学，我们可以因为学校深厚的艺术氛围戏称其为中南唱歌跳舞大学，我们可以因为学校3比7的男女比例戏称其为茶山刘女子技术学院。但这些终究是戏称。我们热爱它，所以我们给它起了很多可爱的别名，但也因为热爱，我们选择记住它的最初含义。

中南财经政法大学由中南财经大学和中南政法学院合并而来，其中"中南财经大学"和"政法"都是党的杰出领导人邓小平亲笔题写。为了纪念这位伟人也为了不浪费他那一手好字，学校在多方考量下综合了这些字并组合为现在的"中南财经政法大学"。

院系篇

中南财经政法大学作为财经、政法类专业性极强的大学，有着极强的学科实力：财经类排名稳步上升，政法类也在老牌的五院四系名校之列。

财经类分了很多院，如会计学院如金融学院如财税学院，其下各种分类也是不胜枚举。要说人数众多的，要数专业类别非常多的工商管理学院。财经类学科在全国前列的很多，重点学科更多，如会计学院的注册会计师如ACCA。

政法类分法学院和刑事司法学院，其中刑事司法学院早些年才从法学院脱离出来。法学院原来号称全亚洲最大法学院，因为招生多。法学院现在一年级有七百多人，刑事司法学院每年两三百人，可以想象原来没分离时四个年级在一起人数是何等的壮观。法学院重点学科应属民商法，但其实本科学的知识都没太大差别，课堂老师都是自己选。

法学院从大一上课就很满，与其他专业成鲜明对比。好在法学院的老师普遍个人魅力极强，再枯燥的理论都能讲出花，鲜有人不听。

学校还有些小院，人口基数极少，如哲学院、新闻与文化传播中心学院、中韩学院。每个学院都有自己的特色，虽然出口方向不同，但总体质量都极佳。比如文澜学院是进校后再招，提供二次选择机会，只是难度更高。国际班课程极紧，一般大一就学业繁重，所以参与校园文化生活较少。中韩学院会让学生大三的时候去韩国交换生活，大四回来，所以通常都要求韩语过关。

哲学院的李纲老师是中南四大才子之一，他的课每年都是爆满，旁听的也很多。毕竟连中文的专业课都有一群人选择旁听，何况大家都能选的通识？

 食宿篇

中南财经政法大学有两个校区，首义校区仅有两个食堂，南湖校区则较多。

首义校区位于武昌区，靠近武昌火车站，附近有辛亥革命博物馆、黄鹤楼、户部巷等著名游赏景点。校区内有两个食堂，一食堂新建成的清真食堂味道不错，二食堂建成较久口碑更好。二食堂分为两层楼，一楼餐点处的玉米饼甜而不腻，爆满的玉米粒也去除了本该有的油腻；第四个窗口的黑椒牛柳炒意粉很美味；最里面的煲汤配饭很美味，红豆粥浓稠而暖腹。二楼多为午餐点，里面的自助实惠又好吃，因此中午去晚了只能看到黑压压一片——全是头。

南湖校区位于光谷广场附近，是538公交站始发点。校区内食堂较多，比较好吃的是滨湖的八食堂、环湖的十食堂、中区的留学生食堂和清真食堂。南湖的物价普遍比首义校区贵五毛到一元钱，而我们学校总体比华科贵一倍以上。不过这些都不是大问题，毕竟大家点外卖的多于吃食堂的，而外卖通常比食堂还要贵那么两三元，再不济也是去学校周边西苑南苑解决。滨湖八食堂的自助每天都在换新品种，包括八大缸火锅及饭后水果的种类；山西面食不错，那家也永远是吆喝声最大最响亮的；小火锅冬天吃挺好，一锅也才10元。中区的清真食堂是全校师生的最爱。非要说吃，那怎么也不能少了集聚各地美食的西苑及满是奶茶、宵夜的南苑。走进西苑，那就是另外一个社会，不同于学校的、有着自己独特魅力的美食风情街。在西苑吃饱了，还可去ILIKE桌游吧朋友聚会、帅哥府唱歌释放激情。若是半夜觉得饿了，去温州烧烤点一顿也是不错的选择。南苑主要以烧烤摊和奶茶店闻名，像讨论事务、庆功聚餐等在那

也都不失为一个好主意。"吃在财大",总不是什么虚名。

首义校区的宿舍环境普遍较好,除37栋无独卫外,其他都有,40、41栋更有间空旷的客厅。上床下桌,空调入户,宜家宜居。南湖校区除中区外,宿舍环境都十分理想。但中区也不完全是被遗弃的地方。毕竟住过总会留下些装饰过的痕迹,这么多年下来,也不像一开始那么差。虽然上下铺的形式让人不甚适应,可住久了,难免会产生另一种惬意。

✦ 社团活动篇

作为一个艺术氛围浓厚的学校,各种艺术文体活动是少不了的。"你说能看到的我们学校的学生,大部分都在准备着才艺。"这是一句玩笑话,却又真实得让人忍不住自嘲。新生风采大赛、模特大赛、主持人大赛、班级才艺大赛……校里组织的、班级组织的、院里组织的、年级组织的……仿佛换个主办方,就可以再把同样的活动再办一遍。尽管有细节和立意的不同,但才艺展示总是没变,准备的人不过是换了一个接着准备。但我们不只有艺术,我们还有学术,有研究。

大一军训完后便是一场声势浩大的"百团大战"。不是八路军英勇杀敌灭掉对面一个师,而是各社团联合摆摊招新。大部分社团由社团联合会管理,少部分直接挂靠在学院下由学院团委管理。每个社团都有其魅力、吸引人之处,如喜欢话剧的更愿意加入首义话剧社——一个总是创造奇迹的话剧社,如喜欢运动的可能愿意加入羽毛球协会、网球协会等,如喜欢文学的倾向于加入晨韵文学社。只要你愿意为志愿服务付出精力与汗水,你就会收获属于你的那份欢愉与回报。

学校里各种比赛很多,大多需要自己去关注。如关注组织的官方微信,如关注校团委官方网站等。只要有心,最后总会获得你所祈望的。

注:本文由晨韵文学社推荐

扫码问学姐

不忘初心

文 / 康承佳

☀ ADMISSION（录取）

这一纸通知书便分化了你和高中好友的天南地北，大家各安天涯，有的从此便可能杳无音信，几多惆怅，几多无奈，但我们仍旧揣着梦想出发，去这一纸蓝色封面上的那个地方安顿接下来的四年，甚至，一生。总有一种成长，以离别作为祭奠，总有一种成熟，以中南作为起点，你，准备好了吗？

☀ CLASSROOM（教室）

高中毕业后，曾多次回到母校，回到当初那个教室，依旧是当初的走廊，当初的桌椅，突然好想好想，再在当初的位置坐下，再做一次学生。中南的教室也常给我带来一种重回高中的错觉，昏黄的灯光打在一排排桌椅上，泛着一层淡淡的光晕，老师在讲台上滔滔不绝，我依旧自顾自地望着窗外，傻傻地走神……

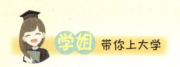

☀ DORMITORY（寝室）

一直以为，自十八岁以后，我们都会背负"游子"这样一个诗意古典的"罪名"，然后注定一世漂泊，一世流浪，客居的地方，终不会有家的温度……但中南的宿舍改变了我曾经的预设。首先，宿舍二十四小时热水供应，每个宿舍空调安装到位，宿管阿姨嘘寒问暖，还有一群臭味相投的室友有事儿没事儿聊聊人生理想扯扯鸡毛蒜皮……突然发现，宿舍，也是家的另一重定义。

☀ EATERY（食堂）

中南大学号称有全亚洲最奢华的食堂，全校食堂据不完全统计有十二个，图片为二食堂。一楼是全国各大菜系外加糕点，全天候营业；二楼自助餐，相当便宜且口感地道；三楼点菜和蒸菜，可以提供聚餐宴饮服务；四楼是清真食堂和西餐厅。费用中等实惠，比较适合我们这种口袋比脸都干净的群体消费，而且好吃！

☀ FACULTY（学院）

中南开设了 31 个学院，每年招收本科生 8000 多人，以工科医学见长，传说当年男女比例严重失衡，历史上最严重的男女数据比达到了 7∶1，因此对外号称"左家垅皇家男子技术学院"，但这些年男女比例较为平衡了，没那么吓人，大约3:2。因此，妹子们报考多多益善，这里的汉子们个个男神，一抓一大把。

HONOR（荣誉）

学弟学妹们一定谨记，大学不意味着周末刷刷剧，打打游戏，逛逛街，这些全是妖言惑众忽悠你玩儿的。在中南，尤其是学霸如云的中南，你身边个个都是大神的情况下，你会不由自主毫无缘由地抓住每一个可以证明自己的机会。大学，为你提供最多的是机会和平台，各种各样的赛事考试，分门别类的调研立项，评优评先评干，只要你有实力，你会有太多的

机会去验证自己的个体价值。当你多年以后回首往事，你会被自己感动，感谢当初那个有个性爱自由不妥协的自己！

ID CARD（校园卡）

校园卡的背面图为校本部图书馆，背靠岳麓山，没错，学习累了或者闲来没事儿三五好友相约出行——登山去！中南，湖大，师大，三校依山而建，气势巍峨，很有味道。校园卡正面就是我们的照片和个人信息，学姐在此叮咛：这张照片就是你们高考前准考证上照片的复制粘贴，所以切记，要照得美美的，毕竟，跟你好几年呀！这张卡片也就是你的第二张身份证，吃饭洗澡洗衣服，坐车考试图书馆，都归它管，记得好好照顾它，以后混吃混喝都看它了！

JOURNEY（旅程）

相较于人生而言，中南的确是我们旅程的一个邂逅，一次小憩，擦肩而过又继续

新的征程，因此，总有一段记忆，美了整整一个曾经。校本部的"中南海"，对，你没听错，中南的海因此就叫作"中南海"，嘻嘻，"中南海"的对面有一个较大的草坪，学姐以前总喜欢躺在上面看星星，没有男朋友的中南依旧浪漫，爱上中南也是一场风花雪月的爱情。感谢命运，让我在最美的年纪遇上了你，才没有辜负自己！

☀ KNOWLEDGE（知识）

新校的图书馆，五点的咖啡厅，卡布奇诺和小说很配哟！每一个周六下午我都会去那里安顿自己，一本书，一杯咖啡，一个人，一个下午，看阳光透过落地窗打在地板上，拉长了倒影，因此，也拉长了一整个秋天。这个时候，可以忘我地存在，没有学业压力，社团任务，人事纠纷，我，只隶属于我自己，收拾好心情，又投入下一个礼拜的战斗！

☀ MILITARY TRAINING（军训）

没有经历过军训的人生是不完整的，其实，军训真的没有想象的那么辛苦，有好多好玩儿的事儿，比一比排长和连长谁更帅，给隔壁带队帅哥递小纸条，左转右转向后转，目的是要晒得均匀……站军姿，拉歌，表演……想怎么玩儿就怎么玩儿，当然，是在不违纪的前提下。教官并不是总板着一张臭脸不近人情，相反，教官都是本校国防生，都只比我们大一届或两届，在训练完成后，和我们一样，都只是嘻嘻哈哈打打闹闹的孩子。所以说嘛，学弟学妹都不用有什么畏惧情绪，军训，就当换种方式玩儿，玩儿的同时，还锻炼了我们的意志，让我们变得更加独立，更加坚强。在军训期间，还可以认识很多很多朋友，军训完了，一起出去开心地玩！

☀ NATURE（自然）

我特别喜欢图书馆外面那两棵树，长着长着忘了它们自己的个体独立性，长成了一棵，迎着阳光，奋力地生长着，一副骄傲倔强的姿态，那也是对生命本身的诠释。在那棵树下，大四毕业的学长总喜欢穿婚纱拍毕业留影，你没看错，是学长穿婚纱，反串，一场惆怅伤感的离别，往往被他们闹成了滑稽，不过，真的很好玩！

☀ ORGANIZATION（社团）

中南社团繁多，茶艺，诗词，吟诵，吉他，话剧，围棋，天文，异次元，模拟联合国……这样的奇葩个性社团不在少数，只有你想不到的，没有做不到的，只要你有足够的才艺，这里就有足够大的舞台，社团真的是一个家，一群志同道合的小伙伴聚在一起，吃吃，喝喝，玩玩，还能学到很多东西，有没有心动呀？嘻嘻！

☀ QUIZ（考试）

你以为高考结束后就没有那些没完没了的考试了吗？孩子，想多了！大学每学期学的科目比高中更多，但中南只采取期末一次测评，没有烦人的期中考试之类的。考试一般都会汇聚在考试周进行统一检测，通常每学期的第十九周与第二十周，被称作考试周，那段时间学渣分分钟变身学霸。图书馆、自习室、食堂、咖啡厅、林荫小道，反正能看书学习的地方都挤满了考试大军！各种花式的临时抱佛脚层出不穷，那段时间，仿佛又回到了高三的备考状态，是不是很好玩的样子呀？

☀ RAILWAY（铁路）

中南大学虽然是首批进入国家"211工程"、"985工程"重点建设的高校。但其相当年轻，只有十五岁，其前身为中南工业大学、湖南医科大学、长沙铁道学院三校，现中南大学于2000年4月由三校合并组建而成。所以火车头是中南铁道的标志性符号，一共有三个，都在铁道校内，远看有点像小时候看的动画片小火车托马斯。 在这小火车所在的校区，走出了我的女神柴静，我很少对名人感兴趣，但柴静例外，被她的《看见》和《穹顶之下》深深地感动，那是生命和生命的相遇与碰撞，到最后我们都会和自己重逢，和自己遇见！

☀ UNIQUENESS（唯一）

大学以来，我最大的收获不是在课堂，而是朋友。无目的地去结交认识几个知己，一定要记住，真正的朋友，一定无用，朋友，永远不会去承担任何实用性目的，朋友，仅仅是朋友罢了，她是心灵的支撑与陪伴，除此之外，别无他用。是一个朋友，决定你与一个城市的亲疏，所以，好好珍惜，每一个走进你生命的朋友，死党，闺密，他们都是如此弥足珍贵！他们都是你的唯一！

☀ VIRTUE（校训）

我一直想吐槽中南的校训"经世致用"（常规且和别人太多重复），太过于工具理性，是的，它具有相当的历史价值和时代价值，我从不否认。但何谓大学？是一种大气，一种对社会主流价值的规避逃离，抑或选择、批判、怀疑，最重要的是最后一点——

从另一个维度再去认可！它是一个开放的生态，可以为每一个个体提供一个介入空间。校训，更应该定位在思想、信仰的层面，教会我们一些操守和原则。我更支持"无用之用"作为一个真正大学的核心价值，培养技术人员的学校已经拥挤到泛滥成灾的地步。我知道在科技的创新度与高度上，985们才有发言权，但技术、生存技能的培养，更多的是自身的磨砺，然而真正大学的责任，是育人！"经世致用"一直停留在工具层面，但人永远只能是目的，不能是工具！无用之用，是谓大用，这一重无用，只是为人类的精神生存负责到底。

☀ XYZ YAOXUE ZHANG（张尧学）

我们的校长张尧学，在开学典礼时，他告诉我们：要在大学谈一场风花雪月轰轰烈烈的恋爱，要找到自己的路。毕业典礼，他告诉我们：不忘初心，中南永远在我们身边。

是的，作为中南人，我们矢志不渝，不忘初心！

扫码问学姐

求物之原，溯理之美

文 / 刘语涵

因为在高二时被一张电子衍射的图片深深吸引，我选择了物理学作为自己的专业。现在还记得，那天晚修结束后，我和同桌一起回寝室时，我们兴奋地用不太成熟的观点讨论德布罗意波，着迷于他卓有创造性的见解。三年后的现在，我加入了教授的课题组，进行固体物理领域拓扑绝缘体相关的工作，用仍然不太成熟的观点也带着许许多多的疑问协助师兄师姐共同工作。

我现在做的是我深爱的事业。但这一路，也不总是鲜花盛开。我的高中是广东省学术水平最高的高中——华南师范大学附属中学。这是一所可以让人思想沉淀、学术氛围浓厚的学校，有很多鼓励我们讨论、善于把科研热点和高中课本结合的老师，也有很多能进行思想激烈碰撞的同学。我的高中生活和那种比较普遍的题海型高中生活是不太一样的。高三时，以我当时的学习成绩，我很有自信能考取北大物理系，但因为高考的失误，分数和预期差距比较大。我也曾经有回去复读的念头。当时我的化学老师，也是我一直非常敬佩的一位老师这样和我说："刘语涵，你无论到哪里都可以成为你想要成为的人。"我不敢说我已经做到了，但是老师的话对我一直是很大的鼓舞。

所以，高中的小朋友们，学姐想告诉你们，如果你们有自己坚定的追求，高考的成绩不会成为你们通向梦想道路上的障碍。有同学后来说，高考的魅力不在于如愿以偿，而在于峰回路转。当然，能考上自己梦寐以求的大学，是一件非常高兴的事情；但如果高考让你失望了，只要你足够笃定，大学不会让你失望。

在中大物理系，学习资源是很丰富的。有许多优秀的老师同学，也有很多机会，如逸仙学院、基地班、理论物理国际班、欧洲核子中心暑期项目等等。

我非常喜欢的诗人周梦蝶写过一句这样的诗："这条路，是一串数不完的又甜又涩的念珠。"

说说我大一的生活。让我欢欣的是学习了很多物理专业的非常精彩、具有创造力的知识，接触到了很多可以称得上天才性的工作。从我的理解来看，数学是逻辑学科，不属于自然科学；而在所有自然科学中物理是最本原的。高中学习的单调确实难以看到物理之美，即便是物理竞赛也囿于花式解题的技巧而不太涉及那些真正令人震撼的知识。

物理一个非常精彩的地方是能够从第一性原理，或者一些很基本的假设出发，构建整个体系。每次的学习都会感受到自己在和人类历史上最有创造力的思维对话，那种出于思维之精彩而带来的喜悦，是很难言表的。不了解这个学科的人常常会认为学习这个学科很辛苦，很累；但是真正进入后才能体会到思维的乐趣。所以对于高中的小朋友，如果你们有感兴趣的专业，不妨去翻翻大学的教材，翻翻目录，感受一下，或许能让你有更多判断。

大一的时候，没事时我出现最多的地方大概就是中大图书馆了。当课堂的内容远远不能满足我的好奇心时，我会去图书馆的理科书库寻找更多的资源。我觉得中大的图书馆是很棒的，我除了非常喜欢它沉厚典雅的建筑风格，更喜欢它丰富的藏书，对于我所学的专业，中文和外文图书都非常丰富。我刚上大一的时候，和我同一专业的，也是我十分敬佩的纪翔师兄给我推荐了一些内容独到的参考书，让我收获很大。我想，大学和高中一个非常不同的地方在于真正获取知识的需求是内发的，学习资源是很多的，需要你自己学会去获取。当然，中大的数据库资源也是一流的。对于有志于学术的同学来说，图书馆是能够给你们提供很多帮助的地方。除了专业上的帮助，我想，图书馆也是一个能让人心灵宁静的地方。

当然，作为自然科学，物理也需要很多的实践。我大一的时候有幸成为中山大学Torchwood物理学社理事，参与了比较多的自主实验活动，包括参加了CUPT（中国大学生物理学术竞赛）。有些同学觉得实验是一个负担，但是我觉得，即便是理论物理学家，也需要一些实验经历。我个人会在做实验前提出很多问题，然后借着实验去解答；或是在实验中发现一些意料之外的现象，然后建立一些简单的模型来解释，再通过其他的实验设计来检验模型。所以实验其实是很有趣的一件事，很多新的想法是在新现象中产生的。而 CUPT 的题目来自生活，现象有趣，但是蕴含很多解释的可能性，有些题目往往就是发在 *SCIENCE* 或 *NATURE* 上的文章，有些题目也没有定论。这些题目给低年级的学生提供了非常好的科研训练机会。我们暑假留在学校准备比赛，虽然中途有很多困难，但是发现一些新东西的时候，那种喜悦是能补偿一切艰辛的。现在作为大二的师姐，我也成为了学社的秘书长，为大一的小朋友们进行比赛的组织、培训，看着他们一点点成长，回想自己大一的经历，确实很感慨。当然参加比赛也是很有趣的经历。和队友们一起代表学校"作战"，在比赛中认识很多其他学校的同行（还意外地见到了高中经常一起讨论问题的同班同学），感受到和志同道合的人一起奋斗的快乐。

玩 CUPT 以及现在在课题组的经历也让我有些小小的体会，一是好的物理工作是简洁优美的，很多时候需要进行近似处理；二是科研和学习不同，不是把预备知识学完了才开始工作，而是需要什么补什么，甚至很多领域还没有成熟的或者说适合你的课本，需要看 *Physics Review* 或者别人写的笔记来进行学习。高中上来的小朋友很容易有强迫症，不喜欢近似，想要做出最完善的解，这可能会碰到一些障碍。

当然，我觉得有些遗憾的事情可能是大一看的非专业书太少。前几天见到高中同学，说起我们高中时每周写的阅读笔记，都很感慨大学读书少，已经失去了些灵性。她说："我一直记得语涵高中写过叔本华的读书笔记里面一句话是'头脑是思想的运动场'。"我感念她能记挂这么久，也很惋惜已经很久没有读到一些能让我有所触动的语言。记得高中大家都很喜欢一家叫方所的书店，还曾经在那里听过梁文道先生的讲座。现在的大学生活确实缺少了一些精神关怀。对于即将进入大学的小朋友，还是很需要注意这一点的。大学里每个人都似乎很忙碌，但是人总要学会从冗杂的生活中沉淀下一些什么。

大学生活是很多元的，不同的人会有不同的精彩。也有一些同学在大学做社会服务或是在学生组织中非常出色。选择不同的生活并没有对错之分，而是看自己的兴趣

以及未来的规划。我主动选择了学术道路，但是这也并不是唯一的道路，或是最优的道路，主要还是根据个人兴趣吧。看过很多的建议，却总过不好自己的生活，还是因为没有自己的规划。当然，没有规划也未必就是坏事，有时候确实需要多经历一些才知道自己真正需要什么。大学很大，容得下你的尝试，你的失败，你的迷茫；但你不能总是在摸索，你需要找到自己的方向，然后全力以赴。不念过往，不畏将来。

作为一个大二的学生，我自己的大学生活也还有很多地方值得描绘。也许一年后，两年后又会有不同的体会。如果我乱七八糟说的这些能引起你的思考，我想这篇文章就实现它的价值了。也许你不会选择学术道路，但希望你能认真地选择一个自己真正热爱的专业，过上自己想要的大学生活，在人生最美好的这些日子留下你的付出，你的精彩。如果你也喜欢物理，我在中山大学物理学系等你。

注：本文由南方文学社推荐

扫码问学姐

最是那年中财梦

文 / 李中媛

中央财经大学目前有两个校区，学院南路校区又称本部，位于海淀区北三环，其中只有研二研三和中澳合作班等极少数本科生从大一起就一直在校本部学习，其余本科生大一至大三均在昌平区沙河校区学习。由于大多数本科生以及学姐自身在沙河校区，所以此篇攻略将围绕沙河校区展开。

一、管中窥豹可见一斑

沙河校区正门，我们习惯称之为南门，每年毕业季总会有一大批平时看来温文尔雅、高冷傲娇的学长学姐在这块巨石上爬上爬下，鬼哭狼嚎，只为拍出有纪念意义又有新意的毕业照。这里平常只有车辆往来，人流量较少。

从正门进入是主教，只有五层，内部构造复杂，最适合跑男什么的来撕名牌，绝对神出鬼没，神龙见首不见尾。（主教很有特色的景观楼梯，平时下课时站满人的样子很壮观，当然走在上面的感觉就是转啊转啊转啊转……）从主教侧面过去是学院楼，一共七栋，从里向外分别从1—7编号。理论上讲学院布局很对称，单双数各一排，但由于外观大同小异，初来校园没一两个月绝对搞不清，尤其夜晚，路灯昏暗，更分不清南北，我唯一辨别方向的办法就是冲着很多灯光车水马龙的地方前行，一般走着走着就会看到主干路，不过建议女生一两个人不要在晚上

来学院楼这边，毕竟地理位置相对偏僻且灯光较暗，存在一定危险。个人认为学院楼是我校最美最文艺的地方了，环境幽静，建筑别有风格，夏天丁香玉兰盛开，心旷神怡。幸运时经过两边草丛之间的小径会遇到两边草坪同时浇水，偶尔还会映射出彩虹，从其中穿过，夏天也变得不那么燥热，知了也变得不那么聒噪，空气轻柔了起来，一切的一切都是那么美好。

沙河校区又分为东西校区，由一架天桥连接，西区较小，除了一栋教学楼、三栋宿舍楼、一座食堂、一个超市、一个小型篮球场再无其他。比起西区，东区多了操场、网球场、洗衣房、照相馆、配钥匙、电脑店、移动充值、眼镜店、杂货店、复印室、咖啡馆、图书馆、中国工商银行、中国银行、邮局、报刊亭、中国电信、理发馆、书店……所以住在西区的小伙伴很多事情都得跨过天桥跑来东区完成，还是挺麻烦的，不过西区好在出门就是食堂，转个弯就是超市，而且由于人较少，食堂不会像东区那么拥挤，因此西区也被小伙伴们戏称为养老院，最适合安逸幸福的生活了。其实就住在西区的学姐来看，这样多跑跑还是挺锻炼身体的，长此以往，妈妈再也不用担心我的八百米考试了。

"噔噔噔"，最受大家关注的食堂重磅来袭。

食堂一共三层，一楼因为存在饮食补助，价位相对较低，但菜品还不错。一楼左手边的豆浆种类丰富，味道浓郁，烤红薯香甜可口，尤其最左边卖瓦罐汤的窗口，真心推荐，虽然价位相对较高，但非常好喝！右手边除了常有的米饭，最右边的窗口会出售各种饼——卷饼、手抓饼、馅饼、烧饼、酱香饼……（其中酱香饼去晚了就没了，所以喜欢吃的同学要快一点）二楼的价位相对较高，有各种特色菜，而且不时会有一些菜式更新，桂林米粉、石锅拌饭、重庆小面、麻辣香锅、各种扒饭，种类很多，每天吃一种的话，能吃几个月！尤其推荐二楼早餐，紫菜包饭、土豆饼、烧卖、铜锣烧、海鲜卷、紫薯团子、皮蛋瘦肉粥、蔬菜粥……三楼消费相对较高，以前的小火锅改为了自助火锅，16元一位，只有很有限的一些青菜可供选择，当然店里会送一份羊肉套餐，但数量有限，味道一般，很多菜都需要额外再点，三楼的"无名缘"人气很高，每次去都会排很长的队，另外，食堂三楼还有一家可以点菜的餐厅，菜品基本都是十多二十几块的，比食堂快餐要贵，但比外面便宜的不是一点半点啊！味道还行，有时候请客吃饭可以来这边，不过大家通常会去二楼吃香锅，这似乎是一种惯例。

总体来看，中财食堂还是很不错的，但口味偏重，南方的孩子还是多喝点汤吧……

二、院系丰富，各有千秋

学校共有 20 个学院，49 个本科专业，64 个本科专业及方向。

金融、会计、财政三大院，是中财最具代表性的学院。中经管、中金发、中公财是三个比较特别的院系，这三个院人员都在六七十，一般两个班，偏向学术研究，大多以英文授课，留学比例较高，由于三院人数较少且更专注学业，故在平常的各种活动中较难见到这三个院的同学。金

融会计有很多对外交流的机会，其中注会全班都可以去四大商业银行实习，能进入这两个院福利多多啊。财政学院是老牌学院，不管运动会还是迎新，财政学院往往都是第一个上，还曾代表学校前往北大参加北京高校体质测试赛……

三、志同道合社团精神

中财目前有七十多个社团，分为兴趣类、学术类、理论类，以 3:5:2 的比例分为三个级别，社团种类丰富，有相声社、轮滑社、阿里郎韩语社、汉服社等，但由于学校对社团投入关注度较少，故社团文化稍显逊色，各种社团活动对大家的吸引力有限，单纯凭借热情去参加社团去管理社团的人面临着较大压力。但这是个真正能发展自我兴趣，提升自我能力的地方。如果可以的话，建议大家至少去参加一个社团，并做到部长社长的位置，亲身体验一下亲自去策划组织一个活动的前中后所有时期的工作，亲自去解决在活动组织中出现的问题，去协调各种关系，这对提升自我综合素质有着非常巨大的帮助。

四、学风自由自主衡量

至于学风问题，这个主要还是看个人，由于很多同学到大二大三时，对将来的方向相对明确后，便会有针对性地展开学习或实习，于是会出现两个派别：一类认真学习考取各种证书；一类参与各种实习，基本不在学校。不过这基本都是大三大四的状

况了，就大一大二来说，大家的学习氛围普遍很浓厚，这从每天自习室空座很少就可见一斑。不过，不要把中财想象得多学霸，很多人还是在期末前疯狂啃书，因为中财学生总会有各种各样的学生工作、个人事务、班级活动、学校比赛等，每个学生的状态都是忙忙碌碌的。不过只要有时间大多数同学还是会抽出大部分时间去学习，所以担心财经类学校学风涣散的同学可以完全放心啦！

三、其他杂七杂八，有的没的

因为是财经类院校，中财学生的话题很多都围绕经济热点展开，比如人民币加入SDR（特别提款权），比如美联储加息……很多热点上午刚发生，下午上课的时候就会有老师或多或少地提到，并加以自己的见解。十人中财，五人炒股。这话可能有些夸张，也会因专业的不同而有区别，但事实上中财学生炒股比例还是很高的。还记得不久前股市大动荡，上课时很多同学都会紧盯手机，掌握态势，使得概率论老师不得不一遍遍提醒股市有风险，入市需谨慎。当然，作为大学生，资金时间有限，进入现实世界炒股，风险成本过高，不符合理性经纪人假设，大家更偏好于借助模拟炒股软件，仿照现实，展开投资行为。

学校是自己的，我不会否认中央财经大学存在着很多问题，比如位置偏僻，比如校风浮躁，同时我依然深深爱着这所学校。两年后的我，又将踏上新的征程，正如两年前的我来到这里，每个人的大学历程都是独一无二的。

人生不是只有傲视群雄，登上巅峰才算成功，那只是一种生活方式。你的大学四年，它不仅是你学习知识、增长见识、积累人脉、锻炼能力、提升素质的地方，它也是你挥洒过四年青春的热土，是你哭过笑过疯狂过的曾经。所以，我希望看到这篇文章的你能拥有一段有意义的大学生活，同时更希望你拥有一段有色彩、有回忆、暖如冬阳的大学生活。

注：本文由自强社推荐

扫码问学姐

我的大学，在民大

文/鞠婷婷

"中央民族大学站到了，到北京舞蹈学院的乘客请您下车……"每一个地道的民大人，坐公交车一般不会在中央民族大学站下车，魏公村才是我们的目的地。从大一开学进入校园时第一反应是"我要回去复读"，到如今大四时还没离开就已有深深的不舍，中央民族大学，这个成为自己人生一个标签的名字，就这样嵌进生命里。曾被问及会不会向自己的弟弟妹妹推荐中央民族大学，作为一个民大的学子，经过自身四年的亲身体验，切实地感受了这所学校能给我带来的一切，对于后来的学子，若是成绩刚好在这个分数段，还是非常推荐中央民族大学的。也算是对大学的一次回忆，用我的大学生活，告诉你，我为什么选择中央民族大学，又为什么推荐中央民族大学。

中央民族大学，我们简称"民大"，中国人民大学，简称"人大"，因此民大也常常被误当作人大。或许由于人大的优秀，我们也曾不想为此辩解，但到毕业季才知道，我们的许多同学，也都很顺利地保研到北大、清华、人民大学等著名高校继续深造，我们当年的录取分数，也并未逊色许多。虽然许多民族大学如中南民族大学、西南民族大学都被简称为民大，但中央民族大学毕竟是少数民族最高学府，我们依然自豪自己是民大人。民大，在高校云集的首都北京，作为第二批被

认定的 985 高校，仍经常被遗忘。不知何时起，朋友圈突然流传起一个说法："地铁四号线自国家图书馆从北向南起，谁先下车谁就输了。"因为四号线从国家图书馆向北的车站分别是魏公村、人民大学、北京大学东门。

中关村南大街 27 号，北京西三环，中央民族大学，周围云集着北京理工大学、北京外国语大学、北京舞蹈学院、解放军艺术学院、北京大学口腔医学院、中国青年政治学院、首都师范大学、北京交通大学等一众高校，毗邻着国家图书馆。离中国人民大学、北京大学、清华大学也都在半小时车程之内，独具优势的地理位置让我们得以利用更多的学习资源，只要有足够的学习欲望，各大高校的讲座、书籍资源都可以充分享受。

但也因为地理位置的得天独厚，成就了民大的娇小玲珑。开篇提到了民大的学子都不在中央民族大学公交站下车，因为该站地处学校大东门，而我们的生活区集聚在西北角，如此，东北角的小东门紧挨的魏公村站才是我们的首选。在寸土寸金的北京三环内，房价高达六七万一平米，想着自己每天睡的地方都是钱堆起来的，幸福感还是满满的。也因为民大的小，所以学校的建筑楼层都比较高，我们的教学楼、宿舍楼都有电梯，主要的教学楼文华楼还有外挂观光电梯。想象中的大学生活，课间骑着自行车奔赴学校各个教学楼之间，然而民大的可爱之处在于八点上课，七点五十才起床也可以不迟到。虽然有雾霾、堵车、高房价，但是除了空气是会切实影响我们的生活的，作为大学生而言，北京仍然不失为一个值得我们向往的城市。作为历史文化名城，它有着悠久的历史、丰富的故事等待着发掘，紫禁城的红墙金瓦，依稀能让你看到历史的沧桑；天安门前飘扬的国旗，依然见证着共和国的崛起；圆明园的残垣断壁，更叫你不忘历史的教训。同时，作为全国政治、经济、文化中心，各种优势资源的聚合，让北京有着不可比拟的天然优势。而在北京念大学，就有更多的机会感受北京浓厚的历史文化，享受北京优质便捷的社会公共服务，体验更多的首都功能。

　　我曾经懊悔自己与四川大学擦肩而过，然而四年之后，我却开始庆幸自己留在了北京。纵使民大在全国综合排名中并不是很靠前，但民大在社会学、民族学、新闻、法律等领域的重要性是不可忽视的。另外，除了地理位置带来的可以共享周边高校的硬件资源的便利，民大自身的师资、科研学术等软件设施也具有独特优势。费孝通、潘光旦、林耀华、宋蜀华、冰心的丈夫吴文藻等社会学、民族学大师们曾任教民大，营造了民大优厚的学术氛围。由于地处京城，我们有更多的机会参加国家大型学术科研、创新创业、社会实践等大型活动，更加能锻炼我们的能力，开阔我们的视野。在民大，我参加了2013年国庆向人民英雄纪念碑进献花篮活动，参加了毛主席纪念堂志愿服务活动，独立带队进行国家大学生创新训练计划科研项目，组队参加北京市大学生创业设计竞赛并获得奖励。

　　说起民大，不得不提的应该是民大的民族风情和民族特色。作为少数民族最高学府，民大是国家培育少数民族和民族地区优秀和杰出人才的重点大学。自1941年在延安建立延安民族学院到1951年位于国子监的中央民族学院，1993年更名为今天的中央民族大学，民大为党和国家的民族工作和少数民族地区发展建设输送了大批优秀人才。在梁思成主持设计的古朴校园里，时常能见到身着少数民族鲜艳服饰的同学，相对于其他学校，"民族"永远只

是身份证上一个容易被忽视的存在，然而在我们学校，少数民族同学占到百分之六十，问问民族也是搭讪的一种常见的方式。当然，汉族同学也不会因为身处少数民族同学群体中有所不同。在现代化程度与时俱进的今天，平时生活中，同学们的生活也并无特殊差异，少数民族同学只有在民族节日的时候才会穿上民族盛装。穆斯林的古尔邦节、蒙古族的那达慕大会、广西的三月三、彝族新年、藏族新年等节日来临时，校园里就经常出现身着民族盛装的同学。每周五晚，国际教育学院八号楼前的小广场上，藏族的同学都会跳起锅庄，热闹的氛围会让置身其中的少数民族同学暂时忘了身在异乡。

　　大学生活丰富而多彩，学术社团作为大学充满生机与活力的标志，更能够培养大

学生自我认识和自我教育的能力，提高大学生自身的综合素质。民大有理论类、文学艺术类、实践类、公益类、体育类等百余个社团，共同组成民大丰富的校园生活。每学年初食堂东侧都有社团招新，其中总有符合你兴趣的社团。

每个学校都有几个只属于本校学子才懂的别称，民大，就被戏称为"中央民族歌舞升平大学"、"魏公村餐饮基地"。是的，由于中央民族大学在艺术领域的一席之地，不仅有宋祖英、韩庚两位大明星，更有民大精彩纷呈、央视级别的各类晚会向同学们证明民族大学的民族特色。毕业了的学长学姐们，在朋友圈里感叹："看过了民大的晚会，出去了其他晚会都入不了眼了。"至于"魏公村餐饮基地"，说的正是民大校园及校园附近的民族餐饮街里繁荣的清真餐饮业，穆斯林同学永远不用担心吃不到正宗的民族饮食。

"美美与共，知行合一"，这句刻在民族博物馆门口的校训，激励着一代代的民大学子努力向前。一所大学的好与坏，其实不是必然的，而是相对于自身的发展而言的。是金子，在哪里都会发光，因为金子在哪里都会努力。民大不大但精致，只要自己足够努力，民大这个平台，依然能给你想要的一切。

我的大学，在民大。一场不悔的青春，在大学。

扫码问学姐